Alle Rechte, einschließlich das des vollständigen oder
auszugsweisen Nachdrucks in jeglicher Form, sind vorbehalten.

Der Preis dieses Bandes versteht sich einschließlich
der gesetzlichen Mehrwertsteuer.

Umwelthinweis:
Dieses Buch wurde auf chlor- und säurefreiem Papier gedruckt.

Winterherzen

MIRA® TASCHENBUCH
Band 20001
1. Auflage: Oktober 2009

MIRA® TASCHENBÜCHER
erscheinen in der Cora Verlag GmbH & Co. KG,
Valentinskamp 24, 20350 Hamburg
Deutsche Taschenbucherstausgabe

Titel der nordamerikanischen Originalausgaben:
Sarah's Child
Copyright © 1985 by Linda Howington
Aus dem Amerikanischen von Tatjána Lénárt-Seidnitzer

Almost Forever
Copyright © 1986 by Linda Howington
Aus dem Amerikanischen von Tatjána Lénárt-Seidnitzer

Bluebird Winter
Copyright © 1987 by Linda Howington
Aus dem Amerikanischen von Elke Iheukumere

erschienen bei: Silhouette Books, Toronto
Published by arrangement with
HARLEQUIN ENTERPRISES II B.V./S.àr.l.

Konzeption/Reihengestaltung: fredebold&partner gmbh, Köln
Umschlaggestaltung: pecher und soiron, Köln
Redaktion: Stefanie Kruschandl
Titelabbildung: Harlequin Books S.A.
Autorenfoto: © by Harlequin Enterprise S.A., Schweiz
Satz: Buch-Werkstatt GmbH, Bad Aibling
Druck und Bindearbeiten: CPI – Ebner & Spiegel, Ulm
Printed in Germany
ISBN 978-3-89941-657-2

www.mira-taschenbuch.de

Linda Howard

Sarah's Geschichte
Roman

Aus dem Amerikanischen von
Tatjána Lénárt-Seidnitzer

1. KAPITEL

Es war das Ende einer langen Woche. Sarah wusste, dass sie nach Hause gehen sollte. Doch allein der Gedanke an die brütende Augusthitze veranlasste sie, in ihrem Büro mit der angenehmen Klimaanlage zu bleiben.

Sie arbeitete nicht. Sie hatte den Stuhl herumgedreht und schaute seit einer Viertelstunde einfach aus dem Fenster. Es kümmerte sie nicht, dass es spät wurde. Die Sonne war so tief gesunken, dass sich die schwindelerregend hohen Wolkenkratzer aus Glas und Stahl gegen einen rot glühenden Himmel abhoben. Sie hatte wieder einmal die Sechs-Uhr-Nachrichten versäumt. Ihr Chef, Mr. Graham, war vor über einer Stunde gegangen. Es bestand kein Grund, sich nicht in die überfüllten Straßen zu begeben, doch sie hatte keine Lust, nach Hause zu gehen.

Sie hatte ihre Eigentumswohnung mit viel Mühe so behaglich und heimelig wie nur möglich gestaltet, doch in letzter Zeit quälte sie die Leere ihres Zuhauses. Sie konnte die Zimmer mit Musik füllen, sich einen Videofilm ansehen oder sich in ein Buch vertiefen, aber sie war dennoch allein. Allmählich entwickelte sich das zu einem Zustand der Einsamkeit statt der Zurückgezogenheit.

Vielleicht liegt es am Wetter, dachte sie müde. Der Sommer war heiß und feucht, doch sie wusste im Grunde, dass es nicht die Hitze war, die sie belastete. Es war das unausweichliche Gefühl, dass ihr die Zeit entglitt, dass der Sommer wieder einmal starb und dem Herbst das Feld räumte. Trotz der brütenden Hitze schien sie die Kälte des Winters bereits in den Knochen zu spüren. Es war mehr als der Wechsel von einer Jahreszeit zur anderen. Es war ihre Jugend, die ihr unausweichlich entglitt.

Die Jahre waren vergangen, und sie hatte sich in ihrer Arbeit vergraben, weil es sonst nichts gab. All die Dinge, die sie sich wirklich wünschte, waren an ihr vorbeigegangen. Sie wollte keine Reichtümer oder materiellen Dinge. Sie wollte Liebe, einen Ehemann und Kinder, ein Zuhause voller Fröhlichkeit und Sicherheit – all die Dinge, die sie als Kind nie kennengelernt hatte. Sie träumte nicht einmal mehr davon, und das war das Allertraurigste. Aber sie hatte nie eine Chance gehabt. Sie hatte sich in den einen Mann verliebt, den sie nicht haben konnte, und sie schien eine der Frauen zu sein, die nur einmal im Leben lieben können.

Gedämpft klingelte ihr Telefon. Mit erstaunter Miene griff sie zum Hörer. Wer mochte um diese Zeit noch anrufen? „Sarah Harper", meldete sie sich sachlich.

„Sarah, hier ist Rome", grüßte eine tiefe Stimme.

Ihr Herz machte einen Satz und pochte ihr dann bis zum Halse. Sie brauchte seinen Namen nicht zu hören, um ihn zu erkennen. Sie kannte seine Stimme wie ihre eigene. Sie schluckte schwer, richtete sich auf und redete sich ein, dass es nur ein gewöhnlicher Geschäftsanruf sei. „Ja, Mr. Matthews?"

„Ach komm, nenn mich nicht so! Es ist ja okay im Büro, aber jetzt reden wir privat."

Sarah schluckte erneut, brachte aber kein Wort heraus. Hatten ihre Gedanken an ihn den Anruf verursacht? Schließlich war es Monate her, seit er mehr zu ihr gesagt hatte als einen höflichen Gruß, wenn er ins Büro kam, um mit Mr. Graham zu sprechen.

„Sarah?" Er klang jetzt wirklich ungehalten.

„Ja, ich bin noch dran."

„Ich verkaufe das Haus", verkündete er ohne Umschweife. „Ich packe die Sachen von Diane und den Jungen ein. Ich gebe sie der Heilsarmee. Aber ich habe eine Schachtel mit Erinnerungen aus Dianes Schulzeit gefunden, Fotos von euch beiden und ähnliche Dinge. Wenn du etwas davon möchtest, kannst du es haben. Wenn nicht ..."

Er vollendete den Satz nicht, aber sie wusste es. Wenn nicht, würde er alles verbrennen. Ihr schauderte bei der Vorstellung, die Sachen anzusehen und an die Jahre erinnert zu werden, die sie mit Diane aufgewachsen war, aber sie konnte ihn die Andenken auch nicht verbrennen lassen. „Ja", brachte sie in rauem Ton hervor. „Ja, ich möchte sie gern haben."

„Ich fahre jetzt zum Haus und packe weiter. Du kannst dir die Schachtel jederzeit heute Abend holen."

Sarah's Geschichte

„Ich komme. Danke", flüsterte sie, und er legte auf, während sie den Hörer noch ans Ohr gepresst hielt.

Sarahs Hand zitterte, als sie schließlich auflegte. Hastig nahm sie ihre Tasche aus der untersten Schublade, machte die Lichter aus und verschloss die Bürotür hinter sich.

Nicht nur ihre Hand zitterte, sondern ihr ganzer Körper. Allein der Klang seiner Stimme übte stets diese Wirkung auf sie aus, obwohl sie sich seit Jahren dagegen wehrte, an ihn zu denken oder von ihm zu träumen. Sie hatte sich sogar in eine andere Abteilung versetzen lassen, um ihn nicht tagtäglich im Büro zu sehen, doch das hatte sich als sinnlos erwiesen. Er war beständig aufgestiegen und einer der Vizepräsidenten geworden. Ihre Position als Sekretärin des Seniorvizepräsidenten brachte sie ständig in Kontakt mit ihm. Zum Glück wahrte er eine rein geschäftsmäßige Haltung ihr gegenüber, und sie zwang sich, ihn ebenfalls so zu behandeln. Was blieb ihr anderes übrig, wenn sie so dumm war, sich in den Mann ihrer besten Freundin zu verlieben?

Obwohl es im Parkhaus einige Grade kälter war als auf der Straße, schlug ihr die Hitze entgegen, als sie zu ihrem Wagen ging, dem neuesten Modell eines Datsun 280-ZX. Das Auto war, wie sie befürchtete, ein Beispiel für ihre zunehmende Neigung, als Ersatz für die innere Leere Dinge zu sammeln. Es war großartig, brachte sie schneller als nötig überall hin, und es war ein Vergnügen, diesen Wagen zu fahren. Aber sie brauchte ihn nicht. Sein Vorgänger war in Ordnung gewesen und gar nicht so alt.

Statt direkt zu dem Haus in dem recht vornehmen Viertel zu fahren, in dem Rome und Diane gewohnt hatten, ging Sarah in ein Restaurant und vertrödelte anderthalb Stunden. Sie stocherte in ihren Meeresfrüchten herum, während ihr Gefühl ihr riet, schnell zu Rome zu fahren. Doch gleichzeitig widerstrebte es ihr irgendwie, das Haus zu betreten, in dem er mit Diane gelebt hatte, in dem sie mit Diane gelacht und mit den Babys gespielt hatte. Sie hatte es seit zwei Jahren nicht mehr betreten. Ja, es waren fast zwei Jahre seit dem Unfall vergangen.

Um acht Uhr beglich sie die Rechnung und fuhr gemächlich,

11

bedächtig zu dem Haus. Ihr Herz pochte erneut heftig, ihr war ein wenig übel, und ihre Handflächen waren feucht.

Romes dunkelblauer Mercedes stand in der Auffahrt. Sie parkte dahinter und stieg aus. Zögernd ging sie zum Haus, stieg die fünf flachen Stufen hinauf und drückte den Klingelknopf. Das Gras war gemäht worden, wie ihr auffiel, und die Hecke gestutzt. Das Haus wirkte nicht leer, aber es war leer. Bedrückend leer.

Nach einer Weile öffnete Rome die Tür und ließ Sarah eintreten. Sein Anblick überwältigte sie. Sie hatte nicht erwartet, dass er einen dreiteiligen Anzug trug, aber sie hatte vergessen, wie kräftig er gebaut war, wie überwältigend er in Freizeitkleidung aussah. Er trug Turnschuhe ohne Socken, eine hautenge Jeans und ein weißes T-Shirt, das seinen muskulösen Oberkörper umspannte, und er sah für sie einfach wundervoll aus.

Erstaunt blickte er an ihrem eleganten Kostüm hinab. „Du warst noch nicht zu Hause?"

„Nein. Ich habe nur unterwegs zu Abend gegessen." Es war unangenehm warm im Haus. Er hatte einige Fenster geöffnet, die Klimaanlage war aber nicht eingeschaltet. Sie zog die leichte Leinenjacke aus und wollte sie schon in den Garderobenschrank hängen, wie sie es stets auf Besuch bei Diane getan hatte. Dann hielt sie inne und warf sie einfach über das Treppengeländer.

Während er sie hinaufführte, lockerte sie den Kragen ihrer weißen Seidenbluse und rollte sich die Ärmel bis zu den Ellbogen auf.

Rome blieb vor dem Schlafzimmer stehen, das er mit Diane geteilt hatte. Seine dunklen Augen blickten finster, sein Mund wirkte grimmig, als er die Tür aufschloss. „Die Sachen sind da drinnen im Schrank. Ich bin im Kinderzimmer und packe dort. Lass dir ruhig Zeit."

Sarah wartete, bis er im anderen Schlafzimmer verschwunden war, bevor sie die Tür öffnete und eintrat. Sie schaltete das Licht ein und blieb stehen. Alles war so belassen, wie es am Tag des Unfalls gewesen war. Das Buch, in dem Diane gelesen hatte, lag auf dem Nachttisch. Ihr Nachthemd lag am Fußende des Bettes. Rome hatte seit ihrem Tod keine Nacht mehr in diesem Raum verbracht.

Sarah's Geschichte

Sarah holte den Karton aus dem Schrank und setzte sich auf den Fußboden. Tränen verschleierten ihr die Sicht, als sie das erste Foto von sich und Diane herausnahm. Wenn es sie derart schmerzte, eine Freundin zu verlieren, wie musste Rome sich dann erst fühlen? Er hatte seine Frau und zwei Söhne verloren.

Sarah und Diane waren die gesamte Schulzeit über die besten Freundinnen gewesen. Diane hatte wie ein menschlicher Dynamo gewirkt und die stillere Sarah mit sich gerissen. Ihre blauen Augen hatten gefunkelt und ihre honigbraunen Locken gewippt, und sie hatte jeden mit ihrer überschäumenden Lebensfreude angesteckt. Sie hatte nie heiraten, sondern als berühmte Modedesignerin um die ganze Welt reisen wollen. Sarah dagegen hatte immer von einer richtigen, liebevollen Familie geträumt.

Irgendwie, irgendwann hatten sich ihre Pläne umgekehrt. Diane hatte sich in einen großen, dunkeläugigen, aufstrebenden leitenden Angestellten verliebt, und seit dem Moment wusste Sarah, dass sich ihr Traum niemals erfüllen würde. Diane hatte herzlich gern auf eine brillante Karriere als Modeschöpferin verzichtet, Rome Matthews geheiratet und ihm zwei bezaubernde Söhne geschenkt. Sarah hatte sich stillschweigend ihrem Beruf gewidmet, der ihren einzigen Trost darstellte.

Sie hatte versucht, Rome nicht zu lieben, hatte aber feststellen müssen, dass Gefühle sich nicht so leicht steuern ließen. Hätte sie ihn nicht schon vor seiner Bekanntschaft mit Diane geliebt, hätte sie ihre Gefühle vielleicht bezwingen können. Doch tief in ihrem Innern hatte sie auf den ersten Blick gewusst, dass er mehr als nur ein Arbeitskollege für sie war.

Es liegt an seinen Augen, dachte sie. Sie waren so tief und dunkel und voll brennender Intensität. Roman Caldwell Matthews war kein Leichtgewicht. Er besaß Triebkraft und Energie, verbunden mit einer blitzartigen Intelligenz, die ihn im Nu an die Spitze der Geschäftsleitung befördert hatte.

Dabei war er nicht schön. Sein Gesicht wirkte grob gemeißelt. Seine Wangenknochen waren zu scharf und hoch, seine Nase war ein wenig schief, und sein Kinn wirkte fest wie Granit. Er war

13

ein Mann, der nach dem Leben griff und es nach seinem Belieben formte. Er war stets freundlich zu ihr, aber sie wusste, dass sie zu still und unscheinbar war, um diesen Mann mit seiner eindrucksvollen Persönlichkeit fesseln zu können.

Dennoch hatte sie nicht erwartet, dass er sich auf den ersten Blick in die schöne Diane verlieben würde – damals in jenem Sommer anlässlich der Betriebsfeier, die Sarah zusammen mit Diane besucht hatte. Aber es war geschehen. Fünf Monate später hatten Diane und Rome geheiratet. Drei Monate nach ihrem ersten Hochzeitstag war Justin zur Welt gekommen, und zwei Jahre später Shane. Zwei wundervolle Jungen, mit dem Aussehen ihrer Mutter und der Entschlusskraft ihres Vaters, und Sarah liebte sie, weil es Romes Kinder waren.

Sie hatte Diane auch weiterhin nahegestanden, ihre Besuche jedoch auf die Zeiten beschränkt, wenn Rome geschäftlich verreist war, was allerdings sehr häufig vorkam. Sie wusste nicht genau, warum, aber sie spürte, dass er ihre enge Freundschaft mit Diane missbilligte, obgleich er ihres Wissens nie etwas Derartiges geäußert hatte. Vielleicht mochte er sie einfach nicht, obwohl sie ihm nie etwas getan hatte. Sie bemühte sich, ihm aus dem Weg zu gehen, und sie hatte Diane niemals etwas von ihren Gefühlen verraten. Es hätte Diane nur irritiert und ihrer Freundschaft geschadet.

Sarah hatte sich mit anderen Männern verabredet, aber nur gelegentlich. Es erschien ihr unfair, eine engere Beziehung einzugehen, sie konnte doch keine Liebe erwidern. Jeder, der sie fragte, wann sie zu heiraten gedachte, erhielt dieselbe Antwort: Sie liebte ihren Beruf zu sehr, um für irgendeinen Mann die Socken zu waschen. Es war eine unbekümmerte Standardantwort, die sie schützte, und es war eine Lüge. Ihr hatte nie an einer Karriere gelegen, aber ihr war nichts anderes geblieben, und daher gab sie ihr Bestes.

Rome hatte sehr an Diane und den Kindern gehangen. Der Autounfall vor inzwischen beinahe zwei Jahren hatte ihn fast vernichtet. In jedem Fall hatte er Romes Lachen vernichtet sowie das feurige Funkeln in seinen Augen.

Diane hatte die Jungen zur Schule gefahren, als ein Betrunke-

Sarah's Geschichte

ner aus seiner Spur gekommen war und sie frontal gerammt hatte. Wäre der Unglücksfahrer nicht auf der Stelle tot gewesen, hätte Rome ihn vermutlich eigenhändig erwürgt. Justin war sofort gestorben, Shane zwei Tage später und Diane nach zwei Wochen, ohne das Bewusstsein je wiedererlangt zu haben.

Bedächtig musterte Sarah die Fotos, sah sich selbst und Diane in verschiedenen Phasen der Kindheit und Jugend sowie die Jungen als Babys, Kleinkinder und lärmende Strolche. Auf einigen Fotos war Rome zu sehen, wie er mit den Kindern spielte, den Wagen wusch, den Rasen mähte, all die normalen Dinge tat, die Väter und Ehemänner taten.

Sarah verweilte bei einem Bild, auf dem er auf dem Rücken im Gras lag, nur mit kurzen Jeans-Shorts bekleidet, und Justin mit starken, gebräunten Armen hoch über den Kopf hielt.

„Hast du etwas gefunden, das dich interessiert?"

Erschrocken zuckte sie zusammen und ließ das Foto zurück in die Schachtel fallen. Ihr wurde bewusst, dass Rome ganz allgemein fragte und ihren sehnsüchtigen Blick auf das Foto nicht bemerkt hatte. Sie stand auf und strich sich den Rock glatt. „Ja, ich nehme die Schachtel. Da sind viele Fotos von Diane und den Jungen. Wenn du nicht …"

„Nimm sie", sagte er schroff. Er blieb mitten im Raum stehen und schaute sich um, als hätte er ihn nie zuvor gesehen. Doch sein Blick wirkte trostlos, und sein Mund sah aus, als würde er nie wieder lächeln. Sarah wusste, dass er hin und wieder lächelte, auf gewisse Weise, doch es war nur eine höfliche Bewegung der Lippen statt ein Ausdruck von Humor. Das Lächeln erreichte nie seine Augen, erweckte nie das Funkeln von einst.

Er schob die Hände in die Hosentaschen und straffte die Schultern, wie um sich gegen die Erinnerungen zu wappnen, die dieser Raum für ihn bergen musste. In diesem Bett hatte er mit Diane geschlafen und mit den Kindern herumgetollt.

Hastig hob Sarah die Schachtel auf und wandte den Blick von Rome ab, um seinen Schmerz nicht mit ansehen zu müssen.

Der Schmerz war ebenso in ihr wie in ihm. Sie liebte ihn genug, um ihm Diane zurückzuwünschen, damit er wieder lächeln konnte. Er gehörte ohnehin für immer Diane, denn ihr Tod hatte seine Liebe zu ihr nicht ausgelöscht. Er trauerte noch immer um sie.

„Ich bin im Kinderzimmer fertig", erklärte er mit verschlossener Miene. „Es ist alles gepackt. Ich … ich …" Plötzlich brach seine Stimme. Zorn verzerrte sein Gesicht. Er wirbelte herum und schlug mit der Faust auf die Kommode, sodass die Fläschchen und Dosen darauf klirrten. „Verdammt!", fluchte er und sank dann resigniert in sich zusammen. „Irgendwie war es schlimmer, die Kinder zu verlieren, als Diane", sagte er mit erstickter Stimme. „Sie waren noch so jung. Sie hatten keine Chance zu leben. Sie haben nie erfahren, wie es ist, in der Sportmannschaft der High School zu spielen, oder ins College zu gehen, oder zum ersten Mal eine Freundin zu küssen. Sie haben nie eine Frau geliebt, haben keine Kinder bekommen. Sie hatten nie eine Chance."

Sarah drückte die Schachtel an die Brust. „Justin hat seine Freundin geküsst", sagte sie zittrig, mit einem winzigen Lächeln trotz des Schmerzes. „Sie hieß Jennifer. Es gab vier Jennifers in seiner Klasse, aber er hat sehr entschieden verkündet, dass sie die hübscheste sei. Er hat sie auf den Mund geküsst und sie gefragt, ob sie ihn heiraten will, aber sie hat Angst bekommen und ist weggelaufen. Er hat mir gesagt, dass sie vermutlich noch nicht reif für die Ehe sei, dass er sie aber im Auge behalten wolle. Das ist fast wörtlich", fügte sie hinzu. Sie hatte Justins Sprechweise imitiert, schleppend und erstaunlich klar für einen Siebenjährigen, und Romes Lippen zuckten.

Er blickte sie an, und plötzlich tanzten goldene Lichter in seinen schwarz-braunen Augen. Er gab einen erstickten Laut von sich, und dann lachte er laut und herzhaft. „Teufel auch, er war eine harte kleine Nuss", meinte er schmunzelnd. „Jennifer hätte keine Chance gehabt."

Ihr Herz schlug höher bei dem ersten richtigen Lachen, das sie seit zwei Jahren von Rome hörte. Seit dem Unfall hatte er nie von Diane oder den Jungen gesprochen, sondern all seine Erinnerungen zusammen mit dem Schmerz in sich aufgestaut. Sie hielt noch immer die Schachtel an sich gedrückt. „Diese Fotos ... wenn du welche davon möchtest ...“

„Danke.“ Er zuckte mit den Schultern, so als wollte er die Spannung aus ihnen vertreiben. „Es ist härter, als ich es mir vorgestellt hatte. Es ist ... immer noch beinahe unerträglich.“

Sarah versteifte sich innerlich. Sie konnte weder antworten noch ihn ansehen, ohne in Tränen auszubrechen. Zum Teil litt sie um seinetwillen, weil er so unendlich litt, doch sie durfte es ihm nicht noch schwerer machen. Sie hatte ihn nicht einmal bei den Beerdigungen in die Arme schließen können. Er hatte sich steif gegeben, mit abweisender Miene, durch seinen Schmerz von allen um sich her abgesondert. Er war allein, war unfähig, seinen Kummer zu teilen.

Als sie wieder aufblickte, saß er auf dem Bett, in dem er mit Diane geschlafen hatte, und hielt ihr Nachthemd in den Händen. Mit gesenktem Kopf ließ er die Seide immer wieder durch seine Finger gleiten.

„Rome ...“ Sie hielt inne, wusste nicht, was sie sagen sollte. Was konnte sie schon sagen?

„Ich wache nachts immer noch auf und greife nach ihr“, murmelte er rau. „Dieses Nachthemd hat sie getragen, als ich zum letzten Mal mit ihr geschlafen habe. Ich kann es immer noch nicht fassen, dass sie nicht mehr da ist. Es ist ein hohler Schmerz, der nicht weggeht, egal, wie viele Frauen ich mir nehme.“

Sarah rang nach Atem. Ihre meergrünen Augen nahmen einen verschlossenen Ausdruck an.

Er blickte auf, mit bitterer Miene. „Schockiert dich das, Sarah? Dass ich andere Frauen habe? Ich war Diane acht Jahre lang treu, habe nicht einmal eine andere geküsst, obwohl ich manchmal, wenn ich auf Geschäftsreise war, die ganze Nacht wach gelegen und mich so sehr nach einer Frau gesehnt habe, dass es schmerzte. Aber keine andere hätte es getan. Es musste Diane sein. Also habe ich gewartet, bis ich nach Hause kam, und dann haben wir die ganze Nacht nicht geschlafen.“

Sarahs Kehle war wie zugeschnürt. Sie wich zurück. Sie wollte das nicht hören. Sie hatte stets versucht, ihn sich nicht im Bett mit Diane vorzustellen, ihre Freundin nicht zu beneiden, ihre Freundschaft nicht durch Eifersucht aufs Spiel zu setzen. Zu Dianes Lebzeiten war es ihr gelungen, doch nun riefen Romes Worte ungewollte Vorstellungen in ihr wach. Sie wandte sich von ihm ab.

Das Bett quietschte, als er aufstand. Plötzlich ergriff er sie hart an den Armen und wirbelte sie zu sich herum. Sein Gesicht war weiß und zornerfüllt. „Was ist los, heilige Sarah? Bist du derart in deinem mentalen Kloster vergraben, dass du es nicht ertragen kannst, von normalen Menschen zu hören, die sündigen Sex genießen?"

Sarah stand wie erstarrt, verblüfft über seinen Zorn. Undeutlich wurde ihr bewusst, dass er nicht ihr zürnte, sondern dem Schicksal, das ihm seine Frau genommen hatte. Doch Rome in Wut war ein furchterregender Mann.

Er schüttelte sie, so als wollte er sie dafür bestrafen, dass sie lebte, während Diane tot war. „Ich kann immer noch nicht mit einer anderen Frau schlafen", stieß er mit gequälter Stimme hervor. „Ich spreche nicht von Sex. Ich habe mir schon zwei Monate nach Dianes Tod eine andere Frau genommen und mich gleich danach dafür gehasst und schuldig gefühlt. Ich hatte das Gefühl, Diane untreu zu sein. Ich habe es nicht mal besonders genossen, aber es in der nächsten Nacht wieder getan, um mich wieder schuldig zu fühlen. Ich wollte mich selbst dafür bestrafen, dass ich lebe und sie tot ist. Seitdem hat es viele Frauen gegeben. Jedes Mal, wenn ich Sex brauche, ist eine willige Frau da. Aber wenn es vorbei ist, muss ich gehen. In meinem Kopf bin ich immer noch Dianes Ehemann, und ich kann mit keiner anderen als ihr schlafen."

Sarah fühlte sich wie erstickt durch seinen harten Griff, seinen heißen Atem auf ihrer Wange und sein zorniges Gesicht so nahe an ihrem. Sie riss sich von ihm los, ballte die Hände zu Fäusten. Sie wollte nichts von seinen Intimitäten mit anderen Frauen hören. Sie fixierte ihn mit einem verzweifelten Blick, aber er bemerkte es nicht.

Sarah's Geschichte

Mit einem Stöhnen sank er auf die Knie und vergrub mit bebenden Schultern das Gesicht in den Händen. Sie ging neben ihm auf den Boden und schlang die Arme um ihn, wie sie es sich schon so oft ersehnt hatte. Augenblicklich presste er sie an sich. Er barg das Gesicht an ihren weichen Brüsten und schluchzte. Sarah hielt ihn fest umschlungen, streichelte sein Haar und ließ ihn weinen. Viel zu lange hatte er seinen Kummer in sich aufgestaut. Ihr Gesicht war feucht, doch sie spürte die heißen Tränen nicht, die ihr die Sicht verschleierten. Sie wiegte ihn sanft, ohne Worte. Nur ihre Nähe vertrieb seine bittere Einsamkeit.

Allmählich beruhigte er sich und ließ die Hände an ihrem Rücken hinaufwandern. Sie spürte die warme Luft auf ihren Brüsten, als er tief durchatmete. Die Knospen verhärteten sich, eine unwillkürliche Reaktion, und sie vergrub automatisch die Finger in seinem Haar.

Er hob den Kopf. Mit feuchten Augen blickte er sie an, wischte ihr zärtlich die Tränen von den Wangen. „Sarah", flüsterte er seufzend und berührte ihre Lippen mit seinen.

Sie erstarrte, hielt den Atem an. Es war nur ein schlichter Kuss der Dankbarkeit, doch ihr schwindelte vor Glück. Sie sank an seinen Körper, und er stützte sie augenblicklich und drückte sie an sich.

Erneut hob er den Kopf und betrachtete sie. Er war zu sehr Mann, um ihre Reaktion nicht richtig zu verstehen. Sein Blick glitt zu ihrem vollen, leicht geöffneten Mund, und dann küsste er sie erneut. Diesmal hatte die Berührung seiner Lippen nichts Zärtliches. Es war vielmehr ein hungriger, fordernder Kuss, ein intimer Kuss, der sie vor Verlangen aufseufzen ließ.

Er drückte sie an sich und sank mit ihr auf den Boden. Es entsprach so sehr ihren wenigen verbotenen Träumen, dass sie vergaß, wo sie waren, dass sie alles vergaß außer Rome. Sie bog sich ihm entgegen, suchte die berauschende Schwere seines Körpers. Sarah verlor jedes Gefühl für Zeit und Raum, spürte nur das Verlangen, das zwischen ihnen aufloderte, spürte nur seine Hände, mit denen er ihre Brüste liebkoste, unter ihren Rock fuhr und sie aufreizend zwischen den Schenkeln streichelte. Sie dachte nicht einmal an Protest. Sie ließ ihn tun, wie ihm beliebte, gab sich völlig den wundervollen Empfindungen hin, die er ihr mit seinen Händen bereitete. Er kannte die Frauen, und seine erfahrenen Berührungen erregten sie maßlos.

Er sprang auf, hob sie mühelos auf die Arme, trug sie mit wenigen schnellen Schritten zum Bett. Mit einem leisen Stöhnen legte er sich auf sie, drängte ihre Beine mit seinen auseinander und schmiegte sich an sie.

Sarah klammerte sich an ihn, benommen vor Verlangen. Sie liebte ihn schon so lange, und in diesem Moment schienen sich all ihre geheimen Wünsche zu erfüllen. Sie war bereit, ihm alles zu gestatten, alles zu geben, und sie wusste, was er von ihr wollte. Sie spürte das Ausmaß seines Verlangens, als er sich an sie presste.

Dann plötzlich erstarrte er, rollte sich von ihr fort und setze sich auf die Bettkante. Er beugte sich vor und barg das Gesicht in den Händen. „Zum Teufel mit dir!", stieß er geradezu angewidert hervor. „Du warst angeblich ihre Freundin, aber du vergnügst dich mit ihrem Mann, in ihrem Bett."

Benommen setzte Sarah sich ebenfalls auf, richtete ihre Kleidung und strich sich die Haare aus dem Gesicht. Sie hörte den Vorwurf in seiner Stimme und konnte ihm nicht böse sein. Sie wusste, wie schuldig er sich fühlen musste und wie verletzlich er nach seinem Gefühlsausbruch war. „Ich war ihre beste Freundin", erwiderte sie mit zittriger Stimme.

„Du benimmst dich aber nicht so."

Mit weichen Knien glitt sie vom Bett. „Wir sind beide durcheinander und haben ein bisschen die Beherrschung verloren. Ich habe Diane wie eine Schwester geliebt, und ich vermisse sie auch. Es besteht kein Grund, sich schuldig zu fühlen. Es war nichts Sexuelles dabei. Wir waren nur beide aufgeregt …"

Mit zorniger Miene sprang er auf. „Nichts Sexuelles? Zum Teufel! Ich war zwischen deinen Beinen. Einen Moment später, und es wäre passiert. Wie hättest du es dann genannt? Hätten wir uns gegenseitig getröstet? Himmel, du hast ja überhaupt keine Ahnung

Sarah's Geschichte

von Sex! Du bist viel zu sehr Eisberg, um etwas von Männern oder ihren Wünschen zu verstehen."

Sarah erblasste. Ihre sinnlichen Lippen zitterten. „Das habe ich nicht verdient", wisperte sie, wirbelte herum und lief zur Tür hinaus und die Treppe hinunter.

„Sarah!", rief er ihr zornig nach. Er erreichte die Haustür, als sie gerade ihren kleinen roten Wagen startete. Mit quietschenden Reifen wendete sie und fuhr die Auffahrt hinab. Er stand in der Tür und blickte den Schlusslichtern nach, bis sie um eine Kurve verschwanden. Dann knallte er die Tür zu und fluchte heftig.

Er sah Sarahs Kostümjacke auf dem Geländer und nahm sie in die Hand. Verdammt! Wie hatte er so etwas zu ihr sagen können? Sie hatte es wirklich nicht verdient. Er hatte seine eigenen Schuldgefühle an ihr ausgelassen, die er nicht nur wegen dieses Abends hegte, sondern wegen all der Jahre, die er sie bereits begehrte.

Rome starrte auf die Leinenjacke in seiner Hand und presste die Lippen zusammen. Merkte Sarah nicht, wie provozierend sie auf Männer wirkte? Sie war so kühl und zurückhaltend, so selbstgenügsam. Sie ging ganz in ihrer Karriere auf und machte sehr deutlich, dass sie keinen Mann brauchte.

Er erinnerte sich an das erste Mal, da er Sarah begehrt hatte – auf seiner eigenen Hochzeit. Sie hatte ein wenig abseits gestanden, wie so häufig, das hellblonde Haar hochgesteckt und eine höfliche Maske auf dem Gesicht. Ist sie nie erhitzt oder zerzaust oder zappelig?, hatte er sich gefragt und sich vorgestellt, wie sie mit ihm im Bett aussehen würde – die Haare wirr von ihrem wilden Liebesspiel, die Lippen geschwollen von seinen Küssen, der Körper feucht vor Hitze. Und plötzlich war ein tiefes Verlangen in ihm erwacht. Er hatte sich abgewandt und ihr gegrollt, weil er sie sogar auf seiner Hochzeit mit Diane begehrte.

Die Jahre hatten die Situation nicht geändert. Sie war stets kühl und abweisend ihm gegenüber gewesen, und sie blieb nie, wenn er nach Hause kam. Er liebte Diane, war ihr treu und völlig zufrieden mit ihr im Bett, und dennoch blieb dieses Verlangen nach Sarah bestehen. Hätte sie ihn ermutigt, wäre er Diane dann treu geblieben?

Er wollte es glauben, aber er war sich nicht sicher. Schließlich hatte er sie heute, nach dem ersten Kuss, sogar beinahe auf dem Fußboden geliebt. Nur aus Rücksicht auf ihren zarten Körper hatte er sie auf das Bett gehoben, und durch diese Unterbrechung war er wieder zu sich gekommen.

In seinen Armen hatte sie sich nicht kühl und reserviert gegeben, sondern warm und hingebungsvoll, und ohne Zögern hätte sie sich ihm hingegeben. Ein paar feine Haarsträhnen hatten sich aus dem strengen Knoten gelöst und sich bezaubernd um ihr glühendes Gesicht gelockt. So wollte er sie: die adrette, distanzierte Fassade zerstört.

Einmal war er von einer Reise vorzeitig nach Hause gekommen und hatte sie mit Diane und den Jungen im Pool vorgefunden. Sie hatte gelacht und herumgetollt wie ein Kind, doch sobald sie ihn gesehen hatte, war ihr Lachen verstummt. Betont gelassen hatte sie sich von Diane verabschiedet und den Pool verlassen. Ihr Anblick in einem hellgelben Bikini, mit ausnahmsweise offenen, lockigen Haaren hatte ihn derart erregt, dass er schnell ins Wasser hatte springen müssen. Als er wieder auftauchte, hatte sie sich bereits eine kurze Jeans angezogen, die ihre wundervollen langen Beine ausgesprochen betonte, und war eilig davongegangen.

Er hätte sich keine bessere Ehefrau als Diane wünschen können. Doch so sehr er sie auch liebte, so sehr er sich noch immer nach ihr sehnte, begehrte er Sarah dennoch. Es hatte nichts mit Liebe zu tun. Es war eine rein körperliche Anziehungskraft. Dennoch bedeutete Sex mit Sarah eher Untreue gegenüber Diane als mit all den anderen namenlosen, gesichtslosen Frauen. Denn er kannte Sarah, er wollte den Sex mit ihr. Er wollte zusehen, wie sie unter ihm wild wurde, wie sie voller Leidenschaft seinen Namen flüsterte.

Aber sie war Dianes beste Freundin.

Benommen lag Sarah im Bett. Ihre Tränen waren schließlich versiegt, doch sie konnte nicht einschlafen. Als das Telefon klingelte, war sie sehr versucht, es zu ignorieren. Wer immer es sein mochte, sie wollte mit niemandem reden. Ein Anruf um zwei Uhr morgens

Sarah's Geschichte

konnte allerdings einen Notfall bedeuten. Schließlich nahm sie den Hörer ab und meldete sich mit verweinter Stimme.

„Sarah, ich wollte nicht …"

„Ich will nicht mit dir reden", unterbrach sie Rome. Der Klang seiner tiefen Stimme raubte ihr die zerbrechliche Selbstbeherrschung, und sie begann erneut zu weinen. Obwohl sie die Schluchzer zu verbergen suchte, waren sie zu hören. „Ich weiß vielleicht nichts von Männern, aber du weißt nichts von mir. Ich will nicht mehr mit dir reden, hörst du?"

„Himmel, du weinst ja." Er stöhnte leise, und es erweckte in ihr gleichzeitig Schmerz und Sehnsucht.

„Ich habe gesagt, dass ich nicht mit dir reden will!"

„Leg nicht auf", bat er, aber sie tat es dennoch.

„Du weißt gar nichts von mir", flüsterte sie in die Dunkelheit, und dann vergrub sie das Gesicht im Kissen und weinte erneut, bis ihre Tränen versiegten.

2. KAPITEL

Zum Glück war der nächste Tag ein Samstag, denn nach der schrecklichen Nacht, in der Sarah abwechselnd geweint und gegen die Decke gestarrt hatte, erwachte sie müde, mit schweren Lidern und bleiernem Körper. Sie zwang sich, ihre üblichen Haushaltspflichten zu erledigen, und sank am Nachmittag müde auf das Sofa. Sie hätte Lebensmittel einkaufen sollen, doch ihr war nicht danach zumute, das Haus zu verlassen.

Als es unerwartet an der Tür klingelte, stand sie auf und ging öffnen, ohne zu überlegen, wer der Besucher sein könnte. Als sie Rome vor sich sah, fühlte sie sich noch niedergeschlagener als vorher. Warum hatte er nicht bis Montag warten können? Bis dahin hätte sie sich erholt und sich nicht so benachteiligt gefühlt.

Sie hatte nicht einmal den Trost anständiger Kleidung. Das lange Haar hing ihr offen über den Rücken hinab. Sie trug eine alte verblichene Jeans und einen übergroßen Sweater ohne BH, was vermutlich zu erkennen war. Sie unterdrückte den Drang, die Arme schützend vor der Brust zu kreuzen, als er den Blick von ihren Füßen in blauen Socken bis zu ihrem Gesicht hinaufgleiten ließ, das keine Spur von Make-up aufwies.

„Lass mich rein", forderte er sie auf.

Sie trat zurück und öffnete die Tür, und er betrat an ihr vorbei das Haus. „Setz dich", lud sie ihn ein. Er nahm auf dem Sofa und sie ihm gegenüber in einem Polstersessel Platz.

Rome war überrascht von ihrem Äußeren. Es fiel ihm schwer, diese neue Seite an ihr einzuordnen. Er hatte erwartet, sie in Pumps und vornehmer Seide, mit kühler, abweisender Miene anzutreffen. Stattdessen wirkte sie sehr jung, sehr entspannt und sehr sexy in den bequemen alten Kleidungsstücken. Ihre anmutige Gestalt gestattete ihr, sogar ein altes T-Shirt mit lässiger Eleganz zu tragen. Er wusste, dass sie und Diane gleichaltrig gewesen waren. Demnach musste sie dreiunddreißig sein, aber ihr ungeschminktes Gesicht wies eine Frische auf, die sie um zehn Jahre jünger wirken ließ. Die zurückhaltende Pose, die er erwartet hatte, war verschwunden.

Sarah's Geschichte

Genussvoll ließ er den Blick auf ihren Brüsten verweilen und bemerkte zu seiner Überraschung, dass ihre Wangen erglühten.

„Es tut mir leid wegen gestern Abend", begann er unvermittelt. „Zumindest tut mir leid, was ich gesagt habe. Es tut mir nicht leid, dass ich dich geküsst habe, oder dass ich beinahe mit dir geschlafen hätte."

Sarah wandte verlegen den Blick ab. „Ich verstehe. Wir waren beide …"

„Aufgeregt. Ich weiß." Er schenkte ihr ein kleines schiefes Lächeln. „Aber aufgeregt oder nicht, ich habe dich ein zweites Mal geküsst, weil ich es wollte. Ich möchte dich gern öfter sehen, mit dir ausgehen, wenn du mir verzeihen kannst, was ich gesagt habe."

Sie fuhr sich mit der Zunge über die Lippen. Einerseits wollte sie jede Gelegenheit beim Schopf ergreifen, um mit ihm zusammen zu sein, doch andererseits fürchtete sie, verletzt zu werden. „Ich glaube nicht, dass es eine gute Idee ist", meinte sie schließlich. „Diane … ich würde immer an Diane denken."

„Und ich ebenfalls. Aber das Leben geht weiter." Aufgewühlt strich er sich die Locke zurück, die ihm stets in die Stirn fiel. „Himmel, ich weiß auch nicht", sprudelte es verwirrt aus ihm hervor, „aber gestern Abend konnte ich zum ersten Mal über sie reden. Du hast sie gekannt, und du verstehst es. Bitte, Sarah, du warst Dianes Freundin. Sei jetzt meine Freundin."

Sie rang nach Atem. Welche Ironie des Schicksals, dass der Mann, den sie seit Jahren liebte, um ihre Freundschaft bat, weil er mit ihr über seine verstorbene Frau reden konnte! Zum ersten Mal grollte sie Diane wegen der Macht, die sie noch über den Tod hinaus über ihn besaß. Aber wie konnte Sarah ihm unter seinem verzweifelten Blick etwas abschlagen? Die Wahrheit war, dass sie ihm gar nichts verweigern konnte. „Also gut", flüsterte sie.

Er schloss die Augen vor Erleichterung. Es war ihm sehr wichtig, dass sie ihn nicht zurückwies. Sie stellte seine letzte Verbindung zu Diane dar, und am vergangenen Abend hatte er endlich das Eis gebrochen und festgestellt, dass sie keineswegs kalt war. Er beabsichtigte, es erneut zu tun. Die Vorstellung, ihre Leidenschaft

25

zu entfesseln, beschleunigte seinen Atem und ließ das Blut in seinen Lenden pochen.

Um sich von seinem Verlangen abzulenken, blickte er sich in der Wohnung um. Erneut war er überrascht. Es gab kein Glas und kein Chrom, nur behagliche Materialien und beruhigende Farben. Die Möbel wirkten stabil, bequem und einladend auf einen müden Geist. Er hätte sich gern auf dem Sofa ausgestreckt und sich ein Baseballspiel im Fernsehen angesehen, mit salzigem Popcorn und eiskaltem Bier. So behaglich wirkte der Raum. „Mir gefällt dieses Zimmer", bemerkte er.

Nervös blickte Sarah sich um. Ihr wurde bewusst, wie viel dieses private Reich, das sie sich erschaffen hatte, von ihrer wahren Persönlichkeit verriet. Dieses Heim vermittelte ihr die Wärme und Behaglichkeit, die sie ihr Leben lang ersehnt und vermisst hatte. Sie war in einem makellos und teuer eingerichteten, aber kalten und lieblosen Elternhaus aufgewachsen und ihm schon als Kind so oft wie möglich entflohen. Ihre Eltern, verbittert über die lieblose Ehe, hatten dem Kind keine Wärme schenken können, das zwar unschuldig, aber dennoch die Kette war, die sie aneinanderfesselte. Als sie sich schließlich hatten scheiden lassen, sobald Sarah ins College gegangen war, hatte das für alle drei eine Erleichterung bedeutet. Seitdem war Sarah ihren Eltern noch mehr entfremdet. Ihre Mutter hatte ein zweites Mal geheiratet und lebte auf den Bermudas. Ihr Vater, ebenfalls wieder verheiratet, war nach Seattle gezogen und mit siebenundfünfzig liebender Vater eines sechsjährigen Sohnes.

Plötzlich fiel ihr auf, dass sie alle Höflichkeiten vernachlässigt hatte, und sprang auf. „Entschuldige. Möchtest du etwas trinken?"

„Du hast nicht zufällig ein Bier, oder?", fragte er sanft.

Sie schmunzelte. „Nein, da hast du Pech. Die Auswahl beschränkt sich auf Limonade, Wasser, Tee oder Milch."

„Kein Alkohol?"

„Ich trinke nicht viel. Mein Körper verträgt das nicht. Ich habe im College festgestellt, dass ich die billigste Betrunkene bin, die man sich vorstellen kann."

Sarah's Geschichte

Wenn sie lächelte, wurde ihr Gesicht so lebhaft, dass ihm der Atem stockte. Er rutschte unbehaglich auf dem Sofa umher. Verflixt! Alles an ihr ließ ihn an Sex denken.

„Ich verzichte auf einen Drink. Es sei denn, du lädst mich zum Essen ein."

Sarah sank zurück in den Sessel. Wie konnte sie ihn zum Essen einladen? Es war später Nachmittag, und sie hatte nichts eingekauft. Das Einzige, was sie ihm bieten konnte, waren Erdnussbutterbrote, und er wirkte nicht wie ein Erdnussbuttertyp. Hilflos hob sie die Hände. „Meine Schränke sind zwar nicht leer, aber so gut wie. Ich kann dich zum Essen einladen, aber es würde ein sehr spätes Dinner, weil ich zuerst einkaufen gehen müsste."

Er lachte, und dieses tiefe, samtweiche Lachen ließ ihn so charmant wirken, dass ein Schauer über ihren Rücken rann.

„Warum führe ich dich nicht stattdessen zum Dinner aus?", schlug er vor, und plötzlich wusste sie, dass er das von Anfang an geplant hatte und sie nur necken wollte.

„In Ordnung", willigte sie ein. „Was hast du im Sinn?"

„Steaks. Wenn es in Texas nicht die größten Steaks der Welt gibt, dann gibt es sie nirgendwo. Ich habe nicht zu Mittag gegessen", gestand er ein.

Weil er so hungrig war, gingen sie früh essen. Sarah aß ihr Steak, ohne es zu schmecken. Sie konzentrierte sich völlig auf Rome und wunderte sich über den Lauf der Dinge. Sie konnte kaum glauben, dass sie eine normale Unterhaltung mit ihm führte, so als hätten die leidenschaftlichen Liebkosungen am Abend zuvor nie stattgefunden.

Das Gespräch drehte sich unweigerlich um ihre Arbeit. Sarahs Chef, Mr. Graham, war zwar Seniorvizepräsident, doch es war kein Geheimnis, dass nicht er, sondern Rome den Stuhl des Vorstandsvorsitzenden Mr. Edwards einnehmen würde, wenn dieser in den Ruhestand trat. Rome war jung und dazu ein brillanter Stratege. Sarah hielt ihn für äußerst geeignet für eine derart hohe Position, denn er besaß die erforderliche starke Persönlichkeit, die Intelligenz und die Ausstrahlung. In all den Jahren, die sie ihn kannte, hatte sie nur einmal erlebt, dass er die Beherrschung verlor. Er konnte sehr zornig werden, hatte sich jedoch gewöhnlich unter eiserner Kontrolle. Deshalb schien es umso erstaunlicher, dass er am Vorabend so wütend auf sie geworden war.

Zuerst wirkte Rome ein wenig steif, doch mit Fortschreiten des Dinners entspannte er sich und zeigte großes Interesse. Sarah war außerordentlich aufmerksam. Sie hatte im Laufe der Jahre viele Einsichten in die Firmenpolitik sowie in die Stärken und Schwächen der anderen Arbeitskollegen gewonnen. Gewöhnlich äußerte sie ihre Ansichten nicht, doch Rome gegenüber verschwand ihre Zurückhaltung. Ihr Gesicht, das gewöhnlich so verschlossen und abweisend wirkte, wurde lebendig angesichts seiner Aufmerksamkeit, und ihre meergrünen Augen funkelten reizvoll.

Das Gespräch verstummte nicht, als er sie schließlich nach Hause fuhr, und nachdem er vor ihrer Wohnung angehalten hatte, blieben sie im Wagen sitzen wie zwei Teenager und unterhielten sich weiter.

Unvermittelt nahm Rome ihre Hand und verkündete: „Ich habe diesen Abend sehr genossen. Es ist ewig her, dass ich mit einer Frau reden konnte. Seit Diane tot ist, hatte ich keine Beziehung zu einer Frau. Ich meine damit, mit einer Frau befreundet zu sein, mit ihr reden zu können, ihre Gesellschaft zu genießen, mich entspannen zu können. Ich glaube, das habe ich am meisten vermisst. Heute Abend war es sehr schön. Danke."

Sarah drückte seine Hand. „Dazu sind Freunde doch da."

Er begleitete sie zu ihrer Wohnung. Sarah schloss die Tür auf und knipste das Licht im Flur an, bevor sie sich zu ihm umdrehte. Sie lächelte ein wenig traurig, denn es tat ihr leid, den Abend zu beenden. „Gute Nacht. Es war schön." Mehr als schön, dachte sie insgeheim, es war himmlisch.

„Gute Nacht", wünschte Rome, aber er ging nicht. Er blieb in der Tür stehen, streichelte ihre Wange und beugte sich zu ihr. Sanft berührte er ihre Lippen mit seinen, und sie schloss die Augen und lehnte sich seufzend an ihn. Er zog sie an sich und vertiefte den Kuss.

Sarah's Geschichte

Verlangen erwachte in ihr. Sie schlang die Arme um seinen Nacken, schmiegte sich an ihn und erwiderte ungehemmt seinen Kuss. Hätte er sie in diesem Moment ins Schlafzimmer geführt, wäre sie ihm ohne Protest gefolgt.

Doch er hob den Kopf, lehnte seufzend die Stirn an ihre, bevor er ihre Arme von seinem Nacken löste und sie von sich schob. „Ich muss jetzt wirklich gehen. Wenn es so weitergeht, gerate ich in eine schlimme Verfassung, also höre ich jetzt lieber auf. Wir sehen uns Montag bei der Arbeit."

Hastig rang Sarah um Selbstbeherrschung. Ihr Körper fühlte sich betrogen, aber Rome hatte recht. Sie mussten aufhören, bevor sie zu weit gingen. „Gute Nacht", flüsterte sie, betrat die Wohnung und schloss sanft die Tür hinter sich.

Rome ging zu seinem Wagen, aber er blieb lange darin sitzen, bevor er den Motor startete und losfuhr. Nein, Sarah war überhaupt nicht kalt, obwohl sie sich normalerweise so eisig gab. Er sehnte sich danach, mit ihr zu schlafen, doch zu seiner Überraschung ließ sein Gewissen nicht zu, dass er sie so oberflächlich nahm wie all die anderen Frauen in den vergangenen zwei Jahren. Immerhin war sie die Freundin seiner Frau gewesen, und Diane hatte sie sehr geschätzt. Außerdem hatte er den Abend mit ihr wirklich genossen. Sarah besaß einen überraschend ausgeprägten Sinn für Humor, und wenn sie sich entspannte, wenn sie lächelte und ihre Augen funkelten, war sie wirklich bezaubernd.

Und wenn sie ihn küsste, geschah es mit einer Leidenschaft, die ihm beinahe die Beherrschung raubte. Das körperliche Interesse an ihr, das er seit Jahren verspürt hatte, wuchs mit jeder Begegnung mehr.

Doch sie war nicht irgendeine Frau. Er konnte sie nicht einfach benutzen und dann abschieben. Abgesehen von der Tatsache, dass sie Arbeitskollegen waren, wollte er mehr von ihr. Er wollte all ihre Geheimnisse enthüllen. Er dachte an eine Affäre mit ihr und fragte sich plötzlich, ob ihm das reichen würde. Er wollte alles von ihr wissen, wollte ihre kühle Zurückhaltung völlig erschüttern.

Unvermittelt wurde Rome bewusst, dass es mehr als nur körperliche Anziehung war. Sie war intelligent und amüsant. Er konnte mit ihr reden, aber er konnte auch mit ihr schweigen. Wann immer er in ihre exotischen Augen blickte, hatte er das Gefühl, dass sie ihn auch ohne Worte verstand.

Sarah war jedoch mit Leib und Seele ihrer Karriere verschrieben und hatte sehr deutlich klargestellt, dass sie ausgezeichnet allein, ohne Mann zurechtkam. Demnach musste er ihr Zeit lassen, sich an seine Gesellschaft zu gewöhnen. Er bezweifelte jedoch, dass er gelassen bleiben konnte, wenn sie seine Küsse so glühend erwiderte.

Vielleicht würde sie auf eine Affäre eingehen? Sie war schließlich eine moderne, erwachsene Frau. Ihrer Reaktion nach zu urteilen war sie bereit, Sex mit ihm zu haben. Doch er wusste, dass sie Beruf und Privatleben strikt trennte. Diese Tatsache sprach gegen ihn, aber er glaubte, Sarah mit der Zeit für sich gewinnen zu können. Er wollte behutsam vorgehen, sie nicht bedrängen, ganz allmählich ihre Abwehr vernichten. Er wusste nicht, warum, aber er spürte, dass sie ihm gegenüber argwöhnisch war. Vielleicht war sie es allen Männern gegenüber. Sie hatte eine gut getarnte Verletzlichkeit an sich. Vielleicht war sie tatsächlich von einem verheirateten Liebhaber sitzen gelassen worden, wie Diane vermutet hatte. Und er fragte sich, welcher Mann so dumm gewesen sein mochte.

Sarah hatte nicht erwartet, an diesem Wochenende erneut von Rome zu hören. Daher war sie sehr angenehm überrascht, als er am Sonntagnachmittag anrief.

Sobald sie sich gemeldet hatte, berichtete er jedoch: „Sarah, Henry hatte einen Herzanfall."

Vor Schreck ließ sie beinahe den Hörer fallen. Henry Graham hatte nie wie der Typ gewirkt, der gesundheitliche Probleme haben könnte. Er war drahtig und sehr aktiv. Er spielte Golf, joggte jeden Tag und hatte ihres Wissens niemals irgendwelche Laster gehabt. „Wird er es überleben?", fragte sie schließlich bang.

„Es steht auf der Kippe. Seine Frau hat mich angerufen. Ich bin jetzt im Krankenhaus. Er hat einige Berichte mit nach Hause genommen, die wir Montag früh brauchen. Könntest du sie abholen? Seine Haushälterin wird dich hereinlassen."

„Ja, natürlich. Welche Berichte brauchst du?"

„Den Finanzbericht Sterne und das Zuwachsschema. Sieh in seinem Aktenkoffer nach und bringe alles mit, was du für wichtig hältst. Wir sehen uns morgen früh."

„In welchem Krankenhaus ist er …", setzte Sarah an, doch ein Klicken unterbrach sie.

Erst am nächsten Morgen, als Sarah zu einer außerordentlichen Versammlung in Mr. Edwards Büro gerufen wurde, erkannte sie, dass Mr. Grahams Herzanfall drastische Auswirkungen auf ihre Anstellung haben konnte. Rome war ebenfalls anwesend und musterte sie mit besorgter Miene.

Sie warf ihm einen raschen Blick zu, erinnerte sich unwillkürlich an seine Küsse und wandte sich hastig ab. Sie konnte seinem eindringlichen Blick nicht standhalten und sich dabei auf ihre Arbeit konzentrieren, und das war erschreckend. Bisher hatte sie unter allen Umständen ihre Pflicht erfüllt, doch Rome konnte ihr mit einem einzigen Blick die Fassung rauben.

„Sarah, setzen Sie sich bitte", forderte Mr. Edwards sie auf.

Sie war stets gut mit ihm ausgekommen, aber er hatte sie bisher nie zu einer Versammlung gerufen. Sie nahm Platz und faltete die Hände im Schoß.

„Henry wird nicht zurückkommen", fuhr er ruhig fort. „Wenn er Stress vermeidet und keinen weiteren Anfall erleidet, kann er noch jahrelang leben, aber er darf nicht mehr arbeiten und wird vorzeitig in den Ruhestand treten. Rome wird zum Seniorvizepräsidenten ernannt."

Sie riskierte einen Blick zu ihm und stellte fest, dass er sie noch immer mit beunruhigender Eindringlichkeit musterte. Er beugte sich vor und erklärte: „Ich kann dich nicht zu meiner Sekretärin ernennen. Kali ist seit Jahren meine Privatsekretärin und wird es bleiben."

Sarah schenkte ihm ein sanftes Lächeln. Sie hatte nicht erwartet, seine Sekretärin zu werden, und konnte unmöglich so eng, Tag für Tag, mit ihm zusammenarbeiten. Es war schon schlimm genug, ihn gelegentlich in der Firma zu sehen. „Ja, natürlich. Bin ich entlassen?"

„Um Himmels willen, nein!", rief Mr. Edwards. „Ich lasse einen Mann aus Montreal als Ersatz für Rome kommen, und seine Sekretärin will nicht hierher ziehen. Wenn Sie den Posten wollen, gehört er Ihnen. Wenn Sie aber lieber in eine andere Abteilung versetzt werden möchten, dann sagen Sie es. Sie haben hervorragende Arbeit für ‚Spencer-Nyle' geleistet. Die Entscheidung liegt ganz bei Ihnen."

Sarah zog eine Versetzung in Erwägung, doch ihr gefiel die Atmosphäre in den Büros der Geschäftsleitung, wo Entscheidungen getroffen wurden, die Tausende von Menschen betrafen. Die Herausforderung reizte sie, und obgleich sie in Romes Nähe war, lenkte das straffe Arbeitstempo sie tagsüber von ihm ab.

„Ich wäre gern seine Sekretärin", erwiderte sie schließlich. „Wie heißt er?"

„Maxwell Conroy. Er hat unserer Büro in Montreal sehr kompetent geleitet. Ich glaube, er ist Engländer."

„Ja", bestätigte Rome.

„Gut, dann ist ja alles geklärt." Mr. Edwards erhob sich und brachte damit zum Ausdruck, dass die Besprechung beendet war.

Rome folgte Sarah in ihr Büro und schloss die Tür hinter ihnen. „Du musst wissen, dass ich dich sehr gern als meine Sekretärin hätte, aber mein Verstand sagt mir, dass ich dann nie zum Arbeiten käme. Ich wäre der typische Chef, der seiner Sekretärin nachjagt. Um der Firma willen werde ich also Kali behalten müssen."

Sarah blickte ihn an, verlor sich in den dunklen Tiefen seiner Augen. „Ich verstehe", sagte sie leise.

„Wirklich?" Er lächelte sie fragend an. „Ich bin mir nicht so sicher, ob ich es verstehe. Vielleicht kannst du es mir erklären. Gehst du heute Abend mit mir essen?"

Normalerweise traf sie wochentags keine Verabredungen, da sie nie wusste, ob sie Überstunden einlegen musste. „Ja, gern", erwi-

Sarah's Geschichte

derte sie dennoch, und sie konnte ihre Freude nicht verbergen.

Er beugte sich zu ihr und küsste sie, heftig und kurz. „Ich hole dich um acht Uhr ab. Was hältst du von chinesisch?"

„Wundervoll. Ich liebe chinesisch."

Ihre Hände zitterten, als er gegangen war und sie sich an ihre Arbeit begab. Es schien der Anfang einer ernsten Beziehung zu sein, der sie sich weder entziehen konnte noch wollte. Rome war körperlich wie gesetzlich frei, wenn auch nicht gefühlsmäßig, und sie beabsichtigte, jede Chance zu ergreifen, die sie bei ihm hatte.

Wenn Rome keine geschäftlichen Verpflichtungen hatte, führte er Sarah in der folgenden Woche jeden Abend zum Dinner aus. Sie hinterfragte ihr Glück nicht, sie genoss einfach jeden Augenblick mit ihm. Sie behielt in Erinnerung, dass er nur Freundschaft wollte, und achtete darauf, nichts zu sagen oder zu tun, was er als Flirt hätte auslegen können.

Zum Abschied küssten sie sich stets so ausdauernd und verlangend wie Teenager, doch er wich jedes Mal zurück, bevor es zu weiteren Intimitäten kam. Sie schloss daraus, dass er keine ernste Beziehung zwischen ihnen beabsichtigte. Anscheinend war er zufrieden mit ihrer Gesellschaft, den lebhaften Gesprächen und gemeinsamen Interessen. Sarah wollte allerdings mehr. Sie wollte alles, was er zu geben hatte, aber vielleicht gab er ihr alles, was er geben konnte. Sie wusste, dass er Diane nie vergaß, und wann immer sie über sie sprachen, was unausweichlich geschah, wurde seine Miene finster und trostlos.

Eine Woche nach Mr. Grahams Herzanfall traf Maxwell Conroy aus Montreal ein. Er war ein großer, schlanker Engländer mit der präzisen Aussprache der Oberschicht, goldblondem Haar und lebhaften, türkisblauen Augen. Er war äußerst attraktiv. Seine zeitlose aristokratische Schönheit war von der Sorte, die Frauen veranlasste, ihn hilflos anzuhimmeln. Hätte Sarah nicht nur für Rome Augen gehabt, hätte sie sich auf den ersten Blick in Maxwell Conroy verliebt.

Er verschwendete keine Zeit und lud sie bereits zum Dinner

ein, als sie zum ersten Mal allein mit ihm in einem Raum war.

Verwundert blickte sie ihn an. Seine funkelnden Augen brachten seine Absichten unmissverständlich zum Ausdruck. „Ich halte es nicht für eine gute Idee", lehnte sie ab. „Es gibt zwar keine Vorschrift, die es den Angestellten verbietet, miteinander auszugehen, aber es wird auch nicht gern gesehen, wie Sie wissen."

„Ich weiß auch, dass es ignoriert wird, solange es diskret gehandhabt wird."

Sie holte tief Luft. „Ich gehe mit jemand anderem."

„Würde es ihn stören?", fragte Maxwell prompt.

Sarah schmunzelte. „Vermutlich nicht", gestand sie ein, und ihr Blick wurde düster.

„Dann ist er ein Narr. Sollten Sie sich entschließen, einem anderen eine Chance zu geben, dann lassen Sie es mich wissen."

„Ja." Sie begegnete seinem warmen, durchdringenden Blick. „Das werde ich tun."

In Wahrheit fühlte sie sich mehr zu Maxwell hingezogen als zu jedem anderen Mann in ihrem Leben, abgesehen von Rome. Bei Maxwell konnte sie sich entspannen, denn sie spürte, dass er die Grenzen respektierte, die sie gesetzt hatte.

An diesem Nachmittag, als Sarah das Büro verließ, unterhielten Rome und Maxwell sich gerade auf dem Korridor. Sie murmelte einen Abschiedsgruß und ging an ihnen vorbei.

Maxwell drehte sich um und blickte ihr fasziniert nach. Rome tat es ihm gleich. Ihm fiel auf, wie graziös sie sich bewegte, wie der Rock um ihre hübschen Beine schwang. Ihm gefiel ganz und gar nicht, dass Maxwell sie anstarrte wie ein Kater den Kanarienvogel, den er zum Mittagessen verspeisen will.

Ärger stieg in Rome auf. „Sie ist eine sehr hübsche Frau", bemerkte er und wartete gespannt auf die Reaktion.

Maxwell bedachte ihn mit einem fassungslosen Blick. „Hübsch? Sie ist verdammt schön. Sie ist so unaufdringlich, so untertrieben, dass man allerdings genau hinsehen muss, um zu erkennen, wie rein und klassisch ihr Gesicht geschnitten ist."

„Ich habe bemerkt, wie sie aussieht", erwiderte Rome ruhig,

Sarah's Geschichte

doch mit einem warnenden Unterton.

Maxwell musterte ihn eindringlich und seufzte. „Sie haben mich also bei ihr ausgebootet, wie?"

„Ich kenne sie schon seit Jahren."

„Ich kenne die Haushälterin meiner Mutter auch seit Jahren, aber deswegen verscheuche ich keine Männer von ihr."

Rome lachte, was ihm in der letzten Woche zunehmend leichter fiel. Unwillkürlich mochte er Maxwell, der Sarah vielleicht nachstellte, aber kein Geheimnis daraus machte.

„Ich warte hinter den Kulissen, falls Sie versagen", bemerkte Maxwell.

„Ich bin äußerst beruhigt", entgegnete Rome sarkastisch.

Max lächelte ihn an. „Seien Sie es lieber nicht."

3. KAPITEL

Die Cocktailparty, die veranstaltet wurde, um Max in Dallas willkommen zu heißen, wurde von zahlreichen Leuten besucht, die Wert darauf legten, mit den höheren Rängen von „Spencer-Nyle" gesehen zu werden und zu reden. Rome, Mr. Edwards und Max standen im Mittelpunkt der Aufmerksamkeit, denn sie bildeten das Dreiergespann, das Milliarden von Dollar und Tausende von Jobs kontrollierte.

Mr. Edwards, ein schlanker, ruhiger Mann, der aufgrund seines Scharfsinns und seines Know-how seit fünfzehn Jahren an der Spitze stand, hatte seine Adjutanten eigenhändig auserwählt und wurde reich belohnt für das Vertrauen, das er in sie setzte.

Rome wurde von sämtlichen aufstrebenden Angestellten umschwärmt, was darauf hindeutete, dass jeder von seiner künftigen Ernennung zu Mr. Edwards Nachfolger wusste. Max hingegen war ein Unbekannter. Doch zwischen ihm und seinen Vorgesetzten bestand bereits ein gutes Einvernehmen, welches erkennen ließ, dass er ein Insider war.

Sarah wurde es leid, ständig über Max ausgefragt zu werden, und entwickelte daher eine Strategie, um in Bewegung zu bleiben. Sie blieb nur stehen, um sich eine Handvoll Erdnüsse zu schnappen, und wirbelte dann weiter. Sie hielt ihr einziges Getränk an diesem Abend in der Hand, nippte gelegentlich daran und bemühte sich, genügend zu essen, damit ihr der Alkohol nicht zu Kopf stieg.

„Du verschlingst Erdnüsse, als wärst du auf einer Hungerkur", sagte Rome ihr ins Ohr. Er nahm ihr den Cocktail ab und drückte ihr ein Glas mit einer bernsteinfarbenen Flüssigkeit und Eiswürfeln in die Hand. „Hier. Trink lieber das. Es ist Ginger Ale." Er zwinkerte ihr zu und trank ihr Glas aus.

„Ich habe vorhin schon ein Glas Milch aus der Küche stibitzt", verkündete sie mit funkelnden Augen. „Dachtest du, es bestünde die Gefahr, dass ich umfalle, bevor die Party vorüber ist?"

Er musterte sie und stellte fest, dass die übliche Traurigkeit aus ihren Augen verschwunden war. Ob ihr fröhliches Lachen an

Sarah's Geschichte

dem Alkoholgenuss lag oder ob etwas anderes sie so froh stimmte, wusste er nicht. Aber es war ihm auch egal. Da es sich um eine geschäftliche Feier handelte, war er nicht zusammen mit ihr erschienen, aber er beschloss, sie anschließend zu besuchen. „Nein, du würdest nie etwas so Schändliches tun wie dich zu betrinken", erwiderte er schließlich auf ihre Frage. „Du bist zu sehr die perfekte Sekretärin. Max frisst dir bereits aus der Hand."

„Max ist ein Schatz." Sarah blickte sich suchend nach seiner großen Gestalt um. „Ich mag Mr. Graham, aber für Max arbeite ich lieber. Er ist sehr auf Zack."

Instinktiv stellte Rome sich vor sie, um ihr die Sicht auf Max zu versperren. „Hast du etwas dagegen, wenn ich heute bei dir vorbeikomme?", fragte er mit einem harten, unnachgiebigen Unterton in der Stimme.

„Wenn du möchtest. Ich wollte sowieso nicht mehr lange bleiben. Hast du zu Abend gegessen, oder hast du auch nur das Zeug da zu dir genommen?" Sie deutete zu dem farbenfrohen, aber wenig sättigenden Büfett hinüber, das überwiegend aus Rohkost bestand.

„Ich bin am Verhungern. Möchtest du zum Essen ausgehen?"

„Nein, ich würde lieber zu Hause bleiben. Ich habe Hühnchen von gestern übrig. Wie wäre es mit Hühnchen-Sandwiches?"

„Ich lasse all das Kaninchenfutter für ein einziges Hühnchen-Sandwich stehen", erwiderte er lächelnd.

Rome wirkte entspannter ihr gegenüber als je zuvor, und sie blühte förmlich auf. Vielleicht begann er, mehr in ihr zu sehen als nur eine gute Freundin. Diese Hoffnung ließ ihr Gesicht strahlen, und es zog mehrere Blicke der anderen Männer an.

Plötzlich tauchte Max auf und lächelte Sarah sanft an. „Sie sollten eigentlich an meiner Seite sein", verkündete er leichthin und dachte, wie gut das aprikosenfarbene Kleid zu ihrem hellen Teint passte. „Schließlich bin ich ohne Ihre Hilfe immer noch völlig verloren. Ohne Sie hätte ich mich in den letzten Tagen ständig zum Narren gemacht."

Er streckte eine Hand nach ihr aus, doch Rome kam ihm zuvor, streckte seinen Arm aus und bedachte Max mit einem harten, finsteren Blick. „Ich habe Sie schon einmal gewarnt", sagte er sanft, jedoch mit drohendem Unterton. „Sarah ist für Sie nicht zu haben."

„Rome!", wisperte sie verblüfft. Wie konnte er sich bei einer geschäftlichen Veranstaltung derart benehmen?

„Sie trägt nicht Ihren Ring", entgegnete Max ruhig, ohne mit der Wimper zu zucken. „Sie werden es darauf ankommen lassen müssen."

Sarah wich einen Schritt zurück. „Hört auf", flüsterte sie mit zitternder Stimme.

Romes Nasenflügel bebten. Er schlang einen Arm um ihre Taille und verkündete so laut, dass mehrere Leute es hörten: „Ich bringe Sarah nach Hause. Sie fühlt sich nicht wohl. Entschuldigen Sie uns bei den anderen Gästen, Max. Wir sehen uns dann im Büro."

Sarah wusste, dass sie blass genug war, um Romes Lüge Glaubwürdigkeit zu verleihen. Er verstärkte den Griff um ihre Taille, hob sie ein wenig hoch und trug sie förmlich aus der Suite.

„Rome, hör auf", protestierte sie und versuchte sich ihm zu entwinden.

Er beugte sich hinab, schob einen Arm unter ihre Knie und hob sie blitzschnell auf die Arme. Sie rang nach Atem und klammerte sich erschrocken an seine Schulter. Ein langer Korridor führte zu den Fahrstühlen. Ein Mann in weißem Dinnerjackett kam ihnen entgegen und blickte ihnen äußerst verwundert nach.

„Du erregst Aufsehen", flüsterte sie. „Was ist bloß in dich gefahren?" Sie war zu verblüfft, um zornig zu sein, und verstand ihn überhaupt nicht.

Er drückte mit einem Ellbogen auf den Fahrstuhlknopf, senkte den Kopf und küsste sie voller Leidenschaft. Unwillkürlich schmiegte sie sich an ihn und öffnete die Lippen. Wenn er sie so küsste, vergaß sie alles um sich her und gab sich ganz dem Entzücken hin, das er in ihr entfachte.

Ein Klingeln verkündete die Ankunft des Fahrstuhls. Rome trug sie in die Kabine.

Sarah's Geschichte

„Du kannst mich jetzt absetzen", forderte Sarah ihn sanft auf. „Oder wolltest du mich etwa durch das Foyer tragen?"

„Wir sind in Texas. Es würde niemanden überraschen, obwohl ich dich der Form halber über meine Schulter werfen sollte", entgegnete er, ließ sie jedoch hinunter.

„Was sollte das alles?", fragte sie, als die Tür aufglitt und sie in das ultramoderne Foyer traten.

„Man nennt es, sich ein Anrecht sichern."

Sie warf ihm einen flüchtigen, nervösen Blick zu. Seine Miene war entschlossen. Max' Annäherungsversuch hatte einen Besitzerinstinkt in ihm erweckt, und nun war er entschlossen, die Besitzergreifung zum Abschluss zu bringen.

„Mein Wagen steht da vorn", verkündete sie, als sie hinaus auf den Bürgersteig traten.

„Vergiss ihn. Ich bringe dich morgen früh her, damit du ihn holen kannst."

„Mir ist es lieber, wenn ich selbst nach Hause fahre", wandte sie entschieden ein.

Er erkannte, dass ihr der Wagen ein Gefühl der Unabhängigkeit vermittelte, das sie brauchte, nachdem er sie so eigenmächtig von der Party fortgeschleift hatte. Er wollte sie nicht eine Minute lang aus den Augen lassen, aber er fürchtete, dass sie sich wieder hinter ihre kühle Fassade zurückziehen könnte, wenn er sie zu sehr bedrängte. Er war seinem Ziel, ihren Widerstand zu brechen, sehr nahe, und er wollte es sich nicht durch Ungeduld verderben. Sarah zu bekommen entwickelte sich allmählich zu einer Besessenheit, die seine Zeit und seine Gedanken mehr und mehr in Anspruch nahm.

„In Ordnung", stimmte er zu.

Sarah wirkte so blass, beherrscht und selbstsicher wie eine Eiskönigin. Würde sie im Bett ebenso kühl und beherrscht sein, oder würde sie vor Leidenschaft dahinschmelzen? Er stellte sich vor, wie sie sich verlangend unter ihm wand, wie sie vor Erregung stöhnte, während er in sie eindrang …

Tiefes Verlangen durchfuhr ihn erneut, als er beobachtete, wie

Linda Howard

sie mit graziösem Hüftschwung davonschritt. Er ging zu seinem eigenen Auto und wartete, bis ihr kleiner roter Wagen ihn passierte. Dann folgte er dicht hinter ihr.

Sarah hatte die Wohnungstür bereits aufgeschlossen, als er eintraf, und blickte ihn argwöhnisch an. Auf seinem Gesicht lag noch immer der gefährliche, verlangende Ausdruck. Sie begehrte ihn, hatte ihn immer begehrt, aber sie wollte keine einmalige Angelegenheit für ihn sein, wollte nicht vergessen werden, sobald er seine Bedürfnisse gestillt hatte. Instinktiv versuchte sie ihn aufzuhalten. „Möchtest du Kaffee?", fragte sie und entfernte sich in Richtung Küche.

„Nein."

„Ich glaube, ich esse etwas, vorsichtshalber", rief sie über die Schulter zurück. „Wie wäre es jetzt mit einem Hühnchen-Sand…"

Plötzlich legte er von hinten die Hände um ihre Taille und zog sie an sich. Er senkte den Kopf, und sein heißer Atem streifte ihre empfindsame Haut im Nacken. Sie erschauerte ein wenig und lehnte sich unwillkürlich zurück an seinen kraftvollen Körper.

„Ich will kein Sandwich", murmelte er und knabberte sanft an ihrem Hals. Dann streichelte er sie zart mit der Zungenspitze.

Sarah schloss die Augen vor Entzücken und ließ den Kopf gegen seine Schulter sinken.

Romes Atem beschleunigte sich. Er rieb sich an ihr, und sie spürte deutlich seine Erregung. Er hob eine Hand und umfasste fordernd ihre Brust. „Ich könnte explodieren, wenn Max dich ansieht, als wollte er tun, was ich jetzt tue", murrte er mit rauer Stimme.

Sie spürte seine Hände überall auf ihrem Körper. Er streichelte sie so besitzergreifend, als wollte er sich tatsächlich ein Anrecht sichern, und sie lehnte sich mit geschlossenen Augen an ihn und erzitterte, als Wogen der Erregung sie durchströmten, jede stärker als die vorangegangene. Ungeduldig zog er den Reißverschluss ihres Kleides auf, schob es ihr bis zu den Hüften hinab und öffnete ihren BH.

Sarah stöhnte sanft, als er mit beiden Händen ihre nackten

Sarah's Geschichte

Brüste umschmiegte und sanft die Knospen rieb. „Du bist wundervoll", stöhnte er, und das Verlangen in seiner Stimme gab ihr das Gefühl, tatsächlich wundervoll zu sein.

Abrupt drehte er sie in seinen Armen um, presste sie eng an sich und küsste sie hungrig. Mit der Zunge gab er ihr zu verstehen, was er beabsichtigte, und ihr stockte der Atem.

„Rome … bitte", flehte sie an seinen Lippen, doch sie wusste selbst nicht, ob sie um Erbarmen oder um mehr Entzücken bat, während sie sich an ihn drängte.

„Ja", flüsterte er an ihrem Hals. Er bog sie zurück und beugte sich hinab zu ihren straffen Brüsten. Sarah schrie leise auf, als er die Lippen um eine Knospe schloss und verlockend daran saugte.

Jegliche Vorbehalte, die sie vielleicht gehabt hatte, schwanden dahin. Sie erforschte seinen Körper, wie er ihren erforschte, und schob ungeduldig die Kleidung fort, die sie voneinander trennte. Er erzitterte unter ihrer intimen Berührung und bat um mehr.

Irgendwann sanken sie zu Boden auf den weichen Teppich. Zu ungeduldig, um sie völlig auszuziehen, schob er ihr Kleid hinauf und streifte ihr die Seidenstrümpfe ab. Sarah griff verlangend nach ihm, und ihm stockte der Atem. „Langsam, langsam", sagte er rau. Er fürchtete, die Beherrschung zu verlieren. Doch er wollte nicht zu schnell vorgehen, wollte, dass auch sie Erfüllung fand, wollte ihr Gesicht in dem Augenblick höchster Leidenschaft sehen. Er hielt sich zurück, entwand sich ihren aufreizenden Händen, während er sie mit flüchtigen, intimen Liebkosungen erregte.

Sarah stöhnte, als die Spannung in ihr ins Unermessliche wuchs. Mit seiner warmen Hand, seinen geschickten Berührungen raubte er ihr die Beherrschung.

„Lass dich gehen", flüsterte er ihr rau ins Ohr, und Sarah folgte seinen beschwörenden Worten. Sie klammerte sich an ihn und wand sich vor Ekstase in dem Moment, als sie Erfüllung fand.

Gerade als sie sich zu entspannen begann, drückte er sie mit seinem Gewicht zu Boden, schob sich zwischen ihre Beine und drang kraftvoll in sie ein. Sarah konnte einen Aufschrei nicht unterdrücken und zuckte zusammen. Dann schlang sie die Arme um seinen

Nacken, klammerte sich an ihn und bot ihm ihren liebenden Körper. Rome verlor die Beherrschung, bewegte sich rasch, beinahe ein wenig grob, und entfachte trotz ihres Unbehagens erneut den Funken des Verlangens in ihr. Es war vorbei, bevor der Funke sich zu einem verzehrenden Feuer ausbreiten konnte. Mit einem tiefen Seufzer erreichte auch Rome den Gipfel der Leidenschaft.

Benommen von dem gewaltigen Sinnestaumel, blieb Sarah auf dem Teppich liegen, nachdem Rome sich von ihr gerollt hatte. Ihr Körper fühlte sich ausgelaugt und nicht wie ihr eigener an. Fremdartige Gefühle tobten in ihr, die sie in ihrer Verwirrung zu verstehen suchte.

„Oh Sarah, du hättest mich warnen sollen!", sagte Rome schließlich mit ärgerlicher Stimme.

Immer noch verwirrt, setzte sie sich auf. Mit verständnisloser Miene zog sie sich das Kleid über die Schultern hoch und über die Beine hinab. „Ich … was?", murmelte sie benommen. Dann seufzte sie matt und bedeckte die Augen mit einer Hand.

Er stieß einen Fluch aus, und sie zuckte zusammen. Warum war er ärgerlich? War es wegen Diane? Sie warf ihm einen Blick zu, der ihren Schmerz enthüllte. Dann wandte sie sich ab und stand mit zitternden Beinen auf.

Rome erhob sich ebenfalls, nahm sie auf die Arme, trug sie ins Schlafzimmer und legte sie auf das Bett. „Mich im Dunkeln tappen zu lassen war verdammt dumm!", schimpfte er, doch seine Hände waren sanft, als er sie auszog.

Sarah lag still da. Endlich verstand sie den Grund für seinen Zorn. Er hatte nicht mit ihrer Unerfahrenheit gerechnet. Sie wusste jedoch nicht, ob er enttäuscht oder nur verunsichert war.

Nachdem er ihr ein Nachthemd übergestreift und ein Kissen hinter den Rücken gesteckt hatte, setzte er sich zu ihr auf die Bettkante.

Ein Anflug von Belustigung ließ ihre Mundwinkel zucken. Sie kämpfte dagegen an, denn sie wusste, dass er nicht in humorvoller Stimmung war, aber sie vermochte ein zartes Lächeln nicht zu unterdrücken. „Mit dir geschlafen zu haben hat mich nicht zum Invaliden gemacht. Ich hätte mich selbst ausziehen können."

Er starrte sie finster an, sah die Zärtlichkeit in ihrem Lächeln und kam sich töricht vor. Deshalb behielt er die grimmige Miene bei. „Dann hast du mehr Glück als Verstand. Ich hätte dir wehtun können, ernsthaft wehtun. Verdammt, du hättest mir sagen sollen, dass es das erste Mal für dich war."

„Es tut mir leid", entschuldigte sie sich ehrlich. „Ich wusste nicht, wie man in so einem Fall verfährt."

Einen Moment lang drohte er zu explodieren. Wut blitzte in seinen Augen, doch er beherrschte sich eisern. Schließlich fuhr er sich heftig durch das zerzauste Haar. „Du bist dreiunddreißig Jahre alt. Wie kommt es, dass du noch Jungfrau warst?", fragte er völlig verwirrt und verständnislos.

Verlegen wurde sie sich bewusst, wie wenig zeitgemäß sie war. Eine Generation zuvor wäre Keuschheit bis zur Hochzeit von ihr erwartet worden. Doch in der heutigen Zeit war sie eine altmodische Frau in einer fortschrittlichen Gesellschaft. Es lag nicht daran, dass es ihr an Neugier oder Sehnsüchten mangelte, und sie war auch nicht prüde. Doch zuerst hatte sie in irgendeiner flüchtigen, bedeutungslosen Beziehung nicht „alles" geben wollen, und dann war sie Rome begegnet, und das hatte die Chancen jedes anderen Mannes vernichtet. Wenn sie ihn nicht haben konnte, wollte sie niemanden. Es war so einfach und doch so unmöglich zu erklären.

Sie versuchte nicht einmal, seine Frage zu beantworten. Sie blickte ihn nur stumm an, und das Leuchten in ihren Augen erlosch.

Plötzlich stiegen Schuldgefühle in ihm auf, als ihm bewusst wurde, dass der Treuebruch, den er mit anderen Frauen begangen hatte, nichts bedeutete im Vergleich dazu, wie er Diane soeben betrogen hatte. Sarah war nicht nur ein gesichtsloser Körper für ihn. Er begehrte sie wegen all der Qualitäten und Eigenarten, die ihre Persönlichkeit ausmachten. Darüber hinaus hatte er mit ihr ein überwältigendes Vergnügen erlebt, das sämtliche Gedanken an Diane ausgelöscht hatte, die ihn sonst stets quälten, wenn er mit einer Frau geschlafen hatte. Er hatte überhaupt nicht an Diane gedacht. Sarah hatte seinen Geist und seine Sinne ausgefüllt, und das war der größte Treuebruch.

Er musste fort von ihr. Er sprang auf, lief nervös im Raum umher, strich sich erneut durch das Haar. Er hatte geglaubt, dass sie das Geheimnisvolle verlieren und er nicht länger von ihr besessen sein würde, nachdem er sie – wie all die anderen Frauen in den vergangenen zwei Jahren – genommen hatte, doch das war nicht der Fall. Stattdessen hatte sie ein Geheimnis enthüllt, das sie noch geheimnisvoller machte, und sich dann wieder in sich selbst zurückgezogen.

Plötzlich konnte er es nicht länger ertragen. Er fühlte sich wie erstickt. „Hör mal, ist alles okay mit dir?"

Sarah zog eine schmale Augenbraue hoch. „Es geht mir gut." Sie klang kühl und völlig beherrscht, wie gewöhnlich.

„Ich muss raus hier", brummte er. „Es tut mir leid. Ich weiß, dass ich mich wie ein Schuft benehme, aber ich kann nicht ..." Er hielt inne und schüttelte den Kopf. „Ich rufe dich morgen an."

Er war bereits an der Tür, bevor Sarah ihre Stimme wiederfand. „Das ist nicht nötig. Mir geht es wirklich gut."

Er bedachte sie mit einem beinahe wilden Blick. Dann war er verschwunden, und ein paar Sekunden später hörte sie die Haustür ins Schloss fallen.

Die zarten Bande der Freundschaft, die sich zwischen ihnen entwickelt hatten, waren also zerstört durch einen flüchtigen Akt der Lust. Mehr bedeutete es ihm nicht, obwohl sie sich aus Liebe in seine Arme begeben hatte. Die Schuld und der Zorn in seinen Augen hatten ihr verraten, dass er an Diane dachte und die hingebungsvollen Momente auf dem Teppich bereute.

Sarah weinte nicht. Sie hatte gehofft, aber der Traum war so kurz gewesen, dass sie nicht richtig daran geglaubt hatte. Er war fort, und er hatte nie zu ihr gehört, nicht auf eine Weise, die zählte. Sie hatte weder sein Vertrauen noch seine Liebe besessen.

Was nun? Konnte sie weiterhin für dieselbe Firma wie er arbeiten, ihn jeden Tag sehen? Oder hatte sie schließlich das Stadium erreicht, in dem sie feige sein musste, um ihres Seelenfriedens willen?

Sarah's Geschichte

Schließlich war sie jahrelang tapfer geblieben, und was hatte es ihr eingebracht außer ständigem Kummer und einer leeren Wohnung? Sie war immerhin dreiunddreißig, hatte das ideale Alter für Ehe und Mutterschaft bereits überschritten, und die ersehnte Liebe war unerreichbar geblieben. Die Gesamtsumme ihres Lebens belief sich auf eine hübsche Wohnung und einen schnittigen Wagen. Sie hatte ihr Leben verschwendet, weil sie den Ehemann ihrer besten Freundin liebte. Die Zeit und das Leben gingen an ihr vorüber.

Mitternacht war eine geeignete Zeit, um Pläne zu schmieden. Sarah zwang sich, logisch und sachlich vorzugehen, obwohl sie unendlich litt. In ihrem eigenen Interesse musste sie sich einen anderen Job suchen. Wenn sie Rome jeden Tag sah, kam sie niemals über ihn hinweg. Gleich am Montag wollte sie sich nach einer anderen Stellung umsehen. Sie hielt es nicht für allzu schwierig, etwas zu finden. Sie hatte viele Kontakte geknüpft in all den Jahren, die sie ihrer nie gewollten Karriere gewidmet hatte. Sie hatte sich stets nur einen liebevollen Mann, liebenswerte Kinder und ein behagliches Zuhause ersehnt. Nun erkannte sie erneut, dass der liebevolle Mann nicht Rome sein konnte. Es war allerhöchste Zeit, ihn zu vergessen und sich nach einem anderen umzusehen, der ihre Liebe erwiderte.

Im Geiste tauchte Max' schmales, intelligentes Gesicht vor ihr auf. Ihr stockte der Atem. Max? Sie wollte ihn nicht benutzen. Er hatte es nicht verdient. Aber die Tatsache blieb bestehen, dass sie sich zu ihm mehr hingezogen fühlte als zu jedem anderen Mann außer Rome. Wenn er sie erneut einlud, wollte sie annehmen. Schließlich beabsichtigte sie, die Firma zu verlassen, sodass es sich nicht um eine Beziehung zwischen Chef und Sekretärin handeln würde.

Womöglich lernte sie sogar mit der Zeit, ihn zu lieben. Vielleicht nicht mit der Tiefe und Heftigkeit, mit der sie Rome liebte, aber es existierten verschiedene Arten der Liebe auf der Welt, und sie alle waren kostbar.

4. KAPITEL

Das beharrliche Schrillen der Türklingel weckte Sarah noch vor sieben Uhr am nächsten Morgen. Sie stolperte aus dem Bett, suchte ihren Bademantel und streifte ihn über, bevor sie zu Tür ging. Müde lehnte sie sich dagegen, streckte die schmerzenden Muskeln und fragte misstrauisch: „Wer ist da?"

„Rome."

Sie erstarrte. Wie konnte sie ihn vergessen, wenn er ständig in ihr Leben zurückkehrte? Sie wollte nicht wieder verletzt werden. Er war fortgegangen, nachdem er sie genommen hatte, weil Diane zwischen sie getreten war, und Diane würde immer zwischen ihnen stehen.

„Sarah, ich muss mit dir reden", rief er eindringlich, als sie nicht öffnete. „Lass mich rein."

Widerstrebend ließ sie ihn eintreten. „Kaffee?"

„Ja, und zwar viel. Ich habe nicht geschlafen."

So sah er auch aus. Er hatte sich umgezogen, trug nun Jeans und ein rotes Polohemd, das fantastisch zu seiner gebräunten Haut passte, aber unter seinen Augen lagen dunkle Ringe. Er wirkte ernst, sogar grimmig. Er folgte ihr in die Küche, lehnte sich an einen Barhocker und streckte die Beine vor sich aus. Er beobachtete sie eingehend, während sie den Kaffee aufsetzte. Und er fragte sich, wie sie so unerschüttert aussehen konnte, obwohl er sie doch offensichtlich aus dem Bett geholt hatte. Ihr Haar war zwar zerzaust, aber sie wirkte so kalt wie eine Marmorstatue – schön anzusehen, doch unberührbar.

„Ich will dich", erklärte er unvermittelt.

Erstaunt, mit großen Augen, drehte sie sich zu ihm um.

„Ich hatte geplant, dich zu verführen", fuhr er fort, und dabei beobachtete er genau ihre Mimik, ihre Reaktion. „Die Dinge sind nicht außer Kontrolle geraten. Ich hatte es schon vor, als ich dich von der Party weggeschleift habe. Ich wollte mit dir schlafen und dich dann vergessen. Aber es hat nicht geklappt."

Sarah starrte die Kaffeemaschine an, als ob das langsame Tröp-

Sarah's Geschichte

feln des Kaffees in die Glaskanne sie faszinierte. „Ich würde sagen, dass alles nach Plan verlaufen ist", entgegnete sie leichthin. „Ich habe zwar keine Vergleichsmöglichkeiten, aber mir scheint, dass die Verführung höchst erfolgreich abgelaufen ist. Ich habe nicht mal daran gedacht, Nein zu sagen."

„Damit fing es an, schiefzulaufen. Du warst Jungfrau, und ich kann dich nicht vergessen. Ich könnte dich in Schwierigkeiten gebracht haben ..."

Zum ersten Mal kam ihr die Möglichkeit einer Schwangerschaft in den Sinn. Erschrocken rechnete sie im Kopf nach und atmete auf. „Davor müsste ich sicher sein", murmelte sie. „Der Zeitpunkt ist ungefährlich."

„Ein Glück!" Er seufzte erleichtert und schloss die Augen. „Ich hätte es nicht ertragen. Ich habe schon genug auf dem Gewissen."

„Ich bin erwachsen", entgegnete sie nüchtern. „Du brauchst dich nicht für mich verantwortlich zu fühlen."

„Ich weiß, dass ich das nicht brauche, aber ich tue es. Diane hat dich geliebt. Sie hätte jeden umgebracht, der dir wehtut, und jetzt habe ich dir wehgetan. Sie hätte gewollt ... sie hätte gewollt, dass ich mich um dich kümmere." Er atmete tief durch. „Sarah, willst du mich heiraten?"

Sie starrte ihn fassungslos an. Dieser Heiratsantrag war so beleidigend, dass sie eine Zeit lang nicht reagieren konnte. Sie liebte ihn, aber das war zu viel. Glaubte er, dass sie ihn heiratete, um ihm sein Gewissen zu erleichtern? Hielt er sie für einen derart hoffnungslosen Fall? Schlimmer noch, hatte er womöglich recht? Sie wusste nicht, ob sie die Kraft hatte, ihn abzuweisen.

Um Zeit zu gewinnen, drehte sie ihm den Rücken zu und holte zwei Becher aus dem Schrank. Sie atmete ein paarmal tief durch, bevor sie sich wieder zu ihm umdrehte und schließlich ein Wort herausbrachte. „Warum?"

Er wirkte blass unter der Sonnenbräune, und sie wusste, dass es ihm nicht leichtgefallen war, sie zu fragen. Kein Wunder, da sein Herz noch immer an Diane hing.

„Ich glaube, wir würden eine gute Ehe führen. Wir sind beide

Karrieremenschen. Wir verstehen den Druck, unter dem der andere steht, die beruflichen Anforderungen, durch die unsere gemeinsame Zeit eingeschränkt wird. Wir kommen jetzt besser miteinander aus als früher, und die Geschäftsreisen, die ich unternehmen muss, geben uns Freiraum voneinander. Ich weiß, dass du es gewöhnt bist, unabhängig zu sein und Zeit für dich zu haben", erwiderte er und suchte ihre Reaktion auf seinen Antrag zu ergründen. Doch ihr Gesicht wirkte so unbewegt und kühl wie das einer Porzellanpuppe. „Wir verstehen es, uns nicht in die Quere zu kommen."

Der Kaffee war fertig. Sarah warf den Filter mit dem Satz in den Abfalleimer und goss das köstlich duftende Gebräu in die Becher. Sie reichte Rome einen, lehnte sich an den Schrank und blies sachte in ihren Kaffee, um ihn zu kühlen. „Wenn wir so viel Zeit getrennt voneinander brauchen, warum sollten wir uns dann die Mühe machen zu heiraten?", fragte sie schließlich. „Warum belassen wir es nicht so, wie es ist?"

Seine Miene wurde sanfter, als er ihr wirres Haar musterte, das sich um ihre Schultern lockte. „Sarah, wenn du eine Frau wärst, die mit einer oberflächlichen Affäre leben kann, wärst du gestern Abend nicht mehr Jungfrau gewesen."

Oh, sie hatte nicht mit anderen geschlafen, weil sie nie einen anderen Mann außer ihm gesehen hatte. Erkannte er das Naheliegende nicht? Eine Frau, die so lange Jungfrau geblieben war, konnte sich doch nur aus einem einzigen Grund so bereitwillig in seine Arme begeben haben.

„Es war schön letzte Nacht", sagte er sanft, und seine Worte rührten sie, zogen sie an. „Du hast dich so gut angefühlt, dass ich wahnsinnig nach dir geworden bin. Wenn ich hätte warten können, wärst du dann wahnsinnig nach mir geworden? War es für dich auch schön?", fragte er mit verführerisch sanfter Stimme.

Er glitt vom Hocker, trat näher zu ihr, trank seinen Kaffee und beobachtete sie über den Rand des Bechers hinweg.

Sarah nippte ebenfalls an ihrem Kaffee. Sie spürte, wie ihr Gesicht erglühte, und sie ärgerte sich über ihren hellen Teint, der so-

Sarah's Geschichte

fort jedes Erröten erkennen ließ. „Ja, es hat mir gefallen", gestand sie schließlich ein.

„Ich wäre dir ein guter Ehemann. Treu, arbeitsam, loyal, genau wie Fido, der Wunderhund, oder wie der Köter auch immer heißt."

Sie blickte zu ihm auf und sah ein belustigtes Funkeln in seinen Augen.

„Ich bin gern häuslich", fuhr er fort. „Ich mag die Stabilität, die Gesellschaft. Ich mag es, jemanden zu haben, mit dem ich Kaffee trinken kann an regnerischen Morgenden und kalten Winterabenden. Es regnet jetzt. Ist das nicht nett?" Er legte ihr eine Hand auf die Schulter, schob dann die Finger in den Ausschnitt ihres Bademantels, unter das Nachthemd, und streichelte ihre Brüste.

Sarah blieb vollkommen reglos, doch innerlich erschauerte sie vor Entzücken. Er war nicht fair. Wie konnte sie klar denken, wenn ihr Körper derart heftig auf seine Berührung reagierte? Rome zeigte ihr, wie wenig ihr Intellekt die Bedürfnisse ihres Körpers zu kontrollieren vermochte.

Er beobachtete sie forschend, sah die Leidenschaft in ihren Augen glühen. Sie senkte die Lider, und ihr Atem beschleunigte sich. Sein Herz begann zu pochen, als ihre Brüste unter seinen Händen anschwollen und ihm verrieten, dass sie sich ihm hingeben würde.

Bevor es zu spät war, zog er die Hand zurück. Doch das Bedürfnis, sie zu berühren, veranlasste ihn, einen Arm um ihre Taille zu legen und sie an sich zu ziehen. Ihr Kaffee schwappte beinahe über. Er stellte seinen Becher ab und dann ihren.

Und dann lag sie in seinen Armen, schmiegte unwillkürlich ihre weichen Rundungen an seinen harten, muskulösen Körper, und beiden stockte der Atem.

„Siehst du?", murmelte er und barg das Gesicht an ihrem seidigen Haar. „Wir passen gut zusammen. Verdammt gut."

Sarah schlang die Arme um seinen Rücken, spürte die Regennässe seines Hemdes. Der frische Geruch nach Regen und Herbst mischte sich mit seinem männlichen Duft, lockte sie, und sie rieb die Nase an seiner Schulter.

Was für eine Ehe würde sie mit ihm führen? Himmlisch oder höllisch? Würde sie mit dem zufrieden sein, was er ihr geben konnte, oder würde sie allmählich dahinwelken, weil sie alles von ihm wollte und sein Herz für immer Diane gehörte? In diesem Moment, als sie eng umschlungen dastanden, fühlte sie sich wie im siebten Himmel. Doch wenn der Alltagstrott sie einholte, würde sie dann mehr von ihm brauchen?

Behutsam streichelte er über ihren Rücken. „Sag Ja, Liebling", drängte er rau.

Es war das erste Kosewort, das er zu ihr sagte, und sie wurde schwach.

„Ich will dich. Ich habe dich immer gewollt, all die Jahre, in denen du mir die kalte Schulter gezeigt hast. Ich hätte niemals durch einen Seitensprung meine Ehe mit Diane aufs Spiel gesetzt. Ich habe sie zu sehr geliebt. Aber ich habe dich immer begehrt, und Diane steht nicht mehr zwischen uns. Ich glaube ... Ich glaube, ihr würde es gefallen, dass wir uns umeinander kümmern."

Sarah hielt das Gesicht an seiner Schulter verborgen und schloss die Augen vor Schmerz. Wie konnte sie jemals verkraften, dass sie niemals Diane ersetzen konnte?

Rome lehnte sich breitbeinig zurück an den Schrank, zog sie zwischen seine Schenkel und brachte damit ihre Gedanken völlig durcheinander.

„Wenn ich dich haben will, muss ich dich heiraten." Er umschmiegte ihr Kinn, zwang sie sanft, den Kopf zu heben. „Du bist einfach keine Frau, die mit weniger zufrieden wäre. Ich biete dir eine feste Bindung, eine legale Beziehung mit all den Rechten, die dir zustehen. Ich werde dir treu sein. Wir kennen einander. Wir wissen, was wir zu erwarten haben. Und wir sind Freunde. Wir können miteinander über den Beruf reden, über unzählige gemeinsame Interessen. Wir hätten eine Partnerschaft, um die uns viele Leute beneiden würden."

Er hatte all die logischen Begründungen ausgetüftelt, die für ein Funktionieren einer Ehe sprachen. Ihr Zuhause wäre eine Erweiterung des Arbeitsplatzes, mit Sex als Zugabe. Sie stellte sich vor,

Sarah's Geschichte

dass sie beide ihre Aktenkoffer einräumten und dann leidenschaftlich übereinander herfielen, in dem heftigen Bedürfnis, miteinander zu verschmelzen in dem uralten Ritual, das dem Fortbestand
der Menschheit diente.

Abrupt verstärkte er seinen Griff und spannte sich an. „Bevor
du dich entscheidest, musst du noch etwas wissen."

Ein harter Unterton verriet ihr, wie wenig er sagen wollte, was
er dachte, aber in Verhandlungen wurde stets das Negative wie das
Positive abgewogen, und er handhabe es wie eine geschäftliche
Fusion.

„Ich will keine Kinder", erklärte er schroff. „Niemals. Nachdem ich Justin und Shane verloren habe, kann ich keine Kinder
mehr ertragen. Wenn du welche willst, dann trete ich jetzt zurück,
denn ich kann dir keine geben." Kummer verzerrte sein Gesicht.
Dann riss er sich zusammen und setzte eine resignierte Miene auf.
„Ich kann es einfach nicht verwinden …"

Sarah schluckte schwer. Sie fragte sich, wie vielen Heiratsan-
trägen wohl derart ehrliche Ausführungen des zukünftigen Ehe-
manns folgten, die gegen eine Heirat sprachen. Welche Frau wollte
schon einen Mann heiraten, der Freundschaft statt Liebe bot, keine
Familie wollte, häufig auf Reisen ging und nicht fähig war, im selben Bett mit ihr zu schlafen? Sie würde nicht einmal die Nächte
mit ihm teilen können! Eine Frau musste wahnsinnig sein, um so
einen Heiratsantrag anzunehmen. Oder wahnsinnig verliebt.

Sie trat zurück und blickte in sein hartes, finsteres Gesicht. Das
Gesicht, das seit Jahren in ihren Träumen erschien. Sie gedachte
nur flüchtig ihres Traumes von einem Haus voller Kinder, seiner
Kinder, und sagte ihm dann sanft Lebewohl. Diese Kinder existierten schließlich nur in ihrer Fantasie, während Rome sehr wirklich war.

Er liebte sie zwar nicht, aber er mochte sie, respektierte sie, und
es bestand immer noch die Chance, dass er sie eines Tages lieben
lernte. Manchmal geschahen doch Wunder. Sie konnte ihn abwei-
sen, aus Stolz, aber Stolz ersetzte ihr nicht die Wärme eines Mannes an ihrer Seite, ersetzte nicht die Leidenschaft, die Rome ihr

51

in der vergangenen Nacht entgegengebracht hatte. Und ihre weibliche Intuition verriet ihr, dass sie eine Chance hatte, sein kaltes Herz zu erwärmen, solange er sie derart heftig begehrte.

„Ja", meinte sie ruhig. „Und was jetzt?"

Ihr knappe, sachliche Antwort brachte ihn nicht aus der Fassung. Er atmete nur auf und zog sie erneut an sich. „Jetzt möchte ich dich ausziehen und auf der nächstbesten waagerechten Oberfläche …"

„Nicht schon wieder auf dem Teppich", protestierte Sarah stöhnend.

„Lieber auf dem Tisch? Oder auf dem Küchenschrank?" Seine Stimme klang neckend, doch die Reaktion seines Körpers verriet, dass er es ernst meinte. Er drückte sie fest an sich. Er verspürte den Drang, ihre Übereinkunft auf die ursprünglichste Weise zu besiegeln, wollte ihren weichen Körper unter sich spüren.

Er hatte seinen Antrag sehr sorgfältig geplant und sie wissen lassen, dass er ihr perfekt geordnetes Leben nicht zu stören gedachte. Die Idee, sie zu heiraten, war ihm im Laufe der Nacht gekommen, und er glaubte wirklich, dass Diane es gutgeheißen hätte. Darüber hinaus gefiel ihm die Vorstellung, dass Sarah seinen Namen trug und jede Nacht in seinem Bett verbrachte. Ein ausgeprägter Besitzerinstinkt erweckte in ihm den Drang, sie für jeden anderen Mann unerreichbar werden zu lassen. Vor allem, bevor Max Conroy seinen Charme bei ihr spielen lassen konnte. Ihre Zusage erleichterte ihn ungemein, auch wenn es ihn störte, dass sie so wenig Enthusiasmus zeigte.

Er rieb sein stoppeliges Kinn an ihrer Schläfe und schob sie dann widerstrebend von sich. „Wir können warten. Wir müssen alles planen und Vorbereitungen treffen."

„Wir müssen frühstücken", fügte sie hinzu. „Oder hast du schon gegessen?"

„Nein. Ich habe überhaupt nicht daran gedacht. Ich merke jetzt erst, dass ich halb verhungert bin."

Sie lächelte leicht und dachte dabei, dass er soeben eine gewisse Nervosität enthüllt hatte. „Ich kämme mich nur schnell, und dann

Sarah's Geschichte

mache ich das größte Frühstück, das du je gesehen hast."

„Während du dich kämmst, mache ich das größte Frühstück, das wir je gesehen haben", verbesserte er. „Möchtest du alles Drum und Dran?"

Sie nickte. Sie war glücklicher als je zuvor und hatte einen dementsprechend großen Appetit entwickelt. „Ich mag die Eier gern medium", informierte sie ihn beim Hinausgehen.

„Ich erwarte, dass du vorher zurück bist. Kämmen dauert doch nicht so lange!"

„Woher willst du das wissen? Du hast mich noch nie dabei erlebt."

Sein leises Lachen folgte ihr ins Schlafzimmer. Sie schloss die Tür hinter sich und sank auf das Bett. Sie konnte es kaum fassen. Nachdem sie sich jahrelang nach ihm verzehrt hatte, spazierte er zur Tür herein und bat sie, ihn zu heiraten. Seine Gründe waren rein sachlicher Natur, aber das kümmerte sie nicht allzu sehr. Für eine Verhungernde war ein halber Laib Brot besser als gar kein Brot. Eine Heirat eröffnete ihr eine völlig neue Welt der Intimität. Nicht nur sexuelle Intimitäten, sondern kleine Dinge, wie sich morgens das Badezimmer zu teilen, wenn sie es eilig hatten, zur Arbeit zu kommen, sich sonntags die Zeitung zu teilen, jemanden zu haben, der ihr die verspannten Schultermuskeln massierte.

Plötzlich wollte sie ihm nicht einen Moment länger als nötig fern sein. Sie spritzte sich kaltes Wasser ins Gesicht, kämmte sich und steckte das Haar auf jeder Seite mit Spangen zurück. Dann schlüpfte sie hastig in eine Jeans und ein weißes Hemd. Sie rollte sich die Ärmel auf, als sie in die Küche zurückkehrte.

Schinkenspeck brutzelte in der Pfanne, und sie schnupperte anerkennend. Rome kramte in den Schränken und förderte eine Packung Pfannkuchenteig zutage. Während er den Teig anrührte, deckte sie den Tisch und schenkte Orangensaft ein.

„Wir müssen uns eine neue Wohnung suchen", erklärte er. „Weder deine noch meine ist groß genug für all unsere Klamotten."

„Hmm." Damit er ihr nicht erst sagen musste, dass er nicht bei ihr schlafen würde, bemerkte sie beiläufig: „Ich hätte gern drei Schlafzimmer, wenn es sich preislich einrichten lässt. Es wäre schön, ein Gästezimmer zu haben."

Er wurde seltsam still, doch er stand mit dem Rücken zu ihr, und sie konnte sein Gesicht nicht sehen. Ebenso beiläufig sagte sie: „Ich werde kündigen müssen."

Erstaunt drehte er sich zu ihr um.

Sie lächelte ihn an. „Ich kann nicht weiter bei ‚Spencer-Nyle' arbeiten, wenn ich dich heirate. Es ist berufswidrig, und es würde nicht gut gehen, selbst wenn Mr. Edward einverstanden wäre."

„Daran habe ich gar nicht gedacht. Ich kann nicht verlangen, dass du meinetwegen kündigst. Ich weiß, wie viel dir dein Beruf bedeutet …"

„Du weißt gar nichts", unterbrach sie. „Ich wollte sowieso kündigen." Es war an der Zeit, dass er ein wenig über die Frau erfuhr, die er zu heiraten beabsichtigte. Und die erste Lektion bestand darin, ihm Schritt für Schritt klarzumachen, dass sie keine Vollblutkarrierefrau war. „Es ist nur ein Job. Er gefällt mir, und ich habe mein Bestes gegeben, weil ich nichts davon halte, etwas nur halbherzig zu tun, aber ich gehe nicht darin auf. Wie gesagt, ich wollte sowieso aufhören. Nach letzter Nacht sehe ich keine Möglichkeit, mit dir zusammenzuarbeiten."

Er blickte sie erstaunt an. „Du wolltest kündigen, weil wir miteinander geschlafen haben?"

„Ich glaube nicht, dass ich bei der Arbeit professionell bleiben könnte."

„Ich könnte etwas arrangieren …"

„Nein", wandte sie milde ein. „Ich habe nicht vor, mich auf meine vier Buchstaben zu setzen und mich von dir aushalten zu lassen, falls du das befürchtest. Ich habe zu hart gearbeitet, um nur Hausfrau zu spielen. Ich suche mir einen anderen Job."

„Darum geht es nicht", knurrte er. „Ich bin durchaus in der Lage, dich zu unterhalten. Mir gefällt nur nicht, dass du meinetwegen deinen Job aufgibst."

„Es ist das einzig Vernünftige. Ich hänge nicht so sehr daran, und ich habe keine leitende Position."

Sarah's Geschichte

„Du suchst dir einen anderen Job als Sekretärin?"

„Ich weiß nicht." Nachdenklich schlug sie ein Ei in die Pfanne. „Ich habe einige Ersparnisse. Vielleicht mache ich mich selbstständig. Ich könnte eine Boutique eröffnen, wie es jede Frau macht, die Zeit und Geld hat." Sie grinste bei dieser Vorstellung.

„Was immer du willst, solange du es wirklich willst. Wenn du bei ‚Spencer-Nyle' bleiben willst, setze ich mich dafür ein."

„Ich war lange genug im Büro, und eine Abwechslung wird mir guttun."

Plötzlich schmunzelte er boshaft. „Das wird Max wirklich auf die Palme bringen!"

„Rome! Wie gemein von dir!" Lachend schüttelte sie den Kopf. „Hast du mich nur gebeten, dich zu heiraten, damit Max sich eine neue Sekretärin suchen muss?"

„Nein, aber es geschieht ihm recht."

„Magst du ihn nicht?"

„Ich mag ihn sehr. Er ist ein ausgezeichneter Geschäftsleiter. Aber ihn bei der Arbeit zu mögen und zu mögen, wie er dich ansieht, sind zwei verschiedene Sachen."

Sarah erkannte, dass sie Max einen großen Gefallen schuldete, falls sein Interesse an ihr den Besitzerinstinkt in Rome geweckt hatte. Während sie die Eier briet, warf sie ihm verstohlene Blicke zu, und jedes Mal verspürte sie eine freudige Erregung. Sie verstanden sich so gut, dass es das hundertste gemeinsame Frühstück hätte sein können statt des ersten. Sie konnte nur hoffen, dass dieser erste Morgen ein Vorzeichen für ihr Eheleben war. Sie wollte ihn nicht bedrängen, aber sie hoffte, dass sie ihn lehren konnte, wieder zu lieben.

Es war nicht leicht für Sarah, Max am Montagmorgen von ihrer Kündigung zu unterrichten.

Er reagierte zunächst ungläubig und dann erzürnt. „Der verdammte Kerl hat es absichtlich getan", schimpfte er mit zornig funkelnden Augen, während er im Büro auf und ab schritt. „Er wusste, dass Sie kündigen und mich im Stich lassen würden."

55

„Vielen Dank", entgegnete Sarah trocken. „Ich kann Ihnen gar nicht sagen, wie sehr mich der Gedanke freut, dass Rome mich nur heiraten will, um Ihre Routine zu stören."

Max blieb stehen, starrte sie an, und sein Blick wurde sanfter. „Ich hätte einen Tritt in den Hintern verdient", gab er reumütig zu. „Nehmen Sie mich nicht ernst, Darling. Ich bin nur aus der Fassung geraten, weil er das Rennen bereits gewonnen hat, während ich noch an der Startlinie stand. Es ist so verdammt peinlich."

Sarah lachte. Die Vorstellung, dass Max sich ihretwegen vor Kummer verzehrte, war einfach lächerlich. Er war ein äußerst interessanter Mann, und jede Frau in der Firma hätte alles für eine Chance bei ihm gegeben – jede Frau außer ihr selbst.

Er musterte ihr lachendes Gesicht, das von innen zu leuchten schien und ihn jedes Mal wieder anzog. Es betrübte ihn ein wenig, dass dieses Leuchten nicht ihm galt und dass sie niemals sein Leben zieren würde, wie er es sich so oft ausgemalt hatte.

Er trat ein wenig näher. „Wenn er Sie jemals unglücklich macht, wissen Sie ja, wo ich bin", murmelte er und streichelte ihre samtige Wange mit dem Zeigefinger. „Seien Sie vorsichtig, Darling. Hinter der beherrschten, professionellen Fassade ist dieser Mann ein Wolf auf Streifzug, und Sie sind nur ein unschuldiges Lamm. Lassen Sie sich nicht zum Lunch verspeisen."

Max sprach nicht aus, dass Rome sie nicht liebte, aber sie wusste, dass er es dachte.

„Wissen Sie, worauf Sie sich einlassen?", hakte er nach.

„Ja, natürlich. Ich liebe ihn schon sehr lange."

„Weiß er es?"

Sie schüttelte den Kopf.

„Dann sagen Sie es ihm auch nicht. Lassen Sie ihn darum kämpfen. Dann wird er es mehr zu schätzen wissen." Ein verschmitzter Ausdruck trat auf sein Gesicht. „Wieso habe ich das Gefühl, dass das Lamm den Wolf bezwingen wird?"

„Das weiß ich nicht. Aber ich hoffe, dass Sie recht haben. Sie können sich gar nicht vorstellen, wie sehr ich es hoffe."

Sarah's Geschichte

„Denken Sie nur daran, dass ich für Sie da bin, falls es nicht klappt und Sie mich brauchen." Bedächtig fügte er hinzu: „Ich habe einen wundervollen Traum. Ich träume davon, Sie nach England mitzunehmen, Sie in der mittelalterlichen Kirche zu heiraten, in der meine Vorfahren sich seit unzähligen Generationen die Fesseln anlegen lassen. Und Erben zu zeugen wäre meine Lieblingsbeschäftigung."

Sarah lachte erneut, und teilweise wünschte sie, Max könnte derjenige sein. Er würde ihre Liebe schätzen. Stattdessen hatte sie ihr Herz einem Mann geschenkt, der von der Vergangenheit verfolgt wurde, der ihren Körper und ihre Gesellschaft wollte, nicht aber ihre Liebe.

„Darf ich Sie küssen?", bat Max und hob ihr Gesicht. „Nur einmal. Ich verspreche, nie wieder darum zu bitten … solange Sie mit Rome liiert sind."

Sarah blickte in seine schelmisch funkelnden Augen und erkannte, dass er nicht einen züchtigen Abschiedskuss im Sinn hatte. Er wollte sie voller Leidenschaft küssen. Sie wusste, dass er sie nicht liebte, doch sie wusste ebenso wie er, dass er möglicherweise ihr Ehemann geworden wäre, wenn sich die Dinge anders entwickelt hätten. Nur der Zeitpunkt ihrer Bekanntschaft hatte es verhindert. „Ja, ein Abschiedskuss", willigte sie ein und stellte sich auf Zehenspitzen.

In dem Moment, als er den Mund auf ihren senkte, öffnete sich die Tür. Sie wusste, dass Max es ebenfalls hörte, aber er wich nicht zurück. Stattdessen zog er sie näher an sich, als sie sich instinktiv versteifte, und küsste sie inniglich und ausgiebig.

Sarah spürte, dass Rome eingetreten war, aber sie war völlig wehrlos in Max' Armen. Unter seiner schlanken, eleganten Gestalt verbargen sich stählerne Muskeln. Endlich hob er den Kopf, und sie rang nach Atem. Mit einem strahlenden Lächeln blickte er zu Rome hinüber. „Haben Sie irgendwelche Einwände?", fragte er ruhig.

Rome durchquerte das Büro, zog Sarah sanft aus Max' Armen in seine und drückte sie an sich. „Diesmal nicht", erwiderte er ruhig. „Nicht zum Abschied. Aber ich gestatte Ihnen dieses eine Mal nur, weil Sie verloren haben. Falls es noch einmal vorkommt, müssen Sie dafür zahlen."

„In Ordnung." Max lächelte und streckte die Hand aus. „Meinen herzlichen Glückwunsch."

Sie schüttelten sich die Hände, grinsten dabei, und Sarah verdrehte die Augen. Sie hatte einen heftigen Streit erwartet, aber stattdessen benahmen sie sich wie die besten Kumpel. Männer! Wer konnte sie schon verstehen?

„Ich entführe Sarah heute zu einer langen Mittagspause", verkündete Rome. „Wir haben viel zu erledigen. Bluttests, Aufgebot bestellen, Wohnung suchen. Ich bin ab halb eins frei. Schaffst du es bis dahin, Sarah?"

Sie hatte bereits andere Pläne und schüttelte den Kopf. „Ich kann nicht. Ich habe um eins einen Termin."

Es freute Max außerordentlich, dass sie Romes Anordnung einfach ablehnte. Gespannt wartete er auf die Reaktion. Doch wenn er auf Verärgerung gehofft hatte, so wurde er enttäuscht.

Rome erwiderte nur gelassen: „Dann erledigen wir es eben morgen." Er musste sich sehr beherrschen, um nicht zu fragen, wohin sie ging. Doch er rief sich die Argumente in Erinnerung, durch die er sie zur Heirat überredet hatte. Sie waren übereingekommen, dem anderen das Bedürfnis nach Freiraum nachzusehen.

Er geleitete sie in ihr Büro und gab ihr einen schnellen, leidenschaftlichen Kuss. „Sehen wir uns heute Abend? Wir können die Wohnungsannoncen durchgehen."

Erfreut lächelte sie ihn an. „Ist dir sieben Uhr recht? Bis dahin bleibt mir Zeit, irgendein Essen beinahe fertigzustellen."

„Lass das mit dem Kochen. Ich bringe etwas mit."

An diesem Abend, nachdem das süß-saure Hühnchen verspeist war, das Rome mitgebracht hatte, breiteten sie die Zeitung auf dem Tisch aus und gingen die Wohnungsannoncen durch.

Er deutete mit dem Kugelschreiber auf eine Anzeige, die ihm besonders zusagte, und Sarah beugte sich vor und las sie. „Klingt

Sarah's Geschichte

gut", bestätigte sie nachdenklich. „Sehr geräumig, aber sie kostet wahrscheinlich ein Vermögen."

„Und wenn schon", murmelte er. „Wir sehen sie uns morgen an." Und dann zog er Sarah auf seinen Schoß, küsste sie und liebkoste verführerisch ihren Körper.

Sie sank an seine Brust. Sein kraftvoller Körper vermittelte ihr ein Gefühl der Geborgenheit, und sie dachte, dass sie keine behagliche Wohnung brauchte, um sich sicher zu fühlen, solange er sie in den Armen hielt.

Er knöpfte ihre Bluse auf und drückte einen Kuss auf den Ansatz ihrer Bürste. „Dieser verdammte Max! Er hat genau gewusst, dass ich zugesehen habe."

„Ja." Sie schob eine Hand unter sein Hemd und streichelte seine Brust. „Er ist ein Teufel."

„Er hatte Glück, dass du den Kuss nicht erwidert hast. Dann wäre ich nicht so zivilisiert geblieben." Er küsste sie erneut, knöpfte dann widerstrebend ihre Bluse wieder zu und hob sie zurück auf den Platz neben sich. „Wir sollten lieber kein Risiko eingehen. Ich bin direkt aus dem Büro gekommen und habe nichts bei mir."

Sarah räusperte sich. „Was das angeht ... Ich war heute bei meiner Ärztin. Ich habe ein Rezept für die Pille."

Er lehnte sich zurück und versuchte den Grund für ihr seltsames Zögern zu ergründen, das sie zu verbergen suchte. „Ist es in deinem Alter in Ordnung, die Pille zu nehmen?"

„Sie lässt es mich probieren. Sie hat mir die schwächste verordnet, die auf dem Markt ist, und ich muss alle sechs Monate zur Kontrolle. Außerdem hat sie die Dauer auf höchstens zwei Jahre beschränkt. Danach muss ich auf etwas anderes umsteigen."

„Wenn es schädlich für dich sein kann, dann nimm sie nicht." Er nahm ihre Hand, streichelte ihr mit dem Daumen über den Rücken. „Ich habe vor, mich operieren zu lassen. Das ist sicher und dauerhaft."

Sarah schreckte vor dieser Entscheidung zurück. Die Endgültigkeit war für sie erschreckend. Irgendwann in der Zukunft änderte Rome vielleicht seine Einstellung, selbst wenn die Ehe mit

59

ihr nicht funktionierte. Sie war sich sehr bewusst, dass er sie nicht liebte, und musste die Möglichkeit in Betracht ziehen, dass er sich in eine andere Frau verlieben könnte und von dieser anderen vielleicht Kinder wollte. Diese Vorstellung erschütterte sie derart, dass sie vor ihm zurückwich, bevor sie zu viel von ihren Gefühlen verriet.

Sie wandte das Gesicht ab und bemerkte in steifem Ton: „Darüber können wir später reden, falls es mit der Pille nicht klappt."

Verwirrt musterte er sie, rief sich das Gespräch in Erinnerung und versuchte zu ergründen, was sie veranlasst haben mochte, diese eisige Miene aufzulegen, die er so hasste.

In letzter Zeit hatte sie sich ihm gegenüber entspannt und natürlich gegeben, und er hatte sich an ihr Lächeln und ihren sanften Spott gewöhnt. Nun war sie mit einem Schlag wieder zur Eiskönigin geworden.

Ihr Unbehagen hatte begonnen, als das Thema Pille zur Sprache gekommen war. Er spürte, dass sie ihm irgendetwas verschwieg. Er hatte geglaubt, den Grund für ihre Zurückhaltung gefunden zu haben, als er sie das erste Mal geliebt hatte, doch nun gab sie sich wieder so reserviert. Offensichtlich hütete sie noch weitere Geheimnisse, und er wollte sie aufdecken. Die Art, in der sie sich ihm entzog, erweckte in ihm den heftigen, ursprünglichen Drang, ihr nachzustellen und sie zu unterwerfen – ein uralter Instinkt.

„Eines Tages", sagte er in sanftem, aber dennoch nachdrücklichem Ton, „werde ich herausfinden, was in dir vorgeht."

Sarah blickte ihn an, und hinter ihrer beherrschten Fassade verspürte sie Panik. Wenn er herausfand, dass sie ihn liebte, was würde er dann tun? Würde es akzeptieren oder prompt aus der Ehe aussteigen?

5. KAPITEL

*D*rei Wochen später, an einem Freitagnachmittag nach der Arbeit, wurden Sarah und Rome getraut. Außer den beiden Trauzeugen, zu denen Max zählte, waren etwa fünfzehn Arbeitskollegen anwesend.

Sarah hatte die zweiwöchige Kündigungsfrist eingehalten und in der dritten Woche das neue Apartment eingerichtet. Es war ihr viel zu teuer erschienen, doch Rome hatte ihre Einwände zerstreut. Die Wohnung hatte sieben Räume und eine riesige Terrasse, die sich bestens zum Grillen und Sonnenbaden eignete und ausreichend Platz für Sarahs zahlreiche Grünpflanzen bot. Sie vermutete, dass Rome sich wegen des gasbetriebenen Kamins im Wohnzimmer für das Apartment entschieden hatte, und auch sie verspürte Vorfreude, wenn sie an den kommenden Winter und die Abende vor einem knisternden Feuer dachte.

Für sie war das Beste an der Wohnung die Hausverwalterin, die im Erdgeschoss wohnte und mit der sie bereits Freundschaft geschlossen hatte. Marcie Taliferro war zweiunddreißig Jahre alt, geschieden und freiberufliche Schriftstellerin. Sie hatte einen fünfzehnjährigen Sohn, Derek, der wie zwanzig aussah und die klassische italienische Schönheit von seinem Vater geerbt hatte. Er arbeitete nach der Schule in einem Lebensmittelgeschäft und sparte für das College.

Marcie war eine kleine, etwas pummelige Person mit roten Haaren und Sommersprossen auf der Nase, aber ihr fehlte das hitzige Temperament, das gewöhnlich mit rotem Haar assoziiert wird. Sie war freundlich und vernünftig und ging jede Aufgabe äußerst gelassen an. Sie hatte Sarah geholfen, die neue Wohnung einzurichten, da Rome geschäftlich verreist und erst am Vorabend zurückgekehrt war.

Während der Trauung warf Sarah ihrem frischgebackenen Ehemann verstohlene Blicke zu. Er trug einen dunkelblauen Anzug, ein hellblaues Nadelstreifenhemd, eine Seidenkrawatte in Blau und Burgunderrot sowie ein burgunderfarbenes Seidentuch in der

Brusttasche. Er sah umwerfend gut aus. Ihr stockte der Atem, und ihr Herzschlag beschleunigte sich in Vorfreude auf die bevorstehende Nacht. Sie hatten sich in den vergangenen Wochen nur dreimal geliebt, da Rome mehrere Geschäftsreisen hatte antreten müssen, und sie begehrte ihn heiß und innig.

Er wirkte verkrampft. Seine Stimme klang angespannt, als er den Eheschwur ablegte, und seine Hand zitterte, als er ihr den schlichten Goldreif an den Finger steckte. Er gab ihr einen flüchtigen Kuss und schenkte ihr ein Lächeln, das kaum mehr als ein Zucken der Mundwinkel war und sogleich wieder verschwand.

Alle Anwesenden traten vor, um ihnen zu gratulieren. Max kam als Letzter. Er schüttelte Rome die Hand, nahm dann Sarahs Gesicht zwischen die Hände und sagte sanft: „Sie sehen wunderschön aus. Sind Sie so glücklich?"

„Ja, natürlich." Sie hob den Kopf, und er küsste sie sehr flüchtig.

„Verdammt, Max", murrte Rome ungehalten. „Wieso scheint mir, dass Sie Sarah öfter küssen als ich?"

„Vielleicht bin ich einfach schlauer als Sie", gab Max grinsend zurück.

Sarah fragte sich, ob Rome sie wohl ebenfalls hübsch fand. Mehrere Leute außer Max hatten ihr zu ihrem strahlenden Äußeren gratuliert. Sie wusste, dass es ebenso an ihrem Glücksgefühl wie an ihrem neuen Make-up lag. Sie hatte einen Schönheitssalon aufgesucht, und die Kosmetikerin hatte ihr zarte, durchscheinende Präparate empfohlen, die ihr Farbe verliehen, ohne zu hart zu wirken. Ihre Augen waren nur eine Spur dunkler geschminkt als gewöhnlich, doch sie wirkten wesentlich exotischer. Aprikosenfarbenes Rouge betonte ihre Wangenknochen, und ihr Mund wirkte weich und voll. Das lag allerdings nicht am Lippenstift, sondern an ihrem Zustand. Unter dem blassrosa Seidenkleid zitterte ihr Körper vor Sehnsucht nach Rome.

Doch die Hochzeitsnacht musste noch warten. Zunächst einmal wurde in einem eleganten Restaurant gefeiert. Sarah war so nervös, dass sie das zarte schneeweiße Hummerfleisch kaum schmeckte,

Sarah's Geschichte

ebenso wenig wie den Sekt, der ihr prickelnd durch die Kehle rann. Sie merkte erst, dass sie einen Schwips bekam, als sie sich Rome zuwandte und der Raum sich plötzlich zu drehen schien. Überrascht blinzelte sie.

Zum ersten Mal an diesem Abend lächelte Rome. „Sind zwei Gläser Sekt zu viel für dich?"

„Du hast mich zwei Gläser trinken lassen?", fragte sie entsetzt. „Rome, es war kein Scherz, dass ich keinen Alkohol vertrage. Ich kann bestimmt nicht mehr gerade gehen."

„Wir sind frisch verheiratet. Jeder wird es für romantisch halten, wenn ich dich hinaustrage", entgegnete er gelassen.

„Nicht, wenn ich das Tischtuch wie eine Flagge schwenke und dabei aus voller Kehle singe."

Er schmunzelte, schob aber ihr Sektglas fort und winkte dem Kellner. Kurz darauf wurde ihr ein Glas Limonade serviert, und sie trank es erleichtert.

Dennoch war sie nicht ganz sicher auf den Beinen, als sie das Restaurant verließen. Rome legte fest einen Arm um ihre Taille und führte sie zu seinem Wagen. Er half ihr auf den Sitz, dankte ihren Freunden für die guten Wünsche und setzte sich hinter das Lenkrad. Einen Moment lang spielte er mit dem Schlüssel in der Hand, bevor er ihn ins Zündschloss steckte. Er drehte sich zu Sarah um, die mit einem reizenden verträumten Lächeln neben ihm saß. Die Straßenlaterne ließ ihre Augen funkeln wie Mondstein. Sie wirkte so sanft und weiblich, und ihr zartes Parfüm stieg ihm verlockend in die Nase.

Sie war nun seine Ehefrau. Er stöhnte beinahe laut auf, als er an eine andere Hochzeit dachte und an Dianes strahlendes Gesicht und den leidenschaftlichen Kuss, den er ihr am Ende der Zeremonie gegeben hatte. Er hatte geglaubt, dass niemals eine andere Frau als Diane den Titel seiner Ehefrau tragen würde. Bis zum Beginn der Trauung hatte er keinerlei Zweifel bezüglich dieser zweiten Heirat gehegt, doch als er die vertrauten Worte vernommen hatte, war ihm der kalte Schweiß ausgebrochen. Er bereute es nicht, Sarah zu heiraten, aber plötzlich verfolgten ihn Erinnerungen an Di-

63

ane. Er konnte sie nun nicht mehr seine Frau nennen, denn kraft des Gesetzes sowie seines eigenen Entschlusses war nun die Frau an seiner Seite seine Ehefrau.

Sarah Matthews. Im Geiste prägte er sich den Namen ein. Sarah Matthews, seine Frau. Sarah, die stets so distanziert wirkte, gehörte nun ihm. Er wusste, dass er an diesem Abend an keine andere Frau denken sollte, aber er konnte nicht umhin, Diane mit Sarah zu vergleichen.

Diane hatte eine wesentlich ausgeprägtere Persönlichkeit besessen als Sarah. Sie hatte Auge um Auge mit ihm gestritten und ihn dann mit all der Leidenschaft ihres hitzigen Temperaments geküsst. Mit ihren goldbraunen Haaren und leuchtend blauen Augen hatte Diane so warm und strahlend wie die Sonne gewirkt, während Sarah wie der Mond war, blass und kalt und unnahbar. Was hatte sie an sich, das sie so geheimnisvoll machte? Waren es ihre verschleierten, umschatteten Augen? Ihre Geheimnisse lockten ihn, erweckten den Drang, sie zu lüften. Hatte er jemals eine Frau so begehrt wie sie?

Doch als er sie in ihre neue Wohnung führte, an diesem ersten Abend, den sie gemeinsam dort verbringen würden, erkannte er, dass er nicht mit ihr schlafen konnte. Die ganze Woche lang hatte er an sie gedacht, sie begehrt. Doch der Kummer, der in den vergangenen Wochen in den Hintergrund getreten war, erwachte plötzlich zu neuem Leben. Er musste von Diane Abschied nehmen.

Als die Wohnungstür hinter ihnen ins Schloss fiel, drehte Sarah sich zu ihm um, schlang die Arme um seinen Nacken und schmiegte sich an ihn.

Er küsste sie flüchtig, löste dann ihre Arme und schob sie von sich. „Lass mich die Wohnung ansehen", sagte er ausweichend. „Ich war noch nicht hier, seit die Möbel da sind."

Er spazierte durch die Räume, und Sarah folgte ihm. Sie schwankte leicht und zog sich daher die Schuhe aus. Barfuß fühlte sie sich wesentlich sicherer als auf den hohen Absätzen.

Rome äußerte sich anerkennend über das Dekor und schien dann keine Worte mehr zu haben. Er seufzte und strich sich durch

Sarah's Geschichte

das Haar. Schließlich legte er einen Arm um ihre Taille und führte sie zu ihrem Schlafzimmer. Obwohl er allein sein wollte, ärgerte ihn die Tatsache, dass dieser Raum ohne Sarahs Einladung tabu für ihn war. Er öffnete die Tür und schaltete das Licht ein. Dann legte er beide Hände auf ihre Schultern.

„Es tut mir leid", begann er in rauem, gedämpftem Ton. „Es hat mich heute wirklich schwer getroffen, und ich kann nicht … Ich muss heute Nacht allein sein. Es tut mir leid", wiederholte er und wartete auf ihre Reaktion.

Sie blickte ihn bloß an, ohne jeglichen Ausdruck in den exotischen Augen, die nur wenige Augenblicke zuvor noch gefunkelt hatten. Sie wünschte ihm eine gute Nacht, trat zurück und schloss die Tür, bevor er noch irgendetwas äußern konnte.

Lange Zeit stand er da, starrte auf die Tür, mit hängenden Schultern, bevor er sich abwandte und in sein eigenes Zimmer ging.

Er ging zu Bett, doch er konnte nicht schlafen. Die Jahre mit Diane liefen vor seinem geistigen Auge ab wie ein Film. Er erinnerte sich an jeden Ausdruck auf ihrem lebhaften Gesicht, an all die Pläne, die sie während der Schwangerschaften geschmiedet hatten, an seinen überwältigenden Stolz, als er seine Söhne zum ersten Mal in den Armen gehalten hatte. Tränen brannten in seinen Augen, aber sie lösten sich nicht.

Der Schmerz über den Verlust seiner Söhne war so groß, dass er versuchte, nie an sie zu denken. Er wurde immer noch nicht damit fertig. Sie waren ein Teil von ihm gewesen. Er hatte sie in Dianes Körper wachsen sehen, hatte ihre Geburt miterlebt, hatte sie als Erster im Arm gehalten. Er erinnerte sich an ihr Lachen, ihre Unschuld, ihre furchtlose Erforschung der Welt. Seine Söhne zu beerdigen war das Schlimmste, was er je erlebt hatte.

Sein Kopf schmerzte plötzlich, und er presste die Fingerspitzen an die Schläfen. Er wollte laut schreien, doch er biss die Zähne zusammen, und allmählich verklang der Kummer. Erschöpft schloss er die Augen und schlief ein.

In ihrem Zimmer lag Sarah im Bett, aber sie schlief nicht. Sie lag sehr still. Sie spürte immer noch die Wirkung des Sektes, aber das war nicht der Grund für ihre Schlaflosigkeit. Sie war von Kummer erfüllt. Sie hätte wissen müssen, dass die Trauung ihn sehr mitnehmen würde, doch sie hatte es erst an dem Schmerz in seinen Augen gemerkt. Statt die Hochzeit zu feiern, bereute er es, weil sie nicht die Frau war, die er liebte.

War es dumm von ihr zu hoffen, dass sie jemals seine Liebe gewinnen konnte? Hatte er überhaupt noch Liebe zu geben, oder war sie mit Diane gestorben? Sarah wusste es nicht, und sie hatte ihre Entscheidung mit der Einwilligung in die Heirat getroffen. Was immer er ihr geben konnte, musste ihr reichen.

Sarah erwachte früh. Der Wecker verriet ihr, dass es halb sieben war. Sie stand auf und duschte, schlüpfte dann in ihren Bademantel, weil sie keine Lust hatte, sich anzuziehen.

Da sie wusste, dass Rome Frühaufsteher war, ging sie das Frühstück vorbereiten. Obwohl sie die Küche selbst eingeräumt hatte, kannte sie sich darin nicht aus. Zuerst musste sie die Kaffeemaschine suchen, und dann konnte sie den Messlöffel nicht finden. Sie durchsuchte sämtliche Schubladen, knallte sie mit wachsender Wut wieder zu und verwünschte den Messlöffel, der sich versteckte. Schließlich fand sie ihn in der Kaffeedose und verfluchte ihre eigene Dummheit, denn sie selbst hatte ihn dorthin getan.

Sie hasste Umzüge. Sie hasste es, wenn nichts an seinem gewohnten Platz war. Der Kühlschrank stand auf der anderen Seite des Herdes als in ihrer alten Wohnung, und sie wandte sich jedes Mal in die falsche Richtung, wenn sie etwas herausholen wollte. Die Küche war zudem wesentlich größer als ihre alte, und Sarah fühlte sich klein und verloren.

Sobald der Kaffee fertig war, schenkte sie sich eine Tasse ein. Sie nippte daran, schloss die Augen und versuchte sich zu beruhigen. Ihre Nervosität lag nicht nur an der fremden Umgebung. Daran würde sie sich schon gewöhnen. Aber was war mit Rome? Sie wusste nicht, was sie ihm sagen sollte. Wie verhielt sich eine Frau gegenüber ihrem frischgebackenen Ehemann, der die Hochzeitsnacht allein verbracht hatte?

Sarah's Geschichte

Vielleicht hätte sie ihn nicht heiraten sollen. Vielleicht war er einfach nicht zu einer dauerhaften Beziehung bereit. Hätte sie ablehnen und auf einen neuen Antrag hoffen sollen, wenn die Zeit seine Wunden geheilt hatte? Aber vielleicht hätte er dann eine andere Frau gefunden und geheiratet. Es war schlimm genug für sie, ihn an Diane verloren zu haben. Sie hätte es nicht ertragen, dass er eine andere, eine völlig fremde Frau heiratete.

Der Geruch von brutzelndem Schinkenspeck wirkte wie ein Magnet. Rome betrat die Küche und schnupperte hungrig. Sarah warf ihm einen sehr flüchtigen Blick zu. Er hatte geduscht, denn sein Haar war feucht, und er trug Jeans und darüber ein kariertes, nicht zugeknöpftes Hemd. Er hatte Socken angezogen, aber keine Schuhe. Sie war so sehr daran gewöhnt, ihn in formeller Kleidung zu sehen, dass seine lässige Aufmachung sie rührte. Er war so leger gekleidet wie ein gewöhnlicher Ehemann an einem Samstagmorgen.

„Warum hast du versucht, die Küche auseinanderzunehmen?", fragte er und unterdrückte ein Gähnen. Verstohlen, voller Unbehagen beobachtete er sie und fragte sich, wie sie ihn empfangen würde. Für die meisten Frauen wäre sein Verhalten am Abend zuvor unverzeihlich gewesen, und er fühlte sich schuldig. Er hätte zumindest mit ihr darüber reden müssen.

Sarah fühlte sich verkrampft und den Tränen nahe. „Habe ich dich geweckt? Es tut mir leid. Das wollte ich nicht."

„Nein, ich war schon wach."

Schnell schenkte sie ihm einen Becher Kaffee ein. Rome trug ihn zu dem kleinen Esstisch, sank auf einen Stuhl und streckte die Beine aus. Er trank seinen Kaffee und wusste nicht, was er ihr sagen sollte.

Sarah wollte die Eier aus dem Kühlschrank nehmen, wandte sich jedoch erneut in die falsche Richtung. Sie gab einen erstickten Laut von sich und presste eine Hand auf die Augen, um die drohenden Tränen zurückzuhalten. „Verdammt", schimpfte sie. „Ich kann einfach nichts finden! Ich fühle mich … so verloren."

Erstaunt blickte Rome sie an. Er spürte, dass sie Trost brauchte, ging zu ihr und schloss sie in die Arme. „He, beruhige dich." Er streichelte ihr über das Haar. „Was ist denn los?" Er setzte sich wieder und zog sie auf seinen Schoß wie ein Kind, das sich beim Spielen verletzt hatte. „Hast du nicht alles selbst eingeräumt?"

„Ja, das ist ja gerade das Schlimme daran!" Sie suchte seine Wärme, schob die Hände unter sein Hemd und schmiegte sich an ihn wie eine Katze. „Ich hasse es, wenn sich die Dinge ändern. Ich stelle niemals die Möbel in meiner Wohnung um. Ich möchte mich zu Hause sicher fühlen und nicht wie eine Fremde."

Er wiegte sie sanft und fragte sich, wieso er nichts von ihrem ausgeprägten Bedürfnis nach Stabilität gewusst hatte, obwohl er sie schon so lange kannte. Sie wirkte gewöhnlich so sicher und kompetent, dass es ihn ein wenig verwunderte, wie Hilfe suchend sie sich an ihn kuschelte, aber es gefiel ihm. Sie war zart und leicht gebaut, besaß aber die aufreizenden Rundungen einer Frau.

Sarah seufzte und schob die Hände auf seinen Rücken. Ihr seidiges Haar fiel auf seinen Arm, und ihren weichen Brüsten entströmte ein betörender Duft, der von ihrer zarten Haut herrührte und nicht von einer Parfümflasche.

Verlangen erwachte in ihm. Er hob ihr Haar hoch, senkte den Kopf und küsste ihren schlanken Hals. „Ich verspreche, niemals etwas umzuräumen", murmelte er, als er den Puls an ihrem Hals pochen spürte. Er verdiente es nicht, aber sie reagierte auf seine Liebkosungen, ohne ihm wegen seines Verhaltens am Vorabend böse zu sein. Sie akzeptierte ihn so, wie er war, akzeptierte ihn bereitwillig.

Sarah vergrub die Finger in seinem Haar, als er ihren Bademantel öffnete. Er senkte den Kopf, schloss die Lippen um eine der Knospen, und sie rang nach Atem. „Gefällt dir das?", fragte er, während er seine Hände und seine Lippen mit den weichen Rundungen und harten Knospen füllte.

„Ja … ja", flüsterte sie atemlos, und er küsste sie leidenschaftlich auf den Mund.

Das Frühstück war vergessen. Sie konnte ihn nicht genug berühren, ihm nicht nahe genug sein. Sie wand sich auf seinem Schoß

Sarah's Geschichte

und rieb die nackten Brüste an den dunklen Locken auf seinem Oberkörper.

„Du ... du machst mich verrückt", murmelte Rome. Ungeduldig riss er seine Jeans auf, hob Sarah auf seinen Schoß und drang in sie ein.

Sie stöhnte seinen Namen, klammerte sich an seine Schultern und begann sich aufreizend zu bewegen. Sein Verlangen wuchs ins Unermessliche, doch er hielt sich eisern zurück, denn er wollte ihr inneres Erschauern der Erfüllung spüren. Als sie ermüdete, umfasste er ihre Hüften und übernahm die Führung, bis sie von heftigen Wogen der Ekstase erfasst wurde.

Mit Tränen des Entzückens und der Befriedigung in den Augen sank sie an seine Brust. Sie hatte nie gedacht, dass ihre Ehe auf einem Küchenstuhl vollzogen werden würde, aber das ungeduldige Verlangen, mit dem er sie genommen hatte, wirkte so ermutigend, dass es sie nicht kümmerte. Zufrieden schloss sie die Augen und streichelte mit den Lippen seine Brust.

Er stand auf und trug sie ins Bett, und aus dem Frühstück wurde Lunch. Der Tag verflog in einem Taumel der Sinnlichkeit. Sarah fühlte sich, als schwebe sie auf Wolken, während ihr Körper begierig Befriedigung suchte und empfing.

Die Realität kehrte erst am Abend zurück, als Rome nach einem intensiven Liebesspiel ihr Bett und ihr Zimmer verließ und leise die Tür hinter sich schloss.

Sarah blieb liegen und wartete, hoffte auf seine Rückkehr. Doch die Tür blieb geschlossen. Traurig rollte sie sich zusammen. Er hatte ihr gesagt, dass er allein sein wollte, wenn die Nacht kam, und sie hatten sogar die Wohnung im Hinblick darauf ausgesucht. Doch während des zauberhaften Tages, größtenteils in diesem Bett verbracht, hatte sie es vergessen. Und nun weinte sie leise, damit er es nicht hörte.

6. KAPITEL

Rome schloss die Tür auf und betrat die Wohnung mit einem Gefühl der Erleichterung und Vorfreude. Diese Reise hatte sich scheinbar endlos hingezogen, und er war Hotelzimmer und Hotelküche sehr leid geworden.

Schon im Flur wurde ihm die Behaglichkeit und Freundlichkeit bewusst, die Sarah der Wohnung verliehen hatte. Er fühlte sich dort zum ersten Mal seit langer Zeit zu Hause.

Nach nur zweiwöchiger Ehe hatte er sich auf diese Reise gefreut, hatte das Bedürfnis verspürt, sich den unsichtbaren Banden zu entziehen, die ihn an Sarah fesselten. Es lag nicht daran, dass sie zu viel verlangte. Sie verlangte gar nichts. Doch er ertappte sich ständig dabei, dass er an sie dachte, dass er mit ihr über die Arbeit sprechen wollte, dass er den Drang verspürte, mit ihr zu schlafen. Sie war so verblüffend sinnlich, im Gegensatz zu ihrer kühlen, stillen Fassade.

Er hatte ihr fern sein wollen, doch die Reise hatte sich zu lange hingezogen. Aus den ursprünglich geplanten drei Tagen waren acht geworden. Sarah hatte sehr gelassen reagiert, als er sie angerufen und von der Verzögerung unterrichtet hatte. Ihr Mangel an Interesse störte ihn, und er hatte es plötzlich kaum erwarten können, wieder nach Hause zu kommen.

Das Bedürfnis, bei Sarah zu sein, war so stark geworden, dass er sich und alle anderen erbarmungslos angetrieben hatte und daher einen Tag früher als erwartet heimgekehrt war. Nun blickte er sich in der stillen, sonnenüberfluteten Wohnung um. Ein schwacher, verlockender Duft nach Apfelstrudel lag in der Luft. Er schnupperte und lächelte, denn es war sein Lieblingsgebäck.

„Sarah!", rief er und brannte darauf, sie in die Arme zu schließen. Acht lange, enthaltsame Tage lagen hinter ihm, und daran war er nicht gewöhnt. Doch er war ein treuer Ehemann, und außerdem wollte er keine andere Frau als Sarah.

Sie meldete sich nicht. Ungehalten suchte er sie in der ganzen Wohnung, obwohl er bereits wusste, dass sie nicht da war.

Sarah's Geschichte

Wo mochte sie bloß stecken? Einkaufen? Auf Arbeitssuche? Er blickte zur Uhr. Es war vier. Wahrscheinlich kam sie jeden Moment zurück.

Er packte seinen Koffer aus. Er las die Zeitung. Er schaute sich die Abendnachrichten an. Als die Sonne unterging, sank die Temperatur rapide ab. Er schaltete die Heizung ein und beobachtete lange Zeit das flackernde Feuer im Kamin. Die Abenddämmerung im Oktober war kurz, und bald war auch der letzte Rest Tageslicht verschwunden.

Rome unterdrückte seine Verärgerung, bereitete sich das Dinner zu und aß allein. Zum Nachtisch genehmigte er sich ein riesiges Stück Apfelstrudel. Als er die Küche aufräumte, stieg plötzlich eine Wut in ihm auf, die sich zum Teil auf Angst begründete. Diane war fortgefahren und nie zurückgekehrt. Er wollte nicht einmal daran denken, dass Sarah etwas zugestoßen sein könnte. Aber wo mochte sie nur stecken?

Es war beinahe zehn Uhr, als er sie die Wohnungstür öffnen hörte. Mit einer Mischung aus Erleichterung und Zorn sprang er auf. Er hörte sie sagen: „Danke, Derek, ich weiß nicht, was ich ohne dich getan hätte. Bis morgen."

Eine tiefe Stimme antwortete: „Wenn Sie Hilfe brauchen, rufen Sie mich nur an, Mrs. Matthews. Gute Nacht."

„Gute Nacht", wünschte Sarah und trat ein. Nun erst wurde ihr bewusst, dass im Wohnzimmer Licht brannte. Sie blieb abrupt stehen, wirbelte herum, und ihr Gesicht erstrahlte. „Rome!", rief sie und lief zu ihm.

Ihr unverhohlener Enthusiasmus entwaffnete ihn. Er vergaß seinen Zorn und freute sich einfach, sie zu sehen. Er breitete die Arme aus, ergriff dann im letzten Moment ihre Schultern und hielt sie von sich ab. „Wer bist du?", fragte er erstaunt. „Deine Stimme ist mir vertraut, aber diesen Schmutz habe ich noch nie gesehen."

Sarah lachte. Sie wollte ihn küssen, aber sie war wirklich zu schmutzig. Sie blickte an ihrer Jeans hinab, an der Schmiere, Farbe und sogar Ketchup klebten, da ihr beim Mittagessen der Hot Dog in den Schoß gefallen war. „Lass mich schnell duschen, und dann erzähle ich dir alles."

„Ich kann es kaum erwarten", bemerkte er trocken und fragte sich, welche Katastrophe seine makellose, untadelige Frau in eine Vogelscheuche verwandelt haben mochte. Ein Ärmel ihrer Bluse war zerrissen. War sie etwa in eine Rauferei geraten? Unmöglich. Und sie wies keinerlei Kratzer oder Prellungen auf, was einen Unfall ausschloss.

Er folgte ihr ins Badezimmer. „Sag mir nur eines: Hast du etwas Illegales angestellt, oder ist dir etwas zugestoßen, das einen Polizeieinsatz verlangt?"

Sie lachte leise. „Nein, nichts dergleichen. Es ist eine gute Neuigkeit."

Er beobachtete, wie sie sich die verschmutzten Sachen auszog und auf die Fliesen fallen ließ. Hungrig musterte er die sanften Rundungen ihres schlanken Körpers, der ihm gehörte. „Hast du schon gegessen?", fragte er.

„Seit dem Mittagessen nicht."

„Ich mache dir etwas zurecht, während du duschst."

Als Sarah aus dem Bad kam, war sie zum Umfallen müde. Doch Rome wartete auf sie, und sie musste ihn sehen. Er hatte sie noch nicht einmal geküsst, und es schien ewig her zu sein, dass sie seine Lippen auf ihren gespürt hatte. Sie schlüpfte in einen Bademantel und ging in die Küche.

Er hatte eine Dosensuppe erwärmt sowie einen Käsetoast zubereitet, und es erschien ihr wie Ambrosia. Sie sank auf einen Stuhl und griff gierig nach dem Toast, als er ihr ein Glas Milch hinstellte.

„Also, erzähl mir die gute Neuigkeit", drängte er und setzte sich rittlings auf einen Stuhl.

„Ich habe ein Geschäft gekauft."

Nachdenklich rieb er sich das Kinn. Seine Reaktion auf ihre Neuigkeit überraschte ihn. Er wollte Sarahs ungeteilte Aufmerksamkeit für sich haben. Doch er ermahnte sich, dass sie das Recht erwartete und verdiente, diese Entscheidung selbst zu treffen. Er verbarg seine Enttäuschung und fragte: „Was für ein Geschäft?"

Sarah's Geschichte

„Eine Mischung aus Bastelgeschäft und Kunsthandwerk. Ich habe es für einen Apfel und ein Ei bekommen, weil das Gebäude in einem ziemlich schlechten Zustand war. Die Lage ist großartig, nur eine Meile von hier entfernt, und der Lagerbestand ist inklusive. Warte nur, bis du die Tonwaren siehst! Im Hinterzimmer steht eine Töpferscheibe, und ich werde mich vielleicht selbst daran versuchen. Ich habe früher in der High School getöpfert. Ich habe wie eine Verrückte gearbeitet, damit alles fertig wird, bevor du es siehst. Wir haben geschrubbt und gestrichen und neue Regale angebracht, und Derek hat neue Lampen …"

„Wer ist Derek?", unterbrach Rome.

„Derek Taliferro, der Sohn von der Hausverwalterin, Marcie. Ich habe dir doch von ihm erzählt. Er hat mich nach Hause gebracht."

„Das war der Derek? Ich dachte, er wäre erst vierzehn oder fünfzehn."

„Ist er ja auch. Fünfzehn. Aber er sieht mindestens aus wie zwanzig, und er ist ein großartiger Junge. Ich weiß nicht, was ich ohne ihn getan hätte. Er muss morgen zur Schule und hätte eigentlich lernen müssen, aber er wollte mich nicht allein im Laden lassen."

„Kluger Junge", meinte Rome sarkastisch.

Sarah ignorierte die Bemerkung und verschlang ihr Abendessen. Als sie fertig war und von ihrem Teller aufblickte, stellte sie fest, dass er sie eindringlich, mit undefinierbarem Blick musterte. „Du bist einen Tag früher gekommen", sagte sie.

„Ich habe heute Morgen alles unter Dach und Fach gebracht und war schon heute Nachmittag um vier zurück."

„Es tut mir leid, dass ich nicht hier war", sagte sie sanft. „Wenn ich es gewusst hatte …"

Er zuckte die Achseln, und diese Geste der Gleichgültigkeit veranlasste sie, die Hand zurückzuziehen, die sie nach ihm ausstrecken wollte.

„Ich habe die Hälfte vom Strudel aufgegessen. Er ist lecker. Möchtest du ein Stück?"

„Nein, ich … ich bin so müde." Sie seufzte und schloss die Augen.

Sie hörte das Klappern von Geschirr, als er den Tisch abräumte. Sie zwang sich, die Augen zu öffnen, und lächelte ihn verschlafen an. „Lass uns ins Bett gehen."

Er brauchte keine zweite Aufforderung. Er hob sie auf die Arme und gab ihr endlich den lang ersehnten Kuss. Er trug sie ins Schlafzimmer, legte sie aufs Bett und zog ihr den Bademantel aus.

Sie seufzte und schloss die Augen. Hastig zog er sich aus, schlüpfte zu ihr unter die Decke und zog sie in seine Arme.

Sarah murmelte etwas und kuschelte sich an ihn. Er schmiegte eine Hand um ihre Brust, rieb aufreizend mit dem Daumen über die feste Knospe. Voller Verlangen senkte er den Kopf, um sie zu küssen. In diesem Moment merkte er, dass sie eingeschlafen war.

Enttäuscht seufzte Rome, legte sich zurück und zog sie an sich, weil er ihren weichen Körper spüren wollte, wenn auch nur für eine Weile. Er sagte sich, dass auch er nach einem langen Arbeitstag gelegentlich zu müde für Sex war, doch es fiel ihm schwer, sich nicht über das ungesehene Geschäft zu ärgern, das ihre Zeit bereits so sehr beanspruchte. Denn es war so angenehm, sie um sich zu haben. Sie war so ordentlich. Ihm kam der seltsame Gedanke, dass es ihr sogar in kürzester Zeit gelingen würde, einen Sack Flöhe in Reih und Glied aufzustellen. Diese lächerliche Vorstellung hob seine Stimmung beträchtlich, und er blieb lange Zeit liegen und hielt sie im Arm.

Als er schließlich müde wurde und einzuschlafen drohte, stand er auf und ging in sein eigenes Zimmer.

Im grauen Licht der Morgendämmerung erwachte Sarah durch bedächtige, innige Liebkosungen und eine anziehende Wärme neben sich. Sie legte den Kopf auf Romes Brust und schlang die Arme um ihn.

„Wach auf, Liebling", flüsterte er ihr sanft ins Ohr und küsste zärtlich ihre Lippen.

„Ich bin wach", murmelte sie und streichelte seinen muskulösen Rücken.

„Ich kann nicht warten", flüsterte er. „Ich muss dich sofort haben." Sie war warm und nachgiebig vom Schlaf, und sie seufzte vor Entzücken, als er in sie eindrang.

Die Sonne stand wesentlich höher, als er schließlich den Kopf hob und erstaunt feststellte: „Ich komme zu spät zur Arbeit."

„Du warst acht Tage lang verreist", entgegnete sie und kuschelte sich an ihn. „Du verdienst es, dich auszuschlafen."

„Aber ich habe nicht geschlafen."

Seine Bemerkung zauberte ein zufriedenes Lächeln auf ihre Lippen. Im normalen Tagesverlauf behandelte er sie, als wäre sie ein alter Hausschuh – angenehm und bequem, aber keineswegs aufregend. Er war nicht besonders liebevoll und entmutigte jegliche Intimitäten zwischen ihnen. Doch im Bett gab es keine Barrieren, keine Distanz. Im Bett konnte sie einfach alles andere vergessen und seine Nähe genießen.

Bedächtig streichelte er ihren Körper. Zu seinem Erstaunen wurde ihm bewusst, dass er mehr als ihr leidenschaftliches Liebesspiel vermisst hatte. Er hatte das behagliche, entspannte Schweigen vermisst, das sich so oft zwischen sie senkte. Er fühlte sich wohl bei ihr, so als wäre sie ein sehr alter Freund, der nichts erwartete als seine Gesellschaft.

„Wenn ich jetzt nicht aufstehe", scherzte er eine Weile später, als ihre Liebkosungen intimer geworden waren und ihn erregt hatten, „kommt Max wahrscheinlich her und holt mich aus deinem Bett."

„Dann helfe ich dir, indem ich die Versuchung entferne." Sarah entzog sich seinen Berührungen und setzte sich auf. Sie konnte es nicht ertragen, dass er sie wiederum allein im Bett ließ. Also stand sie als Erste auf und ging mit steifen Schritten zum Schrank.

Ihm fiel auf, dass ihre gewöhnlich graziösen Bewegungen ruckhaft wirkten. „Geht es dir nicht gut?", fragte er besorgt.

„Doch. Ich habe nur Muskelkater von der Arbeit im Geschäft, in dem ich jetzt schon längst sein sollte. Du bist nicht der Einzige, der zu spät zur Arbeit kommt."

Ihm gefiel die Vorstellung gar nicht, dass sie körperlich arbeitete. Sie war viel zu zart und zerbrechlich, wie hauchdünnes Porzellan. Er wollte die nötigen Arbeiten von Fachleuten ausführen lassen, doch er wusste, dass er nicht das Recht hatte, sich einzumischen. Wenn er ihr gegenüber die diktatorische Hand wie bei „Spencer-Nyle" benutzte, verwandelte sie sich nur wieder in einen Eisberg. „Ich möchte das Geschäft gern sehen", erklärte er behutsam und folgte ihr ins Badezimmer.

„Natürlich. Ich bin bestimmt heute Nachmittag noch da, wenn du Feierabend hast. Komm doch einfach vorbei. Es heißt ‚Tools and Dyes'."

„Das habe ich gesehen. Ich dachte immer, es wäre ein Maschinengeschäft. Himmel, der Laden ist ein Müllplatz."

„Das war er", korrigierte sie fröhlich und drehte die Dusche auf. Als das Wasser warm war, stieg sie in die Kabine und schloss die Tür.

Rome öffnete sie sogleich wieder und stieg ebenfalls hinein. „Dreh dich um", ordnete er an, als sie ihn fragend anblickte, und sie gehorchte.

Er seifte ihr Schultern und Rücken ein und massierte die steifen Muskeln. Dann kniete er sich nieder und bearbeitete ihre Beine ebenso gründlich. Die Muskeln lockerten sich, der Schmerz verging, und sie seufzte vor Entzücken. Es war wundervoll, so verwöhnt zu werden, und sie zwickte sich insgeheim, um sich zu vergewissern, dass sie nicht träumte.

Rome war bereits fort, als Sarah zu ihrem Wagen ging. Er hatte sehr hastig gefrühstückt und war ohne Abschiedskuss gegangen. Diese Unterlassung vertrieb die Zufriedenheit, die der Morgen voller Leidenschaft ausgelöst hatte. Sie ermahnte sich jedoch, dass sie die Grenzen ihrer Beziehung akzeptieren musste. Sie waren verheiratet, aber er liebte sie nicht. Daher durfte sie nicht erwarten, dass er sich wie ein Liebhaber benahm.

Als sie die Wagentür öffnete, kam Marcie aus dem Haus, eilte zu ihr und verkündete auf ihre prompte Art: „Guten Morgen. Sarah, willst du eine Hilfskraft für deinen Laden einstellen?"

„Ja, das werde ich wohl müssen. Eine Person allein schafft es nicht. Der Kundenstamm ist ziemlich groß."

„Würdest du Derek in Betracht ziehen? Er kann nur nach der Schule und an den Wochenenden helfen, aber mir wäre es sehr lieb. Ich mag das Lebensmittelgeschäft nicht, in dem er jetzt arbeitet", verkündete Marcie besorgt. „Eine der Kassiererinnen stellt ihm nach."

„Wie alt ist denn die Kassiererin?"

„Eher in meinem als in seinem Alter."

„Weiß sie, dass er erst fünfzehn ist? Er sieht wesentlich älter aus."

„Ich weiß, ich weiß. Sarah, die Mädchen aus der Schule verfolgen ihn sogar bis nach Hause! Er nimmt es sehr gelassen hin, aber für mich ist es verdammt schwer. Er war doch mein Baby", jammerte sie. „Er ist immer noch ein Baby! Ich bin nicht dafür geschaffen, die Mutter eines ... eines griechischen Adonis zu sein! Italienischen Adonis", korrigierte sie sich.

„Wenn Derek für mich arbeiten möchte, nehme ich ihn."

„Er möchte unheimlich gern, und ich bin dir sehr dankbar."

Sarah lächelte und winkte ab. Derek würde ihr die Arbeit sehr erleichtern, und sie hatte ihn gern um sich. Trotz seines spektakulären Aussehens und seiner jungen Jahre hatte er eine stille, fähige Art an sich, die sie beruhigte. Die einzige Person, die ihr mehr Sicherheit vermittelte, war Rome. „Komm doch mal vorbei und schau dir den Laden an", schlug sie vor.

„Danke, gern. Wenn du heute Zeit hast, könnte ich etwas zum Lunch mitbringen."

„Da sage ich nicht Nein."

Ich bin stolz auf mein Geschäft, dachte Sarah, als sie den Wagen auf dem kleinen Parkplatz hinter dem Gebäude abstellte. Die Fassade leuchtete nun in makellosem Weiß. Die Rahmen und Türen waren blau gestrichen, und die frisch geputzten Fensterscheiben funkelten in der Morgensonne. Der Holzfußboden und die altmodischen Vorratsdosen verliehen dem Laden eine heimelige Atmosphäre.

Neue Regale säumten die Wände. Bunt glasierte Tonwaren nahmen eine gesamte Wand ein und wirkten wie ein abstraktes Gemälde. Handgewebte Decken waren über Stuhllehnen drapiert oder lagen ordentlich zusammengefaltet auf den Sitzflächen. Aller möglicher Krimskrams wie Nägel, Hämmer, Schraubenzieher, Bolzen und Muttern, Nadeln und Stifte standen zum Verkauf, und Sarah wollte das Angebot noch beträchtlich erweitern. Ihr schwebte vor, Materialien für Handarbeiten wie Makramee, Stickerei und Stricken anzubieten. Außerdem war die Puppenherstellung sehr beliebt. Im hinteren Teil des Ladens befanden sich außer dem Töpferraum und dem winzigen Büro zwei weitere Räume, und sie spielte mit dem Gedanken, eine Puppenwerkstatt mit sämtlichen nötigen Materialien einzurichten. Stofftiere waren eine weitere Möglichkeit. Sie hatte so viele Ideen, dass der Platz gar nicht ausreichte.

Das kleine Geschäft vermittelte ihr wesentlich mehr Befriedigung als die Arbeit in einer großen Firma. Ihr hatte die Herausforderung bei „Spencer-Nyle" zwar gefallen, aber die Atmosphäre in einem riesigen Konzern war ihr im Grunde zu unpersönlich. Dieser kleine, heimelige Laden hingegen war sehr persönlich und gehörte nur ihr allein.

Sarah schaltete die neuen Lampen ein, holte tief Luft und drehte das Schild an der Tür zum ersten Mal von „GESCHLOSSEN" auf „GEÖFFNET".

Ein kleiner, aber treuer Kundenstamm war vorhanden. Das Geschäft war nie voll, aber auch selten völlig leer. Die Leute schauten herein, blickten sich in aller Ruhe um und plauderten gern. Sarah unterhielt sich am liebsten mit alten Menschen, die faszinierende Geschichten aus längst vergangenen Zeiten zu erzählen hatten.

Der Vormittag verging so schnell, dass es sie überraschte, als Marcie eintrat und keuchte: „Tut mir leid, dass ich so spät komme. Ich wollte gerade gehen, als mich eine Zeitschrift wegen eines Vorschlags angerufen hat, den ich eingereicht hatte."

„Ist er angenommen worden?"

Sarah's Geschichte

„Ja. Jetzt muss ich mir nur noch einfallen lassen, was ich schreiben soll."

„Was für ein Artikel wird es denn?"

Marcie räumte die Papiertüte aus, die sie mitgebracht hatte, und stellte Sarah einen Pappteller mit Grillhähnchen, Brötchen und Krautsalat hin. „‚Vernunftehe – gestern und heute' werde ich ihn wohl nennen. Man kann es auch ‚Arrangierte Ehe' nennen. Viele Leute heiraten aus anderen Gründen als Liebe, und meistens aus Vernunft. Zwei Menschen verbinden ihre Besitztümer und unterstützen einander. Es ist wie eine geschäftliche Partnerschaft, nur dass sie zusammen schlafen."

Sarahs Augen funkelten vor Belustigung. „Du glaubst wohl nicht, dass es Ehen nur auf dem Papier gibt, wie?"

„Kennst du einen normalen, gesunden Mann, der mit einer platonischen Ehe zufrieden wäre?"

„Normalerweise nein, aber ich glaube, es gibt Situationen …"

„Ungewöhnliche Situationen", entgegnete Marcie.

„Also gut, ungewöhnliche Situationen", gab Sarah zu. „Wie bist du auf dieses Thema gekommen?"

„Durch ein Treffen mit ehemaligen Klassenkameradinnen", erklärte Marcie. „Wir waren zu siebt, hatten viel Spaß, der Wein floss in Strömen, und die Zungen wurden locker. Es sind ganz normale, alltägliche Frauen. Zwei von uns haben geheiratet, weil sie schwanger waren. Eine, weil sie nie viele Rendezvous hatte und glaubte, sein Antrag könnte der Einzige bleiben. Eine aus Gewohnheit, weil sie schon so lange mit ihm zusammen war, und eine wegen Geld. Das sind fünf von sieben."

„Und die anderen zwei?"

„Eine hat aus Liebe geheiratet. Die andere … nun, das bin ich. Ich habe geheiratet, weil ich glaubte, verliebt zu sein. Wenn du Dereks Vater sehen könntest, würdest du es verstehen. Aber es war nur Sex, und das reicht auf die Dauer einfach nicht." Einen seltenen Moment lang schwieg Marcie und dachte an ihren Exmann. „Dominic und ich hatten eine schöne Zeit, aber zum Schluss waren wir uns einfach gleichgültig geworden. Ich würde ihn trotzdem wieder heiraten, selbst wenn ich wüsste, dass es mit Scheidung endet, wegen Derek."

„Also hat von sieben nur eine aus Liebe geheiratet?"

„Ja. Ich habe noch keine gründlichen Nachforschungen angestellt, aber ich habe mit einigen Männern gesprochen, und ich glaube fast, dass Männer noch eher aus Vernunftgründen heiraten. Männer haben sehr starke Bedürfnisse und immer noch sehr ausgeprägte Höhleninstinkte."

„Ich Tarzan, du Jane?", scherzte Sarah.

„Gewissermaßen. Sie wollen einen warmen Körper im Bett und jemanden, der sich um ihre Wäsche kümmert und ihnen das Fleisch kocht, das sie heimbringen. Einfache, grundlegende Bedürfnisse, die sich im Wesentlichen kaum geändert haben. Sie heiraten, um diese Bedürfnisse zu befriedigen."

„Du entwirfst nicht gerade ein romantisches Bild", bemerkte Sarah unbehaglich. Marcies Ausführungen erinnerten sie allzu schmerzlich an ihre eigene Ehe. Eine Vernunftehe für ihn, eine Liebesheirat für sie.

„Es ist schon Romantik dabei", bemerkte Marcie nachdenklich und nagte an einem Hühnerschenkel. „Manche lernen mit der Zeit, sich zu lieben. Aber ich bin überzeugt, dass Vernunft die Grundlage für mehr Ehen ist, als wir uns eingestehen wollen."

„Wie viele Leute mögen sich wohl verlieben, nachdem sie verheiratet sind?", fragte Sarah in unbewusst sehnsüchtigem Ton.

Marcie bedachte sie mit einem durchdringenden Blick, der einen Anflug von Mitgefühl enthielt. „Ich bin so pessimistisch", bemerkte sie mit vorgetäuschter Fröhlichkeit. „Wahrscheinlich verlieben sich Männer ebenso leicht wie Frauen. Sie geben es nur nicht zu."

Oh doch, dachte Sarah, Rome gibt es zu. Das Problem war nur, dass er Diane liebte.

Marcie versuchte die düstere Stimmung zu vertreiben, indem sie all die Neuerungen im Geschäft bewunderte. „Hattest du heute viele Kunden?"

„Mehr als erwartet", erwiderte Sarah. Sie blickte sich um und

Sarah's Geschichte

dachte unwillkürlich, dass dieser kleine Laden in einigen Jahren das Einzige sein könnte, was sie besaß. Zunehmendes Alter und Gewohnheit würden Romes Verlangen nach ihr abschwächen. Und was bleibt dann von unserer Beziehung übrig?, fragte sie sich und fröstelte unwillkürlich.

7. KAPITEL

ie kleine Glocke über der Ladentür ertönte um kurz zehn Minuten nach fünf Uhr. Sie hatte den ganzen Tag lang mit
überraschender Häufigkeit geklingelt, und Sarah blickte
automatisch auf. Ebenso automatisch beschleunigte sich ihr Herzschlag, als sie Romes Blick begegnete.

Sie bediente gerade eine Kundin. Daher trat er nicht zu ihr, sondern wanderte durch die Gänge und betrachtete die Waren.

Sarah versuchte sich auf die Kundin zu konzentrieren, doch
gleichzeitig wollte sie Rome beobachten und seine Reaktion ergründen.

Als die Kundin schließlich das Geschäft verließ, kam Derek aus
dem Hinterzimmer und trat zu Sarah. „Schließen Sie heute pünktlich?", fragte er.

„Ja, um halb sechs", bestätigte sie.

„Dann fange ich erst morgen an, das Hinterzimmer zu streichen. Aber ich bleibe hier, bis Sie schließen."

„Schon gut", warf Rome ein und trat zu Derek. „Ich bleibe,
wenn du nach Hause gehen möchtest."

Derek hatte Rome schon einige Male von Weitem gesehen und
erkannte ihn sofort, aber die beiden waren einander noch nicht vorgestellt worden. Daher holte Sarah das nach: „Rome, das ist Derek
Taliferro. Derek, das ist mein Mann, Rome."

Die beiden reichten sich die Hand, und Rome sagte: „Es freut
mich, dich endlich kennenzulernen. Sarah schwärmt von dir. Wie
ich hörte, hätte sie das Geschäft ohne deine Hilfe nicht so schnell
eröffnen können."

„Danke, Sir. Es freut mich, dass ich helfen konnte, und ich arbeite gern mit den Händen." Derek wandte sich an Sarah. „Dann
gehe ich also nach Hause. Bis morgen, Mrs. Matthews."

Sobald Derek gegangen war, fragte Sarah ungeduldig: „Nun,
was sagst du?"

„Wozu? Zum Laden oder zu Derek?"

„Tja … zu beidem."

Sarah's Geschichte

„Ich bin sehr überrascht. Von Derek und dem Laden. Ich hatte Leere erwartet, nicht diesen dauerhaften, bodenständigen Eindruck. Das handgemachte Zeug ist wirklich interessant. Wo hast du das alles aufgetrieben?"

„Die Leute bringen es her. Ich verkaufe es in Kommission. Handgemachte Sachen stehen hoch im Kurs."

„Das habe ich aus den Preisen an den Decken geschlossen", murmelte er. „Und Derek ist auch sehr interessant. Bist du sicher, dass er erst fünfzehn ist?"

„Marcie beschwört es, und sie muss es ja wissen. Ich habe ihn übrigens als Aushilfe für nachmittags und an den Wochenenden eingestellt. Marcie hat mich darum gebeten. Er hat in einem Lebensmittelgeschäft gearbeitet, aber eine der Kassiererinnen ist hinter ihm her."

„Er ist noch zu jung, um so viel zu arbeiten."

„Er spart fürs College. Wenn ich ihn nicht eingestellt hätte, würde er woanders arbeiten."

Die Ladenglocke unterbrach ihr Gespräch. Eine junge Frau trat ein, mit einem Kleinkind auf dem Arm und einem etwa fünfjährigen Jungen auf den Fersen. Rome sah die Kinder und wich mit erstarrter Miene zurück. Sarah warf ihm einen hilflosen Blick zu und trat vor, um die Kundin zu bedienen.

Die junge Frau bekundete Interesse an einer Sammlung Clowns mit Stoffkörpern und Porzellanköpfen. Sie stellte das Kleinkind ab, um das Angebot zu begutachten, und es lief krähend geradewegs auf Rome zu.

Mit kreidebleichem Gesicht wich er dem Baby aus, ohne es anzuschauen. „Ich warte draußen im Wagen", erklärte er mit harter, angespannter Stimme, die nicht wie seine eigene klang, und ging mit steifen Schritten hinaus.

Die junge Frau hatte seine seltsame Reaktion nicht bemerkt. Sie hob das Baby wieder auf den Arm und kaufte zwei Clowns.

Sarah verschloss die Ladentür hinter der Kundin und spähte aus dem Fenster. Sie sah Rome in seinem Wagen sitzen und vor sich hin starren. Sie wollte zu ihm eilen, hielt es aber für angebracht, ihn eine Weile allein zu lassen. Sie ging hinaus zu ihrem eigenen Wagen, und als sie vom Parkplatz auf die Straße fuhr, fädelte Rome sich hinter ihr ein.

Er schwieg, während sie im Fahrstuhl hinauffuhren, mit verschlossener Miene und leerem Blick. Sie wartete, bis sich die Wohnungstür hinter ihnen geschlossen hatte, legte dann eine Hand auf seinen Arm und sagte leise: „Es tut mir leid. Ich weiß, wie du dich fühlst …"

„Verdammt, du weißt überhaupt nicht, wie ich mich fühle!" Er schüttelte ihre Hand ab. „Sag mir Bescheid, wenn das Dinner fertig ist."

Betroffen blickte sie ihm nach, als er in seinem Zimmer verschwand. Sie hatte seine Grenzen überschritten und war dafür kühl zurechtgewiesen worden. Sie durfte nicht vergessen, dass er eine emotionelle Distanz zu ihr wahren wollte.

Mechanisch zog Sarah sich den Mantel aus und hängte ihn auf. Dann ging sie in ihr Zimmer und schlüpfte in bequemere Kleidung, bevor sie sich in die Küche begab und das Dinner zubereitete.

Eine halbe Stunde später rief sie Rome zum Essen und achtete sorgsam darauf, sich weder vorwurfsvoll noch gekränkt zu geben. Er eröffnete kein Gespräch, und daher tat sie es auch nicht. Als sie gegessen hatten, blieb er am Tisch sitzen, so als wollte er etwas sagen. Damit er sich nicht unbehaglich fühlte, beschäftigte sie sich mit dem Abwasch. Dann verkündete sie nebenhin: „Ich gehe jetzt duschen und dann schlafen."

Er sagte nichts, und sie ging nicht einmal, um ihm eine gute Nacht zu wünschen, nachdem sie geduscht und sich ein Nachthemd angezogen hatte. Ihre Selbstbeherrschung hatte Grenzen. Sie legte sich ins Bett, löschte das Licht und starrte an die Wand.

Viel später hörte sie in seinem Badezimmer die Dusche. Danach trat Stille ein. Als sich ihre Tür öffnete, zuckte sie erschrocken zusammen und drehte sich auf den Rücken.

Er schlug die Decke zurück und streifte ihr das Nachthemd über den Kopf. Sie spürte seine Hände auf ihren Brüsten und Schenkeln. Dann senkte sich sein Gewicht auf ihren Körper und sein Mund

Sarah's Geschichte

auf ihren. Erleichtert schlang sie die Arme um seinen Hals.

Er nahm sie mit kaum beherrschter Heftigkeit, und sie gab sich ihm hin in dem Wissen, dass der Trost ihres Körpers der einzige Trost war, den er von ihr akzeptierte. Nie zuvor hatte er sie so grob angefasst, sie mit derart heftiger, ungezügelter Leidenschaft genommen. Doch als es vorüber war, wollte er sich wieder zurückziehen.

Bevor sie sich zurückhalten konnte, flüsterte sie unwillkürlich: „Bitte, halte mich, nur für eine Weile."

Er zögerte, streckte sich dann aus, zog sie an sich und bettete ihren Kopf an seine Schulter. Sie schmiegte sich an ihn, seufzte zufrieden und entspannte sich.

Einige Minuten später erwachte sie aus einem leichten Halbschlaf, als er sich behutsam von ihr löste. Sie zwang sich, mit geschlossenen Augen still zu liegen, bis er das Zimmer verlassen und die Tür hinter sich geschlossen hatte. Dann erst schlug sie die Augen auf, die vor ungeweinten Tränen brannten. Sie rollte sich zusammen und presste eine Hand auf den Mund, damit er die Schluchzer nicht hören konnte, die sich nicht unterdrücken ließen.

Am nächsten Morgen beim Frühstück sagte Rome unvermittelt: „Es tut mir leid, sollte ich gestern Abend deine Gefühle verletzt haben."

Sarah brachte ein freundliches, aber distanziertes Lächeln zustande. „Schon gut", wehrte sie ab und fragte: „Hast du irgendwelche Sachen, die in die Reinigung müssen?"

Er musterte sie nachdenklich, mit steinerner Miene, bevor er schließlich auf den Themenwechsel einging.

Als er die Wohnung verließ, sagte er noch: „Ich habe heute Abend ein Essen mit einem Kunden. Also werde ich spät nach Hause kommen."

„In Ordnung", erwiderte sie ruhig.

Er zögerte stirnrunzelnd und fragte dann: „Möchtest du vielleicht mitkommen? Du kennst den Kunden. Es ist Leland Vascoe. Ich kann ihn anrufen und ihm sagen, dass er seine Frau mitbringen soll."

„Nein, danke. Derek und ich streichen heute Nachmittag, und deshalb wird es wahrscheinlich spät." Ihr Lächeln war flüchtig, ebenso wie der Abschiedskuss, den sie sich geben ließ. Sie spürte, dass er den Kuss vertiefen wollte, aber sie wich zurück. „Bis heute Abend also."

Sarah war fest entschlossen, sich nicht vor Gram zu verzehren und nicht ständig an Rome zu denken. Sie hielt sich beschäftigt, und wenn keine Kunden im Laden waren, arbeitete sie an der Renovierung der Hinterzimmer.

Gleich nach Schulschluss kam Derek. Grinsend hielt er einen Hamburger hoch und verkündete: „Mom arbeitet wie eine Besessene an ihrem Artikel und denkt nicht ans Essen. Solange sie ihn nicht fertig hat, werde ich wohl von diesem Zeug leben müssen."

Sarah lächelte. „Ich habe eine Idee. Rome muss heute länger arbeiten. Wenn wir hier fertig sind, holen wir uns eine riesige Pizza und nehmen sie mit nach Hause. Vielleicht können wir deine Mom damit von der Schreibmaschine weglocken."

„Nehmen Sie eine Pizza mit Peperoni, und es klappt garantiert."

Derek strich allein im Hinterzimmer, bis Sarah das Geschäft schloss. Dann zog sie sich einen Overall an und half ihm. Um sieben Uhr waren sie fertig, holten eine riesige Pizza und fuhren nach Hause.

Als sie die Erdgeschosswohnung betraten, flüsterte er: „Jetzt passen Sie auf. Es dauert höchstens zehn Sekunden." Lautlos öffnete er einen Spaltbreit die Tür, hinter der das unablässige Klappern einer Schreibmaschine ertönte, und wedelte mit der Pizza.

Nach wenigen Sekunden verstummte das Klappern. „Derek, du Teufel!", rief Marcie und stürmte zur Tür. „Gib mir diese Pizza!"

Lachend hielt er den Karton außerhalb ihrer Reichweite. „Setz dich an den Tisch und iss sie, wie es sich gehört. Dann kannst du an deine Schreibmaschine zurückgehen, und ich schwöre, dass ich bis irgendwann morgen kein Wort mehr übers Essen verliere."

„Bis morgen zum Frühstück wahrscheinlich", entgegnete Marcie. Dann erblickte sie Sarah. „Du bist also auch an diesem Komplott beteiligt!"

Sarah's Geschichte

Sarah nickte. „Wir nennen es den Peperoni-Plan."

„Er funktioniert verdammt gut", seufzte Marcie. „Also dann, ran an die Pizza."

Die Wärme, die bedingungslose Liebe zwischen Marcie und Derek wirkten so einladend auf Sarah, dass sie bei ihnen blieb, als die Pizza längst verzehrt war. Ihre eigene Wohnung, die sie mit so viel Mühe in einen sicheren Hafen zu verwandeln versucht hatte, wirkte leer, weil das Wichtigste fehlte: Liebe.

Marcie berichtete von ihrem Artikel, entschuldigte sich dann und zog sich wieder in ihr Arbeitszimmer zurück. Derek lud Sarah zu einem Kartenspiel ein. Er schien zu spüren, dass sie nichts mit sich anzufangen wusste, und bemühte sich, sie zu unterhalten.

Um zehn Uhr wünschte sie ihm eine gute Nacht und ging in ihrer eigene Wohnung, in der es finster und kalt war. Eilig schaltete sie das Licht und die Heizung ein.

Sie war kaum fünf Minuten zu Hause, als Rome eintraf. „Wo, zum Teufel, hast du gesteckt?", knurrte er, während er in ihr Zimmer stürmte. „Ich wähle mir seit halb sieben die Finger wund! Und erzähle mir nicht, dass du in dem verdammten Laden warst, denn dort habe ich auch versucht anzurufen."

Sarah blickte ihn verblüfft an. Sie konnte sich nicht erklären, warum er derart zornig war. „Derek und ich haben bis um sieben gestrichen. Dann habe ich eine Pizza gekauft und mit Marcie und Derek geteilt, weil ich nicht allein essen wollte. Anschließend habe ich mit Derek Karten gespielt. Warum wolltest du mich anrufen?"

Ihr ruhiger, kühler Ton erzürnte ihn noch mehr. „Weil Leland Vascoe seine Frau mitgebracht hat und sie dich dabeihaben wollten", stieß er zwischen zusammengebissenen Zähnen hervor. „Du hättest nicht mit den Taliferros zu essen brauchen, um nicht allein zu sein. Ich hatte dich zum Dinner eingeladen, aber du musstest ja stattdessen ein schäbiges Hinterzimmer streichen. Und jetzt erzählst du mir, dass du schon um sieben fertig warst und mit mir hättest kommen können. Deine Unterstützung ist wirklich überwältigend", fügte er mit beißendem Sarkasmus hinzu.

Sarah straffte die Schultern. „Ich wusste nicht, wann wir mit dem Streichen fertig sein würden", entgegnete sie sehr ruhig.

„Verdammt, Sarah, du hast jahrelang für die Firma gearbeitet und kennst den Ablauf. Ich erwarte von dir, dass du für diese gesellschaftlichen Besprechungen zur Verfügung stehst, statt herumzuwerkeln in diesem …"

„Schäbigen Laden", vollendete sie für ihn. „Vor unserer Heirat hast du gesagt, dass wir die Geschäftsinteressen des anderen respektieren würden. Ich bin bereit, an jeglichem Geschäftsessen teilzunehmen, und sobald die Renovierung des Ladens abgeschlossen ist, habe ich auch Zeit. Aber darum geht es eigentlich gar nicht, oder? Du willst nicht, dass deine Frau arbeitet, stimmt's?"

„Es ist nicht nötig, dass du arbeitest."

„Ich werde nicht den ganzen Tag hier herumsitzen und Däumchen drehen. Was habe ich hier schon zu tun? Selbst die faszinierende Aufgabe des Staubwischens wird irgendwann langweilig."

„Diane war nicht gelangweilt."

Sie zuckte unwillkürlich zusammen, doch das war das einzige Anzeichen dafür, dass seine Bemerkung sie verletzt hatte. „Ich bin nicht Diane." Und das ist das ganze Problem, dachte sie und wandte sich ab. Diane wäre ebenso zornig geworden wie er, der Streit hätte sich auf ganz andere Themen ausgeweitet, und im Nu hätten sie auf dem Bett gelegen und sich geküsst. Auf diese Art hatten sie all ihre Auseinandersetzungen beigelegt, wie Diane ihr erzählt hatte.

Doch Sarah fehlte Dianes hitziges Temperament und Stärke. Sie war eben nicht Diane, und das konnte Rome ihr niemals verzeihen. An der Badezimmertür drehte sie sich mit bleicher Miene zu ihm um. „Ich gehe jetzt duschen und dann schlafen", verkündete sie tonlos. „Gute Nacht."

Ein aufgebrachter Blick trat in seine Augen. Er schien ihr folgen zu wollen, doch er beherrschte den Drang mit sichtbarer Mühe. „Ich komme später", sagte er in sehr bestimmtem Ton.

Sarah holte tief Luft. „Nein. Nicht heute."

Nun konnte er sich nicht länger beherrschen. Wie ein Raubtier stürmte er zu ihr und nahm ihr Kinn in die Hand. „Weigerst

Sarah's Geschichte

du dich, mit mir ins Bett zu gehen? Sei vorsichtig, Baby", warnte er in gefährlich sanftem Ton. „Fang nicht einen Krieg an, den du nicht gewinnen kannst. Wir wissen beide, dass ich dich dazu bringen kann, mich darum zu bitten."

Sarah erblasste noch mehr. „Ja", gab sie in steifem Ton zu, „du kannst mich zu allem zwingen, wenn du es so haben möchtest."

Er blickte hinab in ihr bleiches, verschlossenes Gesicht und ließ die Hand sinken. „Wie du willst", fauchte er, stürmte aus dem Raum und schloss die Tür.

Sarah duschte und ging zu Bett. Lange Zeit lag sie wach und wartete, ob er wie am Abend zuvor zu ihr kommen würde. Doch sie hörte ihn in sein eigenes Zimmer gehen, und diesmal blieb ihre Tür geschlossen. Mit brennenden Augen starrte sie in die Dunkelheit. Welche Ironie des Schicksals, dass sie ihre Berufstätigkeit verteidigen musste, obwohl sie sich nichts sehnlicher wünschte als ein traditionelles Familienleben. Doch Rome bot ihr lediglich Zweckmäßigkeit und Sex, und das reichte ihr nicht. Ohne seine Liebe fühlte sie sich nicht sicher, nicht ausgefüllt, und daher musste sie sich an ihre Karriere klammern.

Als Sarah am nächsten Morgen zur üblichen Zeit aufstand, war Rome zu ihrer Überraschung bereits auf und hatte das Frühstück zubereitet. Sie blickte ihn misstrauisch an, doch der Zorn war aus seinem Gesicht verschwunden. Sie spürte eine unerklärliche Spannung in ihm, die sie veranlasste, ihm mit höflicher Zurückhaltung zu begegnen.

„Setz dich", forderte er sie in befehlendem Ton auf.

Sarah sank auf einen Stuhl, und er servierte das Frühstück, bevor er ihr gegenüber Platz nahm.

Sie hatten beinahe zu Ende gegessen, als er schließlich fragte: „Hältst du das Geschäft heute den ganzen Tag lang geöffnet?"

Behutsam stellte Sarah ihre Kaffeetasse ab. „Ja, Mr. Marsh, der Vorbesitzer, hat gesagt, dass Samstag immer der stärkste Tag war. Er hat mittwochnachmittags geschlossen, und ich werde es wohl so beibehalten. Die Leute mögen einen vertrauten Zeitplan."

Sie erwartete Einwände, doch er nickte nur und sagte: „Ich möchte mir heute noch einmal alles genauer ansehen. Hast du schon ein Buchhaltungssystem eingerichtet?"

Es erleichterte sie, dass er anscheinend nicht auf einen erneuten Streit aus war. Sie entspannte sich, beugte sich ein wenig zu ihm vor, und ihr Blick erwärmte sich. „Eigentlich nicht. Ich habe die Ausgaben und die Einnahmen notiert, aber ich hatte noch keine Zeit, das zu organisieren."

„Wenn du nichts dagegen hast, richte ich die Bücher für dich ein", bot er an. „Hast du dir schon überlegt, ob du dir einen Computer für die Buchhaltung und die Inventur anschaffst? Das würde die Arbeit wesentlich erleichtern."

„Ich habe daran gedacht, aber das muss noch warten. Der Laden braucht ein neues Dach, und ich möchte das Warenangebot vergrößern. Außerdem will ich ein Alarmsystem einbauen lassen. Meine Ersparnisse sind so gut wie aufgebraucht, und ich muss erst mal ein bisschen Kapital ansammeln."

„Du hast deine Ersparnisse verwendet?", fragte er zornig, und Sarah verschloss sich augenblicklich wieder vor ihm. Er sah, wie sich ihre Miene veränderte, und eine grimmige Entschlossenheit erwachte in ihm. Diesmal wollte er nicht zulassen, dass sie ihn wieder ausschloss. Diesmal wollte er diese unsichtbare Mauer, die sie zwischen ihnen errichtete, überwinden.

Er ergriff ihr Handgelenk, hielt es fest umschlungen. „Das war falsch", verkündete er gereizt. „Man gibt sein Kapital nicht aus, man benutzt es als Sicherheit. Leihe dir das Geld und lass dein eigenes Geld Zinsen bringen, während du mit Fremdgeld arbeitest. Die Kreditzinsen sind von der Steuer absetzbar, und du wirst jede Steuerermäßigung brauchen. Warte nicht auf Profite, bevor du diese Verbesserungen ausführst. Leih dir das Geld und mache es jetzt. Wenn ich hier gewesen wäre, als du das Geschäft gekauft hast, hätte ich mit dir ein Geschäftsdarlehen bei einer Bank eingerichtet."

Sarah entspannte sich wieder. Seine Kritik und seinen Rat in geschäftlichen Dingen konnte sie verkraften, ja sogar befürworten.

Sarah's Geschichte

„Du brauchst außerdem einen guten Steuerberater", fuhr er
fort. „Ich würde mich ja gern darum kümmern, aber ich bin zu
oft verreist. Wenn du ein Geschäft führen willst, dann mache es
richtig."

„In Ordnung", stimmte sie sanft zu. „Ich wusste das alles nicht.
Mein Instinkt rät mir, immer alles gleich zu bezahlen, damit es mir
gehört und mir nicht weggenommen werden kann. Ich habe mich
nie für Finanzpolitik interessiert, aber wenn du sagst, dass es so gehandhabt werden sollte, dann glaube ich es."

Er musterte sie eindringlich und dachte zurück an den Morgen
nach ihrer Hochzeit, als sie aus der Fassung geraten war, weil sie
sich in der Küche nicht zurechtgefunden hatte. Seitdem wusste er,
dass sie geradezu fanatisch ordnungsliebend war und sich nur in
vertrauter Umgebung sicher fühlte. Doch nun kündete eine ihrer
Bemerkungen von einer sehr ausgeprägten Unsicherheit in ihr, von
der er bisher nichts geahnt hatte.

„Dir weggenommen werden?", hakte er beiläufig nach, obwohl
er sie keineswegs beiläufig beobachtete. Er hatte das Gefühl, endlich ihre innere Barriere zu durchbrechen und zu erfahren, was in
ihr vorging. „Glaubst du wirklich, dass ich dich mit dem Geschäft
Pleite gehen lassen würde, das dir so viel Spaß macht? Du brauchst
einen Bankrott nie zu befürchten."

„Das ist es nicht", entgegnete sie mit gesenktem Blick. „Ich habe
nur das Gefühl gebraucht, dass es wirklich meins ist, dass ich …
dass es mir gehört."

„Weißt du eigentlich, dass ich überhaupt nichts von deiner Familie weiß?", fragte er im Plauderton. Er spürte sie zusammenzucken und erkannte, dass er auf der richtigen Spur war. „Wer sind
deine Eltern? Warst du als Kind benachteiligt?"

Abrupt blickte sie zu ihm auf. „Willst du meine Psyche analy-
sieren? Die Mühe kannst du dir sparen. Ich kann dir alles erklären. Es ist kein Geheimnis, obwohl ich nicht gern darüber rede.
Nein, ich war als Kind nicht benachteiligt, jedenfalls nicht in materieller Hinsicht. Mein Vater ist ein erfolgreicher Anwalt. Ich bin
in der gehobenen Mittelschicht aufgewachsen. Aber meine Eltern

waren nicht glücklich miteinander und blieben nur meinetwegen verheiratet. Sobald ich das College besuchte, ließen sie sich prompt scheiden. Ich habe ihnen nie nahegestanden. Es war alles so ... so kalt zu Hause, so höflich. Ich habe wohl immer geahnt, wie wacklig der Zusammenhalt war, und ich wollte mir mein eigenes kleines Nest schaffen, in dem ich mich sicher fühlen konnte."

„Und das tust du immer noch."

„Ja, das tue ich immer noch. Ich umgebe mich mit Dingen und gebe vor, dass sich nichts ändern wird." Sie glaubte Mitleid in seinem Blick zu erkennen, und das gefiel ihr nicht. Sie zwang sich, gelassen zu klingen. „Alte Gewohnheiten lassen sich schwer ablegen, wenn überhaupt. Ich akzeptiere nicht so leicht Veränderungen in meinem Leben. Ich muss mir die Dinge eine Weile überlegen und mich daran gewöhnen, bevor ich allmählich etwas ändere." Nachdenklich fügte sie hinzu: „Abgesehen von dem Geschäft. Das wollte ich sofort. Es strahlt eine so dauerhafte, heimelige Atmosphäre aus."

Daher also all die Barrieren, dachte Rome. Es war ein Wunder, dass sie ihn überhaupt geheiratet hatte, wenn sie Veränderungen derart hasste. Wahrscheinlich hatte sie den Schritt nur gewagt, weil er ihr versichert hatte, sich nicht in ihr Leben einzumischen. Seit der Hochzeit versuchte er jedoch, ihre Reserven zu durchbrechen, während sie sich verzweifelt bemühte, sie aufrechtzuerhalten. Sie war gar nicht kalt und abweisend, was er an ihrer leidenschaftlichen Reaktion längst hätte erkennen müssen. Sie war eher wie ein scheues Reh. Sie musste ihm zunächst vertrauen und ihn in ihrem Leben akzeptieren, bevor sie ihn an sich heranlassen konnte. Körperliche Nähe und geistige Nähe waren für sie sehr verschiedene Dinge, und das musste er bedenken.

Sie war eben nicht wie Diane, deren Persönlichkeit sich in einem liebevollen, sehr engen Familienzusammenhalt entwickelt hatte. Sie hatte genügend Selbstvertrauen besessen, um es mit seinem Temperament und seiner dominierenden Persönlichkeit aufzunehmen, während Sarah sich davon bedroht fühlte. Sie war wesentlich weicher, wesentlich verletzlicher, als er bisher geahnt hatte.

Sarah's Geschichte

Sie befreite ihr Handgelenk aus seinem Griff, stand auf und schenkte ihm ein strahlendes Lächeln, das ihn nicht eine Sekunde lang täuschte. „Ich muss mich beeilen, sonst komme ich zu spät ins Geschäft."

„Geh nur und mach dich fertig. Ich räume inzwischen hier alles weg." Er stand ebenfalls auf und legte ihr eine Hand auf die Taille. „Sarah, eines musst du verstehen. Ein Streit bedeutet nicht, dass dein ganzes Leben auf den Kopf gestellt wird. Ich habe mir gestern Abend große Sorgen um dich gemacht, weil ich dich nicht erreichen konnte, und bin aus der Fassung geraten. Das war alles."

Sie stand reglos da und schwieg. Wenn er glauben wollte, dass der Streit sie dermaßen aufgeregt hatte, dann konnte es ihr nur recht sein. Hauptsache, er erfuhr nicht, dass er ihr so sehr wehtun konnte, weil sie ihn liebte.

8. KAPITEL

Jhr Zusammenleben wurde allmählich zu einer Routine, bestimmt von alltäglichen Details, die ein Gefühl der Kontinuität vermittelten. Rome erledigte im Haushalt ebenso viel wie Sarah, wenn er da war, doch er war oft verreist, und dann vergrub sie sich in ihre Arbeit, um die Leere zu füllen, die seine Abwesenheit in ihr auslöste.

Wenn er verreiste, gab er ihr stets eine Telefonnummer, unter der er zu erreichen war, und er rief sie stets an und teilte ihr mit, wann er nach Hause zurückkam. Ansonsten hatte sie keinen Kontakt zu ihm. Sie hatte Verständnis dafür, dass er nicht jeden Tag anrief, obwohl sie es vermisste, seine Stimme zu hören. Doch was hätten sie sich jeden Abend sagen sollen? Sie konnte ihm nicht gestehen, wie sehr sie ihn vermisste, wie lang ihr die Zeit ohne ihn wurde, wie sehr sie ihn liebte, denn er wollte es nicht wissen. Es war viel besser, auf seine Rückkehr zu warten. Sein sexuelles Verlangen nach ihr gab ihr die Gelegenheit, ihm wortlos die Liebe zu geben, die sich in ihr aufgestaut hatte.

Ihr Liebesleben war fantastisch. Rome war ein erfahrener, sehr aktiver und einfallsreicher Liebhaber. Häufig liebte er sie irgendwo dort, wo sie sich gerade befanden. Er zog es vor, nicht im Bett mit ihr zu schlafen, und das verriet ihr mehr als alles andere, dass er noch immer um Diane trauerte.

Wenn er abends spät von der Arbeit nach Hause kam und sie schon im Bett war, kam er zu ihr, doch nachdem der Akt vorüber war, ging er stets. Er wartete zwar, bis sie eingeschlafen war, aber sie spürte sein Unbehagen und begann Schlaf vorzutäuschen, damit er sich frei fühlte, ihr Bett zu verlassen. Wenn sich die Tür hinter ihm schloss, stieg Verzweiflung in ihr auf, denn sie wusste sich ungeliebt. Manchmal konnte sie nicht verhindern zu weinen, aber meistens unterdrückte sie die Tränen.

Dennoch gab es auch viel Zufriedenheit in ihrem Zusammenleben. Der Herbst ging über in den Winter, und sie verbrachten behagliche Abende vor dem Kamin. An kalten, sonnigen Sonntagen

Sarah's Geschichte

frühstückten sie ausgiebig und sahen sich Footballspiele an. Jeden Samstag ging er mit ihr in den Laden, und er freundete sich mit Derek an.

Kurz vor Weihnachten kam Sarah auf Dereks Zukunft zu sprechen und verkündete, dass es ein Jammer wäre, wenn seine Möglichkeiten durch Geldmangel eingeschränkt würden.

„Möchtest du, dass ich ihm eine College-Ausbildung ermögliche?", hakte Rome nach.

„Das wäre sehr nett", gab sie mit einem strahlenden Lächeln zu. „Aber ich glaube nicht, dass er es annehmen würde. Das lässt sein Stolz nicht zu. Wenn du jedoch ein volles Stipendium für ihn besorgen könntest, durch das er in der Wahl des College nicht eingeschränkt ist, würde er bestimmt zugreifen."

„Du verlangst nicht viel, wie?", bemerkte er trocken. „Ich werde sehen, was ich tun kann. Ich glaube, ich sollte Max hinzuziehen. Er hat durch seine Familie einige Beziehungen, die hilfreich sein könnten."

Max war zu einem häufigen Gast geworden. Obwohl er nicht verhehlte, dass er Sarah bewunderte, und stets betonte, dass Rome sie ihm weggeschnappt hatte, waren sie gute Freunde geworden. Rome wusste, dass er gewonnen hatte und nichts zu befürchten brauchte.

Wenn Rome sich zu etwas entschloss, trödelte er nicht lange. Bereits am nächsten Tag brachte er Max mit ins Geschäft, der sehr verblüfft auf Derek reagierte. Er zog Sarah beiseite und flüsterte ihr zu: „Rome hat gelogen, oder? Derek ist doch bestimmt schon fünfundzwanzig."

„Er ist letzten Monat sechzehn geworden", wisperte Sarah belustigt. „Ist er nicht eine Wucht?"

„Er ist tatsächlich beeindruckend. Gib ihm Flügel und ein Schwert, und er entspricht genau meiner Vorstellung vom Erzengel Michael. Sag ihm, er soll sich ein College aussuchen, und wenn die Zeit kommt, sorgen Rome und ich dafür, dass er ein volles Stipendium erhält."

Als Marcie von den Plänen erfuhr, brach sie zu Sarahs Überraschung prompt in Tränen aus. „Du kannst dir gar nicht vorstellen, was es für uns beide bedeutet", schluchzte sie. „Er ist ein so begabtes Kind, und es hat mir das Herz gebrochen, dass er so viel arbeiten muss, um fürs College zu sparen, anstatt sich zu amüsieren. Das ist das schönste Weihnachtsgeschenk, das du uns machen konntest!"

In der Vorweihnachtszeit nahm das Geschäft einen solchen Aufschwung, dass Sarah eine weitere Hilfskraft brauchte. Sie stellte eine junge Frau aus der Nachbarschaft ein, deren jüngstes Kind gerade eingeschult worden war. Es klappte hervorragend. Erica ging, kurz bevor die Kinder Schulschluss hatten, und eine halbe Stunde später traf Derek ein.

Drei Tage vor Weihnachten, als Sarah am Abend nach Hause kam, traf sie Rome in seinem Schlafzimmer an. Auf seinem Bett lag ein geöffneter Koffer.

Er drehte sich von der Kommode, aus der er Unterwäsche und Hemden genommen hatte, zu ihr um und berichtete: „Ein Notfall. In Chicago sind ernsthafte Probleme aufgetreten."

Sie wollte protestieren, beherrschte sich aber. „Wann kommst du zurück?", fragte sie mit einem resignierten Seufzer und sank auf die Bettkante.

„Ich habe schon den Nachtflug zurück gebucht. Ich müsste am vierundzwanzigsten gegen vier Uhr morgens eintreffen." Er legte einen Stapel Hemden in den Koffer und musterte ihr Gesicht. Sie schmollte, und es verlieh ihrem Mund eine unerwartete Sinnlichkeit. Er lächelte und schob den Koffer beiseite.

Sarah stockte der Atem, als er sie völlig überraschend auf das Bett hinabdrückte. Er beugte sich über sie, schob ihren Rock bis zur Taille hoch und streifte ihr den Slip ab. „Soll dir das über die Trennung hinweghelfen?", murmelte sie atemlos.

„So ähnlich." Er zog sich die Hose aus und kniete sich zwischen ihre Beine. „Du bist meine Kreditkarte. Ohne das gehe ich nicht von zu Hause weg."

Sie schlang die Arme um seinen Nacken und lachte. Es klang wie Musik in seinen Ohren, und er barg das Gesicht an ihrer Hals-

Sarah's Geschichte

beuge. „Ich vermisse dich unheimlich, wenn ich weg bin", gestand er in rauem Ton und drang tief in sie ein.

Später, als Sarah sich an der Wohnungstür von ihm verabschiedete, glitzerten Tränen in ihren Augen. Er stellte den Koffer ab und zog sie in seine Arme. „Ich bin zu Weihnachten zurück, das verspreche ich." Er gab ihr einen heftigen Kuss. „Du brauchst die Feiertage nicht allein zu verbringen."

Als ob ihr die Feiertage etwas bedeuteten! Sie hasste es, wenn er verreiste, ganz unabhängig von der Jahreszeit oder bevorstehenden Feiertagen. Sie blinzelte die Tränen fort und brachte ein Lächeln zustande. „Schon gut. Ich bin nur albern."

Am dreiundzwanzigsten kurz vor Mitternacht rief Rome an. „In Chicago tobt ein Schneesturm", berichtete er grimmig. „Alle Flüge sind bis auf Weiteres gestrichen."

Sarah unterdrückte ihre Enttäuschung. Sie hatte bereits die Stunden bis zu seiner Rückkehr gezählt. „Irgendwelche Voraussagen?"

„Wahrscheinlich früher Nachmittag. Ich rufe noch mal an, wenn ich Genaueres weiß."

Heiligabend wanderte sie rastlos in der Wohnung umher, schüttelte Sofakissen auf, rückte Möbelstücke zurecht, schmückte den kleinen Weihnachtsbaum um. Sie befürchtete, dass die Feiertage in Rome schmerzliche Erinnerungen an seine beiden kleinen Söhne erweckten. Bisher hatte sie jedoch keinerlei Anzeichen dafür entdeckt, und sie hoffte, dass es ein schönes Fest für ihn werden würde.

Sie konnte kaum erwarten, dass er nach Hause zurückkehrte. Sie war rastloser denn je zuvor während seiner Abwesenheit, weil er ihr gestanden hatte, dass er sie vermisste. Es war bislang der einzige Hinweis darauf, dass er sie nur ungern verließ. Sie hatte angenommen, dass er sich auf seine Geschäftsreisen und den Abstand zu ihr freute. Doch wenn er sie vermisste …

Sie versuchte, nicht allzu große Hoffnung aufsteigen zu lassen. Er konnte durchaus gemeint haben, dass er es vermisste, mit ihr zu schlafen. Aber wenn er nun doch sie selbst, ihre Gesellschaft vermisste? Ihr Herz pochte heftig bei diesem Gedanken. Schließlich war Weihnachten eine Zeit der Wunder.

Rome rief erneut an. „Mein Flug geht in einer Stunde." Seine tiefe Stimme ließ sogar über das Telefon ihre Knie weich werden. „Ich nehme an, dass ich gegen Mitternacht zu Hause bin. Warte nicht auf mich, Liebling. Geh schlafen."

„Ich … vielleicht", erwiderte sie und wusste doch, dass sie wach sein würde, selbst wenn er erst am folgenden Tag um Mitternacht kam.

Er lachte. „Also gut, dann bleib auf. Ich komme, so schnell ich kann."

Kurz nach elf Uhr an diesem Abend hörte sie seinen Schlüssel im Schloss. Sie sprang von der Couch auf und lief ihm entgegen. Er ließ den Koffer fallen und fing sie auf, als sie sich in seine Arme warf. Dann küsste er sie so lange und leidenschaftlich, dass sie erzitterte.

Mit funkelnden Augen gab er sie frei und rieb sich das stoppelige Kinn. „Ich brauche eine Dusche und eine Rasur. Geh ins Bett. Ich bin in einer Viertelstunde da."

Sarah löschte das Licht im Wohnraum und ging in ihr Schlafzimmer. Sie setzte sich auf das Bett und verschränkte die zitternden Finger. Er war zu Hause. In wenigen Minuten würde er zu ihr ins Bett kommen und sie lieben, als wollte er sie verschlingen. Und was dann? Würde er ein weiteres kleines Geständnis ablegen, einen Hinweis darauf, dass sich seine Gefühle für sie vertieften? Oder würde er sie stumm im Arm halten, bis sie zu schlafen vortäuschte, und dann in sein eigenes Bett gehen?

Plötzlich erkannte sie, dass sie es nicht mehr ertragen konnte, von ihm nach jedem Liebesspiel verlassen zu werden. Wenn jemand hinterher ging, dann wollte sie es sein.

Er kam gerade aus dem Bad, als sie sein Schlafzimmer betrat. Erstaunt blickte er sie an. „Hast du es so eilig?", fragte er und ließ das Handtuch in seiner Hand fallen.

Sarah musterte seinen muskulösen Körper, und ihr Mund wurde trocken. „Ja", flüsterte sie, zog sich das Nachthemd über den Kopf und ließ es ebenso fallen.

Er schlug die Bettdecke zurück, reichte ihr dann in stummer

Sarah's Geschichte

Aufforderung die Hand, und Sarah drängte sich in seine Arme.

Er sagte ihr viele Dinge. Er sagte ihr, wie schön ihr Körper war, wie sehr er sie begehrte, was er alles mit ihr tun wollte, was sie mit ihm tun sollte, dass er sich in ihr verlieren wollte. Seine Stimme klang rau vor Verlangen. Doch er sagte ihr nicht, was sie am meisten hören wollte.

Als sein heftiges Verlangen gestillt war, lag er ausgestreckt auf dem Bett und streichelte sanft ihren Rücken. Sie wusste, dass sie sofort gehen musste, solange er noch zufrieden und schläfrig war, bevor ihn die vertraute Ungeduld erfasste. Sie küsste ihn rasch und flüsterte: „Gute Nacht." Dann verließ sie eilig das Bett, bevor er reagieren konnte.

Rome riss die Augen auf und beobachtete, wie sie ihr Nachthemd aufhob und praktisch aus dem Zimmer floh. Ein grimmiger Zug erschien um seinen Mund. So sehr er sie begehrte, graute ihm stets davor, dass sie sich danach vor ihm zurückzog und vorgab zu schlafen, damit er ging. Doch gewöhnlich wollte sie zumindest noch eine Weile kuscheln, und er konnte sie ein bisschen länger in den Armen halten. Doch diesmal, trotz ihrer leidenschaftlichen Reaktion auf sein Liebesspiel, hatte er sie nicht einmal einen Moment lang streicheln können. Manchmal, wenn ihre Augen bei seinem Anblick leuchteten, wenn sie sich leidenschaftlich an ihn klammerte, glaubte er, Fortschritte zu machen und ihre Abwehr allmählich zu durchdringen. Doch dann wich sie wieder vor ihm zurück, als müsste sie jeden seiner Fortschritte rückgängig machen.

Sex mit ihr war fantastisch. Die Leidenschaft war so intensiv, dass es jedes andere sinnliche Erlebnis vor ihr überschattete. Aber es war ihm nicht genug. Er wollte einfach alles, was sie zu geben hatte, ihren Körper, ihren Geist – und ihr Herz.

Zu Weihnachten schenkte Sarah ihm einen eleganten, teuren Aktenkoffer, und Rome schenkte ihr Diamantohrringe. Die Brillanten besaßen ein unglaubliches Feuer und waren bestimmt einkarätig. Sie wollte ihm danken, aber sie brachte vor Rührung kein einziges Wort heraus.

Er lächelte über ihre Reaktion und strich ihr das lange hellblonde Haar zurück. Er nahm ihr die Ohrringe ab, die sie trug, und steckte ihr die neuen an.

„Wie sehen sie aus?", fragte sie gespannt, als sie endlich die Sprache wiederfand.

„Du siehst fantastisch aus. Ich möchte dich nackt sehen, mit offenen Haaren und den Diamanten in den Ohren."

Sie sah Verlangen in seinen Augen aufblitzen, und ihr Körper wurde warm.

Zu ihrer Überraschung hob er sie auf die Arme. „Wohin gehen wir?", fragte sie atemlos. Sie hatte erwartet, dass er sie auf dem Sofa lieben würde, wie er es schon so oft getan hatte.

„Ins Bett", erwiderte er knapp.

Und nachher behielt er sie in seinem Bett, blieb auf ihr liegen, sodass sie nicht aufstehen und fortgehen konnte.

„Bin ich dir zu schwer?", fragte er, als sie sich einige Zeit später unter ihm wand und nach einer bequemeren Position suchte.

„Nein." Sie schlang die Arme fester um seinen Rücken. Er zerdrückte sie fast, und sie konnte kaum atmen, aber das war nicht wichtig. Wichtig war nur, ihn zu spüren, seine Zufriedenheit zu spüren. So sollte es immer sein.

Draußen ging die kurze Winterdämmerung in den Abend über. Es wurde kühl im Raum. Rome deckte sie beide zu, legte den Kopf und eine Hand auf ihre Brust, seufzte leise und schlief ein.

Sarah strich über sein Haar, seine Schultern, seinen Rücken. Sie fühlte sich sicher und behütet, eingehüllt von seiner Körperwärme, und sie schlief ebenfalls ein.

Er weckte sie zu einem späten Dinner. Verschlafen und zufrieden musterte er sie. Mit dem wild zerzausten Haar, das ihr über den Rücken hinabfiel, den funkelnden Diamanten in den Ohren und in ihrer Nacktheit sah sie fantastisch aus. Seine Frau. Der Gedanke erfüllte ihn mit Besitzerstolz und Zufriedenheit.

Mitte Februar bekam Sarah eine Erkältung, die sich als ungewöhnlich hartnäckig erwies. Die verstopfte Nase raubte ihr den Schlaf

Sarah's Geschichte

und machte sie launisch. Rome wollte sie überreden, zu Hause zu bleiben und sich auszukurieren, doch Erica konnte das Geschäft nicht offen halten, da ihre Kinder beide an Grippe erkrankt waren. Also musste Sarah arbeiten, obwohl sie sich lustlos und matt fühlte.

Rome musste eine weitere Geschäftsreise antreten, die leicht zwei Wochen dauern konnte. „Pass auf dich auf und halte dich warm", sagte er ihr besorgt zum Abschied. „Ich rufe dich heute Abend an, um mich zu erkundigen, wie es dir geht."

„Dann geht es mir bestimmt besser", versicherte sie mit heiserer Stimme. „Küss mich nicht, sonst steckst du dich an."

„Ich bin immun gegen deine Bazillen." Er schloss sie in die Arme und küsste sie. „Armer Liebling, ich würde gern bei dir bleiben."

„Ich möchte auch, dass du bei mir bleibst", gestand sie seufzend, was sie in gesundem Zustand nie gesagt hätte. „Aber es geht mir schon besser. Ich bin nicht ganz so müde."

„Vielleicht hast du es endlich überwunden." Er musterte kritisch ihr blasses Gesicht. „Es wird auch Zeit. Wenn du dich morgen nicht besser fühlst, gehst du zum Arzt. Das ist ein Befehl."

„Jawohl, Sir", sagte sie gehorsam und erhielt einen Klaps auf den Po.

Am Abend rief er wie versprochen an. Sie hatte ein langes, heißes Bad genommen, und der Dampf hatte ihre Nase freier gemacht. Daher fühlte sie sich viel besser, und ihre Stimme klang fast wieder normal, als sie mit ihm sprach.

Am nächsten Morgen erwachte sie jedoch mit dröhnenden Kopfschmerzen, und jeder Knochen im Körper tat ihr weh. Ihr Hals war rau und ihr Magen rebellierte, wenn sie nur an Essen dachte. „Großartig", sagte sie zu ihrem Spiegelbild, „du hast die Grippe."

Sie versuchte etwas gegen das Fieber einzunehmen, aber jedes Mal streikte ihr Magen. Sie versuchte heißen Tee zu trinken, doch es klappte nicht. Sie versuchte kalte Limonade zu trinken, aber es war vergeblich. Sie versuchte Milch zu trinken, und das war furchtbar. Sie versuchte Wackelpeter zu essen, aber nach dem zweiten Löffel musste sie würgen. Sie gab es auf, legte sich einen Eisbeutel auf den Kopf und nahm ein lauwarmes Bad, das ihrem überhitzten Körper kalt erschien.

Als sie plötzlich Schüttelfrost bekam, gab sie es auf und legte sich einfach ins Bett. Sie zog sich die Decke bis unters Kinn hoch, wenn sie gerade fror, und stieß sie von sich, wenn ihr heiß war. Ihr Kopf schmerzte heftig. Dennoch verfiel sie irgendwann in einen tiefen Schlaf und erwachte erst, als das Telefon klingelte.

„Sarah?", fragte Marcie besorgt. „Ein Glück, dass ich dich erreiche! Derek hat mich gerade aus einer Zelle angerufen, weil das Geschäft nicht offen ist. Er meinte, dir müsste etwas zugestoßen sein."

„Allerdings", krächzte Sarah. „Ich habe Grippe. Tut mir leid. Ich hätte Derek heute Morgen anrufen sollen, bevor er zur Schule gegangen ist."

„Mach dir deswegen keine Sorgen. Ich rufe ihn schnell in der Zelle zurück und sage ihm Bescheid, und dann komme ich zu dir."

„Lieber nicht. Ich komme schon zurecht, und du könntest …", wandte Sarah ein, doch Marcie hatte schon aufgelegt.

„Ich liege nicht im Sterben", murrte sie, als sie sich gezwungen sah, aufzustehen und die Wohnungstür für Marcie aufzuschließen. „Warum muss sie heute kommen? Warum kann sie nicht bis morgen warten? Vielleicht will ich dann sterben." Jeder Schritt war eine Qual. Sogar die Augen taten ihr weh.

Sie schloss die Tür auf und schlich in die Küche. Vielleicht konnte sie jetzt ein bisschen Wackelpudding essen. Sie öffnete den Kühlschrank. Der Anblick der zitternden grünen Masse ließ sie die Tür gleich wieder zuknallen.

Marcie betrat die Wohnung und rief: „Wo bist du?"

„Hier", stöhnte Sarah. „Geh wieder nach Hause. Du steckst dich nur an."

„Ich bin gegen Grippe geimpft", entgegnete Marcie und kam in die Küche. „Oje, du siehst ja furchtbar aus!"

„Dann sehe ich genau so aus, wie ich mich fühle. Ich bin am

Sarah's Geschichte

Verhungern, aber ich bringe keinen Bissen runter. Ich brauche das Essen nur zu sehen, und mir wird schlecht."

„Cracker, und zwar salzige", verordnete Marcie. „Hast du welche?"

„Ich weiß nicht."

„Wo könnten welche sein?"

„Da oben", antwortete Sarah mühsam und deutete auf den höchsten Schrank.

„Natürlich", murrte Marcie und zog sich einen Stuhl heran. Sie fand eine Schachtel und erklärte: „Wir versuchen es mit dem Standardrezept für Schwangere: Schwacher Tee und Cracker. Glaubst du, du schaffst es?"

„Ich bezweifle es, aber ich werde es versuchen."

Marcie steckte Sarah ins Bett, legte ihr einen nassen Waschlappen auf die Stirn und schob ihr ein Fieberthermometer in den Mund. Dann brachte sie ihr eine Tasse Tee und einen einsamen Cracker auf einer Serviette. Sie nahm ihr das Thermometer aus dem Mund, las es ab und zog eine Augenbraue hoch. „Du hast eindeutig Fieber."

Sarah setzte sich auf und knabberte an dem Cracker. Der Tee schien ihr gutzutun, denn er benetzte ihre ausgedörrte Kehle. Einen Moment lang fühlte sie sich besser. Dann revoltierte ihr Magen. „Nicht gut", verkündete sie und stürmte ins Bad.

Derek kam, um nach ihr zu sehen, und sie stöhnte laut. „Was habt ihr nur alle? Wollt ihr unbedingt auch Grippe kriegen? Ich bin ansteckend."

„Ich werde nicht krank", erwiderte er ungerührt.

Natürlich nicht, dachte sie. Welcher Bazillus oder Virus würde es schon wagen, sich auf diesen perfekten Körper zu setzen?

Am zweiten Tag wollte Marcie Rome anrufen, aber Sarah wehrte sich dagegen. Was konnte er tausend Meilen entfernt schon tun? Der Anruf würde ihn nur von seiner Arbeit ablenken. Marcie war besorgt, weil das Fieber noch höher stieg und sich ein schlimmer Husten einstellte. Auch am zweiten Tag konnte Sarah nichts essen und wurde noch lustloser und matter. Marcie wusch sie mit

Linda Howard

kaltem Wasser ab, um das Fieber zu senken, doch es half nicht. Sie verbrachte die Nacht auf dem Boden neben Sarahs Bett, lauschte dem hartnäckigen Husten und war darauf gefasst, Sarah jederzeit ins Krankenhaus bringen zu müssen.

Am dritten Abend rief Rome an. Marcie hob den Hörer beim ersten Klingeln ab. „Es wird langsam Zeit, dass du anrufst, Rome Matthews!", schimpfte sie. „Deine Frau ist halb tot, und du lässt drei Tage vergehen, bevor du dich meldest!"

Rome schwieg eine kleine Ewigkeit lang. Dann bellte er: „Was ist mit Sarah?"

„Sie sagt, es sei nur die Grippe, aber ich fürchte, es wird eine Lungenentzündung. Ihr Fieber ist sehr hoch, sie hat drei Tage nichts gegessen, und sie hört sich an wie eine hohle Trommel, wenn sie hustet. Ich kann sie nicht dazu bringen, zum Arzt zu gehen. Sie liegt nur da und sagt, es braucht seine Zeit. Verdammt, Rome, komm zurück!"

„Ich nehme den ersten Flug, den ich bekomme."

„Ich habe alles gehört", sagte Sarah, als Marcie ins Schlafzimmer zurückkehrte. „Ich habe keine Lungenentzündung. Ich habe einen trockenen Husten."

„Protestiere, so viel du willst. Wenn Rome kommt, wirst du schon tun, was nötig ist, statt hier zu liegen und dich immer schlechter zu fühlen."

„Er kommt zurück?"

„Natürlich. Er nimmt den nächsten Flug."

„Oh nein! Er hat bestimmt nicht mal die Hälfte seiner Angelegenheiten erledigt."

„Das kann warten."

Rome gefiel es gewiss nicht, von einer Geschäftsreise zurückgerufen zu werden, und so krank war sie nun auch wieder nicht. Doch es war eher seine Aufgabe, sie zu pflegen, als Marcies, die genug andere Pflichten hatte. „Wenn du zu arbeiten hast, dann geh ruhig. Ich komme schon allein zurecht."

Marcie bedachte sie mit einem empörten Blick. „Du bist so schwach, dass du nicht mal allein ins Badezimmer gehen kannst.

Sarah's Geschichte

Hör auf, dir um andere Gedanken zu machen, und lass dich einfach pflegen. Du bist keine Last, und du bist wirklich krank."

Sarah war nicht nach Diskussionen zumute. Sie fühlte sich benommen durch das Fieber und hatte jegliches Zeitgefühl verloren. Wenige Minuten schienen sich endlos hinzuziehen, und dann plötzlich vergingen mehrere Stunden wie im Flug.

Einmal erwachte sie und fand Derek an ihrem Bett sitzen und lesen. „Warum bist du nicht in der Schule?"

Er blickte auf. „Weil es Samstag drei Uhr früh ist. Möchten Sie Tee?"

Sie stöhnte. Seit drei Tagen versuchte sie Tee zu trinken, und seit drei Tagen spuckte sie ihn wieder aus. Aber sie war sehr durstig. „Ja, bitte."

Er brachte ihr eine Tasse mit einem Schluck. „Ist das alles, was ich bekomme?"

„Im Moment ja. Wenn es eine halbe Stunde drinnen bleibt, gebe ich Ihnen noch einen Schluck."

Ihr Magen grummelte, aber sonst geschah nichts, und sie schlief ein, bevor Derek ihr den zweiten Schluck holen konnte.

Sie erwachte einige Stunden später und fand Rome an ihrem Bett. „Du wirst dich anstecken", warnte sie.

„Ich werde nicht krank", murmelte er.

„Nicht du auch noch! Ihr gesunden Leute macht mich krank. Derek wird auch nicht krank. Marcie hat sich impfen lassen. Ich bin wohl der einzige Mensch in ganz Dallas, der krank wird."

„Es herrscht eine Grippeepidemie", entgegnete er und hob eine Tasse an ihre Lippen. „Trink das."

Sie trank, und der kühle, frische Geschmack war köstlich. „Was ist das?"

„Pfefferminztee. Derek hat ihn gekocht."

Ihr Rücken schmerzte. Sie drehte sich auf die Seite und suchte nach einer erträglichen Position. „Es tut mir leid, dass Marcie dich nach Hause beordert hat. Es ist nur eine Grippe und keine Lungenentzündung, und es geht mir schon besser."

„Du bist immer noch sehr krank, und ich bin lieber hier." Er

105

Linda Howard

rieb ihr den schmerzenden Rücken, und sie schlief wieder ein.

Sie schlief sehr viel. Rome wusch sie mit kaltem Wasser ab, wenn sie unruhig wurde, und als sie aufwachte, wechselte er die Laken, fütterte sie mit Pfefferminztee und Crackern und gab ihr ein Aspirin.

Er blieb bei ihr sitzen, bis ihm die Augen zufielen. Dann zog er sich aus, legte sich zu ihr und berührte sie mit einer Hand, damit er merkte, wenn sie wieder unruhig wurde.

Sie weckte ihn zweimal während der Nacht. Einmal bekam sie einen bösen Hustenanfall, und er begriff, warum Marcie sich so gesorgt hatte.

„Ich hasse es, krank zu sein", murrte sie.

„Ich weiß", murmelte er besänftigend.

„Du schläfst in meinem Bett", warf sie ihm vor. „Du hast gelogen. Du hast gesagt, du kannst nicht bei einer Frau schlafen. Ich habe es immer gewollt, aber du nicht. Warum bist du jetzt hier, wenn mir nicht nach kuscheln zumute ist?"

Er lächelte unwillkürlich und hielt ihr eine Tasse Tee an die Lippen. „Es ist wohl schlechtes Timing. Und du wirst bereuen, was du gesagt hast, sobald es dir wieder besser geht."

„Ich weiß. Aber es ist trotzdem die Wahrheit. Rome, wann werde ich wieder gesund? Ich bin es leid. Meine Beine tun weh, mein Rücken tut weh, mein Kopf tut weh, mein Hals tut weh, mein Magen tut weh, meine Augen tun weh, sogar meine Haut tut weh."

„Vielleicht geht es dir morgen besser. Soll ich dir den Rücken reiben?"

„Ja. Und die Beine. Das hilft."

Er zog ihr das Nachthemd aus und half ihr, sich auf den Bauch zu drehen. Sanft massierte er die schmerzenden Muskeln.

„Ich mag es, wenn du mich anfasst. Wenn es mir besser geht, liebst du mich dann wieder?"

„Darauf kannst du wetten."

„Ich will dich schon seit Jahren", murmelte sie ins Kissen, „aber ich musste ein bisschen unfreundlich zu dir sein, damit Diane es nicht merkt."

Sarah's Geschichte

„Das ist dir gut gelungen. Ich habe es auch nicht gemerkt. Seit wann willst du mich?"

„Seit ich dich kenne." Sie gähnte und schloss die Augen.

„Dann sind wir uns ja einig."

Sie lächelte und schlief ein. Er deckte sie zu, schaltete das Licht aus und legte sich zu ihr. Er lächelte in die Dunkelheit. Er wollte natürlich nicht, dass es ihr schlecht ging, aber sie führte sehr interessante Gespräche, wenn sie krank war. Im Fieber gestand sie Dinge ein, die sie sonst niemals zugegeben hätte. Er hoffte nur, dass sie sich noch daran erinnerte, wenn sie wieder klar denken konnte.

9. KAPITEL

Am nächsten Tag fühlte Sarah sich wesentlich besser. Sie hatte nur noch leichtes Fieber, und ihr war nicht mehr übel. Dennoch schlief sie fast den ganzen Tag. Als sie aufwachte, fütterte Rome sie mit Hühnerbrühe.

Sarah rümpfte die Nase. „Das ist Invalidennahrung. Wann bekomme ich etwas richtig Herzhaftes wie Wackelpudding oder eine zerquetschte Banane?"

„Banane hat zu viel Säure."

„Na schön, ich verzichte auf die Banane, wenn ich baden und die Haare waschen darf."

„Ich helfe dir, wenn du die Brühe gegessen hast," versprach er, und dann murmelte er: „Weißt du eigentlich noch, was du letzte Nacht zu mir gesagt hast?"

Zum ersten Mal seit Tagen trat etwas Farbe in ihr bleiches Gesicht, aber sie wandte den Blick nicht ab. „Ja, ich erinnere mich."

„Gut", sagte er nur.

Er ließ ein warmes Bad einlaufen, trug Sarah dann zur Wanne und setzte sie vorsichtig ins Wasser. Als sie fertig war, hob er sie heraus und wickelte sie in ein flauschiges Handtuch.

Sie schlang die Arme um seine Taille und murmelte: „Ich bin froh, dass du nach Hause gekommen bist."

„Hmm. Du hättest eine Tracht Prügel verdient, weil du mich nicht gleich angerufen hast. Warum hast du es nicht getan?"

„Ich dachte, es würde dir nicht gefallen, wenn du bei der Arbeit gestört wirst."

„Du bist wichtiger als die Arbeit", knurrte er. „Du bist meine Frau, und ich will, dass du gesund bist. Wenn du mich nächstes Mal nicht anrufst, wenn du mich brauchst, bekommst du wirklich eine Tracht Prügel."

„Ich zittere vor Angst", scherzte sie noch etwas schwach.

„Das merke ich." Er trocknete ihr schnell das Haar mit einem Fön, damit ihr nicht kalt wurde.

Als er ihr ein Nachthemd anziehen und sie wieder ins Bett stecken wollte, protestierte sie: „Ich will normale Sachen anziehen und mich wie ein Mensch ins Wohnzimmer setzen und die Zeitung lesen."

Sie schwankte und sah aus wie ein Geist, aber um ihren Mund lag ein trotziger Zug. Rome fragte sich, warum eine gewöhnlich so umgängliche Frau so launisch wurde, nur weil sie die Grippe hatte. „Ich schlage einen Kompromiss vor. Du ziehst dir ein Nachthemd und einen Bademantel an, weil du wahrscheinlich sowieso nicht lange aufbleiben kannst. Okay?"

Sie wollte protestieren, doch seine entschlossene Miene verriet ihr, dass es keinen Sinn hatte. Er zog ihr ein sauberes Nachthemd und den Bademantel an und hob sie auf die Arme.

„Ich kann allein gehen", erklärte sie eigensinnig.

„Nächstes Mal", entgegnete er und trug sie zu einem Sessel.

Sie musste feststellen, dass selbst das Lesen sie zu sehr anstrengte und die Zeitung in ihren Händen zitterte. Doch es war schön, in einem anderen Raum zu sein und zu sitzen. Rome machte Feuer im Kamin, und das fröhliche Flackern gefiel ihr. Er setzte sich zu ihr auf das Sofa und las die Zeitung.

Nach einer Viertelstunde wurde sie müde. Sie legte sich auf die Seite, bettete den Kopf in Romes Schoß und schlief prompt ein.

Er legte einen Arm um sie und gestand sich ein, wie sehr er es vermisst hatte, sie zu spüren. Sarah zu heiraten war eine verdammt gute Idee gewesen.

Sie rührte sich kaum, als er sie schließlich ins Bett trug, aber sie öffnete die Augen, als er das Licht löschte und sich zu ihr legte.

Plötzlich war sie hellwach. Ihr Herz pochte. Es ging ihr wesentlich besser, und er musste wissen, dass sie in dieser Nacht niemanden bei sich brauchte. Doch er schien bei ihr schlafen zu wollen, denn er zog sie in die Arme, gab ihr einen flüchtigen Kuss auf die Stirn und flüsterte: „Gute Nacht."

Sie wagte kaum zu hoffen. Doch es gab Anzeichen dafür, dass er nicht mehr so häufig an Diane und die Kinder dachte. Heilte die Zeit allmählich seine Wunden? Wenn er sich endlich von seinem Kummer erholte, dann konnte er wieder lieben …

„Was ist mit dir?", fragte er schläfrig. „Ich spüre dein Herz pochen wie einen Vorschlaghammer."

„Ich habe mich wohl etwas überanstrengt", murmelte sie und kuschelte sich noch näher an ihn. Die Sicherheit, die ihr sein warmer Körper vermittelte, entspannte sie, und sie schlief ein.

Am nächsten Morgen rief Rome trotz ihrer Proteste seine Sekretärin an und teilte ihr mit, dass er an diesem Tag nicht ins Büro kommen würde.

Sarah nahm fast ein normales Frühstück zu sich und fühlte sich danach wesentlich kräftiger. Abgesehen von Kopfschmerzen und gelegentlichen Hustenanfällen ging es ihr wieder gut.

Rome arbeitete im Wohnzimmer statt in seinem kleinen Arbeitszimmer. Sarah wusste, dass er sie im Auge behalten wollte, und sie freute sich, dass er sie derart umhegte.

Gegen Mittag wurde sie müde und schlief im Sessel ein, in dem sie gelesen hatte. Rome bemerkte ihre geschlossenen Augen und brachte sie ins Bett.

Sarah schlief beinahe vier Stunden lang. Als sie erwachte, war sie durstig. Sie ging ins Badezimmer und trank mehrere Gläser Wasser.

Sie hatte sich gerade wieder hingelegt, als Rome hereinkam. „Ich dachte, ich hätte dich herumlaufen hören." Er setzte sich auf die Bettkante und berührte sanft ihr Gesicht. Es war warm, aber nicht heiß. Das Fieber war verschwunden.

Sie setzte sich auf und schlang die Arme um seinen Nacken. Er spürte die Rundungen ihrer Brüste, als sie sich an ihn presste, und küsste sie mit wachsender Leidenschaft. Sanft drückte er sie hinab in das Kissen und umschmiegte ihre Brust. „Bitte, hör nicht auf", flüsterte sie an seinen Lippen und zerrte an seinem Hemd.

„Das habe ich auch nicht vor." Er stand auf, zog sich das Hemd aus und dann die Hose. Sarah musterte ihn mit verträumtem Blick. Ihr Körper prickelte vor Vorfreude. Er zog ihr das Nachthemd aus, betrachtete und streichelte genüsslich ihren weichen, schlanken Körper. Schließlich beugte er sich hinab und küsste ihre Brüste, bis die Knospen hart wurden. Voller Begierde griff Sarah nach ihm und zog ihn zu sich herab.

Sarah's Geschichte

Als sie später aufstanden, fühlte sie sich durch und durch zufrieden, und die Zufriedenheit stand ihr im Gesicht geschrieben.

Während des Dinners glitt Romes Blick immer wieder zu ihrem Gesicht. Er wusste, dass er für ihr Strahlen verantwortlich war. Die Eiskönigin war völlig geschmolzen, und an ihre Stelle war eine Frau getreten, die unter seiner Berührung erglühte. Verliebte sie sich in ihn? Ihm gefiel die Vorstellung. Ihre Liebe würde auf ihn wie ein sicherer Hafen wirken, wie ein Polster gegen die schmerzhaften Erinnerungen der Vergangenheit.

Als Sarah sich vor dem Schlafengehen duschte, fragte sie sich, ob er wohl die Nacht wieder mit ihr verbringen würde, oder ob die vergangenen zwei Nächte nur den ungewöhnlichen Umständen zuzuschreiben waren. Sie fürchtete, es nach den beiden schönsten Nächten ihres Lebens nicht ertragen zu können, wenn er sie nun wieder allein ließ.

Ein Klopfen an der Tür ließ sie zusammenzucken. „Willst du da drinnen übernachten?", fragte Rome ungeduldig.

Sie öffnete die Tür. Ihr stockte der Atem, als sie ihn völlig nackt am Rahmen lehnen sah. Er war so attraktiv, so groß, so muskulös. Sie ließ das Handtuch fallen, das sie um sich gewickelt hatte, griff nach dem Nachthemd und ließ es dann ebenfalls fallen. „Ich glaube, ich brauche kein Nachthemd", hauchte sie atemlos.

„Das glaube ich auch." Er reichte ihr die Hand, und sie schmiegte sich in seine Arme.

Sie liebten sich, schliefen dann ein, und Rome machte keine Anstalten, in sein eigenes Bett zu gehen. Nach Mitternacht wachte er auf und nahm sie erneut, drang in sie ein, bevor sie richtig wach war, und freute sich an ihrer spontanen Reaktion. Er ließ sich Zeit, dehnte das Erlebnis aus, brachte sie zu überwältigenden Höhen. Sie verlor sich völlig in den heftigen Empfindungen, die seine Liebkosungen auslösten. Seine langsamen Bewegungen brachten sie bis kurz vor den Gipfel der Leidenschaft.

Sarah klammerte sich an ihn, flehte um Erlösung. Er hielt ihre Hüften fest, damit sie den Rhythmus nicht beschleunigen konnte, küsste sie stürmisch und verlangte dann: „Sag mir, dass du mich liebst."

Ohne zu zögern erwiderte sie: „Ja, ich liebe dich."

Er erschauerte. Allein ihre sanften Worte brachten ihn der Befriedigung sehr nahe. „Sag es mir noch mal!"

„Ich liebe dich", flüsterte sie. Er spürte die erregenden Zuckungen, als sie Erfüllung fand, und er stöhnte auf und verlor sich völlig in seinen eigenen Empfindungen.

Allmählich wurde Sarah bewusst, was sie zu ihm gesagt hatte. Kalte Angst stieg in ihr auf. „Ich ... was ich gerade gesagt habe ...."

Mit zufriedener Miene hob er den Kopf von ihren Brüsten. „Ich wollte es wissen. Ich habe es geahnt, aber ich wollte es von dir hören."

„Es stört dich nicht?", flüsterte sie.

Er strich ihr eine Locke aus dem Gesicht und zog mit einem Finger die Konturen ihrer Lippen nach. „Es ist mehr, als ich erwartet hatte", gestand er ein. „Aber ich müsste ein Dummkopf sein, wenn es mir nicht gefiele. Du bist eine fantastische Frau, und ich will alles, was du zu geben hast."

Heiße Tränen brannten in ihren Augen und liefen ihr über die Wangen. Sanft wischte er sie fort. Mit wachsender Erregung und in dem Bemühen, ihre Tränen zu vertreiben, liebte er sie erneut.

10. KAPITEL

Es ist nicht ungewöhnlich", eröffnete Dr. Easterwood ruhig. „Diese Pillen sind sehr niedrig dosiert, und wenn die Einnahme mehrere Tage unterbrochen wird, ist es bei entsprechendem Timing durchaus möglich, dass es zu einer Schwangerschaft kommt. Bei Ihnen ist es der Fall."

Sarah war sehr gefasst. Sie hatte sich wochenlang an den Gedanken gewöhnen können, schon seit sie festgestellt hatte, dass sie wegen der schweren Grippe sechs Tage lang keine Pille genommen hatte. Sie wusste nicht, was sie nun tun sollte, aber sie liebte das kleine Wesen bereits, das in ihr heranwuchs. Wie sonst hätte sie für Romes Kind empfinden können?

„Sie werden vierunddreißig sein, wenn das Kind geboren wird", fuhr Dr. Easterwood fort. „Das ist spät für ein erstes Kind, aber Sie sind gesund, und ich erwarte keine Komplikationen. Trotzdem möchte ich Sie streng im Auge behalten und in verschiedenen Entwicklungsstadien des Babys gewisse Tests durchführen. Ich möchte Sie alle vierzehn Tage statt einmal im Monat sehen. Momentan sehe ich ein mögliches Problem nur dann, wenn das Kind sehr groß ist. Dann müssen wir vermutlich einen Kaiserschnitt ausführen, weil Ihr Becken sehr eng ist."

Sarah hörte der Ärztin zu, doch sie hatte ganz andere Sorgen. Die Geburt war noch Monate entfernt. Ihr gegenwärtiges Problem bestand darin, wie sie es Rome beibringen sollte und wie er reagieren würde. Sie wusste, dass er keine Kinder mehr wollte. Und sie erinnerte sich allzu deutlich an seine Reaktion, als die junge Frau mit den zwei Kindern in den Laden gekommen war.

Dr. Easterwood verordnete ihr die Einnahme von Vitaminen, und dann tat sie etwas Seltsames. Sie umarmte Sarah und gab ihr einen Kuss auf die Wange. „Viel Glück", sagte sie. „Ich weiß, dass Sie sich schon sehr lange ein Baby wünschen."

Schon immer, dachte Sarah und fürchtete sich erneut vor der Aussprache mit Rome.

Die Versuchung, es so lange wie möglich geheim zu halten, die

Linda Howard

Konfrontation hinauszuzögern und jeden Moment mit ihm zu genießen, der ihr noch blieb, war sehr groß. Doch er hatte ein Recht darauf, es zu erfahren. Wenn sie es ihm verschwieg, würde er es ihr zu Recht genauso übel nehmen wie die Schwangerschaft selbst.

Während des ganzen Dinners versuchte sie ihm die Neuigkeit mitzuteilen, aber die Worte blieben ihr im Hals stecken. Nach dem Essen zog er sich in sein Arbeitszimmer zurück. Schließlich folgte Sarah ihm. In sehr schlichten Worten sagte sie es ihm.

Jegliche Farbe wich aus seinem Gesicht. „Wie bitte?", flüsterte er.

„Ich bin schwanger." Sie sprach sehr beherrscht und hatte die Finger miteinander verschränkt, um das Zittern zu verbergen.

Er ließ den Kugelschreiber fallen und schloss einen Moment lang die Augen. Dann blickte er sie voller Bitterkeit an. „Wie konntest du mir das antun?", fragte er rau. Er stand auf, drehte ihr den Rücken zu, senkte den Kopf und rieb sich den Nacken.

Der Vorwurf verschlug ihr die Sprache. Sie wusste, dass es ein Schock für ihn sein würde, aber sie hatte nicht geahnt, dass er denken könnte, sie wäre absichtlich schwanger geworden, gegen seinen ausdrücklichen Wunsch.

„Du wusstest, wie ich dazu stehe. Du wusstest es und hast es trotzdem getan. Hast du mich nur deswegen geheiratet? Um mich als Erzeuger zu benutzen?" Er drehte sich zu ihr um. Sein Gesicht war voller Schmerz und Zorn. „Verdammt, Sarah, ich habe darauf vertraut, dass du die verdammten Pillen nimmst! Warum hast du es nicht getan?"

Mit sehr dünner Stimme erwiderte sie: „Ich hatte die Grippe. Ich konnte nichts einnehmen."

Er erstarrte, blickte in ihr bleiches Gesicht und schluckte schwer, als ihm bewusst wurde, was er da gesagt hatte und wie sehr es sie verletzt haben musste. Er wusste, dass sie ihn liebte, und er wusste auch, dass sie ihn niemals vorsätzlich betrügen würde. Er trat auf sie zu, streckte eine Hand nach ihr aus, doch sie wich zurück.

„Ich war heute bei Dr. Easterwood", fuhr sie mit tonloser Stimme fort. „Als ich die Grippe hatte und keine Pillen nehmen

114

Sarah's Geschichte

konnte, ist es wohl zu einem Eisprung und zur Empfängnis gekommen ..."

Sie hat den Mut aufgebracht, dachte er zerknirscht, es mir noch am selben Tag zu sagen. Und er hatte sie beschimpft, obwohl es eher seine Schuld als ihre war. Er hätte bedenken müssen, dass sie die Pillen nicht hatte nehmen können. Kaum hatte sie sich besser gefühlt, hatten sie sich gleich wieder geliebt. Ist es da passiert? fragte er sich. Oder in der folgenden Nacht, als er sie mehrmals geliebt hatte? Oder am nächsten Tag, als er überraschend eine Geschäftsreise hatte antreten müssen und sie zum Abschied auf dem Schreibtisch im Hinterzimmer ihres Geschäfts verführt hatte?

„Es tut mir leid", sagte er sanft. Er sah, wie steif sie sich hielt, so als wollte sie sich gegen weiteren Schmerz wappnen, und er verspürte einen seltsamen Stich in der Herzgegend. In diesem Moment, trotz seiner Verzweiflung, erkannte er, dass er sie liebte. Behutsam griff er erneut nach ihr, und diesmal ließ sie sich in die Arme nehmen.

Er zog sie an sich, streichelte über ihren Rücken. Sie weinte nicht. Es beunruhigte ihn mehr als heiße Tränen. Ihr Körper wirkte steif, und sie erwiderte die Umarmung nicht. Er strich ihr weiterhin über den Rücken, murmelte ihr sanfte Worte zu, und allmählich entspannte sie sich und hob die Hände zu seinen Schultern.

Schließlich glaubte er, dass sie sich genügend beruhigt hatte, um über die beste Lösung sprechen zu können, und er fragte: „Hast du einen Termin vereinbart?"

„Dr. Easterwood möchte mich zweimal im Monat sehen."

Er schüttelte den Kopf. „Ich meine einen Termin für eine ... eine Abtreibung." Trotz seiner Einstellung fiel es ihm schwer, das Wort auszusprechen.

Sie zuckte zusammen, hob entsetzt den Kopf. „Wie bitte?"

In diesem Moment erkannte Rome, dass sie diese Möglichkeit überhaupt nicht in Betracht gezogen hatte. Er entfernte sich von ihr. „Ich will nicht, dass du dieses Baby bekommst", erklärte er schroff. „Ich will es nicht. Ich will nie wieder ein Kind."

Sarah fühlte sich, als hätte sie einen heftigen Schlag versetzt bekommen. Sie rang nach Atem. „Rome, es ist auch dein Baby! Wie kannst du wollen …“

„Nein“, unterbrach er sie mit schmerzverzerrter Stimme. „Ich habe meine Kinder begraben. Ich habe an ihren Gräbern gestanden und zugesehen, wie sie mit Erde bedeckt wurden. Ich kann es nicht noch mal ertragen. Ich kann kein anderes Kind akzeptieren. Versuche nicht, es von mir zu verlangen. Ich habe gelernt, ohne sie zu leben, und kein anderes Kind kann sie jemals ersetzen.“ Auch er rang nach Atem, und Schweißperlen traten ihm auf die Stirn. Ruhiger, leiser fügte er hinzu: „Sarah, ich liebe dich. Das ist mehr, als ich mir je wieder erhofft hatte. Dich zu haben, dich zu lieben hat meinem Leben wieder einen Sinn gegeben. Aber ein Baby … nein. Ich kann es nicht. Bekomme es nicht. Wenn du mich liebst, dann … bekomme das Baby nicht.“

Keine Frau sollte jemals vor diese Entscheidung gestellt werden, dachte Sarah benommen. Sie verstand seine Verzweiflung. Sie erinnerte sich an sein Gesicht, als er an den Gräbern seiner Kinder gestanden hatte, und sie wusste, dass er am liebsten mit ihnen gestorben wäre. Doch dieses Wissen machte es ihr nicht leichter. Sie liebte ihn, und deshalb liebte sie auch sein Kind.

Er blickte sie verzweifelt an, und plötzlich wurden seine Augen und seine Wangen feucht. „Bitte“, flehte er mit zitternder Stimme.

„Ich kann nicht“, flüsterte sie tonlos. „Ich würde alles tun, worum du mich bittest, aber das nicht. Ich liebe dich so sehr, dass ich niemals einem Teil von dir schaden könnte, und dieses Lebewesen ist ein Teil von dir. Ich liebe dich seit Jahren, nicht erst seit den paar Monaten, die wir verheiratet sind. Ich habe dich schon geliebt, bevor du Diane überhaupt kennengelernt hast. Ich habe Justin und Shane geliebt, weil sie von dir waren.“ Sie schüttelte verzweifelt den Kopf. „Ich kann mir nicht vorstellen, dich nicht zu lieben, was immer du auch tust. Wenn du dieses Baby wirklich nicht akzeptieren kannst, ist es deine Entscheidung. Aber ich kann es nicht vernichten.“

Rome wandte sich ab, mit behäbigen Bewegungen, wie ein alter Mann. „Und was nun?“, fragte er mit schwerer Stimme.

Sarah's Geschichte

„Es ist deine Entscheidung", wiederholte Sarah. Es wunderte sie, dass ihre Stimme so ruhig klang. „Wenn du gehen willst, habe ich Verständnis dafür. Wenn du bleibst, werde ich versuchen ..." Ihre Stimme brach plötzlich, und sie atmete tief durch, bevor sie fortfuhr: „Ich werde versuchen, dir das Baby fernzuhalten. Ich werde dich nie darum bitten, es zu versorgen oder zu halten. Ich schwöre, dass du nicht einmal seinen Namen erfahren wirst, wenn du nicht willst. Im Grunde genommen wirst du gar kein Vater sein."

„Ich weiß nicht", sagte er matt. „Es tut mir leid, aber ich weiß einfach nicht."

Er ging an ihr vorbei, und sie folgte ihm mit weichen Knien. Auf dem Weg zur Wohnungstür blieb er mit gesenktem Kopf stehen. Ohne sie anzusehen, sagte er: „Ich liebe dich. Mehr als du ahnst. Ich wünschte, ich hätte es dir schon vorher gesagt, aber ..." Er machte eine hilflose Handbewegung. „Etwas in mir ist mit ihnen gestorben. Sie waren noch so klein und sind immer zu mir gekommen, wenn sie Schutz brauchten. In ihren Augen gab es nichts, was ich nicht konnte. Aber als sie mich wirklich brauchten, konnte ich ihnen nicht helfen. Ich konnte sie nur ... im Arm halten ... als es schon zu spät war."

Sein Gesicht war verzerrt vor Kummer, und er rieb sich die Augen, wischte die Tränen fort, die er um seine Söhne weinte. „Ich muss gehen. Ich muss eine Zeit lang allein sein. Ich melde mich. Pass auf dich auf."

Nachdem sich die Tür längst hinter ihm geschlossen hatte, stand Sarah immer noch da und starrte das nackte Holz an. Sie hatte gewusst, dass es schwer sein würde, aber sie hatte nicht geahnt, dass seine Reaktion so heftig, sein Schmerz so stark sein würde.

Er hatte gesagt, dass er sie liebte. Wie grausam war es, dass ihr mit einer Hand der Himmel geboten und mit der anderen wieder weggenommen wurde!

Rome kam an diesem Abend nicht nach Hause. Sarah lag in dem Bett, das sie seit ihrer Grippe jede Nacht mit ihm geteilt hatte, und weinte, bis ihre Tränen versiegten.

Am nächsten Morgen ging sie ins Geschäft, obwohl sie nicht geschlafen hatte. Erica bemerkte ihr blasses Gesicht sowie die geschwollenen Augen, schwieg aber taktvoll und bediente die meisten Kunden, sodass Sarah im Büro bleiben und die Buchführung auf den neuesten Stand bringen konnte. Selbst diese Tätigkeit war schmerzlich, denn alles erinnerte sie an Rome. Er hatte die Bücher eingerichtet, das Computerprogramm für sie erstellt, jeden Samstag in diesem Büro gearbeitet, und vielleicht war sogar auf eben diesem Schreibtisch ihr Kind gezeugt worden.

Als Derek am Nachmittag kam und sie sah, fragte er sofort: „Was ist mit Ihnen? Kann ich helfen?"

Eine Woge der Zuneigung stieg in ihr auf. Wie ein Sechzehnjähriger so wundervoll sein konnte, war ihr unverständlich. Für ihn konnte sie sogar lächeln. „Ich bin schwanger."

Er zog sich den einzigen anderen Stuhl im Raum heran. „Ist das schlimm?"

„Ich finde es wundervoll. Das Problem ist, dass Rome es nicht will. Er war schon mal verheiratet und hatte zwei kleine Jungen. Sie starben bei einem Autounfall vor fast drei Jahren, und seitdem kann er keine Kinder mehr ertragen. Es ist immer noch zu schmerzvoll für ihn."

„Geben Sie die Hoffnung nicht auf. Er weiß erst, wie er wirklich fühlt, wenn das Baby geboren ist und er es sieht. Babys sind etwas ganz Besonderes, wissen Sie."

„Ja, ich weiß. Und du auch."

Er schenkte ihr sein verträumtes, friedliches Lächeln und stand auf, um seinen Pflichten nachzugehen.

Eine weitere Nacht verging ohne ein Wort von Rome, doch in dieser Nacht schlief Sarah vor Erschöpfung und den Anforderungen, die die Schwangerschaft an ihren Körper stellte.

Als Sarah am nächsten Abend nach Hause fuhr, fiel ihr plötzlich auf, dass der Frühling ins Land zog. Es war noch kühl, aber die Bäume begannen auszuschlagen. Am Ende des letzten Sommers hatte sie in ihrem Büro gesessen und den Übergang des Sommers

Sarah's Geschichte

in Herbst und Winter mit dem Zerrinnen ihres Lebens verglichen, ohne Zukunft und ohne Hoffnung. Nun wurde ihr bewusst, dass jedem Winter ein neuer Frühling folgte. Der Winter hatte ihr Liebe gebracht, der Frühling brachte neues Leben, und plötzlich fühlte sie sich friedvoller. Die Kontinuität des Lebens beruhigte sie.

Romes Wagen stand auf dem Parkplatz. War er gekommen, um zu bleiben oder um seine Sachen zu packen? Mit weichen Knien ging sie zur Wohnung hinauf. In dem Wissen, dass die nächsten Minuten entscheidend für ihr weiteres Lebensglück waren, öffnete sie die Tür.

Ein köstliches, würziges Aroma empfing sie.

Rome erschien in der Küchentür. Er sah dünner aus, obwohl es erst zwei Tage her war, seit sie ihn gesehen hatte, und sein Gesicht wirkte abgespannt. Er war jedoch perfekt rasiert und trug eine Anzughose. Daher wusste sie, dass er wie gewöhnlich ins Büro gegangen war. „Spaghetti", kündigte er ruhig an und deutete zur Küche. „Wenn du es nicht essen kannst, werfe ich es weg, und wir gehen zum Dinner aus."

„Ich kann es essen", entgegnete sie ebenso ruhig. „Bisher ist mir noch nicht übel."

Er lehnte sich an den Türrahmen, so als wäre er sehr müde. „Ich will dich nicht verlassen. Ich will bei dir sein, mit dir schlafen, dein Gesicht am Frühstückstisch sehen. Aber ich will nichts von dem Baby wissen. Sprich nicht mit mir darüber, beziehe mich nicht ein. Ich will nichts damit zu tun haben."

Sarah nickte. „In Ordnung", brachte sie nur hervor und ging in ihr Zimmer, um sich umzuziehen.

Das Dinner verlief still und angespannt. Sie fragte Rome nicht, wo er gesteckt oder warum er diese Entscheidung getroffen hatte, und er verriet von sich aus nichts. Er hatte gesagt, dass er mit ihr schlafen wolle, doch als sie zu Bett gingen, wurde ihr bewusst, dass er es anders meinte als sie. Denn zum ersten Mal seit langer Zeit ging er in sein eigenes Zimmer. Sarah versuchte, nicht allzu enttäuscht zu sein, aber sie vermisste ihn. Ohne ihn fühlte sie sich verloren, und das Bett erschien ihr kalt und viel zu groß. Außerdem

Linda Howard

verstärkte die Schwangerschaft ihre Bedürfnisse. Sie wollte Rome als Liebhaber, nicht nur als Schlafgefährten.

Zwei Tage später kam Max in ihren Laden und lud Sarah zum Lunch ein. Er führte sie in ein kleines ruhiges Restaurant. Nachdem die Kellnerin die Bestellung aufgenommen hatte, bedachte er Sarah mit einem forschenden Blick. „Ist alles in Ordnung?"

„Ja, natürlich", erwiderte sie überrascht.

„Ich wollte mich selbst vergewissern. Rome hat zwei Nächte in meiner Wohnung verbracht und sich wie ein Verrückter aufgeführt."

Dort hatte er also gesteckt! „Danke, dass du es mir sagst."

„Mein liebes Mädchen, du weißt doch, dass ich Drachen für dich töten würde, wenn es noch welche gäbe. Sag mir, was ich für dich tun kann."

„Ich nehme an, du kennst die ganze Geschichte?"

Er nickte. „Er war völlig verwirrt. Ich habe ihm meinen besten Scotch gegeben, und schließlich hat er angefangen zu reden. Ich wusste nichts von seiner Vergangenheit. Als er mir von seiner ersten Frau und seinen beiden Söhnen erzählt hat, war ich sehr betroffen, und dabei bin ich kein besonders gefühlsbetonter Typ." Ausnahmsweise wirkte er sehr ernst. „Am ersten Abend wollte er mir nicht mehr erzählen. Am nächsten Tag hat er wie normal gearbeitet, obwohl er nicht normal war. Es war gefährlich, ihn nur anzusprechen. Am zweiten Abend hat er mir erzählt, dass du schwanger bist."

„Hat er dir gesagt ..."

„Ja." Er legte eine Hand auf ihre. „Ich finde, er ist verrückt oder dumm oder beides. Wenn du ein Kind von mir bekämst, wäre ich unsagbar stolz. Aber ich habe auch nicht seine Erfahrungen gemacht."

„Diane war meine beste Freundin", flüsterte Sarah. „Ich kannte die Kinder. Es war ... furchtbar."

„Er hat mir von deinem Ultimatum erzählt. Du bist die mutigste Frau, die ich kenne. Du hast alles auf eine Karte gesetzt. Und du hast gewonnen."

Sarah's Geschichte

„Ich habe noch nicht gewonnen. Ich habe nur eine zweite Chance."

„Er hat mir gesagt, dass er nichts mit dem Kind zu tun haben will. Falls es dabei bleibt und du jemals etwas brauchst, dann bin ich für dich da. Es wäre mir eine Ehre, als Ersatzvater zu fungieren. Ich würde dich ins Krankenhaus fahren, dir bei der Entbindung die Hand halten, was immer du willst." Nachdenklich fügte er hinzu: „Ist dir klar, zu was ich mich gerade verpflichtet habe? Rome ist nicht der einzige Dummkopf. Ich kann nur hoffen, dass er schlau genug ist, keinen anderen Mann in diesem Ausmaß bei seiner Frau einspringen zu lassen."

Sarah lachte. „Du Ärmster! Dir ging es so gut, bis du an die Entbindung gedacht hast, nicht wahr?"

Er grinste. „Ich war schon immer äußerst galant, so weit es meine Zimperlichkeit zulässt."

Der Lunch wurde serviert, und Sarah aß zum ersten Mal seit Tagen mit gutem Appetit.

„Mir ist jetzt klar", sinnierte Max, „warum Rome unbedingt Exklusivrechte auf dich haben wollte. Nach seiner traumatischen Vergangenheit braucht er unbedingt Stabilität in seinem Leben. Er wusste nicht, dass du ihn liebst, oder?"

„Nein, damals nicht. Jetzt weiß er es."

„Inzwischen liebt er dich auch. Er ist kein Idiot und hat gemerkt, welch ein Schatz du bist. Er ist natürlich trotzdem ein Unhold, aber er ist verdammt klug. Dummheit ist das Einzige, was ich nicht ertragen kann. Manchmal nervt es mich, dass ich ihn so sehr mag."

Max war unbezahlbar. Er setzte seinen geistreichen Humor ein, um sie aufzuheitern und gleichzeitig zu beruhigen. Sarah konnte von Glück sagen, dass sie so gute Freunde hatte, die sie und auch Rome mochten und versuchten, ihre Ehe zu retten.

„Du bist ein wundervoller Mann", sagte sie. „Was dir fehlt, ist eine wundervolle Texanerin, die dich aus deiner britischen Reserve lockt."

„Meine britische Reserve wird gelegentlich über Bord geworfen, und ich habe bereits eine wundervolle Texanerin gefunden. Ich würde sie gern meiner Familie vorstellen, aber sie muss erst gezähmt werden."

Der kultivierte Max mit einer feurigen, wilden Frau war eine faszinierende Vorstellung. Sarah beugte sich vor, mit unzähligen neugierigen Fragen auf den Lippen, aber er hob eine Hand und wehrte ab: „Der Kavalier genießt und schweigt."

An diesem Abend kam Rome in Sarahs Zimmer und liebte sie sehr sanft. Danach, als er sich zurückziehen wollte, legte sie eine Hand auf seinen Arm. „Bitte, bleib noch ein bisschen bei mir."

Er zögerte, legte sich dann wieder hin und nahm sie in die Arme. „Ich will dir nicht wehtun", sagte er mit rauer Stimme. „Ich begehre dich zu sehr. Wenn ich bleibe, lieben wir uns noch mal."

Sie rieb die Wange an seiner Brust und entgegnete belustigt: „Das hoffe ich ja gerade. Ich möchte, dass du bei mir bleibst, solange du dich bei mir wohlfühlst."

„Wohl? Genau so fühle ich mich bei dir." Er nahm ihre Hand, führte sie an seinem Körper hinab und zeigte ihr, wie erregt er war. „Wenn du körperlich nicht in der Lage bist, die Nacht so zu verbringen, wie ich gern möchte, dann lass mich lieber gehen."

„Ich bin zu allem in der Lage", versicherte sie und rollte sich auf ihn. „Ich bin völlig gesund."

Er ging sehr behutsam mit ihr um und achtete darauf, dass sie sich nicht überanstrengte. Sie wusste, dass seine Besorgnis allein ihr galt, nicht dem Baby, aber es tröstete sie dennoch. Er sagte ihr, dass er sie liebte, und als sie schließlich einschliefen, hielt er sie eng an sich gedrückt.

Als Sarah zu ihrer zweiwöchentlichen Untersuchung ging, verkündete Dr. Easterwood: „Es scheint alles perfekt zu sein. Wie steht es mit morgendlicher Übelkeit?"

„Keine", erwiderte Sarah strahlend.

„Gut."

„Warum muss ich alle zwei Wochen kommen?"

Sarah's Geschichte

„Wegen Ihres Alters, und weil es Ihr erstes Kind ist. Ich bin wahrscheinlich übervorsichtig, aber ich möchte, dass Sie alle zwei Stunden eine Pause von dreißig Minuten einlegen und die Füße hochlegen."

Das Baby entwickelte sich zu einem Gemeinschaftsprojekt. Marcie kam mindestens einmal am Tag vorbei, Max tauchte zu unerwarteten Zeiten auf, Erica und die Kunden achteten auf die Einhaltung der Ruhepausen, und Derek überwachte alles.

Sarah war im vierten Monat, als Rome an einem Mittwochnachmittag, als das Geschäft geschlossen war, unerwartet früh nach Hause kam. Sie legte gerade die Küchenschränke mit Papier aus und war mit dem Oberkörper in das unterste Fach gekrochen. Er packte sie an den Hüften und zog sie entschieden heraus. „Ich stelle jemanden für die Hausarbeit ein", entschied er. „Schon morgen."

„Millionen von Frauen auf der ganzen Welt kümmern sich um ihren Haushalt, während sie schwanger sind, bis zum Tag der Geburt."

„Du bist nicht Millionen von Frauen. Es wäre etwas anderes, wenn ich nicht so oft verreisen müsste. Ich kann dir helfen, wenn ich hier bin. Aber wenn ich weg bin, will ich sicher sein, dass du nicht auf oder in Schränken herumkriechst."

Seine Besorgnis war ein gutes Zeichen. Sie beruhte nicht darauf, dass Sarah unbeholfen oder unförmig war. Sie hatte nur ein Pfund zugenommen und trug immer noch ihre normale Kleidung. Das einzige spürbare Anzeichen der Schwangerschaft war eine größere Fülle und eine größere Empfindsamkeit ihrer Brüste, was beides Rome zu faszinieren schien.

Er war stiller als zuvor, fürsorglicher und dennoch zurückhaltender. Wenn er verreist war, rief er noch öfter an. Wenn er ein Geschäftsessen hatte, arrangierte er es häufiger, dass sie teilnehmen konnte, damit sie den Abend nicht allein verbrachte. Er erkundigte sich jedoch nie nach dem Baby oder der letzten Untersuchung.

Sie wusste, dass sie auf das Vergnügen verzichten musste, gemeinsam mit ihm einen Namen auszusuchen oder über das faszinierende Thema zu spekulieren, ob es ein Junge oder ein Mädchen würde. Doch viele Väter zeigten wenig Interesse an ihrem Nachwuchs, bis die Wehen einsetzten. Sarah hoffte immer noch. Sie musste hoffen, auch wenn zu befürchten war, dass sie dem Kind eines Tages erklären musste, warum sein Daddy nichts von ihm wissen wollte.

Mit oder ohne Rome musste sie sich auf das Baby vorbereiten. Daher begann sie das dritte Schlafzimmer als Kinderzimmer einzurichten. Derek half ihr, die vorhandenen Möbel zum Verkauf in das Geschäft zu befördern. Marcie ging mit ihr einkaufen. Eine Wiege, ein Kinderbett und ein Schaukelstuhl wurden aufgestellt und ein fröhliches Mobile aufgehängt. Eines Nachmittags fand Sarah auf dem Beifahrersitz ihres Wagens einen großen Teddybären, der nur von Derek stammen konnte. Sie setzte ihn in den Schaukelstuhl und taufte ihn Boo-Boo.

Eines Abends, als Rome einige verlegte Papiere suchte, öffnete er die Tür zum dritten Schlafzimmer und knipste das Licht an. Er erstarrte, löschte hastig das Licht und schloss die Tür. Sein Gesicht war bleich. Er öffnete die Tür nicht wieder.

Sarah bat Marcie, mit ihr einen Kursus über natürliche Geburt zu besuchen und ihr bei den Übungen zu helfen. Erfreut, aber auch zweifelnd entgegnete Marcie: „Ich weiß eigentlich nichts vom Kinderkriegen. Ich meine, ich habe zwar Derek bekommen, aber er hatte alles bestens organisiert. Das klingt seltsam, aber ich schwöre, dass es so war. Die Wehen setzten um acht Uhr morgens ein, gerade als die Visite im Krankenhaus begann. Derek war schon immer sehr rücksichtsvoll. Er wurde um halb zehn geboren, ohne Probleme und mit sehr wenig Anstrengung meinerseits. Er hat von selbst geschrien, bevor der Arzt ihn dazu bringen musste. Dann hat er an seiner Faust genuckelt und ist eingeschlafen. Das war alles."

Sie blickten sich an und brachen beide prustend in heftiges Lachen aus.

Sarah machte regelmäßig alle Übungen, die Dr. Easterwood ihr zur Stärkung des Rückens und der Bauchmuskulatur verordnet hatte, und sie nahm folgsam die Vitamine ein. Ansonsten ließ sie regelmäßig Ultraschalluntersuchungen machen, die zeigten, dass das Baby sich völlig normal entwickelte.

Eines Abends vor dem Einschlafen bettete Rome Sarahs Kopf an seine Schulter und zog sie fest an sich. Sie hatten sich gerade geliebt, und sie fühlte sich schläfrig und zufrieden. In diesem Moment bewegte sich das Baby zum ersten Mal sehr heftig. Der winzige Fuß trat gegen ihren Bauch, der an Romes Seite ruhte. Er erstarrte, unterdrückte einen Fluch und sprang aus dem Bett.

Nachdem er das Licht eingeschaltet hatte, sagte er rau: „Es tut mir leid." Er beugte sich zu ihr hinunter, küsste sie und streichelte ihr über das Haar. „Ich liebe dich, aber ich kann es nicht ertragen. Ich schlafe bis nach der Geburt in meinem Zimmer."

Sarah bemühte sich um ein Lächeln und sagte, allerdings mit Tränen in den Augen: „Ich verstehe. Mir tut es auch leid."

Zwei Tage später brach Rome zu einer ausgedehnten Geschäftsreise auf. Sarah vermutete, dass er sich freiwillig dazu angeboten hatte, aber sie konnte es ihm nicht verdenken. Die Schwangerschaft wurde immer offensichtlicher. Ihre Figur rundete sich, und sie musste inzwischen Umstandskleider tragen. Das werdende Lebewesen hatte Romes Schlafgewohnheiten und sein Liebesleben verändert. Kein Wunder, dass er den Drang verspürte, wegzufahren.

Während seiner Abwesenheit rief Max jeden Tag an. Sarah war noch nie so umsorgt worden. Derek herrschte wie ein sanfter Despot im Geschäft. Da er Schulferien hatte, gab es kein Entrinnen vor ihm. Er war bereits da, wenn sie eintraf, und ging nie vor ihr. Rome hatte tatsächlich eine Haushälterin engagiert. Mrs. Melton war eine freundliche Frau mittleren Alters, die das Apartment makellos in Ordnung hielt. Hätte Sarah nicht Zerstreuung in ihrem Geschäft gefunden, wäre sie vermutlich verrückt geworden.

Rome blieb drei Wochen fort. Es wurden die längsten Wochen ihres Lebens, aber alle bemühten sich, sie aufzuheitern. Nur Marcie, Derek und Max kannten die Umstände, aber sämtliche Kunden bemutterten Sarah.

Eines Tages rief Rome im Geschäft an und teilte Sarah kurz mit, dass er am nächsten Tag nach Hause kommen würde. Als sie den

Linda Howard

Hörer auflegte, standen ihr Tränen in den Augen.

Derek nahm sie in die Arme, führte sie ins Büro und schloss die Tür. Er wiegte sie sanft, trocknete ihr dann die Augen und setzte sie auf einen Stuhl. „War das Rome?"

„Ja. Er kommt morgen. Es hat mich nur so gefreut, seine Stimme zu hören und zu wissen, dass er bald nach Hause kommt."

Derek lächelte und strich ihr über die Schulter. „Ich habe gestern die Zusage für mein Stipendium erhalten. Rome und Mr. Conroy haben sich wirklich für mich eingesetzt. Und alles vor allem Ihretwegen."

„Oh Derek, da bin ich aber sehr froh für dich! Du verdienst das Beste."

„Ich habe viel über Schwangerschaft und Geburt gelesen, für den Fall, dass etwas passiert und Sie mich brauchen. Ich glaube, ich könnte ein Baby holen."

Sarah zweifelte nicht daran. Wenn Derek sich mit etwas befasst hatte, dann konnte er es auch ausführen.

„Ich habe beschlossen, Arzt zu werden", fuhr er würdevoll fort. „Geburtshelfer. Zu beobachten, wie das Baby in Ihnen wächst, ist für mich das Größte, was ich je erlebt habe. Ich möchte vielen Babys auf die Welt helfen."

„Ich könnte mir keinen besseren Anfang für ein Kind vorstellen", sagte Sarah gerührt.

Er beugte sich vor und legte eine Hand auf ihren Bauch. „Wenn dieses Baby ein Mädchen wird, dann warte ich vielleicht auf sie. Ich glaube, Ihre Tochter wird etwas ganz Besonderes."

Mit einem zärtlichen Lächeln strich Sarah dem Jungen eine Locke aus der Stirn. „Sie könnte keinen besseren Mann bekommen", flüsterte sie und küsste ihn auf die Wange.

Am nächsten Nachmittag überließ sie Erica und Derek das Geschäft und fuhr früh nach Hause, weil sie es nicht erwarten konnte, Rome zu sehen. Als sie die Wohnung betrat, kam er gerade aus dem Bad. Ihr stockte der Atem bei seinem Anblick. Er sah wundervoll aus. Mit klopfendem Herzen lief sie auf ihn zu, hielt dann jedoch abrupt inne. Sie warf ihm einem hilflosen, verwirrten Blick

126

Sarah's Geschichte

zu und wurde bewusstlos, nicht nur zum ersten Mal während der Schwangerschaft, sondern in ihrem ganzen Leben.

Rome stürmte ihr entgegen, konnte sie aber nicht mehr auffangen. Mit einem leisen Fluch hob er sie vom Boden hoch und legte ihren schlaffen Körper auf das Bett. Kalter Schweiß brach ihm aus. Er befeuchtete einen Waschlappen, rieb ihre Hände und ihr Gesicht ab, legte den Lappen dann auf ihre Stirn. Ihre Augenlider flatterten, und dann starrte sie ihn verwirrt an. „Ich bin ohnmächtig geworden", murmelte sie erstaunt.

„Wie heißt deine Ärztin?", fragte er hektisch.

„Easterwood."

Er suchte die Nummer aus dem Telefonbuch und wählte. Er verlangte die Ärztin und berichtete ihr, was geschehen war. Sie stellte ihm einige Fragen, und er warf Sarah einen grimmigen Blick zu. „Ja, sie hat eine abrupte Bewegung gemacht. Sie ist gerannt."

Er lauschte eine Weile, und seine Miene wurde noch grimmiger. „Ich verstehe. Wie groß ist die Gefahr, dass es zu vorzeitigen Wehen kommt?"

Er hörte erneut aufmerksam zu, legte den Hörer auf und wandte sich zornig an Sarah. „Du bist in Gefahr, weil du in deinem Alter das erste Kind bekommst. Das Risiko ist noch größer, weil dein Becken sehr eng ist. Und du bist gerannt." Er machte eine grimmige Miene und ballte die Hände zu Fäusten. „Ich will dieses Baby nicht, und schon gar nicht, wenn es ein Risiko für dich bedeutet. Warum hast du mir das nicht gesagt? Was glaubst du wohl, was du mir antust, wenn dir etwas passiert wegen eines Babys, das ich nicht ..." Er brach ab, rang mühsam um Beherrschung.

Sarah setzte sich auf, zog ihn in die Arme und drückte ihn an sich. „Rome, Darling, mir geht es gut. Ehrlich. Mach dir keine Sorgen. Ein Kaiserschnitt ist nur dann nötig, wenn das Baby sehr groß wird, und bisher ist es das nicht."

Er schüttelte den Kopf, schloss die Arme um sie. „Hast du vergessen, wie groß Justin und Shane waren? Sie haben beide über neun Pfund gewogen! Allein der Gedanke, dass du ein so großes Kind bekommst, ist ... ist ... beängstigend."

„Mal' nicht den Teufel an die Wand, bitte. Ich hatte bisher keine Probleme. Keine Übelkeit, keine geschwollenen Füße, keine Rückenschmerzen. Ich bin völlig in Ordnung."

Er bog ihren Kopf zurück, musterte ihr Gesicht, sah die Liebe und die Besorgnis. Besorgnis um ihn, nicht um sich selbst. Er küsste sie, bettete dann ihren Kopf an seine Brust. „Ich liebe dich", murmelte er bewegt. „Du bist mein Wunder. Nimm es mir nicht."

„Ich gehe nirgendwohin", versicherte sie. „Ich habe zu lange auf dich gewartet. Jahrelang. Deswegen habe ich nie geheiratet, und deswegen dachte jeder, dass ich in meiner Arbeit aufgehe. Mich hat nie ein anderer Mann interessiert als du."

Er rieb das Kinn an ihrer Schläfe und schloss die Augen. „Ich liebe dich so sehr, dass es mir Angst macht", gestand er schließlich sehr leise. „Ich habe Diane geliebt, aber der Schmerz um ihren Verlust ist verschwunden, durch dich. Ich will dieses Baby nicht, aber das ändert nichts an meinen Gefühlen zu dir. In mir ist einfach etwas gebrochen, als die Jungen starben, und ich glaube nicht, dass es je wieder verheilen wird. Ein anderes Baby wird sie niemals ersetzen."

Nein, nichts konnte die beiden Jungen ersetzen. Und er konnte noch nicht begreifen, dass dieses ungeborene Kind kein Ersatz war, sondern eine eigenständige Persönlichkeit. Dass er es eines Tages einsehen würde, war ein weiteres Wunder, für das sie betete.

11. KAPITEL

Der Sommer ging zu Ende. Derek ging wieder in die Schule, und die Zeit schien langsamer zu verstreichen. Die Schwangerschaft belastete Sarah inzwischen erheblich, obwohl ihre Ärztin sehr zufrieden mit ihrem Gesundheitszustand war. Sie hatte nur zehn Pfund zugenommen, doch sie fühlte sich sehr schwerfällig. Als Dr. Easterwood ihr mitteilte, dass sie bis zur Geburt vermutlich weitere zehn Pfund zulegen würde, stöhnte sie und protestierte verzweifelt: „Dann komme ich ja gar nicht mehr aus dem Bett! Ich muss mich jetzt schon auf Händen und Knien herausrollen. Und wie soll ich mir die Schuhe zubinden?"

„Tragen Sie flache Slipper und lassen Sie sich von Ihrem Mann aufhelfen."

Da Rome in seinem Zimmer schlief, sah er nie ihren Kampf beim Aufstehen, und sie achtete stets darauf, sich nur auf die Kante von Stühlen und Sesseln zu setzen, damit sie aus eigener Kraft aufstehen konnte. Wannenbäder waren passé, und dafür waren Duschbäder angesagt. Sich die Beine zu rasieren oder eine Strumpfhose anzuziehen war mit akrobatischen Verrenkungen verbunden. Sarah seufzte und blickte an ihrem festen, gewölbten Bauch hinab. Zehn weitere Pfund kamen nicht infrage.

Sie vergaß ihr Versprechen, Rome nichts von der Schwangerschaft zu sagen, und verkündete an diesem Abend mit einem Stöhnen: „Es ist kaum zu fassen! Dr. Easterwood hat gesagt, dass ich noch zehn Pfund zunehmen werde. Ich bin jetzt schon so dick. Dann kann ich nicht mehr laufen."

Überrascht über die Verzweiflung in ihrer Stimme, blickte er sie an. Sie war im siebten Monat und nicht dicker als Diane im vierten. Aber Sarah war zum ersten Mal schwanger. Ihm wurde bewusst, dass er weit mehr Erfahrung in diesen Dingen besaß als sie. Er wusste zudem von den Ängsten und Beschwerden, die Frauen plagten, je dicker ihre Taille wurde.

Sarah wirkte so verloren wie damals, als sie an der Grippe erkrankt gewesen war. Sie konnte es nicht verkraften, nicht in Höchstform zu sein. Sie brauchte Trost. Sie brauchte ihn. Er zog sie auf den Schoß und küsste sie, doch er achtete sorgsam darauf, ihren Bauch nicht zu berühren. „Ich finde dich wunderschön", sagte er, und sie war es. Ihr Gesicht strahlte, ihr Haar glänzte. Er küsste sie erneut und griff automatisch zu ihren Brüsten.

Sie seufzte vor Entzücken und öffnete die Lippen. Er küsste sie, während er ihre Bluse aufknöpfte. Ihr Brüste waren üppig geworden, und die Knospen reckten sich seinen Händen entgegen.

Dr. Easterwood hatte ihr bislang keine Enthaltsamkeit verordnet, aber sie wollte Rome nicht drängen, sie zu lieben. Es war seine Entscheidung, und da sie nicht mehr schlank war, fühlte sie sich außerdem ungelenk und nicht attraktiv genug.

Er knöpfte ihre Bluse wieder zu. Schweigend akzeptierte sie seine Entscheidung und glitt von seinem Schoß.

Von da an, egal, wie sie sich auch fühlte, erwähnte sie nie wieder ihre Probleme. Als das Baby nachts so heftig zu treten begann, dass sie nicht schlafen konnte, erduldete sie es schweigend. Sie ertrug die wachsenden Schmerzen ihrer überlasteten Muskeln und tröstete sich mit dem Gedanken, dass in wenigen Wochen alles vorüber sein würde.

Anfang Oktober verordnete Dr. Easterwood mehr Ruhe und verbot ihr das Autofahren, sodass sie nicht mehr ins Geschäft gehen konnte. Statt von Erica und Derek und unzähligen Kunden verhätschelt zu werden, umsorgten sie nur noch Mrs. Melton und Marcie, die mehrmals am Tag heraufkam. Rome verbrachte nun die Abende stets zu Hause und ließ Max für ihn einspringen, wenn Geschäftsessen stattfanden.

Sarah wurde so schwerfällig, dass sie den Laden nicht einmal vermisste. Sie las sehr viel, aber sie konnte sich eigentlich auf nichts konzentrieren. Am Nachmittag schlief sie meistens, denn dann schlief das Baby, während es nachts die verschiedensten Aerobicübungen ausführte.

Nachts, wenn sie wach lag, nur mit dem ungeborenen Kind zur Gesellschaft, quälte sie die Frage, ob sie die richtige Entscheidung getroffen hatte. Allein der Gedanke, das Kind nicht zu bekommen,

Sarah's Geschichte

war ihr unerträglich, denn es war Romes Kind, gezeugt in einem Akt der Liebe. Doch Romes Ablehnung war durchaus ernst zu nehmen. Wenn seine Liebe zu ihr starb, würde sie dann ihrem eigenen Baby die Schuld geben?

Sie dachte an Adoption, schreckte jedoch davor zurück. Wenn sie auf ihr Kind verzichtete, würde der Verlust sie ihr Leben lang verfolgen.

Bisher hatte sie kaum über diese Dinge nachgedacht. Die Arbeit im Geschäft, die ständige Gesellschaft anderer Menschen hatten sie abgelenkt. Doch nun verbrachte sie die Tage zumeist allein, hatte nichts zu tun als nachzudenken, und sie bekam Angst.

Wenn sie Rome verlor, was sollte sie dann tun? Sie hatte bei der Heirat auf ein Wunder gehofft und es gefunden. Doch durch das Baby setzte sie bewusst ihre Ehe aufs Spiel. Er hatte sich bereits von ihr zurückgezogen und wurde mit jedem Tag unnahbarer. Er war freundlich und sorgte sich um ihren Gesundheitszustand, aber das Baby verhinderte jegliche Intimitäten, und Sarah begann zu befürchten, dass sie immer mehr zu Fremden wurden, dass er gleichgültig wurde und ihr nur noch aus Höflichkeit seinen Namen lieh, bis das Baby geboren war.

Die erste Unterrichtsstunde über natürliche Geburt fand an einem Abend statt, als Rome über Nacht auf Geschäftsreise war, sodass Sarah ihm nicht zu erklären brauchte, wohin sie ging. Sie war sehr froh, dass Marcie sie begleitete, doch alle anderen Frauen waren mit ihren Ehemännern erschienen und warfen ihr mitleidige Blicke zu.

Am nächsten Nachmittag kehrte Rome zurück. Er kam ins Wohnzimmer, wo sie mit hochgelegten Füßen ein Kreuzworträtsel löste, und verkündete zornig: „Ich wollte dich gestern Abend anrufen, aber du warst nicht da. Wo hast du gesteckt?"

Erschrocken blickte sie auf und wandte dann den Blick ab.

Er zog sich das Jackett aus, warf es auf die Sofalehne und setzte sich ihr gegenüber. Er strich sich durch das windzerzauste Haar und sagte leise: „Ich warte."

Sarah schloss das Rätselheft und legte es beiseite. „Es tut mir leid, dass ich es dir nicht vorher gesagt habe, aber ich wusste nicht, wie. Ich besuche mit Marcie einen Kursus über natürliche Geburt. Sie hilft mir bei den Übungen. Gestern Abend hat die erste Stunde stattgefunden."

„Ich kann vermutlich von Glück sagen, dass du nicht Max darum gebeten hast", entgegnete er schroff.

„Rome!", rief sie betroffen.

„Entschuldige. Ich habe es nicht so gemeint. Verdammt! Ich bin froh, wenn alles vorbei ist."

„Noch ein paar Wochen", flüsterte sie und beobachtete ihn ängstlich. „Und was dann?"

Er atmete tief durch, mit grimmiger Miene. „Dann habe ich meine Frau wieder."

„Ich weiß, dass es schwer für dich ist ..."

„Nein, du hast keine Ahnung." Seine Stimme wurde hart. „Du hast dich sehr klar ausgedrückt: Finde dich damit ab oder verschwinde. Du willst das Baby mehr als mich. Ich habe sehr gründlich darüber nachgedacht. Zuerst wollte ich gehen, aber dann habe ich beschlossen zu nehmen, was ich kriegen kann. Momentan stehe ich an zweiter Stelle bei dir, aber das wird nicht so bleiben. Wenn das Baby erst einmal geboren ist und wenn ich dich wieder anfassen kann, wirst du wieder meine Frau sein, vor allem anderen. Wenn du damit nicht leben kannst, dann sage es mir jetzt gleich."

Sie saß sehr still da, ein wenig blass, aber sie hielt seinem Blick stand. „Ich wollte nie etwas anderes, als deine Frau zu sein."

„Ich will nicht, dass das Baby zwischen uns steht. Wenn ich abends nach Hause komme, gehört deine Zeit mir. Ich will deine ungeteilte Aufmerksamkeit, ohne dass du aufspringst und wegrennst, sobald es wimmert."

„Auch wenn es krank ist?"

„Nein, natürlich nicht." Er blickte betroffen drein. „Ich will dich, nur dich, wie es früher war. Ich will nicht, dass jemand zwischen uns steht."

„Wir werden es schon schaffen", meinte Sarah sanft. Sie ver-

Sarah's Geschichte

spürte den Drang, die Arme um ihn zu legen, ihn ihrer Liebe zu versichern, aber sie wusste, dass er vor ihrem Bauch zurückschrecken würde. Ihre Gedanken schienen sich jedoch in ihren Augen zu spiegeln, denn er stand auf und beugte sich über sie. Zum ersten Mal seit Wochen küsste er sie nicht nur flüchtig auf Wange oder Stirn, sondern leidenschaftlich auf den Mund.

„Wie lange noch?", murmelte er und hob den Kopf.

„Etwa drei Wochen bis zur Geburt, und danach sechs Wochen."

Er seufzte. „Das werden die längsten neun Wochen meines Lebens."

In der folgenden Woche musste Rome unerwartet verreisen, denn Max, den er gewöhnlich für sich einspringen ließ, befand sich an der Ostküste, als ein Notfall in Los Angeles eintrat.

Rome sah die Enttäuschung auf Sarahs Gesicht, als er es ihr mitteilte. „Es wird keine lange Reise", sagte er tröstend. „Höchstens drei Tage. Das Baby ist erst in zwei Wochen fällig, und ich rufe dich jeden Abend an."

„Ich sorge mich nicht um das Baby, aber ich werde dich vermissen."

„Nicht lange. Ich werde alle antreiben und die Sache beschleunigen." Dann überraschte er sie, indem er sie in die Arme schloss, zum ersten Mal seit Monaten. Er küsste sie mit wachsendem Verlangen und umschmiegte ihre Brüste. Verwundert hob er den Kopf und starrte auf die üppigen Rundungen in seinen Händen. „Du bist fülliger geworden, als ich bemerkt habe." Er küsste sie erneut. „Ehe du dich versiehst, bin ich wieder zurück", versprach er.

In der folgenden Nacht erwachte Sarah durch einen Schmerz im Kreuz. Lange Zeit lag sie wach, doch der Schmerz verging und kehrte nicht zurück.

Am nächsten Nachmittag setzte der Schmerz erneut ein und strahlte in den Unterleib aus. Sie rief Dr. Easterwood an, die sie anwies, gleich ins Krankenhaus zu fahren. Sarah alarmierte Marcie und rief dann Romes Hotel in Los Angeles an. Wie erwartet hielt er sich zu dieser Tageszeit nicht in seinem Zimmer auf. Sie hinterließ eine Nachricht, und als sie den Hörer auflegte, lief eine Träne über ihre Wange. Sie hatte sich so sehnlichst gewünscht, dass Rome zumindest in der Nähe sein würde statt so weit entfernt.

Marcie kam herauf, trug den Koffer und fuhr sie zum Krankenhaus. Sarah wurde eingewiesen und untersucht. Alles schien normal zu verlaufen. Nun brauchte sie nur noch zu warten.

Rome saß in dem Direktionsbüro an der Westküste und hatte einen Stapel Statistiken vor sich liegen, doch er konnte sich nicht auf seine Arbeit konzentrieren. Er dachte an Sarah. Sie war so entschlossen, dieses Baby zu bekommen. Er hatte sie nie für einen mütterlichen Typ gehalten, doch Justin und Shane hatten sie angebetet.

Im Geiste sah er die beiden fröhlichen, wilden Jungen vor sich, mit Dianes blauen Augen und ihren goldbraunen Haaren. Wie sehr vermisste er sie! Wie sehr hatte er sie geliebt, von dem Moment an, als er von den Schwangerschaften erfahren hatte. Er hatte Diane stets geholfen aufzustehen, hatte ihr den Rücken massiert, ihr die Schuhe zugebunden, ihre Hand während der Wehen gehalten.

Für Sarah hatte er nichts dergleichen getan. Er hatte gesehen, welche Mühe es sie kostete, von einem Stuhl aufzustehen, und er hatte ihr nicht geholfen. Er hatte sie alleingelassen mit ihren Rückenschmerzen und nächtlichen Besuchen im Badezimmer. Sie trug die Last der Schwangerschaft allein, weil er das Kind nicht wollte.

Schweißperlen traten auf seine Stirn. Wie er auch zu dem Kind stehen mochte, er hätte Sarah dennoch helfen müssen. Impulsiv griff er zum Hörer und rief zu Hause an. Mrs. Melton meldete sich. Einen Moment später ließ er mit bleicher Miene den Hörer fallen. Die Wehen hatten zwei Wochen zu früh eingesetzt. War etwas nicht in Ordnung mit Sarah? Dr. Easterwood hatte ihn gewarnt, dass es Komplikationen geben könnte.

Sarah's Geschichte

Er riss die Tür auf und rief der Sekretärin zu: „Buchen Sie mir sofort einen Flug nach Dallas. Meine Frau hat die Wehen bekommen."

Nervös packte er seinen Aktenkoffer. Er wusste nicht, wie die Sekretärin es schaffte, aber sie reservierte ihm einen Platz in der nächsten Maschine nach Dallas. Ihm blieb keine Zeit, seine Sachen aus dem Hotel zu holen. Er wies die Sekretärin an, sich darum zu kümmern und ihm den Koffer zuzuschicken, bedankte sich knapp und ging.

Viereinhalb Stunden später erreichte er das Krankenhaus. Als er das Privatzimmer betrat, schlief Sarah. Marcie, die an ihrem Bett saß und las, stand auf und fragte erstaunt: „Wo kommst du denn her?"

„Aus Los Angeles", erwiderte er mit einem Anflug von Humor. „Ich habe den ersten Flug genommen, als Mrs. Melton mir sagte, dass die Wehen eingesetzt haben."

Sarah schlug die Augen auf und blickte ihn verschlafen an. „Rome! Du bist hier!"

„Ich bin hier", bestätigte er sanft und nahm ihre Hand.

„Ich habe in deinem Hotel angerufen und eine Nachricht hinterlassen."

„Ich weiß. Mrs. Melton hat es mir gesagt. Ich habe auch mit Dr. Easterwood gesprochen. Ich hatte Angst, dass etwas nicht stimmt, weil es zwei Wochen zu früh ist, aber sie hat gesagt, es wäre alles in Ordnung."

„Die richtigen Wehen haben noch nicht eingesetzt, aber sie wollte mich hier unter Beobachtung haben."

Sie ist wunderschön, dachte er. Ihr hellblondes Haar war zu einem einzelnen Zopf geflochten, ihre sanften grünen Augen strahlten, und ihre Wangen waren rosig. Sie trug ein schlichtes Nachthemd und sah aus wie vierzehn. Er küsste sie sanft.

„Da du jetzt hier bist, kann ich ja in die Kantine gehen und etwas essen", bemerkte Marcie taktvoll und zog sich zurück.

Als sie allein waren, trat ein unbehagliches Schweigen ein. Er hielt ihre Hand und wünschte, es wäre bereits alles vorüber.

Schließlich holte er tief Luft und verkündete: „Ich komme nicht mit in den Kreißsaal, aber ich warte."

„Es reicht mir zu wissen, dass du da bist", erwiderte Sarah, und es stimmte.

Ihre Tochter wurde zwölf Stunden später geboren. „Sie ist ein kleiner Schatz!", schwärmte Dr. Easterwood, als sie das Baby in Sarahs Arme legte. „Sehen Sie nur die schwarzen Haare!"

„Sie sieht wie Rome aus", stellte Marcie fest. „Ich wette, dass sie sogar schwarze Augen haben wird."

Sarah musterte das winzige Wesen. Romes Tochter. Sie konnte es kaum fassen. Irgendwie hatte sie geglaubt, es würde ein Junge. Tränen traten ihr in die Augen, als sie die noch feuchten Locken berührte.

Sie war so erschöpft, dass sie sofort einschlief, als sie in ihr Zimmer zurückgebracht wurde. Mehrere Stunden später erwachte sie und fand Rome an ihrem Bett sitzen. Sie hätte ihn gern gefragt, ob er das Baby gesehen hatte, aber sie wusste, dass es nicht der Fall war. „Hallo", sagte sie sanft.

Er blickte auf, nahm ihre Hand und küsste sie zärtlich. „Selber hallo. Wie fühlst du dich?"

„Nicht schlecht. Besser als erwartet. Und du?"

„Völlig erledigt", erwidert er.

„Warum gehst du dann nicht nach Hause und legst dich hin?"

Er nahm ihren Vorschlag an, weil er wirklich dringend Schlaf brauchte.

Als das Baby zum Stillen hereingebracht wurde, weinte Sarah vor Glück. Ihr eigenes Baby! Sie war vierunddreißig Jahre alt und hatte die Hoffnung längst aufgegeben, Mutter zu werden. Doch nun hielt sie dieses winzige, atmende Wunder in den Armen. Sie streichelte das flaumige Haar, untersuchte die unglaublich kleinen Finger, die winzige Ohrmuschel. Wie ähnlich sie Rome sah! Ihre Haut wies sogar einen leichten Olivton auf, und die Augen waren tatsächlich fast schwarz.

Sarah nannte sie Melissa Kay, abgekürzt Missy. Rome verbrachte

Sarah's Geschichte

viel Zeit im Krankenhaus, ging aber immer, wenn ihr das Baby gebracht wurde, und soweit sie wusste, hatte er es noch nicht gesehen. Als sie drei Tage später entlassen wurde, bot er ihr nicht an, sie abzuholen. Sie hatte es nicht anders erwartet und bat ihn auch nicht darum. Er musste selbst entscheiden, ob und wann er seine eigene Tochter kennenlernen wollte.

12. KAPITEL

Rome ging mit Sarah ins Bett, hielt sie zum ersten Mal seit Monaten zärtlich in den Armen und küsste sie immer wieder. Sie kuschelte sich an ihn und wünschte, die sechs Wochen, die gerade erst begonnen hatten, wären schon vorüber. Sie streichelte seinen festen, muskulösen Körper und flüsterte: „Ich liebe dich."

„Ich liebe dich auch. Nie wieder lasse ich dich getrennt von mir schlafen."

Sarah schlummerte zufrieden ein, erwachte aber beim leisesten Schrei von Missy. Vorsichtig schlüpfte sie aus dem Bett und schlich ins Kinderzimmer. Sie wechselte die Windel, setzte sich dann in den Schaukelstuhl und stillte. Missy war ein ruhiges Baby und schlief wieder ein, sobald ihr Magen gefüllt war. Sanft legte Sarah sie zurück in die Wiege, kehrte in ihr Bett zurück und kuschelte sich an Romes Rücken.

Er rührte sich nicht, aber er war wach und starrte mit weit geöffneten Augen steinern an die Wand.

Sarah brachte Missy stets ins Bett, bevor Rome nach Hause kam. Die Tür zum Kinderzimmer war während seiner Anwesenheit immer geschlossen, und er fragte nie nach dem Baby. Er hatte ihr gesagt, dass es so sein würde, aber nun erst erkannte sie, wie schwierig diese Situation für sie war. Sie war so stolz auf Missy und konnte einfach nicht begreifen, dass er keinerlei Interesse zeigte. Sie ermahnte sich jedoch, dass der nächste Schritt bei ihm lag, dass sie ihn nicht zwingen konnte.

Andere Leute waren nicht so zurückhaltend. Max kam eines Abends zum Dinner und bestand darauf, das Baby zu sehen. Mit einem hilflosen Blick in Romes verschlossenes Gesicht führte sie Max ins Kinderzimmer. Marcie und Derek kamen häufig zu Besuch und scheuten sich nicht, vor Rome über Missy zu reden, sodass er unweigerlich hörte, wie wundervoll seine Tochter war. Er wusste, dass sie sehr rasch wuchs und bereits Personen erkannte.

Sarah's Geschichte

Er versuchte, nicht an das Baby zu denken, aber eine schmerzliche Neugier ergriff ihn jedes Mal, wenn Sarah mitten in der Nacht aufstand und ins Kinderzimmer ging. Manchmal spielte er mit dem Gedanken, ihr nachzuschleichen und hineinzuspähen, aber jedes Mal brach ihm kalter Schweiß aus. Er konnte kein Baby verkraften. Es konnte Justin oder Shane nicht ersetzen. Er durfte das Risiko nicht eingehen.

Er dachte oft an seine Söhne, als Weihnachten näher rückte. Ein weiteres Fest ohne sie. Es war sein zweites Weihnachten mit Sarah, und weil er sie hatte, war der Kummer fast vergangen, war erträglich geworden. Er konnte an Justin und Shane denken und sich an die schönen Zeiten erinnern. Diane war ferner gerückt. Sarah war seine Gegenwart, und sein heftiges Verlangen nach ihr ließ die Beziehung zu Diane mehr und mehr verblassen, denn seine Liebesfähigkeit war durch Sarahs sanfte Zärtlichkeit unendlich gestiegen.

Eines Abends in der zweiten Dezemberwoche kuschelte Sarah sich wie gewöhnlich in seine Arme und bettete den Kopf an seine Schulter. „Ab morgen gehe ich wieder ins Geschäft", verkündete sie beiläufig.

Er knipste die Lampe an, stützte sich auf einen Ellbogen und musterte sie forschend. „Hat Dr. Easterwood dich für kräftig genug erklärt?"

„Ja. Ich war heute zur Untersuchung." Sie schenkte ihm ein bezauberndes Lächeln.

„Warum hast du dann ein Nachthemd angezogen?"

„Damit du es mir ausziehen kannst."

Und das ließ sich Rome nicht zweimal sagen. Er ging sehr behutsam mit ihr um, steigerte geduldig ihre Bereitschaft, bevor er vorsichtig in sie eindrang. Ihr stockte der Atem. Es war schon so lange her! Sie klammerte sich an ihn, zitterte vor beinahe unerträglichem Verlangen. Er erforschte ihren Körper, erfreute sich an der Üppigkeit ihrer Brüste, streichelte sie aufreizend. Sarah verlor jeglichen Sinn für die Realität, wurde davongetragen in eine andere Welt, in der nur er existierte.

Am nächsten Tag im Geschäft wurde Missy von allen Kunden gebührend bewundert. Sarah achtete darauf, nicht zu übertreiben, und fuhr früh wieder nach Hause. Doch der Ausflug hatte beide ermüdet. Sie legte Missy in die Wiege und ging dann selbst ins Bett, um ein kleines Nickerchen zu halten.

Missys Geschrei weckte sie. Die zunehmende Dämmerung verriet ihr, dass sie länger als beabsichtigt geschlafen hatte und Rome bald nach Hause kommen würde. Sie setzte sich in den Schaukelstuhl und stillte Missy.

Sie hörte Rome nicht kommen, aber sie spürte plötzlich seine Gegenwart und blickte erschrocken zur Tür. Er stand auf der Schwelle. Sein Blick ruhte auf dem Baby in ihren Armen. Er konnte nichts sehen als Missys Hinterkopf und eine winzige Hand, die Sarahs Brust knetete, aber sein Gesicht verzerrte sich vor Schmerz. Ohne ein Wort wandte er sich ab und ging davon.

„Ich habe mich hingelegt und verschlafen", erklärte sie entschuldigend, nachdem sie Missy wieder in ihre Wiege gelegt und das Kinderzimmer verlassen hatte.

Seine Schultern wirkten verspannt, aber er verlor kein Wort über Missy. „Der Ausflug ins Geschäft hat dich sehr angestrengt, stimmt's?", bemerkte er stattdessen.

„Ja, und es ist so albern, weil ich überhaupt nichts getan habe", erwiderte sie verärgert.

„Du musst dich erst wieder daran gewöhnen. Ich möchte, dass du nicht übertreibst und dich schonst."

Doch bei Sarah gab es natürlich keine Schonung. Voller Enthusiasmus stürzte sie sich wieder in die Arbeit. Sie achtete allerdings stets darauf, früh genug nach Hause zu fahren und Missy ins Bett zu bringen, bevor Rome eintraf. Doch Missy wurde mit jedem Tag munterer und blieb länger wach.

Nach einem besonders anstrengenden Tag schlief Sarah ein, sobald ihr Kopf das Kissen berührte. Rome lag neben ihr und war selbst beinahe eingeschlafen, als er das Baby schreien hörte. Er erstarrte und wartete, dass Sarah aufwachte. Doch sie schlief weiter. Er wusste, dass sie das Baby irgendwann hören und es versorgen

Sarah's Geschichte

würde, aber er wusste nicht, ob er das Geschrei so lange ertragen konnte. Einen Moment später erkannte er, dass er es nicht konnte. Er wollte Sarah wachrütteln, doch irgendetwas hielt ihn zurück. Vielleicht war es ihr Gesicht, das im Schlaf so friedlich wirkte. Vielleicht lag es an all den Nächten in vergangenen Jahren, in denen er verschlafenen Rufen nach Daddy gefolgt war. Aus welchem Grund auch immer, er stand auf und ging hinaus auf den Flur.

Überrascht stellte er fest, dass er zitterte, dass ihm Schweiß über den Rücken rann. Es ist nur ein Baby, sagte er sich. Nur ein Baby.

Er öffnete die Tür. Seine Kehle war wie zugeschnürt, und er rang nach Atem. Eine kleine Nachtlampe brannte neben der Wiege, sodass er das Kind sehen konnte, das sich in einen Wutanfall hineingesteigert hatte. Die winzigen Hände fuchtelten wild, die Beine waren angezogen, und es schrie aus Leibeskräften. Missy war es gewöhnt, sofort versorgt zu werden, und hatte nicht die Absicht, diese unerklärliche Verzögerung zu tolerieren.

Rome schluckte und näherte sich langsam der Wiege. Sie war noch so klein, dass ihre Wut grotesk wirkte. Ein Mädchen ... Er hatte ein Mädchen. Doch was wusste er eigentlich von weiblichen Babys?

Zitternd schob er seine großen Hände unter den kleinen Körper, hob ihn hoch und wunderte sich, wie leicht er war. Missy beruhigte sich sehr schnell, als er ihr geschickt die Windel wechselte. Er wollte sie gerade wieder in die Wiege legen, als sie einen gurrenden Laut ausstieß. Er erschrak, ließ sie beinahe fallen. Er schaute sie an und erstarrte, als sie vertrauensvoll und strahlend zu ihm aufblickte.

Es war nicht fair. Er hatte sie gemieden, sie nicht einmal angesehen, doch ihr war das einerlei. Sie weinte nicht, fürchtete sich nicht in seinen großen fremden Händen.

Fasziniert starrte er auf das schwarze Haar, die fast schwarzen Augen. Der weiche, sanfte Mund war von Sarah, aber alles andere an ihr war eine weibliche Version seiner selbst. Sie war in Liebe gezeugt worden, war ein Teil von Sarah, ein Teil von ihm. Und er hatte ihr Leben zerstören wollen, noch bevor es überhaupt begann.

Er sank auf die Knie, beugte sich über sie und weinte.

Sarah wachte auf, tastete mit einer Hand nach Rome und fand nur das leere Kissen. Ein seltsamer erstickter Laut drang an ihre Ohren. „Rome?", flüsterte sie, aber sie erhielt keine Antwort.

Hastig stand sie auf, schlüpfte in den Bademantel und trat hinaus auf den Flur. Nirgendwo brannte Licht. Dann hörte sie das Geräusch erneut. Es kam aus dem Kinderzimmer. Erschrocken lief sie hinüber. Sie blieb abrupt in der Tür stehen, als sie Rome auf dem Fußboden knien sah, mit Missy in den Armen.

Sarah erkannte, dass die erstickten Laute von ihm kamen. Sie wollte zu ihm gehen, die Arme um ihn schlingen und ihn in seinem Kummer trösten. Kummer um die Söhne, die er verloren hatte, Kummer um das Kind, das er nicht gewollt hatte. Doch es war ein persönlicher Moment der Bekanntschaft mit seiner Tochter, und Sarah ging leise zurück ins Bett.

Es dauerte lange, bis Rome zurückkam. Sie spürte, dass er keinen Schlaf fand, aber sie hielt sich zurück. Er focht einen inneren Kampf, und sie konnte ihm nicht helfen.

Er erwähnte den Zwischenfall früh nicht, aber sie spürte eine Ruhe in ihm, einen Frieden, der zuvor nicht existiert hatte. Er ging ins Büro, und Sarah fuhr mit Missy ins Geschäft.

Derek kam nach Schulschluss, hob Missy aus ihrem Wagen und küsste sie auf die Wange. Er blickte Sarah an und fragte: „Es wird alles gut für Sie, stimmt's?"

„Ja, ich glaube. Woher weißt du das?"

„Ich sehe es Ihnen an." Er lächelte voller Zuneigung. „Ich wusste, dass er ihr nicht lange widerstehen kann."

Sarah beobachtete, wie er Missy auf starken Armen durch das Geschäft trug, ihr all die bunten Gegenstände zeigte und mit ihr redete, als könnte sie jedes Wort verstehen. Und vielleicht verstand sie ihn wirklich.

Sarah wich nicht von ihrer Routine ab. Missy schlief fest, als Rome aus dem Büro nach Hause kam. Sie aßen wie gewöhnlich, unterhielten sich ungezwungen. Sie las, während er einige Berichte durchging. Dann sah sie nach Missy und ging ins Bett.

Rome kam aus dem Badezimmer, legte sich zu ihr und gab ihr

Sarah's Geschichte

einen raschen Kuss. „Ich kann dir gar nicht sagen, wie sehr ich dich liebe", murmelte er.

„Versuche es."

Er lachte, beugte sich über sie und küsste sie mit wachsendem Verlangen. Sein Liebesspiel war unglaublich zärtlich und intensiv. Er hielt sich zurück, befriedigte sie, bevor er sich gehen ließ, und hielt sie dann im Arm, bis sie einschlief.

Missy erwachte in den frühen Morgenstunden und wollte gefüttert werden. Bevor Sarah aufstehen konnte, warf Rome die Decke zurück. „Bleib hier", sagte er. „Ich hole sie."

Einen Moment später kam er mit Missy zurück. Als er sie Sarah reichte, sagte er: „Du weißt es, oder? Du bist letzte Nacht aufgewacht, nicht wahr?"

„Ja, ich weiß es." All ihre Liebe zu ihm sprach aus ihrem Blick.

„Du müsstest mich hassen für das, was ich tun wollte."

„Nein. Du hast gelitten. Ich habe verstanden, dass du dich nur schützen wolltest."

Er beobachtete Missy, und seine Miene wurde ergreifend zärtlich. Mit einem Finger strich er ihr sanft über die Wange. „Sie ist mehr, als ich verdient habe. Ich habe in jeder Beziehung eine zweite Chance erhalten."

Nein, keine zweite Chance, sondern ein zweites Wunder. Die Liebe hatte ihm die Freude am Leben zurückgebracht. Die Wunden, die ihm der Verlust der geliebten Menschen zugefügt hatte, waren verheilt, auch wenn die Narben blieben. Rome konnte wieder lachen und das Leben genießen. Er konnte sein Kind aufwachsen sehen, sich an ihrem Lachen, ihrer Unschuld und ihrer Begeisterung erfreuen und seinem zweiten Wunder von ganzem Herzen seine Liebe schenken.

Er beugte sich zu Sarah und küsste sie voller Leidenschaft. Sobald Missy gestillt und wieder ins Bett gebracht war, wollte er erneut mit seiner Frau schlafen, um ihr zu zeigen, wie sehr er sie liebte. Sie war sein erstes Wunder, das ihm den Sonnenschein zurückgebracht hatte.

– *ENDE* –

Linda Howard

Für morgen, für immer
Roman

Aus dem Amerikanischen von
Tatjána Lénárt-Seidnitzer

Für morgen, für immer

1. KAPITEL

Anson Edwards saß allein in seinem großen, eleganten Büro. Die Fingerspitzen aneinandergelegt, erwog er die Stärke seiner beiden Geschäftsführer und überlegte, wen er am besten nach Houston schicken sollte. Seine eigene Stärke beruhte auf der Fähigkeit, jede Situation schnell und genau einzuschätzen. Doch in diesem Fall wollte er keine spontane Entscheidung fällen.

Sein Instinkt verriet ihm, dass ein offener Übernahmeversuch von Bronsons Metallfirma fehlschlagen würde. Denn Sam Bronson war ein Rätsel – ein Mann, der stets mit verdeckten Karten spielte. Man durfte ihn nicht unterschätzen. Er war schlau genug, um verborgene Vermögenswerte zu besitzen.

Anson musste zunächst einmal herausfinden, worin diese Vermögenswerte bestanden und auf welche Höhe sie sich beliefen, bevor er einen Erfolg versprechenden Versuch unternehmen konnte, die Firma „Bronson Alloys" unter die Fittiche der Aktiengesellschaft „Spencer-Nyle" zu nehmen.

Er wusste, dass er die Herrschaft gewinnen konnte, indem er einfach wesentlich mehr bot, als die Firma wert war. Aber das war nicht seine Art. Er trug Verantwortung gegenüber den Aktienhaltern von „Spencer-Nyle", und er war nicht leichtfertig. Er war bereit, die nötigen Schritte zu unternehmen, aber nicht mehr.

Er spielte mit dem Gedanken, ein Team von Prüfern nach Houston zu schicken. Das würde jedoch Bronson alarmieren und ihn veranlassen, Gegenmaßnahmen zu ergreifen, die sich über Monate hinziehen konnten. Und Anson wollte die Angelegenheit schnell erledigt wissen. Das Beste war ein einziger Mann, ein Mann, dem er in jeder Situation vertrauen konnte.

Er vertraute sowohl Rome Matthews als auch Max Conroy. Aber welcher von beiden war der Geeignetste für diese Aufgabe?

Rome Matthews war sein sorgsam ausgewählter, persönlich geschulter Nachfolger. Er war hart, schlau, zuverlässig und darauf bedacht, stets zu gewinnen. Aber er hatte sich im Laufe der Zeit

Linda Howard

einen beträchtlichen Namen erworben. Er war in Geschäftskreisen allzu bekannt, und Houston lag zu nahe bei Dallas, als dass er dort unerkannt bleiben konnte. Allein sein Auftauchen würde die Geschäftswelt alarmieren.

Max Conroy hingegen war weniger bekannt. Die Leute neigten dazu, ihn nicht so ernst wie Rome zu nehmen. Es lag an seinem blendenden Aussehen und der Gutmütigkeit, die er ausstrahlte. Man erwartete von ihm einfach nicht, dass er ein Ziel so hartnäckig verfolgte wie Rome. Aber im Innern war Max Conroy hart wie Stahl. Er besaß eine Rücksichtslosigkeit, die er geschickt verbarg. Seine Gutmütigkeit war nur eine Pose. Diejenigen, die ihn nicht kannten, hielten ihn eher für einen Playboy als für einen Geschäftsmann.

Also musste Max die Aufgabe übernehmen. Er hatte wesentlich größere Chancen, in aller Stille Informationen zu sammeln.

Erneut griff Anson zu einer Akte und blätterte durch das Informationsmaterial über das führende Personal bei „Bronson Alloys". Über Sam Bronson persönlich hatte er nichts in Erfahrung bringen können. Der Mann war sehr vorsichtig und ein Genie.

Aber eine Kette ist nur so stark wie ihr schwächstes Glied, und Anson war fest entschlossen, Bronsons Schwachstelle zu finden.

Er stieß auf ein Foto von Bronsons Privatsekretärin und stutzte. Bronson schien ihr völlig zu vertrauen, doch es gab keinerlei Hinweise auf eine romantische Beziehung zwischen ihnen. Stirnrunzelnd musterte Anson das Foto. Die Frau war eine hübsche, dunkeläugige Blondine, aber keine große Schönheit. Ein verschlossener Ausdruck lag in ihren Augen. Sie war mit Jeff Halsey, dem Erben einer wohlhabenden Familie aus Houston, verheiratet gewesen, aber sie hatten sich vor fünf Jahren scheiden lassen. Sie war nun einunddreißig und hatte nicht wieder geheiratet. Ihr Name lautete Claire Westbrook.

Nachdenklich lehnte Anson sich zurück. Würde sie sich von Max' Charme einfangen lassen? Es blieb abzuwarten. Claire Westbrook konnte sich durchaus als das von ihm gesuchte schwache Glied in Bronsons Kette erweisen.

Für morgen, für immer

Claire schlüpfte durch die Doppeltür hinaus und trat an die hüfthohe Mauer, welche die Terrasse vom Blumengarten trennte. Sie stützte die Hände auf den kühlen Stein und starrte blindlings auf den Garten, ohne das Meer von Blüten wahrzunehmen, das durch geschickt verteilte Lampen betont wurde.

Wie hatte Virginia nur Jeff und Helene zu dieser Party einladen können?

Natürlich hatte sie es absichtlich getan, um sich an dem Schock zu weiden, den Claire beim Erscheinen ihres Exehemannes und seiner wundervollen, schwangeren Frau nicht hatte verbergen können.

Tränen brannten in Claires Augen, und sie blinzelte heftig, um sie zurückzudrängen.

Eine zufällige Begegnung hätte sie mit Fassung ertragen können, aber Virginias vorsätzliche Grausamkeit erschütterte sie. Es hatte nie eine enge Freundschaft zwischen ihnen bestanden, dennoch hatte sie nicht mit einem derart heimtückischen Verhalten gerechnet.

Wie paradox, dass Claire die Einladung nur auf Drängen ihrer Schwester Martine angenommen hatte, die der Ansicht war, dass es ihr guttun würde, einmal aus ihrer Wohnung herauszukommen und unter Leute zu gehen.

Ihre gute Absicht ist wohl etwas fehlgeschlagen, dachte Claire spöttisch und unterdrückte den Drang zu weinen. Der Zwischenfall war es nicht wert, auch nur eine Träne zu vergießen, und sie hatte daraus eine Lektion gezogen: Traue niemals den alten Freundinnen deines Exmannes. Offensichtlich hatte Virginia ihr niemals verziehen, dass sie Mrs. Jeff Halsey gewesen war.

„Ist Ihnen der Rauch und der Lärm auch zu viel geworden?"

Claire wirbelte herum, erschreckt durch die Worte, die so dicht an ihrem Ohr gesprochen wurden. Sie hatte geglaubt, völlig allein auf der Terrasse zu sein. Fest entschlossen, niemanden ihren inneren Aufruhr spüren zu lassen, legte sie eine abweisende Miene auf und zog fragend eine Augenbraue hoch.

Der Lichtschein, der durch die gläserne Doppeltür fiel, enthüllte nur die Silhouette des Mannes. Seine Gesichtszüge blieben verborgen, aber sie war sicher, dass sie ihn nicht kannte. Er war groß und schlank, mit breiten Schultern unter dem makellos geschnittenen, weißen Dinnerjackett, und er stand ihr so nahe, dass sie den schwachen Duft seines Rasierwassers riechen konnte.

„Ich möchte mich entschuldigen. Ich wollte Sie nicht erschrecken", sagte er und stellte sich neben sie. „Ich sah Sie hinausgehen und dachte mir, dass ich auch ein wenig frische Luft genießen könnte. Wir sind uns nicht vorgestellt worden, oder? Maxwell Benedict."

„Claire Westbrook", murmelte sie. Nun erkannte sie ihn. Sie waren sich zwar wirklich nicht vorgestellt worden, aber sie hatte sein Erscheinen auf der Party bemerkt. Es war unmöglich, ihn zu übersehen. Er sah aus wie ein Fotomodell, mit dichten blonden Haaren und lebhaften Augen. Sie erinnerte sich, gedacht zu haben, dass ein Mann mit einem Gesicht wie seinem klein sein sollte, um der ausgleichenden Gerechtigkeit willen. Doch er war groß und bewegte sich mit einer lässigen Grazie, die jeden weiblichen Blick anzog.

Trotz der vollkommen geschnittenen Gesichtszüge hatte er nichts Weichliches an sich. Er wirkte durch und durch männlich, und wann immer er eine Frau ansah, sprach männliche Bewunderung aus seinem Blick. Nicht nur hübschen Frauen gegenüber ließ er seinen umwerfenden Charme spielen. Jede Frau, ob jung oder alt, ob hübsch oder hässlich, behandelte er mit einer Mischung aus Höflichkeit und Anerkennung, die alle samt und sonders dahinschmelzen ließ wie einen Schneeball in der heißen Sommersonne.

Wenn er erwartet, dass ich wie alle anderen dahinschmelze, dachte Claire trocken, dann wird er eine Enttäuschung erleben. Jeff hatte ihr einige harte Lektionen über gut aussehende, charmante Männer erteilt, und sie erinnerte sich an jede einzelne. Sie fühlte sich selbst vor diesem Mann sicher, dessen Charme so ausgeprägt war, dass er beinahe greifbar wirkte. Sein atemberaubendes Aussehen und sein strahlendes Lächeln überwältigten, sein ausgeprägt britischer Akzent faszinierte, und der ruhige Bariton seiner Stimme

Für morgen, für immer

besänftigte. Claire fragte sich, ob es seine Gefühle wohl verletzte, dass sie unbeeindruckt blieb.

„Ich hatte den Eindruck, dass Sie aufgeregt waren, als Sie hinausgingen", bemerkte er unvermittelt und lehnte sich an die Mauer, ungeachtet seines frischen weißen Abendjacketts. „Haben Sie irgendwelche Probleme?"

Gütiger Himmel, zu allem Überfluss ist er auch noch scharfsinnig, durchfuhr es Claire. Sie zuckte die Schultern und entgegnete leichthin: „Eigentlich nicht. Ich bin mir nur nicht sicher, wie ich mich in einer peinlichen Situation, in die ich hineingeraten bin, verhalten soll."

„Wenn das der Fall ist, kann ich Ihnen dann auf irgendeine Art helfen?" Sein Angebot klang ruhig, höflich und äußerst beherrscht.

Claire zögerte. Unwillkürlich erwachte ein Anflug von Interesse in ihr. Sie hatte durchaus erwartet, dass er sich wohlerzogen und weltgewandt verhielt, aber diese kühle Beherrschung, die von ihm ausging, überraschte sie. „Vielen Dank, aber es handelt sich nicht um ein wichtiges Problem."

Sie brauchte sich nur einen geschickten Abgang zu verschaffen, ohne die Anwesenden spüren zu lassen, dass sie sich auf der Flucht befand. Es ging nicht um Jeff. Ihre Gefühle für ihn waren längst erloschen. Aber das Kind, das Helene erwartete, erinnerte sie an den Schmerz, den sie nie überwunden hatte, an das Baby, das sie verloren hatte ...

Erneut öffneten sich die Glastüren. Claire erstarrte, als Virginia zu ihr stürmte und mit falschem Mitleid verkündete: „Claire, Darling, es tut mir ja so leid! Ich hatte keine Ahnung, dass Jeff und Helene kommen würden. Lloyd hat sie eingeladen, und ich war genauso entsetzt und überrascht wie du! Du Ärmste, bist du sehr schockiert? Schließlich wissen wir alle, wie niedergeschmettert du warst ..."

Maxwell Benedict richtete sich auf, und Claire spürte sein ausgeprägtes Interesse. Hastig, bevor Virginia noch mehr sagen konnte, entgegnete sie: „Also wirklich, Virginia, du brauchst dich nicht zu

151

entschuldigen. Ich bin überhaupt nicht schockiert." Ihr gelassener, kühler Tonfall war völlig überzeugend, obgleich es sich um eine ausgesprochene Lüge handelte. Sie war innerlich ein wenig gestorben, als sie von Helenes Schwangerschaft gehört hatte, und der Anblick von Jeffs Frau, so wunderschön und so voller Stolz schwanger, hatte ihr das Herz umgedreht. Noch immer quälte sie ein Gefühl des Verlustes. Es war der einzige Schmerz, den sie nicht überwinden konnte.

Virginia zögerte, verwirrt über die Gleichgültigkeit, die Claire zeigte. „Nun, wenn du dich wirklich wohlfühlst … Ich hatte befürchtet, dass du dir die Augen aus dem Kopf weinst, so ganz allein hier draußen."

„Aber sie ist nicht allein", wandte Maxwell Benedict sanft ein und legte einen Arm um Claires Schultern. Claire zuckte zusammen und wollte automatisch zurückweichen, aber seine Finger verstärkten den Druck auf ihrer nackten Schulter, und daher zwang sie sich, still zu stehen. „Und sie weint auch nicht. Obgleich ich entzückt wäre, ihr meine Schulter zu bieten, falls ihr danach zumute wäre. Nun, Claire, möchten Sie weinen?"

Einerseits missfiel es ihr, dass er so leichthin ihren Vornamen benutzte, obgleich sie sich gerade erst kennengelernt hatten. Aber andererseits war sie ihm dankbar, dass er ihr diese Gelegenheit bot, ihren Stolz zu wahren und Virginia nicht merken zu lassen, dass deren Intrige in gewisser Hinsicht gelungen war. Sie neigte den Kopf ein wenig zur Seite, auf eine bezaubernde Art, die sie bei ihrer Schwester Martine oft verfolgt hatte, und schenkte ihm ihr strahlendstes Lächeln. „Ich glaube, ich möchte lieber tanzen."

„Dann werden wir tanzen, meine Liebe. Entschuldigen Sie uns bitte, ja?", bat er Virginia höflich und führte Claire an ihrer enttäuschten Gastgeberin vorbei ins Haus.

Nach der verhältnismäßigen Stille auf der Terrasse wirkte die Party noch überfüllter und lärmender als zuvor. Alkoholdünste mischten sich mit Zigarettenrauch, und die Musik aus der Stereoanlage übertönte noch das laute Gelächter und Geplauder. Mitten im Raum versuchten einige Gäste zu tanzen, aber es war so eng,

Für morgen, für immer

dass sie sich nur auf der Stelle wiegen konnten.

Claire wollte gerade vorschlagen, auf den Tanz zu verzichten, als Maxwell Benedict bereits ihre Hand ergriff und sie mit dem anderen Arm an sich zog. Trotz des Gedränges hielt er sie nicht besonders eng, und erneut spürte sie diese strikte Beherrschung, die sein Verhalten stets zu bestimmen schien.

Vielleicht habe ich ihn falsch eingeschätzt, überlegte sie. Nur weil sein Gesicht so fein gemeißelt wie das eines griechischen Gottes war, hatte sie ihn automatisch für einen oberflächlichen Playboy gehalten. Doch diese kühle Beherrschung, die vielleicht auf einer typisch englischen Zurückhaltung beruhte, passte nicht zu einem Playboy.

„Wie lange sind Sie schon in den Staaten?", fragte sie und beugte sich notgedrungen näher zu ihm hin, damit er sie hörte.

Ein recht seltsames Lächeln spielte um seine wohlgeformten Lippen. „Woher wissen Sie, dass ich kein gebürtiger Texaner bin?"

Sie schmunzelte. „Ich habe nur geraten."

„Eigentlich habe ich einen gemischten Akzent. Wenn ich auf Urlaub oder über die Feiertage nach Hause fahre, beschwert sich meine Familie immer, dass ich zu amerikanisch spreche."

Maxwell Benedict hatte ihre Frage nicht beantwortet, und Claire ließ es dabei bewenden. Es war ohnehin zu laut, um sich zu unterhalten. Ihre Gedanken wanderten zurück zu ihrer augenblicklichen Lage, und sie suchte nach einem Ausweg, der für alle Beteiligten am wenigsten peinlich war. Sie wollte weder Jeff noch Helene in Verlegenheit bringen, denn die beiden waren genauso Opfer von Virginias Racheakt wie sie selbst.

Gerade als die Musik verstummte, rief jemand Maxwell Benedicts Namen. Claire nutzte die günstige Gelegenheit, bedankte sich höflich für den Tanz und ging davon, während er von der Frau zurückgehalten wurde, die seine Aufmerksamkeit gefordert hatte. Ein spöttisches Lächeln trat auf ihre Lippen. Es musste schrecklich für ihn sein, ständig von Frauen verfolgt zu werden. Der arme Mann litt vermutlich entsetzlich – wenn er es nicht gerade voll auskostete.

153

Aus den Augenwinkeln sah sie, dass Virginia mit einer anderen Frau tuschelte, und dass alle beide sie aufmerksam und voller Neugier beobachteten. Getratsche!, dachte Claire verächtlich und beschloss unvermittelt, sich der Situation zu stellen. Mit hoch erhobenem Haupt und einem Lächeln auf dem Gesicht steuerte sie schnurstracks auf Jeff und Helene zu.

Als sie sich näherte, erstarrte Jeff sichtlich, und ein beunruhigter Ausdruck trat auf sein Gesicht. Er erkannte das Funkeln in ihren Augen und fürchtete offensichtlich, dass sie einen Skandal durch eine der heftigen Szenen, an die er sich so gut erinnerte, hervorrufen würde.

Claire zwang sich, das strahlende Lächeln beizubehalten. Offensichtlich hatte sie einen Fehler begangen, indem sie während der fünf Jahre seit ihrer Scheidung jede engere Beziehung zu Männern gemieden hatte. Ihre Familie glaubte, dass sie Jeff noch immer nachtrauerte, und anscheinend teilte er diese Ansicht, zusammen mit Virginia und deren gesamtem Freundeskreis. Nun bot sich ihr die Gelegenheit, sich gelassen und höflich zu geben und zu beweisen, dass es ihr nichts mehr bedeutete.

„Hallo", sagte sie fröhlich, hauptsächlich an Helene gewandt. „Ich glaube, Virginia hat uns drei eingeladen, um heute Abend für Unterhaltung zu sorgen. Aber ich bin nicht bereit, auf ihr Spiel einzugehen. Wollen wir ihr den Spaß verderben?"

Helene reagierte schnell und setzte ein Lächeln auf. „Ich möchte ihr am liebsten das Gesicht ‚verderben', aber wir sollten uns doch lieber zivilisiert verhalten."

Als andere Gäste in Hörweite kamen, gab Claire eine witzige Schilderung von einem Einkaufsbummel zum Besten, bei dem alles schiefgegangen war. Helene steuerte ihre eigenen Erfahrungen bei, und zwischenzeitlich hatte Jeff sich wieder genug gefasst, um sich an dem Gespräch zu beteiligen.

Sie verhielten sich derart zivilisiert, dass Claire am liebsten laut aufgelacht hätte. Doch gleichzeitig war ihre Kehle wie zugeschnürt vor Anspannung. Wie lange mussten sie diese Farce noch aufrechterhalten? Sie wollte zwar ihren Stolz wahren, aber lange konnte

Für morgen, für immer

sie es nicht mehr ertragen, mit Helene zu plaudern, die durch die Schwangerschaft sogar noch schöner geworden war.

Und dann legte sich eine warme Hand auf ihren Rücken. Zu ihrer Überraschung tauchte Maxwell Benedict neben ihr auf. „Es tut mir leid, dass ich aufgehalten wurde", entschuldigte er sich sanft. „Können wir jetzt gehen, Claire?"

„Ja, natürlich, Max", stimmte sie eifrig zu, denn diese günstige Gelegenheit zur Flucht konnte sie sich einfach nicht entgehen lassen. „Ach, übrigens, darf ich bekannt machen? Das sind Helene und Jeff Halsey."

Mit galanter Höflichkeit murmelte er seinen Namen, beugte sich über Helenes Hand und schüttelte dann Jeffs. Claire lachte beinahe über den benommenen Blick in Helenes reizenden blauen Augen. Sie mochte zwar glücklich verheiratet und schwanger sein, aber das machte sie nicht immun gegen Maxwell Benedicts Charme. Er blickte zur Uhr und drängte: „Wir müssen jetzt aber wirklich gehen, Liebes."

Claire zwang sich erneut zu einem Lächeln, während er sich höflich verabschiedete, und dann legte er mit festem Druck eine Hand auf ihren Rücken und führte sie zum Schlafzimmer, in dem sie ihre kleine Abendhandtasche abgelegt hatte. Es dauerte eine Weile, bis sie sie in dem Wirrwarr aus anderen Handtaschen, Seidenschals, Regenmänteln und Pelzjacken gefunden hatte.

Er stand im Türrahmen und wartete. Er sagte nichts, und sein Gesichtsausdruck wirkte undeutbar. Warum war er ihr zu Hilfe geeilt? Sie konnte sich nicht erklären, warum er sich dieser Mühe unterzog. Schließlich waren sie sich völlig fremd. Das kurze Gespräch auf der Terrasse machte sie in ihren Augen nicht einmal zu entfernten Bekannten. Ihr Misstrauen erwachte, und sie schaltete innerlich auf völlige Abwehr.

Doch zunächst einmal galt es, sich einen würdevollen Abgang von der Party zu verschaffen. Und was war dazu besser geeignet als die Begleitung des atemberaubendsten Mannes, den sie je erblickt hatte? Gut aussehende, charmante Männer sind doch zu etwas nutze, dachte Claire, sie taugen zwar nicht für dauerhafte Be-

155

ziehungen, aber man kann mit ihnen großartig Eindruck schinden.

Ein seltsam zynisches Lächeln spielte um seine sinnlichen Lippen, so als hätte er ihre Gedanken erraten. „Wollen wir?", fragte er und reichte ihr die Hand.

Die Straßenlaternen streuten ihr silbriges Licht über die Wiese und die unzähligen Wagen, die in der Auffahrt und am Straßenrand parkten, und ließen die Sterne verblassen, die schwach am Himmel blinkten. Der Frühling war mit einer überschwänglichen Hitzewelle hereingebrochen und hatte die Kälte des Winters entschieden vertrieben. Die Nacht war warm und feucht.

Claire verließ die Party an Maxwell Benedicts Arm, doch sobald sich die Haustür hinter ihnen geschlossen hatte, wich sie vor seiner Berührung zurück. Ein Vogel zwitscherte schüchtern in einem Baum, verstummte dann, als ihre Schritte auf dem Bürgersteig ihn störten.

„Hat die Hexe dieses Treffen vorsätzlich arrangiert?", fragte er mit ruhiger Stimme, in der jedoch ein stahlharter Unterton mitzuschwingen schien.

Erstaunt blickte Claire ihn an. Doch sein Gesicht wirkte so unbeteiligt, dass sie sich wohl getäuscht haben musste. „Es war zwar peinlich, aber nicht tragisch", wehrte sie ab. Sie wollte diesen Fremden nicht spüren lassen, wie sehr es sie getroffen hatte.

Noch nie hatte sie anderen zeigen können, was in ihrem Innern vorging. Je mehr sie sich verletzt fühlte, desto mehr zog sie sich hinter einem bedeutungslosen Lächeln und einem nichtssagenden, unbewegten Gesichtsausdruck zurück. Es war eine Veranlagung, mit der sie als Kind häufig den Zorn und die Verzweiflung ihrer Mutter erweckt hatte. Alma Westbrook hatte entschieden versucht, Claire in die Fußstapfen ihrer älteren Tochter Martine treten zu lassen, die fröhlich und schön und talentiert war und mit ihrem sonnigen Lachen einen jeden erfreute. Doch je mehr sie sich bemüht hatte, Claire aus ihrer Verschlossenheit zu reißen, desto mehr hatte diese sich zurückgezogen, bis Alma es schließlich aufgegeben hatte.

Plötzlich wurde Claire sich des Schweigens zwischen ihr und

Für morgen, für immer

Maxwell Benedict bewusst. Sie blieb auf dem Bürgersteig stehen und streckte ihre Hand aus. „Vielen Dank für Ihre Hilfe, Mr. Benedict. Es war sehr nett, Sie kennenzulernen." Ihre Stimme klang höflich, aber abweisend, und stellte somit klar, dass sie den Abend als beendet betrachtete.

Er ergriff ihre Hand, schüttelte sie aber nicht. Stattdessen hielt er ihre Finger in einem leichten Griff, der nichts verlangte. „Werden Sie morgen Abend mit mir essen gehen, Claire?", fragte er und fügte dann hinzu, so als spürte er ihre bevorstehende Ablehnung: „Bitte."

Sie zögerte, ein wenig entwaffnet durch dieses „bitte". Es schien, als wüsste er nicht, dass er die Gelegenheit von beinahe jeder Frau haben konnte, wann immer er wollte. Beinahe. „Vielen Dank, aber nein."

Ein Funkeln trat in seine lebhaften Augen. „Sind Sie immer noch in Ihren Exmann verknallt?"

„Das geht Sie gar nichts an, Mr. Benedict."

„Den Eindruck hatte ich vorhin aber nicht. Sie wirkten ziemlich erleichtert über meine Einmischung in etwas, das mich jetzt plötzlich nichts mehr angeht", entgegnete er kühl.

Claire hob den Kopf und entzog ihm ihre Hand. „Also gut. Nein, ich bin nicht mehr in Jeff verliebt."

„Ein Glück. Ich mag keine Rivalen."

Ungläubig blickte Claire ihn an. Dann lachte sie und beschloss, seine Bemerkung nicht mit einer Antwort zu würdigen. Wofür hielt er sie denn? Für den größten Dummkopf auf Erden? Den hatte sie früher einmal dargestellt, aber nun nicht mehr. „Auf Wiedersehen, Mr. Benedict", sagte sie mit Nachdruck und ging zu ihrem Wagen.

Als sie die Tür öffnen wollte, kam ihr Maxwell mit seiner kräftigen, gebräunten Hand zuvor. Claire bedankte sich leise, während sie einstieg und den Wagenschlüssel aus ihrer Handtasche nahm.

Er stützte einen Arm auf das Dach und beugte sich zur Tür hinab. Seine türkisfarbenen Augen wirkten so dunkel wie das Meer. „Ich rufe Sie morgen an, Claire", verkündete er ungerührt.

„Mr. Benedict, ich habe versucht, nicht unhöflich zu sein, aber ich bin nicht interessiert."

„Ich bin bei den Behörden ordnungsgemäß gemeldet, und ich bin einigermaßen gut erzogen", entgegnete er. Um seine Mundwinkel zuckte es belustigt, und unwillkürlich starrte sie beinahe fasziniert auf seine verführerischen Lippen. „Ich werde nicht von der Polizei gesucht, ich war nie verheiratet, und ich bin nett zu Kindern. Brauchen Sie Referenzen?"

Sie musste einfach lachen. „Ist Ihr Stammbaum eindrucksvoll?"

Er hockte in der offenen Wagentür und lächelte. „Makellos. Wollen wir morgen Abend beim Essen darüber reden?"

Claire überlegte einen langen Augenblick. Schon seit einiger Zeit fühlte sie sich einsam. Und was konnte es schaden, mit Maxwell Benedict essen zu gehen? Sie würde sich ganz bestimmt nicht in ihn verlieben, doch sie konnten sich unterhalten und lachen, ein gutes Mahl genießen und vielleicht Freundschaft schließen. Und daher gab sie nach. „Also gut", sagte sie und seufzte.

Er lachte herzhaft, und seine Zähne leuchteten weiß in der Dunkelheit. „Welche Begeisterung! Ich verspreche Ihnen, dass ich mich gut benehmen werde. Wo soll ich Sie abholen? Und wann?"

Sie einigten sich auf einen Zeitpunkt, und Claire nannte ihm ihre Adresse. Einen Augenblick später fuhr sie davon.

Als sie an der ersten Ampel anhielt, runzelte sie bestürzt die Stirn. Warum hatte sie sich mit Maxwell Benedict verabredet? Sie hatte sich geschworen, seinen Typ wie die Pest zu meiden, und dennoch war es ihm gelungen, ihren Widerstand zu brechen und sie zum Lachen zu bringen. Er schien sich selbst nicht allzu ernst zu nehmen, und er war ihr sehr freundlich zu Hilfe gekommen. Sie musste sich eingestehen, dass sie ihn mochte. Er war viel zu gefährlich für ihren Seelenfrieden …

Während der restlichen Fahrt nach Hause beschloss Claire, die Verabredung abzusagen. Doch als sie ihre Wohnung betrat und die Tür hinter sich schloss, fühlte sie sich überwältigt von der leeren Stille der Räume. Sie hatte sich geweigert, sich ein Haustier anzuschaffen, weil es ihr wie die Krönung ihrer Einsamkeit erschienen

Für morgen, für immer

war. Doch nun wünschte sie, ein Tier zu besitzen, das sie zu Hause willkommen hieß. Ein Hund oder eine Katze würden nicht mehr erwarten als einen vollen Bauch, ein warmes Plätzchen zum Schlafen und ab und an ein paar Streicheleinheiten.

Wenn sie es sich recht überlegte, brauchte auch ein Mensch nicht mehr. Nahrung. Unterkunft. Zuneigung. An Nahrung und Unterkunft hatte es ihr nie gemangelt. Während ihrer Kindheit waren ihr all die materiellen Werte der oberen Mittelklasse zuteil geworden. Sogar mit Zuneigung war sie bedacht worden, aber es hatte sich nur um die geistesabwesenden Krumen der aufopfernden Liebe gehandelt, die ihre Eltern Martine entgegenbrachten.

Claire konnte es ihnen nicht einmal verdenken. Martine war in jeder Hinsicht vollkommen. Andere Geschwister hätten sich vielleicht einer schüchternen, ungeschickten jüngeren Schwester gegenüber aufgespielt. Aber Martine hatte sich stets nett und geduldig gegenüber Claire verhalten und kümmerte sich auch jetzt noch um sie. Wie sehr ihre blühende Anwaltspraxis, ihre aufgeweckten Kinder und ihr Ehemann sie auch in Atem hielten, sie fand immer Zeit, Claire mindestens zweimal pro Woche anzurufen.

Dennoch hatte es Claire stets geschmerzt, dass ihre Eltern Martine so offensichtlich den Vorzug gaben. Sie erinnerte sich deutlich, wie sie als Kind in den Spiegel gestarrt und sich gefragt hatte, was mit ihr nicht stimmte. Hätte sie ein hässliches Äußeres oder ein ungezogenes Wesen besessen, dann hätte sie verstehen können, warum sie ihren Eltern nicht gut genug war. Aber sie war ein recht hübsches Kind und bemühte sich stets so sehr, jeden zufriedenzustellen, bis sie erkannte, dass ihr Bestes einfach nicht gut genug war. Da begann sie, sich zu verschließen.

Sie konnte sich mit Martine einfach nicht messen. Das war es, was mit ihr nicht stimmte. Martine war schön, Claire hingegen nur hübsch. Martine besaß ein sonniges, offenes Wesen, Claire neigte zu unerklärlichen Tränenausbrüchen und schreckte vor Menschen zurück. Martine war begabt, eine hervorragende Klavierspielerin, Claire weigerte sich, ein Instrument zu erlernen, und verkroch sich oft mit einem Buch. Martine war intelligent und ehrgeizig, Claire

159

war klug, strengte sich aber nicht besonders an. Martine heiratete einen gut aussehenden, ebenso ehrgeizigen jungen Anwalt, eröffnete eine Kanzlei mit ihm und bekam zwei niedliche, fröhliche Kinder. Claire heiratete Jeff – das einzige Mal in ihrem Leben, dass sie ihre Mutter wirklich zufriedenstellte –, doch die Ehe zerbrach ...

Nun, mit einem Abstand von fünf Jahren, sah Claire sehr deutlich die Gründe für das Scheitern ihrer Ehe. Größtenteils war es ihre eigene Schuld. Sie hatte so sehr befürchtet, die Erwartungen nicht erfüllen zu können, die ihrer Meinung nach als Mrs. Jefferson Halsey an sie gestellt wurden. Daher hatte sie sich ständig bemüht, die perfekte Hausfrau, die perfekte Gastgeberin zu sein und sich so sehr verausgabt, dass für Jeff beinahe nichts übrig geblieben war. Eine Zeit lang hatte er es geduldet. Doch dann war die Kluft zwischen ihnen gewachsen. Er hatte sich anderweitig umgesehen und Helene entdeckt, die schön, älter als Claire und wundervoll selbstsicher war.

Nur Claires unverhoffte Schwangerschaft hatte damals eine Scheidung verhindert. Sie musste Jeff zugute halten, dass er sich sehr rücksichtsvoll und zärtlich ihr gegenüber erwiesen hatte. Obwohl er Helene liebte, hatte er die Beziehung zu ihr beendet.

Und dann hatte Claire die Fehlgeburt erlitten. Er hatte gewartet, bis sie sich körperlich davon erholt hatte, und sie dann um die Scheidung gebeten. Claire hatte gewusst, dass es vorbei war, noch bevor sie das Baby verlor. Vermutlich zur Enttäuschung von halb Houston war die Scheidung in aller Stille und ohne viel Aufhebens erfolgt.

Gleich nach Ablauf der gesetzlichen Wartefrist hatte Jeff schließlich Helene geheiratet, und ein Jahr später hatte sie ihm einen Sohn geboren. Nun war sie erneut schwanger ...

Claire wusch sich das Gesicht und putzte sich die Zähne, bevor sie zu Bett ging und nach dem Buch auf dem Nachttisch griff. Sie zwang sich, nicht an das Baby zu denken, das sie verloren hatte. Es gehörte der Vergangenheit an, genau wie ihre Ehe, und die Scheidung war das Beste, was ihr hatte passieren können. Dadurch war

Für morgen, für immer

sie gezwungen worden, aufzuwachen und sich selbst kritisch zu betrachten. Sie hatte ihr Leben verschwendet in dem Bemühen, anderen zu gefallen anstatt sich selbst. In den vergangenen fünf Jahren hatte sie gelernt, sie selbst zu sein.

Im Großen und Ganzen war sie mit ihrem Leben zufrieden. Sie besaß eine gute Stellung, sie las, wann immer ihr danach zumute war, sie hörte die Musik, die ihr gefiel. Sie stand Martine nun näher denn je zuvor, weil sie sich nicht länger von ihr bedroht fühlte. Sie verstand sich sogar besser mit ihren Eltern – wenn ihre Mutter sie nur nicht ewig drängen würde, „einen netten jungen Mann zu suchen und eine Familie zu gründen".

Claire ging nicht oft aus, denn sie sah keinen Sinn darin. Ihr lag nichts an einer gleichgültigen Ehe, die nur auf gemeinsamen Interessen beruhte, und sie war nicht der Typ, der zu glühender Leidenschaft neigte. Sie hatte gelernt, sich zu beherrschen und sich durch diese Beherrschung zu schützen. Wenn sie dadurch kühl und verschlossen wirkte, dann umso besser. Denn so schützte sie sich vor dem niederschmetternden Schmerz, den eine Zurückweisung hervorrief.

Sie hatte sich ihr Leben freiwillig und ganz bewusst so eingerichtet. Aber warum hatte sie dann die Verabredung mit Maxwell Benedict angenommen? Trotz seines ausgeprägten Humors war er nichts weiter als ein Playboy, und er hatte keinen Platz in ihrem Leben.

Mit einem Seufzer schloss sie das Buch, denn sie konnte sich ohnehin nicht darauf konzentrieren. Sein hübsches Gesicht drängte sich ständig vor die Buchstaben. Ein besorgter Ausdruck lag in ihren braunen Augen, als sie das Licht löschte und die Bettdecke hochzog. Denn trotz der warnenden Stimme ihres Instinktes wusste sie, dass sie die Verabredung nicht absagen würde.

Max saß in seinem Hotelzimmer, die Füße auf den Tisch gelegt und eine Kanne Kaffee neben sich. Mit gerunzelter Stirn las er einen der dicken Berichte, die er per Post erhalten hatte. Geistesabwesend griff er nach der Kanne und bemerkte ungehalten, dass sie beinahe leer war. Er stellte sie zurück auf das Tablett und schob es von sich. Kaffee! Er war geradezu süchtig nach dem Zeug geworden – eine von mehreren amerikanischen Angewohnheiten, die er sich zugelegt hatte.

Seine Lesegeschwindigkeit war außergewöhnlich hoch. Schnell beendete er den Bericht und warf ihn beiseite. Anson hatte Hinweise erhalten, dass eine weitere Firma an „Bronson Alloys" interessiert war. Diese Tatsache allein wirkte schon beunruhigend, aber noch alarmierender schienen ihm die Gerüchte, dass diese Firma Verbindungen zu Osteuropa unterhielt. Wenn die Gerüchte stimmten, dann war irgendwie durchgesickert, dass Sam Bronson eine Legierung entwickelt hatte, die leicht und nahezu unverwüstbar und der Legierung überlegen war, die derzeit für Spionageflugzeuge verwendet wurde. Bislang hatte Sam Bronson zwar noch nicht offiziell bekannt gegeben, diese Legierung entwickelt zu haben, aber diesbezügliche Gerüchte waren schon seit einiger Zeit im Umlauf.

Die Situation gefiel ihm ganz und gar nicht. Ein Übernahmeversuch vonseiten einer anderen Firma würde ihn zwingen, schnell zu handeln – vielleicht früher, als er dazu bereit war. Und das würde das Risiko eines Fehlschlags beträchtlich erhöhen. Er hasste Fehlschläge. Er war zu ehrgeizig, um sich mit weniger als einem völligen Sieg zufriedenzugeben, was immer er auch anfasste.

Max griff erneut zu dem Bericht und blätterte ihn durch, doch seine Gedanken schweiften ab. Diese Frau, Claire Westbrook ... Sie war anders, als er erwartet hatte. Anson hielt sie für das mögliche schwache Glied, und er selbst hatte vorausgesetzt, dass er sie so mühelos wie alle anderen Frauen betören konnte. Aber es hatte nicht geklappt. Sie war so kühl und ruhig, beinahe allzu beherrscht. Und obwohl sie seine Dinnereinladung schließlich angenommen hatte, vermutete er, dass andere Gründe dahintersteckten.

Seit er erwachsen war, verfolgte ihn das weibliche Geschlecht förmlich. Er schätzte Frauen, genoss ihre Gesellschaft, begehrte sie, hatte sich aber nie sonderlich bemühen müssen. Es war das erste Mal, dass eine Frau ihn kühl angesehen und sich dann völ-

Für morgen, für immer

lig unbeeindruckt abgewandt hatte. Es gefiel ihm nicht. Er fühlte sich gereizt und herausgefordert, und er durfte keines von beidem empfinden. Es war eine rein geschäftliche Angelegenheit. Er wollte ohne Gewissensbisse seinen Charme einsetzen, um die benötigten Informationen zu erlangen. Der Kampf um eine Firma blieb schließlich ein Kampf, trotz zivilisierter Vorstandssitzungen und dreiteiliger Anzüge.

Doch Verführung hatte nie zu seinem Plan gehört. Daher war ihm seine ungewollte Zuneigung zu ihr doppelt unliebsam. Er konnte sich keine Ablenkung leisten. Er musste sich auf seine Aufgabe konzentrieren, so schnell, wie es nur ging, die Informationen erhalten – und dann die entsprechenden Maßnahmen ergreifen.

Er war äußerst sinnlich veranlagt, aber bisher hatte er seine körperlichen Bedürfnisse stets durch die Kraft seines kühlen Verstandes beherrscht. Er war Herr über seinen Körper, nicht umgekehrt. Die Natur hatte ihn zwar mit einem ausgeprägten sexuellen Appetit ausgestattet, der weniger kluge Männer beherrscht hätte, aber seine geistigen Fähigkeiten waren derart ausgeprägt und mächtig, dass sie stets die Oberhand behielten. Und daher beunruhigte und verärgerte ihn diese ungewollte Zuneigung zu Claire Westbrook ganz besonders.

Sie war hübsch, aber er hatte wesentlich schönere Frauen besessen. Das einzig Ungewöhnliche an ihr waren ihre Augen – riesig und von einem samtenen Braun. Sie hatte weder mit ihm geflirtet noch auf andere Art zu erkennen gegeben, dass sie sich zu ihm hingezogen fühlte. Es bestand keinerlei Grund für ihn, an sie zu denken.

Und dennoch ging sie ihm nicht aus dem Kopf.

2. KAPITEL

Das Schrillen des Telefons riss Claire am nächsten Morgen aus dem Schlaf. Ihre weichen Lippen verzogen sich zu einem Lächeln, als sie sich umdrehte und den Hörer abnahm. „Hallo, Martine", sagte sie mit verschlafener Stimme.

Eine kurze Pause folgte. Dann lachte Martine. „Woher wusstest du denn schon wieder, dass ich es bin?"

„Ich dachte mir, dass du anrufen würdest, um dich wegen gestern Abend zu erkundigen. Ja, ich bin zu Virginias Party gegangen, und nein, ich war nicht die Ballkönigin."

„Du beantwortest meine Fragen schon, bevor ich sie stelle", bemerkte Martine in gutmütiger Empörung. „Hast du dich trotzdem amüsiert?"

„Du weißt doch, dass ich kein geselliger Typ bin", entgegnete Claire ausweichend, während sie sich im Bett aufsetzte und sich ein Kissen in den Rücken stopfte. Sie zog es vor zu verschweigen, dass sie Maxwell Benedict kennengelernt hatte und mit ihm zum Dinner verabredet war. Martine hätte ihr nur unzählige Fragen gestellt und ein großes Aufheben aus dieser recht unbedeutenden Angelegenheit gemacht. Claire sah darin nichts weiter als eine Verabredung zum Essen mit einem Mann, der fremd in der Stadt war und nicht viele Menschen kannte und der es vermutlich als willkommene Abwechslung betrachtete, eine Frau kennenzulernen, die ihm nicht nachstellte.

Martine seufzte. Sie wusste aus Erfahrung, dass es keinen Sinn hatte, Claire zu bedrängen, wenn sie über etwas nicht reden wollte. Und daher wechselte sie kurzerhand das Thema und schilderte lachend einen ulkigen Streich, den ihr achtjähriger Sohn ihr an diesem Morgen gespielt hatte.

Sie plauderten noch eine Weile und verabschiedeten sich dann. Claire legte den Hörer auf und kuschelte sich wieder in die Kissen. Mit einem nachdenklichen Blick in den dunklen Augen starrte sie an die Decke. Ihre Gedanken wanderten zu Maxwell Benedict, und im Geiste tauchte sein Gesicht vor ihr auf. Sie sah seine Augen vor

Für morgen, für immer

sich, von einem lebhaften Türkis, das beständig den Farbton wechselte. Manchmal wirkten sie mehr grün als blau, und dann wieder mehr blau als grün. Und zweimal hatte sie etwas in ihnen aufblitzen sehen, das sie nicht ergründen konnte. Es erinnerte sie an einen Schatten im Meer, der augenblicklich wieder verschwand und nur wirbelndes, türkisfarbenes Wasser zurückließ, dem Betrachter aber die Gefahren der See verdeutlichte. Vielleicht verbargen sich in den Tiefen seines Charakters ebenfalls Gefahren, versteckt hinter seinem blendenden Äußeren und seiner eisernen Beherrschung.

Viele Menschen hätten diese Beherrschung vermutlich nicht gespürt, aber Claire war empfindsamer als andere und erkannte sie, weil sie selbst hatte lernen müssen, sich zu beherrschen. Als Kind hatte sie sehr starke Empfindungen gehegt und nur darauf gewartet, sie auf jemanden zu übertragen, der sie um ihrer selbst willen liebte. Sie hatte Jeff für diesen Menschen gehalten, ihm ihre leidenschaftliche Liebe geschenkt und sich bemüht, ihm eine perfekte Ehefrau zu sein – nur um erneut zu versagen. Nun wartete sie nicht länger auf diese Person. Sie war verletzt worden und wollte es nicht erneut geschehen lassen. Sie hatte ihre Gefühle und Leidenschaften begraben und lebte zufriedener ohne sie.

Aber wie mochten diese türkisfarbenen Augen wohl aussehen, wenn die kühle Beherrschung verschwand und Leidenschaft in ihnen glühte?

Claire setzte sich auf und verdrängte entschieden diesen beunruhigenden Gedanken. Es war zwar Sonnabend, aber sie hatte viel zu erledigen. Sie zog ihr Seidennachthemd aus und ließ es auf das Bett fallen. Einen Augenblick lang genoss sie den Anblick der rosa Seide auf der weißen Spitzenbettdecke. Sie liebte schöne Dinge, und diese Veranlagung zeigte sich in ihrer Vorliebe für ausgezeichnete Wäsche und in den harmonischen Farben, mit denen sie sich umgab. Ihr Bett war weiß, der Teppich von einem warmen Pfirsichton, und im Raum verstreut befanden sich Spuren von Rosa und Jadegrün. Ihre Badehandtücher waren dick und weich, und sie genoss das Gefühl der flauschigen Tücher auf ihrer Haut.

Es gab so viele Dinge, an denen sie sich erfreute: frischer Regen

165

auf ihrem Gesicht oder warmer Sonnenschein – ein Lichtstrahl, der durch ein Marmeladenglas fiel – die zarte Schönheit eines lindgrünen Blattes im Frühling – ein dicker Teppich unter ihren nackten Füßen.

Claire hatte lange geschlafen, und daher musste sie sich beeilen, um die Hausarbeit zu schaffen, die sie jeden Sonnabend erledigte. Sie fühlte sich rastlos und gereizt, und das wegen eines Mannes mit lebhaften, seefarbenen Augen und Sonnenschein im Haar. Diese ungewohnte Reaktion auf ihn ließ all ihren Widerstand erwachen. Sie musste auf der Hut sein, mehr vor sich selbst als vor Maxwell Benedict. Sie durfte sich nicht dieselbe Schwäche leisten, die sie damals zu dem Glauben veranlasst hatte, dass Jeff sie genauso liebte wie sie ihn. Nicht Jeff hatte sie getäuscht, sondern sie hatte sich selbst getäuscht. Und das durfte nie wieder geschehen.

Dennoch verlangte ihr Stolz, dass sie so hübsch wie möglich aussah, wenn sie mit Maxwell ausging. Und daher nahm sie sich viel Zeit für ihr Make-up. Sie besaß zarte Gesichtszüge mit hohen Wangenknochen, die sie mit Rouge betonte, und einen vollen weichen Mund, der durch Lippenstift noch zarter wirkte. Lidstrich und rauchgrauer Lidschatten verliehen ihren dunklen Augen einen geheimnisvollen Eindruck. Sie steckte ihr honigblondes Haar hoch und ließ nur einige zarte Löckchen an den Schläfen frei. Nachdem sie Perlohrringe befestigt hatte, musterte sie sich kritisch im Spiegel. Die altmodische Frisur stand ihr ausgezeichnet, denn sie enthüllte die klaren Linien ihres Gesichtes und ihren schlanken Hals.

Claire war längst fertig, als es pünktlich um acht Uhr an ihrer Tür läutete. Sie zuckte nervös zusammen und öffnete hastig, bevor der Mut sie verlassen konnte. „Hallo. Kommen Sie doch herein. Möchten Sie etwas trinken, bevor wir gehen?" Ihre Stimme klang höflich und gefasst, die Stimme einer Gastgeberin ohne wirkliche Begeisterung. Instinktiv wich sie ein wenig vor Maxwell Benedict zurück. Sie hatte vergessen, wie groß er war, und fühlte sich plötzlich klein und hilflos.

Mit freundlicher Miene reichte er ihr die Hand. „Danke, wir haben nur keine Zeit. So kurzfristig musste ich den Tisch für einen

Für morgen, für immer

früheren Zeitpunkt reservieren als geplant. Wollen wir gehen?"

Seine ausgestreckte Hand wirkte auf sie wie ein Befehl. Er schien ihr Zurückweichen bemerkt zu haben und zu verlangen, dass sie in seine Reichweite zurückkehrte und vielleicht sogar ihre Hand in seine legte, in einer Geste des Vertrauens und des Gehorsams. Sie konnte es nicht über sich bringen. Stattdessen wandte sie sich ab, um ihre Handtasche und ihre taillenlange Seidenjacke zu holen.

Maxwell Benedict nahm ihr die Jacke aus der Hand und hielt sie ihr hin, damit sie hineinschlüpfen konnte. „Erlauben Sie?"

Seine Stimme klang so kühl und nüchtern, dass Claire sich fragte, ob seine ausgestreckte Hand nicht eher eine Geste der Höflichkeit statt einen Befehl bedeutet hatte. Wenn sie öfter ausgegangen wäre, würde sie sich nun vielleicht nicht so misstrauisch und zimperlich verhalten. Vermutlich hatte Martine recht in ihrem Drängen auf mehr Geselligkeit.

Er half ihr in die Jacke und glättete mit einer leichten, flüchtigen Bewegung den Kragen. „Sie sehen hübsch aus, Claire, wie eine viktorianische Kamee."

„Danke", murmelte sie, entwaffnet durch das sanfte Kompliment. Plötzlich wurde ihr bewusst, dass er ihre Nervosität gespürt hatte und durch seine betonte Höflichkeit versuchte, sie zu beruhigen. Und seltsamerweise klappte es. Sein beherrschtes, sachliches Benehmen gefiel ihr, denn impulsiv handelnde Menschen erschienen ihr unzuverlässig.

Seine Hand legte sich mit sanftem Druck auf ihren Rücken, doch es störte sie nicht. Sie entspannte sich und stellte erstaunt fest, dass sie sich auf den bevorstehenden Abend freute.

Der Typ seines Wagens beruhigte Claire weiterhin. Ein schnittiger Sportwagen hätte ihr Misstrauen erweckt. Sein gesetzter, konservativer schwarzer Mercedes deutete jedoch nicht auf einen Menschen, dem an Tand und Glitter lag. Zudem war er so konservativ wie ein Bankier gekleidet. Sein grauer Nadelstreifenanzug war hervorragend geschnitten, und seine schlanke, geschmeidige Gestalt ließ ihn schick und modern wirken, wie es bei einem anderen Mann nicht der Fall gewesen wäre. Dennoch war es nicht die pfauenhafte Kleidung eines Playboys.

Sein gesamtes Verhalten sorgte dafür, dass Claire sich immer mehr entspannte. Während der Fahrt knüpfte er ein ungezwungenes, leichtes Gespräch an, das sie in keiner Weise unter Druck setzte. Er ließ weder doppeldeutige Bemerkungen noch Anspielungen fallen und stellte keine persönlichen Fragen. Das Restaurant, welches er gewählt hatte, wirkte ruhig, aber nicht zu intim. Nichts deutete darauf hin, dass er sie in irgendeiner Form beeindrucken wollte. Es handelte sich lediglich um ein Dinner, ohne jegliche Bedingungen.

„Was machen Sie eigentlich beruflich?", erkundigte er sich nebenhin, während er eine riesige Garnele in Cocktail-Sauce tauchte.

Claire beobachtete, wie seine weißen, ebenmäßigen Zähne mit offensichtlichem Genuss in die rosa Garnele bissen, und ihr Puls beschleunigte sich unwillkürlich. Maxwell Benedict sah einfach so umwerfend gut aus, dass es ihr schwerfiel, ihn nicht anzustarren. „Ich bin Sekretärin."

„Bei einer großen Firma?"

„Nein. ‚Bronson Alloys' ist klein, aber im Wachsen begriffen, und befasst sich mit außerordentlichen Projekten. Ich arbeite für den Gründer und stärksten Aktienhalter, Sam Bronson."

„Gefällt Ihnen Ihre Arbeit? Der Beruf der Sekretärin scheint für die meisten Menschen den Reiz verloren zu haben. Der Trend geht immer mehr zur Führungskraft mit eigener Sekretärin."

„Irgendjemand muss ja schließlich die Sekretärin sein, und ich habe weder das Talent noch den Ehrgeiz für eine Führungskraft." Claire lächelte. „In welcher Branche sind Sie tätig? Werden Sie ständig in Houston bleiben?"

„Ständig nicht, aber vermutlich mehrere Monate. Ich prüfe gewisse Grundstücke für Investitionszwecke."

„Immobilien? Sind Sie ein Spekulant?"

„Nichts derart Aufregendes. Ich prüfe im Grunde genommen nur die Nutzbarkeit."

Sie sah interessiert zu ihm auf. „Und wie kam es, dass Sie von England nach Texas versetzt wurden?"

Für morgen, für immer

Maxwell Benedict zuckte lässig mit den Achseln. „Die geschäftlichen Möglichkeiten sind einfach größer hier." Er musterte ihr glattes, zartes Gesicht und fragte sich, wie sie wohl aussehen mochte, wenn richtige Wärme aus ihren dunklen Augen strahlte. Sie wirkte nun zwar entspannter als zuvor, aber dennoch bewies sie noch immer diesen Mangel an Reaktion, der ihn so ärgerte und zugleich fesselte.

Solange er ein unpersönliches Thema beibehielt, verhielt sie sich recht offen. Aber beim geringsten Anflug von männlichem Interesse zog sie sich zurück wie eine Schildkröte in ihren Panzer. Sie schien verhindern zu wollen, dass irgendjemand sie attraktiv fand und mit ihr flirtete. Je neutraler er sich gab, desto mehr gefiel es ihr, und diese Erkenntnis reizte ihn. Was würde er dafür geben, sie dazu bringen zu können, ihn als Mann zu sehen und Leidenschaft zu empfinden!

Claire wandte den Blick ab, ein wenig verwirrt über den kühlen, undeutbaren Ausdruck in seinen Augen. Sein Gesicht hatte die sanfte, freundliche Miene verloren und die harten, entschlossenen Züge eines kriegerischen Wikingers angenommen. Vielleicht beruhten seine goldenen Haare auf angelsächsischem Erbgut.

„Der Zwischenfall gestern Abend – das war vorsätzliche Bosheit, stimmt's?", fragte Maxwell unvermittelt. „Warum?"

Claire blickte abrupt hoch – das einzige Anzeichen, dass dieses Thema ihr nicht behagte. Ein ausdrucksloser Blick trat in ihre Augen. „Ja, es war vorsätzlich, aber der Versuch blieb wirkungslos. Es ist völlig unwichtig."

„Da bin ich anderer Meinung. Sie waren fassungslos, auch wenn Sie es geschickt verbergen konnten. Warum wurde diese Szene inszeniert?"

Sie starrte ihn an, noch immer mit diesem ausdruckslosen Blick, so als hätte sich eine Mauer zwischen ihnen aufgerichtet.

Nach einer Weile erkannte Maxwell, dass Claire nicht antworten wollte. Zorn stieg in ihm auf. Warum blieb sie nur so verdammt unnahbar? Auf diese Weise würde es ihm nie gelingen, ihr die benötigten Informationen zu entlocken. Und er wollte diese

169

verdammte geschäftliche Angelegenheit schnell aus dem Weg räumen, damit er sich auf Claire selbst und seine aufreizende Zuneigung für sie konzentrieren konnte. Er zweifelte nicht daran, dass er ihre Barriere durchdringen konnte, sobald er sich ihr völlig widmete. Bisher hatte er jede Frau bekommen, die er begehrte, und er sah keinen Grund, warum Claire seine erste Niederlage sein sollte. Allerdings erwies sie sich als die bisher schwierigste Frau, und das steigerte nur noch sein Interesse.

Mit leicht gerunzelter Stirn musterte er sie unverhohlen und versuchte ihr Verhalten zu erforschen. Wenn sie sich verschloss, dann musste sie sich bedroht fühlen. Doch er hatte nichts getan, um diese Reaktion hervorzurufen. Plötzlich erkannte er, dass es sein Äußeres sein musste, das sie so misstrauisch machte. Sein Stirnrunzeln vertiefte sich. Anscheinend war es sein Playboy-Image, das sie veranlasste, ihn auf Distanz zu halten. Hätte sie gewusst, dass ihr Verhalten ihn viel mehr reizte als ein offener Annäherungsversuch, den er gewöhnt war, wäre sie vermutlich wie ein verängstigter Hase davongelaufen.

Er beobachtete, wie eine feine Röte in ihre Wangen stieg. Sein eindringlicher Blick verwirrte sie offensichtlich, aber es gefiel ihm, sie anzusehen. Sie besaß ein sanftes, intelligentes Gesicht, und diese riesigen dunklen Augen, so samtig wie geschmolzene Schokolade, fesselten ihn. Ob sie sich wohl bewusst war, wie reizvoll diese Augen wirkten? Vermutlich nicht. Die Frau ihres Exmannes war eine richtige Schönheit, aber hätte Max die Wahl zwischen den beiden, hätte er sich ohne Zögern für Claire entschieden. Er war äußerst beeindruckt von dem Mut und der Würde, die sie am vergangenen Abend auf der Party bewiesen hatte. Welche andere Frau hätte unter solchen Umständen schon die Fassung gewahrt?

Während Max sie eingehend musterte, wurde ihm bewusst, dass er sie begehrte. Und er war sich sicher, dass er sie auch bekommen würde. Doch zunächst galt es, ihre verdammten Barrieren zu durchbrechen.

„Sprechen Sie mit mir", bat er sanft. „Behandeln Sie mich nicht wie alle anderen."

Für morgen, für immer

Erstaunt, mit großen Augen, blickte Claire ihn an. Was meinte er damit? Wie behandelten ihn denn alle anderen? Schließlich murmelte sie: „Ich verstehe Sie nicht."

Seine Augen wirkten völlig grün, ohne eine Spur von Blau. „Mein Gesicht macht mich zur Zielscheibe, zu einer sexuellen Trophäe, die man sich über das Bett hängt – bildlich gesprochen. Die meisten Frauen sehen in mir nichts weiter als einen Deckhengst. Für sie könnte ich völlig hirnlos sein. Zugegeben, ich habe Spaß am Sex. Ich bin ein gesunder Mann. Aber ich habe genauso Spaß an Gesprächen, Musik, Büchern. Und es wäre mir, weiß der Himmel, lieber, auch als Person statt nur als warmer Körper betrachtet zu werden."

Claire war so verblüfft, dass sie die Beunruhigung völlig vergaß, die sein eindringlicher Blick in ihr ausgelöst hatte. „Aber ich habe nicht … Ich meine, ich bin nicht hinter Ihnen her", stammelte sie.

„Nein. Bei Ihnen ist das Gegenteil der Fall. Sie haben nach einem einzigen Blick beschlossen, dass ich nichts weiter als ein Playboy sein kann, der sich als Zierde im Bett jeder Frau benutzen lässt."

Claire blickte betroffen drein. Genau das hatte sie zunächst gedacht, und nun schämte sie sich dessen. Da sie selbst so empfindlich war, legte sie gewöhnlich größten Wert darauf, anderen nicht wehzutun. Es entsetzte sie, dass sie diesen Mann so leichtfertig als attraktiv, aber wertlos abgestempelt hatte. Sie wahrte aus anderen Gründen Distanz zu ihm, davon wusste er aber nichts. Ihm musste es scheinen, als hielte sie ihn einfach für seicht und unmoralisch, ohne ihn überhaupt zu kennen. Er war zu Recht verärgert.

„Es tut mir leid", sagte sie mit sanfter, ernster Stimme. „Es stimmt, dass ich Sie für einen Playboy gehalten habe. Aber mir ist bewusst, dass ich nicht Ihrer Klasse angehöre."

Er beugte sich vor, mit forschendem Blick. „Was meinen Sie damit? Welches ist ‚meine Klasse' denn?"

Sie senkte den Blick und sah auf seine Hände, die auf dem Tisch ruhten. Es waren schlanke, edle Hände, hübsch geformt, dennoch stark. Entsprachen sie seiner Persönlichkeit?

„Claire", drängte er.

Sie blickte auf, mit beherrschter Miene, nur ihre Augen enthüllten eine Spur ihrer Verwundbarkeit. „Sie sind natürlich viel weltgewandter und erfahrener als ich und wesentlich attraktiver. Ich bin sicher, dass die Frauen Sie gnadenlos verfolgen und dass Sie andererseits jede haben können, die Sie wollen. Ich will aber wirklich nicht Ihr nächstes Opfer sein."

Ihre Antwort gefiel Max ganz und gar nicht. Mit starrer Miene fragte er: „Warum sind Sie dann mit mir ausgegangen? Ich weiß, dass ich ein wenig beharrlich war, doch warum haben Sie sich überreden lassen?"

„Ich war einsam", antwortete sie und wandte erneut den Blick ab.

In diesem Augenblick erschien der Kellner mit ihrem Hauptgericht und gab Max genügend Zeit, um den Zorn zu unterdrücken, den ihre Antwort in ihm auslöste. Verdammt! Sie hatte seine Einladung also nur angenommen, weil sie sich einsam fühlte! Offensichtlich stand er höher im Kurs als der Fernseher, wenn auch ganz knapp.

Als sie wieder allein waren, griff er über den Tisch nach Claires Hand und hielt ihre zarten Finger entschieden fest, als sie automatisch zurückschreckte.

„Sie sind kein Opfer", sagte er schroff. „Sie sind eine Person, die ich auf Anhieb mochte, die mich ansah, ohne dabei abzuschätzen, wie ich wohl ausgestattet bin und wie gut ich wohl im Bett bin. Glauben Sie nicht, dass ich nicht auch manchmal einsam bin? Ich wollte mit Ihnen reden. Ich brauche Freundschaft. Sex kann ich immer haben, wenn mir danach zumute ist."

Ihr Gesicht erglühte erneut, so als wäre sie verlegen. Doch dann trat ein reizvolles Funkeln in ihre Augen, das ihm bewusst machte, wie hübsch sie im Grunde genommen war. „Tun die anderen es wirklich?", fragte sie in schockiertem Flüsterton.

Max blickte sie verwirrt an. Gerade eben noch hatte er Zorn verspürt, doch nun war er äußerst belustigt über den spöttischen Humor in ihren Worten. Er rieb mit dem Daumen über ihre Finger und genoss unbewusst ihre zarte Haut. „Die Damen sind unglaub-

Für morgen, für immer

lich kühn geworden. Es bringt mich wirklich aus der Fassung, eine Frau kennenzulernen und fünf Minuten später einen eindeutigen Antrag zu bekommen."

Ihr herzhaftes Lachen ließ Max insgeheim aufatmen. Endlich kam er ein wenig voran und durchschaute ihr Verhalten. Sie wehrte sich gegen eine Romanze, aber sie fühlte sich einsam. Sie wollte keinen Liebhaber, aber einen Freund. Ihm gefiel diese Entscheidung nicht, aber er musste sich vorläufig damit zufriedengeben, um sie nicht zu verschrecken. Sie war anders als andere Frauen, weicher und sensibler, mit geheimen Träumen in den Augen. „Können wir nicht Freunde sein?", fragte er sanft und zurückhaltend.

Um Claires Lippen spielte noch immer ein Lächeln. Freunde? Konnte man mit einem Mann befreundet sein, der so geschmeidig und wundervoll wie ein Gepard war? Und warum wollte er überhaupt Freundschaft schließen, ausgerechnet mit ihr?

Vielleicht ist Maxwell Benedict wirklich einsam, dachte sie dann. Sie wusste sehr gut, was Einsamkeit bedeutete, denn sie hatte sie als sicherste Methode erwählt, um nicht verletzt zu werden. Dennoch sehnte sie sich manchmal nach einem Menschen, mit dem sie richtig reden konnte, ohne Vorbehalte. Nicht einmal mit Martine war ihr das möglich, so gern sie sich auch hatten. Martine war so mutig und gesellig, dass sie die Ängste und Qualen eines weniger mutigen Menschen nicht verstehen konnte. Auch ihrer Mutter hatte Claire sich nie anvertrauen können, da sie stets vor dem unvermeidlichen Vergleich mit Martine zurückschreckte.

„Claire? Ja oder nein?", hakte er nach.

Sie schreckte aus ihren Gedanken auf und nickte zögernd.

„Danke." Max seufzte erleichtert und lächelte. „Du könntest mir morgen helfen, eine Wohnung zu suchen. Nach einer Woche im Hotel bin ich ziemlich ungeduldig."

„Sehr gern. Hast du schon was Bestimmtes im Sinn?", entgegnete sie und wunderte sich, wie glatt ihr das Du über die Lippen ging.

„Nein. Ich kenne mich in Houston überhaupt nicht aus."

„Am besten wäre, du kaufst morgen eine Zeitung und kreuzt die Wohnungen an, die infrage kommen. Dann fahren wir herum

173

und sehen sie uns an. Um welche Zeit möchtest du anfangen?"

„Wann es dir am besten passt. Schließlich bin ich dir völlig ausgeliefert."

Claire bezweifelte, dass er jemals irgendjemandem ausgeliefert war, aber sie fühlte sich plötzlich leichtherzig und glücklich.

Das Essen auf dem Tisch war beinahe kalt geworden. Claire und Max bemerkten es gleichzeitig und griffen nach ihrem Besteck. Mit wachsender Verwunderung beobachtete sie ihn. Seine Tischmanieren waren makellos, aber die Menge, die er verzehrte, hätte einem Scheunendrescher alle Ehre gemacht.

„Wie kann jemand, der so schlank ist wie du, nur so viel essen?", fragte sie erstaunt.

Er lächelte. „Ich weiß auch nicht so recht. Meine Mutter hat mich früher immer ausgeschimpft, weil ich in Gesellschaft zu viel esse. Sie meinte, dadurch würde es für andere so aussehen, als hielten sie mich zu Hause in einem Verlies bei Hungerrationen."

„Hast du eine große Familie?"

„Wir scheinen Hunderte zu sein. Massenhaft Tanten und Onkel und Cousins. In direkter Linie habe ich einen Bruder und drei Schwestern und acht Nichten und Neffen. Mein Vater ist tot, aber meine Mutter regiert uns alle immer noch."

„Bist du der Älteste?"

„Nein, mein Bruder. Ich bin der Zweite. Ist deine Familie auch groß?"

„Eigentlich nicht. Nur meine Eltern und meine Schwester Martine mit ihrem Mann und zwei Kindern. Ich habe ein paar Cousins in Michigan und eine Tante in Vancouver, aber die Verbindung ist nicht besonders eng."

„Eine große Familie hat ihre Vorteile, aber manchmal erinnert sie an einen Zoo. Die Feiertage sind immer ein Chaos."

„Fährst du zu allen Feiertagen nach Hause?"

„Manchmal ist es nicht möglich, doch hin und wieder schaue ich am Wochenende auf einen Sprung vorbei."

Max ließ es so klingen, als brauchte er nur in einen Wagen zu steigen und eine halbe Stunde zu fahren, anstatt über den Atlantik

Für morgen, für immer

zu fliegen. Sie wunderte sich noch immer darüber, als er das Thema auf ihren Beruf lenkte und sich nach den Anwendungsmöglichkeiten und dem Absatzmarkt der Speziallegierungen erkundigte, die „Bronson Alloys" herstellte.

Es handelte sich um ein recht kompliziertes Gebiet, und Claire hatte es eingehend studiert, als sie die Stelle als Sekretärin bei Sam Bronson erhielt. Inzwischen kannte sie sich in den Herstellungsprozessen und praktischen Anwendungsbereichen recht gut aus, doch sie musste sich anstrengen, um mit Sams genialen Neuentwicklungen Schritt zu halten. Zu ihrem Erstaunen verstand Max ihre Ausführungen so schnell und leicht, als wäre er auch auf diesem Gebiet tätig, und sie brauchte keine umfangreichen Erläuterungen abzugeben.

Dann sprachen sie über Immobilien, und seine Bemerkungen zu diesem Thema klangen faszinierend. „Du kaufst die Grundstücke also nicht selbst?", erkundigte sie sich interessiert.

„Nein. Ich fungiere als Berater und untersuche die Grundstücke für interessierte Käufer. Nicht jedes Land ist zur Investition geeignet. Zuerst einmal sind die geologischen Gegebenheiten wichtig. Manche Grundstücke sind einfach nicht stabil genug, um große Strukturen zu tragen. Außerdem sind noch andere Faktoren entscheidend, wie zum Beispiel die Tiefe des Wasserspiegels, von denen es abhängt, ob sich die Bebauung eines bestimmten Grundstücks lohnt."

„Du bist also auch Geologe?"

„Ich sammle die verschiedensten Fakten. Es ist wie das Zusammensetzen eines Puzzles, nur dass man keine Ahnung hat, wie das Endergebnis aussieht, bevor es nicht endgültig vorliegt."

Sie unterhielten sich immer noch angeregt, während sie zum Nachtisch Kaffee tranken, und Claire wurde sich immer mehr bewusst, wie sehr sie den Austausch von Gedanken und Ansichten vermisst hatte. Max war außerordentlich intelligent, er stellte seine geistigen Fähigkeiten jedoch nicht zur Schau, gab nicht damit an.

Claire war schon seit ihrer Kindheit ungewöhnlich lernbegierig und verlor sich gern in der Welt der Bücher. Zu ihrem Erstaunen und Entzücken stellte sich heraus, dass einer seiner bevorzugten Schriftsteller Cameron Gregor war – ein Schotte und ihr Lieblingsautor.

Beinahe eine Stunde lang diskutierten sie heftig darüber, welches seiner schwer erhältlichen Bücher das beste sei. Claire vergaß ihre Zurückhaltung und beugte sich zu Max vor, mit leuchtenden Augen und strahlendem Gesicht.

Nach einer Weile erkannte Max, dass er eigentlich nicht wegen einer richtigen Meinungsverschiedenheit argumentierte, sondern eher aus Freude, Claire zu beobachten. Ihre Wangen glühten vor Eifer, und er verspürte einen Anflug von Eifersucht, weil all ihre Leidenschaft den Büchern galt und nicht ihm.

Schließlich hielt er lachend beide Hände hoch. „Wollen wir aufhören zu versuchen, uns gegenseitig umzustimmen, und stattdessen lieber tanzen?"

Bis zu diesem Augenblick hatte Claire nicht einmal bemerkt, dass eine Band spielte und zahlreiche Paare sich auf dem Parkett zu den langsamen, schwermütigen Melodien wiegten. Die klagenden Klänge eines Saxofons trieben ihr beinahe Tränen in die Augen. Es handelte sich um ihre bevorzugte Art von Musik.

Max führte sie auf das Parkett und nahm sie in die Arme. Sie tanzten gut zusammen. Er war sehr groß, ihre hohen Absätze brachten sie aber auf eine angenehme Höhe, und ihr Kopf passte gerade unter sein Kinn. Er hielt sie genau richtig – locker genug, sodass sie ausreichend Bewegungsfreiheit behielt, und eng genug, sodass sie seiner Führung folgen konnte.

Claire seufzte zufrieden. Sie konnte sich nicht erinnern, jemals einen Abend so sehr genossen zu haben. Der feste, dennoch sanfte Druck seiner Finger verriet ihr, dass sie sich in geschickten Händen befand, und doch strahlte Max diese Beherrschung aus, die sie beruhigte.

Irgendwie fühlte sie sich wohl in seinen Armen, so wohl, dass sie nicht merkte, wie sich ihr Herzschlag ein klein wenig beschleunigte. Ihr war angenehm warm, trotz der kühlen Luft im Restaurant und ihren nackten Schultern. Sie lachten und redeten und

Für morgen, für immer

tanzten, und es gefiel ihr gar nicht, dass der Abend schließlich enden musste.

Max begleitete Claire zu ihrer Wohnung, schloss die Tür auf und gab ihr dann den Schlüssel zurück. „Gute Nacht", sagte er in seltsam sanftem Ton.

Sie hob den Kopf und lächelte ihn an. „Gute Nacht. Ich habe den Abend sehr genossen. Vielen Dank."

Ein atemberaubendes Lächeln spielte um seine Lippen. „Ich habe dir zu danken. Ich freue mich auf morgen. Noch einmal gute Nacht, und schlaf gut." Er beugte sich hinab, küsste mit warmen, festen Lippen ihre Wange. Es war ein brüderlicher Kuss, ohne jede Leidenschaft, der nichts verlangte. Dann wandte er sich ab und ging.

Claire schloss die Tür hinter sich und lächelte vor sich hin. Sie mochte Maxwell Benedict, mochte ihn wirklich gern. Er war intelligent, humorvoll, weit gereist und ein erstaunlich angenehmer Begleiter. Er hatte sich wie ein perfekter Gentleman verhalten. Da er jederzeit Sex haben konnte, wie er gesagt hatte, bot sie vermutlich eine willkommene Abwechslung für ihn.

Während der Tänze war ihr aufgefallen, dass andere Frauen ihn mit den Blicken verfolgt hatten. Einige hatten ihn mit unverhohlenem Interesse und sogar Verlangen angestarrt, und selbst diejenigen, die ihre eigenen Begleiter nie verlassen würden, hatten sich nicht zurückhalten können, ihn hin und wieder anzusehen. Er zog die Blicke an wie ein Magnet, selbst ihre eigenen.

Als Claire im Bett lag, angenehm müde und entspannt, tauchte im Geiste sein Gesicht vor ihr auf. Wie in einem endlosen Film sah sie seine wechselnde Mimik vor sich – von Zorn zu Belustigung und jede Nuance dazwischen. Seine Augen wirkten grün, wenn er zornig war, blau, wenn er nachdenklich war, und leuchtend türkis, wenn er lachte.

Ihre Wange prickelte, wo er sie geküsst hatte, und schläfrig legte sie die Finger auf die Stelle. Ein Anflug von Neugier und Bedauern stieg in ihr auf. Wie hätte es sich wohl angefühlt, wenn Max sie leidenschaftlich auf den Mund geküsst hätte? Ihr Herz schlug höher bei diesem Gedanken, und ihre Lippen öffneten sich unbewusst.

Unruhig drehte Claire sich auf die Seite und verdrängte entschieden diesen Gedanken. Sie hatte die Leidenschaft aus ihrem Leben verbannt. Leidenschaft war gefährlich, verwandelte vernünftige Menschen plötzlich in unvernünftige Besessene. Leidenschaft bedeutete den Verlust von Beherrschung, und das führte zu entsetzlicher Verwundbarkeit. Sie musste sich eingestehen, dass sie sich manchmal einsam fühlte, aber Einsamkeit war besser als der niederschmetternde Schmerz, den sie schon einmal erlitten und beinahe nicht überwunden hatte.

Sie hatte Angst. Während sie in der Dunkelheit lag, gestand sie es sich ein. Ihr fehlte das Selbstbewusstsein, mit dem Martine sich dem Morgen stellte. Claire hatte Angst, jemanden zu nahe an sich heranzulassen, weil sie vielleicht dessen Erwartungen nicht erfüllte und zurückgewiesen wurde.

Eine Freundschaft war ihr lieber als eine Liebschaft. Eine Freundschaft war nicht so gefährlich. Denn es fehlte die Vertrautheit, die Liebenden das untrügliche Wissen verlieh, wie man dem anderen am meisten wehtun konnte, wenn die Beziehung schiefging.

Und außerdem wollte Max nichts anderes als Freundschaft. Wenn sie sich ihm an den Hals warf, wandte er sich vermutlich angewidert von ihr ab. Er wollte keine Leidenschaft, und sie fürchtete sich davor. Und deshalb waren Tagträume – oder nächtliche Fantasien – im Grunde wirklich nur reine Zeitverschwendung.

Für morgen, für immer

3. KAPITEL

Erst als Max am folgenden Morgen anrief, wurde Claire sich bewusst, wie sehr sie sich auf ein Wiedersehen freute. Ihr Herz schlug ein wenig höher, und sie schloss einen flüchtigen Augenblick lang die Augen, während sie seiner tiefen Stimme lauschte, deren ausgeprägter englischer Oberschicht-Akzent so angenehm in ihren Ohren klang.

„Guten Morgen, Claire. Mir ist eingefallen, dass wir gar nicht besprochen haben, wann ich dich heute abholen soll. Wann passt es dir am besten?"

„So gegen zwölf, würde ich sagen. Hast du etwas Interessantes in der Zeitung gefunden?"

„Ich habe drei oder vier Annoncen angekreuzt. Also dann, bis um zwölf."

Es beunruhigte Claire, dass allein der Klang seiner Stimme sie berührte. Sie wollte Max nicht vermissen, wenn er nicht da war, wollte sich nicht auf ein Wiedersehen mit ihm freuen.

Doch als sie sich zurechtmachte, verwandte sie wieder mehr Sorgfalt auf ihr Haar und Make-up als gewöhnlich. Sie wollte gut für ihn aussehen, und diese Erkenntnis gab ihr einen kleinen Stich. Sie erinnerte sich an andere Male, als sie ängstlich in den Spiegel geblickt und sich gefragt hatte, ob die Halseys wohl mit ihr einverstanden waren, ob Jeff sie wohl wieder mit Verlangen in den Augen anblickte.

Damals hatte sie versucht, eine scheiternde Ehe zu retten. Doch nun beabsichtigte sie lediglich, einem Freund bei der Wohnungssuche zu helfen. Und wenn Max ihr Herz höherschlagen ließ, dann musste sie es ignorieren und es ihn niemals spüren lassen.

Doch es fiel ihr schwer, ihn nicht mehr als freundschaftlich zu empfangen, als sie ihm die Tür öffnete. Sie hatte ihn in einem weißen Dinnerjackett und in einem konservativen grauen Anzug gesehen und geglaubt, er könne in nichts besser aussehen. Doch lässig gekleidet wirkte er noch atemberaubender. Seine ordentliche Khakihose umschmiegte seine schmalen Hüften. Das smaragdgrüne

179

Polohemd betonte seinen überraschend muskulösen Oberkörper und vertiefte das Türkis seiner Augen, sodass sie den Farbton einer paradiesischen Lagune annahmen. Diese Augen lächelten sie an, und tief in ihrem Innern regte sich etwas.

„Ich bin fertig", verkündete Claire und griff zu ihrem zitronengelben Strohhut. Er passte zu ihrem gelb-weiß gestreiften Sommerkleid, zu dessen Kauf Martine sie vor einiger Zeit gedrängt hatte, weil die fröhliche Farbe ihr so gut stand. Sie trug es nicht oft, da sie schlichtere Kleidung bevorzugte, aber der Tag war so warm und strahlend, dass ihr nichts anderes geeignet erschienen war.

Max legte eine Hand auf ihren nackten Arm, und seine schlanken Finger schlossen sich sanft um ihren Ellbogen. Es war nur eine höfliche Geste, aber ihre Haut prickelte unter seiner Berührung. Ein Instinkt der Selbsterhaltung riet ihr, vor ihm zurückzuweichen, doch es war nur eine sehr leise Stimme, die von der Freude über seine Gegenwart übertönt wurde.

Ein Glück, dass er keinerlei romantisches Interesse an ihr zeigte. Wenn sie bereits so stark auf seine lässigen, höflichen Gesten reagierte, wie mochte es dann erst sein, wenn er sie zu bezaubern versuchte? Mit einer geradezu hilflosen Angst erkannte sie, dass sie keine Chance gegen seinen Charme gehabt hätte.

Er öffnete ihr die Wagentür und stieg dann auf der Fahrerseite ein. Auf dem Sitz zwischen ihnen lag eine Zeitung mit angekreuzten Annoncen für Mietwohnungen. Er deutete auf die erste. „Die scheint mir geeignet. Kennst du die Gegend?"

Claire nahm die Zeitung zur Hand und las die ausgewählten Inserate. „Bist du sicher, dass sie infrage kommen?", zweifelte sie. „Sie sind schrecklich teuer."

Max blickte sie belustigt an, und Claire errötete unwillkürlich. Hätte sie vorher überlegt, wäre ihr klar geworden, dass er sich um Geld nicht zu sorgen brauchte. Er wirkte keineswegs protzig, aber alles an ihm deutete auf Wohlstand: seine Kleidung, die nicht von der Stange stammte, sondern maßgeschneidert war, seine italienischen Schuhe, seine unglaublich flache Schweizer Armbanduhr sowie seine Manieren und sein Sprachverhalten. Vielleicht war er

Für morgen, für immer

nicht reich, aber er war gewiss wohlhabend, und sie hatte sich mit ihrer Bemerkung zum Narren gemacht.

„Wenn ich schon so viel reisen muss, dann müssen mir die Leute, die mich bezahlen, auch eine angenehme Unterkunft stellen", antwortete er schmunzelnd. „Ich brauche genügend Platz, um Gäste zu empfangen, und die Wohnung muss möbliert sein."

Ihre Wangen glühten noch immer vor Verlegenheit, und sie gab ihm recht steife Richtungsanweisungen zur ersten Wohnung. Max hingegen erzählte ihr lustige Anekdoten über die Missgeschicke, die ihm zu Beginn seines Aufenthaltes in den Staaten unterlaufen waren.

Claire hatte schreckliche Angst davor, gesellschaftliche Verstöße zu begehen – eine Angst, die aus der ersten Zeit ihrer Ehe stammte, als jeder von ihr erwartet hatte, der neu erworbenen Position als Jeff Halseys Frau gerecht zu werden. Eine Halsey, wenn auch nur angeheiratet, hatte sich tadellos zu benehmen, und jeder noch so kleine Fehler hatte so schwer gewogen, dass für Claire jedes gesellschaftliche Ereignis zu einer Belastungsprobe geworden war.

Max plauderte locker mit ihr, ohne unangenehme Pausen auftreten zu lassen, und warf hin und wieder kleine Fragen ein, sodass sie sich am Gespräch beteiligen musste. Und schließlich verschwand ihre Verlegenheit, und sie entspannte sich wieder.

Max war fest entschlossen, nicht zuzulassen, dass Claire sich erneut in ihren Panzer verkroch. Er musste ihr beibringen, ihm zu vertrauen, sich in seiner Gegenwart zu entspannen, denn sonst konnte er ihr nie die nötigen Informationen entlocken. Die verdammte Firmenübernahme ging ihm allmählich auf die Nerven. Er wollte die Angelegenheit endlich erledigt wissen, um sich auf Claire als Frau konzentrieren zu können.

Er wurde allmählich besessen von ihr, und diese Erkenntnis ging ihm ebenfalls auf die Nerven. Doch er konnte nichts dagegen tun. Ihr kühles, abweisendes Verhalten faszinierte ihn, während es ihn gleichzeitig zur Verzweiflung trieb. Sie neigte dazu, in Gedanken zu versinken, und dann lagen Geheimnisse in ihren tiefbraunen Augen, die er nicht ergründen konnte und die sie nicht mit ihm teilen wollte. Es gefiel ihm ganz und gar nicht. Er wollte sie lieben, bis all die Schatten aus ihren Augen verschwunden waren, bis sie nach ihm fieberte, bis sie schwach und hilflos unter ihm lag. Und er wollte sie beschützen, vor allem und jedem, außer sich selbst.

Die erste Adresse, die Max angekreuzt hatte, erwies sich als eine Gruppe von Eigentumswohnungen, die ihre nichtssagenden, identischen Gesichter der Straße zuwandten. Sie waren neu und teuer, aber nicht mehr als eintönige Betonklötze. Claire konnte sich nicht vorstellen, dass Max dort wohnen wollte.

Er musterte die Fassaden, zog dann missbilligend die Augenbrauen hoch.

„Ich glaube, das ist nichts für mich", murmelte er und legte sofort den Rückwärtsgang ein.

Erfreut, dass sie ihn richtig eingeschätzt hatte, griff sie zur Zeitung und studierte die anderen Annoncen. Houston war so schnell gewachsen, dass sie von zwei der Wohnungen nicht genau wusste, wo sie sich befanden, aber eine Adresse war ihr vertraut. „Ich glaube, die Nächste wird dir besser gefallen. Es ist ein älteres Gebäude, die Wohnungen sind aber recht luxuriös."

Erneut behielt sie recht. Max wirkte erfreut, als er das schmiedeeiserne Tor und die freundliche Fassade erblickte.

Er parkte den Wagen neben der Einfahrt und öffnete die Tür für Claire. Seine Finger legten sich warm auf ihren Arm, als er ihr aus dem Wagen half. Dann glitt seine Hand auf ihren Rücken. Sie versuchte nicht einmal, sich ihm zu entziehen. Allmählich gewöhnte sie sich an seine europäischen Manieren, und sie begannen ihr zu gefallen.

Selbst in seiner lässigen Kleidung strahlte Max eine Autorität aus, die augenblicklich die Aufmerksamkeit des Hauswartes erregte. Mit wahrem Feuereifer führte der Mann sie durch die Wohnung und wies besonders auf den altmodischen Charme des Parkettfußbodens und der hohen gewölbten Decken hin. Die Fenster waren hoch und breit und ließen viel Licht in die Wohnung, nur

Für morgen, für immer

waren die Räume recht klein, und Max dankte dem Mann höflich für seine Mühe.

Als sie wieder im Wagen saßen, bemerkte Claire leichthin: „Du legst anscheinend sehr großen Wert auf Komfort, oder?"

Max lachte. „Ja, das leibliche Wohl ist mir wichtig. Am meisten hasse ich an Hotels die Beengtheit. Findest du mich deshalb schrecklich verwöhnt?"

Sie blickte ihn an. Der strahlende Sonnenschein ließ sein Haar wie Gold glänzen. Er war entspannt, lächelte mit lebhaft funkelnden Augen, und dennoch strahlte er eine gewisse natürliche Arroganz aus, die genauso vererbt schien wie sein schlanker, geschmeidiger Körper und sein Sonnengott-Gesicht. Sie zweifelte nicht daran, dass er verwöhnt war. Vermutlich hatten Frauen ihm vom Tage seiner Geburt an jeden Wunsch von den Augen abgelesen. Trotzdem besaß er die Fähigkeit, über sich selbst zu lachen. Er schien sein Äußeres und die Aufmerksamkeit, die es ihm einbrachte, einfach zu akzeptieren, ohne es allzu ernst zu nehmen.

Max griff nach ihrer Hand. „Du siehst mich an, aber du bist ganz woanders. Was denkst du?"

„Dass du zwar entsetzlich verwöhnt, dennoch ganz nett bist."

Er lachte laut auf. „Hast du keine Angst, dass mir so verschwenderische Komplimente zu Kopf steigen könnten?"

„Nein", entgegnete Claire heiter und ließ ihre Hand in seiner. Ein Glücksgefühl durchströmte sie, das den sonnigen Frühlingstag noch strahlender erscheinen ließ.

„Dann leite mich zur nächsten Adresse, solange ich noch ein gesundes Selbstvertrauen besitze."

Die dritte Wohnung wurde von einem Künstler untervermietet, der eine Zeit lang auf einer griechischen Insel verbrachte. Die Einrichtung wirkte dezent, wenn auch anspruchsvoll – von den schwarzen Schieferplatten in der Eingangshalle über die pfirsichfarbenen Wände bis hin zur indirekten Beleuchtung. Die Räume waren riesig. Claires gesamte Wohnung hätte mühelos in das Wohnzimmer gepasst. Sie wusste, dass die schlichte Eleganz Max' Geschmack entsprach.

183

Linda Howard

Er wanderte ins Schlafzimmer und inspizierte das Bett. „Ich nehme die Wohnung", teilte er dem Vermieter kurz entschlossen mit. „Sind die Verträge zur Unterschrift bereit?"

„Ja, sie liegen in meinem Büro. Wenn Sie bitte mitkommen würden?"

Max drückte Claires Schulter und lächelte sie an. „Könntest du dich inzwischen ein bisschen umsehen und feststellen, was ich noch kaufen muss, abgesehen von Bettwäsche?"

„Natürlich", willigte sie ein. Und während Max mit dem Vermieter davonging und sie seiner Bitte nachkam, wurde sie sich bewusst, dass sie ihn nun ebenfalls verwöhnte.

Es wunderte Claire, dass Max so viel Luxus als selbstverständlich voraussetzte, im Gegensatz zu ihr. Dabei stammte sie keineswegs aus bescheidenen Verhältnissen. Sie war in der oberen Mittelklasse aufgewachsen und beinahe sechs Jahre lang mit einem sehr wohlhabenden Mann verheiratet gewesen. Dennoch hatte sie sich problemlos in ihrer kleinen Dreizimmerwohnung eingelebt, die bestenfalls als gemütlich bezeichnet werden konnte. Um finanziell nicht von Jeff abhängig zu sein, hatte sie Unterhaltszahlungen von ihm abgelehnt, sich eine Stellung gesucht und gelernt, mit ihrem Gehalt auszukommen. Und bisher hatte sie nie das Geld vermisst, das ihr zuvor gestattet hatte, sich jeden Wunsch zu erfüllen.

Als Max zurückkehrte, fand er Claire im Schlafzimmer. Sie stand mitten im Raum, ohne Schuhe, die bestrumpften Füße im flauschigen taubengrauen Teppichboden versunken. Ihre Augen waren offen, und ein verträumter Ausdruck lag in ihnen. Er erkannte, dass sie seine Anwesenheit nicht spürte. Sie stand bewegungslos da, und ein winziges Lächeln spielte um ihre Lippen.

Er blieb stehen, musterte sie und fragte sich, welchen angenehmen Träumen sie sich gerade hingeben mochte und ob sie wohl genauso zufrieden aussah nach einem Liebesakt, wenn es dunkel und still im Raum und die Leidenschaft verklungen war. Hatte sie diesen Ausdruck früher für ihren Exmann oder einen anderen Mann aufgesetzt? Die Vorstellung löste einen schmerzlichen Stich der Eifersucht in ihm aus.

Für morgen, für immer

Er durchquerte den Raum und legte eine Hand auf ihren Arm, um sie aus ihren Träumen zu reißen und zurück zu ihm zu bringen. „Der Papierkram ist erledigt. Können wir gehen?"

Sie blinzelte, und der verträumte Blick schwand aus ihren Augen. „Ja. Ich habe nur den Raum genossen."

Er blickte hinab auf ihre unbeschuhten Füße. „Und besonders den Teppich."

Sie lächelte. „Die Farben auch. Es passt alles so gut zusammen."

Es war ein behaglicher Raum, groß und gut beleuchtet, mit dem beruhigenden grauen Teppich und den pfirsichfarbenen Wänden. Auf dem Bett lag eine melonenfarbene Decke, und in einer Ecke stand ein großer Keramiktopf, ebenfalls melonenfarbig, mit einem riesigen Philodendron. Das Bett war sehr breit, mit einem Berg Kissen, wie geschaffen für einen großen Mann und breit genug für zwei Personen. Max musterte das Bett, beobachtete dann Claire, als sie sich hinabbeugte und ihre Schuhe anzog. Und er schwor sich, früher oder später mit ihr in diesem Bett zu schlafen.

Sie gab ihm den Zettel, auf dem sie die Gegenstände notiert hatte, die in der Wohnung fehlten.

Er überflog ihn, faltete ihn zusammen und steckte ihn in die Brusttasche. „Das ging alles sehr schnell. Wir haben noch fast den ganzen Nachmittag vor uns. Möchtest du lieber ein spätes Mittagessen oder ein frühes Abendessen?"

Claire zögerte. Sie spielte mit dem Gedanken, ihn zum Dinner zu sich nach Hause einzuladen. Ihre Wohnung war ihr privates Reich, in dem sie bisher noch nie männlichen Besuch empfangen hatte. Andererseits störte sie sich seltsamerweise nicht an der Vorstellung von Max in ihrem Heim.

„Warum fahren wir nicht zu mir?", schlug sie ein wenig nervös vor. „Ich koche uns etwas zum Abendessen. Magst du Hähnchen in Orangensauce?"

„Ich mag alles", verkündete er und wunderte sich insgeheim über ihr offensichtliches Unbehagen. Bedeutete es für sie eine solche Tortur, etwas für ihn zu kochen? Es war eine völlig zwanglose Situation, und eine Frau mit ihrer gesellschaftlichen Erfahrung

185

hätte sie ganz gelassen meistern sollen. Doch an Claire war nichts so, wie es hätte sein sollen. Und er fragte sich ernsthaft, ob er jemals verstehen würde, was in ihr vorging.

Das Telefon klingelte, als Claire ihre Wohnungstür aufschloss. Sie entschuldigte sich bei Max und eilte an den Apparat.

„Claire, rate mal, was anliegt!", rief ihre Mutter aufgeregt in den Hörer.

Claire versuchte gar nicht erst zu raten. Sie wusste aus Erfahrung, dass ihre Mutter nicht lange genug innehalten würde, um sie zu Wort kommen zu lassen, und sie behielt recht.

Eifrig plauderte Alma Westbrook weiter: „Michael und Celia werden nach Arizona versetzt, und sie sind auf der Durchreise bei uns vorbeigekommen. Sie bleiben nur heute Nacht, und deshalb veranstalten wir ein Familienessen. Wann kannst du hier sein?"

Michael war Claires Cousin aus Michigan, und Celia seine Frau. Sie mochte die beiden, doch sie konnte Max nicht einfach hinauswerfen, auch wenn ihre Mutter voraussetzte, dass sie alles stehen und liegen ließ und sofort losfuhr. „Mom, ich wollte gerade etwas kochen …"

„Dann habe ich dich ja noch rechtzeitig erwischt. Martine und Steve sind schon hier. Ich habe schon ein paarmal versucht, dich zu erreichen, aber du warst nicht da."

Claire holte tief Luft. „Ich habe Besuch", verkündete sie widerstrebend. „Ich kann nicht einfach …"

„Besuch? Jemanden, den ich kenne?"

„Nein. Ich habe ihn zum Dinner eingeladen und …"

„Wen?" unterbrach Alma mit mütterlicher Neugier.

„Einen Freund", erklärte Claire und hoffte vergeblich, weiteren Fragen aus dem Weg zu gehen. Sie blickte auf und sah, dass Max sie mit funkelnden Augen angrinste. Er bedeutete ihr, dass er etwas zu sagen hatte, und sie unterbrach Almas Flut von Fragen. „Warte einen Augenblick, Mom. Ich bin gleich wieder da." Sie bedeckte die Sprechmuschel mit einer Hand und erklärte Max: „Meine Cousins aus Michigan sind gekommen. Sie bleiben nur über Nacht, und

Für morgen, für immer

deshalb will meine Mutter ein Familienessen veranstalten …"

„Und du hast mich schon zum Essen eingeladen." Max trat zu ihr. „Ich weiß eine perfekte Lösung." Er nahm ihr den Hörer aus der Hand und sagte in die Muschel: „Mrs. Westbrook, mein Name ist Maxwell Benedict. Darf ich eine Lösung vorschlagen und mich selbst zu Ihrem Essen einladen, wenn es keine allzu große Zumutung für Sie bedeutet? Claire möchte ihren Cousin wirklich gern sehen, nur hat sie mich am Hals. Sie ist zu wohlerzogen, um ihre Einladung zurückzunehmen, und ich bin zu hungrig, um mich höflich zu verhalten und mich zurückzuziehen."

Claire schloss die Augen. Sie brauchte den anderen Teil des Gesprächs nicht zu hören, um zu wissen, dass Alma beim Klang seiner tiefen sanften Stimme mit dem faszinierenden englischen Akzent förmlich dahinschmolz. Einerseits war sie belustigt, andererseits geriet sie in Panik bei der Vorstellung, Max ihrer Familie vorzustellen. Sämtliche Mitglieder wirkten auf irgendeine Art hervorstechend, und sie neigte dazu, in den Hintergrund zu geraten, überschattet von den anderen übersprudelnden Persönlichkeiten. Max hielt sie bisher nur für still. Doch wenn er sie im Kreise ihrer Familie erlebte, musste er erkennen, dass sie eher wie eine graue Maus wirkte. Sie wusste, dass etwas in ihr sterben würde, wenn er sie mit Martine verglich und sich dabei fragte, was mit ihren Genen wohl schiefgelaufen wäre.

„Danke, dass Sie sich meiner erbarmen", sagte er in den Hörer. „Wir kommen so schnell wie möglich." Er legte auf, und als Claire die Augen öffnete, musterte er sie forschend, so als wunderte er sich über ihr Widerstreben, an diesem Familientreffen teilzunehmen. „Schau nicht so verängstigt drein", riet er und blinzelte ihr zu. „Ich habe zwar nicht gerade meinen Sonntagsstaat an, aber ich werde mich vorzüglich benehmen."

Noch immer lag eine Spur von Panik in ihrem Blick. „Es geht nicht um dich", gestand sie ein. „Familientreffen überwältigen mich immer ein bisschen. Unter so vielen Leuten fühle ich mich nicht besonders wohl." Das ist eine gewaltige Untertreibung, dachte sie und wappnete sich für die trostlosen Stunden, die ihr bevorstanden. „Entschuldige mich einen Augenblick, während ich mich umziehe und ...“

„Nein.“ Max ergriff ihre Hand und hielt sie zurück. „Du siehst hübsch genug aus, wie du bist. Du brauchst dich weder umzuziehen noch zu kämmen noch den Lippenstift zu erneuern. Ein Hinauszögern macht dich nur noch nervöser.“

Nachdenklich musterte er sie und wunderte sich über den plötzlichen Drang, sie zu beschützen. Etwas an ihr erweckte in ihm das Verlangen, sie in die Arme zu schließen und alles Beschwerliche und Schmerzliche von ihr abzuwenden.

Die Tatsache, dass er nicht völlig ehrlich ihr gegenüber war, bedrückte ihn. Was würde geschehen, wenn sie herausfände, wer er in Wirklichkeit war? Würde sie sich völlig zurückziehen? Würden ihre Augen kalt und abweisend blicken? Ein Schauer lief über seinen Rücken. Er durfte es nicht geschehen lassen. Irgendwie musste er einen Weg finden, die Firmenübernahme zu organisieren, ohne Claire zu befremden.

Ihr Unbehagen wuchs unter seinem forschenden Blick. Er sah zu viel, durchschaute sie zu sehr, und diese Erkenntnis erschreckte sie. Instinktiv zog sie sich hinter eine Mauer der stillen Höflichkeit zurück.

Max hielt noch immer ihre Hand, in einem beruhigenden Griff, als sie zurück zum Wagen gingen. Doch Claire achtete kaum auf seine Berührung. Im Geiste malte sie sich bereits schmerzliche Szenen aus, in denen Max sich auf den ersten Blick in Martine verliebte und sie den ganzen Nachmittag lang bewundernd anstarrte. Auch für ihn wäre es eine schmerzliche Erfahrung, denn Martine würde seine Gefühle niemals erwidern. Sie liebte ihren Mann zutiefst und schien sich ihrer verheerenden Wirkung auf das männliche Geschlecht nicht einmal bewusst zu sein. So verhielt sie sich jedenfalls.

Allzu bald bog Max in die Auffahrt zum Haus ihrer Eltern ein, in der bereits der BMW ihres Vaters, der kleine Buick ihrer Mutter, Steves Jeep und ein voll beladener Ford Kombi mit einem Kennzeichen aus Michigan standen.

Für morgen, für immer

Claire starrte auf das geräumige Gebäude im Tudorstil, in dem sie aufgewachsen war, und malte sich aus, wie es dort zugehen mochte. Sie sah die Erwachsenen gemütlich im riesigen Garten unter den hohen Kastanien sitzen, sah ihren Vater die Steaks und Würstchen auf dem Grill bewachen, sah die Kinder auf dem Rasen herumtollen, da der Swimmingpool zu dieser frühen Jahreszeit noch zugedeckt war. Eine Szene wie aus einem Vorstadt-Paradies, aber ihr graute vor dem, was ihr bevorstand. Sie wusste, dass alle Anwesenden den gut aussehenden Mann an ihrer Seite anstarren und sich fragen würden, warum er ausgerechnet mit einem so gewöhnlichen Mädchen wie ihr zusammen war, obgleich er doch offensichtlich jede Frau haben konnte, die er begehrte.

Max stellte seinen Wagen ab und öffnete Claire die Tür. Das Gejohle und Gelächter von spielenden Kindern schallte aus dem Garten herüber, und er grinste sie an. „Das klingt wie zu Hause. Meine Nichten und Neffen sind richtige Bengel, allesamt, aber es gibt Tage, an denen mich mein Verstand verlässt und ich ihr Chaos vermisse. Wollen wir?"

Claire stieg aus, und seine Hand legte sich auf ihren Rücken. Nun wurde sie sich seiner Berührung bewusst, denn seine Finger ruhten auf der bloßen Haut zwischen ihren Schultern, die das fröhliche Sonnenkleid enthüllte. Sie gingen durch das Tor und kamen in Sichtweite ihrer Familie, die genau so unter den Bäumen saß, wie sie es sich ausgemalt hatte. In diesem Augenblick streichelte sein Daumen sanft über ihr Rückgrat und durchbrach die eisige Furcht, die sie ergriffen hatte.

Claire fühlte sich völlig hilflos gegen die Woge der Wärme, die ihren Körper durchströmte, die ihre Brüste prickeln und die Knospen hart werden ließ. Seine kleine Liebkosung brachte sie völlig aus der Fassung, denn all ihre Abwehr hatte dem Grauen vor der bevorstehenden Situation gegolten.

Und dann wurden sie von ihrer Familie umringt, und Claire hörte die Anwesenden automatisch sich miteinander bekannt machen.

Alma strahlte Max an, einen begeisterten Ausdruck auf dem schönen Gesicht, und ihr Vater, Harmon, begrüßte den neuen Gast herzlich und würdevoll. Michael und Celia begrüßten Claire mit entzückten Ausrufen und Umarmungen, und dann stürmten Martines wilde Bengel, gefolgt von Michaels beiden Kindern, herbei und warfen sich Claire, die ihre Lieblingstante war, in die Arme.

Martine, die unglaublich attraktiv aussah in einem weißen Top und weißen Shorts, die ihre schlanke Gestalt betonten und ihre wohlgeformten langen Beine freiließen, versuchte gutmütig, die Kinder zur Ordnung zu rufen. Celia tat ihr Übriges, aber dennoch dauerte es eine Weile, bis wieder Ruhe einkehrte.

Die ganze Zeit über war Claire sich deutlich bewusst, dass Max sehr dicht bei ihr stand, ungezwungen plauderte und lächelte – mit einem unglaublichen Charme, der auf niemanden die Wirkung verfehlte.

„Kennen Sie Claire schon lange?", erkundigte Alma sich.

Claire erstarrte. Sie hätte ahnen müssen, dass Max über sein Leben von der Geburt bis zur Gegenwart ausgequetscht wurde. Es war ihre eigene Schuld. Seit ihrer Scheidung hatte sie sich strikt gegen die Bemühungen ihrer Familie gewehrt, wieder ein geselliges Leben zu führen, und daher war es völlig ungewöhnlich, dass sie mit einem Mann auftauchte. Virginias Party war die Einzige, die sie seit Jahren besucht hatte, abgesehen von kleinen Familienzusammenkünften. Und Claire zweifelte nicht daran, dass Martine und Alma sich lang und breit über Martines erfolgreiches Drängen ausgelassen hatten.

Max senkte ein wenig die Lider. „Nein, nicht sehr lange", antwortete er sanft, mit leicht belustigtem Unterton.

Claire fragte sich, ob sie wohl die Einzige war, die seine Belustigung herausgehört hatte. Sie warf ihrer Mutter einen Seitenblick zu, auf deren Gesicht der leicht benommene Ausdruck lag, den Frauen häufig bei der ersten Begegnung mit Max zeigten. Und plötzlich entspannte Claire sich. Sie sorgte sich nicht länger wegen der Befragung, die Max vonseiten ihrer Familie bevorstand. Sie spürte, dass er sich völlig wohlfühlte und darauf vorbereitet war.

„Max ist neu in der Stadt, und ich habe ihn ein bisschen herumgeführt", erklärte sie.

Für morgen, für immer

Alma und Martine schauten sie erfreut an und tauschten dann einen zufriedenen Blick. Sie schienen sich zu dem erfolgreichen Manöver zu gratulieren, mit dem sie Claire endlich aus ihrem Panzer gelockt hatten.

Nun, da sie älter war, empfand Claire diese stumme Verständigung zwischen ihrer Schwester und ihrer Mutter als amüsant, obgleich sie sich als Kind oft ausgestoßen gefühlt hatte. Um ihre Lippen zuckte ein Lächeln. Es schien ihr sehr tröstlich, ihre Familie so gut zu kennen, dass sie beinahe deren Gedanken erraten konnte.

Martine blickte sie an, sah ihre Belustigung, und ein sonniges Lächeln trat auf ihr liebliches Gesicht. „Also wirklich, Claire, du tust es schon wieder!"

„Was tut denn Claire schon wieder?", erkundigte sich Steve und beugte sich zu Martine.

„Claire liest schon wieder meine Gedanken."

„Ach, das hat sie doch schon immer getan", warf Alma zerstreut ein. „Harmon, die Steaks brennen."

Gelassen spritzte Claires Vater Wasser über die entflammten Kohlen. „In welcher Branche sind Sie tätig, Mr. Benedict?", erkundigte er sich, ohne den Grill aus den Augen zu lassen.

„Investment und Immobilien."

„Immobilien? Das ist eine brisante Tätigkeit."

„Spekulationen auf diesem Gebiet sind gewiss brisant, aber damit beschäftige ich mich nicht."

Martine beugte sich vor. Ihre Augen funkelten, als sie Max eindringlich musterte. „Haben Sie Kinder, Mr. Benedict?", fragte sie unvermittelt in zuckersüßem Ton.

Claire schloss die Augen, hin- und hergerissen zwischen blankem Entsetzen und herzhafter Belustigung. Martine hielt nichts von Takt, wenn es darum ging, ihre jüngere Schwester zu beschützen, und im Augenblick lag ihr nur daran, so viel wie möglich über Maxwell Benedict in Erfahrung zu bringen.

Max lachte auf, tief und volltönend, und der Klang veranlasste Claire, die Augen wieder zu öffnen. „Ich habe keine Kinder und keine Ehefrau, weder ehemalige noch derzeitige – zur Verzweiflung meiner Mutter, die mich für einen ungehorsamen Sprössling hält, weil ich ihr keine Enkelkinder liefere, wie meine Schwestern und mein Bruder es getan haben. Und bitte, nennen Sie mich doch Max, wenn Sie möchten."

Von da an stand die gesamte Familie auf seiner Seite. Claire wunderte sich wieder einmal über sein Talent, genau den richtigen Ton zu treffen. Sein gelöstes Lachen und seine liebevollen Bemerkungen über seine Familie überzeugten alle davon, dass er kein Betrüger, kein Mörder und kein herzloser Frauenheld war, der Claire ausnützen könnte.

Manchmal hatte Claire den Eindruck, dass ihre Familie sie für einen kompletten Dummkopf hielt, und sie fragte sich, womit sie sich diese Einschätzung verdient hatte. Sie lebte ruhig, sie bezahlte all ihre Rechnungen, sie geriet nie in Schwierigkeiten und meisterte sämtliche Krisen am Arbeitsplatz mit heiterer Gelassenheit. Dennoch schienen sämtliche Familienmitglieder zu glauben, dass man auf sie aufpassen müsse. Ihr Vater tat es nicht so offensichtlich wie Martine und Alma, dennoch fragte er sie ständig, ob sie finanzielle Hilfe brauche.

Max berührte leicht ihren Arm, brachte ihre Gedanken zurück zu der lachenden, plaudernden Tischrunde und lächelte sie mit warmherzigem Blick an. Er verlor dabei nicht den Faden des Gesprächs und nahm seine Hand sogleich wieder fort. Doch diese kleine Berührung zeigte ihr, dass er sie beachtete.

Der Nachmittag erwies sich als eine Offenbarung. Denn Max zeigte sich zwar freundlich und umgänglich zu ihrer Familie, aber nicht überwältigt von Martines klassischer Schönheit, im Gegensatz zu den meisten anderen Männern. Er war mit Claire gekommen. Er saß während des Essens neben ihr, er half ihr anschließend, die unruhigen Kinder zu unterhalten, und bald tobte er mit ihnen auf dem Rasen – mit dem sicheren Auftreten eines Mannes, der es gewöhnt war, von seinen wilden Nichten und Neffen umringt zu werden.

Claire beobachtete, wie er mit den Kindern spielte, dieser gut aussehende, elegante Mann, den es überhaupt nicht zu stören schien,

Für morgen, für immer

dass sein Haar zerzaust und seine Hose mit Grasflecken übersät wurde. Die untergehende Sonne verlieh seinem Haupt einen goldenen Schein und ließ seine meergrünen Augen strahlend funkeln, und als Claire ihn betrachtete, schwoll ihr Herz, bis es beinahe zu zerspringen drohte, und einen Augenblick lang verschwamm alles vor ihren Augen.

Ich will ihn nicht lieben, dachte sie verzweifelt, aber es war bereits zu spät. Sein Anblick, während er lachend über den Rasen rollte und sanft mit den vier kichernden, quietschenden Kindern rang, vernichtete ihren Widerstand viel schneller, als es ein Verführungsversuch vermocht hätte.

Claire fühlte sich noch immer wie benommen, als Max sie schließlich nach Hause fuhr. Es war bereits nach zehn Uhr, da alle den Abend genossen hatten und nur widerstrebend aufgebrochen waren.

„Ich mag deine Familie", verkündete er, als er sie zu ihrer Wohnungstür begleitete.

„Sie mögen dich auch. Ich hoffe, all diese Fragen haben dich nicht gestört."

„Keineswegs. Es hätte mich enttäuscht, wenn sie nicht an deinem Wohlergehen interessiert wären. Sie haben dich sehr lieb."

Claire blieb erstaunt stehen, den Schlüssel in der Hand. „Sie glauben, dass ich ein Idiot bin und nicht allein zurechtkomme", erwiderte sie unvermittelt.

Max nahm ihr den Schlüssel ab, öffnete die Tür, knipste das Licht an und schob sie hinein, die Hand auf ihrem Rücken. „Den Eindruck hatte ich nicht", murmelte er und schmiegte seine warmen Hände um ihre bloßen Schultern.

Ihr Puls beschleunigte sich plötzlich. Sie senkte den Blick, um ihre Reaktion vor ihm zu verbergen.

„Wenn du deine Familie schon für übertrieben besorgt hältst, dann solltest du erst einmal meine erleben. Meine gesamte Familie ist so unglaublich neugierig, dass ich manchmal glaube, der KGB würde mit mehr Finesse vorgehen."

Sie lachte, wie er es erhofft hatte, und ihr Gesicht leuchtete der-

193

art auf, dass plötzlich Verlangen in ihm aufstieg. Er biss die Zähne zusammen, hielt sich mühsam davor zurück, Claire an sich zu ziehen und seine Hüften an ihren weichen Körper zu pressen.

„Gute Nacht", sagte er, beugte sich hinab und drückte die Lippen auf ihre Stirn. „Darf ich dich morgen anrufen?"

„Schon wieder? Ich meine, natürlich darfst du, aber ich dachte, du wärst meine Gesellschaft allmählich leid."

„Ganz im Gegenteil. Bei dir kann ich mich entspannen. Wenn du allerdings schon etwas anderes vorhast …"

„Nein, das nicht", versicherte Claire hastig. Denn ein Tag ohne ihn erschien ihr plötzlich trostlos.

„Dann iss mit mir zu Mittag. Gibt es ein Restaurant in der Nähe von deinem Büro?"

„Ja, direkt gegenüber. ,Riley's'."

„Gut. Wir treffen uns dort um zwölf." Max berührte flüchtig ihre Wange und ging.

Claire verschloss die Tür hinter ihm und lehnte sich dagegen. Ihre Augen füllten sich mit Tränen, und ihre Kehle war wie zugeschnürt. Sie hatte sich in ihn verliebt – in einen Mann, der seiner eigenen Aussage zufolge nur eine unverbindliche Freundschaft wollte. Wie dumm von ihr! Sie hatte von Anfang an geahnt, dass Maxwell Benedict eine Gefahr für sie und ihr stilles, unkompliziertes Leben bedeutete. Indem er keinerlei Forderungen stellte, hatte er viel mehr erhalten, als sie zu geben bereit war.

4. KAPITEL

Als Claire das Büro betrat, sah sie auf den ersten Blick, dass Sam wieder einmal dort übernachtet hatte. Das Licht brannte, Schubladen standen offen, und alter Kaffee siedete auf der Warmhalteplatte. Sie schüttete ihn fort und setzte die Kaffeemaschine in Gang, bevor sie Ordnung im Raum schuf.

Als der Kaffee fertig war, schenkte sie einen Becher voll ein und trug ihn hinüber in Sams Büro. Er schlief am Schreibtisch, den Kopf auf die verschränkten Arme gelegt. Ein Notizblock, mit Zahlen und chemischen Formeln übersät, lag neben ihm, und fünf Plastikbecher mit unterschiedlich großen Kaffeeresten standen herum.

Claire stellte den dampfenden Becher auf den Schreibtisch, durchquerte den Raum und öffnete die Gardinen. „Sam, wach auf. Es ist fast acht Uhr."

Er rührte sich, gähnte, setzte sich auf, gähnte erneut und rieb sich die Augen. Anerkennend blickte er auf den Becher mit frischem Kaffee und leerte ihn halb. „Was sagtest du, wie spät es ist?"

„Acht."

„Fünf Stunden Schlaf. Nicht schlecht." Es war wirklich viel für ihn. Häufig kam er mit weniger aus.

Sam war in gewisser Weise ein Rätsel. Claire mochte ihn aber und war ihm eine zuverlässige Sekretärin. Er war schlank und grauhaarig, und die tiefen Linien in seinem Gesicht deuteten auf schwere Zeiten in seinem zweiundfünfzigjährigen Leben. Claire vermutete, dass Sam eine interessante Vergangenheit besaß, aber er sprach nie darüber. Sie wusste eigentlich nur, dass seine Frau vor zehn Jahren gestorben war und er ihr noch immer nachtrauerte. Ihr Foto stand noch immer auf seinem Schreibtisch, und manchmal betrachtete er es mit solch schmerzlicher Sehnsucht, dass Claire sich abwenden musste.

„Hast du an etwas Neuem gearbeitet?", fragte sie und deutete auf den Notizblock, der vor ihm auf dem Schreibtisch lag.

Linda Howard

„Ich möchte diese neue Legierung verstärken. Bisher ist es mir aber nur gelungen, sie entweder schwerer oder brüchiger zu machen."

Sein Ziel bestand in der Entwicklung eines Metalls, das nicht nur stark, sondern auch leicht war, um Antriebsenergie einzusparen. Die modernen Legierungen dienten nicht nur statischen Zwecken in Form von T-Trägern, sondern wurden auch in der Raumfahrt verwendet und eröffneten neue Möglichkeiten im Überlandtransport. Nachdem eine neue Legierung entwickelt worden war, mussten Wege gefunden werden, sie billig genug zu produzieren, damit die Industrie sie benutzen konnte.

Zu Beginn ihrer Tätigkeit für Sam hatte Claire geglaubt, dass es sich um reine Routine handelte, wie in einem gewöhnlichen Stahlwerk. Doch schon bald hatte sie ihren Irrtum erkannt. Die Forschungsarbeiten waren faszinierend und die Sicherheitsvorschriften streng. Sie liebte ihre Arbeit, und ganz besonders an diesem Morgen, da sie von Max abgelenkt wurde.

Seit Claire ihn am Freitag kennengelernt hatte, beherrschte er ihre Zeit und ihre Gedanken. Er hatte sich so entschieden und gelungen in ihr Leben gedrängt, dass sie ihm nicht einmal im Schlaf entkommen konnte. In der vergangenen Nacht war sie immer wieder aufgewacht und hatte sich eingeredet, dass sie ihn nicht liebe, ihn nicht lieben durfte. Doch immer wieder war sein Bild vor ihr aufgetaucht und hatte ihr den Atem genommen, und ihr verräterischer Körper war vor Verlangen erglüht.

Sie hatte Angst. Es war dumm und leichtsinnig, Max zu lieben. Einerseits, weil sie sich nie wieder den Qualen der Liebe aussetzen wollte, andererseits, weil er nur Freundschaft wollte. Wie schrecklich, wenn er erriet, dass sie wie alle anderen war und sich wie ein liebeskranker Teenager nach ihm verzehrte!

Am späten Vormittag rief Sam sie zum Diktat zu sich, doch schon bald lehnte er sich schweigend in seinem Stuhl zurück und blickte sie stirnrunzelnd an. Claire wartete geduldig. Sie wusste, dass er in Gedanken versunken war und sie vermutlich gar nicht wahrnahm.

Schließlich erhob er sich und stöhnte leise, als seine steifen Mus-

keln protestierten. „Tage wie dieser erinnern mich an mein Alter",
murrte er und rieb sich den Rücken.

„Nächte am Schreibtisch erinnern dich an dein Alter", korrigierte Claire.

Er nickte zustimmend, trat ans Fenster und blickte auf das Dach
seines Labors. „Ich habe am Wochenende einige Gerüchte gehört.
Nichts Konkretes. In diesem Fall jedoch neige ich dazu, ihnen zu
glauben. Ausländische Kreise scheinen Aktien von uns aufkaufen
zu wollen. Das gefällt mir nicht, ganz und gar nicht."

„Eine Übernahme?"

„Möglich. Bisher hat keine Bewegung in unseren Aktien stattgefunden, kein plötzlicher Anstieg in Preis oder Nachfrage. Demnach könnten die Gerüchte unbegründet sein. Aber da ist noch etwas anderes, das mich beunruhigt. Es ist ein weiteres Gerücht im
Umlauf – über die Titanlegierung, an der ich gerade arbeite."

Sie blickten sich schweigend an, waren sich beide der mögli-
chen Konsequenzen bewusst. Die Legierung, die Sam entwickelt
hatte, war ihren Vorgängern in Stärke und Leichtigkeit derart überlegen, dass sie unglaublich weitreichende Möglichkeiten eröffnete,
obgleich sich der Produktionsprozess noch im Versuchsstadium
befand. Sam war der Einzige, der sämtliche Formeln kannte, aber
notgedrungen wussten die Mitarbeiter in Labor und Produktion
davon. Die Sicherheitsvorkehrungen waren ungewöhnlich streng.
Doch wenn erst einmal Informationen durchsickerten …

Schließlich sagte Claire: „Diese Angelegenheit ist zu heikel, als
dass die Bundesregierung einer ausländischen Firma Zugang zu
dieser Legierung gestatten würde."

Sam starrte wieder aus dem Fenster. „Ich habe immer versucht,
unabhängig zu bleiben", sinnierte er. „Ich hätte diese Forschungs-
arbeit anmelden sollen, das wusste ich von Anfang an. Aber ich bin
zu sehr Einzelgänger, um vernünftig zu handeln. Ich dachte, wir
wären zu klein, um Aufmerksamkeit zu erregen, und ich wollte
all das Aufheben von staatlichen Schutzmaßnahmen vermeiden. Es
war offensichtlich ein Fehler."

„Wirst du dich jetzt mit der Regierung in Verbindung setzen?"

Sam fuhr sich mit den Fingern durch das Haar. „Verdammt, ich will mich im Augenblick nicht von all dem ablenken lassen. Vielleicht …"

Claire beobachtete ihn und erkannte, wie seine Entscheidung ausfallen würde. Er würde abwarten. Er würde die Legierung nicht in falsche Hände fallen lassen, aber seine Forschungen so lange wie möglich im Stillen betreiben.

„Ein Übernahmeversuch würde im Augenblick vermutlich ohnehin fehlschlagen. Wir haben Grundbesitz, der im Wert emporgeschossen ist, aber er ist seit Jahren nicht geschätzt worden. Ein Übernahmeangebot würde ihn nicht berücksichtigen."

„Ich werde eine neue Schätzung veranlassen."

„Mach es dringend. Ich hoffe, dass es ausreicht, um uns zu schützen. Ich will nur genug Zeit, um meine Forschung zu beenden, bevor ich übergebe." Müde zuckte er die breiten Schultern. „Es war schön, solange es anhielt, aber ich weiß schon seit einer Weile, dass wir einem wichtigen Durchbruch zu nahe gekommen sind. Verdammt, ich hasse es, die Dinge durch bürokratischen Unsinn zu komplizieren."

„Du hasst es grundsätzlich, wenn dir irgendjemand sagt, was du zu tun hast, ob nun ein Bürokrat oder nicht."

Sam starrte sie finster an, doch Claire hielt seinem Blick gelassen stand. Und im nächsten Augenblick schwand seine düstere Miene, und er nickte seufzend.

Das war eines der Dinge, die Claire besonders an ihm mochte: seine Fähigkeit, die Wahrheit einzusehen, auch wenn sie ihm vielleicht nicht gefiel. Welche Schicksalsschläge er auch im Leben erlitten haben mochte, er hatte aus jedem einzelnen gelernt. Er war ein Genie, von seinen kreativen Träumen gefesselt, aber auch ein harter Kämpfer. Ein Schreibtischmensch war er jedoch nicht. Papierkram interessierte ihn nicht, und er erledigte ihn nur notgedrungen. Sein Ehrgeiz, seine Liebe galt dem Labor.

Max beobachtete fasziniert, wie Claire sich einen Weg durch das volle Restaurant bahnte. Ihre Wangen glühten vor Hast, und ihre

Für morgen, für immer

Lippen waren atemlos geöffnet. Sie wirkten feminin und weich und erweckten in ihm den Drang, sie zu küssen, sich nicht nur auf die flüchtigen Küsschen auf Wange oder Stirn zu beschränken.

Claire ging ihm nicht mehr aus dem Sinn, aber er wagte es nicht, sich ihr zu nähern. Sie war so scheu, dass er einen erneuten Rückzieher befürchten musste. Ihm blieb ohnehin nicht viel Zeit, um die benötigten Informationen zu beschaffen, und er wusste bisher nicht einmal, wonach er suchte. Anson Edwards war jedoch sicher, dass Sam Bronson geheime Vermögenswerte besaß, und Ansons Instinkt täuschte ihn nie.

Wenn Max Claire anblickte, fiel es ihm schwer, sich zu erinnern, dass der Hauptgrund für seinen Aufenthalt in Houston geschäftlicher Natur war. Ihm gefiel die Vorstellung ganz und gar nicht, sie hineinzuziehen, sie zu benutzen. Nur seine Loyalität gegenüber Anson Edwards verhinderte, dass er diesen Auftrag einfach hinwarf. Zum ersten Mal spürte er, dass seine Loyalität ins Wanken geriet. Er wollte seine Zeit nicht mit der Suche nach Informationen verschwenden. Er wollte Claire in die Arme schließen und sie so festhalten, dass nie wieder eine Distanz zwischen ihnen entstand.

Ein heftiges Verlangen stieg in Max auf, als sie schließlich seinen Tisch erreichte und er zur Begrüßung aufstand. Doch er zwang sich, nur diese lockere Freundschaft zu zeigen, die sie anscheinend bevorzugte. „Arbeitsreicher Vormittag?", erkundigte er sich und küsste sie auf die Wange, bevor er ihren Stuhl zurechtrückte.

Seine Geste wirkte flüchtig und lässig auf sie. Wahrscheinlich küsst er jede Frau, mit der er sich trifft, sagte sie sich, dennoch durchströmte eine Woge der Wärme ihren Körper.

„Ein typischer Montag. Alles war in bester Ordnung, als ich das Büro am Freitag verließ, nur hat sich übers Wochenende irgendwie ein Chaos ergeben."

Eine Kellnerin brachte die Speisekarte, und sie schwiegen beide, während sie auswählten. Sie bestellten, und dann verkündete Max: „Ich bin heute Morgen in die Wohnung eingezogen."

„Das ging aber schnell!"

„Ich musste nur meine Kleidung umräumen. Ich habe außerdem die Speisekammer aufgefüllt und Bettwäsche und Handtücher gekauft ..."

Ihre Getränke wurden gebracht. „Riley's" war bekannt für seinen schnellen Service, und an diesem Tag übertraf sich die Kellnerin selbst. Max und Claire versuchten einige Male, ein Gespräch zu beginnen, aber jedes Mal wurden sie unterbrochen, als ihre Kaffeetassen oder Wassergläser aufgefüllt wurden. Das Restaurant war überfüllt, und das unablässige Klappern von Geschirr und Besteck zwang sie, ihre Stimmen zu erheben.

„Claire! Und Mr. Benedict! Wie schön, dass ich euch hier treffe!"

Max erhob sich höflich, und Claire drehte sich um. Leigh Adkinson, eine hübsche Brünette, trat mit einem strahlenden Lächeln an ihren Tisch. Sie gehörte dem gesellschaftlichen Kreis an, in dem Claire sich als Mrs. Halsey bewegt hatte. Sie war fröhlich und nett, aber nur eine entfernte Bekannte, und seit der Scheidung hatte Claire beinahe völlig den Kontakt zu ihren alten Bekannten abgebrochen.

Doch Leigh lächelte sie an, als wären sie die besten Freundinnen, und wandte sich dann an Max. „Erinnern Sie sich an mich, Mr. Benedict? Wir haben uns am Freitag auf Virginias Party kennengelernt."

„Natürlich erinnere ich mich. Möchten Sie sich nicht zu uns setzen?" Er deutete auf den leeren Stuhl.

Leigh schüttelte den Kopf. „Danke, leider muss ich mich beeilen. Ich wollte Sie nur zu einer Dinnerparty einladen, die ich am Samstag gebe. Das heißt, sie beginnt mit einem Dinner bei mir zu Hause, und dann ziehen wir ins Wiltshire Hotel zum Tanz im Ballsaal. Tony eröffnet damit seine Kandidatur als Gouverneur. Bitte, sagen Sie zu. Ich habe auf Virginias Party bemerkt, wie gut Sie zusammen tanzen."

„Claire?" Max blickte sie fragend an.

Claire wusste nicht, was sie antworten sollte. Vielleicht wollte er lieber mit jemand anderem zu dieser Party gehen, wenn überhaupt.

„Wir wollen damit keine Spenden auftreiben", erklärte Leigh

Für morgen, für immer

lachend. „Es ist eine Party für Freunde. Und du hast dich viel zu lange vergraben, Claire."

Claire hasste es, wenn jemand andeutete, dass sie sich nach der Scheidung in tiefer Trauer zurückgezogen hatte, was absolut nicht der Fall war. Sie versteifte sich, und eine ablehnende Antwort lag ihr bereits auf den Lippen.

Max legte eine Hand auf ihre. „Vielen Dank. Wir kommen gern."

„Oh, prima. Wir essen früh, um sieben. Claire weiß, wo wir wohnen. Bis Samstag dann."

Max setzte sich wieder, und eine Weile herrschte Schweigen am Tisch. Schließlich fragte er: „Bist du böse, weil ich für uns beide zugesagt habe?"

„Es ist mir unangenehm. Leigh nimmt an, dass wir zusammengehören, und du warst zu höflich, um ihr die Wahrheit zu sagen."

„Glaubst du wirklich, dass ich aus Höflichkeit zusagen würde, wenn ich nicht hingehen wollte?" Ein kühler, beinahe rücksichtsloser Ausdruck trat in seine Augen. „Ich kann manchmal schonungslos offen sein."

Claire starrte ihn verblüfft an. Max schien ein völlig anderer Mensch zu sein. Doch schon war sein harter Blick wieder verschwunden. Er wirkte ruhig und beherrscht wie stets und vermittelte ihr den Eindruck, dass ihre Sinne sie getäuscht hatten.

„Warum möchtest du nicht hingehen?", fragte er sanft.

„Ich gehöre nicht mehr in diesen Kreis."

„Hast du Angst, deinen Exmann wieder zu treffen?"

„Ich lege gewiss keinen Wert darauf, mit ihm und seiner Frau gesellschaftlich zu verkehren."

„Du brauchst ja nicht mit ihnen zu verkehren. Wenn sie da sind, dann ignoriere sie einfach. Eine Scheidung bedeutet heutzutage doch nicht mehr, dass man mit allen früheren Freunden auf Kriegsfuß steht."

„Darum geht's überhaupt nicht", protestierte Claire.

„Worum geht's denn dann? Ich möchte mit dir zu diesem Dinner gehen und anschließend mit dir tanzen. Ich glaube, wir werden Spaß haben. Meinst du nicht?"

„Ich nehme dich in Beschlag und ...“

„Nein, ich nehme dich in Beschlag“, unterbrach Max sanft. „Ich bin gern mit dir zusammen. Ich gebe zu, dass ich selbstsüchtig bin, aber ich fühle mich wohl mit dir.“

Seufzend gab Claire nach, obgleich sie wusste, dass sie sich zu ihrem eigenen Besten von ihm fernhalten sollte. Aber sie wollte mit ihm zusammen sein, ihn sehen, mit ihm reden, wenn auch nur als Freunde.

Nach dem Essen brachte Max sie über die Straße. Dunkle Wolken waren am Himmel aufgezogen und kündeten von einem Frühlingsregen. „Ich muss mich beeilen, um einem Schauer zu entgehen. Wann essen wir heute zu Abend?“

Claire blickte ihn ungläubig an. „Heute Abend?“ Drei Abende hintereinander.

„Ja. Ich werde kochen. Schließlich ist es die erste Mahlzeit in meiner neuen Wohnung. Du hast doch nichts anderes vor, oder?“

„Nein.“

„Gut. Ich hole dich um halb sieben ab.“

„Ich komme mit meinem Wagen. Dann brauchst du nicht mitten im Kochen aufzuhören.“

Max blickte sie kühl an. „Ich sagte, dass ich dich abhole. Du wirst nachts nicht allein nach Hause fahren. Meine Mutter würde mich enterben, wenn ich es zuließe.“

Claire zögerte. Sie lernte allmählich, wie unnachgiebig Max sein konnte, wenn er sich etwas in den Kopf gesetzt hatte. Hinter seinem lässigen Charme verbarg sich ein eiserner Wille, so hart und unbeugsam wie Stahl. Sie hatte es bereits einige Male gespürt, wenn auch stets nur flüchtig.

Max hob ihr Kinn mit einem Finger und setzte seinen Charme ein, indem er sie mit funkelnden Augen anblickte. „Halb sieben?“

Sie schaute auf ihre Uhr. Sie hatte die Mittagspause bereits überzogen und keine Zeit, über eine so unwichtige Kleinigkeit zu diskutieren.

„Also gut. Ich werde fertig sein.“

Max ist wirklich ein Überredungskünstler, dachte Claire seuf-

Für morgen, für immer

zend, während sie das Büro betrat. Wenn sein Charme nicht ausreichte, setzte er seine kühle Autorität ein. Gewöhnlich wirkte sein Charme überzeugend genug. Wann mochte ihm zum letzten Mal jemand etwas abgeschlagen haben? In diesem Jahrzehnt bestimmt nicht, dachte sie, denn selbst sie, die vor gut aussehenden Charmeuren so auf der Hut war, konnte ihm nicht widerstehen.

Voller Vorfreude eilte Claire am Abend nach Hause. Sie duschte hastig und föhnte sich gerade die Haare, als das Telefon klingelte.

„Also, schieß los", drängte Martine, sobald Claire den Hörer abnahm. „Ich will alles über diesen tollen Mann wissen."

Welch ein Wunder, dachte Claire, dass Martine ihre Neugier so lange gezügelt und nicht schon im Büro angerufen hat. Sie schwieg eine Weile nachdenklich. Was wusste sie über Max? Dass er drei Schwestern und einen Bruder hatte, aus England stammte und sich mit Immobilien beschäftigte. Das hatte ihre Familie bereits am Abend zuvor erfahren. Sie wusste außerdem, dass er sich elegant kleidete, einen teuren Geschmack und untadelige Manieren besaß. Ansonsten wusste sie gar nichts, nicht einmal sein Alter. „Er ist nur ein Freund", erwiderte sie schließlich, weil ihr nichts anderes einfiel.

„Und die Mona Lisa ist nur ein Gemälde."

„Im Wesentlichen, ja. Es ist nichts zwischen uns, außer Freundschaft."

„Na ja, wenn du meinst ..." Skepsis klang aus Martines Stimme. „Wirst du ihn wiedersehen?"

Claire seufzte. „Ja."

„Aha!"

„Da gibt's kein ,aha'. Wir sind wirklich nur Freunde. Du hast ihn doch gesehen. Also wirst du dir wohl ausmalen können, wie er von Frauen verfolgt wird. Er ist es einfach leid, und er fühlt sich wohl mit mir, weil ich ihm nicht nachstelle."

Martine zog ausdrucksvoll die Augenbrauen hoch. Sie glaubte durchaus, dass Claire ihm nicht nachstellte, aber sie glaubte nicht eine Sekunde lang, dass er sich nur mit ihr traf, weil er sich „wohl" bei ihr fühlte. Sie kannte sich mit Männern aus, und ein einziger Blick auf Maxwell Benedict hatte ihr verraten, dass er männlicher und leidenschaftlicher als die meisten war, und dass es ihn unglaublich reizen musste, wenn Claire ihn als geschlechtslos ansah. Vielleicht war Claire zu verträumt, um das zu merken. „Wenn du sicher bist ...“

„Ich bin ganz sicher, glaub mir“, beharrte Claire und beendete hastig das Gespräch. Nervös blickte sie zur Uhr. Es war schon beinahe sechs.

Eilig trocknete sie ihr Haar, schlüpfte in eine beige Leinenhose und einen blauen legeren Sweater und betrachtete sich kritisch im Spiegel. War diese Aufmachung zu lässig? Max kleidete sich stets so gut und besaß diesen englischen Sinn für Formalität. Doch ein weiterer Blick zur Uhr verriet ihr, dass ihr keine Zeit mehr blieb, sich umzuziehen.

Gerade hatte sie ihr Make-up beendet, als es auch schon klingelte. Es war Punkt halb sieben Uhr. Sie ergriff ihre Handtasche und eilte zur Tür.

„Ah, du bist fertig, wie gewöhnlich“, bemerkte Max anerkennend. „Du brauchst eine Jacke. Es regnet.“ Winzige Wassertropfen glitzerten auf seinem Tweedjackett und seinem Haar.

Sie holte eine Jacke, und als sie zurückkehrte, legte er freundschaftlich seinen Arm um ihre Schultern. „Ich hoffe, du bist hungrig. Ich habe mich selbst übertroffen, wenn ich das sagen darf.“

Sie lächelte, und er zog sie ein wenig näher an sich, während sie zum Wagen gingen. Sie spürte die Wärme seines Körpers, die Kraft des Armes, der so lässig auf ihren Schultern lag, und roch den frischen Duft seiner Haut. Einen flüchtigen Augenblick lang schloss sie die Augen vor Verlangen. Dann verdrängte sie es entschieden. Ihre Gefühle für ihn konnten nur zu Kummer führen. Sie war zu seinem „Kumpel“ auserkoren, und mehr bedeutete seine Umarmung nicht.

„Ich hoffe, du magst Meeresfrüchte“, sagte Max, als sie seine Wohnung betraten. Er nahm Claire die Jacke ab, zog seine eigene aus und hängte beide in den kleinen Garderobenschrank.

Für morgen, für immer

Im goldgerahmten Spiegel über dem Queen-Anne-Tisch beobachtete sie, mit welch geschmeidigen Bewegungen er selbst diese alltägliche Tätigkeit ausführte. „Wir sind hier in Houston, mit dem Meer direkt vor der Tür. Es wäre unpatriotisch oder so etwas Ähnliches, keine Meeresfrüchte zu mögen."

„Und wie steht's mit Krabben im Besonderen?"

„Ich mag Krabben ganz besonders."

„Schließt das Krabben auf kreolische Art ein?"

„Durchaus. Gibt's die heute?"

„Ja. Ich habe das Rezept aus New Orleans, also ist es echt."

„Ich kann mir kaum vorstellen, dass du in der Küche herumwirtschaftest", bemerkte Claire und folgte Max in die schmale, äußerst moderne Küche. Ein würziger Duft erfüllte die Luft.

„Das tue ich normalerweise auch nicht. Nur wenn mir ein Gericht besonders gut schmeckt, dann lerne ich es. Wie könnte ich sonst Krabben auf kreolische Art essen, wenn ich in England zu Besuch bin? Die Köchin meiner Mutter hat es noch nie zubereitet. Und andersherum musste ich lernen, Yorkshire-Pudding zuzubereiten, um ihn hier in Amerika genießen zu können. Der Tisch ist schon gedeckt. Hilfst du mir, die Schüsseln hinüberzutragen?"

Es fiel Claire schwer zu glauben, dass er erst an diesem Morgen in die Wohnung eingezogen war. Er schien sich bereits wie zu Hause zu fühlen, und nirgendwo waren Anzeichen eines Umzuges zu entdecken. Alles wirkte aufgeräumt und ordentlich.

Der Tisch war vollendet gedeckt, und sobald sie Platz genommen hatten, entkorkte Max eine Flasche herben Weißweines, der hervorragend zu den Krabben mit Reis passte. Die Atmosphäre war entspannt, und Claire aß und trank mehr als gewöhnlich.

Der Wein erfüllte sie mit einer angenehmen Wärme, und nach dem Essen nippten sie beide weiterhin an ihren Gläsern, während sie das Geschirr abwuschen. Zu ihrer Belustigung war Max nicht so häuslich, um sich gegen ihre Hilfe zu wehren.

Es war ein wenig schwierig, zu zweit in der engen Küche zu hantieren, und sie stießen ständig aneinander. Sogar das fand Claire angenehm. Die Berührung ihrer Körper gefiel ihr insgeheim so gut, dass sie einige Male ganz bewusst nicht aus dem Weg ging. Ein derartiges Verhalten sah ihr gar nicht ähnlich. Im Gegensatz zu Martine, die gern und geschickt flirtete, hatte Claire sich nie darin geübt.

Der Wein wirkte äußerst entspannend auf sie, und sobald sie sich im Wohnzimmer niederließen, spürte sie, wie ihre Glieder schwer wurden. Sie nippte an ihrem Glas und seufzte schläfrig.

„Ich glaube, du hast genug." Max nahm ihr das Glas ab und stellte es auf den Tisch. „Sonst schläfst du mir noch ein."

„Nein, obwohl ich wirklich müde bin. Es war ein anstrengender Tag."

„Irgendwas Ungewöhnliches?"

„Das könnte man sagen. Sam – das ist Mr. Bronson, mein Chef – hat Gerüchte gehört, dass uns ein Übernahmeversuch bevorstehen könnte."

„Oh?" Sein Körper war gespannt, trotz seiner lässigen Haltung. „Woher hat er das gehört?"

„Sam hat bemerkenswerte Quellen und Instinkte. Am meisten beunruhigt ihn, dass eine ausländische Firma dahinter stecken könnte."

Sein Gesicht wirkte ausdruckslos, während er begann, ihre Schultern zu massieren. „Warum ist das besonders beunruhigend?"

„Weil Sam im Begriff steht, eine Legierung zu entwickeln, die weitreichende Möglichkeiten eröffnen könnte, besonders für die Raumfahrt", murmelte sie. Dann hörte sie das Echo ihrer eigenen Worte und schreckte entsetzt auf. „Ich begreife gar nicht, wie ich dir das erzählen konnte."

„Keine Sorge, ich werd's nicht weitersagen", beruhigte Max sie und massierte weiterhin ihre Schultern. „Wenn die Produktion dieser Legierung so wichtig für die nationale Sicherheit ist, warum wurde sie dann nicht angemeldet? Das hätte ihn vor einer Übernahme durch eine ausländische Firma geschützt."

„Sam ist ein Einzelgänger. Er hasst die Vorschriften und die strikte Überwachung, die staatliche Schutzmaßnahmen mit sich bringen würden. Er will zuerst seine Forschungen und Experi-

Für morgen, für immer

mente nach seinen eigenen Regeln durchführen. Falls sich die Gerüchte bewahrheiten, wird er sich natürlich an die Regierung wenden. Er würde die Legierung niemals in falsche Hände geraten lassen."

Claires Worte stimmten Max sehr nachdenklich. „Spencer-Nyle" hatte bereits Aktien von „Bronson Alloys" gekauft, jedoch sehr unauffällig und in kleinen Mengen. Anson war noch nicht bereit, den großen Schritt zu wagen, aber da Sam Bronson ebenfalls von dem Interesse einer ausländischen Firma gehört hatte, stimmten die Gerüchte womöglich, und Anson musste früher als geplant eingreifen. Die Gefahr bestand nun darin, dass Bronson gewarnt war und jede Aktienbewegung verfolgen würde. Und da er ein Einzelgänger war, würde er eine Übernahme durch „Spencer-Nyle" genauso wenig begrüßen wie durch ausländische Kreise. Seine Firma befand sich zwar in öffentlicher Hand, aber sie lag Sam sehr am Herzen, und er war als zäher, mutiger Kämpfer bekannt …

„Was tust du da?", fragte Claire mit großen Augen, als er sie bäuchlings hinab auf die Couch drückte.

„Ich will dir nur den Rücken massieren." Seine Stimme klang sanft und beruhigend, und seine Hände fanden geschickt die verspannten Stellen und kneteten sie durch. Stille kehrte ein, abgesehen von ihren leisen wohligen Seufzern.

Max bemerkte, dass ihr erneut die Augen zufielen, und ein Lächeln spielte um seine Lippen. Sie schlief tatsächlich ein, und so etwas war ihm noch nie passiert, zumindest nicht so früh am Abend. Gewöhnlich schliefen die Frauen erst in seinen Armen ein, nach dem Liebesspiel. Claire schien seine Sinnlichkeit überhaupt nicht zu spüren. Selbst als ihre Körper sich in der Küche beim Abwasch berührt hatten, war es ihr anscheinend nicht bewusst geworden. Sie wusste offensichtlich gar nicht, dass Sex überhaupt existierte.

Er blickte auf sie hinab. Ihr honigblondes Haar war wie ein Fächer ausgebreitet, ihre Lippen wirkten weich und entspannt, ihre riesigen samtbraunen Augen waren geschlossen. Seine Hände sahen groß und kräftig aus auf ihrem schmalen Rücken. Er spürte ihren zarten Brustkorb und die noch zartere Haut unter dem dünnen Stoff ihres Sweaters.

Claire schlief in mehr als nur einer Hinsicht, und Max sehnte sich danach, sie zu wecken, in sein Bett zu führen und sie dann sexuell zu erwecken. Er wollte sie auf sich aufmerksam machen, sodass sie ihn nie wieder mit diesem entrückten Blick ansah. Aber noch nicht. Er durfte es nicht riskieren, sie zu verschrecken, bevor er all die nötigen Informationen für diese verdammte Übernahme besaß. Dann …

Seine Hände begannen zu zittern. Erneut fragte er sich, wie Claire wohl reagieren mochte, wenn sie von seiner wahren Identität erfuhr. Zornig natürlich. Doch er glaubte ihrem Zorn gewachsen zu sein. Ihn beunruhigte vielmehr die Vorstellung, dass sie verletzt werden könnte. Er wollte ihr in keiner Weise wehtun. Er wollte sie festhalten, sie lieben, sie umsorgen. Es schien ihm unerträglich, dass er ihr Vertrauen verlieren könnte, das er sich so mühsam errungen hatte. Er kannte keine andere Frau, die so sanft und so unnahbar war wie Claire. Er wusste nie, was sie dachte, was für Träume sich hinter ihren dunklen Augen verbargen. Und jedes Lächeln, das sie ihm schenkte, jeder Gedanke, den sie ihm verriet, erschien ihm wie ein Schatz, weil es ihn der geheimnisvollen Frau hinter der abweisenden Fassade näherbrachte.

Zärtlichkeit erfüllte ihn, während er sie betrachtete. Sie war wirklich erschöpft. Sanft weckte er sie und genoss die Art, in der ihre dunklen Augen ihn verwirrt anblinzelten.

Dann wurde Claire bewusst, wo sie sich befand, und sie setzte sich verlegen auf. „Es tut mir leid. Ich wollte nicht einschlafen", murmelte sie.

„Mach dir deswegen keine Gedanken. Du warst eben müde. Und wozu sind Freunde da? Ich hätte dich ja auf der Couch schlafen lassen. Ich dachte mir nur, in deinem Bett hättest du es bequemer."

Sie gingen in den Flur, und Max half ihr in ihre Jacke. Er schwieg auf der Fahrt zu ihrer Wohnung, und Claire war zu schläfrig, um zu sprechen. Ein leichter Nieselregen hatte erneut eingesetzt, und

Für morgen, für immer

die kühle feuchte Luft veranlasste sie, sich tiefer in ihre Jacke zu kuscheln.

Er schloss ihr die Wohnungstür auf und schaltete das Licht ein. „Ich rufe dich morgen an", verkündete er und schmiegte eine Hand um ihr Kinn.

„In Ordnung", stimmte Claire leise zu und dachte dabei, dass jede Stunde ohne ihn ihr wie ein Jahr erscheinen würde. „Max?"

„Ja?"

„Was ich über die Legierung gesagt habe …"

„Ich weiß. Ich verspreche dir, dass ich kein Wort darüber verlieren werde. Mir ist klar, wie heikel diese Information sein kann." Er gab das Versprechen mit gutem Gewissen, da er mit niemandem über die Legierung sprechen musste. Anson wusste bereits davon.

Claire wirkte unglaublich sanft und schläfrig. Er hob ihr Kinn, beugte sich hinab und senkte den Mund auf ihren. Es war nur ein leichter, flüchtiger Kuss. Augenblicklich versteifte Claire sich, wich zurück, und auf ihr Gesicht trat dieser verdammte abweisende Ausdruck.

Max ließ seine Hand sinken, so als hätte er nichts bemerkt, innerlich raste er aber vor Zorn. Verdammt, eines Tages musste er Claire dazu bringen können, dass sie ihn als Mann sah. „Ich rufe dich morgen an", wiederholte er. „Ich habe einiges zu erledigen und bin bis zum frühen Nachmittag beschäftigt. Ich melde mich, bevor du das Büro verlässt." Ohne ihre Zustimmung abzuwarten, drehte Max sich um und ging.

5. KAPITEL

Claire, ich verstehe wirklich nicht, warum du so trotzig bist", sagte Alma sanft. „Es ist doch nur eine kleine Party, und dein Vater und ich möchten, dass du kommst. Wir sehen dich viel zu selten. Martine und Steve kommen auch."

„Mom, ich mag nicht auf Partys gehen", beharrte Claire, obgleich sie wusste, dass Alma nicht nachgeben würde, wenn sie diesen Ton anschlug.

„Nun, und ich mag keine geben. Sie machen viel zu viele Umstände. Aber ich tue es, weil es von mir erwartet wird und es deinem Vater hilft."

Claire wusste nur zu gut, was diese Worte in Wirklichkeit bedeuteten: Jeder erfüllte seine Pflicht, nur sie selbst weigerte sich, wie gewöhnlich, ihren Teil beizusteuern. Sie seufzte insgeheim.

Alma betrachtete Claires Schweigen als Sieg. „Du brauchst auch nicht lange zu bleiben. Ich weiß ja, dass du morgen wieder arbeiten musst. Und bring Max Benedict mit. Dem Gerücht zufolge, das in der Stadt umgeht, finden Harmon und ich, sollten wir ihn besser kennenlernen."

„Welches Gerücht?", hakte Claire erschrocken nach.

„Dass die Sache zwischen euch recht ernst zu sein scheint. Du hättest mich wirklich zumindest warnen können, damit ich nicht so tun muss, als wüsste ich, wovon alle anderen reden."

„Aber es ist nichts Ernstes zwischen uns. Wir sind nur Freunde." Claire hatte diese Erklärung inzwischen so oft abgegeben, dass sie sich allmählich wie ein Papagei fühlte, der nur einen Satz beherrschte.

„Habt ihr euch denn nicht regelmäßig getroffen?"

Nur jeden Tag, dachte Claire. Aber wie konnte sie Alma das sagen, ohne dass es nach einer leidenschaftlichen Romanze klang, während es in Wirklichkeit nichts weiter als eine Art Partnerschaft war, in der sie sich gegenseitig Gesellschaft leisteten? „Wir haben uns getroffen, ja."

„Leigh Adkinson hat dich am Montag mit ihm beim Mittag-

Für morgen, für immer

essen gesehen. Bev Michaels hat dich am Dienstag mit ihm beim Abendessen gesehen, und Charlie Tuttle hat dich gestern mit ihm im Einkaufszentrum gesehen. Jeden Tag! Das ist ziemlich regelmäßig, Liebes. Nun, ich will dich ja nicht drängen. Lass die Beziehung ruhig ihren eigenen Verlauf nehmen. Aber ich würde mich wirklich viel wohler fühlen, wenn Harmon und ich ihn näher kennenlernten."

„Ich werde zur Party kommen", versprach Claire resignierend. „Mit Max."

„Das weiß ich nicht. Ich habe noch nicht mit ihm über heute Abend gesprochen. Vielleicht hat er eine Verabredung."

„Ach, das glaube ich nicht." Alma schmunzelte. „Danke, Liebes. Wir sehen euch beide dann heute Abend."

Claire legte den Hörer auf und schüttelte seufzend den Kopf. Im Gegensatz zu Alma war sie keineswegs überzeugt, dass Max keine Verabredung hatte. Er war viel zu männlich, um auf ein Liebesleben zu verzichten. Und da er diese Art von Beziehung nicht zu ihr unterhielt und anscheinend auch nicht einzugehen gedachte, schien es nur folgerichtig, dass er andere Frauen traf. Wenn nicht an diesem Abend, dann bald.

Max hätte ihr nicht deutlicher zeigen können, dass er körperlich nicht an ihr interessiert war. Er hatte sie nicht mehr geküsst seit jenem flüchtigen Kuss am Montagabend, der ein prickelndes Verlangen und die Bereitschaft in ihr erweckt hatte, sich ihm an den Hals zu werfen. Genau wie alle anderen Frauen. Nur mit Mühe war es ihr gelungen, zurückzuweichen und ihre Reaktion zu unterdrücken. In jener Nacht hatte sie sich in den Schlaf geweint – in der festen Überzeugung, dass sie sich zum Narren gemacht hatte und Max nie wieder sehen würde. Doch am folgenden Tag hatte er angerufen, wie versprochen. Vielleicht hatte sie ihre Gefühle so geschickt verborgen, dass er nichts ahnte.

Es schien Claire unglaublich, dass sie sich erst vor einer Woche zum ersten Mal begegnet waren. Sie hatten sich jeden Tag gesehen, gewöhnlich sogar zweimal, zum Mittagessen und nach Feierabend. Manchmal schien es ihr, dass sie ihn besser kannte als jeden anderen

Menschen zuvor, einschließlich Jeff. Und dann wiederum wirkte er wie ein völlig Fremder. Wenn sie ihn unvermittelt anblickte, erhaschte sie gelegentlich einen seltsamen, undeutbaren Ausdruck in seinen Augen.

Das Klingeln des Weckers riss Claire aus ihren Überlegungen. Welch unangenehme Art, einen Tag zu beginnen, dachte sie und erwog, Max gar nichts von der Party zu erzählen. Sie konnte allein hinfahren, so lange bleiben, wie es die Höflichkeit gebot, und dann Müdigkeit vorschützen und nach Hause gehen. Damit wäre Alma zufrieden. Doch es bedeutete einen ganzen Abend ohne Max, und diese Vorstellung erweckte ein Gefühl der Leere in ihr.

Hastig, bevor sie es sich anders überlegen konnte, setzte sie sich im Bett auf, griff zum Telefon und wählte seine Nummer. Es klingelte nur zweimal, bevor er sich ein wenig verschlafen meldete. Ihr Herz schlug schneller, wie gewöhnlich, wenn sie seine Stimme hörte. „Hier ist Claire. Es tut mir leid, dass ich dich geweckt habe."

„Mir tut's nicht leid." Er gähnte. „Ich wollte dich sowieso anrufen. Ist irgendwas passiert?"

„Nein. Meine Mutter hat nur gerade angerufen. Sie gibt heute Abend eine Cocktail-Party und besteht darauf, dass ich teilnehme."

„Bin ich eingeladen?", fragte er mit diesem ausgeprägten Selbstvertrauen, das sie so oft verwunderte. Er schien zu wissen, dass sie ihn unbedingt mitbringen sollte, es ihr aber schwerfiel, ihn zu fragen.

„Hast du nichts dagegen?"

„Ich mag deine Familie. Warum sollte ich also etwas dagegen haben?"

„Die Leute reden über uns."

„Mir ist völlig egal, was die Leute sagen." Max gähnte erneut. „Wann fängt die Party an?"

„Um sieben."

„Natürlich. Alles fängt um sieben an. Ich habe heute außerhalb der Stadt zu tun, und es wird ein bisschen knapp mit der Zeit, wenn ich erst zu meiner Wohnung, dann zu deiner und schließlich

Für morgen, für immer

zum Haus deiner Eltern fahre. Würde es dich sehr stören, wenn ich mich einfach bei dir dusche und umziehe? Dadurch könnte ich fast eine Stunde Fahrtzeit sparen."

Ihr Herz setzte einen Schlag lang aus vor Aufregung. „Nein, es stört mich nicht", brachte sie hervor. „Es ist eine gute Idee. Wann wirst du hier sein?"

„So gegen sechs. Passt dir das?"

„Ja, natürlich." Sie würde sich beeilen müssen, aber es war zu schaffen. Gewöhnlich brauchte sie nicht lange, um sich zurechtzumachen, und sie konnte ihre Haare waschen, bevor sie zur Arbeit ging.

„Dann bis heute Abend."

Es wurde ein schrecklich hektischer Tag für Claire. Sosehr sie sich auch beeilte, schien sie stets einen Schritt zurückzuliegen, und selbst bei Routinearbeiten ergaben sich ungewöhnliche Komplikationen. Teilweise bestand ihre Aufgabe darin, Sam vor unnötigen Störungen zu schützen, was bedeutete, dass sie die betreffenden Angelegenheiten selbst erledigen musste. Sie arbeitete die Mittagspause durch und versuchte dabei nicht an Max zu denken und sich nicht zu wünschen, bei ihm zu sein, wo immer er sich gerade aufhalten mochte.

Am späten Nachmittag kam per Eilbote der angeforderte Schätzungsbericht für das Grundstück. Ein Lächeln breitete sich auf Sams Gesicht aus, während er ihn las. Mit äußerst zufriedener Miene warf er ihn auf den Schreibtisch, lehnte sich in seinem Sessel zurück und verschränkte die Hände hinter dem Kopf.

„Sogar besser, als ich gehofft habe", erklärte er Claire. „Die Grundstückswerte haben sich im vergangenen Jahr vervierfacht. Wir sind in Sicherheit. Und ich habe schon Blut und Wasser geschwitzt. In unsere Aktien ist Bewegung geraten, auch wenn noch kein Schema zu erkennen ist. Irgendjemand hat es eindeutig auf diese Firma abgesehen, aber er wird sie nicht bekommen. Sieh dir den Bericht an."

Claire überflog die Dokumente und konnte sich nur wundern,

wie sehr die Grundstückspreise in die Höhe geschossen waren. Wieder einmal hatte sich Sams Instinkt bewährt. Es schien beinahe unheimlich, wie sich seine Unternehmungen auf lange Sicht auszahlten. Er hatte das Land damals zum Schutz vor Inflation gekauft, und nun schien es einen feindlichen Übernahmeversuch der Firma zu verhindern und Sam genügend Zeit einzuräumen, seine Forschungen ohne staatliches Eingreifen beenden zu können.

Ausgerechnet an diesem Abend verließ Claire das Büro mit zwanzig Minuten Verspätung. Es war bereits Viertel vor sechs, als sie ihre Wohnung betrat. Auf dem Weg ins Badezimmer zog sie sich aus, sprang dann unter die Dusche.

Sie hatte sich gerade abgetrocknet und einen Bademantel angezogen, als es an der Tür klingelte. Sie presste die Hände an ihr sauberes Gesicht. Nicht einmal zum Schminken war ihr Zeit geblieben!

„Ich musste länger arbeiten", murmelte sie verlegen, als sie Max hereinließ. „Ich hole dir frische Handtücher, und dann gehört das Badezimmer dir."

Er trug einen Anzug und ein Hemd über dem Arm und eine Kulturtasche in der Hand. Bartstoppeln verdüsterten sein Gesicht, aber er wirkte entspannt. „Keine Sorge, wir schaffen es schon rechtzeitig." Er folgte ihr ins Schlafzimmer und legte seine Kleider auf das Bett, während sie Handtücher aus dem Schrank holte. Dann zog er sein Jackett aus und löste die Krawatte.

Claire wandte sich ab, setzte sich an die Frisierkommode und bürstete sich das Haar. Sie versuchte, Max nicht zu beobachten. Doch sie sah sein Spiegelbild und konnte den Blick einfach nicht von ihm lösen. Er zog das Hemd aus der Hose, knöpfte es auf und legte es ab. Für seine schlanke Gestalt war er erstaunlich muskulös. Lange, geschmeidige Muskelstränge spielten, wenn er sich bewegte. Dunkelbraune Härchen lockten sich auf seiner Brust. Es faszinierte und wunderte Claire, dass seine Körperbehaarung so dunkel war, obwohl sie es hätte ahnen müssen. Denn auch seine

Für morgen, für immer

Wimpern und Augenbrauen waren dunkelbraun und bildeten einen reizvollen Kontrast zu seinem goldenen Kopfhaar und den strahlenden Augen.

Zu ihrer Erleichterung zog er sich nicht die Hose aus, obwohl es sie nicht überrascht hätte. Max war es vermutlich gewöhnt, sich nackt vor Frauen zu zeigen. Und er hatte keinen Grund, sich seines Körpers zu schämen, der noch schöner war, als sie sich erträumt hatte. Er nahm die saubere Hose vom Bügel und verschwand im Badezimmer.

Erst als Claire die Dusche rauschen hörte, fiel ihr wieder ein, dass sie sich beeilen musste. Sie begann sich zu schminken, aber ihre Hände zitterten so sehr, dass sie den Lidstrich zweimal verpfuschte, bevor er ihr gelang. Die Dusche verstummte, und unwillkürlich malte sie sich aus, wie Max nackt im Badezimmer stand und sich mit ihrem Handtuch abtrocknete. Ihre Wangen erglühten. Sie musste aufhören, an ihn zu denken, und sich endlich darauf konzentrieren, sich zurechtzumachen.

„Zum Teufel!", murrte er laut und deutlich. „Claire, ich habe meinen Rasierapparat vergessen. Kann ich deinen benutzen?"

„Natürlich, nur zu!", rief sie und sprang auf. Wenn er sich erst rasierte, konnte sie sich schnell anziehen, bevor er zurückkam. Sie schlüpfte in saubere Unterwäsche, nahm sich ausnahmsweise nicht die Zeit, das Gefühl der kühlen Seide auf ihrer Haut zu genießen. Vorsichtig streifte sie sich Strümpfe über die Beine. Sie wagte nicht, sich damit zu beeilen, um das hauchdünne Material nicht zu beschädigen. Dann öffnete sie den Schrank, durchsuchte ihn fieberhaft. Sie besaß nicht viele Kleider, die für eine Cocktail-Party geeignet waren. Sie riss ein braunes Jersey-Kleid vom Bügel und zog es sich hastig über den Kopf.

In diesem Augenblick öffnete sich die Badezimmertür. Ihr Gesicht erglühte bei der Vorstellung, welchen Anblick sie Max bot: Kopf und Oberkörper in den Stofffalten verborgen, der Unterkörper hingegen enthüllt, abgesehen von der hauchdünnen Unterwäsche, bestehend aus Slip, Strumpfgürtel und Strümpfen. Sie drehte ihm den Rücken zu, zog hastig den Saum hinunter und versuchte mit zitternden Fingern, den Reißverschluss am Rücken zu schließen.

„Komm, lass mich." Max schob ihre Hände beiseite, zog den Reißverschluss hoch und schloss den winzigen Haken am Ende.

Mit abgewandtem Gesicht bedankte sie sich steif, ging zur Frisierkommode und kämmte ihr zerzaustes Haar. Max pfiff leise vor sich hin, während er sich anzog, und sie beneidete ihn um seine Gelassenheit, die verriet, wie sehr er solche Situationen gewöhnt war. Sie beugte sich zum Spiegel vor, um Lippenstift aufzulegen und sah, dass er seine Hose öffnete, um das Hemd hineinzustecken. Erneut zitterten ihre Finger.

Er stellte sich neben sie, prüfte sein Haar im Spiegel. „Ist alles in Ordnung?", fragte er und trat zurück, damit sie ihn betrachten konnte.

Claires Blick wanderte über seine Gestalt. Sein dunkelgrauer Anzug war sehr konservativ, aber makellos geschnitten. Er wusste, was ihm am besten stand. Supermoderne Kleidung hätte ihn bei seinem blendenden Aussehen allzu auffällig wirken lassen, wie eine Neonreklame. Die schlichte Ausstattung hingegen, die er bevorzugte, unterstrich sein Äußeres, ohne aufdringlich zu wirken. Seine markanten Gesichtszüge mit den hohen Wangenknochen mochten keltischen Ursprungs sein, aber irgendetwas – vielleicht die Verwegenheit, die sie manchmal an ihm spürte – ließ sie erneut denken, dass er vielleicht einen Wikinger zum Ahnen hatte, der vor vielen Generationen die englischen Küsten geplündert und eine Erinnerung an seinen Besuch hinterlassen hatte. „Ja, du siehst perfekt aus", murmelte sie schließlich.

„Lass mich dich ansehen." Er nahm ihre Hand, zog sie vom Hocker hoch und drehte sie herum. „Genau richtig. Aber es fehlen Ohrringe." Während Claire sie hastig befestigte, blickte er zur Uhr. „Wir haben gerade noch genug Zeit, um pünktlich anzukommen."

Vielleicht sollte es nur eine kleine Cocktail-Party werden, aber die Hausauffahrt war bereits mit Autos überfüllt. Alma und Harmon waren beide sehr beliebt und kontaktfreudig, und ihre Persönlichkeit zog viele Menschen an.

Für morgen, für immer

Claire versteifte sich unwillkürlich, als sie neben Max zum Haus ging. Die Tür öffnete sich, noch bevor sie klingelten. Lachend stand Martine vor ihnen, in einem smaragdgrünen Kleid, das ihre wundervolle Figur betonte und ihr Gesicht strahlen ließ.

„Ich wusste doch, dass ihr kommt", rief sie triumphierend aus und umarmte Claire. „Mom hatte gewisse Zweifel."

„Ich habe ihr doch gesagt, dass ich komme", entgegnete Claire und rang um die Fassung, die sie wie einen Schild zwischen sich und anderen, selbst ihrer Familie, benutzte.

„Ach, du weißt doch, dass sie sich immer um irgendetwas sorgen muss. Hallo, Max, Sie sehen wundervoll wie immer aus."

Er lachte. „Sie sollten wirklich versuchen, Ihre Schüchternheit zu überwinden", erwiderte er neckend.

„Das sagt Steve mir auch dauernd. Oh, da kommen die Waverlys." Martine winkte einem Paar zu, das sich näherte.

„Kann ich irgendwie helfen?", fragte Claire.

„Ich weiß nicht. Frag Mom, wenn du sie irgendwo finden kannst."

Max legte seinen Arm um Claires Taille, während sie das überfüllte Wohnzimmer betraten. Sofort spürte sie sämtliche Blicke auf sich gerichtet. Sie wusste, was in den Anwesenden vorging: Sie hatten die Gerüchte gehört und versuchten nun abzuschätzen, ob sie der Wahrheit entsprachen.

„Da seid ihr ja tatsächlich!", rief Alma erfreut, eilte leichtfüßig durch den Raum und küsste Claire auf die Wange. Dann wandte sie sich strahlend an Max. „Hallo, Max. Ich finde es an der Zeit, dass wir die Formalitäten beiseitelassen und uns duzen."

Er lächelte schelmisch, nahm Alma kurz entschlossen in die Arme und drückte ihr einen Kuss auf den Mund.

Alma lachte ein wenig verlegen. „Was tust du denn da?"

„Ich küsse eine schöne Frau", antwortete er gelassen und legte einen Arm um Claire. „Und jetzt suchen Claire und ich uns etwas zu essen. Ich bin am Verhungern, und sie bestimmt auch."

Claire spürte die neugierigen Blicke im Rücken. Steif ging sie neben ihm her zur Küche. Genauso steif hatte sie während des Brü-

217

derschaftskusses dagestanden. Sie beneidete Max und Alma um deren gelassenes, offenes Wesen, das ihnen ermöglichte, so schnell mit anderen Freundschaft zu schließen. Auch Martine war so veranlagt. Doch auf Claire hatte diese selbstbewusste Art nie abgefärbt.

Der Tresen in der Küche war übersät mit kalten Platten, und Max langte herzhaft zu, während Claire nur an einem belegten Brot knabberte. Automatisch füllte sie die Teller wieder auf, die er plünderte, und beendete die Vorbereitungen, die Alma abgebrochen hatte, um die Gäste zu begrüßen.

„Du bist ein Schatz, Liebes!", verkündete Alma, als sie in die Küche stürmte und sah, dass die Garnierungen vollendet waren. „Ich hatte völlig vergessen, was noch zu tun war. Aber du bewahrst immer einen kühlen Kopf. Ich weiß gar nicht, wie oft Harmon mir schon gesagt hat, dass ich erst nachdenken soll, bevor ich etwas anfange. Nun, du weißt ja, dass es nichts nützt."

Claire lächelte und dachte dabei, wie sehr sie ihre Mutter doch liebte. Es war nicht deren Schuld, dass sie sich stets von ihr und auch von Martine überschattet gefühlt hatte.

Sie hob eines der schweren Tabletts auf, doch Max nahm es ihr prompt ab. „Du wirst diese schweren Dinger nicht tragen. Sag mir, wo es hinkommt." Er blickte Alma warnend an, als sie zu einem anderen Tablett griff, und sie ließ die Hände sinken.

„Er ist ganz schön gebieterisch, wie?", flüsterte Alma, als sie Max ins Wohnzimmer folgten.

„Er hat seine eigene Vorstellung von dem, was recht ist", entgegnete Claire untertrieben.

Max brachte sämtliche Tabletts ins Wohnzimmer und vertiefte sich dann in ein Gespräch mit Harmon, Steve und mehreren anderen Männern. Hin und wieder suchte sein Blick Claire, wo immer sie sich auch gerade befand, so als wollte er sich vergewissern, dass sie ihn nicht brauchte.

Sie nippte an einem Glas „Margarita" und blickte immer wieder verstohlen zur Uhr. Die Cocktail-Party war nicht so schlimm, wie sie befürchtet hatte, nur war sie müde und hoffte, bald verschwinden zu können.

Für morgen, für immer

Jemand stellte das Stereo an, doch die Auswahl an Platten war begrenzt, da Harmon ein glühender Blues-Fan war. Die klagenden Laute eines Saxofons verleiteten mehrere Gäste zum Tanz. Claire tanzte mit Martines Kanzleipartner, dem besten Freund ihres Vaters und einem alten Schulkameraden.

Sie nippte gerade ihre zweite „Margarita", als Max ihr das Glas aus der Hand nahm, es auf einen Tisch stellte und sie in die Arme zog. „Du bist müde, stimmt's?", fragte er, während sie sich zu der langsamen Musik wiegten.

„Erschöpft. Wenn morgen nicht Freitag wäre, würde ich es nicht durchstehen."

„Bist du bereit zu gehen?"

„Mehr als bereit. Hast du meine Mutter irgendwo gesehen?"

„Ich glaube, sie ist in der Küche. Die Milchbauern dieser Nation würden in Ekstase geraten, wenn sie wüssten, wie viel Käse heute Abend konsumiert wurde", meinte er trocken.

„Du hast deinen Anteil beigetragen, wie ich sah."

Er zuckte grinsend die Achseln.

Seufzend löste Claire sich aus seinen Armen. „Lass uns meine Mutter suchen. Ich glaube, wir sind lange genug geblieben, um unsere Pflicht erfüllt zu haben."

Alma war tatsächlich in der Küche und schnitt Käse in kleine Würfel. Sie blickte auf, als Claire und Max eintraten, und auf ihrem Gesicht zeigte sich eine Mischung aus Enttäuschung und Resignation. „Claire, du kannst noch nicht gehen! Es ist doch noch früh."

„Ich weiß, aber morgen ist ein Arbeitstag." Claire küsste ihre Mutter auf die Wange. „Ich habe mich amüsiert, wirklich."

Alma wandte sich an Max. „Kannst du sie nicht überreden, noch ein bisschen zu bleiben? Sie hat diesen trotzigen Blick, und dann hört sie nicht auf mich."

Max legte einen Arm um Claires Taille und küsste ebenfalls Almas Wange. „Das ist kein trotziger, sondern ein erschöpfter Blick", erklärte er lächelnd. „Es ist meine Schuld. Ich habe sie letzte Woche jeden Abend ausgeführt, und allmählich macht sich ihr Schlafmangel bemerkbar."

Sein Charme verfehlte natürlich nicht die Wirkung auf Alma. Sie strahlte ihn an. „Na gut, dann bring sie nach Hause. Aber du musst mit ihr wiederkommen. Wir hatten gar keine Gelegenheit, dich richtig kennenzulernen."

„Demnächst", versprach Max ernst.

Die Rückfahrt zu Claires Wohnung verlief schweigend. Als sie Max zu einem Kaffee einlud, nahm er bereitwillig an. Und so saßen sie kurz darauf gemütlich auf der Couch im Wohnzimmer beisammen. Claire zog ihre Schuhe aus und bewegte mit einem erleichterten Seufzer die Zehen.

Sein Blick ruhte auf ihren zierlichen Füßen, seine Gedanken weilten jedoch ganz woanders.

„Was ist heute passiert, dass du länger arbeiten musstest?"

„Alles. Es war einfach ein scheußlicher Tag, und dazu war Sam noch gereizt. Er ist ziemlich sicher, dass ein Übernahmeversuch stattfinden wird, und zwar bald. Unsere Aktien sind zunehmend in Bewegung geraten. Obwohl er einen Trumpf in der Hand hat, ist das Warten und Grübeln ziemlich nervenaufreibend."

Mit schläfriger, fast teilnahmsloser Stimme fragte Max: „Und was ist das für ein Trumpf?"

Es war eine völlig neue Situation für Claire, über ihren Arbeitstag reden zu können. Sie konnte sich nicht erinnern, je zuvor von irgendjemandem danach gefragt worden zu sein, und sie hatte instinktiv immer alles für sich behalten. Doch es war so leicht, mit Max zu reden. Er hörte zu, ohne viel Aufhebens davon zu machen. „Immobilien", antwortete sie und lächelte, als er aufhorchte. „Ich dachte mir, dass dich das interessieren würde."

„Hm", stimmte Max zu.

„Sam hat in ein Grundstück investiert, das sich im Wert vervierfacht hat. Die Schätzung kam heute, und sie ist besser ausgefallen, als er gehofft hatte."

„So etwas kommt häufig vor. Die Grundstückspreise gehen hoch und runter wie ein Jo-Jo. Der Trick besteht darin, im richtigen Augenblick zu kaufen und zu verkaufen. Der Wert muss wirklich astronomisch hoch sein, wenn er die Firma vor einer Über-

Für morgen, für immer

nahme schützen kann." Er setzte sich auf und leerte seine Tasse.

„Ich hole dir noch einen Kaffee." Claire stand auf und holte die Kanne aus der Küche.

Max beobachtete die graziösen Bewegungen ihres schlanken Körpers. Sie wirkte so ruhig und zurückhaltend, aber er wusste, was sich unter dem damenhaften Kleid verbarg. Er hatte den Seidenslip und den schockierend verführerischen Strumpfgürtel und die hauchdünnen Strümpfe gesehen. Himmel, ein Strumpfgürtel! Er biss die Zähne zusammen. Den ganzen Abend über war es ihm schwergefallen, seine Gedanken von ihrer Unterwäsche und seine Hände von ihrem Körper fernzuhalten. Das Bedürfnis, mit ihr ins Bett zu gehen, wuchs immer mehr.

Claire setzte sich wieder neben ihn und erklärte: „Ich würde den Grundstückswert nicht als astronomisch bezeichnen, aber da wir eine kleine Firma sind, ist es auch nicht nötig. Jedes Angebot für die Firma wird um mehrere Millionen Dollar zu niedrig sein."

Max hörte kaum, was sie sagte. Verdammt, sie servierte ihm praktisch die benötigten Informationen auf einem silbernen Tablett, und er konnte sich nicht auf das Thema konzentrieren. Er sehnte sich vielmehr danach, sie auf die Couch zu drücken, ihr das Kleid auszuziehen und ihre zarte Haut zu streicheln. Aber das musste warten. „Wie hoch ist der Wert denn geschätzt worden?", fragte er mit ausdrucksloser Miene, die sein brennendes Interesse an ihrer Antwort verbarg.

„Beinahe vierzehn Millionen."

Verdammt, das war wirklich eine Menge! „Wie kommt denn das? Hat man Öl auf dem Land gefunden?", murrte er.

Claire lachte. „Beinahe."

Erleichterung stieg in ihm auf. Seine Arbeit war getan. Es hatte nicht lange gedauert und sich als relativ einfach erwiesen. Das schwierigste Teil hatte für ihn darin bestanden, sich Claire gegenüber zurückzuhalten und sie nicht zu verschrecken. Doch nun konnte er sich endlich ganz auf sie konzentrieren und seine Verführungskünste einsetzen. Sie war bereits an seine Gesellschaft und an seine freundschaftlichen Berührungen gewöhnt. Gewiss würde es nicht lange dauern, bis sie auch intimere Berührungen zuließ.

Sein Hunger, sein Verlangen nach ihr wurde immer drängender. Es war nicht nur das körperliche Bedürfnis nach Befriedigung, obwohl das allein stark genug war – vor allem, da er nicht an Enthaltsamkeit gewöhnt war. Nein, sein stärkstes Verlangen bestand darin, sie nun an sich zu binden, bevor sie die Wahrheit erfuhr. Aber er fühlte sich ungewöhnlich unsicher. Was war, wenn er den falschen Augenblick wählte? Wenn sie ihn zurückwies? Wenn sie sich völlig zurückzog? Dann verlor er sogar ihre Freundschaft, und zu seiner Überraschung begehrte er ihre Freundschaft, ihren Geist genauso wie ihren Körper.

Sie unterdrückte ein Gähnen, und er lachte und begann ihre Schultern zu massieren. „Du solltest längst schlafen. Warum hast du mich nicht hinausgeworfen?"

Sie kuschelte sich behaglich auf die Couch und nippte zufrieden an ihrem Kaffee. „Ich fühle mich wohl mit dir", sagte sie und wusste, dass es gelogen war. Denn ihr Herz klopfte, und all ihre Sinne konzentrierten sich beinahe schmerzhaft auf Max. Sie sah seinen Körper, spürte seine Wärme, roch seinen Duft, und sie sehnte sich verzweifelt danach, ihm noch näher zu sein.

Er ergriff ihre Hand und rieb mit dem Daumen über die zarte Haut. „Claire", sagte er leise, „ich möchte dich küssen." Er spürte, wie ihre Hand zurückzuckte, und hielt sie fest. „Mache ich dir Angst?", fragte er und sah sie dabei belustigt an.

Sie wandte den Blick ab. „Ich halte es nicht für eine gute Idee", entgegnete sie steif. „Wir sind doch nur Freunde, und …"

Er stand auf, zog sie lachend zu sich empor. „Ich werde dich schon nicht beißen." Er küsste sie so leicht und flüchtig wie schon einmal zuvor. „Siehst du? Das hat doch nicht wehgetan, oder?" Seine Augen funkelten neckend.

Claire entspannte sich. Sie hatte eine andere Art Kuss befürchtet, einen leidenschaftlichen Kuss, der ihr womöglich die Selbstbeherrschung geraubt und ihm gezeigt hätte, was sie für ihn empfand. Es war ihr viel lieber, dass er sie neckte anstatt sie wegen ihrer törichten Liebe zu bemitleiden.

Für morgen, für immer

Dann küsste Max Claire erneut. Es war ein bewundernswert zurückhaltender Kuss, aber er hielt an, und seine Lippen öffneten sich warm und fest auf ihren. Erregung stieg in ihr auf, und einen Augenblick schmiegte sie sich beinahe an ihn, schlang beinahe die Arme um seinen Nacken. Doch dann verspürte sie Panik. Sie durfte es ihn nicht spüren lassen, wenn sie ihn jemals wiedersehen wollte. Hastig drehte sie den Kopf zur Seite.

Max presste die Lippen auf ihre Schläfe, und seine starken Hände streichelten über ihren Rücken. Er wollte sie nicht zu sehr bedrängen. Einen Augenblick lang hatte sie reagiert und sogar ein wenig die Lippen geöffnet, und es war ihm zu Kopf gestiegen wie ein schwerer Wein. Sein Körper reagierte sehr heftig auf ihre Nähe, und er wagte nicht, Claire an sich zu drücken, denn er wollte sein Verlangen vor ihr verbergen.

Widerstrebend gab er sie frei, und sie wich sofort zurück, mit ausdrucksloser, starrer Miene. Und plötzlich war er entschlossen, es nicht wieder geschehen zu lassen.

„Warum ist es dir immer so unangenehm, wenn ich dich anfasse?" Er hob ihr Kinn, damit sie ihr Gesicht nicht verbergen konnte. Es gelang ihr ohnehin so gut, ihre Gedanken zu verbergen. Er brauchte einen Anhaltspunkt, musste ihr in die Augen sehen können.

„Du hast gesagt, dass wir Freunde sein wollen."

„Und Freunde dürfen sich nicht anfassen?"

Sein verwunderter Tonfall erweckte in Claire den Eindruck, dass sie die ganze Sache übertrieb. Nun, sie verspürte wesentlich mehr als Freundschaft für ihn. Sie liebte ihn, und selbst seine zwanglosesten Berührungen erweckten in ihr ein schmerzliches Verlangen. „Du hast mir gesagt, dass du Freundschaft ohne Sex willst."

„Bestimmt nicht. Ich kann mir nicht denken, dass ich derart den Verstand verloren habe." Sein Daumen streichelte zart über ihre Unterlippe. „Ich habe gesagt, dass ich es leid bin, nur als sexuelle Trophäe verfolgt zu werden."

Seine Erklärung erstaunte und beunruhigte Claire. Hatte sie die Situation derart missverstanden? Ein Schauer überlief sie.

223

Linda Howard

„Sieh nicht so verängstigt drein." Seine Hand glitt hinab zu ihrem Arm. „Ich fühle mich zu dir hingezogen, und ich möchte dich gelegentlich gern küssen. Ist das so beunruhigend?"

„Nein."

„Gut. Denn ich habe die Absicht, dich weiterhin zu küssen."

Claire sah ein zufriedenes, triumphierendes Funkeln in seinen halb geschlossenen Augen, und ihr wurde noch unbehaglicher zumute. Es erinnerte sie an die verschiedenen Gelegenheiten, als sie etwas Verwegenes in Max entdeckt hatte. Manchmal schien es ihr, dass er ganz anders war, als er vorgab. Obwohl sein triumphierender Blick sogleich wieder verschwand, fühlte sie sich verunsichert und verwirrt.

Max beugte sich hinab, küsste sie noch einmal, dann ging er. Lange Zeit blieb sie bewegungslos stehen und starrte auf die Tür, die sich hinter ihm geschlossen hatte. Er schien mehr als nur Freundschaft von ihr zu wollen, und sie wusste nicht, wie sie sich vor ihm schützen sollte. Sie fühlte sich schrecklich verletzlich. Sie liebte ihn, aber sie hatte das Gefühl, ihn überhaupt nicht zu kennen.

Sobald Max in seine Wohnung zurückkehrte, rief er in Dallas an, um die erhaltenen Informationen sogleich an Anson weiterzugeben, der gewiss gleich am nächsten Morgen die Übernahme einleiten würde. Damit war seine Aufgabe natürlich noch nicht beendet. Er musste den Besitzerwechsel lenken und endlose Verhandlungen führen, die das Personal betrafen. Wie auch immer, die größte Hürde war jedenfalls genommen. Max Benedict konnte wieder Max Conroy werden, und er konnte Claire seine Aufmerksamkeit widmen.

Claire. Er begehrte sie mehr als jede andere Frau zuvor, und er wusste nicht, warum. Sie war nicht die schönste Frau, die er je gesehen hatte. Sie war eher unauffällig hübsch, mit ihren dunklen, verträumten Augen. Sie war nicht verführerisch üppig gebaut, sie war eher zart, beinahe zerbrechlich, und gertenschlank, aber unleugbar weiblich. Ihre Sanftheit faszinierte ihn. Er wollte sie lieben, diese Barriere durchbrechen, die sie zwischen sich und ande-

Für morgen, für immer

ren Menschen aufbaute. Er wollte wissen, was sie dachte, was sie fühlte, in welche Traumwelt sie entglitt, wenn ihre Augen diesen verklärten, entrückten Blick annahmen.

Außerdem mochte er Claire als Person. Die quälende Zurückhaltung, die er sich in der vergangenen Woche auferlegen musste, hatte zu einer reizvollen Freundschaft geführt. Er unterhielt sich gern mit ihr. Sie war aufmerksam und niemals boshaft, und sie konnte gelegentlich auch schweigen. Es musste äußerst angenehm sein, neben ihr zu erwachen, gemütlich mit ihr zu frühstücken, sich zu unterhalten, wenn ihnen danach zumute war, oder aber zu schweigen und in Ruhe die Zeitung zu lesen.

Es gab nur eine andere Frau, die er auf diese Art gemocht hatte, und seine Gedanken wanderten nun zu ihr. Sarah Matthews, die Frau seines Freundes Rome. Sie war unglaublich sanft und unglaublich stark. Max hatte sich beinahe in sie verliebt, doch sie hatte von Anfang an klargestellt, dass Rome der einzige Mann auf der Welt für sie sei, und seine Gefühle für Sarah waren stets platonischer Art geblieben. Nun waren Rome und Sarah seine besten Freunde, und sie führten eine äußerst glückliche, leidenschaftliche Ehe. Wie gern hätte er eine solche Beziehung zu Claire!

Der Gedanke erschütterte ihn. Er streckte sich auf dem Bett aus und starrte an die Decke. Claire übte einen starken Reiz auf ihn aus. Er war sich nicht sicher, ob ihm gefiel, was er für sie empfand. Aber er war sich sicher, dass er etwas unternehmen musste. Claire Westbrook musste die seine werden.

6. KAPITEL

Am nächsten Abend ging Max mit Claire in ein Konzert, und anschließend dinierten sie in einem japanischen Restaurant. Claire war zu Beginn nervös und wirkte dadurch noch stiller und unnahbarer als gewöhnlich. Doch Max gab sich kühl und beherrscht, so wie immer, und das beruhigte sie allmählich.

Claire hatte schlecht geschlafen in der vergangenen Nacht. Immer wieder war sie mit aufgeregt klopfendem Herzen aufgewacht, hatte sich an seine Küsse erinnert, sich nach Max gesehnt.

Nach der Scheidung hatte sie sich völlig in sich selbst zurückgezogen, hatte versucht, die Kraft aufzubringen, um sich von dem schweren Schlag der gescheiterten Ehe und des verlorenen Babys zu erholen. Es war nichts übrig geblieben, was sie einem Mann hätte geben können. Doch unmerklich hatte die Zeit ihre Wunden geheilt, sie zu neuem Leben erwachen lassen und ihre leidenschaftliche Natur wieder zum Vorschein gebracht.

Wann immer Claire sich an Max' Küsse erinnerte, erzitterte sie vor Verlangen, obgleich es sich nicht einmal um leidenschaftliche Liebkosungen gehandelt hatte. Aber sie hatte sich danach gesehnt, sich an Max zu schmiegen, sich völlig zu verlieren, ihm alles zu geben. Doch genauso stark war ihr Drang, sich zu schützen, und die beiden gegensätzlichen Bedürfnisse fochten einen erbitterten Kampf in ihrem Innern. Da sie ihn so tief liebte, war sie auch äußerst verletzlich.

Das Sicherste wäre, Max einfach nicht wiederzusehen. Sie hatte im Bett gelegen und sich immer wieder diese Möglichkeit vor Augen geführt. Doch als der Morgen gekommen war, hatte sie erkannt, dass es ihr unmöglich war. Sie liebte ihn zu sehr, und vielleicht entwickelte er mit der Zeit ein wenig Gefühl für sie.

Flüchtig hatte sie etwas wie Verlangen in seinen Augen aufblitzen sehen, und dieser Blick gab ihr Hoffnung.

Claire erwachte aus ihren Gedanken und sah, dass Max sie forschend, mit einem Anflug von Belustigung, musterte. Hatte er wo-

Für morgen, für immer

möglich erraten, was sie derart beschäftigte?

„Du isst ja gar nicht. Du träumst nur." Er nahm ihr die Gabel aus der Hand und legte sie beiseite. „Wollen wir gehen?"

Sie nickte, und nachdem sie das Restaurant verlassen hatten und nach Hause fuhren, sagte er ruhig: „Claire, ich möchte nicht, dass du dich unbehaglich fühlst. Ich entschuldige mich, dass ich dich in eine schwierige Lage gebracht habe. Wenn du dich nicht zu mir hingezogen fühlst, dann verstehe ich das. Dann werden wir einfach weiterhin Freunde sein …"

Claire seufzte. „Glaubst du wirklich, dass ich mich nicht zu dir hingezogen fühle?"

Max warf ihr einen scharfen Seitenblick zu, richtete seine Aufmerksamkeit dann wieder auf die Straße. „Du hast ziemlich deutlich klargestellt, dass ich dich nicht anfassen soll. Ich musste dich praktisch anflehen, mich als Freund zu akzeptieren."

Eine Weile starrte Claire schweigend vor sich hin. Dann wandte sie den Kopf, musterte sein vollkommenes Profil, und ihr Herz setzte wieder einmal einen Schlag lang aus. Sie erkannte, dass sie ihre Angst überwinden musste, dass sie der Liebe noch einmal eine Chance geben musste. Sie musste den Versuch wagen, wenn sie nicht ihr Leben lang unglücklich sein wollte. Max war das Risiko wert. Und vielleicht konnte sie sogar gewinnen.

„Ich fühle mich sehr zu dir hingezogen", gestand sie leise, beinahe unhörbar.

Mit einem Ruck wandte Max den Kopf zu ihr um, starrte sie erstaunt an. „Warum hast du mich dann so auf Abstand gehalten?"

„Es erschien mir sicherer", flüsterte sie und verschränkte die Hände fest im Schoß.

Max holte tief Luft. Sie näherten sich ihrer Wohnung, schwiegen beide, während er den Wagen parkte. Dann zog er sie sanft in seine Arme. Sie spürte die Wärme seines Körpers, und dann senkte sich sein Mund auf ihren. Ganz sachte öffneten sich ihre Lippen. Gemächlich und zart erforschte seine Zunge ihren Mund, und er spürte, wie sie erschauerte. Er drückte sie fester an sich, und erneut durchlief sie ein Schauer der Erregung, als ihre Oberkörper sich

227

aneinanderpressten. Mit sicherer, geschickter Hand umschmiegte er ihre Brust.

Mit zitternden Fingern klammerten sich ihre Hände an seine Ärmel. Max gab ihren Mund frei, ließ die Lippen über ihre Wange gleiten, zu ihrem Ohr, an ihrem Nacken hinab zu der empfindsamen Halsbeuge. Und währenddessen ruhte ihre kleine feste Brust in seiner Handfläche, die Knospe bereits hart, und lud ihn zu intimeren Liebkosungen ein.

„Leg die Arme um mich", verlangte Max leise. Er wollte spüren, wie sie sich an ihn klammerte, schwach wurde vor Verlangen. Sie passte in seine Arme wie keine andere Frau, und sie sollte ebenfalls die Harmonie ihrer aneinandergeschmiegten Körper spüren.

Zögernd lösten sich ihre Finger von seinen Ärmeln, und ihre Hände glitten hinauf. Einen Arm legte sie um seinen Nacken, den anderen um seine Schultern. Zittrig schöpfte sie tief Atem.

Langsam, behutsam massierte Max ihre Brust. Auch sein Atem wurde unruhig. Er war nicht an Enthaltsamkeit gewöhnt, und seit er Claire kannte, existierte sein Liebesleben nur in seiner Fantasie. Eine glühende, heftige Leidenschaft hatte ihn ergriffen. Doch er wagte nicht, Claire zu lieben. Sie war so zart, so zerbrechlich. Und er fürchtete die Beherrschung zu verlieren, ihr durch sein ungestümes Verhalten wehzutun, sie zu verschrecken.

Widerstrebend löste er sich von ihr. „Es wird Zeit aufzuhören, solange ich noch kann", gestand er ein. Sein forschender Blick erfasste ihren verklärten, verlangenden Gesichtsausdruck. Es entzückte ihn, dass sie keine kalte, sondern nur eine sehr zurückhaltende Frau war, und dass sie endlich auf ihn reagierte.

Seine Worte brachten Claire zurück aus der wundervollen Welt der Empfindungen, in die er sie entführt hatte. Sie setzte sich auf, wandte den Blick ab und strich durch ihr zerzaustes Haar.

Max stieg aus, ging um den Wagen herum, öffnete die Tür und half ihr heraus. Er legte einen Arm um ihre Taille, als sie das Haus betraten, und ließ ihn dort, während sie im Fahrstuhl zu ihrer Wohnung hinauffuhren.

Claire wurde sich bewusst, dass ihre Unzufriedenheit mit sich

Für morgen, für immer

selbst allmählich immer mehr verschwand. Seine Aufmerksamkeit tat ihr gut, stärkte mit der Zeit ihr Selbstbewusstsein, und sie fühlte sich wie ein frisch geschlüpfter Schmetterling, der zögernd seine neuen Flügel ausprobierte.

Mit funkelnden Augen und einem Lächeln küsste Max sie erneut vor ihrer Wohnungstür. „Ich komme heute Abend nicht mehr mit rein. Ich möchte, dass du dich wohl bei mir fühlst, und meine Selbstbeherrschung ist, offen gesagt, ins Wanken geraten. Wir sehen uns morgen Abend. Wie formell ist Mrs. Adkinsons Party?"

„Sehr."

„Weißes Dinnerjackett?"

Claire erinnerte sich, wie gut Max in dem weißen Dinnerjackett ausgesehen hatte, als sie sich zum ersten Mal begegnet waren, und ihr Herz schlug höher. „Das wäre ideal."

Max küsste sie erneut und ging. Claire bereitete sich aufs Schlafengehen vor, aber ihre Gedanken weilten bei ihm. Deutlich erinnerte sie sich an jede Empfindung, jeden Augenblick seiner Küsse, seine Liebkosungen ihrer Brust. Lange Zeit hatte sie ihre Gefühle unterdrückt, um sich selbst zu beweisen, dass sie unabhängig war. Doch nun war ihr Körper erwacht und schmerzte vor sehnsüchtigem Verlangen. Sie ging zu Bett und träumte von Max.

Das Kleid, welches Claire am folgenden Abend zur Dinnerparty trug, war beinahe neun Jahre alt, jedoch von einem schlichten, zeitlosen Schnitt und bisher kaum getragen. Es bestand aus schwarzem Samt, und das Oberteil umschmiegte eng ihren Körper. Es war nicht besonders tief ausgeschnitten, enthüllte gerade eben den Ansatz ihrer hohen Brüste, aber es wurde nur von schmalen Trägern gehalten, die Schultern und Rücken frei ließen. Lange schwarze Ohrringe bildeten den einzigen Schmuck, den sie angelegt hatte. Ein Blick in den Spiegel verriet ihr, dass sie niemals besser ausgesehen hatte. All ihre Sinne schienen geschärft, und sie war sich ihres Körpers, gehüllt in Samt und Seide, überdeutlich bewusst.

Als sie Max die Tür öffnete, weiteten sich seine Pupillen, bis sie beinahe die türkisfarbene Iris verdrängten. Spannung ging von ihm

aus. Doch wenn ihn auch danach verlangte, sie in die Arme zu reißen, so unterdrückte er den Impuls.

„Du siehst bezaubernd aus", sagte er, ohne den Blick von ihr zu
wenden, und sie fühlte sich bezaubernd.

Claire freute sich mehr auf die Dinnerparty, als sie erwartet
hatte, obgleich ihre Freude ein wenig durch Virginias Anwesenheit
gedämpft wurde. Es würde eine lange Zeit dauern, bevor sie deren
Boshaftigkeit vergessen konnte.

Max spürte, wie sie sich versteifte, und blickte sie fragend an.
Dann entdeckte auch er Virginia. „Lass dich von ihr nicht aus der
Fassung bringen. Sie ist es nicht wert."

Leigh Adkinson stürmte auf sie zu und hieß sie überschwänglich willkommen. Max hielt sich dicht bei Claire, und seine Nähe
wirkte äußerst beruhigend auf sie. Auf Virginias Party hatte er
mehrere der Gäste kennengelernt, die nun zur Begrüßung kamen,
aber die meisten Anwesenden waren ihm fremd. Eine Weile lang
standen sie einfach im Raum, so als hielten sie Hof, umgeben von
Menschen, die Claire umarmten und ihr versicherten, wie sehr sie
vermisst worden sei. Die Frauen warfen Max verstohlene Blicke
zu, doch er zeigte deutlich, dass er mit Claire gekommen war und
nicht beabsichtigte, von ihrer Seite zu weichen.

Schließlich trat Virginia lächelnd zu ihnen. „In der ganzen Stadt
gehen Gerüchte über euch um", verkündete sie in zuckersüßem
Ton. „Wie ich hörte, lebt ihr praktisch zusammen! Ich bin ja so
stolz, dass ihr euch auf meiner Party kennengelernt habt."

Claires Lächeln gefror, und Max trat vor und legte eine Hand
auf ihren Arm. Er durchbohrte Virginia mit einem tödlichen Blick,
der ihr Lächeln vertrieb und die umstehenden Gäste verstummen
ließ. „Gerüchte können sich leicht gegen diejenigen wenden, die
sie verbreiten", bemerkte er verächtlich. Er war zornig und machte
keinen Hehl daraus. „Besonders gegen eifersüchtige Frauen ohne
Manieren."

Virginia wurde erst blass, dann feuerrot. Leigh, die einen Skandal ahnte, kam hinzu und hakte sich bei Max und Claire unter.

„Ich muss euch unbedingt jemanden vorstellen", verkündete

Für morgen, für immer

sie und zog die beiden mit sich fort. Ihr schnelles Eingreifen entschärfte die Situation. Pflichtgemäß stellte sie den beiden jemanden vor und eilte dann davon, um sich zu vergewissern, dass Virginia bei Tisch nicht in Claires und Max' Nähe saß.

Abgesehen von dieser einen Szene wurde es ein behagliches Dinner. Claire fühlte sich längst nicht so unwohl, wie sie befürchtet hatte. Wenn sie daran zurückdachte, wie schwer ihr solche Dinner während ihrer Ehe mit Jeff gefallen waren, dann konnte sie sich nur über den Unterschied wundern. Sie hatte sich inzwischen selbst bewiesen, dass sie allein mit ihrem Leben zurechtkam, und irgendwie war es nicht mehr wichtig, ob sie zur falschen Gabel griff.

Die Frau, die auf der anderen Seite neben Max saß, beugte sich vor und wandte sich an Claire. „Spielst du eigentlich noch Tennis? Wir vermissen dich im Club, weißt du."

Claire konnte sich nicht an den Namen erinnern, kannte sie aber aus dem Club, dem die Halseys angehörten. „Ich habe schon seit Jahren nicht gespielt. Ich war sowieso nie gut. Ich kann mich einfach nicht auf das Spiel konzentrieren."

„Träumst du immer?", neckte Max.

„Genau. Meine Gedanken schweifen immer ab", gab sie lachend zu.

„Ich konzentriere mich sehr, aber ich kann es trotzdem nicht gut", gestand die Frau ein. Sie nippte an ihrem Wein, wollte dann das Glas zurück auf den Tisch stellen. Doch es stieß gegen ihren Teller, und der Wein ergoss sich über Max' Jackett. Sie errötete heftig. „Oh je, es tut mir so leid! Jetzt wissen Sie, warum ich so schlecht im Tennis bin. Ich bin einfach zu ungeschickt." Sie griff nach ihrer Serviette und versuchte die Flecken abzutupfen.

„Es ist doch nur eine Jacke", beruhigte Max sie gelassen. „Und Sie trinken Weißwein. Also werden keine Flecken zurückbleiben. Bitte, beunruhigen Sie sich nicht."

„Aber ich habe Sie völlig begossen!"

Er nahm ihre Hand und küsste sie galant. „Das ist nicht weiter schlimm. Auf dem Weg zum Ballsaal werden Claire und ich bei meiner Wohnung vorbeifahren, und ich ziehe mich um."

Er wirkte so ungerührt, dass die Frau sich wieder beruhigte, und das Mahl ging ohne weitere Zwischenfälle zu Ende. Danach entschuldigte er sich unauffällig bei Leigh und verließ mit Claire das Haus.

Als sie im Wagen saßen, verkündete sie: „Ich hatte immer schreckliche Angst, jemanden mit Wein zu begießen, obwohl es mir nie passiert ist."

Er lächelte. „Einmal habe ich einer Dame meinen Wein in den Schoß gegossen. Ihr Kleid wurde im feuchten Zustand durchsichtig, und deswegen werde ich es wohl nie vergessen."

Während Max in sein Schlafzimmer ging, um sich umzuziehen, blieb Claire im Flur stehen und prüfte ihr Äußeres in dem goldgerahmten Spiegel. Sie strich sich eine Haarsträhne aus dem Gesicht und erneuerte den Lippenstift.

Einen Augenblick später kehrte Max zurück, in einem schwarzen Dinnerjackett. Ihr stockte der Atem bei seinem Anblick. Ganz in Schwarz, abgesehen von der strahlend weißen Hemdbrust, wirkte er unglaublich männlich.

Sein Blick glitt über ihr schwarzes Kleid. „Jetzt passen wir richtig gut zusammen."

„Ja. So gesehen war die Sache mit dem Wein ein glücklicher Zufall", entgegnete sie, während sie ihm zur Tür folgte.

Die Hand bereits auf der Klinke, drehte er sich zu ihr um und musterte sie erneut mit einem anerkennenden Blick. Er ließ den Türgriff los, hob ihr Kinn, streichelte leicht mit den Lippen über ihre. Dann hob er den Kopf, und ihre Blicke begegneten sich.

Sanft, so als wäre es eine zarte Blume, schmiegte er seine Hände um ihr Gesicht. Er küsste Claire erneut mit sanftem Druck. Ihre Lippen öffneten sich, ihre Zungen begegneten sich, und mit einem kleinen Seufzer legte Claire die Hände auf seine Schultern.

Max löste die Hände von ihrem Gesicht, schlang einen Arm um sie, zog sie näher an sich, während sich seine andere Hand auf ihre Brust legte.

Für morgen, für immer

Durch den Samtstoff ihres Kleides spürte sie die Wärme seiner Finger. Sie erschauerte, stellte sich auf Zehenspitzen, schmiegte sich an seinen harten Körper. Ihr Kuss wurde drängender, und seine Hand glitt unter das Oberteil ihres Kleides, umschmiegte ihre nackte Brust. Sein Daumen streichelte über die Knospe, und eine Woge der Erregung durchströmte ihren Körper. Sie drängte sich noch näher an ihn, und plötzlich brach in beiden ein wildes, unbeherrschtes Verlangen hervor.

Heiß und fest pressten sich seine Lippen auf ihren Mund, und er drückte Claire so fest an sich, dass sie kaum noch atmen konnte. Sie spürte die stählerne Kraft seiner Schultern unter ihren Fingern, spürte die heftige Erregung, die ihn ergriffen hatte. Sie fühlte sich überwältigt von den berauschenden Empfindungen in ihrem Innern, die ihr die Sinne raubten. Eine wundersame Schwäche breitete sich in ihr aus.

Sie hatte diese wilde Leidenschaft nicht erwartet, weder bei Max noch bei sich selbst, und sie fühlte sich ihr hilflos ausgeliefert. Sie war nicht auf die Intensität seiner Liebkosungen vorbereitet, und nicht auf die Heftigkeit, in der sie darauf reagierte – so als hätte ihr Körper die Vorherrschaft über ihren Verstand übernommen. Seine Hände glitten hinab zu ihren Hüften, pressten sie in einer so sinnlichen Bewegung an sich, dass Claire ein entzücktes Aufstöhnen nicht unterdrücken konnte. Sie liebte Max, sie begehrte ihn, und nichts anderes zählte mehr.

„Claire", murmelte er rau. Der dünne Träger war von ihrer rechten Schulter gerutscht, und er schob ihn weiter hinunter, bis das Oberteil hinabrutschte. Er starrte hinab auf ihre entblößte Brust, mit angespanntem Gesicht, und dann bog er ihren Oberkörper zurück. Er war nicht länger sanft. Sein Mund schloss sich heiß um ihre Knospe, saugte daran, ließ Claire erneut aufstöhnen.

Seine Hand glitt unter ihr Kleid, an ihren Schenkeln hinauf, über ihre Hüften, zwischen ihre Beine. Claire wimmerte leise, fühlte sich völlig entflammt, schmolz förmlich dahin vor Verlangen. Seine Finger ergriffen Slip und Strumpfgürtel, zogen ihr beides mit einer hastigen Bewegung aus. Dann spürte sie die harte Tischkante

233

hinter sich. Er hob sie hinauf, und seine Hand glitt erneut unter ihr Kleid, zwischen ihre Schenkel, und seine Finger liebkosten sie streichelnd und reibend und forschend.

Claire stöhnte auf, klammerte sich an Max, als ihr sinnliches Verzücken ins Unerträgliche stieg und Tränen in ihre Augen traten. „Max, hör auf", flüsterte sie, „ich halt's nicht mehr aus."

Ungeduldig zerrte er an seiner Kleidung, schob ihr Kleid bis zur Taille hoch, spreizte ihre Beine. Sie spürte seine nackte Haut an ihrer, und dann drang er in sie ein. Sie dachte nicht länger, fühlte nur noch. Ihre Beine schlangen sich um seine Hüften, ihre Arme um seinen Nacken, und sie bewegte sich im selben Rhythmus wie er. Höher und höher wurden sie davongetragen auf einer Woge der Leidenschaft, bis sie schließlich erschauernd den Gipfel erklommen.

Matt lehnte Claire sich an Max, ließ den Kopf an seiner Schulter ruhen. Auch er senkte den Kopf, barg das Gesicht in ihrer Halsbeuge. Er roch den Duft ihres erhitzten Körpers und spürte, dass sie zitterte wie ein Blatt im Wind.

Lange Zeit verharrten sie bewegungslos. Dann versuchte Claire schwach, sich von Max zu lösen, das Oberteil ihres Kleides über ihre nackten Brüste hochziehend. Sie hielt den Kopf gesenkt, das Gesicht abgewandt. Sie konnte es kaum fassen, dass sie sich wie ein Tier benommen hatte, stöhnend und sich windend, völlig unbeherrscht, ohne zu denken, nur von dem Drang nach körperlicher Befriedigung getrieben.

„Hör auf", flüsterte Max eindringlich. Er trat zurück, doch statt sie freizugeben, hob er Claire auf die Arme und trug sie durch die dunkle Wohnung. Nur eine kleine Lampe im Flur zeigte ihm den Weg ins Schlafzimmer. Ohne Licht anzuknipsen, legte er Claire auf das Bett und entkleidete sich.

Dann beugte er sich hinab, zog ihr das Kleid aus. Die melonenfarbige Satindecke fühlte sich kalt an ihrer nackten, überhitzten Haut an. Doch dann lag Max auf ihr, drang in sie ein, und Claire spürte die Kühle unter sich nicht mehr.

Diesmal nahm Max sich mehr Zeit, bewegte sich aufreizend

Für morgen, für immer

langsam, rieb seine behaarte Brust an ihren Brüsten, und schließlich begann Claire sich mit Max zu bewegen.

Sie hatte bisher nicht gewusst, dass eine solch überwältigende Sinnlichkeit in ihr steckte. Max entfesselte eine völlig neue Seite ihres Wesens, und er streichelte und küsste sie endlos, bis sie erneut den Gipfel erklommen.

Sanft strich er ihr eine feuchte Locke aus der Stirn, hauchte dann zarte Küsse auf ihre Lippen, ihre Wangen, ihre Schläfen. „Ich war halb verrückt vor Verlangen nach dir", murmelte er rau. „Ich weiß, dass es zu schnell ging, dass du noch nicht bereit dazu warst, aber ich bereue es nicht. Du gehörst zu mir. Lauf nicht wieder vor mir weg, Liebes. Bleib heute Nacht bei mir."

Claire war gar nicht imstande, vor ihm wegzulaufen. Ihre Kraft war versiegt, und in diesem Augenblick wusste sie auch gar nicht, warum sie hätte weglaufen sollen. Er schlug die Decke zurück, bettete sie darunter, den Kopf auf einem Kissen. Dann legte er sich neben sie, einen Arm um ihre Taille geschlungen, und Müdigkeit überwältigte sie. Sie wollte nicht denken. Sie wollte nicht träumen. Sie wollte nur schlafen.

Es war noch dunkel im Raum, als Claire erwachte. Neben ihr schlief Max tief und fest. Sein Atem ging regelmäßig, sein Körper war entspannt. Bis zu dieser Nacht hatte sie nicht gewusst, wie stark er war, doch nun zeugte ihr schmerzender Körper von seiner Kraft. Trotz seines kultivierten, weltgewandten Benehmens liebte er wild, so als hätte die Zivilisation ihn nicht erreicht. Vielleicht waren seine guten Umgangsformen nur Tünche, und er war in Wirklichkeit der Mann, der sie mit primitiver Leidenschaft genommen hatte.

Und vielleicht war sie nicht die Frau, für die sie sich immer gehalten hatte. Sie hatte sich genauso wild verhalten, genauso hungrig wie er.

Er hatte sie gebeten zu bleiben. Doch instinktiv sehnte sie sich nach einem stillen, abgeschiedenen Winkel, wo sie sich mit dieser neu entdeckten Seite ihres Wesens auseinandersetzen konnte. Es

Linda Howard

erschreckte sie, dass Max solche Macht über sie besaß, dass er eine solch hemmungslose Leidenschaft in ihr entfesseln konnte, nachdem sie sich ihr Leben lang in Zurückhaltung geübt hatte.

Langsam schlüpfte sie aus dem Bett und suchte auf dem Fußboden nach ihrem Kleid. An der Tür hielt sie inne, blickte zurück auf seine kaum sichtbare Gestalt im Bett. Er schlief noch immer. Tränen stiegen ihr in die Augen. Sie sehnte sich danach, zurück ins Bett zu kriechen und sich in seine Arme zu kuscheln, aber sie wandte sich ab. Denn wenn sie im nüchternen Licht des Morgens neben ihm erwachte, ohne den Schutz der Dunkelheit, bestand die Gefahr, dass er zu viel sah.

„Komm zurück.“ Seine Stimme klang leise und schläfrig.

Claire blieb stehen. „Es ist besser, wenn ich jetzt gehe“, flüsterte sie.

„Nein, ich lasse dich nicht.“ Die Bettdecke raschelte. Dann stand er hinter ihr, schlang die Arme um ihre Taille, und sie spürte seinen warmen Körper am Rücken. „Habe ich dich erschreckt? Ist es, weil ich dir wehgetan habe?“

Langsam schüttelte sie den Kopf. „Du hast mir nicht wehgetan.“

„Ich habe mich wie ein wild gewordener Bulle benommen, und du bist so zart.“ Seine Lippen berührten ihre Schulter. Sein warmer Atem streifte ihre Haut wie eine Liebkosung, und ihre Brüste spannten sich. „Deine Haut ist wie Seide.“ Seine Hände schmiegten sich um ihre Brüste.

„Komm zurück ins Bett“, drängte Max sanft. „Ich weiß, dass du dich unbehaglich fühlst, aber es wird alles gut. Ich verspreche es. Morgen früh werden wir reden.“

Irgendwann im Laufe des Tages wollte er ihr sagen, wer er wirklich war.

Das schrille Klingeln des Telefons weckte Claire. Max stieß einen leisen Fluch aus, setzte sich im Bett auf und griff zum Hörer.

„Es ist verdammt zu früh, um witzig zu sein“, fauchte Max in den Hörer. Er strich sich mit den Fingern durch das zerzauste

Für morgen, für immer

Haar, lauschte einen Augenblick. „Es kümmert mich verdammt wenig, wie spät es ist. Wenn ich gerade erst aufgewacht bin, ist es zu früh. Was ist los?"

Ein paar Minuten später, als er den Hörer auflegte, fluchte er vor sich hin, bevor er sich zu Claire herumdrehte.

„Ich muss nach Dallas", verkündete er und streichelte ihr über das Haar. „Heute Morgen."

Sie schluckte. „Es muss dringend sein. Heute ist Sonntag."

„Ja, es ist dringend. Zum Teufel! Ich wollte den Tag mit dir verbringen. Wir müssen unbedingt über uns reden, und da sind noch ein paar andere Dinge, die ich dir sagen wollte. Aber jetzt bleibt mir keine Zeit mehr."

Es überraschte Claire nicht, dass der Sonntag ohne einen Anruf von Max verging. Gewiss nahmen seine dringenden Geschäfte ihn den ganzen Tag lang in Anspruch. Doch sie hatte erwartet, am Montag von ihm zu hören. In solch kurzer Zeit hatte er sich so tief in ihr Leben und ihr Herz geschlichen, dass sie sich ohne ihn nicht mehr wohlfühlte.

Am Abend eilte sie aus dem Büro nach Hause, aus Angst, seinen Anruf zu verpassen. Doch das Telefon blieb stumm. Und je länger die Stille anhielt, desto überzeugter wurde sie, dass irgendetwas nicht stimmte. Sie wusste nicht, was es sein konnte, aber ein gewisses Unbehagen wuchs in ihr. Worüber hatte er mit ihr reden wollen? Es musste sich um etwas Wichtiges handeln, seinem ernsten, beinahe grimmigen Gesichtsausdruck nach zu schließen.

Sie schlief schlecht, war zu besorgt, um Ruhe zu finden. Und ihr Körper erinnerte sich an all das sinnliche Entzücken, das Max ihr bereitet hatte. Es war erstaunlich, dass sie jahrelang mit Jeff verheiratet gewesen war, ohne zu erkennen, dass sie verrückt vor Verlangen werden konnte, dass ein Mann sie vor Leidenschaft dahinschmelzen lassen konnte. Nein, nicht ein Mann. Nur Max.

Schlafmangel hinterließ dunkle Ringe unter ihren Augen. Und als sie am nächsten Morgen in den Spiegel blickte, verstärkte sich ihre böse Vorahnung. Sie starrte in die dunkle, unergründliche Tiefe

237

Linda Howard

ihrer Augen und versuchte in ihr Innerstes zu schauen, wo sie etwas spürte, ohne zu wissen, was es war. Hatte Max sie in irgendeiner Form als unzureichend empfunden? Hatte sie sich ungeschickt gegeben? Schreckte ihn die Feststellung ab, dass sie genau wie alle anderen war, dass sie leicht ins Bett zu bekommen und am besten zu vergessen war? Hatte er sie einfach vergessen?

Aber er hatte sich so versessen auf sie gezeigt, so wild, dass er sie nicht einmal ins Schlafzimmer gebracht, nicht einmal ihre Kleider ausgezogen hatte. Eine glühende Röte überzog ihre Wangen, als sie sich daran erinnerte. Ausgerechnet im Flur, wie Wilde in Abendkleidung. Ihre Zurückhaltung war verschwunden, seine Beherrschung ebenso, und sie hatten sich mit primitiver Kraft vereinigt. Es musste Max etwas bedeuten.

Doch er war in vielerlei Hinsicht so viel erfahrener als sie. War diese Nacht gewöhnlich für ihn? Bedeutete es für ihn nichts Neues? Sie starrte in den Spiegel, doch sie fand keine Antworten.

Für morgen, für immer

7. KAPITEL

*D*er Anruf kam am späten Nachmittag. Sam verbrachte lange Zeit in seinem Büro. Als er herauskam, war er blass. „Ich bin gerade über einen Übernahmeversuch informiert worden", sagte er ruhig.

Claire blickte zu ihm auf, wartete geduldig.

„Er kommt von ‚Spencer-Nyle' in Dallas."

Claire und Sam blickten sich an, wussten beide, dass es sich nur noch um eine Frage der Zeit handelte. „Spencer-Nyle" war eine riesengroße Firma, auf verschiedenen Gebieten tätig, und der Vorstandsvorsitzende war berühmt wegen seiner gerissenen Schachzüge. Wäre die Übernahme von einer kleineren Firma, im selben Größenverhältnis wie „Bronson Alloys", versucht worden, hätte eine Chance bestanden, sich zur Wehr zu setzen. Aber „Spencer-Nyle" konnte sie ohne Anstrengung verschlingen. Sam konnte vielleicht die erste Runde gewinnen, wegen des Grundstückswertes, aber der Sieg würde an „Spencer-Nyle" gehen.

„Es kann keine ausländische Firma dahinterstecken", bemerkte Claire schockiert und verwirrt.

„Nein. Es scheint, dass wir von zwei Seiten bedroht werden. Ich habe es nicht bemerkt. Ich war zu sehr damit beschäftigt, meine Forschungen in Sicherheit zu behalten."

„Wann werden sie ihr Angebot unterbreiten?"

„Das liegt bei ihnen. Aber ich sollte die verbleibende Zeit nutzen, um unsere Position zu stärken."

„Haben wir eine Chance zu gewinnen?"

„Möglich ist alles." Sam lächelte plötzlich. „Wenn wir uns so sehr wehren, dass die Übernahme mehr Mühe kostet, als wir wert sind, dann ziehen sie sich vielleicht zurück. Ich könnte ja einfach gnädig nachgeben, aber Teufel, ich habe schon immer gern gekämpft. Sollen Anson Edwards und seine Männer sich ruhig anstrengen, um uns zu kriegen."

Nun, da der entscheidende Augenblick gekommen war, schien Sam sich geradezu daran zu weiden. Claire wunderte sich über

239

seine Mentalität. Doch sie kannte noch andere Menschen, die Konflikte und Herausforderungen genossen. Auch Martine gehörte zu ihnen. Stellte man einen Berg vor sie, dann erklomm sie ihn einfach. Claire hingegen zog es vor, ihn zu umgehen. Sie nahm eine Hürde nur dann direkt, wenn alle anderen Wege versperrt waren.

Als Besitzer der Aktienmehrheit und Vorsitzender des Vorstandes trug Sams Stimme viel Gewicht, aber er war den übrigen Mitgliedern dennoch verantwortlich. Eine Vorstandssitzung musste einberufen werden, um geeignete Maßnahmen zu diskutieren.

Claire hatte alle Hände voll zu tun. Das Telefon klingelte beständig, und sie musste Überstunden einlegen. Doch sie war sogar froh darüber, denn der Arbeitsdruck lenkte sie ein wenig von Max ab. Sie hatte beinahe Angst, nach Hause zu gehen, fürchtete sich vor einem weiteren Abend mit dem stummen Telefon.

Doch schließlich blieb ihr nichts anderes übrig, als nach Hause zu gehen. Sobald sie eintraf, legte sie einen Stapel Schallplatten auf, um die Wohnung mit Geräuschen zu füllen. Seltsam, früher hatte sie die Stille nie gestört. Sie hatte sie sogar begrüßt, hatte den Frieden und die Abgeschiedenheit nach einem hektischen Tag im Büro genossen. Max hatte das geändert, hatte ihre Interessen nach außen gekehrt, und nun ging ihr die Stille auf die Nerven. Doch die Musik vertrieb nur die äußere Stille, nicht die Leere in ihrem Innern. Er rief nicht an. Sie wusste es, spürte es deutlich.

Hatte sie für ihn nur einen warmen Körper von vielen in seinem Bett bedeutet? Nur eine Herausforderung, deren Reiz verschwunden war, sobald sie kapituliert hatte? Sie wollte es nicht glauben, wollte ihm vertrauen, aber mehr und mehr erinnerte sie sich an diese aufrüttelnden Momente, in denen sie die Härte hinter seinen perfekten Manieren gespürt hatte – so als wäre der kultivierte Gentleman nur eine Tarnung. Mehrere Male war ihr der Gedanke – wenn auch flüchtig – gekommen, dass sie ihn gar nicht kannte. Nun fürchtete sie, dass es der Wahrheit entsprechen könnte.

Max saß in seinem Büro, brütete vor sich hin. Er wünschte, er könnte Claire sehen, aber die Firmenübernahme war in Gang ge-

Für morgen, für immer

setzt, und es war für beide Seiten das Beste, wenn er bis zur endgültigen Regelung keinen Kontakt zu ihr aufnahm. Er wollte Claire nicht in eine unangenehme Position bringen, sie nicht der unverdienten Feindseligkeit der Kollegen aussetzen.

Zum Teufel mit Anson, der ihn so früh zurückbeordert hatte, dass ihm keine Zeit geblieben war, Claire alles zu erklären. Ihren Zorn fürchtete er nicht. Denn er kannte die Macht, die er über sie besaß – die Macht der Leidenschaft. Trotz ihres unnahbaren, damenhaften Äußeren war sie eine sinnliche Frau, die unter seinen Liebkosungen entbrannte und jegliche Zurückhaltung vergaß. Er sorgte sich vielmehr wegen des Schmerzes und der Verwirrung, die sie empfinden musste, weil er nach jener unglaublichen Liebesnacht aus ihrem Leben verschwunden war.

Der Vizepräsident, Rome Matthews, betrat den Raum. Es war spät, und beide waren in Hemdsärmeln, und sie waren zudem Freunde, sodass er ein Anklopfen für überflüssig hielt. „Du starrst schon seit einer Stunde auf diese Akte. Beunruhigt dich etwas an ‚Bronson Alloys'?"

„Nein. Wir werden mit der Übernahme keine Probleme haben", versicherte Max überzeugt.

„Du bist gereizt, seit du aus Houston zurück bist."

Max lehnte sich zurück, verschränkte die Hände hinter dem Kopf. „Wartet Sarah nicht auf dich?"

Rome ließ seine große Gestalt in einen Sessel fallen und musterte Max mit funkelndem Blick. „Sieh an! Du benimmst dich genauso wie ich damals, als Sarah mich verrückt gemacht hat. Herrlich! Das nenne ich Gerechtigkeit. Du, mein Freund, hast Probleme mit einer Frau."

Max starrte ihn finster an. „Sehr witzig, wie?"

„Erhebend", stimmte Rome zu, und ein Grinsen erhellte sein hartes, düsteres Gesicht. „Ich hätte es mir früher denken müssen. Du warst schließlich eine Woche in Houston. Du müsstest ernsthaft krank sein, wenn du keine Frau gefunden hättest."

„Du hast wirklich einen perversen Sinn für Humor", entgegnete Max ruhig, aber ernst.

„Wer ist sie?"

„Claire Westbrook."

Rome hatte die Akte „Bronson Alloy" studiert. Er kannte den Namen und ihre Verbindung zur Firma. Er wusste außerdem, dass die Informationen für den Erfolg versprechenden Übernahmeversuch von ihr stammten. Er zog eine Augenbraue hoch. „Weiß sie, wer du bist?"

„Nein."

Rome stieß einen leisen Pfiff aus. „Dann steckst du in Schwierigkeiten."

„Verdammt, das weiß ich selbst!" Max sprang auf, schritt in seinem Büro auf und ab, fuhr mit den Fingern durch sein Haar. „Damit werde ich schon fertig. Aber ich sorge mich um sie. Ich will nicht, dass ihr wehgetan wird."

„Dann ruf sie an."

Max schüttelte den Kopf. Ein Anruf nützte nichts. Das wusste er. Er musste bei ihr sein, sie in die Arme schließen, sie mit seinen Liebkosungen besänftigen können, sie davon überzeugen, dass wahre Gefühle zwischen ihnen bestanden.

„In ein paar Tagen wirst du nach Houston zurückkehren. Anson macht richtig Dampf dahinter. Dann wird sie erfahren, wer du bist."

„Ich beabsichtige es ihr zu sagen, bevor jemand anders es erfährt." Max starrte hinaus auf die unzähligen Lichter von Dallas, die in der Dunkelheit blinkten.

Er sehnte sich danach, bei Claire zu sein, mit ihr im Bett zu liegen, ihre unglaublich zarte Haut zu streicheln. Er schlief schlecht in letzter Zeit, gequält von einem schmerzlichen Verlangen nach ihr. War es zuvor schon schwierig, sie aus seinen Gedanken zu verdrängen, so war es ihm nun völlig unmöglich.

Claire kaute an dem Brötchen, das sie sich zum Mittagessen mitgebracht hatte, aber es schmeckte nach nichts. Nach wenigen Bissen warf sie es in den Papierkorb. Sie hatte ohnehin keinen Appetit. Das Büro war leer. Sam war zum Essen gegangen, wie alle ande-

Für morgen, für immer

ren. Es war Freitag – beinahe eine Woche, seit sie Max gesehen oder gesprochen hatte. Eine kleine Ewigkeit. Sie wartete nicht länger auf seinen Anruf. Aber etwas in ihr registrierte noch immer die Zeit. Zwei Tage. Drei. Vier. Und schon bald eine Woche. Schließlich würde ein Monat daraus werden, und eines Tages würde der Schmerz ein wenig nachlassen.

Das Wichtigste war, die Zeit auszufüllen. Sie begann einen Stapel Briefe zu tippen. Die Korrespondenz hatte sich in der vergangenen Woche verdoppelt, als Folge der Mitteilung von „Spencer-Nyle", dass Interesse an „Bronson Alloys" bestand. Es hätte nicht zu einem besseren Augenblick kommen können, dachte sie sich. Die anfallende Arbeit forderte sie stark und ließ ihr weniger Zeit zum Grübeln.

Es schien erstaunlich, wie glücklich Sam wirkte. Mit geradezu unbekümmertem Enthusiasmus bereitete er sich vor, wie ein Fußballtrainer seine Mannschaft auf das jährliche Spiel gegen den Erzgegner. Er genoss die Situation, und auch die Aktienhalter profitierten davon. Die Aktien waren beträchtlich gestiegen, seitdem die Neuigkeit bekannt war.

Sam hatte einige Nachforschungen über „Spencer-Nyle" im Allgemeinen und Anson Edwards im Besonderen betrieben und eine beeindruckende Sammlung von Zeitungsartikeln gefunden. Sein Schreibtisch war mit ihnen übersät, als Claire die Briefe für seine Unterschrift hinüberbrachte. Ein Wirtschaftsmagazin mit einem Artikel über „Spencer-Nyle" lag geöffnet dort, und sie nahm es neugierig zur Hand. Ein Farbfoto von Anson Edwards prangte auf der ersten Seite.

Er sieht gar nicht wie ein Wucherer aus, dachte Claire. Er wirkte gepflegt und fast unscheinbar, ein Mann, der in einer Menge nicht auffiel, abgesehen von der Intelligenz, die aus seinen Augen sprach. Sie nahm das Magazin mit an ihren Schreibtisch und begann den Artikel zu lesen, der erstaunlich interessant und tiefgründig war.

Sie blätterte eine Seite um, und Max' Gesicht starrte ihr entgegen. Sie blinzelte erstaunt, und Tränen verschleierten ihre Sicht. Sie schloss die Augen. Nur ein Bild von ihm erweckte all die Erinnerungen und den Schmerz und die sehnsüchtige Liebe.

Linda Howard

Sie öffnete die Augen, betrachtete erneut das Foto. Daneben befand sich das Bild eines dunkelhaarigen Mannes mit durchdringendem Blick, und unter beiden stand geschrieben:

Roman Matthews, links, und Maxwell Conroy sind Anson Edwards persönlich ausgewählte Geschäftsführer, und in Fachkreisen Amerikas gilt „Spencer-Nyle" als die Firma mit den besten Führungskräften der Nation.

Man hat sich offensichtlich mit seinem Namen geirrt, dachte Claire. Mit zitternden Händen hob sie die Zeitschrift und las den Abschnitt, der Max betraf. Dann las sie ihn erneut. Und schließlich begriff sie ... Er hieß Maxwell Conroy, nicht Maxwell Benedict, und er hatte sie in der Hoffnung umworben, Informationen über „Bronson Alloys" von ihr zu erhalten. Vielleicht hatte er sogar beabsichtigt, in ihren Papieren zu schnüffeln. Doch das hatte sich erübrigt. Sie hatte ihm bereitwillig alles erzählt, ihm vertraut, nicht einmal im Traum daran gedacht, dass er ein Spion für eine andere Firma sein könnte. Und nachdem er erhalten hatte, was er wollte, war er gegangen. So einfach war es – und so schrecklich.

Langsam las Claire den gesamten Artikel noch einmal, in der winzigen Hoffnung, es missverstanden zu haben. Doch all die Details, die sie beim ersten Mal überlesen hatte, unterstützten nur die Tatsache: Maxwell Conroy war Engländer und zunächst nach Kanada ausgewandert, wo er in einem Zweigwerk von „Spencer-Nyle" angestellt wurde und schnell an die Spitze stieg. Vor vier Jahren war er nach Dallas versetzt worden, hatte die amerikanische Staatsbürgerschaft erworben und stand im Ruf, für blitzschnelle Firmenübernahmen bekannt zu werden. Er kam und übernahm die Herrschaft, bevor die Zielfirma gewarnt werden und Verteidigungsmaßnahmen ergreifen konnte.

Claire fühlte sich taub, wie gelähmt. Selbst ihr Gesicht war reglos. Es kostete sie Mühe, zu blinzeln und zu schlucken. Blitzschnelle Übernahmen ... Er kam, er übernahm die Herrschaft ... Er ging davon ... Ja, genau das hatte er getan. Er hatte mit ihr ge-

Für morgen, für immer

spielt, hatte sie so geschickt manipuliert, dass sie es nicht einmal bemerkt hatte. Sie dachte an die Leichtgläubigkeit, mit der sie ihm seine Masche abgenommen hatte: dass er es leid sei, als Sexualobjekt verfolgt zu werden, dass er nur einen Freund wollte.

Sie konnte keine große Herausforderung für ihn bedeutet haben. Sie hatte sich beinahe auf Anhieb in ihn verliebt und war bei seinem ersten Versuch mit ihm ins Bett gegangen. Es musste für ihn einen zusätzlichen Triumph bedeuten, dass sie es ihm auch in sexueller Hinsicht so leicht gemacht hatte.

Ihre Augen brannten, und ihre Kehle schmerzte. Sie fröstelte. Das Magazin glitt aus ihren kalten, starren Fingern, und sie saß bewegungslos da, schockiert, wie betäubt.

Genauso reglos fand Sam Claire vor, als er vom Mittagessen zurückkehrte. Ihr Gesicht war weiß, und sie schien ihn nicht zu sehen, obwohl sie ihn anstarrte. Stirnrunzelnd trat er zu ihr.

„Claire?" Sie antwortete nicht. Er hockte sich vor ihr nieder, nahm ihre Hand, rieb ihre kalten Finger. „Claire, was ist geschehen?"

Ihre dunklen Augen blickten ihn ausdruckslos an. „Sam, ich habe dich betrogen." Langsam, wie eine alte, schwache Frau, hob sie das Magazin vom Boden auf, blätterte es durch, bis sie zu dem Artikel über „Spencer-Nyle" kam. „Ich habe mich mit ihm getroffen", flüsterte sie und deutete auf das Foto von Max. „Aber er hat mir gesagt, dass sein Name Benedict lautet, und er ... er weiß von dem Grundstück."

Sam nahm ihr das Magazin aus der Hand, mit starrem Gesicht, und sie fragte sich, ob er sie nun hasste. Er sollte es, würde sie vermutlich auf der Stelle entlassen, und sie hatte es nicht besser verdient. Sie hatte ihn seine Firma gekostet, mit ihrer unglaublichen Dummheit.

„Wie ist es dazu gekommen?", murmelte er.

Claire erzählte es ihm, ohne sich zu schonen. Tränen rannen über ihre blassen Wangen, aber sie spürte es nicht. Sam ergriff ihre Hand, und als sie zu Ende gesprochen hatte, tat er etwas Unglaubliches. Er nahm sie sanft in die Arme, barg ihren Kopf an seiner

245

Schulter. Seine Zärtlichkeit, wo er sie doch hätte hassen müssen, raubte ihr den letzten Rest der Beherrschung. Schluchzer schüttelten ihren Körper. Lange Zeit weinte sie, und Sam streichelte ihr über das Haar und flüsterte ihr beruhigende Worte zu.

Schließlich verebbten die Schluchzer, und sie hob ihr tränenüberströmtes Gesicht von seiner Schulter. „Ich packe meine Sachen und gehe", wisperte sie.

„Warum?"

„Warum? Sam, ich habe dich die Firma gekostet! Ich habe bewiesen, dass man mir nicht vertrauen kann."

„Nun, da irrst du dich." Er holte ein Taschentuch hervor und reichte es ihr. „Es stimmt zwar, dass dieses Grundstück unser Trumpf war, aber ‚Spencer-Nyle' will uns ernsthaft, und daher haben wir keine Chance. Sie sind zu groß, zu mächtig. Ich konnte nur hoffen, mehr Geld herauszuschlagen, als sie zahlen wollten. Und was dich angeht … Ich würde sagen, du bist die vertrauenswürdigste Angestellte, die ich habe. Du hast einen Fehler begangen, und ich glaube, du würdest eher über glühende Kohlen gehen, als diesen Fehler zu wiederholen."

„Ich verstehe nicht, wie du mir verzeihen könntest, weil ich mir selbst nie verzeihen werde." Sie trocknete sich die Augen, knetete dann das Taschentuch in den Händen.

„Du bist auch nur ein Mensch. Wir alle machen Fehler. Betrachte deinen Fehler einmal von einem anderen Standpunkt aus. Wird das, was du Conroy erzählt hast, jemanden die Stellung kosten? Wahrscheinlich nicht. ‚Spencer-Nyle' wird unsere Fachkräfte brauchen. Ändert dein Fehler etwas am Ausgang des Übernahmeversuchs? Ich glaube nicht. Sie haben uns sowieso in der Tasche, und um die Wahrheit zu sagen, ich bin erleichtert. Das Einzige, was sich ändert, ist der Zeitpunkt." Der Anflug eines Lächelns spielte um seine Lippen, und in seine Augen trat ein entrückter Blick. „Ich wünschte, die Fehler, die ich begangen habe, wären nicht ernster als deiner."

„Er hat mich benutzt", flüsterte sie erstickt.

„Er wird zurückkommen, Claire. Er wird die Verhandlungen führen, die Übernahme überwachen. Du wirst ihn wiedersehen,

Für morgen, für immer

mit ihm zusammenarbeiten müssen. Wirst du damit fertig?"

Ein Teil von ihr sagte Nein, schreckte vor der Vorstellung zurück. Wie konnte sie es ertragen, Max anzusehen in dem Wissen, dass er sie benutzt, sie belogen, sie verraten hatte, und dass sie ihn trotzdem noch liebte? Aber wenn sie ging, dann wohin? Wenn sie weglief, musste sie sich dennoch am Morgen im Spiegel ins Gesicht sehen.

In den vergangenen fünf Jahren hatte sie sich mühsam ein neues Leben aufgebaut und ihr Selbstwertgefühl entwickelt. Wenn sie nun weglief, wäre alles umsonst gewesen. Feige wie ein Hase würde sie sich vor sich selbst verstecken. Nein, dachte sie, nie wieder. Sie wollte sich nicht von Max Benedict – nein, Max Conroy, zerstören lassen. „Ja, ich werde damit fertig."

„Braves Mädchen", lobte Sam und klopfte ihr auf die Schulter.

Irgendwie überstand Claire den Tag und auch die folgende Nacht. Die Nacht war schlimmer, denn während des Tages wurde sie wenigstens durch die Arbeit abgelenkt. Doch in der Nacht war sie allein mit sich und ihren Gedanken. Sie lag wach, wie immer, seit Max gegangen war, und versuchte ihre Zukunft zu planen. Denn trotz Sams Versuch, sie zu trösten, wusste sie, dass Veränderungen eintreten würden. Es war beinahe sicher, dass Sam die Geschäftsführung verlassen und sich nur noch der Forschung widmen würde. In seinem Labor fühlte er sich ohnehin am glücklichsten. Brauchte er dann noch eine Sekretärin? Und wenn ja, wollte er dann sie?

Und beließ „Spencer-Nyle" sie überhaupt in einer Position, in der sie Zugang zu vertraulichen Informationen besaß? Immerhin hatte sie sich bereits als vertrauensunwürdig erwiesen. Ein Mann brauchte ihr nur Aufmerksamkeit zu zollen, und schon erzählte sie ihm bereitwillig alles, was sie wusste! Sie konnte es niemandem verdenken, der so von ihr dachte …

Am Wochenende rief Alma an und lud sie und Max zum Dinner ein. Claire willigte ein, teilte Alma aber ruhig mit, dass sie sich in letzter Zeit nicht mit Max getroffen habe.

Natürlich rief Martine daraufhin an, um herauszufinden, was sich ereignet hatte.

„Ich habe doch dauernd versucht, dir und Mom klarzumachen, dass es nichts Ernstes zwischen uns ist", stellte Claire mit ruhiger, beiläufiger Stimme fest, und sie war stolz auf sich selbst.

„Aber er hat so … so verrückt nach dir getan. Er hat kaum den Blick von dir abgewendet. Hattet ihr einen Streit?"

„Nein, keinen Streit. Es steckte einfach nichts dahinter." Zumindest nicht auf seiner Seite, dachte Claire. Es war wieder einmal typisch für Martine, dass sie den Nagel auf den Kopf traf: Max hatte so getan, und es war ihm so gut gelungen, dass er jeden an der Nase herumgeführt hatte.

Sonntagabend, als Claire endlich gerade eingeschlummert war, klingelte das Telefon. Verschlafen stützte sie sich auf einen Ellbogen und griff zum Hörer. „Hallo", murmelte sie.

„Habe ich dich geweckt, Darling?"

Sie erstarrte. Die vertraute tiefe Stimme mit dem englischen Akzent ließ einen Schauer durch ihren Körper rinnen. Ohne zu denken, legte sie impulsiv den Hörer ganz sanft zurück auf die Gabel. Ein Schluchzen stieg in ihre Kehle. Wie konnte er es wagen, sie anzurufen, nach allem, was er ihr angetan hatte?

Das Telefon klingelte erneut. Sie knipste die Lampe an, starrte unschlüssig auf den Apparat. Irgendwann musste sie sich mit Max auseinandersetzen, und vielleicht war es leichter am Telefon als von Angesicht zu Angesicht. Auf diese Weise konnte sie eher vor ihm verbergen, wie weh er ihr getan hatte. Sie griff zum Hörer. „Hallo", sagte sie erneut, und diesmal klang ihre Stimme munter.

„Wir sind anscheinend unterbrochen worden. Ich weiß, dass es spät ist, aber ich muss dich sehen. Kann ich vorbeikommen? Wir müssen miteinander reden."

„Ach, müssen wir? Ich glaube kaum, Mr. Conroy."

„Verdammt, Claire …" Er hielt inne, als ihm bewusst wurde, wie sie ihn genannt hatte. „Du weißt es also", sagte er mit angespannter Stimme.

„Ja, ich weiß es. Übrigens sind wir vorhin nicht unterbrochen worden. Ich habe aufgelegt. Auf Wiedersehen, Mr. Conroy."

Für morgen, für immer

Sie legte auf, genauso sanft wie zuvor. Dann knipste sie das Licht aus und kuschelte sich wieder ins Bett. Doch ihre Schläfrigkeit war verschwunden, und sie lag wach, mit offenen, brennenden Augen. Der Klang seiner tiefen sanften Stimme hallte in ihren Ohren wider. Glaubte er, dass sie dort fortfahren würden, wo sie aufgehört hatten? Wahrscheinlich ja. Sie hatte es ihm beim ersten Mal so leicht gemacht, dass er vermutlich glaubte, sie ohne Schwierigkeiten erneut verführen zu können.

Warum liebe ich ihn nur immer noch?, fragte Claire sich verzweifelt. Es wäre alles so viel leichter, wenn ich ihn hassen könnte.

Sie fühlte sich verletzt und zornig und betrogen, aber sie hasste ihn nicht. Es verging keine Nacht, in der sie nicht um ihn weinte, in der ihr Körper nicht vor Sehnsucht schmerzte. Aber zumindest konnte sie sich vor ihm schützen, indem sie ihn nie wieder so nahe an sich heranließ, dass er ihr wehtun konnte.

In seiner Wohnung fluchte Max heftig und schleuderte das Telefon durch den Raum, in einem seltenen Anfall von Wut. Der Apparat landete auf der Seite, der Hörer daneben. Verdammt! Er hatte beabsichtigt, Claire an diesem Abend seine wahre Identität zu verraten, bevor er am nächsten Morgen im Büro von „Bronson Alloys" erschien. Doch nun, da sie es bereits irgendwie erfahren hatte, schien es sinnlos, sie aufzusuchen. Vermutlich würde sie ihm nur die Tür vor der Nase zuknallen.

Das Tuten des Telefons drang in sein Bewusstsein und reizte seine ohnehin bereits angespannten Nerven. Fluchend hob er es auf und legte den Hörer auf die Gabel. Dieser verdammte Auftrag brachte ihm nichts als Scherereien. Er hatte zwar Claire in sein Leben geführt, sein Auftrag stand aber von Anfang an zwischen ihnen. Und nun musste Max erst die Fusionsverhandlungen führen, bevor er wieder privaten Kontakt zu ihr aufnehmen konnte. Er setzte sich, starrte finster auf den Teppich. Er vermisste Claire, mehr als er je zuvor irgendjemanden vermisst hatte.

Claire blickte von ihrem Computer-Terminal auf, als sich die Bürotür öffnete. Ihr Herz setzte einen Schlag lang aus. Max stand dort, begleitet von zwei anderen Männern mit dicken Aktentaschen.

Sein Gesicht wirkte ausdruckslos. „Ich möchte gern Sam Bronson sprechen", sagte er unverblümt.

Nicht einmal ein Wimpernzucken verriet ihre Gefühle. „Ja, Mr. Conroy", erwiderte sie sachlich, so als wäre seine Anwesenheit nichts Ungewöhnliches, so als hätte sie niemals nackt und voller Verlangen in seinen Armen gelegen. Ohne einen weiteren Blick ging sie zu Sams Tür, klopfte an, trat dann ein und schloss die Tür hinter sich. Einen Augenblick später kam sie zurück. „Bitte, gehen Sie hinein."

Einen Augenblick lang, während Max an ihr vorbeiging, ruhte sein Blick auf ihrem Gesicht. Etwas Hartes, Bedrohliches lag in seinen Augen, das Claire erschreckte. Sie behielt eine ausdruckslose Miene bei, so als wäre er ein Fremder.

Doch sobald sich die Tür hinter ihnen geschlossen hatte, sank sie auf ihren Schreibtischstuhl. Ihre Hände zitterten. Sein Anblick hatte ihr einen schmerzhaften Stich versetzt. Seltsam, aber sie hatte vergessen, wie gut er aussah, oder es verdrängt. Sein schmales, markantes Gesicht hatte sie erneut überwältigt, und plötzlich erinnerte sie sich deutlich, wie er im Augenblick höchster Leidenschaft ausgesehen hatte.

Hör auf!, befahl Claire sich und biss sich hart auf die Unterlippe. Sie konnte sich nicht erlauben, an ihn zu denken. Es hatte keinen Sinn, sich mit Erinnerungen an jene eine Nacht zu quälen. Sie hatte zu arbeiten, und wenn sie sich nur darauf konzentrierte, überstand sie vielleicht irgendwie diesen Tag.

Doch der Tag entwickelte sich zu einem Albtraum. Sie wurde in Sams Büro gerufen, um Protokoll zu führen, und sie konnte es kaum ertragen, Max so nahe zu sein, seinen Blick zu spüren, während sie Seite um Seite schrieb. Sam war ein hartgesottener Verhandlungspartner und fest entschlossen, nicht klein beizugeben. Eine außerordentliche Vorstandssitzung wurde einberufen, und im Büro herrschte eine rege Betriebsamkeit.

Als endlich die Mittagspause begann und das Büro leer war, sank Claire auf ihren Stuhl und schloss erleichtert die Augen. Sie

Für morgen, für immer

hatte nicht geahnt, dass es so schwer sein würde, Max wiederzusehen. Er hatte kein einziges persönliches Wort zu ihr gesagt, aber sie war sich seiner Gegenwart schmerzlich bewusst.

Sie hörte ein Geräusch an der Tür und öffnete hastig die Augen. Max stand dort, die Hand auf der Klinke. „Komm mit uns zum Essen", sagte er knapp.

„Ich habe mir etwas zu essen mitgebracht, Mr. Conroy, aber trotzdem vielen Dank für die Einladung." Ihre Stimme klang ruhig, und ihre ausdruckslose Miene verbarg ihre Gedanken.

Verärgert presste Max die Lippen zusammen und verließ das Büro ohne ein weiteres Wort.

Natürlich hatte sie sich in Wirklichkeit nichts zu essen mitgebracht. Sie kochte sich Kaffee und aß ein paar Cracker, die sie im Schreibtisch fand. Erneut spielte sie mit dem Gedanken, ihre Stellung aufzugeben und weit fortzugehen und zu versuchen, Max zu vergessen. Sie schrieb sogar eine Kündigung, doch als sie das Schreiben dann durchlas, zerriss sie es in winzige Schnipsel. Wegzulaufen und sich zu verstecken war eine kindische Reaktion. So schwer es ihr auch fiel, sie musste ihre Arbeit fortsetzen und versuchen, Max zu ignorieren, wenn sie nicht ihre Selbstachtung verlieren wollte.

Nach der Mittagspause gingen die Verhandlungen weiter. Irgendwie gelang es Max, auf dem Stuhl neben ihr zu sitzen. Wann immer sie von ihrem Notizblock aufblickte, ruhte sein Blick auf ihr, forschend und eindringlich, und sie erkannte, dass er ihre Beziehung nicht so einfach als beendet hinnahm. Daraufhin schaute sie ihn überhaupt nicht mehr an, nicht einmal dann, wenn er sprach. Denn die einzige Möglichkeit für sie, ihre Fassung zu wahren und sich auf die Notizen zu konzentrieren, bestand darin, ihn zu ignorieren.

Max beobachtete Claire, versuchte ihren Ausdruck zu deuten, aber ihr Gesicht wirkte völlig neutral. Sie gab sich unnahbarer denn je zuvor, und das erzürnte ihn. Noch hinderte ihn sein Auftrag, aber sobald der vollendet war, wollte er diese verdammte Mauer einreißen, die sie um sich herum aufgebaut hatte.

8. KAPITEL

Zwei lange Wochen dauerten die Verhandlungen an. Denn Sam Bronson besaß immer noch einen starken Trumpf, den er geschickt ausspielte – sich selbst. Er bildete in der Tat den wichtigsten Faktor bei „Bronson Alloys". Es war sein Genie, sein Instinkt, sein Forschen, das die Legierungen hervorbrachte. „Spencer-Nyle" war bemüht, Sam Bronson ebenso wie die Firma zu kaufen, und alle Beteiligten wussten es. Um ihn zu halten, mussten sie ihn zufriedenstellen, und um ihn zufriedenzustellen, mussten sie Zugeständnisse machen. Die Sicherheit der Arbeitsplätze wurde garantiert, sodass entgegen den üblichen Gepflogenheiten bei einem Besitzerwechsel keine Entlassungen stattfanden. Die Sozialleistungen wurden verbessert und die Gehälter erhöht, sodass die Belegschaft zufrieden sein konnte, obgleich sich die Firmenstruktur änderte.

Dennoch gelang es Max, eine Übereinstimmung zu erzielen, die „Spencer-Nyle" weniger kostete, als Anson befürchtet hatte. Er schaffte es durch kühle, unerbittliche Verhandlungen, indem er in keinem Punkt nachgab, der ihm übertrieben erschien. Er musste Sam Bronson zugestehen, dass er hart und zäh für seine Firma kämpfte. Aber Stück für Stück gelang es Max, Bedingungen auszuhandeln, die für beide Seiten akzeptabel waren.

Und Claire war jeden Tag dabei, führte ruhig Protokoll, und allein ihre Gegenwart sorgte dafür, dass niemand die Beherrschung verlor. Irgendetwas an ihrem sanften Gesicht, an ihren samtenen Augen veranlasste die Anwesenden, ihr Temperament zu zügeln und auf ihre Ausdrucksweise zu achten.

Max beobachtete sie verstohlen, wenn auch eindringlich. Es gelang ihm kaum, den Blick von ihr zu lösen. Er hatte nicht versucht, sie noch einmal anzurufen. Er wollte abwarten, bis er sich ihr vollkommen widmen konnte. Die Zeit stand auf seiner Seite. Er versuchte ihre Gedanken zu erraten. Sie musste zornig auf ihn sein, aber sie zeigte es nicht. Sie verhielt sich so zurückhaltend höflich wie gegenüber einem Fremden, so als bedeutete er ihr gar nichts, so

Für morgen, für immer

als hätten sie sich nie voller Leidenschaft geliebt. Er hätte es vorgezogen, wenn sie ihm heftige Szenen gemacht hätte. Zorn oder Tränen konnte er verkraften. Aber ihre völlige Gleichgültigkeit trieb ihn beinahe zum Wahnsinn.

Claire wusste, dass Max sie beobachtete, doch sie reagierte nicht darauf. Sie konnte diese fatale Situation nur dann überstehen, wenn sie ihre Gefühle und ihren Schmerz tief in ihrem Innern vergrub und nicht darüber nachdachte. Und das Ende eines jeden Tages bedeutete einen kleinen Sieg für sie: ein weiterer Tag, an dem sie nicht zusammengebrochen war. Sie wusste nicht, wie lange die Verhandlungen andauern würden, und daher schmiedete sie keinerlei Zukunftspläne. Es konnte Tage oder Wochen dauern, bis Max endgültig aus ihrem Leben verschwand, ja vielleicht sogar Monate, falls er die Umstellung nach dem Besitzerwechsel überwachte. Und daher lebte sie einfach von einem Tag zum anderen.

Sam sprach niemals mit ihr über Max. Er verhielt sich, als hätte er ihre frühere Beziehung zu ihm vergessen. Und es ergab sich auch kaum Gelegenheit für Privatgespräche. Sie hatten stets alle Hände voll zu tun und waren nie allein im Büro. Max und seine Leute prüften die Bücher, waren deshalb ständig anwesend, und sowohl Sam wie Claire hüteten ihre Zunge.

Die Schlussverhandlung war lang und erschöpfend. Zigarettenrauch und der Geruch nach altem abgestandenen Kaffee erfüllte die Luft im Sitzungssaal, und die Gemüter waren erhitzt und die Stimmen heiser vom stundenlangen Diskutieren.

Claire führte Protokoll. Ihre Finger waren inzwischen verkrampft, und ihr Rücken schmerzte scheußlich vom langen Sitzen. Die schlechte Luft schlug ihr auf den Magen, sodass sie keinen Bissen hinunterbekam, als zum Mittagessen belegte Brote und Kaffee serviert wurden. Sie sehnte sich unendlich nach frischer Luft und Stille.

Am späten Nachmittag setzte ein wolkenbruchartiges Gewitter ein und reinigte die Straßen der Stadt. Mit einem verständnisvollen Blick in Claires bleiches Gesicht stand Sam auf und öffnete ein Fenster. Angenehm frische, regenmilde Luft strömte herein. Schwere finstere Wolken bedeckten den Himmel, und die Straßenlaternen gingen an, als sich die Dämmerung verfrüht über die Stadt senkte.

Der Ausbruch des Sturmes schien einen Bruch in die Verhandlungen zu bringen. Alle Anwesenden fühlten sich erschöpft und schläfrig, und das Trommeln des Regens an die Scheiben übte eine beruhigende Wirkung aus. Gesichtspunkte, denen noch an diesem Morgen eine entscheidende Bedeutung beigemessen wurde, waren plötzlich nicht mehr wichtig. Nun zählte nur noch, eine Einigung zu erzielen, die Sitzung zu beenden und nach Hause zu gehen.

Und endlich war es geschafft. Die Männer in zerknitterten Hemdsärmeln schlüpften müde in ihre Jacketts, schüttelten sich lächelnd die Hände. Claire sammelte ihre Notizen ein, verließ still den Saal und ging in ihr Büro.

Sie beabsichtigte, das Ergebnis der Abschlusssitzung noch an diesem Abend abzutippen. Sie war zwar erschöpft und ihr Körper schmerzte, aber sie wollte die Dokumente aufsetzen, solange ihre Erinnerung noch frisch war. Außerdem wurden die Verträge gleich am nächsten Morgen gebraucht, sodass sie es entweder sofort erledigen oder am kommenden Tag früher anfangen musste. Und nun am Abend herrschte eine friedlichere Atmosphäre. Das Gebäude war leer, abgesehen von den Vorstandsmitgliedern, die die Einzelheiten der Übernahmeverträge ausgehandelt hatten und im Begriff standen, nach Hause zu gehen. Daher gab es keine Telefongespräche und keinerlei sonstige Unterbrechungen zu befürchten.

Claire hatte kaum begonnen, die Informationen in den Computer einzutippen, als sich die Tür öffnete. Sie blickte fragend auf. Ihr Gesicht wurde zu einer ausdruckslosen Maske, als sie Max sah. Wortlos wandte sie sich wieder ihrer Arbeit zu.

Ungerührt spazierte er zu ihrem Schreibtisch und stützte einen Arm auf den Computer-Bildschirm. Er runzelte die Stirn, als er erkannte, womit sie sich beschäftigte. „Das muss nicht heute noch erledigt werden."

„Ich muss es jetzt tun oder morgen früher kommen." Sie hielt

Für morgen, für immer

den Blick auf den Bildschirm geheftet. Seine Anwesenheit erweckte in ihr ein Gefühl der Spannung und dieses dumpfe Stechen in der Herzgegend.

„Es kann warten", entschied er und schaltete den Computer ab. Der Bildschirm wurde schwarz. Sämtliche Informationen, die sie bisher eingegeben hatte, erloschen. „Du bist erschöpft, Claire, und du hast heute nichts gegessen. Ich lade dich zum Dinner ein, und dann werden wir reden. Du hast mich lange genug hingehalten."

Sie lehnte sich auf ihrem Stuhl zurück und blickte kühl zu ihm auf. „Mir fällt nichts ein, worüber wir reden könnten, Mr. Conroy. Es gibt keine Firmengeheimnisse mehr, die ich ausplaudern könnte."

Zorn spiegelte sich auf seinem Gesicht, und er verkündete in stahlhartem Ton: „Ich habe mich zwei Wochen lang hinhalten lassen, aber das ist jetzt vorbei."

„Ach, wirklich?", entgegnete sie ungerührt und schaltete den Computer wieder ein. „Entschuldigung, ich habe zu arbeiten." Sie konnte es sich nicht leisten, in irgendeiner Form auf ihn einzugehen, denn sie war fast am Ende mit ihrer Beherrschung.

Mit einer heftigen Bewegung stellte Max den Computer wieder ab. Seine Augen blitzten blau-grün, durchdringend wie Laserstrahlen. „Du kommst jetzt mit mir. Hol deine Tasche – und lass das verdammte Ding aus", fauchte er, als sie die Hand nach dem Schalter ausstreckte.

Claire starrte auf den leeren Bildschirm. „Ich gehe nirgendwo mit dir hin."

„Soll ich dich zwingen? Du scheinst vergessen zu haben, dass du bei ‚Spencer-Nyle' angestellt bist."

„Ich habe gar nichts vergessen. Aber meine Stellung erfordert nicht, dass ich außerhalb des Büros mit dir verkehre. Ich bin sehr wählerisch geworden, was meinen Umgang angeht." Ruhig blickte sie ihn an. Sie war fest entschlossen, ihn ihren inneren Aufruhr nicht spüren zu lassen.

Und als Claire Max so betrachtete, sah sie einen ganz anderen Mann als denjenigen, den sie zu kennen geglaubt hatte. Er war nicht

255

die Verkörperung des beherrschten, reservierten, recht konservativen Engländers, sondern vielmehr ein verwegener, entschlossener Mann, der sich durch nichts aufhalten ließ. Hinter der Fassade des eleganten, bis in die Fingerspitzen kultivierten Weltbürgers verbarg sich ein Wilder. Er erinnerte sie an einen Hai, der durch schillernde Meere schießt und die Menschen mit seinem wundervollen Äußeren blendet, bevor er zum Angriff ansetzt.

Er stand sehr still da, mit missbilligend funkelnden Augen und zusammengepressten Lippen. „Ich weiß, dass du wütend bist, aber du wirst mir trotzdem zuhören – auch wenn ich dich in meine Wohnung schleifen und anbinden muss."

„Ich bin nicht wütend", stellte Claire klar, und es entsprach der Wahrheit. Sie fühlte sich zu sehr verletzt, um wütend zu sein. Ihre Erschöpfung wuchs, und sie verspürte ein leichtes Zittern im Innern. „Wie du betont hast, bin ich jetzt deine Angestellte. Wenn du also nicht willst, dass ich heute Abend noch arbeite, dann lasse ich es. Aber ich gehe trotzdem nicht mit dir. Gute Nacht, Mr. Conroy." Sie griff nach ihrer Tasche und erhob sich.

Max ergriff blitzschnell und hart ihren Arm. „Nenne mich nicht Mr. Conroy."

„Warum nicht? Ist das auch ein falscher Name?"

„Nein, genauso wenig wie Benedict. Das ist mein zweiter Vorname."

„Wie angemessen. Benedict Arnold war auch ein Spion."

„Verdammt, ich habe nicht spioniert. Ich habe keine Papiere eingesehen, keine Gespräche abgehört. Du hast mir die Informationen gegeben, ohne irgendwelchen Druck von meiner Seite."

„Du hast dich auf Virginias Party an mich herangemacht, weil du wusstest, dass ich hier arbeite."

„Das ist völlig unwichtig. Zugegeben, ich habe mich dir vorsätzlich vorgestellt. Ich hielt es für möglich, hilfreiche Informationen über ‚Bronson Alloys' zu erhalten." Er schüttelte sie leicht. „Aber was macht das schon?"

„Nichts, gar nichts." Sie blickte hinab auf seine Hände und bemerkte kühl: „Du tust mir weh."

Für morgen, für immer

Max ließ sie los, beobachtete mit seltsam verschleiertem Blick, wie sie ihre Oberarme rieb. „Das war rein geschäftlich. Es hat nichts mit uns zu tun."

„Wie schön für dich, dass du die einzelnen Bereiche deines Lebens in saubere kleine Fächer einordnen kannst, ohne dass sie sich berühren. Ich bin nicht so. Wenn eine Person auf einem Gebiet unehrenhaft ist, dann halte ich sie in anderer Hinsicht auch dafür."

„Sei nicht so verdammt unvernünftig und …"

„Das war ein richtiger Blitzkrieg, den du da geführt hast", unterbrach Claire ihn mit erhobener Stimme. „Weiß Anson Edwards eigentlich, was für einen Volltreffer er in dir hat? Hat dir je eine Frau widerstanden, wenn du deinen Charme aufdrehst? Ich bin völlig darauf hereingefallen. Du kannst dir also auf die Schulter klopfen." Mit funkelnden Augen spottete sie. „Du armer Mann! So hübsch, dass die Frauen dich nur wie einen Körper ohne Seele behandeln, dass du keine wahren Freunde hast! Du wusstest genau, wie du mir beikommen konntest. Du hast deinen Charme spielen lassen, die nötigen Informationen erhalten, und dann bist du abgetanzt. Ich habe mich wie ein Narr benommen, aber glaub nicht, dass mir so etwas noch einmal passiert. Ich bin eigentlich nicht dumm."

Atemlos wandte sie sich ab, strich sich mit zitternder Hand über die Stirn. Vielleicht war sie doch dumm. Die Erfahrung mit Jeff hatte sie zwar vorsichtig werden lassen, aber nicht vorsichtig genug. Erneut hatte sie sich in einen gut aussehenden, charmanten Mann verliebt und sich wie ein Dummkopf erträumt, er könne ihre Liebe erwidern.

„Ich bin nicht abgetanzt!", schrie Max und starrte Claire zornig an. Er verlor nur sehr selten die Beherrschung. Denn es war nur selten nötig. Gewöhnlich bekam er, was er wollte, einfach durch seinen Charme und seine sinnliche Ausstrahlung. Aber auf Claire hatte er von Anfang an sehr extrem reagiert, und die kalte Verachtung in ihrem Blick raubte ihm die Fassung. „Ich bin zurück nach Dallas beordert worden. Du solltest das eigentlich wissen. Du warst mit mir im Bett, als der Anruf kam."

257

Linda Howard

Sämtliche Farbe wich aus ihrem Gesicht, und aus ihrem Blick sprach plötzlich ein solch nackter Schmerz, dass er zögerte. „Claire …" Er griff nach ihr, aber sie wich so heftig zurück, dass sie gegen die Tischkante stieß.

„Wie nett von dir, mich daran zu erinnern", flüsterte sie. Ihre Augen wirkten schwarz in ihrem bleichen Gesicht. „Verschwinde endlich!"

„Nein. Es war schön mit uns beiden, und ich will es wiederhaben. Ich lasse mich nicht aus deinem Leben verdrängen."

Claire zitterte deutlich, und Max verspürte den Drang, sie beschützend in die Arme zu schließen. Aber er wagte es nicht. Ganz plötzlich war ihre eisige Zurückhaltung vor seinen Augen zerbrochen. Sie war keine unnahbare, beherrschte, gefühllose Frau, keine Herausforderung an seinen männlichen Stolz. Diese Erkenntnis raubte ihm beinahe den Atem, versetzte ihm einen Stich in die Brust. Sie errichtete eine Mauer zwischen sich und anderen als Selbstschutz, da sie zu starke Gefühle entwickelte und zu tief verletzt wurde. Er hatte sie überhaupt nicht verstanden, hatte wie immer auf seinen Charme gesetzt – war zu sehr darauf bedacht gewesen, mit ihr ins Bett zu gehen, um all die kleinen Anzeichen zu erkennen. Wie tief musste er sie verletzt haben, dass dieser Ausdruck auf ihrem Gesicht lag.

„Glaubst du wirklich, dass ich dumm genug bin, dir noch einmal zu vertrauen?", flüsterte sie mit erstickter Stimme. „Du hast mich belogen, und du hast mich benutzt. Es geschah zwar aus gutem Grund, und daher ist in deinen Augen alles in Ordnung. Der Zweck heiligt die Mittel, nicht wahr? Bitte, lass mich in Ruhe."

„Nein", widersprach Max heftig. Die Vorstellung, Claire vielleicht für immer verloren zu haben, erweckte einen Schmerz in seinem Innern, der neu für ihn war. Er konnte es nicht hinnehmen. Aus unerklärlichen Gründen war Claire ihm immer kostbarer geworden. Sie beherrschte bei Tag seine Gedanken und bei Nacht seine Träume.

„Ich bin der Meinung, Sie haben keine andere Wahl, zumindest nicht im Augenblick", unterbrach Sam von der Tür her, mit kühler

Für morgen, für immer

Stimme und ebenso kühlem Blick. „Hören Sie auf, Claire zu bedrängen. Sie ist völlig erschöpft."

Max drehte nur langsam den Kopf, aber plötzlich wirkte sein schlanker, muskulöser Körper gespannt – wie der eines Raubtieres, das sich einem Rivalen gegenübersieht. „Diese Angelegenheit geht Sie nichts an."

„Ich glaube schon. Schließlich ist es meine Firma, die Sie übernommen haben, indem Sie die Informationen benutzten, die Claire Ihnen gab."

Max erstarrte, blickte dann Claire scharf an. „Er weiß es?"

Sie nickte benommen.

„Claire hat es mir sofort erzählt", erklärte Sam und lehnte sich an den Türrahmen. „Sobald sie erfuhr, wer Sie sind. Ihr Ehrgefühl ist zu ausgeprägt für solche Machenschaften. Sie wollte auf der Stelle kündigen, aber ich habe es ihr ausgeredet." Als Max ihn fragend anblickte, fügte er hinzu: „Ich weiß, dass sie nie wieder so einen Fehler begehen wird."

Claire konnte es nicht länger ertragen, dort zu stehen und zuzuhören, wie über sie gesprochen wurde. Sie fühlte sich, als würden ihre tiefsten Geheimnisse aufgedeckt und belächelt. Mit abgewandtem Kopf stürmte sie an Max vorbei zur Tür.

„Claire!" Mit einer blitzschnellen Bewegung ergriff Max ihren Arm und hielt sie fest. Sie versuchte verzweifelt, sich zu befreien, aber er wirbelte sie zu sich herum und ergriff auch ihren anderen Arm.

Sie presste die Lippen zusammen, starrte auf den Knoten seiner Krawatte und rang um Beherrschung. Sie spürte die Wärme seines Körpers, roch den Geruch seiner Haut. Seine Nähe erinnerte sie an Dinge, die sie vergessen musste, ließ sie an die wilde, ungehemmte Leidenschaft denken, die seine Liebkosungen in ihr erweckt hatten. Ihr Körper sehnte sich nach der Berührung seiner Hände, seiner Lippen. Ihre Beine zitterten, wollten sich um seine Hüften schlingen, und die Leere in ihrem Innern verlangte nach Erfüllung. „Lass mich los", flüsterte sie.

„Du bist nicht in der Verfassung, Auto zu fahren. Du hast den ganzen Tag nichts gegessen und siehst aus, als würdest du jeden Augenblick umkippen. Ich bringe dich nach Hause."

„Ich sagte bereits, dass ich mit dir nirgendwo hingehe", beharrte Claire trotzig. Sein Griff lockerte sich, und sie befreite sich hastig. Sie fühlte sich am Ende ihrer Kräfte und fürchtete, jeden Augenblick in Tränen auszubrechen. Und daher nutzte sie die Gelegenheit und stürmte eiligst aus dem Büro.

Es regnete noch immer ein wenig, und heftige Windböen peitschten Claire ins Gesicht. Blitze zuckten aus den tief hängenden Wolken hervor und erhellten flüchtig die Dunkelheit. Ihre Absätze hallten laut auf dem nassen Pflaster, als sie zum Parkplatz lief.

Mit zitternden Händen öffnete sie die Tür ihres Wagens und setzte sich hinter das Steuer. Der Sturm schien die Dunkelheit zu verstärken, und die Lichter spiegelten sich diffus auf den nassen Straßen. Und da sie sich noch immer aufgewühlt fühlte, fuhr sie besonders vorsichtig, um keinen Unfall zu riskieren.

Erst als sie in die Straße einbog, in der sie wohnte, bemerkte sie, dass ihr ein anderer Wagen folgte. Nervös spähte sie in den Rückspiegel, aber sie konnte nur die Scheinwerfer erkennen. Sie parkte am Straßenrand und wartete, um den anderen Wagen vorbeifahren zu lassen, bevor sie ausstieg.

Doch er hielt an und fuhr in die Parklücke neben ihr. Es war ein schwarzer Mercedes, und der Mann am Steuer hatte blondes Haar, das im Schein der Straßenlaternen golden schimmerte.

Zitternd lehnte Claire den Kopf an das Lenkrad. Max schien fest entschlossen, mit ihr zu reden, und sie wusste bereits, dass er nicht so leicht aufgab, wenn er sich etwas in den Kopf gesetzt hatte. Wie hatte sie ihn nur jemals für zivilisiert halten können? Er war verwegen wie ein Wikinger, und sie fürchtete ihn genauso, wie sie ihn liebte. Denn er würde sie vernichten, wenn sie keinen Weg fand, ihn auf Abstand zu halten, sich durch vorgetäuschte Gleichgültigkeit zu schützen.

Er klopfte an die Scheibe, und sie hob den Kopf. „Der Regen wird immer schlimmer." Seine Stimme klang gedämpft durch das Glas. Regen rann in Strömen an der Windschutzscheibe hinab und

Für morgen, für immer

unterstrich seine Worte. „Lass uns reingehen, Liebes. Du wirst völlig durchnässt, wenn du noch länger wartest. Ich glaube, der Sturm frischt wieder auf."

Das Kosewort ließ Claire zusammenzucken. Es wunderte sie, wie leicht es ihm über die Lippen ging. Wie viele andere Frauen mochten schon auf seine Schmeicheleien hereingefallen sein? Doch Claire war zu müde, um endlos im Wagen zu sitzen, und sie wusste, dass er nicht fortgehen würde. Mühsam raffte sie sich auf, stieg aus und verschloss sorgfältig den Wagen. Ohne Max anzusehen, überquerte sie den Bürgersteig.

Er streckte einen Arm aus und öffnete ihr die Haustür, und dann stieg er mit ihr zusammen in den Fahrstuhl. Ihre Hand umklammerte den Schlüsselbund. Zum Teufel, dachte sie, warum gibt er nicht endlich auf? Was kümmert es ihn überhaupt noch?

Max ergriff ihr Handgelenk, nahm ihr den Schlüssel ab, öffnete die Tür, knipste das Licht an und zog sie mit sich in die Wohnung. Er ließ ihr Handgelenk los, schloss die Tür und warf den Schlüssel auf den kleinen Tisch im Flur.

Sie hatte den Tisch auf einem Flohmarkt erstanden und aufpoliert. Es war kein Queen-Anne-Tisch wie in seinem Flur, aber er erinnerte sie unwillkürlich, wie Max sie auf jenen eleganten Tisch gehoben und sich dann zwischen ihre Schenkel gedrängt hatte. Ihre Knie wurden weich, und einen Augenblick lang fürchtete sie tatsächlich umzukippen. Ein fernes Rauschen stieg in ihre Ohren, und sie atmete kräftig durch.

„Setz dich", verlangte Max schroff und schob sie zur Couch. „Du siehst schrecklich blass aus. Bist du schwanger?"

Sie sank auf die Couch und starrte ihn verblüfft an. „Wie bitte?", fragte sie atemlos.

„Du hast nichts gegessen. Du bist blass. Du hast abgenommen, und von Zigarettenrauch wird dir übel", zählte er auf. All diese Dinge gingen ihm nicht mehr aus dem Kopf, seit er auf diese Erklärung gestoßen war. „Glaubst du, ich hätte nicht gemerkt, dass Sam heute Nachmittag für dich das Fenster geöffnet hat? Wieso hast du es ihm erzählt und mir nicht?"

261

Linda Howard

„Ich habe ihm überhaupt nichts erzählt", widersprach sie gereizt. „Und ich bin nicht schwanger."

„Bist du sicher? Hattest du letzten Monat deine Periode?"

Zum ersten Mal an diesem Abend trat ein wenig Farbe auf ihre Wangen. „Das geht dich überhaupt nichts an!"

Mit grimmiger Miene stand er vor ihr. „Ich glaube doch. Ich habe dich in jener Nacht nicht geschützt, und ich glaube nicht, dass du die Pille nimmst, oder?" Ihr Gesichtsausdruck war ihm Antwort genug. „Nein, das dachte ich mir."

„Ich bin nicht schwanger", wiederholte sie hartnäckig.

„Ach so, ich verstehe. Du machst nur eine Diät, wie?"

„Nein. Ich bin erschöpft, das ist alles."

„Das ist nur ein weiteres Symptom."

„Ich bin nicht schwanger!", schrie sie und barg dann das Gesicht in den Händen, entsetzt über ihren Mangel an Beherrschung.

„Bist du sicher?"

„Ja!"

„Also gut", sagte Max plötzlich sehr ruhig. „Es tut mir leid, dass ich dich aufgeregt habe, aber ich musste es wissen. Und jetzt bleib hier sitzen, während ich dir etwas zu essen hole."

Das Letzte, was sie wollte, war etwas zu essen. Sie wollte Max aus ihrer Wohnung vertreiben, um auf ihr Bett zu fallen und schlafen zu können. Aber ihre Beine fühlten sich wie aus Blei an, und es schien nicht der Mühe wert, aufzustehen und ihn hinauszuwerfen.

Ganz still saß sie da, starrte blind vor sich hin und fragte sich, wie sie so dumm gewesen sein konnte, nicht eine Sekunde lang die Möglichkeit einer Schwangerschaft in Betracht gezogen zu haben. Sie wusste mit Gewissheit, dass sie nicht schwanger war, aber plötzlich fragte sie sich, was gewesen wäre, wenn ... Wäre diesmal alles glattgelaufen? Hätte sie diesmal ihr Baby in den Armen halten können? Max' Kind, mit goldenen Haaren und Augen wie das Meer? Die Vorstellung löste einen schmerzhaften Stich in ihrer Herzgegend aus, weil es nicht hatte sein sollen.

Claire fühlte sich so erschöpft, dass es ihr schwerfiel, länger

Für morgen, für immer

aufrecht zu sitzen. Mit einem kleinen Seufzer sank sie gegen die Rückenlehne der Couch. Ihre Augenlider wurden schwer, und so plötzlich, als wäre ein schwarzer Vorhang gefallen, schlief sie ein.

Mit einem Tablett, beladen mit einem Teller voller belegter Brötchen, einem Glas Milch für Claire und einer Tasse Kaffee für sich selbst, kehrte Max ins Wohnzimmer zurück. Er war darauf gefasst, sich all ihre Anschuldigungen anzuhören, aber er war auch bereit, wenn nötig die ganze Nacht zu bleiben, ihr seine Seite zu erklären und sie zu überzeugen, dass zwischen ihnen etwas ganz Besonderes bestand.

Dann sah er, wie sie auf der Couch ruhte, einen Arm im Schoß, während der andere schlaff zur Seite hing und verkündete, dass sie schlief. Ihre Hand lag mit der zarten, verletzlichen Innenfläche nach oben. Er starrte darauf, und Erinnerungen stiegen in ihm auf. Irgendwann während jener gemeinsam verbrachten Nacht hatte er ihre Hand an seinem Körper hinabgeführt, und jeder Muskel seines Körpers hatte sich gespannt, als ihre zarten Finger sich um ihn geschlossen hatten. Und nun spannte sich sein Körper allein durch die Erinnerung, und eine Hitzewelle stieg in ihm auf.

Max fluchte lautlos, stellte das Tablett ab und unterdrückte eisern sein heftiges Verlangen. Es war nicht der richtige Augenblick, um Claire zu verführen, falls er sie überhaupt hätte wecken können. Er blickte auf das Tablett, dann zu Claire. Sie brauchte beides, Essen und Schlaf, aber offensichtlich maß ihr Körper dem Schlaf die größere Wichtigkeit zu.

Er beugte sich hinab, schob sanft einen Arm unter ihren Rücken und den anderen unter ihre Knie und hob sie hoch. Ihr Kopf fiel an seine Schulter, und ihr Atem erwärmte seine Haut durch das Hemd. Einen Augenblick lang stand er still, die Augen beinahe geschlossen, und genoss ihren weichen Körper in seinen Armen und den schwachen, lieblichen Duft ihrer Haut.

Nun erst wurde er sich in vollem Ausmaß bewusst, wie sehr er sie vermisst hatte, und ihre Nähe erweckte ein schmerzliches Sehnen in ihm, das ihn leise aufstöhnen ließ. Er hatte viele weiche, warme Frauenkörper in den Armen gehalten, doch er erin-

263

nerte sich an keinen mehr. Für ihn gab es nur noch Claire. Ohne sie fühlte er sich seltsam unvollständig.

Er trug sie ins Schlafzimmer und legte sie behutsam auf dem Bett nieder. Sie schlief so fest, dass sie sich nicht einmal rührte. Mit der Geschicklichkeit eines Mannes, der schon viele Frauen entkleidet hatte, zog er ihr die Jacke aus. Durch die dünne Seidenbluse zeichnete sich der Spitzenbesatz ihres Unterhemdes ab und erinnerte ihn an die verführerische Wäsche, die sie zu tragen pflegte.

Max öffnete ihren Rock, streifte ihn über ihre Beine hinunter und erkannte, dass sie kein Hemd, sondern einen Bodystocking trug, ganz aus Seide und Spitze. Seine Hände zitterten, als er ihr die Schuhe auszog. Er wagte nicht, sie weiter zu entkleiden. Zum einen war es ihr gewiss nicht recht, völlig von ihm ausgezogen zu werden, und zum anderen fürchtete er um seine Beherrschung. Ihre Vorliebe für hauchzarte, verwegen verführerische Unterwäsche drohte ihm den Verstand zu rauben. Mit einem lautlosen Fluch deckte er Claire zu.

Es gefiel ihm ganz und gar nicht, dass er in der ersten Nacht nicht einmal so viel Zurückhaltung gewahrt hatte, um mit ihr ins Bett zu gehen. Sie war so zart, wie aus feinem Porzellan, und er hatte sie genommen wie ein wilder Krieger, ausgerechnet auf dem Tisch im Flur!

Das Einzige, was ihn davon abhielt, sich selbst völlig zu verachten, war die Erinnerung an ihre Reaktion – wie sie sich an ihn geklammert, sich ihm entgegengebogen, sich seinen Bewegungen angepasst hatte, wie sie aufgestöhnt hatte, als die inneren Zuckungen ihren Höhepunkt verkündeten. Ihre leidenschaftliche Veranlagung hinter ihrem zurückhaltenden Verhalten überwältigte ihn, ließ ihn nach ihr hungern. Ihm wurde bewusst, dass er vor Verlangen nach ihr zitterte, und er wandte sich vom Bett ab, solange er es noch vermochte.

Max ging zurück ins Wohnzimmer, verschlang mehrere belegte Brötchen und leerte die Kanne Kaffee, ohne über die Wirkung des Koffeins auf seinen Körper zu so später Stunde nachzudenken.

Bis zu diesem Abend hatte er nicht an seiner Fähigkeit gezwei-

Für morgen, für immer

felt, Claire wieder für sich gewinnen zu können. Doch nun war er nicht mehr sicher. Er hatte zum ersten Mal hinter ihren Schutzschild geblickt und dessen Notwendigkeit erkannt. Sie fühlte zu sehr, liebte zu tief, gab sich zu vollständig hin und war daher so verletzlich, dass ein Verrat einen schrecklichen Schlag für ihr allzu weiches Herz bedeutete.

Was immer auch geschehen mochte, er musste dafür sorgen, dass sie sich nicht vor ihm verstecken konnte. Er kannte sie gut genug, um zu wissen, dass sie alles versuchen würde, um Abstand zwischen ihnen zu schaffen. Und die Zeit stand auf ihrer Seite. Schon bald musste er nach Dallas zurückkehren – über zweihundert Meilen entfernt – und von dort aus in andere, noch entferntere Städte reisen. Er überdachte seine Möglichkeiten, und ein Plan begann sich zu formen. Er musste sie mit sich nach Dallas nehmen. Das Problem bestand nur darin, sie dorthin zu bekommen.

Max räumte das Geschirr fort und ging noch einmal ins Schlafzimmer. Claire schlief noch immer tief und fest, und ein Hauch von Farbe war auf ihre Wangen zurückgekehrt. Nachdenklich blickte er auf ihren Wecker, nahm ihn dann zur Hand und vergewisserte sich, dass er abgestellt war. Dann schrieb er eine kurze Nachricht, legte sie auf den Nachttisch und verließ die Wohnung.

9. KAPITEL

Zum ersten Mal seit Wochen fühlte Claire sich richtig ausgeruht, als sie am folgenden Morgen erwachte. Entspannt blieb sie liegen und wartete auf das Klingeln des Weckers. Die Minuten strichen dahin, und schließlich schlug sie neugierig die Augen auf, um die Zeit zu überprüfen. Als Erstes fiel ihr auf, dass es ungewöhnlich hell im Zimmer war, und als Zweites, dass es bereits halb zehn war.

„Oh nein!", stöhnte sie verärgert. Sie hasste es, zu spät zu kommen, selbst um ein paar Minuten, und sie hätte schon vor anderthalb Stunden im Büro sein sollen.

Sie kletterte aus dem Bett, noch immer ein bisschen benommen vom langen Schlaf, und starrte verwirrt an sich hinab. Wieso trug sie eine Bluse und einen Bodystocking statt eines Nachthemdes? Dann kehrte die Erinnerung zurück. Max musste sie ins Bett gebracht haben, nachdem sie auf der Couch eingeschlafen war. Ein Glück, dass er sie nicht völlig entkleidet hatte. Es war schon schlimm genug, dass er sich überhaupt das Recht herausgenommen hatte, sie im Schlaf so vertraut zu behandeln, statt sie auf der Couch liegen zu lassen.

Nun begriff sie auch, warum sie verschlafen hatte. Offensichtlich hatte er ihren Wecker abgestellt. Sie blickte noch einmal zur Uhr und entdeckte den Zettel daneben. Sie brauchte ihn nicht einmal aufzuheben, um die kühne Handschrift zu entziffern.

Sorg Dich nicht, wenn Du verschläfst. Du brauchst Ruhe. Ich regle es mit Bronson. Max.

Mit einem verärgerten Ausruf ergriff Claire den Zettel und zerknüllte ihn. Das fehlte ihr gerade noch, dass Max es regelte. Was mochte er Sam erzählt haben? Dass er sie im Bett zurückgelassen hatte und sie so müde war, dass sie verschlafen würde? Bestimmt hatte Sam daraufhin eine der anderen Sekretärinnen angefordert, und die ganze Geschichte würde sich wie ein Lauffeuer im Büro verbreiten.

Für morgen, für immer

Ihr Magen begann zu knurren, und sie sehnte sich nach einer ausgedehnten Dusche. Da es ohnehin schon so spät war, hatte es keinen Sinn, sich nun abzuhetzen. Daher beschloss sie, sich Zeit zu nehmen und den Tag in Ruhe zu beginnen.

Nach einem ausgiebigen Frühstück traf Claire kurz vor Mittag im Büro ein – mit frisch gewaschenen Haaren und in ihrem marineblauen Lieblingskleid. Der ruhige Auftakt des Tages hatte sich anscheinend ausgewirkt. Jedenfalls fühlte sie sich nun wesentlich ausgeglichener und gelassener als beim Erwachen.

An ihrem Schreibtisch saß tatsächlich eine andere Sekretärin, und sie blickte erstaunt auf, als Claire eintrat.

„Miss Westbrook! Geht es Ihnen besser? Mr. Bronson sagte, dass Sie gestern Abend ohnmächtig geworden sind und heute nicht kommen würden."

Claire atmete erleichtert auf, weil Sam sie offensichtlich in Schutz genommen hatte. „Mir geht es wieder gut, danke. Ich war nur sehr müde, sonst nichts." Sie schickte die junge Frau zurück in deren Abteilung, nahm an ihrem Schreibtisch Platz und begann die Notizen für die Verträge zu sortieren.

Die Tür zu Sams Büro öffnete sich. Sie spürte, dass jemand dort stand und sie beobachtete, und das Prickeln in ihrem Inneren verriet ihr, dass es nicht Sam war. Ohne aufzublicken, begann sie die Verträge zu tippen.

„Lass das", befahl Max und trat zu ihr. „Ich gehe mit dir essen."

„Danke, aber ich habe keinen Hunger. Ich habe gerade gefrühstückt."

„Dann kannst du mir beim Essen zusehen."

„Danke, nein. Ich habe viel zu tun und …"

„Es handelt sich um eine geschäftliche Angelegenheit", unterbrach Max sie.

Ihre Hände verharrten auf einmal reglos über der Tastatur. Warum hatte sie nur nicht daran gedacht? Wenn Sam sich ganz der Forschung widmete, brauchte er keine Sekretärin mehr, und sie war beschäftigungslos. Die Garantien gegenüber den anderen Mitarbeitern trafen natürlich nicht auf sie zu. Die Vorstellung, so plötzlich arbeitslos zu werden, erschreckte sie. Es war zwar gewiss nicht allzu schwer, eine andere Stellung in Houston zu finden, aber würde sie ihr genauso viel Spaß bringen und so gut bezahlt sein? Ihre Wohnung war zwar nicht so teuer wie die von Max, aber sehr hübsch und in einem guten Stadtteil gelegen. Mit einem wesentlich geringeren Einkommen als bisher könnte Claire sie nicht länger halten. Einen schrecklichen Augenblick lang malte sie sich aus, nicht nur ohne Arbeit, sondern auch ohne Zuhause dazustehen.

Max ergriff ihre Hand und zog sie vom Stuhl hoch. „Komm, wir gehen zu ‚Riley's'. Es ist noch früh, sodass wir einen ruhigen Tisch finden müssten."

Claire schwieg, als sie das Gebäude verließen und über die Straße gingen. Es war ein ungewöhnlich heißer, schwüler Frühlingstag. Obgleich der Himmel strahlend blau war, hatte der Wetterbericht für den Nachmittag ein weiteres Gewitter angekündigt. Selbst auf dem kurzen Weg zum Restaurant wurde ihr zu warm in ihrem Kleid. Sorgen quälten sie. Wie viel Kündigungszeit würde man ihr einräumen? Zwei Wochen? Einen Monat?

Sie fanden eine abgeschiedene Nische im hinteren Teil des Restaurants. Claire bestellte sich nur einen Eistee und erntete damit einen missbilligenden Blick von Max.

„Du solltest etwas essen. Du hast abgenommen, und du hattest ohnehin nichts zuzusetzen."

„Ich bin nicht hungrig."

„Das sagtest du bereits. Trotzdem solltest du etwas essen, um wieder zuzunehmen."

Claire seufzte gereizt. Sie hatte nur ein paar Pfund verloren und im Augenblick ganz andere Sorgen als ihr Gewicht. „Willst du mich entlassen?", fragte sie mit unbewegter Miene.

„Warum sollte ich dich entlassen?"

„Mir fallen mehrere Gründe ein. Erstens braucht Sam in der Forschung keine Sekretärin mehr, und der nachfolgende Geschäftsführer bringt vermutlich seine eigene mit." Sie blickte ihn unverwandt an. „Und zweitens wäre es eine gute Gelegenheit, ein Si-

Für morgen, für immer

cherheitsrisiko wie mich loszuwerden."

Sein Blick verfinsterte sich. „Du bist kein Sicherheitsrisiko."

„Ich habe vertrauliche Informationen ausgeplaudert. Ich habe der falschen Person vertraut. Demnach kann ich andere Menschen offensichtlich nicht einschätzen."

„Verdammt, ich …" Max hielt abrupt inne, starrte sie mit funkelnden Augen an. „Du bist nicht entlassen. Du wirst nach Dallas versetzt, in die Zentrale von ‚Spencer-Nyle'."

Versetzt! Verblüfft entgegnete Claire: „Ich kann nicht nach Dallas gehen."

„Natürlich kannst du. Es wäre dumm von dir, dieses Angebot auszuschlagen. Natürlich wirst du nicht die Privatsekretärin des obersten Geschäftsführers, aber du bekommst eine beträchtliche Gehaltserhöhung. ‚Spencer-Nyle' ist wesentlich größer als ‚Bronson Alloys' und bezahlt seine Angestellten sehr gut."

„Ich will nicht für dich arbeiten", wehrte Claire entsetzt ab.

„Du wirst nicht für mich arbeiten", entgegnete Max kalt, „sondern für ‚Spencer-Nyle'."

„In welcher Funktion? Als Sortiererin von Büroklammern, sodass ich keine wertvollen Informationen in die Finger bekomme?"

Max beugte sich vor. Seine Augen wirkten dunkelgrün vor Zorn. „Wenn du noch ein einziges Wort darüber verlierst, dass du ein Sicherheitsrisiko bist, dann lege ich dich übers Knie, wo wir auch gerade sein mögen – mitten auf der Straße oder in einem Restaurant."

Gewarnt durch seine heftigen Worte, lehnte Claire sich zurück und schwieg.

„Und wenn du mit deinen sarkastischen Bemerkungen endlich fertig bist, dann gebe ich dir eine Stellenbeschreibung", fügte er kühl hinzu.

„Ich habe nicht gesagt, dass ich die Stelle annehme."

„Es wäre dumm von dir, sie abzulehnen. Wie du bereits sagtest, wird dein Arbeitsplatz bei ‚Bronson Alloys' nicht mehr lange existieren. Außerdem wird dein Gehalt um die Hälfte erhöht.

Kannst du es dir leisten, so viel Geld auszuschlagen?"

„Es gibt hier in Houston auch noch andere Stellungen. Meine gesamte Familie lebt hier. Wenn ich nach Dallas ziehe, habe ich niemanden."

Seine Augen wurden noch dunkler. „Du könntest sie am Wochenende besuchen."

Claire nippte an ihrem Tee, ohne ihn anzusehen. Er hatte mit allem recht, aber ihr Instinkt riet ihr dennoch ab. Denn eine Versetzung in die Zentrale von „Spencer-Nyle" bedeutete, dass sie Max jeden Tag sah, dass sie ihm unterstellt war. „Ich brauche Zeit, um es mir zu überlegen", antwortete sie schließlich vorsichtig.

„Gut. Ich gebe dir Zeit bis Montag."

„Das sind nur drei Tage, einschließlich heute!"

„Falls du die Stellung nicht annimmst, müssen wir jemand anderen suchen", erklärte Max. „Deine Entscheidung kann doch nicht so schwierig sein. Du musst dich versetzen lassen oder dich arbeitslos melden. Also bis Montag."

Claire erkannte, dass Max nicht bereit war, in diesem Punkt nachzugeben. Doch ihr erschienen drei Tage viel zu kurz. Sie zog es vor, sich ganz allmählich mit dem Gedanken an eine Veränderung anzufreunden. Sie hatte ihr ganzes Leben lang in Houston gewohnt, und ein Umzug in eine andere Stadt bedeutete für sie eine völlige Umstellung ihres bisherigen Lebens.

Sein Essen wurde serviert, und eine Weile beschäftigte Max sich damit, während Claire an ihrem Tee nippte und ihren Gedanken nachhing.

„Was hast du Sam eigentlich erzählt?", fragte sie schließlich.

Er blickte von seinem Teller auf. „Worüber?"

„Über gestern Abend. Er hat der Aushilfssekretärin gesagt, ich sei ohnmächtig geworden."

„Als er mich heute Morgen fragte, wieso, zum Teufel, ich dich gestern Abend belästigt habe, habe ich ihm geantwortet, dass er sich gefälligst um seine eigenen Angelegenheiten kümmern soll, und dass sich zum Glück jemand darum gekümmert hat, ob du sicher nach Hause gekommen bist, weil du zusammengebrochen bist."

Für morgen, für immer

„Ich bin nicht zusammengebrochen."

„Ach nein? Kannst du dich denn daran erinnern, dass ich dich ausgezogen habe?"

Mit glühenden Wangen wandte Claire den Blick ab. „Nein."

„Keine Sorge, ich nutze bewusstlose Frauen nicht aus. Wenn ich wieder mit dir schlafe, dann wirst du garantiert wach sein." Wie immer, wenn er gereizt war, klang sein englischer Akzent besonders ausgeprägt.

„Wenn ich nicht nach Dallas gehe", flüsterte sie und erhob sich, „dann liegt es daran, dass ich deine Nähe nicht ertragen kann." Bevor er etwas erwidern konnte, verließ sie die Nische und eilte aus dem Restaurant.

Mit starrer Miene blickte Max vor sich hin. Er hatte nicht damit gerechnet, dass Claire das Stellenangebot ausschlagen könnte. Doch nun zog er die Möglichkeit in Betracht, und er fürchtete, dass er sie damit endgültig verlieren könnte. Verdammt, sie musste einfach annehmen, nachdem er so viele Fäden gezogen hatte.

Rome hatte nicht gerade erfreut auf den nächtlichen Anruf reagiert. „Ich hoffe, dass du einen wichtigen Grund hast, Max", hatte er gefaucht. „Jed zahnt gerade und macht ein schreckliches Theater, und wir waren soeben endlich eingeschlafen."

„Es ist wichtig. Haben wir irgendeine Stelle im Büro frei?"

Sie arbeiteten so gut zusammen, dass Rome keine Zeit mit unnötigen Fragen zu verschwenden brauchte. Sie vertrauten einander. Er hatte eine Weile geschwiegen und sämtliche Möglichkeiten durchdacht. „Delgado aus der Finanzabteilung wird nach Honolulu versetzt."

„Lieber Himmel! Und wer übernimmt seinen Platz?"

„Wir dachten an Quinn Payton aus Seattle."

Nach kurzem Überlegen hatte Max vorgeschlagen: „Warum nehmt ihr nicht Jean Sloss? Sie hat ausgezeichnete Qualifikationen und bisher gute Arbeit geleistet. Ich glaube, sie hat das Zeug zu einer Führungskraft."

„Und wer soll Jean ersetzen? Ich stimme zu, dass sie eine Be-

271

förderung verdient hat, aber es ist nicht so einfach, jemand anderen mit solchen Fähigkeiten zu finden."

„Warum nicht Kali?"

„Verdammt, sie ist meine Sekretärin!", hatte Rome gewettert. „Warum versetzt du nicht deine eigene?"

Max hatte es erwogen, aber er glaubte nicht, dass Claire diese Stellung annehmen würde. Andererseits würde sie als Romes Sekretärin auch zu eng mit ihm selbst zusammenarbeiten, und das konnte ebenfalls zu Schwierigkeiten führen. „Also gut, dann vergiss Kali. Wie steht es mit Carolyn Watford, der Sekretärin von Caulfield? Sie ist qualifiziert und ehrgeizig."

„Und wer soll ihren Platz einnehmen?"

„Claire Westbrook."

Nach einer langen Pause hatte Rome verkündet: „Ich werd verrückt!" Es waren keine weiteren Erklärungen nötig gewesen. „Na schön, ich werde sehen, was ich tun kann. Aber es wird nicht leicht sein, kurzfristig so viele Leute herumzuschieben. Bis wann brauchst du Bescheid?"

„Bis morgen Mittag."

„Zum Teufel!" Rome hatte heftig den Hörer auf die Gabel geknallt, aber um zehn Uhr am folgenden Morgen hatte er Max zurückgerufen und ihm die Erfolgsmeldung überbracht. Rome war ein zäher Kämpfer, und wenn er sich etwas in den Kopf gesetzt hatte, stellte man sich ihm besser nicht in den Weg. Und daher ließ Anson Edwards ihm gewöhnlich freie Hand.

Max hatte nicht erwartet, dass es schwieriger sein würde, Claire zu versetzen, als von Rome das ganze Büro umstellen zu lassen. Doch ihm waren im Umgang mit ihr so viele Fehler unterlaufen, dass er es hätte ahnen müssen. Er hatte ihr wehgetan und dadurch ihr Vertrauen verloren, das ihm sehr kostbar war. Irgendwie musste es ihm gelingen, sie mit nach Dallas zu nehmen. Dann blieb ihm genug Zeit, ihr zu beweisen, dass er sie nicht nur benutzt hatte, um die Informationen zu erhalten, dass er nicht nur ein Schuft war. Und vielleicht konnte er dann ihr Vertrauen wiedergewinnen.

Für morgen, für immer

Wie jeden Sonnabend ging Claire ihrer Hausarbeit nach. Sie schrubbte und polierte den Küchenfußboden, reinigte das Badezimmer von oben bis unten, wusch ihre Wäsche und putzte sogar die Fenster – um ihrer Verärgerung Luft zu machen. Verblüfft erkannte sie, dass sie nicht nur verärgert, sondern sogar zornig war. Gewöhnlich blieb sie stets ruhig und ausgeglichen, und sie konnte sich nicht erinnern, jemals zuvor den Drang verspürt zu haben, aus Wut zu schreien oder mit Gegenständen zu werfen.

Wie konnte Max es wagen – nachdem er sie so schamlos ausgenutzt hatte –, von ihr zu erwarten, ihr gesamtes Leben zu ändern und sich in ständigen Kontakt zu ihm zu begeben! Er hatte zwar gesagt, dass sie nicht für ihn arbeiten solle, aber immerhin in derselben Stadt, im selben Gebäude. Und er hatte klargestellt, dass er ihre Beziehung nicht als beendet betrachtete. Wie hatte er sich doch gleich ausgedrückt? „Wenn ich wieder mit dir schlafe, dann wirst du garantiert wach sein …"

Claire murrte vor sich hin, während sie ihren Hausputz erledigte. Seltsamerweise war sie nicht einmal dann zornig geworden, als Jeff sie wegen Helene verlassen hatte. Sie hatte es verbittert hingenommen, dass er eine andere liebte, und hatte um das verlorene Baby getrauert. Nur Max brachte all die Gefühle in ihr zum Ausbruch, die sie ihr Leben lang beherrscht hatte: Liebe, Leidenschaft und sogar Zorn.

Sie liebte ihn noch immer. Sie versuchte gar nicht erst, sich in diesem Punkt etwas vorzutäuschen. Sie liebte Max, sie sehnte sich nach ihm, sie begehrte ihn. Und ihr Zorn bildete sozusagen die Kehrseite der Medaille.

Sie spielte mit dem Gedanken, sein Stellenangebot einfach abzulehnen. Damit bewies sie ihm, dass er sie nicht erneut ausnutzen konnte, dass sie nicht wie eine Marionette an seinen Fäden tanzte, dass sie ausgezeichnet ohne ihn leben konnte. Oder gestand sie dadurch eher ein, dass sie es nicht ertragen konnte, ihn täglich zu sehen? Die Arbeitslosigkeit einem ausgezeichneten Stellenangebot vorzuziehen bedeutete einen sehr unvernünftigen Schritt, der ihm bewies, wie sehr er sie verletzt hatte. Und für ihre Selbstachtung war es sehr wichtig, dass er nicht erfuhr, wie tief sie sein Verrat getroffen hatte.

Claire richtete sich vom Staubwischen auf und starrte nachdenklich vor sich hin. Das einzig Richtige war, sich in ihrer Entscheidung überhaupt nicht von Max beeinflussen zu lassen. Schließlich ging es um ihre Arbeit, um ihre finanzielle Zukunft. Sie durfte sich nicht von ihren Gefühlen leiten lassen. Und selbst wenn sie nach Dallas ging, brauchte sie nicht nach seiner Pfeife zu tanzen. Logisch betrachtet bestand die einzige Möglichkeit, ihr Gesicht zu wahren, darin, die Stelle anzunehmen und sich Max gegenüber distanziert zu verhalten.

Claire fühlte sich wie von einer schweren Last befreit, sobald die Entscheidung gefallen war. Nun bestand das größte Problem darin, es ihrer Familie beizubringen. Sie beschloss, als Erstes Martine zu unterrichten, und machte sich gleich auf den Weg zu ihr.

Martines Haus lag in einem vornehmen Viertel am Stadtrand und zeugte von ihrem sowie Steves beruflichem Erfolg. Dennoch wirkte es nicht kalt und unpersönlich wie aus einem Bilderbuch, sondern spiegelte Martines warmherziges, offenes Wesen und ihre Liebe zu ihren Kindern wider. Neben der Vortreppe stand ein Dreirad, und unter einem gestutzten Busch lag ein roter Ball, doch die meisten Spielzeuge lagen im eingezäunten Hinterhof herum.

Da es ein warmer sonniger Tag war, ging Claire sogleich um das Haus herum zum Swimmingpool. Wie erwartet, lag Martine auf einer Liege und sonnte sich in einem winzigen Bikini. Obgleich sie kein Make-up trug und das goldblonde Haar mit einem schlichten Gummiband zusammengebunden hatte, wirkte sie schön und sexy.

Als Claires Schritte auf dem Plattenweg erklangen, öffnete sie träge die Augen. „Hallo! Hol dir eine Liege. Ich würde dich gern umarmen, aber ich bin glitschig vom Sonnenöl."

„Wo sind denn die Kinder?", fragte Claire, während sie sich in einen Liegestuhl sinken ließ und die Füße hochlegte.

„Zur Geburtstagsparty von Brads bestem Freund. Sie dauert

Für morgen, für immer

den ganzen Tag", verkündete Martine fröhlich. „Und Steve spielt mit einem Kunden Golf. Vielleicht ist heute der einzige Tag, den ich allein verbringen kann, bis die Kinder ins College gehen. Und deshalb mache ich das Beste daraus."

„Soll ich wieder gehen?", neckte Claire.

„Untersteh dich! Wir sehen uns sowieso viel zu selten."

Claire senkte den Blick, dachte an die Entscheidung, die sie getroffen hatte. Nun erst wurde ihr richtig bewusst, wie stark der Familienzusammenhalt im Grunde genommen war. „Was würdest du sagen, wenn wir uns noch seltener sähen? Wenn ich nach Dallas zöge?"

Mit einem Ruck setzte Martine sich auf, die Augen vor Schreck geweitet. „Wie bitte? Warum solltest du nach Dallas ziehen? Was ist mit deiner Arbeit?"

„Mir ist eine Stellung in Dallas angeboten worden, und meine jetzige Stellung werde ich ohnehin nicht mehr lange behalten."

„Warum nicht? Ich dachte, Sam und du kommt prächtig miteinander aus?"

„Das schon, aber Sam … Die Firma ist von ‚Spencer-Nyle', einem Konzern mit Hauptsitz in Dallas, übernommen worden."

„Ich habe von der Möglichkeit in der Zeitung gelesen, aber gehofft, dass es nicht passieren würde. Es ist also endgültig? Wann ist es dazu gekommen, und was hast du überhaupt damit zu tun? Man wird Sam doch bestimmt nicht entlassen. Er ist schließlich der Kopf von ‚Bronson Alloys'. Wirst du nicht als seine Sekretärin bleiben?"

„Die Verträge wurden gestern unterschrieben." Claire starrte auf ihre Hände und bemerkte, dass sie sie im Schoß verkrampft hielt. „Sam wird sich nur noch der Forschung widmen und keine Sekretärin mehr brauchen."

„Das ist allerdings dumm. Ich weiß, wie gern du ihn magst. Aber zum Glück hast du ja schon ein neues Angebot. Bei welcher Firma?"

„‚Spencer-Nyle'."

„Oho! Beim Hauptsitz! Ich bin beeindruckt, und du musst außerdem noch jemanden beeindruckt haben."

„Eigentlich nicht." Claire holte tief Luft. „Max Benedict heißt in Wahrheit Maxwell Conroy, und er ist einer der Geschäftsführer von ‚Spencer-Nyle'."

Einige Sekunden lang starrte Martine sie nur verwirrt an. Dann sprang sie auf, die Hände zu Fäusten geballt, und ihre Wangen erglühten. Sie fluchte nur selten, doch nun benutzte sie sämtliche Schimpfwörter gegen Max, die ihr nur in den Sinn kamen. Sie brauchte keine weiteren Einzelheiten zu hören, um zu wissen, dass Claire tief verletzt worden war, und wie jedem gegenüber, den sie liebte, erwachte ihr ausgeprägter Beschützerinstinkt.

Als Martine das Vokabular allmählich ausging, warf Claire ein: „Es kommt noch schlimmer. Ich gab ihm vertrauliche Informationen, die er brauchte, um die Firmenübernahme zu bewerkstelligen. Deswegen war er hier in Houston, und deswegen zeigte er so viel Interesse an mir."

„Ich könnte ihm das Gesicht zerkratzen!" Wie eine gefangene Tigerin lief Martine auf und ab. Dann blieb sie plötzlich stehen, mit einem seltsamen Ausdruck auf dem Gesicht. „Aber du gehst mit ihm zusammen nach Dallas?"

„Ich gehe wegen der Stellung nach Dallas. Es ist das einzig Vernünftige, was ich tun kann. Ich wäre ein noch größerer Idiot, als ich ohnehin schon bin, wenn ich die Arbeitslosigkeit einem guten Angebot vorzöge. Mit Stolz kann ich meine Rechnungen nicht bezahlen."

„Ja, es ist das Vernünftigste", bestätigte Martine und setzte sich. Noch immer lag dieser seltsame Ausdruck auf ihrem Gesicht, und dann lächelte sie plötzlich. „Er versetzt dich nach Dallas, damit du bei ihm bist, stimmt's? Der Mann liebt dich!"

„Sehr unwahrscheinlich." Claires Kehle war plötzlich wie zugeschnürt. „Lug und Betrug sind nicht gerade Anzeichen von Liebe. Ich liebe ihn, wie du bestimmt längst gemerkt hast, obwohl ich es nicht mehr dürfte. Aber ich kann meine Gefühle nicht einfach abstellen wie einen Wasserhahn."

„Wenn ich zurückdenke, wie er dich immer angesehen hat …",

Für morgen, für immer

überlegte Martine laut. „So … ach, ich weiß nicht … so hungrig, so als ob er dich verschlingen wollte. Mir lief immer ein Schauer über den Rücken, wenn ich bemerkte, wie er dich ansah. Ein angenehmer Schauer, wenn du weißt, was ich meine."

Claire schüttelte den Kopf. „Versuch nicht, mir einzureden, dass er je etwas anderes als ein Mittel zum Zweck in mir gesehen hat. Du weißt doch, wie gut er aussieht. Warum sollte ausgerechnet er an mir interessiert sein?"

„Warum sollte er nicht? In meinen Augen wäre er ein Dummkopf, wenn er dich nicht liebte."

„Dann sind viele Männer Dummköpfe."

„Unsinn. Du hast dich nur nie lieben lassen. Du lässt nie jemanden nahe genug an dich heran, um dich richtig kennenzulernen. Aber Max ist intelligenter als die meisten anderen Männer. Warum sollte er dich nicht lieben?", beharrte Martine eindringlich.

„Weil ich nicht wundervoll bin, so wie du."

„Natürlich bist du nicht wundervoll so wie ich. Du bist wundervoll wie du selbst!" Mit ungewöhnlich ernster Miene setzte Martine sich zu Claire auf die Liege. „Weißt du, was Steve einmal zu mir gesagt hat? Dass er wünschte, ich wäre ein bisschen mehr wie du, dass ich so wie du denken würde, bevor ich handle. Ich habe ihn natürlich geboxt und ihn gefragt, was ihm denn noch alles an dir gefalle. Er sagte, deine großen dunklen Augen – er nannte sie ,Schlafzimmeraugen' –, und ich hätte ihn am liebsten mehr als nur geboxt. Blauäugige Blondinen wie mich gibt es dutzendweise, aber wie viele dunkeläugige Blondinen gibt es schon? Ich war immer schrecklich neidisch, weil du die Männer nur anzusehen brauchtest, und schon waren sie bereit, vor dir auf die Knie zu sinken. Du scheinst es aber nie bemerkt zu haben, und deshalb gaben schließlich alle auf."

Claire starrte Martine ungläubig an. Es schien ihr unfassbar, dass die wundervolle Martine jemals auf sie eifersüchtig gewesen sein könnte.

„Aber Max hat nicht aufgegeben, stimmt's?"

Zerstreut erwiderte Claire: „Er weiß überhaupt nicht, was das

Wort ‚aufgeben‘ bedeutet.“ Sie war es nicht gewöhnt, so offen mit jemandem zu reden, und sie erfuhr dabei Dinge über sich selbst, die sie nie vermutet hatte. Stimmte es, dass andere Menschen nicht nahe genug an sie herankamen, um Gefühle für sie zu entwickeln? Noch nie hatte sie es von diesem Standpunkt aus betrachtet. Sie hatte stets geglaubt, dass sie Distanz wahrte, um selbst keine Gefühle zu entwickeln. „Max will mich nicht in Ruhe lassen. Er beharrt darauf, dass es nicht vorbei ist“, erklärte sie. „Er wurde nach Dallas beordert, und als er hierher zurückkam, hatte ich bereits seinen richtigen Namen und seinen Auftrag erfahren. Er rief mich an, aber ich weigerte mich, ihn zu sehen. Und nun bin ich nach Dallas versetzt worden.“

„In sein Gebiet. Ein sehr geschickter Schachzug.“

„Ja, ich weiß. Aber er hat es nur getan, weil ich eine Herausforderung für ihn bin. Was meinst du wohl, wie viele Frauen ihm je widerstanden haben?“

„Wahrscheinlich bist du die erste.“

„Ja. Nun, ich brauche Arbeit, und deshalb werde ich gehen. Was würdest du an meiner Stelle tun?“

„Ich würde gehen“, gab Martine lachend zu. „Wir sind uns anscheinend ähnlicher, als du glaubst. Ich würde ihn nie in dem Glauben lassen, dass ich vor ihm davonlaufe.“

„Genau!“ Claires Augen wurden beinahe schwarz. „Er macht mich so wütend, dass ich ihn anspucken könnte!“

„Zeig’s ihm, Honey!“ Insgeheim freute Martine sich über den Zorn auf dem Gesicht ihrer Schwester. Denn allzu oft verbarg Claire ihre Gefühle. Selbst nach dem Verlust des Babys hatte sie ruhig und gefasst gewirkt. Doch Max war es endlich gelungen, sie aufzurütteln. Und ihm lag wesentlich mehr an ihr, als sie vermutete. Davon war Martine fest überzeugt.

Gewiss liebte er Herausforderungen, das stand ihm ins Gesicht geschrieben, aber Claire mit ihrem stillen, verträumten Wesen stellte eine ständige Herausforderung für ihn dar. Die Tiefe ihrer Persönlichkeit, die Vielschichtigkeit ihres Charakters mussten ihn einfach faszinieren. Und wenn er es wagt, ihr noch

Für morgen, für immer

einmal wehzutun, schwor Martine sich, dann bekommt er es mit mir zu tun!

Am Abend saß Claire in ihrer stillen gemütlichen Wohnung und blickte sich ein wenig wehmütig um. Seit fünf Jahren wohnte sie hier, und die Vorstellung, in eine fremde Stadt, eine fremde Wohnung zu ziehen, schmerzte sie. Dennoch wusste sie, dass sie die richtige Entscheidung getroffen hatte.

Natürlich war es kein endgültiger Abschied, doch die Entfernung wurde immerhin so groß, dass sie sich künftig nicht mehr einfach in den Wagen setzen und zu ihrer Familie fahren konnte, wann immer es ihr in den Sinn kam.

Es klingelte an der Tür, und sie öffnete, ohne nachzudenken. Max stand vor ihr, blickte sie seltsam eindringlich an. Sie behielt die Klinke fest in der Hand und trat nicht beiseite. Warum ließ er sie nicht in Ruhe? Sie brauchte Zeit, musste allein sein, um sich an die bevorstehende Veränderung ihres Lebens zu gewöhnen.

Ein Funkeln trat in seine Augen, als er erkannte, dass sie ihn nicht hereinbitten wollte. Er legte seine Hand auf ihre, nahm sie sanft, aber entschieden von der Klinke, trat dann vor und drängte Claire somit zurück in den Flur. Er schloss die Tür hinter sich, blickte sich in der stillen Wohnung um. „Sitzt du hier herum und grübelst?"

Mit verschlossener Miene wandte sie sich ab. „Ich habe nachgedacht, ja." Aus alter Gewohnheit ging sie in die Küche und setzte Kaffee auf. Max folgte ihr, lehnte sich an den Türrahmen, musterte sie noch immer derart eindringlich, dass sie unwillkürlich prüfte, ob die Knöpfe ihrer Bluse alle geschlossen waren. „Ich habe übrigens beschlossen, die Stelle anzunehmen", verkündete sie unvermittelt in die Stille hinein.

„Hast du darüber nachgedacht?"

„Es ist immerhin eine große Umstellung für mich", entgegnete sie kühl und beherrscht. „Hattest du keine Zweifel, als du von Montreal nach Dallas umgezogen bist?"

„Ach ja, dazu wollte ich dich schon lange etwas fragen. Wie

hast du eigentlich meinen Nachnamen und all die anderen Dinge über mich herausgefunden?"

„Ich habe einen Artikel über ‚Spencer-Nyle' gelesen, mit einem Foto von dir."

Er trat in die Küche, und Claire wandte sich ab, um Becher aus dem Schrank zu holen. Bevor sie sich wieder umdrehen konnte, stellte er sich hinter sie, stützte die Hände zu beiden Seiten auf den Schrank und hielt sie somit gefangen.

„Ich hatte vor, es dir an jenem Morgen beim Aufwachen zu erzählen." Er senkte den Kopf, presste die Lippen auf ihren Hals. Heftig wandte Claire den Kopf ab, beunruhigt und verärgert, weil ihr Puls zu rasen begann. Max ignorierte ihre abwehrende Bewegung, küsste erneut ihre Halsbeuge und fuhr fort: „Aber dieser verdammte Anruf kam dazwischen, und als ich nach Houston zurückkehrte, hattest du zu meinem Pech schon alles herausgefunden."

„Was ändert das schon?", entgegnete Claire schroff. „Was hättest du mir schon sagen können? ‚Ach, übrigens, Liebes, ich bin Geschäftsführer einer Firma, die deine Firma übernehmen will, und ich habe dich benutzt, um Informationen zu erhalten'?" Sie ahmte gekonnt seinen englischen Akzent nach und sah, wie seine Hände sich vor ihr auf dem Schrank verkrampften.

„Nein, das hätte ich nicht gesagt." Max trat zurück und starrte sie verärgert an, als sie sich mit den Bechern zu ihm umdrehte. „Ich hätte überhaupt nichts gesagt, bis du mit mir im Bett gewesen wärst. Mit dir vernünftig reden zu wollen hat sich als Zeitverschwendung erwiesen."

„Ach! Ich finde es schrecklich unvernünftig von dir zu glauben, dass du einfach zurückkommen und da weitermachen kannst, wo du aufgehört hast – nach allem, was du getan hast!" Heftig knallte sie die Becher auf den Küchenschrank – und erschrak. Was war nur in sie gefahren? Nie zuvor hatte sie derart die Beherrschung verloren, hatte nie geschrien, war nie derart grob mit irgendwelchen Gegenständen umgegangen. Sie verhielt sich völlig untypisch. Oder vielleicht entlockte Max ihr auch nur Verhaltens-

Für morgen, für immer

weisen, die tief in ihr steckten und ihr selbst bisher verborgen geblieben waren. Sie holte tief Luft, um sich zu beruhigen. „Was willst du hier?"

„Ich dachte, du möchtest vielleicht mehr über die Stellung erfahren, bevor du dich entscheidest", murrte er, noch immer verärgert. Er gestand sich ein, dass er log. Er hatte Claire sehen wollen, sonst gar nichts.

„Eine gute Idee", erwiderte sie kühl.

Max nahm ihr gegenüber Platz, schwieg und trank mit finsterer Miene seinen Kaffee.

„Nun?", hakte Claire nach einer Weile nach.

„Du wirst die Sekretärin des Verwaltungsdirektors Theo Caulfield. Ihm unterstehen die Bereiche Lohnbuchhaltung, Versicherung, allgemeine Buchhaltung, Datenverarbeitung, Instandhaltung, Büromaterialien und das Sekretariat, obgleich jeder Bereich einen eigenen Abteilungsleiter hat. Es ist eine anspruchsvolle Stellung."

„Es klingt interessant", sagte Claire höflich, aber auch aufrichtig.

„Du wirst gelegentlich Überstunden machen müssen, aber in Grenzen. Du hast zwei Wochen für den Umzug. Ich würde dir gern einen Monat geben, aber das Büro ist in Aufruhr wegen zahlreicher Umbesetzungen, und du wirst gebraucht." Er verschwieg lieber, dass er um ihretwillen den Aufruhr veranstaltet hatte. „Ich helfe dir bei der Wohnungssuche. Du hast mir geholfen, also schulde ich dir den Gefallen."

Claire erstarrte bei der Erwähnung seiner Wohnung, die nur ein teures Requisit war, ein Teil seines Täuschungsmanövers, das ihm den Eindruck von Beständigkeit vermitteln sollte. „Nein danke. Ich brauche deine Hilfe nicht."

Sein Gesicht wurde finster, und er stellte heftig den Becher ab. „Nun gut", fauchte er, sprang auf und zog Claire mit sich hoch. „Du bist also entschlossen, nicht nachzugeben, mich nicht einmal anzuhören. Dann bleib hinter deiner Mauer in Sicherheit! Aber wenn du jemals etwas vermisst, dann denk an das hier." Seine Arme pressten sie an sich, sein Mund senkte sich warm und stark

281

auf ihren, und seine Zunge drang tief ein.

Tränen brannten in ihren Augen, als das vertraute Verlangen in ihr erwachte, so wild und heftig wie stets.

Atemlos schob Max sie von sich. „Wenn du glaubst, dass das irgendwas mit Geschäften zu tun hat, dann bist du ein verdammter Dummkopf", stieß er schroff hervor und stürmte eiligst aus der Wohnung.

10. KAPITEL

In den folgenden zwei Wochen war Claire viel zu beschäftigt, um sich vor dem Umzug nach Dallas zu fürchten. Es erwies sich als recht schwierig, eine Wohnung zu finden. Unzählige Stunden verbrachte sie mit der Suche, und immer wieder verirrte sie sich dabei in der fremden Stadt.

Nachdem Alma erst einmal den Schrecken überwunden hatte, dass eine ihrer Töchter aus unmittelbarer Nähe fortzog, beteiligte sie sich mit Feuereifer an der Suche, zog tagelang mit Claire durch Dallas und spürte sämtliche Schwachstellen in den Wohnungen auf.

Claire ließ ihre Mutter gewähren, belustigt über deren Eifer. Seltsamerweise fühlte sie sich ihrer Familie immer näher, je älter sie wurde, und deren Selbstvertrauen schüchterte sie nicht länger ein. Sie liebte sie und war stolz auf deren Leistungen.

Sogar Martine wurde in die Wohnungssuche einbezogen. Gemeinsam fertigten sie eine Liste der geeignetsten Objekte an und begannen dann sie einzugrenzen. Die supermodernen Wohnblocks gefielen Claire überhaupt nicht, und obwohl sie nie ein Haus in Betracht gezogen hatte, war es schließlich ein winziges hübsches Häuschen, das sämtliche Wohnungen ausstach. Aufgrund der bescheidenen Größe war der Mietpreis bemerkenswert niedrig.

Die Renovierung entwickelte sich zu einem richtigen Familienprojekt. Claire und ihr Vater strichen die Räume in hellen Farben, damit sie größer wirkten. Alma und Martine kauften Stoff und nähten Gardinen für die ungewöhnlichen Fenstergrößen. Steve brachte neue Schlösser an den Türen und Fensterläden an, und dann schmirgelte und polierte er die alten Holzfußböden. Brad und Cassie, die Kinder, tobten derweil im winzigen Garten und verlangten in periodischen Abständen nach Limonade und belegten Broten.

Am Tag des Umzugs herrschte im gesamten Haus ein schreckliches Durcheinander. Die Möbelpacker trugen ein Stück nach dem anderen hinein, während Claire und Martine und Alma entschieden, wohin es gestellt werden sollte. Steve und Harmon enthielten sich der Stimme, stellten sich einfach zur Verfügung, wenn Muskelkraft gebraucht wurde.

„Ist noch ein Paar Hände willkommen?", fragte plötzlich eine tiefe Stimme von der Tür her.

Abrupt hob Claire den Kopf aus der Bücherkiste, die sie gerade auspackte. Mit unbeweglichem Gesicht versuchte sie ihre Reaktion auf den Klang seiner Stimme zu unterdrücken. Seit zwei Wochen verhielt Max sich so höflich wie ein Fremder. Der Umzug mit all seinen Aufregungen und körperlichen Anstrengungen hatte ihn zwar in gewisser Weise aus ihren Gedanken verdrängt, aber immer noch wünschte sie sich zu häufig, dass sie niemals die Wahrheit über ihn erfahren hätte, dass der Schmerz und der Zorn einfach verfliegen würden. Auch der Abstand zwischen ihnen während der vergangenen Wochen schmerzte sie, obwohl sie es zu ignorieren suchte. Warum war er nun gekommen?

Harmon richtete sich stöhnend auf. „Noch ein starker Rücken ist genau das, was wir brauchen. Fass den Tisch mit an. Er wiegt mindestens eine Tonne."

Max bahnte sich einen Weg durch das vollgestopfte Zimmer und half Harmon, den Tisch dorthin zu tragen, wo Claire ihn haben wollte.

Alma kam aus der Küche. Ein strahlendes Lächeln breitete sich auf ihrem Gesicht aus, als sie Max erblickte. „Oh, hallo! Bist du freiwillig gekommen, oder hat man dich gekidnappt?", fragte sie und trat zu ihm, um ihn zu umarmen.

„Freiwillig. Du weißt doch, was man über tollwütige Hunde und Engländer sagt." Grinsend erwiderte er ihre Umarmung.

Nachdenklich wandte Claire sich wieder der Bücherkiste zu. Sie hatte Alma nicht die wahren Hintergründe für ihren Umzug nach Dallas erklärt und auch nicht erwartet, dass Max weiterhin Kontakt zu ihrer Familie pflegte. Vielleicht hatte Martine etwas durchblicken lassen, aber Claire wusste es nicht und wollte im Augenblick auch nicht danach fragen. Doch hätte Alma sich so herzlich verhalten, wenn sie die Wahrheit kennen würde?

Voller Unbehagen überlegte Claire, was zu tun sei. Sollte sie ihre

Für morgen, für immer

Familie in dem Glauben lassen, dass Max Benedict sein richtiger Name war? Oder sollte sie verkünden: „Sein richtiger Nachname lautet Conroy. Benedict benutzt er nur gelegentlich als Pseudonym." Da sie sich nicht sicher war, beschloss sie, lieber zu schweigen.

Max passte gut in ihre Familie, scherzte und plauderte so gelassen mit allen wie früher. Anscheinend ahnte niemand, dass seine Freundlichkeit nur eine Fassade für seinen in Wahrheit so stahlharten Charakter war.

Claire beobachtete ihn, sprach aber nicht mit ihm, abgesehen von Antworten auf ganz direkte Fragen. Doch sie spürte, dass auch er sie beobachtete. Sie hatte geglaubt, dass er sie aufgegeben habe. Doch nun erinnerte sie sich, Martine gegenüber erwähnt zu haben, dass er nicht einmal die Bedeutung des Wortes kannte. Er hatte nicht aufgegeben, sondern nur gewartet.

Ihr entging nicht, dass er sich seelenruhig ihre Telefonnummer, die noch nicht im Telefonbuch stand, vom Apparat notierte. Als er sie herausfordernd anblickte, wandte sie sich einfach ab und ging wieder ihrer Arbeit nach. Ihm nun Vorwürfe deswegen zu machen, nachdem er stundenlang bei ihrem Einzug geholfen hatte, hätte sie wie ein undankbares Scheusal dastehen lassen.

Es war bereits spät am Abend, als endlich sämtliche Möbel an ihrem Platz standen und Claires Familie sich verabschiedete, um in einem Motel zu übernachten und am nächsten Morgen die Fahrt nach Houston anzutreten.

Von der Veranda aus winkte Claire ihnen nach, während Max neben ihr stand, so als gehöre er dorthin.

„Warum bist du gekommen?", fragte sie ruhig, als die Abschiedsrufe verklungen waren und die Schlusslichter des Wagens in der Dunkelheit verschwanden. Nur das Zirpen von Insekten und das leise Rascheln vom Laub, das sich in der sanften Brise wiegte, drang durch die warme Nachtluft.

„Um dir beim Einzug zu helfen", erwiderte er und hielt ihr galant die Fliegentür auf, als sie zurück ins Haus gingen. „Und um mich zu überzeugen, dass du dich in deinem neuen Heim wohlfühlst. Einen anderen Grund gibt es nicht."

„Danke für deine Hilfe."

„Gern geschehen. Ist noch Kaffee da?"

„Ich glaube schon. Wahrscheinlich ist er inzwischen ungenießbar. Du trinkst sowieso zu viel Kaffee." Claire ging in die Küche, goss den abgestandenen Kaffee fort und wollte frischen aufsetzen.

Max hielt sie zurück. „Du hast recht. Ich brauche keinen Kaffee." Er drehte sie zu sich herum. „Was ich brauche, bist du." Er schlang einen Arm um ihre Taille, zog sie an sich und senkte den Kopf, bis ihre Lippen sich berührten. Er küsste sie drängend, voller Leidenschaft.

Ein schmerzliches Verlangen erwachte in Claire, und einen flüchtigen Augenblick lang schmiegte sie sich an ihn. Doch dann, verärgert und beunruhigt über die Wirkung, die er auf sie ausübte, wandte sie heftig den Kopf ab und stemmte sich gegen seine Schultern.

Überraschenderweise gab er sie bereitwillig frei und trat zurück. Befriedigung lag in seinem Blick, so als hätte ihre momentane Nachgiebigkeit ihm etwas bewiesen.

„Ich wünschte, du wärst nicht gekommen", flüsterte Claire. „Wozu der Kontakt zu meiner Familie? Wie soll ich ihr beibringen, dass du gar nicht Max Benedict bist?"

„Das brauchst du gar nicht. Ich habe es deiner Mutter schon erklärt."

Erstaunt starrte Claire ihn an. „Wie bitte? Warum? Wann? Was hast du ihr gesagt?"

„Ich habe ihr erzählt, dass die Übernahme von ,Bronson Alloys' durch meine Firma unsere Beziehung belastet hat, und dass ich dich nach Dallas versetzt habe, damit wir zusammen sein und die Probleme lösen können."

Aus seinem Munde klang alles so einfach, so als hätte er sie nicht einfach im Stich gelassen, sobald er die benötigten Informationen erhalten hatte. Er war zwar unerwartet nach Dallas zurückbeordert worden, aber dennoch hatte er keinerlei Versuch unternommen, sich mit ihr in Verbindung zu setzen, bis die Firmenübernahme ihn zurück nach Houston geführt hatte. Und dennoch glaubte er auf seine typisch überhebliche Art, dass durch

Für morgen, für immer

ihre Versetzung alle Probleme beseitigt wären.

Max musterte ihr Gesicht. Ausnahmsweise einmal wirkte ihr Ausdruck offen, und er las darin all ihre Zweifel und ihren Schmerz. Gewöhnlich wusste er nicht, was sie dachte, was sie empfand, da ihre Abwehr zu stark, ihre Persönlichkeit zu vielschichtig war. Und jeder flüchtige Einblick in ihr wahres Wesen erweckte in ihm den Drang, mehr von ihr zu erfahren, sie besser kennenzulernen. Als er sie nun betrachtete, in ihren staubigen Kleidern, mit dem zerzausten Haar, das Gesicht ohne eine Spur von Make-up und die dunklen Augen voller Unsicherheit und Schmerz, da regte sich etwas tief in seinem Innern.

Ich liebe sie, durchfuhr es ihn plötzlich, und die Erkenntnis erschreckte ihn, obgleich er dieses Gefühl schon eine ganze Zeit lang hegte, ohne zu wissen, um was es sich handelte. Er hatte es als Zuneigung, Verlangen, Faszination abgetan, und es war all das, aber noch viel mehr. Er hatte keine der hingebungsvollen Schönheiten geliebt, die sein Bett geteilt hatten. Doch diese schwierige, unnahbare und außerordentlich verletzliche Frau ließ sein Herz höherschlagen, wenn sie ihn nur anlächelte. Er wollte sie beschützen, wollte all die verborgenen Tiefen ihres Charakters ergründen, wollte sich in der überraschenden Leidenschaft verlieren, die sie zu geben hatte.

Claire rieb sich müde den Nacken, ohne den gefesselten Ausdruck auf seinem Gesicht zu bemerken. „Wie hast du ihr deine Namensänderung erklärt?"

Es dauerte einen Augenblick, bis er aus seinen Gedanken erwachte und ihre Frage begriff. „Ich habe ihr die Wahrheit gesagt, dass ich nach gewissen Informationen gesucht habe und meine wahre Identität vor Bronson verbergen wollte."

„Wie hat sie reagiert?"

Es zuckte belustigt um seine Mundwinkel, als er sich an Almas Ausspruch erinnerte. Sie verstand es, mit Worten umzugehen. Doch er zog es vor, Claire zu verschweigen, dass ihre Mutter gesagt hatte: „Wenn du meiner Tochter wehtust, Max Benedict oder Conroy oder wer immer du bist, dann mache ich Strumpfbänder aus deinen Eingeweiden!"

287

Linda Howard

„Sie hat Verständnis gezeigt", erwiderte er nur.

Seufzend trat Claire einige Schritte zurück. „Das kann ich mir denken."

Ungehalten folgte Max ihr, legte die Hände auf ihre Taille und hob sie hoch, bis ihre Augen sich auf gleicher Höhe mit seinen befanden. „Ja, deine Mutter hat es verstanden. Es ist ein Jammer, dass du es nicht tust!", flüsterte er und presste den Mund auf ihren.

Eine hilflose Verzweiflung stieg in Claire auf. Wie sollte sie ihre Zurückhaltung wahren, wenn Max sie ständig küsste? Noch dazu auf diese hungrige, drängende Art, so als könnte er nicht genug von ihr bekommen? Seine Lippen lösten sich von ihren und wanderten an ihrer Kehle hinab. Er hielt sie so fest, dass es ihr wehtat. Aber es störte sie nicht.

Sie schloss fest die Augen, und Tränen brannten hinter ihren Lidern. „Warum tust du mir das an?", fragte sie schroff. „Jagst du einfach alles, was rennt? Hat es deinen Stolz verletzt, dass ich dir gesagt habe, du sollst mich in Ruhe lassen?"

Max hob den Kopf. Seine Augen funkelten grün. Er atmete schwer. „Glaubst du das wirklich? Dass mein Stolz so ausgeprägt ist, dass ich es nicht ertragen kann, von einer Frau abgewiesen zu werden?"

„Ja, genau das glaube ich! Ich bin eine Herausforderung für dich, nichts weiter."

„Wir haben uns im Bett vor Leidenschaft verzehrt, und du glaubst, ich wollte nur meinen Stolz befriedigen?" Wütend, weil sie ihm stets das Schlechteste unterstellte, gab er sie frei.

„Sag du's mir! Ich kenne dich überhaupt nicht. Ich habe dich für einen Gentleman gehalten, aber in Wirklichkeit bist du ein Wilder in Verkleidung. Deine Instinkte richten sich nur darauf, zu gewinnen – egal, wie rücksichtslos du sein musst, um zu bekommen, was du haben willst."

„Anscheinend kennst du mich doch sehr gut", entgegnete er kalt. „Ich verfolge das, was ich will, und ich will dich." Er sah, wie Claire unter seinem harten Blick erschauerte. Er schloss sie wieder in die Arme, barg ihren Kopf an seiner Brust, strich mit den Fingern durch ihr weiches Haar. „Hab keine Angst vor mir, Liebes",

Für morgen, für immer

flüsterte er. „Ich will dir nicht wehtun. Ich will für dich sorgen."

Als was, dachte sie, als Geliebte? Unwillkürlich schüttelte sie den Kopf.

„Du wirst mir wieder vertrauen", murmelte er in ihr Haar, während seine Hände über ihren Rücken streichelten. „Wir haben Zeit, uns besser kennenzulernen, und diesmal wird es kein Versteckspiel mehr geben."

Max senkte den Kopf und küsste sie erneut, und diesmal hatte Claire sich nicht genug in der Gewalt, um sich zu widersetzen. Unwillkürlich stellte sie sich auf die Zehenspitzen, schmiegte sich an ihn, öffnete die Lippen für seine forschende Zunge. Seine Hand glitt zu den Knöpfen ihrer Bluse, und auch dagegen konnte Claire sich nicht widersetzen. Sie erzitterte, erfüllt von Liebe und Verlangen, wartete sehnsüchtig auf seine Liebkosung. Dann glitten seine Finger unter den Stoff, umschmiegten ihre nackte Brust, und ein Schauer der Erregung strömte von der Knospe aus durch ihren Körper.

„Ich weiß, dass du müde bist, aber ich bin kein selbstloser edler Ritter", murmelte Max und blickte Claire an. „Wenn du mich jetzt nicht zurückhältst, bleibe ich die ganze Nacht."

Einen Augenblick lang war Claire versucht, seinen Kopf wieder zu sich herabzuziehen. Doch dann siegte die Vernunft. Sie drückte gegen seine Arme, bis er sie freigab. Mit zitternden Händen knöpfte sie ihre Bluse wieder zu.

„Danke", murmelte sie und meinte es ernst. Sie wusste genau wie er, dass nur seine Beherrschung ihr die Möglichkeit zu diesem Rückzieher eingeräumt hatte.

„Danke mir nicht dafür, dass ich ein ausgemachter Dummkopf bin", entgegnete Max heftig. Dass er ihr freiwillig die Chance gegeben hatte, änderte nichts an seiner Enttäuschung. „Ich muss verschwinden, bevor ich es mir anders überlege. Halte dich morgen Abend um halb sieben bereit. Ich gehe mit dir essen."

„Ich denke nicht, dass …"

„Genau, denke lieber nicht", unterbrach er sie, „und diskutiere jetzt vor allem nicht mit mir. Ich will dich so sehr, dass es schmerzt. Ich werde um halb sieben hier sein. Wenn du ausgehen willst, dann

289

sei angezogen. Wenn nicht, bleiben wir hier. Du hast die Wahl."

Claire schwieg, denn sie erkannte, dass Max in gereizter Stimmung war. Er küsste sie noch einmal, und dann verließ er das Haus.

Sie verschloss die Türen und überprüfte die Fenster. Dann duschte sie und ging ins Schlafzimmer.

Es war nicht die fremde Umgebung, die ihr den Schlaf raubte. Sie dachte an Max. Er hatte behauptet, weder edel noch selbstlos zu sein, doch dann hatte er ihr ein selbstloses Angebot gemacht. Ihn hatte sehr stark nach ihr verlangt, das wusste sie, und er hätte mit ihr ins Bett gehen können, das wussten sie beide. Warum also hatte er ihr die Chance gegeben, ihn abzuweisen?

Ein schmerzliches Sehnen erfüllte sie. Wer ist eigentlich der größere Dummkopf von uns beiden?, fragte sie sich unwillkürlich. Max, weil er mir die Chance gegeben hat, oder ich, weil ich sie ergriffen habe? Sie wollte sich an den Zorn klammern, den sein Verrat in ihr ausgelöst hatte, um ihn als Waffe und Schutz einzusetzen, aber sie spürte, wie der Zorn immer mehr verebbte. Sie liebte Max, nach wie vor. Und auch wenn er nur eine flüchtige Affäre wollte, liebte sie ihn dennoch.

Nichts klappte so, wie Claire es geplant hatte. Sie hatte beabsichtigt, nicht mehr mit Max auszugehen. Sie hatte sich vorgenommen, sich ganz auf ihre Arbeit zu konzentrieren und ihn zu ignorieren. Doch zusammen mit ihrem Zorn waren all ihre guten Vorsätze verschwunden. Sie fühlte sich ihm hilflos ausgeliefert. Sie konnte keine Pläne, keine Vorsätze mehr fassen. Sie konnte sich nur noch eingestehen, dass sie ihn liebte, und jeden Tag so nehmen, wie er kam.

Claire war so nervös, dass es ihr kaum gelang, ihre Haare zu einem ordentlichen Knoten hochzustecken. Es war der Morgen ihres ersten Arbeitstages bei „Spencer-Nyle", und sie musste sich darauf konzentrieren, doch ihre Gedanken weilten stattdessen bei Max und seiner Einladung zum Dinner.

Erneut fiel ihr eine Haarnadel aus den zitternden Fingern. „Ver-

Für morgen, für immer

dammt!", murrte sie ungehalten und hob sie auf. Sie musste sich beruhigen, wenn der Tag nicht zu einem Fiasko ausarten sollte.

Endlich hatte sie ihr Haar hochgesteckt. Mit einem hektischen Blick zur Uhr schlüpfte sie in die Jacke, die zu dem grauen Rock passte, schnappte sich ihre Handtasche und eilte aus dem Haus. Sie wusste nicht genau, wie lange sie im morgendlichen Berufsverkehr bis zum Büro von „Spencer-Nyle" brauchte, und sie hatte kostbare Zeit mit dem Haar vertrödelt.

Welchen Eindruck würde sie erwecken, wenn sie an ihrem ersten Arbeitstag zu spät kam!

Doch zum Glück traf sie fünf Minuten zu früh ein. Eine freundliche Empfangsdame beschrieb ihr den Weg zu Theo Caulfields Büro im fünften Stock.

Ein großer dunkelhaariger Mann blieb im Vorübergehen stehen und schaute Claire an. Sie spürte seinen musternden Blick und sah ihn an. Er kam ihr irgendwie bekannt vor, auch wenn sie wusste, dass sie ihm nie begegnet war. Sein Gesicht wirkte hart wie Granit, und er strahlte eine beinahe greifbare Macht aus, sodass sie hastig den Blick abwandte. Auch die Empfangsdame schien nervös zu werden, als sie seine Aufmerksamkeit spürte.

„Sind Sie Claire Westbrook?", fragte er unvermittelt und trat neben sie.

Woher weiß er das, wenn er nicht Theo Caulfield ist?, fragte Claire sich. Sie blickte zu ihm auf, fühlte sich angesichts seiner kräftigen Statur trotz ihrer hohen Absätze zwergenhaft und hoffte, dass er nicht ihr neuer Vorgesetzter war. Und weil er sie nervös machte, setzte sie ihre übliche beherrschte Miene auf.

„Ja, das bin ich."

„Ich bin Rome Matthews. Ich werde Sie in Ihr Büro bringen und Theo Caulfield vorstellen." Während er Claire davonführte, sagte er: „Guten Morgen, Angie."

„Guten Morgen, Mr. Matthews", erwiderte die Empfangsdame beinahe schüchtern.

Auch sein Name schien Claire bekannt. Sie wagte einen weiteren Blick in sein hartes, beinahe brutales Gesicht, und plötzlich erinnerte sie sich. Sie hatte sein Foto neben dem von Max in dem Artikel über „Spencer-Nyle" gesehen. Er war Anson Edwards rechte Hand und sein auserwählter Nachfolger. Woher kannte er ihren Namen, und warum führte er sie persönlich in ihr Büro?

Was immer der Grund sein mochte, er schien nicht geneigt, Erläuterungen abzugeben. Er erkundigte sich höflich, wie ihr Dallas gefalle und ob sie sich schon eingerichtet habe, und Claire spürte, dass er sie aufmerksam beobachtete. Seine Hand ruhte an ihrem Ellbogen, und sein Griff war erstaunlich sanft.

„Da sind wir", verkündete er, blieb stehen und öffnete eine Tür. „Sie werden alle Hände voll zu tun haben. Ihre Vorgängerin musste heute die neue Stelle antreten, sodass Sie sich allein einarbeiten müssen."

Claire spielte mit dem Gedanken davonzulaufen, solange sie noch konnte. Doch in diesem Augenblick trat ein Mann aus dem inneren Büro. Zu ihrer Erleichterung wirkte Theo Caulfield wie ein normaler Mensch. Er war mittleren Alters und dünn, und ihm fehlte die einschüchternde Macht, die Rome Matthews ausstrahlte. Auch er wirkte nervös und entspannte sich erst, als der Vizepräsident sich verabschiedete und sein eigenes Büro aufsuchte.

Erleichtert stellte Claire fest, dass ihre Aufgaben nicht besonders ungewöhnlich waren, und sie arbeitete sich recht schnell ein. Theo Caulfield erwies sich als ruhig und gewissenhaft, aber nicht pedantisch. Sie vermisste Sam, doch sie wusste, dass er in seinem Labor wesentlich glücklicher war als je zuvor im Büro. Vielleicht war die Übernahme das Beste für ihn und die gesamte Firma.

Am Abend eilte Claire nervös nach Hause und zog sich hastig um, damit sie bereit war, bevor Max erschien.

Noch bevor er klopfen konnte, öffnete sie die Tür. „Wohin gehen wir?", fragte sie mit einem Blick auf seine Freizeithose und den geöffneten Kragen seines Seidenhemdes.

„Wir essen bei Freunden von mir." Er zog sie an sich und küsste sie flüchtig. „Wie ist es heute gelaufen? Hattest du Probleme beim Einarbeiten?"

Für morgen, für immer

„Nein, es war nicht schlimm. Es handelt sich hauptsächlich um routinemäßige Büroarbeiten."

Max stellte ihr einige Fragen über ihren Arbeitstag und lenkte sie somit von der Fahrt ab. Die Stadt war ihr immer noch nicht vertraut, und daher fragte sie nicht nach ihrem Ziel, bis sie ein ruhiges Wohnviertel erreichten. „Wo sind wir?"

„Wir sind fast da."

„Fast wo?"

„Bei Rome. Wir essen bei ihm und seiner Frau Sarah."

„Wie bitte?", wandte sie ein. „Max, du kannst mich nicht einfach zu jemandem mit nach Hause nehmen, wenn ich nicht eingeladen bin!" Und ausgerechnet zu Rome Matthews! Sie fühlte sich unbehaglich in dessen Gegenwart. Er war der einschüchterndste Mann, dem sie je begegnet war.

Max blickte belustigt drein. „Aber du bist eingeladen. Sarah hat gesagt, dass ich gar nicht erst zu kommen brauche, wenn ich dich nicht mitbringe." Er bog in die Auffahrt zu einem großen flachen Haus in spanischem Stil ein.

Claire erstarrte. Er legte seine Hand auf ihren Rücken, während sie zur Haustür gingen, und nur der leichte Druck verhinderte, dass sie auf dem Absatz kehrtmachte und davonlief. Er klingelte, und kurz darauf öffnete Rome Matthews persönlich.

Claires Augen weiteten sich vor Erstaunen. Sie erkannte kaum den mächtigen Geschäftsführer in dem Mann, der nun in engen Jeans und einem roten Polohemd vor ihr stand. Sein Gesicht wirkte entspannt, und Humor lag in seinen dunklen Augen. Noch erstaunlicher war die Tatsache, dass er ein pausbäckiges Kleinkind in einem Arm und ein elfenhaft zartes Mädchen im anderen hielt. Irgendwie hatte sie ihn sich nicht als Familienvater vorgestellt, und schon gar nicht mit so kleinen Kindern.

Dann richtete sich ihre Aufmerksamkeit auf die Kinder. Sie hatten beide so dunkle Haare und Augen wie ihr Vater und auch den olivfarbenen Teint, jedoch mit kindlich rosigen Wangen. „Wie niedlich!", murmelte Claire fasziniert. Zwei Paar große dunkle Augen starrten sie neugierig an. Und dann quietschte das Baby

293

vergnügt und warf sich mit ausgestreckten Händchen aus den Armen seines Vaters in ihre.

„Danke", sagte Rome belustigt.

Claire schmiegte den Kleinen an sich. Er roch nach Baby-Puder, und sie genoss das Gefühl, den pummeligen, zappeligen Körper in den Armen zu halten.

Max streckte dem Mädchen die Hände entgegen, und kichernd verließ auch sie ihren Vater, schlang die Arme um Max' Nacken und küsste ihn auf die Wange. Er setzte sie bequem auf seinen Arm und trug sie ins Haus, während seine andere Hand auf Claires Rücken lag.

„Der kleine Pummel, den Sie tragen, ist Jed. Er ist fast ein Jahr", erklärte Rome und kitzelte seinen Sohn. „Und die Kokette um Max' Hals ist Missy. Sie ist drei."

Claire streichelte sanft Jeds Nacken, und er schmiegte sich an sie, so als würde er sie schon sein Leben lang kennen. Er war unglaublich schwer, aber Claire genoss es, ihn in den Armen zu halten. „Du kleiner Schatz", flüsterte sie ihm zu und küsste sein dunkles weiches Haar.

Max blickte auf, und seine Augen funkelten, als er beobachtete, wie Claire mit dem Baby spielte.

Ein leises Lachen erklang, eine schlanke zarte Frau mit weizenblondem Haar und stiller, heiterer Miene betrat den Raum. „Ich bin Sarah Matthews", verkündete sie fröhlich. Sie wirkte lieblich und zerbrechlich, wenn Rome sie anblickte, lag ein derart inniger Ausdruck in seinen Augen, dass Claire sich am liebsten abgewandt hätte, so als würde sie etwas sehr Intimes beobachten.

„Sarah, das ist Claire Westbrook", erklärte Max, und seine Hand legte sich warm auf ihren Arm.

„Sie haben wundervolle Kinder", sagte Claire aufrichtig.

Sarah strahlte vor Stolz. „Danke. Aber sie sind ziemlich anstrengend. Ihre Ankunft hat Rome eine Verschnaufpause eingeräumt." Sie warf ihrem Mann einen neckenden Blick zu. „Sie sind immer ganz wild, wenn er nach Hause kommt, besonders Jed."

In diesem Augenblick lag Jed ganz still in Claires Armen, woh-

Für morgen, für immer

lig an sie gekuschelt. Rome lachte und verkündete: „Er kann keiner hübschen Frau widerstehen. Er ist der größte Charmeur, der je geboren wurde – abgesehen von Missy."

Missy sah glücklich und zufrieden in Max' Armen aus, und er ging sehr zärtlich und geschickt mit ihr um. Claire erinnerte sich an jenen Grillabend, als er mit Martines Kindern gespielt hatte. Damals war ihr zum ersten Mal sein Geschick im Umgang mit Kindern aufgefallen, und damals hatte sie sich in ihn verliebt, ganz leicht und einfach – und unwiderruflich.

„Genieß die Ruhe", riet Sarah ihrem Mann zu und riss Claire damit aus ihren Gedanken.

In diesem Augenblick hob Jed den Kopf und blickte hinab auf die zerstreuten Spielzeuge am Boden. Mit einem Jauchzer stieß er sich aus Claires Armen. Sie schrie erschrocken auf und griff nach ihm. Rome tat dasselbe, schnappte ihn aus der Luft und stellte ihn seufzend auf den Boden. Die Aufmerksamkeit ganz auf sein Spielzeug geheftet, trottete Jed zu einem roten Lastwagen.

„Er hat überhaupt keinen Respekt vor der Schwerkraft und keine Angst vor Höhen", erklärte Rome trocken. „Außerdem ist er stark wie ein Maultier. Wenn er runter will, gibt es kein Halten."

„Er hat mich zu Tode erschreckt", sagte Claire atemlos.

„Mich erschreckt er schon, seit er krabbeln gelernt hat", meinte Sarah schmunzelnd. „Und als er mit acht Monaten anfing zu laufen, wurde es noch schlimmer. Ich muss ihm ständig nachjagen."

Es schien unglaublich, dass eine so zarte Frau wie Sarah einen so stämmigen Jungen zur Welt gebracht hatte, der allem Anschein nach die Größe seines Vaters geerbt hatte. Die Kinder ähnelten Sarah sehr wenig, abgesehen von Missys zarter Gestalt und ihrem sanften Mund.

Es herrschte eine so entspannte Atmosphäre im Haus, das von dem hellen Lachen und Jauchzen glücklicher Kinder erfüllt war, dass Claire völlig vergaß, sich von Rome eingeschüchtert zu fühlen. Hier war er Ehemann und Vater, nicht Geschäftsführer. Und offensichtlich war Max ein enger Freund, der oft zu Besuch kam, denn die Kinder belagerten ihn genauso wie ihren Vater. Und er schien es nicht nur zu dulden, sondern zu genießen.

Schließlich wurden die Kinder gefüttert und ins Bett gebracht, und dann setzten die Erwachsenen sich zum Dinner nieder. Claire konnte sich nicht erinnern, jemals einen Abend derart genossen zu haben, und sie wurde nicht einmal verlegen, als Rome neckend verkündete: „Ich musste Sie mir heute Morgen ansehen. Sarah wäre nämlich fast vor Neugier gestorben."

„Das stimmt gar nicht!", widersprach Sarah. „Max hat mir vorher schon alles über Sie erzählt. Rome wollte nur seine eigene männliche Neugier befriedigen."

Rome zuckte nur mit den Achseln und blickte Sarah lächelnd an.

Claire fragte sich, was Max wohl über sie erzählt hatte, und warum er überhaupt über sie gesprochen hatte. Sie blickte zu ihm auf, und ihre Wangen erglühten, als sie sah, dass er sie aufmerksam beobachtete.

Es war bereits spät, als Max und Claire schließlich aufbrachen. Sie kuschelte sich schläfrig in die Polster des Sitzes und murmelte: „Ich mag die beiden wirklich gern. Ich kann gar nicht mehr glauben, dass er derselbe Mann ist, der mich heute Morgen so eingeschüchtert hat."

„Sarah zähmt ihn. Sie ist unglaublich ruhig und heiter."

„Sie sind sehr glücklich miteinander, stimmt's?"

„Ja. Sie haben ziemlich schwere Zeiten hinter sich. Wenn sie sich nicht so sehr liebten, hätten sie es nicht geschafft. Rome war schon einmal verheiratet und hatte zwei Kinder, aber seine Frau und seine Söhne sind bei einem Autounfall ums Leben gekommen. Das hat schreckliche Narben bei ihm hinterlassen."

„Das kann ich mir vorstellen", murmelte Claire. Sie hatte ihr Kind nie in den Armen gehalten, hatte es schon verloren, bevor sie mehr als nur von seinem Dasein träumen konnte. Wie viel schlimmer musste es sein, auf so tragische Art bereits vorhandene Kinder zu verlieren? Sie dachte daran, wie Jed sich an sie gekuschelt hatte,

Für morgen, für immer

und Tränen brannten in ihren Augen. „Ich hatte eine Fehlgeburt", flüsterte sie erstickt, „kurz vor der Scheidung. Und das Baby zu verlieren hat mich fast zur Verzweiflung getrieben. Ich habe es mir so sehr gewünscht."

Mit einem heftigen Ruck wandte Max den Kopf zu ihr um und starrte sie im wechselnden Schein der Straßenlaternen an. Eine heftige Eifersucht stieg in ihm auf. Er wollte, dass sie sein Baby bekam. Er wollte, dass seine Kinder auch ihre waren. Sie war eine geborene Mutter und ging so liebevoll mit Kindern um, dass Kinder sich instinktiv ihr zuwandten.

Als sie ihr Haus erreichten, ging Max mit ihr hinein und schloss leise die Tür hinter sich ab. Dann trat er zu ihr und nahm ihre Hände in seine.

Mit großen Augen blickte Claire ihn fragend an.

Sein Gesicht wirkte zärtlich und entschlossen zugleich, und seine Augen funkelten. Er legte sich ihre Arme um seinen Nacken und zog sie an sich. „Ich werde jetzt mit dir schlafen, Liebes", verkündete er sanft.

Claire holte tief Luft und schloss die Augen. Die Zeit für Proteste war vergangen. Sie liebte ihn, und nun erkannte sie, was es bedeutete. Sie liebte ihn zu sehr, um den Abstand zwischen ihnen aufrechterhalten zu können.

Max trug Claire zu ihrem Bett, und diesmal ließ er sich viel Zeit. Gemächlich und zärtlich küsste und streichelte er sie, steigerte ihre Erregung ins Unermessliche, während er sein eigenes Verlangen zügelte. Dann glitt er in sie, und Claire stöhnte auf, presste Max an sich, hob ihm verlangend die Hüften entgegen. Dieselbe wilde, hemmungslose Leidenschaft wie beim ersten Mal überwältigte sie beide. Sie konnten nicht genug voneinander bekommen, konnten sich nicht nahe genug kommen. Ihre Vereinigung war so ursprünglich und so heftig wie ein Sturm.

Und anschließend hielt Max Claire fest an sich gedrückt, eine Hand auf ihrem Bauch. Es war erneut passiert, und er bereute es nicht. Er konnte sie niemals gehen lassen. Sie war so zärtlich und liebevoll und empfindsam und verletzlich, dass er sie den Rest sei-

297

nes Lebens vor allem Schmerz bewahren wollte, wenn sie nur bei ihm blieb.

Mit großen Augen blickte Claire ihn an, als er sich auf einen Ellbogen stützte und über sie beugte. Er wirkte sehr männlich, und ganz besonders, wenn er nackt war. Sie hob eine Hand und streichelte zart über das lockige Haar auf seiner Brust. Was mochte er denken? Er wirkte ernst, beinahe feierlich. Seine meergrünen Augen funkelten, und sein Anblick raubte ihr förmlich den Atem.

„Vielleicht habe ich dich eben schwanger gemacht", murmelte er, und seine Finger glitten über ihren Bauch und dann noch weiter hinab, und sein Mund fand ihren. „Ich möchte dich schwanger machen", flüsterte er, und der Gedanke wirkte so aufregend, dass sein Körper sich erneut spannte. „Claire, willst du mein Kind?"

Tränen rannen über ihre Wangen. „Ja", wisperte sie und schlang fest die Arme um ihn, als er sich auf sie legte. Er drang tief in sie ein, und sie blickten sich in die Augen, während sie sich liebten, sich voller Harmonie miteinander bewegten und eine zauberhafte Verzückung fanden.

Eine unglaubliche Zufriedenheit erfüllte Max. Er lag auf Claire, noch immer mit ihr vereint, schmiegte die Hände um ihr Gesicht und küsste ihr die Tränen fort. „Claire", murmelte er, „ich glaube, es geht nicht ohne Heirat."

Ihr Herz schien einfach stehen zu bleiben. Alles in ihr wurde ganz still, und auch die Zeit schien stillzustehen. Sie konnte nicht atmen, konnte nicht sprechen, konnte sich nicht rühren. Und dann mit einem kleinen Ruck, schlug ihr Herz heftig weiter, erlöste sie aus der seltsamen Starre. „Heirat?", fragte sie beinahe unhörbar.

„Meine Mutter wird selig sein, wenn du einen ehrbaren Mann aus mir machst." Er streichelte mit einem Finger über ihre Lippen. „Sie hat die Hoffnung nämlich noch nicht ganz aufgegeben. Heirate mich und bringe meine Kinder zur Welt. Ich möchte es sehr. Als ich dich heute mit Jed gesehen habe, dachte ich bei mir, wie wundervoll du mit einem Baby in den Armen aussiehst, und ich möchte, dass es mein Baby ist."

Sein Antrag enthielt kein Wort von Liebe, aber Claire hielt es

Für morgen, für immer

auch nicht für unbedingt nötig. Sie konnte die Tatsache hinnehmen, dass Max sie nicht liebte. Sie wollte nehmen, was er ihr bot, und alles tun, um ihn glücklich zu machen. Vielleicht hätte sie mehr Stolz beweisen müssen, aber durch Stolz erreichte sie nichts, außer einem leeren Bett und einem unausgefüllten Leben. Glückliche Liebe bis ans Lebensende gibt es doch nur im Märchen, dachte sie und flüsterte: „Einverstanden."

Seine Schultern entspannten sich spürbar. Er legte sich neben sie, zog sie dicht an sich. Mit nachdenklicher Miene streichelte er ihre seidige Haut. „Heißt das, dass du mir verziehen hast?"

Claire wünschte, Max hätte ihr diese Frage nicht gestellt. Seine Worte rührten an einer Wunde, die noch nicht verheilt war, erinnerte sie an den Schmerz, der noch nicht ganz verklungen war. Sie wollte nicht an die Vergangenheit denken, nicht in diesem Augenblick, in dem sie gerade einem Schritt in die Zukunft zugestimmt hatte, einem erschreckend bedeutungsvollen Schritt. Bei einem gewöhnlichen Mann hätte sie sich vielleicht nicht so unsicher gefühlt, aber Max war in jeder Hinsicht außergewöhnlich, und sie zweifelte daran, ob sie ihn je zufriedenstellen konnte. „Es sieht so aus, oder?"

„Ich wollte dir nie wehtun. Ich wollte nur den geschäftlichen Teil hinter mich bringen, um mich ganz auf dich konzentrieren zu können. Ich habe dich von Anfang an ziemlich heftig begehrt", gestand Max ein. „Du nimmst mir die Beherrschung. Aber das ist ziemlich offensichtlich, stimmt's?"

Claire schmiegte den Kopf in seine Halsbeuge. „Wieso ist das offensichtlich?"

Max lachte kurz auf. „Du glaubst doch wohl nicht, dass ich normalerweise eine Frau auf dem Tisch im Flur überfalle? Du hast meinen Kuss erwidert, und da ist es mit mir durchgegangen. Ich konnte an nichts anderes mehr denken, als in dir zu sein. Es war, als würde man von einem Sturm erfasst und könnte nichts anderes tun, als sich mitreißen zu lassen."

Genauso hatte Claire es empfunden, wie ein Wirbelsturm der Gefühle, der alles andere verdrängte bis auf diesen Augenblick. Die Erinnerung an jenes erste Liebesspiel würde sie den Rest ihres Lebens begleiten, denn es hatte sie erkennen lassen, zu welch tiefer Leidenschaft sie fähig war.

Sie seufzte, fühlte sich plötzlich so müde, dass sie die Augen nicht mehr offen halten konnte. Max küsste sie, stand dann auf. Claire schlug die Augen auf und beobachtete bestürzt, wie er seine Kleider zusammensuchte und sich anzog.

„Wenn du nicht schon halb eingeschlafen wärst, könnten wir jetzt Hochzeitspläne schmieden." Max beugte sich über sie und deckte sie zu. „Aber du bist müde, und wir müssen morgen früh arbeiten. Und meine Sachen sind in meiner Wohnung. Also ist es das Beste, wenn ich jetzt gehe."

Claire fühlte sich tatsächlich so schläfrig, dass sie kaum einen klaren Gedanken fassen konnte. Und obgleich es sie enttäuschte, dass Max nicht die Nacht mit ihr zu verbringen gedachte, sah sie ein, dass es aus praktischen Erwägungen besser war, wenn er nach Hause fuhr.

Er küsste Claire, streichelte besitzergreifend ihren Körper. „Ich hoffe, du magst große Hochzeiten."

Ihre Augenlider flatterten. „Warum?"

„Weil ich Hunderte von Verwandten habe, die an unheilbarem Groll sterben, wenn ich sie nicht einlade."

Sie schmunzelte, kuschelte sich tiefer in die Kissen. Max küsste sie erneut. Es widerstrebte ihm derart, sie nun zu verlassen, dass er in Erwägung zog, auf die Arbeit zu pfeifen und zurück ins Bett zu klettern. Ihr Körper war so warm und rosig und entspannt, und er wusste, dass es an seinem Liebesspiel lag. Die Gewissheit, dass er Claire befriedigt hatte, wirkte geradezu erhebend auf ihn, und er verspürte eine Mischung aus Stolz und Genugtuung, verbunden mit seiner eigenen körperlichen Befriedigung. Das leidenschaftliche Feuer, das hinter ihrer kühlen Fassade für ihn loderte, schien ihn tief im Innern gebrandmarkt zu haben, und er gehörte Claire.

Sie war eingeschlafen. Ihr Atem kam tief und gleichmäßig. Mit einem letzten Blick in ihr Gesicht knipste Max das Licht aus und verließ leise das Schlafzimmer.

Für morgen, für immer

11. KAPITEL

Claire erwachte mit dem seltsamen Gefühl, dass alles nur ein Traum war – ein wundervoller, unmöglicher Traum. Hatte Max sie wirklich gebeten, ihn zu heiraten, oder war es nur ein Gebilde ihrer Fantasie? Dann wurde ihr bewusst, dass sie nackt war, und die Erinnerung kehrte zurück.

Plötzlich stieg Panik in ihr auf. Was war, wenn es nicht klappte? Wenn sie heirateten und es ihr nicht gelang, seine Ansprüche zu erfüllen, wie es bei Jeff geschehen war? Oder was war, wenn er seinen Antrag, in einem Augenblick glühender Leidenschaft ausgesprochen, nach nüchterner Überlegung bereits bereute?

Das Klingeln des Telefons schreckte sie aus ihren Gedanken auf, und sie ließ beinahe den Hörer fallen, als sie ihn ans Ohr führte. „Ja? Hallo?"

„Guten Morgen, Liebes", sagte Max in zärtlichem Ton. „Ich wollte mich nur vergewissern, dass du nicht verschläfst. Ich habe vergessen, deinen Wecker zu stellen, als ich gestern Abend ging."

„Danke", murmelte Claire und merkte nicht, wie unsicher ihre Stimme klang.

„Wir gehen heute Abend die Ringe aussuchen, ja? Willst du deine Eltern heute anrufen oder bis zum Wochenende warten, wenn du sie besuchst?"

Claire schloss die Augen, als eine unendliche Woge der Erleichterung in ihr aufstieg. Er hatte es sich nicht anders überlegt! „Ich rufe an. Mom würde es mir nie verzeihen, wenn ich es bis zum Wochenende geheim halte."

Max schmunzelte. „Mit meiner Mutter ist es genauso. Ich rufe sie jetzt gleich an, und dann wird sie den ganzen Tag am Telefon hängen und die ausgedehnte Familie informieren. Der arme Theo! Kaum hat er dich bekommen, und schon muss er sich eine andere Sekretärin suchen."

„Eine andere Sekretärin?", wiederholte Claire verständnislos.

„Natürlich. Du kannst doch nach der Hochzeit nicht seine Sekretärin bleiben. Heute Abend legen wir den Termin fest, und dann weißt du, wann du die Kündigung einreichen musst. Wir sehen uns im Büro, Liebes. Pass auf dich auf."

„Ja, natürlich", murmelte sie und legte nachdenklich den Hörer auf. Sie sollte also ihren Beruf nach der Hochzeit aufgeben?

Während Claire duschte, dachte sie ernsthaft darüber nach. Sie sah ein, dass es nicht angebracht war, zusammen in derselben Firma zu arbeiten, und da sein Gehalt wesentlich höher war als ihres, schien es nur logisch, dass sie ihre Stelle aufgab. Aber sie hatte das Gefühl, dass Max nicht nur ihre Kündigung bei „Spencer-Nyle" erwartete, sondern eine völlige Aufgabe ihres Berufes. Diese Vorstellung erschreckte sie ungemein. Sie hatte jahrelang um ihre Unabhängigkeit gekämpft, und es war sehr wichtig für ihr Selbstwertgefühl, weiterhin für ihren Lebensunterhalt zu sorgen oder zumindest dazu beizutragen.

Wie mochte ihr Zusammenleben überhaupt aussehen? Sie wusste nicht einmal, ob sie Treue von ihm erwarten konnte. Die Frauen umschwärmten ihn wie Motten das Licht. Wie konnte ein Mann der ständigen Versuchung widerstehen? Unter dieser Voraussetzung wäre es eine schreckliche Dummheit, ihre Eigenständigkeit aufzugeben.

Claire blieb nicht genügend Zeit, um Alma noch vor Arbeitsbeginn anzurufen. Daher suchte sie in der Mittagspause eine Telefonzelle auf. Nervös nagte sie an ihrer Unterlippe, während sie dem Klingeln am anderen Ende der Leitung lauschte. Schließlich legte sie den Hörer wieder auf, erleichtert und enttäuscht zugleich. Sie war sich ihrer Einstellung zu dieser Hochzeit nicht sicher. Einerseits fühlte sie sich wie berauscht, weil sie Max so sehr liebte. Doch andererseits hatte sie schreckliche Angst, dass sie ihn nicht glücklich machen konnte. Er war so weltgewandt und intelligent und selbstsicher, dass sogar Jeff neben ihm wie ein Waisenknabe wirkte. Und selbst Jeff hatte sich einer vornehmeren, selbstbewussteren Frau zugewandt.

Als Claire ins Büro zurückkehrte, wartete Max auf sie. Ein zärtliches Lächeln trat auf seine Lippen, als er sie erblickte. „Da bist du ja, Darling. Ich wollte mit dir essen gehen, aber ich habe es nicht

Für morgen, für immer

rechtzeitig geschafft. Hat deine Mutter sich gefreut?"

„Ich habe sie noch nicht erreicht. Ich rufe sie heute Abend an."

Er legte die Hände auf ihre Taille, zog sie an sich und küsste sie. „Meine Mutter hätte am liebsten vor Freude auf dem Tisch getanzt", verkündete er belustigt. „Inzwischen weiß es bestimmt halb England." Er war sehr gut gelaunt, und seine Augen funkelten wie Sonnenschein auf dem Ozean.

Claires Herz schlug höher, dennoch blickte sie nervös zur Tür und versuchte zurückzuweichen. „Solltest du überhaupt hier sein? Was ist, wenn jemand reinkommt und uns sieht?"

Max lachte. „Soll es etwa ein Geheimnis bleiben, dass wir heiraten wollen? Ich habe es Rome heute Morgen erzählt und anschließend Anson. Er hat gefragt, ob ich dir den Antrag nicht schon in Houston hätte stellen können, statt das ganze Büro wegen einer Stelle für dich auf den Kopf zu stellen. Es ist also bereits allgemein bekannt. Die Neuigkeit dürfte sich wie ein Lauffeuer im Haus verbreitet haben."

Claire starrte ihn peinlich berührt an. Womöglich wusste das ganze Büro, dass Max sie nur um seinetwillen nach Dallas gebracht hatte. „Du hast also diese Stelle für mich erschaffen?"

„Nein, Liebes, sie war schon vorher vorhanden. Ich habe sie nur für dich freigemacht, indem ich ein paar Leute befördert habe, die es schon längst verdient hatten. Es braucht dir also nicht peinlich zu sein." Er küsste sie noch einmal, gab sie dann widerstrebend frei. „Hast du dir schon überlegt, was für einen Ring du möchtest?"

„Nein, eigentlich nicht. Aber ich glaube, ich möchte einen schlichten Ehering." Der Ring, den Jeff ihr geschenkt hatte, war mit Diamanten übersät, und er hatte ihr nie besonders gefallen. Sie hatte ihm den Ring nach der Scheidung zurückgegeben und ihn nie vermisst.

Max beobachtete Claire und fragte sich, welche Erinnerungen wohl den traurigen Blick in ihren dunklen Augen hervorrufen mochten. „Ganz, wie du möchtest", versprach er und wünschte,

303

nie wieder diese Traurigkeit auf ihrem Gesicht zu sehen. Einen flüchtigen Augenblick lang war Claire ihm entglitten, hatte ihn zurückgelassen, und er bedauerte jede Sekunde, die sie nicht ganz bei ihm war.

Max saß neben Claire in ihrem Wohnzimmer, als sie am Abend schließlich mit Alma telefonierte und ihr die Neuigkeit unterbreitete. Lächelnd lauschte er dem Gespräch. Alma lachte zuerst, dann weinte sie und wollte mit Max sprechen, der ihr ernsthaft versicherte, dass er sich gut um Claire kümmern werde.

Als er Claire den Hörer zurückgab, fragte Alma aufgeregt: „Habt ihr schon einen Termin festgesetzt?"

„Nein, wir hatten noch keine Zeit, darüber zu reden. Wie lange dauert es, um eine kirchliche Trauung zu arrangieren?" Claire lauschte, wandte sich dann an Max. „Was meinst du, wie viele Familienmitglieder von dir teilnehmen werden?"

„Grob geschätzt, etwa siebenhundert."

„Siebenhundert?" Claire stockte der Atem, und am anderen Ende der Leitung stieß Alma einen erschreckten Aufschrei aus.

„Ich habe dir doch gesagt, dass ich eine riesige Familie habe, und außerdem kommen viele Freunde dazu. In etwa einer Woche wird meine Mutter uns eine Liste geben können." Er deutete auf den Hörer, und sie gab ihn ihm. „Nur keine Panik", sagte er beruhigend zu Alma. „Vielleicht ist es einfacher, wenn wir in England heiraten. Wie viele Leute müssten wir einfliegen?"

Claire überlegte fieberhaft. Ihre Familie war nur klein, aber die Freunde ihrer Familie mussten ebenfalls eingeladen werden. Wenn sie in England heirateten, konnten womöglich einige von ihnen nicht teilnehmen. Und wenn sie in Texas heirateten, konnten vielleicht viele seiner Familienmitglieder und Freunde nicht dabei sein. Plötzlich nahm diese Hochzeit horrende Ausmaße an.

„Die Unterkünfte sind kein Problem", sagte Max beruhigend in den Hörer. „Es sind genügend Gästezimmer vorhanden, über die Familie verteilt. Die Kirche? Ja, die ist groß genug. Es ist ein riesiger alter Steinklotz." Er lauschte einen Augenblick und lachte dann.

Für morgen, für immer

„Ja, mir ist es egal, wo wir heiraten. Ob nun England oder Texas, kümmert mich nicht – solange ich Claire bekomme und nicht eine Ewigkeit warten muss. Wie lange? Sechs Wochen höchstens."

Sogar Claire vernahm den lauten Protest, den Alma am anderen Ende der Leitung von sich gab.

Geduldig, aber bestimmt beharrte Max: „Sechs Wochen. Länger warte ich nicht. Claire und ich kommen am Wochenende vorbei, und dann können wir alle Einzelheiten besprechen."

Claire starrte Max entsetzt an, als er schließlich den Hörer auflegte. „Sechs Wochen?", wiederholte sie fassungslos. „Es ist unmöglich, in sechs Wochen eine Hochzeit für siebenhundert Personen auszurichten. Das dauert Monate!"

„Sechs Wochen. Oder ich schleppe dich einfach zum nächsten Standesamt. Das ist schon sehr großzügig von mir. Am liebsten würde ich dich dieses Wochenende heiraten. Ich bin sehr versucht. Das einzige Problem ist, dass eine Menge Leute es uns nie verzeihen würden." Max lächelte sie strahlend an, stand auf und ergriff ihre Hand. Er zog sie zu sich hoch, schloss die Arme und küsste sie lange und innig. „Keine Angst. Deine Mutter und meine werden schon zusammen dafür sorgen, dass diese Hochzeit ein voller Erfolg wird und nichts schiefläuft."

Zu Claires Bestürzung führte Max sie nicht in ein kleines Juweliergeschäft, wie sie es erwartet hatte. Stattdessen fand sie sich in einem riesigen eleganten Salon wieder, und der Geschäftsführer legte ihr mehrere Tabletts mit glitzernden Juwelen zur Begutachtung vor.

Unruhig rutschte sie in ihrem Sessel umher. Glaubte Max etwa, dass er Jeff in materieller Hinsicht noch überbieten musste? Sie wusste, dass er sehr gut verdiente, aber das machte ihn noch nicht zum Millionär. Und außerdem brauchte er in keiner Weise mit Jeff zu konkurrieren, denn er hatte ihn bereits in jeder Beziehung übertroffen.

„Ich möchte eigentlich nur einen schlichten Ehering", verkündete sie mit leicht missbilligender Miene.

„Gewiss", sagte der Geschäftsführer höflich und schickte sich

Linda Howard

an, die mit den Diamanten und Smaragden und Rubinen zu entfernen.

„Nein, lassen Sie die ruhig hier", wies Max ihn an. „Wir sehen sie uns noch einmal an, während Sie die Eheringe holen."

Claire wartete, bis der Geschäftsführer außer Hörweite war, und beharrte dann: „Ich möchte wirklich lieber einen Ehering."

Max blickte belustigt drein. „Eheringe werden wir auch noch kaufen, Darling. Und schau nicht so überrascht drein. Natürlich werde ich einen Ring tragen. Ich habe lange genug darauf gewartet. Aber jetzt geht's um deinen Verlobungsring."

„Ich brauche keinen Verlobungsring."

„Im Grunde genommen braucht niemand irgendwelchen Schmuck. Ein Verlobungsring ist genauso altmodisch und traditionell wie ein Ehering – ein Warnsignal für andere aufdringliche Wilde, dass du nicht zu haben bist."

Trotz ihres Unbehagens musste Claire lachen. „Ach, darum geht's dir also? Du willst andere Wilde abschrecken?"

„Man weiß schließlich nie, was für Höhleninstinkte sich unter einem Hemd aus feiner Seide verbergen."

Claire blickte ihn an, und ihr stockte der Atem, als sie sich an die stürmische Sinnlichkeit erinnerte, die sich hinter seiner kühlen Fassade verbarg. Die meisten Menschen ahnten vermutlich nicht, wie leidenschaftlich Max in Wirklichkeit war, weil er es so geschickt mit seinem lässigen Charme tarnte, aber sie wusste es.

„Das sollte ein Scherz sein", erklärte er leichthin und berührte sanft ihre Wange. „Sieh dir die Ringe doch einmal an, bevor der arme Mann zurückkommt."

Sie folgte seiner Aufforderung, schüttelte dann den Kopf. „Sie sind zu teuer."

Max lachte. „Liebes, ich bin nicht mittellos. Ich schwöre dir, dass ich mich für keinen dieser Ringe in Schulden stürzen müsste. Wenn du nicht selbst aussuchen willst, dann tue ich es." Er beugte sich über das Tablett und musterte jeden einzelnen Ring.

„Ich mag wirklich keine Diamanten", beharrte Claire trotzig.

„Natürlich nicht. Diamanten stehen dir auch nicht. Perlen sind

Für morgen, für immer

das Richtige für dich. Hier, probier diesen." Er nahm einen Ring vom Samtpolster und schob ihn ihr auf den Finger.

Claire starrte auf ihn hinab, und ein Gefühl der Hilflosigkeit überfiel sie. Warum hatte er nicht einen richtig scheußlichen Ring aussuchen können? Stattdessen wies er eine milchige Perle auf, von winzigen Brillantsplittern umgeben, und er passte wundervoll an ihre schmale Hand.

„Das dachte ich mir", stellte Max zufrieden fest.

Claire war sehr schweigsam während des Heimweges. Sie dachte an all die Veränderungen in ihrem Leben, die durch die bevorstehende Hochzeit bereits erfolgt waren und noch bevorstanden. Max legte einen Arm um ihre Schultern, so als wollte er sie vor allen Sorgen abschirmen. „Was hast du, Liebes?"

„Da sind so viele Probleme, und ich weiß nicht, wie ich sie bewältigen soll", erwiderte sie, während sie ihr kleines Häuschen betraten, das ihr so sehr gefiel, das aber nur eine vorübergehende Haltestelle in ihrem Leben bedeutete.

„Was für Probleme?"

„Zum Beispiel die Hochzeit. Es scheint unmöglich, alles in so kurzer Zeit zu schaffen, bei der großen Entfernung und den vielen Gästen. Und nicht nur das. Ich bin geschieden, und eine weiße Hochzeit kommt nicht infrage, wenn wir überhaupt kirchlich getraut werden können."

„Wir werden auf jeden Fall in meiner Familienkirche getraut, und kein Mensch wird sich etwas dabei denken, dass du schon einmal verheiratet warst", versicherte Max ihr. „Und natürlich wirst du Weiß tragen."

„Aber das ist völlig unpassend."

„Lass uns mit deiner Mutter daruber reden, ja? Ich glaube, dass sie mir zustimmen wird."

„Natürlich glaubst du das! Hat dir jemals ein weibliches Wesen nicht zugestimmt?"

„Du, Liebes. Hast du sonst noch irgendwelche Sorgen?"

Claire setzte sich und blickte ihn ernst an. „Ich habe über meine

Arbeit nachgedacht. Es ist durchaus vernünftig, dass ich nach der Hochzeit die Firma verlasse, aber ich möchte irgendwo anders weiterarbeiten."

Einen Augenblick lang musterte Max sie schweigend. „Wenn dich das glücklich macht", stimmte er dann sanft zu. „Ich möchte, dass du in unserer Ehe glücklich bist und dich nicht wie in einem goldenen Käfig fühlst."

Claire schwieg. Wie konnte sie ihm erklären, dass sie sich vielmehr darum sorgte, ob er mit ihr glücklich werden würde? Er war so selbstsicher, dass er ihre Zweifel gewiss nicht verstehen konnte.

Max setzte sich neben sie und zog sie in die Arme. „Sorg dich nicht über diese Dinge, Liebes. Überlass unseren Müttern die Vorbereitungen für die Hochzeit. Wahrscheinlich kommen die Probleme für uns, nachdem wir verheiratet sind, aber nimm sie nicht vorweg. Vielleicht bleiben sie ja aus."

Wann immer Claire in seinen Armen lag, fühlte sie sich beruhigt. Ihre Hand glitt über seine Brust, streichelte seine harten Muskeln, und sie spürte, wie sich sein Herzschlag beschleunigte.

„Ich glaube, es gibt da noch ein anderes Thema, über das wir reden sollten", murmelte er und zog sie näher an sich, während seine Lippen über ihre Kehle wanderten. „Wie wahrscheinlich ist es eigentlich, dass du schwanger bist?"

Claire rechnete im Geiste nach. „Nicht sehr." Sie malte sich aus, seine Kinder auszutragen, sie großzuziehen. „Wie viele Kinder willst du denn?", flüsterte sie.

„Ich glaube, zwei. Vielleicht drei. Und du?"

„Das ist mir egal. Ich wäre mit einem zufrieden oder mit einem halben Dutzend."

Er blickte in ihre großen dunklen Augen, und seine Hand glitt zärtlich über ihren Bauch, schmiegte sich dann um ihre Brüste. „Du lässt mich wie einen Teenager reagieren", verkündete er und öffnete die Knöpfe ihrer Bluse, während seine Lippen ihren Mundwinkel berührten.

Claire schlang die Arme um seinen Nacken, drehte den Kopf zu

Für morgen, für immer

ihm herum, küsste ihn leidenschaftlich und vergaß all ihre Sorgen. Wann immer sie sich liebten, wurde alles andere bedeutungslos.

Statt den langen Weg im Auto zurückzulegen, flogen Max und Claire am Freitag nach Houston und nahmen am Flughafen einen Leihwagen. Es war bereits abends, und hinter ihnen lag eine hektische Woche. Alma hatte mit den Hochzeitsvorbereitungen nicht bis zum Wochenende warten können und jeden Abend wegen irgendeiner Kleinigkeit angerufen, die unbedingt sofort geklärt werden musste.

Müde lehnte Claire den Kopf zurück und schloss die Augen, um sich während der Fahrt zu ihren Eltern ein wenig auszuruhen. Sie hegte keine Hoffnung, vor Mitternacht ins Bett zu kommen. So aufgeregt, wie Alma war, standen ihr gewiss endlose Diskussionen über Themen bevor, die bereits endlos diskutiert worden waren.

Max berührte sanft ihren Arm. „Wir sind da, Liebes."

Erstaunt, dass sie so schnell eingenickt war, richtete sie sich auf und sank sogleich in die Polster zurück. „Wir sind ja gar nicht bei meinen Eltern."

„Gut erkannt", entgegnete Max belustigt.

„Du hast die Wohnung behalten?"

„Es schien mir vernünftig. Ich muss mehrmals im Jahr geschäftlich herkommen, und wir werden deine Eltern besuchen. Deshalb behalte ich sie, bis der Hauptmieter zurückkommt."

Claire verspürte ein seltsames Widerstreben, während sie im Fahrstuhl hinauffuhren. Seit jener ersten Nacht hatte sie seine Wohnung nicht mehr betreten. Ihre Wangen erglühten, als Max die Tür öffnete und sie den eleganten Flur mit dem goldgerahmten Spiegel über dem hübschen Queen-Anne-Tisch erblickte.

Er stellte ihre Reisetasche auf den schwarzen Fliesen ab und schloss die Tür hinter ihnen. „Wir fahren morgen zu deinen Eltern", verkündete er mit funkelnden Augen.

Claire kannte inzwischen diesen Ausdruck auf seinem Gesicht nur zu gut. Mit klopfendem Herzen wich sie zurück, bis sie gegen den Tisch stieß.

309

Max folgte ihr, umfasste mit starken Händen ihre Taille, hob sie hinauf und begann ihre Bluse zu öffnen.

Sie barg das glühende Gesicht an seiner Schulter. „Hier?"

„Es ist meine schönste Erinnerung, Darling. Du warst so leidenschaftlich, so stürmisch, und ich habe noch nie eine Frau so begehrt."

„Es ist mir peinlich, dass ich so schamlos war", gestand sie leise ein.

„Schamlos? Du warst wundervoll."

Claire war es nicht gewöhnt, das Wort „wundervoll" in Bezug auf sich selbst zu hören, aber in dieser Nacht, in Max' Armen, fühlte sie sich wundervoll. Ihre Wangen würden stets erglühen, wenn sie sich an diesen Flur erinnerte, aber nie wieder aus Scham, sondern vor freudiger Erregung.

Der folgende Tag erwies sich als ungemein hektisch und ausgefüllt mit unablässigen aufgeregten Diskussionen über die verschiedensten Aspekte der Hochzeit. Alma bestand auf einem maßgefertigten Hochzeitskleid, natürlich in Weiß, wie Max vorausgesehen hatte – zwar kein Schneeweiß, da es Claire nicht stand, aber ein warmes Perlweiß. Und so wurden in einem riesigen Geschäft unzählige Stoffe gemustert, bis endlich der richtige gefunden war. Dann wurde Claire von der Schneiderin scheinbar stundenlang vermessen, und schließlich klapperten sie beinahe sämtliche Geschäfte der Stadt nach passenden Schuhen ab.

„Es ist alles so ermüdend", seufzte Claire, als sie am Abend schließlich in Max' Wohnung zurückkehrten. „Einen ganzen Tag zu arbeiten strengt mich nicht so an wie diese Einkauferei. Und das Schlimmste ist, dass ich jedes Wochenende zur Anprobe herkommen muss."

„Ich werde doch bei dir sein. Und wenn es dir zu viel wird, fahren wir einfach nach Dallas zurück", entgegnete Max.

„Dann schaffen wir nicht alles."

„Es ist mir lieber, nicht alles zu schaffen, als dass meine Frau vor Erschöpfung zusammenklappt."

Für morgen, für immer

Seine Frau. Allmählich gewöhnte Claire sich an diese Vorstellung. Sie liebte ihn so sehr, dass ihr Herz zu zerspringen drohte. Und als sie dann im Bett lagen, schlang sie die Arme um seinen Nacken und schmiegte sich an ihn.

Max drückte Claire an sich, genoss das Gefühl ihres weichen Körpers in seinen Armen. Wie immer, wenn er ihr nahe war oder an sie dachte, verspürte er den Drang, sie zu lieben. Aber sie war zu erschöpft. Er gab ihr einen Kuss auf die Stirn und hielt sie umarmt, bis sie eingeschlafen war.

12. KAPITEL

Der lange, eintönige Flug nach London neigte sich dem Ende zu. Claire verspürte Erleichterung, gleichzeitig aber graute ihr bei der Vorstellung, Max' Familie kennenzulernen.

Sie hatte mit seiner Mutter telefoniert und deren Herzlichkeit gespürt, doch die große Anzahl der Familienmitglieder jagte ihr Angst ein. Sie hatte sich die Namen seiner Geschwister sowie die der Ehegatten und zahlreichen Kinder eingeprägt, aber sie bildeten nur einen winzigen Bruchteil. Hinzu kamen noch Onkel und Tanten, Cousins und angeheiratete Verwandte, Großeltern und Großtanten und Großonkel sowie all deren Kinder und Gatten.

Alma und Harmon saßen direkt vor Claire und Max. Es dauerte noch genau eine Woche bis zur Hochzeit, und Alma hatte beinahe während des gesamten Fluges an ihrer allzeit gegenwärtigen Liste gearbeitet. Martine, Steve und die Kinder sollten in drei Tagen folgen, ebenso wie Rome und Sarah mit Missy und Jed.

Claire warf einen flüchtigen Seitenblick auf Max und fragte sich, ob er nun, da die Hochzeit näherrückte, wohl Zweifel hegte. Doch sein Gesichtsausdruck verriet ihr überhaupt nichts. Trotz all der leidenschaftlichen Stunden, die sie in seinen Armen verbracht hatte, erschien er ihr manchmal immer noch wie ein Fremder – ein gut aussehender, verschlossener Fremder, der seine Leidenschaft mit ihr teilte, nicht aber seine Gedanken. Er verhielt sich umgänglich, charmant und aufmerksam, aber er schien etwas vor ihr zurückzuhalten. Sie liebte ihn innig, aber sie verbarg es, denn er wollte zwar ihre Freundschaft und ihren Körper, anscheinend aber nicht ihre Gefühle. Er verlangte keine von ihr und gab auch keine.

Und dieser Umstand bildete den wahren Grund für ihr Unbehagen. Sie hätte einer ganzen Armee von Verwandten mit Fassung entgegentreten können, wenn sie sich Max' Liebe sicher gefühlt hätte. Doch unter den gegebenen Umständen fürchtete sie sich da-

Für morgen, für immer

vor, von all diesen Leuten beobachtet und abgeschätzt zu werden. Ihre Hände waren eisig, und sie presste sie zusammen, um sie aufzuwärmen.

Das Flugzeug setzte zur Landung an, und ein dicker Kloß trat in ihre Kehle. Max bemerkte ihre Furcht nicht. Er freute sich auf das Wiedersehen mit seiner Familie, und seine Augen funkelten erwartungsvoll.

Auf dem Flughafen Heathrow herrschte ein chaotisches Gewühl und Gedränge, doch Max wirkte völlig ungerührt. Lässig winkte er einen Gepäckträger herbei, und als gerade der letzte ihrer Koffer auf dem Förderband erschien, rief eine helle, fröhliche Stimme über den Lärm hinweg: „Max! Max!"

Er drehte sich um. Ein breites Lächeln glitt über sein Gesicht. „Vicky!" Er breitete die Arme aus, und eine große blonde Frau warf sich hinein. Er drückte sie stürmisch an sich. Dann zog er Claire mit einem Arm an sich. „Claire, dieser Wildfang ist meine jüngste Schwester Victoria – Vicky für alle, die ihr aufsässiges Benehmen kennen. Vicky, Claire Westbrook."

„Die sofort berühmt wurde, als sie den berüchtigten Maxwell Conroy angelte", neckte Vicky und umarmte Claire herzlich.

Claire lächelte still und dachte bei sich, dass sie diese natürliche junge Frau auf Anhieb mochte. Sie war groß und goldblond wie Max, doch ihre Augen waren himmelblau und ihre Gesichtszüge nicht so ausgeprägt. Dennoch sah sie ihm sehr ähnlich, und sie wirkte auffallend hübsch.

Vicky wurde Alma und Harmon vorgestellt, und dann bahnten sie sich einen Weg aus dem überfüllten Flughafengebäude.

„Wie kommt es, dass dir die Begrüßungspflicht zuteil wurde?", erkundigte sich Max. Er hatte einen Arm um Claire gelegt, und Vicky hängte sich fröhlich an seinen anderen.

„Oh, ich bin nicht die einzige Abgeordnete", antwortete Vicky leichthin. „Mom wartet im Wagen. Sie wollte sich nicht ins Gewühl stürzen, aber sie konnte auch nicht abwarten, bis wir nach Hause kommen, um Claire kennenzulernen."

Claires Anspannung, die durch Vickys herzlichen Empfang ein

wenig nachgelassen hatte, verstärkte sich erneut.

„Wir sind mit zwei Wagen hier", erklärte Vicky und lächelte Claires Eltern an. „Mom wird darauf bestehen, dass Max und Claire mit ihr fahren und Sie mit mir, wenn Sie nichts dagegen haben. Ich bin wirklich eine sichere Fahrerin."

„Ach, wirklich?", warf Max neckend ein.

„Natürlich haben wir nichts dagegen", versicherte Alma.

Als sie sich dem Parkplatz näherten, öffnete ein Mann in dunklem Anzug die Tür eines schwarzen Jaguars, und eine schlanke, elegant gekleidete Frau stieg aus. „Max!", rief sie, winkte mit einer Hand, und dann war jegliche Würde vergessen, und sie lief ihm entgegen.

Lachend ließ er Claire und Vicky stehen und rannte über den Asphalt. Er schloss die Frau in die Arme und wirbelte sie überschwänglich im Kreis herum.

„So viel zu unserer typisch englischen Zurückhaltung", bemerkte Vicky humorvoll. „Wir sind immer alle so glücklich, Max wiederzusehen, dass wir uns völlig närrisch benehmen. Man kann ihm einfach nicht widerstehen, stimmt's?"

„Ja, es stimmt", erwiderte Claire ein wenig benommen. War das wirklich seine Mutter? Diese liebliche, beinahe jugendliche Frau mit dem blonden Haar, das gerade erst ein wenig die Farbe verlor?

Noch bevor sie sich wieder fassen und ihre Vorstellung von einer grauhaarigen Matrone der Wirklichkeit anpassen konnte, trat Max auf sie zu, mit seiner Mutter im Arm. „Mutter, meine zukünftige Frau, Claire Westbrook. Darling, das ist meine Mutter, Lady Alicia Conroy, Gräfinwitwe von Hayden-Prescott."

Lady? Gräfin? Claire fühlte sich wie vor den Kopf gestoßen. Irgendwie gelang es ihr zu lächeln und etwas Angemessenes zu murmeln.

Lady Alicia wirkte gut gelaunt und aufrichtig erfreut anlässlich der Bekanntschaft mit Claire und ihrer Familie. Besonders herzlich begrüßte sie Alma, mit der sie bereits mehrere lange Telefongespräche geführt hatte. Es dauerte ein paar Minuten, bis all das Gepäck verstaut war und alle eingestiegen waren. Alma und Har-

Für morgen, für immer

mon saßen in Victorias blauem Mercedes und Claire und Max zusammen mit Lady Alicia im Jaguar, der von dem Chauffeur, Sutton, gelenkt wurde.

„Sind die Massen schon eingetroffen?", erkundigte Max sich mit einem Lächeln bei seiner Mutter.

Ein Funkeln erhellte Lady Alicias grüne Augen. „Noch nicht. Wir rechnen noch mit einigen Tagen relativer Ruhe, obgleich diejenigen aus näherer Umgebung zum Tee herüberkommen werden. Hast du etwas anderes erwartet?"

„Erwartet nicht, aber erhofft. Wäre es möglich, in der kommenden Woche ein wenig von Claires Zeit für mich zu reservieren?"

„Wohl kaum", erwiderte Lady Alicia nachdrücklich, obgleich ihre Augen noch immer funkelten. „Es gibt entschieden zu viel zu erledigen. Seit Kriegsende hat nicht mehr eine solche Aufregung in der Familie geherrscht. Sogar Großtante Eleanor wird zugegen sein, und du weißt, wie selten sie ausgeht."

„Ich würde mich geehrt fühlen, wenn ich nicht wüsste, dass sie sich nicht um meinetwillen hinauswagt."

„Natürlich nicht. Dich kennt doch jeder. An Claire sind alle interessiert."

Claire schluckte nervös. Sie wollte nicht, dass alle sich für sie interessierten. Sie mochte nicht im Mittelpunkt stehen, denn dadurch wurde sie stets unbeholfen und still. Allein die Vorstellung, einer so riesigen Familie zu begegnen, war schon schlimm genug. Nun musste sie auch noch die überraschende Tatsache verkraften, dass Max dem englischen Adel angehörte. Doch eigentlich hätte sie es erraten müssen. Welch durchschnittlicher Engländer besaß schon diese ausgeprägte Mischung von Eleganz und Arroganz? Sein Sprachverhalten, seine gelassene Kultiviertheit, seine recht formellen Umgangsformen, all das deutete auf eine vornehme Herkunft.

„Du bist ja so still, Liebes", sagte Max. Er nahm ihre Hand und runzelte die Stirn, als er die Kälte spürte. Immerhin war es mitten im Sommer und ungewöhnlich warm für London. „Belastet dich die Zeitverschiebung?"

„Ich fühle mich ein wenig … verwirrt, ja."

„Das ist kein Wunder", warf Lady Alicia ein. „Ich brauche nach langen Reisen immer ein Nickerchen, und ich bin noch nie so weit wie bis in die Staaten geflogen. Keine Sorge, meine Liebe, heute überfällt uns niemand, um Sie kennenzulernen. Und andernfalls würde ich alle fortschicken."

Lady Alicia war herzlich und freundlich, und schon bald erkannte Claire, dass Max seinen trockenen Humor von ihr geerbt hatte. Bei näherer Betrachtung ließ sich ihr Alter auf etwa sechzig schätzen, doch sie war sehr jung geblieben. Ihre Haut wirkte zart und beinahe faltenfrei, abgesehen von Lachfältchen um die Augen, und ihr Haar war noch immer voll. Ganz offensichtlich genoss sie das Leben und erfreute sich an ihrer Familie. Liebe sprach aus ihrem Blick, wann immer sie Max anschaute.

Claire lauschte der Unterhaltung der beiden und antwortete, wenn sie direkt angesprochen wurde. Doch überwiegend schwieg sie und fragte sich, was denn noch alles auf sie zukommen mochte.

Nach etwa zweistündiger Fahrt bog der Jaguar von der Straße ab und passierte ein Tor mit einem strohgedeckten Pförtnerhaus. Der Mercedes mit Victoria und Claires Eltern folgte.

„Wir sind gleich da", verkündete Max. „Du kannst die Schornsteine schon sehen. Ach, Mutter, wo hast du uns eigentlich untergebracht?"

„Claire und ihre Eltern werden bei mir in Prescott House wohnen. Du bekommst dein altes Zimmer auf Hayden Hill."

Diese Auskunft gefiel ihm ganz und gar nicht. Seine Augen verdunkelten sich zu einem tiefen Grün, aber er hielt den Mund. Claire war ihm dankbar, dass er nicht auf einem gemeinsamen Zimmer bestand. Seine Finger verstärkten den Druck um ihre Hand, und sie erkannte, dass er ihre Gefühle erraten hatte.

Der Wagen bog um eine Kurve, und Hayden Hill kam in Sicht. Es war kein Schloss, eher ein riesiges, vornehmes Herrenhaus mit zahlreichen hohen Schornsteinen, erbaut aus gelbem Backstein, der im Laufe der Jahre einen stumpfen Goldton angenommen hatte.

Für morgen, für immer

Die Rasenflächen waren makellos gemäht, die Hecken sorgfältig gestutzt, die Rosenbeete vollkommen gepflegt. Hier ist Max also aufgewachsen, dachte Claire und spürte, wie sich die Kluft zwischen ihnen vertiefte.

Der Wagen folgte einem schmalen gepflasterten Weg, vorbei an Hayden Hill. „Prescott House liegt gleich da vorn", erklärte Lady Alicia. „Es ist das traditionelle Witwenhaus, und als Clayton heiratete, beschloss ich, die Tradition zu wahren und dort einzuziehen."

„Und vor allem den handgreiflichen Szenen zu entgehen, die Clayton und Edie zu Beginn ihrer Ehe aufführten", fügte Max hinzu.

Lady Alicia lächelte Claire an. „Mein ältester Sohn gab sich sehr herrisch, als er und Edie heirateten. Sie brauchte fast ein Jahr, um ihm die Feinheiten der Ehe beizubringen."

Prescott House war nur halb so groß wie Hayden Hill, aber in ähnlichem Stil und ebenfalls aus gereiftem Backstein errichtet, und schon bald erfuhr Claire, dass es immerhin achtzehn Zimmer aufwies. Beide Gebäude waren Ende des 17. Jahrhunderts errichtet, jedoch im Laufe der Zeit umfangreich modernisiert worden. Daher wiesen sie im Gegensatz zu vielen anderen alten Herrenhäusern ein leistungsfähiges Stromnetz sowie eine Zentralheizung auf, sodass die riesigen Kamine nur zum Vergnügen benutzt wurden.

Sogar in Claires Zimmer befand sich ein Kamin, und als sie schließlich allein war, strich sie nachdenklich mit der Hand über den Sims aus poliertem Holz. Es war ein wundervoller Raum, mit weißen Spitzengardinen und einer passenden Tagesdecke auf dem riesigen, hohen Himmelbett. Ein rosenfarbener Teppich bedeckte den Fußboden, und die Möbel waren aus Rosenholz. Ein Badezimmer und ein Ankleideraum gehörten dazu.

Wie konnte Max mir das alles verschweigen?, fragte Claire sich verzweifelt. Es handelte sich schließlich nicht um unwichtige Kleinigkeiten. Es war ihr schon schwergefallen, die Erwartungen der Halseys zu erfüllen, und nun hatte sie sich in einen Mann verliebt,

317

der die Halseys wie Neureiche dastehen ließ.

Mit einem tiefen Seufzer ging sie ins Badezimmer und nahm eine Dusche, um sich von dem langen Flug zu erfrischen. An der Tür hing ein flauschiger Bademantel, und da ihr Koffer noch nicht ausgepackt war, schlüpfte sie kurzerhand hinein. Sie kehrte ins Schlafzimmer zurück und blieb abrupt stehen, als sie Max im Sessel sitzen sah.

Er blickte auf, und beim Anblick ihres warmen, noch feuchten Körpers im Bademantel trat ein inniger Ausdruck auf sein Gesicht. „Meine Mutter hat manchmal einen sehr merkwürdigen Sinn für Humor", sagte er und streckte eine Hand aus. „Komm her, Liebes, und lass mich dich eine kleine Weile festhalten, bevor ich nach Hayden Hill verbannt werde."

Claire legte ihre Hand in seine, und er zog sie hinab auf seinen Schoß. Seufzend barg sie den Kopf an seiner Schulter und spürte, wie seine Arme sich fest und warm um sie schlossen.

„Du bist so still, seit wir New York verlassen haben", murmelte er. „Hast du etwas, oder liegt es nur an dem langen Flug?"

Solange er sie in den Armen hielt, war die Welt für sie in Ordnung. „Nein, ich habe nichts."

Er schob eine Hand unter den Bademantel, umschmiegte ihre Brust, streichelte sie mit zarten Fingern. „Soll ich dich jetzt schlafen lassen? Deine Eltern sind schon in ihrem Zimmer. Das Telefon klingelt zwar ständig, aber meine Mutter wehrt jeden ab."

„Bitte, geh noch nicht, Max. Halt mich noch eine Weile."

„In Ordnung, Liebes." Seine Stimme klang leise. Er hob ihr Gesicht und küsste sie auf den Mund. Seine Zunge drang forschend ein, und seine Hand streichelte sie nicht mehr ganz so sanft. „Es wird eine endlos lange Woche", murmelte er, während seine Lippen über ihre Kehle wanderten. „Vielleicht entführe ich dich einfach eines Tages und bringe dich an einen Ort, wo wir allein sein können."

Wenn er mich doch jetzt entführen könnte, dachte Claire unwillkürlich. Wenn die Hochzeit nur schon vorüber wäre und wir nach Dallas zurückkehren könnten!

Für morgen, für immer

Für Claire sollte alles nur noch schlimmer werden. Ihr blieb nie ein Augenblick für sich allein. Von Tag zu Tag trafen mehr Leute ein, die es zu begrüßen galt, und die Hochzeit diente als Vorwand für eine Party an jedem Abend. Alma fühlte sich in ihrem Element, und auch Harmon genoss das Leben eines englischen Gentlemans. Dann trafen Martine und Steve mit den Kindern ein und wurden überschwänglich empfangen. Martine verstand sich auf Anhieb ausgezeichnet mit Max' geselligen Schwestern Emma, Patricia und Victoria, und Prescott House hallte wider von deren fröhlichem Gelächter und Geplauder.

Die Tage waren ausgefüllt mit ausgedehnten Mittagessen, Nachmittagstees und endlosen Besuchen sowie mit Terminen beim Fotografen, Floristen und Friseur. Es war ein angenehmes, wohlgeordnetes Leben voller Privilegien.

Claire fand keine Gelegenheit, mit Max allein zu sein, aber indem sie sein Milieu kennenlernte, erfuhr sie mehr über ihn als je zuvor. Er war von adliger Abstammung und sah nichts Ungewöhnliches in seinem Lebensstil. Er war ein Conroy von Hayden-Prescott, und da die Familie reich war, machte ihn sein Erbteil unabhängig wohlhabend. Allein sein Ehrgeiz hatte ihn dazu getrieben, auszuwandern. Er war zwar der Familie abtrünnig geworden, aber die jahrhundertealte aristokratische Lebensart prägte ihn dennoch.

Sie passte nicht in seine Welt. Ein Mann in seiner Position brauchte eine Frau, die sich in der Gesellschaft wohlfühlte, während Claire ein zurückgezogenes Leben bevorzugte. Sie hatte ihr Bestes gegeben, um den Halseys zu genügen, und hatte versagt. Wie sollte es ihr je gelingen, den Ansprüchen der Conroys von Hayden-Prescott gerecht zu werden? Sie bildeten die Elite, während Claire nur eine Sekretärin aus Houston war.

Die Feierlichkeiten nahmen für Claire immer mehr einen unwirklichen Charakter an. Sie tat, was man ihr auftrug, ging, wohin sie geführt wurde, doch in ihrem Innern wuchs die Überzeugung, dass alles ein Irrtum sei. Schon bald würde Max erkennen, wie ungeeignet sie war. Und sie wusste aus Erfahrung, was danach kam: zuerst seine Ungehaltenheit, weil sie die Erwartungen nicht erfüllte, dann sein Mitleid und schließlich seine Gleichgültigkeit.

Isoliert von Max, ohne die Bestätigung seiner Leidenschaft, zog sie sich wie früher immer mehr zurück, um sich zu schützen. Seine Gründe für den Antrag waren ihr völlig unklar. Vielleicht hielt er sie für geeignet, vielleicht war er einfach bereit, eine eigene Familie zu gründen, aber er liebte sie nicht. Selbst in all den Augenblicken höchster Leidenschaft hatte er nie ein Wort über Liebe verloren.

Unter diesen Umständen konnte die Ehe einfach nicht gut gehen, und Claire konnte es nicht ertragen, wenn Max sie eines Tages wegen ihrer Unzulänglichkeit verachtete. Sie musste die Hochzeit absagen. Der Gedanke an den Skandal, den es verursachen würde, ließ sie erschauern, aber sie sah keinen anderen Ausweg.

Einen Tag vor der Hochzeit stand ihr Entschluss fest. Doch es ergab sich keine Gelegenheit, mit Max zu sprechen. Stets wurden sie von Familienmitgliedern umringt, und dann wurde die Probe der Trauungszeremonie abgehalten. Alle Anwesenden waren gut gelaunt, sogar die alte Kirche wurde erfüllt von fröhlichem Gelächter und Geplauder.

Claire beobachtete alles mit niedergeschlagenem Blick und fragte sich, was man wohl von ihr denken mochte, wenn sie die Hochzeit absagte. Schließlich bahnte sie sich einen Weg durch die Menge zu Max und stellte sich vor ihn. „Max!"

Er lächelte sie an. „Ja, Liebes?" Und dann richtete sich seine Aufmerksamkeit auf einen seiner Cousins, der ihn ansprach.

Claire zwang sich zu einem Lächeln, obgleich sie innerlich zu zerbersten drohte. „Max, es ist wichtig", sagte sie verzweifelt. „Ich muss mit dir sprechen!"

Er blickte sie erneut an, und diesmal bemerkte er, wie blass und angespannt ihr Gesicht wirkte. Er nahm ihre Hand. „Was ist?"

„Es ist etwas Privates. Können wir irgendwo allein reden?"

„Ja, natürlich." Er legte einen Arm um sie und führte sie zur Tür.

„Oh nein, Ihr Turteltäubchen!", rief jemand. „Ihr könnt euch

Für morgen, für immer

doch nicht am Tag vor der Hochzeit davonschleichen!"

„Oh doch, wir können!", rief Max zurück. Er führte Claire hinaus in die kühle Nacht und zog sie enger an sich, um sie zu wärmen. Ihre Schritte knirschten auf dem Kiesweg, als sie die hell erleuchtete Kirche hinter sich ließen. „Was ist?"

Claire blieb stehen, schloss die Augen, betete um Kraft. „Es ist alles ein Irrtum", sagte sie gepresst.

„Was?"

„Alles." Sie deutete auf die Kirche hinter ihnen. „Du, ich, die Hochzeit. Ich kann dich nicht heiraten."

Max holte tief Luft. Sein Körper spannte sich. „Wieso ist es ein Irrtum? Ich dachte, alles sei in bester Ordnung?"

„Aber siehst du denn nicht ein, wie wenig wir zusammenpassen?" Tränen ließen ihre Stimme erstickt klingen. „Ich habe dir schon bei unserem ersten Treffen gesagt, dass ich nicht deiner Klasse angehöre, aber da wusste ich noch nicht, wie recht ich damit hatte. Ich passe nicht hierher. Ich kann nicht mehr sein, als ich bin, und ich werde nie eine Frau, die gut und gerne repräsentiert, wie du sie brauchst. Deine Anforderungen sind zu hoch …" Sie schluckte schwer und brachte kein weiteres Wort mehr hervor. Schweigend nahm sie den Verlobungsring ab und hielt ihn ihm hin.

Max starrte auf den Ring in ihrer zitternden Hand und rührte sich nicht.

Claire konnte die Tränen nicht länger zurückhalten. Sie drückte ihm den Ring in die Hand. „Es ist besser so. Ich liebe dich zu sehr, um dich so zu enttäuschen." Blind vor Tränen wandte sie sich ab und floh den Weg hinunter.

Claire hörte seine hastigen Schritte nicht und schrie erschrocken auf, als Max sie hart am Arm packte und herumwirbelte. Sie erhaschte einen Blick in sein zorniges Gesicht, bevor er sie über seine Schulter warf und den Weg zurückhastete. „Max … warte!" Vor Schreck waren ihre Tränen versiegt. „Was … was hast du vor?"

„Ich entführe meine Frau", antwortete er schroff und eilte weiter.

Verwandte und Freunde standen in Grüppchen vor der Kirche

und plauderten angeregt. Als Max in Sicht kam, trat eine tödliche Stille ein, und Claire barg ihr Gesicht an seinem Rücken.

„Habt ihr dafür nicht morgen noch genug Zeit?", rief sein Bruder Clayton.

„Nein", fauchte Max. „Ich nehme deinen Wagen."

„Das sehe ich", bemerkte Clayton trocken, während Max die Wagentür öffnete und Claire hineinsetzte, die verzweifelt das Gesicht in den Händen barg.

Rome Matthews grinste und erinnerte sich, wie er seine Frau einmal von einer Party weggetragen hatte.

Lady Alicia stand in einem eleganten Kleid auf den Stufen und beobachtete, wie ihr Sohn mit seiner Braut davonfuhr. „Ob es wohl Sinn hat, auf sie zu warten?", überlegte sie laut. „Nein, natürlich nicht. Wir werden die Party ohne sie veranstalten."

Lange Zeit fuhr Max zornerfüllt durch die Gegend. Claire saß still neben ihm, mit brennenden Augen, und fragte sich, ob er ein bestimmtes Ziel haben mochte oder einfach nur herumfuhr. Aber sie wagte nicht, ihn anzusprechen.

Schließlich bog er auf den Parkplatz eines kleinen, rustikalen Gasthauses ein. Er stieg aus, zog sie aus dem Wagen, schob ihr grob den Verlobungsring wieder auf den Finger. Dann zerrte er sie in das Gasthaus, meldete sich am Empfang an und zog sie hinter sich her eine schmale Treppe hinauf, während der Wirt ihnen neugierig nachstarrte.

Max öffnete eine Tür, schob Claire hinein und verschloss die Tür hinter ihnen. „Und jetzt wollen wir einiges klarstellen. Erstens sind die einzigen Erwartungen, an denen du dich misst, deine eigenen. Niemand sonst erwartet, dass du etwas anderes bist als du selbst. Ich will nicht, dass du vollkommen bist, weil ich es selbst nicht bin. Ich will keine Porzellanpuppe, die nie einen Fehler begeht. Ich will dich. Und was den Unsinn mit der Repräsentation angeht …" Er brach ab, die Hände geballt.

Claire wich zurück, starrte ihn mit großen Augen an, konnte seinen Zorn kaum begreifen.

Für morgen, für immer

Mit heftigen Bewegungen öffnete er sein Hemd. „Ich bin ein Mann, kein Titel, und der verdammte Titel gehört mir sowieso nicht. Mein Bruder ist der Graf, und – dem Himmel sei Dank – er ist gesund und hat zwei Söhne, die vor mir das Erbe antreten werden. Ich will den verfluchten Titel nicht. Ich bin amerikanischer Staatsbürger und habe eine verantwortungsreiche Stellung, die mich viel mehr interessiert. Ich habe außerdem die Frau, die ich liebe, und ich will verflucht sein, wenn ich dich je wieder gehen lasse."

Er warf sein Hemd beiseite, öffnete die Hose, zog sie aus. „Wenn du nicht heiraten willst, dann eben nicht. Dann leben wir einfach so zusammen. Du bist die einzige Frau, die mich so wild macht, dass ich die Beherrschung verliere, und die ich so liebe, dass es schmerzt. Ich weiß, dass ich dein Vertrauen verloren habe, weil ich am Anfang nicht aufrichtig zu dir war. Und du hast mir nie wieder vertraut, stimmt's? Das ist verdammt schade, weil ich dich nicht fortlasse. Ist das klar?"

Claire schluckte schwer und starrte ihn an. „Weißt du eigentlich, wie oft du gerade verdammt und verflucht gesagt hast?", flüsterte sie erschüttert und beobachtete ihn ungläubig.

„Das ist doch wohl verdammt unwichtig!" Max stürmte zu ihr und stieß sie hinab auf das Bett.

„Du hast mir vorher noch nie gesagt, dass du mich liebst." Ihre Stimme klang unnatürlich hoch und gepresst.

Er griff nach dem Reißverschluss ihres Kleides und öffnete ihn. „Ist das etwa eine unverzeihliche Sünde? Du hast mir auch nicht gesagt, dass du mich liebst, bis du es mir zusammen mit deinem Entschluss mitgeteilt hast, dass du mich nicht heiraten kannst. Seit Wochen versuche ich dein Vertrauen zurückzugewinnen und zweifle daran, ob du mich jemals lieben wirst, und dann wirfst du es mir derart an den Kopf."

Er streifte ihr das Kleid ab, und Claire legte mit heftig klopfendem Herzen die Hände auf seine Brust. „Warte, Max. Warum sind wir hier?"

„Das ist doch wohl offensichtlich. Ich will meine Hochzeitsnacht haben, auch wenn du keine Hochzeit willst. Ich liebe dich,

323

und ich lasse dich nicht gehen."

„Aber was werden denn die Leute denken?"

„Das ist mir egal. Du bist mir wichtiger als alles andere auf der Welt." Es war ihm gelungen, sie völlig zu entkleiden, und sein Blick wanderte verlangend über ihren schlanken Körper.

Zuvor hatte er sich grob und zornig verhalten, doch nun liebkoste Max Claire so sanft wie ein Windhauch. Und als er ihre Beine spreizte und in sie glitt, hob sie sich ihm sehnsüchtig entgegen und klammerte sich an ihn. Sie liebte ihn so sehr, dass sie zu zerspringen drohte, und es stand in ihren Augen geschrieben.

Max stützte sich auf seine Ellbogen und flüsterte: „Lass es uns noch einmal versuchen. Ich liebe dich, Claire Westbrook, so wie du bist, und ich möchte die Träume in deinen Augen teilen. Willst du mich heiraten?"

Die Arme um seinen Nacken geschlungen, von einem unglaublichen Glücksgefühl erfüllt, blickte Claire in seine strahlenden türkisblauen Augen und sagte: „Ja."

Das perlweiße Satingewand und der lange Schleier raschelten, als Claire den Gang der alten, riesigen Kirche entlangschritt. Der Arm ihres Vaters ruhte fest unter ihrer Hand. Vertraute und geliebte Gesichter wandten sich ihr strahlend zu. Alma lächelte und weinte zugleich und sah dennoch wundervoll aus. Stolz stand auf Lady Alicias Gesicht geschrieben.

Am Altar warteten Martine und Max' Schwester und sein Bruder. Auch Rome Matthews stand dort. Seine dunklen Augen suchten den Blick seiner Frau, die im Kirchenstuhl saß, und sie tauschten eine geheime Botschaft.

Und neben Rome stand Max. Groß, unglaublich gut aussehend und so geliebt, dass es Claire beinahe wehtat, ihn anzusehen. Ihr Schleier behinderte ein wenig ihre Sicht, aber sie erkannte, dass er sie unverwandt betrachtete.

Max trat an ihre Seite, und ihr Vater gab ihm ihre Hand. Die Perle an ihrem Finger schimmerte warm im Schein der unzähligen goldenen Kerzen, die in der gesamten Kirche flackerten.

Für morgen, für immer

Max drückte liebevoll ihre Hand, und ihre Blicke begegneten sich. Seine Augen glitzerten feucht, wie das Meer. Claires Augen wirkten dunkel und geheimnisvoll, aber es gab keine Geheimnisse mehr zwischen ihnen. Gemeinsam wandten sie sich dem Altar zu und legten ihr Gelübde ab.

– ENDE –

Linda Howard

Dezembervogel
Roman

Aus dem Amerikanischen von
Elke Iheukumere

Dezembervogel

1. KAPITEL

So hatte es nicht sein sollen!

Kathleen Fields presste die Hand gegen den Leib, ihr Gesicht war verzerrt, voller Angst sah sie aus dem Fenster in das Schneetreiben hinaus. Die Sicht war durch den Schneesturm so behindert, dass sie nicht einmal mehr den Zaun sehen konnte, der ungefähr fünfzig Meter entfernt stand. Die Temperatur war bis zum Gefrierpunkt gefallen, und wenn man dem Wetterbericht im Radio glauben durfte, würde dieser Weihnachtsschneesturm den ganzen Tag anhalten und auch noch die ganze Nacht wüten.

So lange konnte sie aber nicht warten. Die Wehen hatten eingesetzt – beinahe einen ganzen Monat zu früh. Ihr Baby würde medizinische Hilfe brauchen.

Bitterkeit stieg in ihr auf, als sie sich vom Fenster abwandte und das kleine, nur schwach beleuchtete Wohnzimmer betrachtete, mit dem Kamin, in dem ein Feuer brannte. Die Elektrizität und auch das Telefon waren schon vor etwa fünf Stunden ausgefallen. Zwei Stunden später verstärkten sich die dumpfen Rückenschmerzen, die sie schon eine ganze Weile plagten. Zuerst hatte sie sich nichts dabei gedacht, hatte sie als falsche Wehen abgetan, denn immerhin blieben bis zu dem voraussichtlichen Geburtstermin noch drei Wochen und fünf Tage. Doch vor einer halben Stunde war das Fruchtwasser abgegangen, und jetzt gab es keinen Zweifel mehr. Die Geburt stand bevor.

Und sie war ganz allein. Der Schnee zu Weihnachten, über den sich so viele Kinder freuten, konnte für ihr eigenes Kind den Tod bedeuten.

Tränen brannten ihr in den Augen. Gleichmütig hatte sie ihre schlechte Ehe ertragen und das Ende all ihrer Illusionen hingenommen, hatte der Tatsache ins Auge gesehen, dass sie ohne einen Pfennig dastand, allein und schwanger. Sie hatte lange Wochen hart als Bedienung gearbeitet, um genug Geld für sich und das Baby zu verdienen, auch wenn sie zuerst entsetzt gewesen war, als sie von dessen Existenz erfuhr. Doch dann hatte es begonnen, sich in ihrem Leib zu bewegen, sanft, ein leichtes Flattern am Anfang nur, und dann stärker, mit sachten Tritten und Stößen. Es war zu einer Realität geworden, zu einem Menschen, einem Freund. Es war ihr Baby. Sie wollte es haben, wollte es in den Armen halten und lieben, wollte ihm Schlaflieder singen. Dieses Kind war der einzige Mensch auf der Welt, der noch zu ihr gehörte, aber jetzt bestand die Gefahr, dass sie es verlor – vielleicht als Strafe dafür, dass sie es zuerst nicht hatte haben wollen? Wie schrecklich, es die ganze Zeit getragen zu haben, um es dann ausgerechnet am Weihnachtstag zu verlieren! Der sollte doch ein Tag der Freude und der Zuversicht sein, doch jetzt hatte sie keine Hoffnung mehr, sie glaubte auch sowieso nicht mehr an die Menschen. Die Zukunft schien ihr nur eine endlose Aneinanderreihung leerer Tage zu bieten. Zurzeit hatte sie nur noch sich selbst – und das winzige Leben in ihr, das in Gefahr geraten war.

Prinzipiell konnte sie das Baby hier zur Welt bringen, ganz allein und ohne Hilfe. Es war warm im Raum, und sie würde es wohl schaffen, das Feuer nicht ausgehen zu lassen. Sie würde überleben, aber würde das auch für ihr Kind gelten? Es kam zu früh auf die Welt, vielleicht würde es nicht richtig atmen können? Oder es könnte sonst etwas nicht stimmen.

Sollte sie versuchen, ins Krankenhaus zu kommen, das nur etwa zwanzig Kilometer entfernt lag? Bei gutem Wetter war es eine kurze Fahrt … aber das Wetter war nicht gut, und der Sturm heulte. Die Straßen waren vereist, die Sicht eingeschränkt. Vielleicht würde sie es nicht schaffen, es könnte sie dann auch noch ihr eigenes Leben kosten – neben dem ihres Kindes.

Andererseits, was war ihr Dasein schon wert, wenn das Kind nicht überlebte? Würde sie mit dem Gedanken weiterleben können, dass sie ihr Leben auf Kosten ihres Babys geschützt hatte? In diese Situation wollte sie gar nicht erst kommen, um ihres Babys willen musste sie alles versuchen.

Langsam kleidete sie sich so warm wie nur möglich an. Sie zog mehrere Kleidungsstücke übereinander, bis sie schließlich wie ein

Dezembervogel

wandelnder Kürbis aussah. Wasser, Decken und ein Nachthemd nahm sie mit und die Sachen für das Baby. Dann hob sie noch einmal den Telefonhörer ab, in der unsinnigen Hoffnung, dass sie vielleicht doch noch eine Verbindung bekam. Doch die Leitung blieb tot, mit einem Seufzer legte sie den Hörer wieder auf.

Dann holte Kathleen tief Luft und öffnete die Hintertür. Der eisige Wind fuhr ihr ins Gesicht, im nächsten Augenblick war sie voller Schnee. Sie senkte den Kopf und ging vorsichtig die vereisten Stufen hinunter. Mitten auf dem Hof fiel sie hin, rappelte sich aber gleich wieder auf. „Es tut mir so leid, es tut mir so leid", entschuldigte sie sich bei dem Baby und klopfte leicht auf ihren Bauch. Das Baby war tiefer gerutscht, es bewegte sich jetzt nicht mehr, doch Kathleen spürte, dass der Druck immer stärker wurde. Kein Zweifel, die Geburt stand bevor.

Gerade, als sie an ihrem verbeulten Wagen ankam, nahm ihr eine weitere Wehe den Atem, wieder fiel sie hin. Diese Wehe war stärker und schmerzhafter als die anderen zuvor, hilflos blieb sie im Schnee liegen, bis der Ansturm vorbei war, dabei biss sie sich auf die Lippe, um nicht aufzustöhnen.

Als sie schließlich wieder auf die Füße kam und die Sachen aufhob, die sie fallen gelassen hatte, atmete sie schwer. Lieber Gott, betete sie, bitte mach, dass es bis zum Krankenhaus nur wenige Wehen sind! Bitte, lass mich noch beizeiten in die Klinik kommen. Sie würde die Schmerzen aushalten können, wenn das Baby nur lange genug wartete, bis sie Hilfe bekam.

Ein trockenes Schluchzen drang an ihre Ohren, während sie die Tür des Wagens zu öffnen versuchte, die der Wind ihr aus der Hand zu reißen drohte. Schließlich kletterte sie in das Auto und setzte sich mühsam hinter das Steuer. Der Wind schlug die Wagentür hinter ihr zu, und einen Augenblick blieb Kathleen benommen sitzen, eingeschlossen in eine eisige weiße Welt, weil der Schnee alle Fenster zugeweht hatte. Das Schluchzen hielt an, und erst nach einer Weile wurde ihr klar, dass dieses Geräusch von ihr selbst stammte. Sofort rief sie sich zur Ordnung. Es würde nichts nützen, wenn sie jetzt in Panik geriet. Sie musste sich zusammenreißen und sich auf

331

Linda Howard

nichts anderes konzentrieren als darauf, den Wagen zu fahren. Das Leben ihres Babys hing davon ab, und das Kind war alles, was ihr geblieben war. Alles andere war ihr genommen worden: ihre Eltern, ihre Ehe, ihr Selbstvertrauen, ihr Glaube und ihr Vertrauen in die Menschen. Es gab jetzt nur noch das kleine Wesen und sie. Sie beide hatten einander, und sie brauchten niemanden sonst. Sie würde alles tun, um dieses Kind zu beschützen.

Kathleen holte tief Luft und zwang sich, ruhig zu bleiben. Entschlossen steckte sie den Schlüssel in die Zündung und drehte ihn um. Der Motor sprang nicht gleich an, und neue Furcht überkam sie. War die Batterie vielleicht zu kalt, um den alten Motor zum Laufen zu bringen? Doch dann dröhnte der Motor plötzlich auf, und der Wagen bebte unter ihr. Erleichtert seufzte sie auf, dann stellte sie die Scheibenwischer an. Der Schnee war teilweise vereist, es dauerte lange, bis die Scheibe frei war.

Es war so kalt! Der Atem stand weiß vor ihrem Mund, und sie zitterte trotz der dicken Kleidung. Ihr Gesicht fühlte sich ganz taub an, und als sie die Hand an die Wange legte, merkte sie, dass sie voller Schnee war. Langsam rieb sie ihn sich vom Gesicht und aus den Haaren.

Der ständig wachsende Druck in ihrem Leib machte es ihr schwer, die Kupplung durchzutreten, doch es gelang ihr mit zusammengebissenen Zähnen, den Gang einzulegen. Der Wagen bewegte sich langsam vorwärts.

Die Sicht war noch eingeschränkter, als sie es sich vorgestellt hatte, sie konnte kaum den Zaun erkennen, der die Straße säumte. Es wäre sehr leicht möglich, von dieser Straße abzukommen und sich völlig in dem eintönigen Weiß zu verirren! Im Schneckentempo fuhr Kathleen los. Sie orientierte sich an dem Zaun, versuchte, nicht daran zu denken, was alles passieren könnte.

Sie war vielleicht einen Kilometer weit gekommen, als die nächste Wehe einsetzte. Sie keuchte auf, riss unwillkürlich am Steuer, und der alte Wagen begann zu rutschen. „Nein! stöhnte sie, als er sich immer mehr dem Rand der Straße näherte und damit dem Straßengraben. Die beiden rechten Räder rutschten ab, und

Dezembervogel

es gab einen heftigen Ruck. Kathleen schrie auf, als sie nach rechts geschleudert wurde und heftig gegen die Tür auf der Beifahrerseite stieß.

Einen Augenblick später ließ die Wehe nach. Heftig atmend kletterte Kathleen auf den Fahrersitz zurück. Der Motor des Wagens war ausgegangen, vorsichtig nahm sie den Gang heraus und betete, dass er wieder ansprang. Sie drehte den Zündschlüssel, und der Motor erwachte zum Leben.

Doch die Räder drehten durch, und auch als sie versuchte, den Wagen vor- und zurückzusetzen, hatte sie keinen Erfolg. Sie steckte fest.

Erschöpft legte sie den Kopf auf das Lenkrad. Sie war nur einen Kilometer von ihrem Haus entfernt, doch in diesem Wetter war das, als wären es zwanzig. Der Wind wurde immer stärker, die Sicht immer schlechter. Sie hätte zu Hause bleiben sollen. Mit diesem Versuch, ihr Baby zu retten, hatte sie ihm wahrscheinlich die einzige Chance genommen, überhaupt zu überleben.

Derek machte sich Vorwürfe. Er hätte das Haus seiner Mutter schon gestern verlassen oder zumindest warten sollen, bis die Straßen wieder befahrbar waren. Auf der eisigen Straße lag sein Jeep mit dem Allradantrieb einigermaßen sicher, aber er musste doch wenigstens sehen können, wohin er fuhr!

Dass er Fehler machte, konnte Derek sich nur schwer verzeihen, ganz besonders, wenn es so dumme Fehler waren. Der Wetterdienst hatte gestern vor dem Schneesturm gewarnt und angedeutet, dass sich das Wetter noch verschlechtern würde. Deshalb hatte er sich entschieden, Dallas sofort zu verlassen. Doch Marcie wollte, dass er wenigstens bis zum Weihnachtsmorgen blieb, und er liebte seine Mutter viel zu sehr, um ihr einen Wunsch abschlagen zu können – also war er geblieben. Er lächelte ein wenig, als er an sie dachte. Sie war eine starke Frau, die ihn ganz allein großgezogen und ihm immer das Gefühl gegeben hatte, dass sie sich gar nichts anderes gewünscht hätte. Derek war begeistert gewesen, als sie dann Whit Campbell kennenlernte, einen Rancher aus Okla-

Linda Howard

homa, in den sie sich Hals über Kopf verliebte. Das war vor ... du liebe Güte, schon vor zehn Jahren gewesen! So lange kam ihm das gar nicht vor. Marcie und Whit benahmen sich noch immer so, als hätten sie gerade erst geheiratet.

Derek besuchte die beiden gern auf der Ranch, um für ein paar Tage der Hektik im Krankenhaus zu entkommen. Das war auch der Grund dafür gewesen, dass er länger geblieben war, als er ursprünglich beabsichtigt hatte. Doch an diesem Morgen war das Bedürfnis, nach Dallas zurückzufahren, stärker gewesen als alle Vernunft. Er hätte bleiben sollen, bis sich das Wetter besserte, doch er wollte schnellstens zum Krankenhaus zurück. Seine winzigen Patienten brauchten ihn.

Sein Job füllte ihn ganz aus, nie wurde ihm die Arbeit zu schwer. Seit seinem fünfzehnten Lebensjahr hatte er gewusst, dass er Arzt werden wollte, und ursprünglich interessierte ihn die Geburtshilfe. Doch mit der Zeit verlagerten sich seine Interessen, und nach der Hälfte seines Studiums fasste er einen neuen Entschluss. Er wählte das Spezialgebiet der Frühgeborenen-Medizin, er wollte sich um diese winzigen Babys kümmern, die mit nur geringer Lebenschance auf die Welt kamen. Einige von ihnen brauchten nur ein wenig Fürsorge, um das nötige Gewicht aufzuholen. Andere jedoch, die viel zu früh auf die Welt kamen, mussten um jeden einzelnen Atemzug kämpfen. Und dann gab es noch die Babys, die sogar eine Operation brauchten, weil die Natur einen Fehler gemacht hatte. Allerdings gab es Kinder, denen er nicht helfen konnte. Doch jedes Mal, wenn er ein Baby zu seinen Eltern nach Hause entließ, verspürte er tiefe Befriedigung. Dieses Gefühl ließ auch mit den Jahren seiner Tätigkeit nicht nach. Und aus diesem Grund kroch er mit seinem Wagen jetzt beinah blind durch die Landschaft, anstatt auf besseres Wetter zu warten. Er wollte unbedingt ins Krankenhaus zurück.

Dichter Schnee hatte die Straße völlig bedeckt, er konnte sich nur noch nach dem Zaun am Rande der Straße richten und hoffen, dass er noch immer auf dem rechten Weg war. Teufel, vielleicht fuhr er ja längst querfeldein? Er fluchte leise und hielt das Steuer fester, weil die heftigen Sturmböen den schweren Wagen von der

Dezembervogel

Straße zu drücken drohten. Wenn er die nächste Stadt erreichte – falls er sie überhaupt erreichte –, würde er anhalten, selbst wenn das bedeutete, dass er dort übernachten müsste. Alles war besser, als hier durch diese weiße Einöde zu fahren.

Die Sicht war inzwischen so schlecht, dass er beinahe den alten Pick-up übersah, der am Rande des Straßengrabens stecken geblieben war. Immerhin bedeutet das, dass ich mich noch auf der Straße befinde, dachte er, als er an dem Wagen vorbeifuhr. Wer immer in diesem Auto gesessen hat, ist wahrscheinlich schon längst in Sicherheit, überlegte er. Doch dann überkam ihn ein eigenartiges Gefühl, und er bremste vorsichtig und setzte den Jeep zurück, bis er neben dem Wagen stand, den der Schnee beinah völlig zugedeckt hatte. Es würde nur einen Augenblick dauern, nachzusehen.

Der Wind trieb Derek Eiskörner ins Gesicht, als er ausstieg. Er zog den Kopf ein, bis zu dem Wagen waren es nur wenige Schritte, doch er kämpfte um jeden einzelnen. Er riss an dem Türgriff und öffnete die Tür, dabei erwartete er im Grunde, dass der Wagen leer sei. Schon wollte er schnell in seinen warmen Wagen zurückkehren, um weiterzufahren. Doch der Schrei der Frau, die auf dem Sitz lag und sich aufsetzte, als er die Tür öffnete, belehrte ihn eines Besseren.

„Ich wollte doch nur helfen", sagte er schnell, um sie nicht noch mehr zu ängstigen.

Kathleen keuchte, als sie die nächste Wehe überfiel. Die Wehen kamen mittlerweile im Abstand von nur wenigen Minuten, nie würde sie beizeiten in der Klinik sein! Sie fühlte den Schwall eisiger Luft, sah den großen Mann an der Tür ihres Wagens, konnte sich im Augenblick aber nicht verständlich machen, sondern nur auf die Geburtsschmerzen konzentrieren. Sie umfasste ihren Leib und wimmerte.

Derek sah sofort, was vor sich ging. Die Frau war kreidebleich, die grünen Augen hatte sie unnatürlich weit aufgerissen. Sein Beschützerinstinkt wurde sofort wach.

„Es ist alles in Ordnung, Darling", murmelte er beruhigend. Dann hob er sie mühelos aus dem Wagen. „Ihnen und dem Baby

Linda Howard

wird nichts geschehen, ich werde dafür sorgen."

Kathleen stöhnte noch immer, als er sie zu seinem Wagen trug und sich dabei mit dem Rücken gegen den Wind stemmte, um sie zu schützen. Mit den Gedanken war er schon bei der bevorstehenden Geburt. Er hatte seit seinem Praktikum keine Geburtshilfe mehr gemacht, aber war sehr oft dabei gewesen, wenn man annahm, dass ein Neugeborenes seine Hilfe brauchen würde.

Es gelang ihm, mit Kathleen auf den Armen die Beifahrertür des Jeeps zu öffnen. Vorsichtig setzte er sie auf den Sitz, dann lief er um den Wagen herum und stieg ein. „In welchem Abstand kommen die Wehen?", fragte er und wischte ihr den Schnee aus dem Gesicht. Zusammengesunken saß sie neben ihm und atmete tief auf, als der Wehenschmerz nachließ. Die Augen hatte sie geschlossen.

Bei seiner Berührung öffnete sie die Augen, wie ein gefangenes Tier sah sie ihn an. „D-d-drei Minuten", brachte sie heraus, vor Kälte schlugen ihre Zähne aufeinander. „Vielleicht auch weniger."

„Und wie weit ist es bis zum Krankenhaus?"

Noch immer atmete sie schwer. „Ungefähr zwanzig Kilometer."

„Das schaffen wir nicht", erklärte er. „Gibt es hier in der Nähe einen Ort, wo wir unterkommen können? Ein Haus, ein Restaurant oder irgendetwas anderes?"

Sie hob die Hand. „Mein Haus – da hinten, vielleicht ein Kilometer."

Derek wusste, dass sie erschöpft sein musste. Die Wehen allein waren schon anstrengend genug, auch wenn man ihnen nicht allein und verängstigt ausgesetzt war. Er wollte sie so schnell wie möglich in die Wärme bringen, sonst würde sie es nicht schaffen. Wieder schloss sie die Augen.

Er versuchte gar nicht erst, den Jeep auf der schmalen Straße zu wenden. Im Rückwärtsgang fuhr er zurück, ließ sich vom Zaun am Rande der Straße leiten, weil er durch das Rückfenster überhaupt nichts sehen konnte. „Sagen Sie mir, wo die Einfahrt zu Ihrem Haus ist", befahl er, und sie öffnete die Augen.

Gleich darauf kam die nächste Wehe. Derek sah nach der Uhr.

Dezembervogel

Es waren gut zwei Minuten seit der letzten vergangen, das Baby würde sicher nicht auf besseres Wetter warten.

Ein verrosteter Briefkasten am Zaun weckte seine Aufmerksamkeit. „Ist das die Einfahrt?", fragte er.

Kathleen hob den Kopf, er sah, dass sie sich auf die Unterlippe biss, um nicht vor Schmerzen aufzuschreien. Sie nickte nur, und Derek bog vorsichtig in den schmalen Weg neben dem Briefkasten ein, in der Hoffnung, dass ihm noch genügend Zeit blieb.

„Die Hintertür ist offen", flüsterte Kathleen. Derek nickte und lenkte den Wagen so nahe wie möglich an die Hintertür.

„Versuchen Sie nicht, allein auszusteigen", befahl er, als er seine Tür öffnete. „Ich komme um den Wagen herum und hole Sie."

Kathleen sank in den Sitz zurück. Sie kannte diesen Mann nicht, sie wusste nicht, ob sie ihm vertrauen konnte, doch es blieb ihr nichts anderes übrig, als seine Hilfe anzunehmen. Nie zuvor hatte sie solche Angst gehabt. Die Schmerzen waren schlimmer, als sie sich vorgestellt hatte, dazu kam noch die Angst um das Leben des Kindes. Wer immer dieser Mann auch war, im Augenblick war sie dankbar dafür, dass er ihr half.

Derek stieg aus und stemmte sich gegen den Wind, während er um den Wagen herumging. Er war sehr groß und kräftig, mühelos hatte er sie auf den Arm genommen, doch war er dabei sanft und vorsichtig gewesen. Als er die Beifahrertür öffnete, schwang Kathleen die Beine herum, um auszusteigen, doch er nahm sie auf die Arme.

„Stützen Sie sich auf meine Schulter", rief er ihr gegen den heulenden Wind zu. Sie nickte nur und tat, was er sagte. Mit dem Rücken gegen den eisigen Wind bahnte er sich den Weg zur Hintertür. Er suchte nach der Türklinke, und als er sie gefunden hatte, tat der Wind das Seinige, die Tür flog auf und krachte gegen die Wand, ein Schwall Schnee folgte ihnen ins Haus.

Er trug sie durch die Küche in das Wohnzimmer, wo das Feuer noch im Kamin brannte. Kathleen hatte das Gefühl, Stunden seien vergangen, dabei war es erst eine Stunde her, seit sie das Haus verlassen hatte.

337

Vorsichtig legte er sie auf die alte zerschlissene Couch. „Ich hole nur meine Tasche, ich bin gleich wieder da", versprach er ihr und strich ihr das Haar aus dem Gesicht. „Versuchen Sie nicht, aufzustehen, bleiben Sie ruhig liegen."

Kathleen nickte, sie war so müde, dass sie sowieso nicht mehr die Kraft gehabt hätte. Aber warum musste er unbedingt jetzt sein Gepäck holen? Konnte das nicht warten?

Wieder kam eine Wehe. Kathleen krümmte sich und schrie auf, so heftig war der Schmerz. Doch noch ehe die Wehe vorüber war, stand der Fremde schon wieder bei ihr, beruhigte sie und riet ihr, kurz und heftig zu atmen und wie ein Hund zu hecheln. Schwach erinnerte Kathleen sich daran, das in einem Buch gelesen zu haben. Sie versuchte zu tun, was er sagte, konzentrierte sich auf das Atmen, und es schien zu helfen. Vielleicht lenkte es sie auch nur von den Schmerzen ab, aber im Augenblick war sie für alles dankbar, was half.

Als die Wehe vorüber war und Kathleen erschöpft zusammensank, fragte er: „Haben Sie genug Holz, um das Feuer in Gang zu halten? Der Strom ist weg."

Kathleen gelang sogar ein Lächeln. „Ich weiß. Er ist schon heute Morgen ausgefallen. Ich habe gestern aber genug Holz ins Haus geholt, als ich den Wetterbericht hörte. Es liegt in der Waschküche, gleich neben der Küche."

„Sie hätten gestern schon ins Krankenhaus fahren sollen", meinte er vorwurfsvoll.

Sie war müde und voller Angst, trotzdem blitzten ihre grünen Augen, als sie ihn ansah. „Das hätte ich auch getan, wenn ich gewusst hätte, dass das Baby jetzt schon kommt."

Mit gerunzelter Stirn blickte er auf sie nieder. „Soll das heißen, dass das Baby zu früh kommt? Wie viel zu früh?"

„Beinahe einen ganzen Monat." Instinktiv legte sie die Hand auf den Leib.

„Besteht die Möglichkeit, dass der Geburtstermin nicht richtig errechnet wurde?"

„Nein", flüsterte sie und ließ den Kopf zurücksinken. Sie wusste ganz genau, wann dieses Kind gezeugt worden war. Die Erinnerung daran genügte, um ihr einen eisigen Schauer über den Rücken zu jagen.

Er lächelte sie ein wenig schief an, und zum ersten Mal bemerkte sie, wie gut er aussah. Kathleen hatte es sich angewöhnt, Männer nicht mehr direkt anzusehen, sonst wäre ihr das schon vorher aufgefallen. Ein Blick in seine goldbraunen Augen genügte aber jetzt, und sie fühlte sich schon ein wenig entspannter. „Heute ist Ihr Glückstag, mein Schatz", meinte er. „Sie sitzen mit einem Arzt fest."

Es dauerte einen Augenblick, bis sie seine Worte begriff, dann öffnete sie ungläubig den Mund. „Sie sind Arzt?"

Er hob die rechte Hand, als wolle er einen Eid schwören. „Mit ordentlichem Abschluss und der Berechtigung zu praktizieren."

Erleichterung durchfuhr sie wie ein warmer Strom, sie lachte leise auf, es hörte sich beinahe wie ein Schluchzen an. „Können Sie auch Babys auf die Welt bringen?"

„Babys sind sogar mein Spezialgebiet." Er lächelte sie beinahe zärtlich an. „Also hören Sie auf, sich Sorgen zu machen, und versuchen Sie sich ein wenig auszuruhen, während ich alles vorbereite. Wenn die nächste Wehe kommt, denken Sie daran, wie Sie atmen sollen. Es wird nicht lange dauern, bis ich alles fertig habe."

Sie sah ihm zu, wie er mehr Holz holte und das Feuer anfachte, bis es hell brannte und angenehme Wärme verströmte. Während ihrer nächsten Wehe holte er die Matratze ihres Bettes in das Zimmer und legte sie vor den Kamin. Er packte ein sauberes Laken darüber, Plastik und einige Handtücher.

„Jetzt wollen wir es Ihnen ein wenig bequemer machen", meinte er, kam auf sie zu, und zog ihr den Mantel aus. „Übrigens, ich heiße Derek Taliferro "

„Kathleen Fields", stellte sie sich vor.

„Gibt es auch einen Mr. Fields?", wollte er wissen, während er ihr die Stiefel auszog.

Bitter verzog Kathleen das Gesicht. „Es gibt einen, irgendwo", murmelte sie. „Aber wir sind nicht mehr verheiratet."

Linda Howard

Schweigend zog er ihr die dicken Socken aus. Darunter trug sie eine Gymnastikhose. Die hatte sie angezogen, als ihr klar wurde, dass sie zum Krankenhaus würde fahren müssen. Er half ihr auf, öffnete den Reißverschluss ihrer Trainingsjacke und zog sie ihr über den Kopf. Schließlich stand sie nur noch mit Rollkragenpullover und Gymnastikhose bekleidet vor ihm.

„Den Rest schaffe ich schon allein", wehrte sie ab. „Lassen Sie mich nur ein Nachthemd aus dem Schlafzimmer holen."

Er lachte. „Also gut, wenn Sie glauben, dass Sie das schaffen."

„Natürlich schaffe ich das." Seit Larry Fields sie verlassen hatte, hatte sie schon ganz andere Probleme gemeistert.

Doch sie hatte noch nicht einmal zwei Schritte gemacht, als die nächste Wehe einsetzte – sie war stärker als alle anderen zuvor. Unwillkürlich traten ihr Tränen in die Augen, während sie um Luft rang. Sie fühlte, wie Derek die Arme um sie legte, dann hob er sie hoch und legte sie sanft auf die Matratze. Schnell zog er ihr die Gymnastikhose und die Unterwäsche aus und deckte ein Laken über sie. Dann hielt er ihre Hand und half ihr, richtig zu atmen, bis der Schmerz nachließ.

„Ruhen Sie sich einen Augenblick aus", beruhigte er sie. „Ich werde mir die Hände waschen, damit ich Sie untersuchen kann. Ich bin gleich wieder zurück."

Dezembervogel

2. KAPITEL

Kathleen lag erschöpft auf der Matratze vor dem Kamin und starrte an die Decke. Die Hitze des Feuers wärmte ihre Wange. Sie war so müde. Im Moment glaubte sie, tagelang schlafen zu können, doch es würde keine Ruhe für sie geben, bis das Baby geboren war. Sie ballte die Hände zu Fäusten, als wieder Angst in ihr aufstieg. Dem Baby durfte nichts fehlen, es musste alles in Ordnung sein!

Und dann war Derek wieder da, kniete am Fußende der Matratze und hob das Laken, das er über sie gedeckt hatte. Kathleen wurde über und über rot, sie wandte das Gesicht ab und starrte ins Feuer. Intime Berührungen waren ihr schon immer unangenehm gewesen, selbst die Besuche beim Arzt waren für sie jedes Mal eine Qual. Dass dieser Mann, dieser Fremde, sie jetzt berührte und sie ansah …

Derek entging der Ausdruck von Verlegenheit auf ihrem hochroten Gesicht nicht, ein Lächeln umspielte seinen Mund, und er empfand eine eigenartige Zärtlichkeit für diese ihm fremde Frau. Wie zurückhaltend sie ihm gegenüber blieb, obwohl sie ihr Schicksal in seine Hände legen musste! Und sie war schüchtern, scheu wie ein wildes Tier, das nicht an Menschen gewöhnt war und ihnen nicht traute. Daneben hatte sie Angst um ihr Kind und vor der bevorstehenden Geburt. Daher war er besonders vorsichtig, als er sie jetzt untersuchte.

„Das Baby hat es offenbar noch gar nicht so eilig", murmelte er. „Pressen Sie nicht, wenn die nächsten Wehen kommen. Ich werde Ihnen sagen, wenn Sie ihm helfen können. Wann haben die Wehen eingesetzt?"

„Mein Rücken hat schon die ganze Nacht lang geschmerzt." Sie schloss erschöpft die Augen. „Die erste richtige Wehe hatte ich heute Morgen gegen zehn Uhr."

Er warf einen Blick auf die Uhr. Seither waren ungefähr fünf Stunden vergangen – es würde sicher noch mindestens eine Stunde oder sogar länger bis zur Geburt dauern. Für eine erste Schwangerschaft war das nicht sehr viel.

Er tat ihr nicht weh, und langsam schwand ihre Verlegenheit. Sie war ein wenig benommen. Seine Hände lagen sanft auf ihrem Leib, während er die Lage des Babys zu ertasten versuchte. Ihre Benommenheit wich, als die nächste Wehe einsetzte, doch als sie vorschriftsmäßig atmete, kamen ihr die Schmerzen erträglicher vor.

Als die Wehe abklang, presste er das Stethoskop gegen ihren Bauch und versuchte die Herztöne des Kindes zu hören. „Die Herztöne sind stark und gleichmäßig", versicherte er ihr nach einer Weile. Doch es war nicht das Herz des Babys, das ihm Sorgen machte, es waren seine Lungen. Er hoffte nur, sie würden so weit ausgebildet sein, dass es ohne fremde Hilfe würde atmen können, denn ihm fehlte hier die Ausrüstung, um dem Kind sonst helfen zu können. Einige Acht-Monats-Babys hatten damit keine Probleme, andere wiederum brauchten Hilfe.

Er blickte besorgt aus dem Fenster. Der Schnee fiel jetzt noch dichter als zuvor, sie schienen vom Rest der Welt abgeschnitten zu sein. Das blendende Weiß ringsum tauchte das Zimmer in ein eigenartiges Licht. Es gab keine Möglichkeit, Hilfe zu holen. Selbst wenn das Telefon funktionieren würde, gäbe es für die Helfer keine Möglichkeit, hierherzukommen.

Die Zeit verrann, nach und nach kamen die Wehen in immer kürzeren Abständen. Derek sorgte unablässig dafür, dass das Feuer nicht ausging, damit es dem Baby nicht zu kalt war, wenn es schließlich zur Welt kam. Kathleens Haar wurde feucht, weil sie in dieser Hitze schwitzte. Sie zerrte am Kragen ihres Rollkragen-Pullovers. „Es ist so heiß", stöhnte sie und hatte das Gefühl, es keinen Augenblick länger in diesem beengenden Kleidungsstück aushalten zu können.

„Ein Nachthemd wäre auch nicht viel besser." Derek holte eines seiner sauberen Hemden aus der Tasche. Kathleen protestierte nicht, als er ihr den Pullover und auch noch den Büstenhalter auszog und dann sein Hemd überstreifte. Es war angenehm leicht und viel zu groß. Nach der Enge des wollenen Pullovers war das eine Erleichterung. Derek rollte die Ärmel des Hemdes hoch

Dezembervogel

und schloss die Knöpfe über ihrer Brust. Danach tauchte er einen Waschlappen in kaltes Wasser und wusch ihr damit das Gesicht.

Es würde jetzt nicht mehr lange dauern. Schnell sah er sich noch einmal um und vergewisserte sich, dass er alles in der Nähe hatte, was er brauchen würde. Seine Instrumente hatte er schon sterilisiert. Sie lagen auf einem Tablett, das mit einer Windel bedeckt war.

„Also, mein Schatz, sind Sie für das große Finale bereit?", fragte er, nachdem er sie noch einmal untersucht hatte.

Zwischen den Wehen schien es jetzt gar keine Pause mehr zu geben. Kathleen holte tief Luft. „Ist es so weit?", keuchte sie.

„Im Prinzip ja. Aber pressen Sie erst, wenn ich es Ihnen sage. Atmen Sie, wie ich es Ihnen gezeigt habe. So ist es richtig. Nicht pressen, nicht pressen."

Sie hatte aber das Gefühl, pressen zu müssen. Der Druck in ihr wurde immer stärker. Doch seine Stimme blieb ruhig und beherrscht, und es fiel ihr nicht schwer, seinen Befehlen zu gehorchen. Sie atmete also schnell, presste aber nicht. Die Schmerzwelle verebbte, der Druck nahm ab, und einen Augenblick konnte sie ausruhen. Doch dann begann alles von Neuem.

Es durfte nicht mehr viel länger dauern, sie würde dies nicht mehr lang ertragen können. Tränen rannen ihr über die Wangen.

„Ich sehe schon das Köpfchen", erklärte Derek zufrieden. „Es wird gleich vorüber sein, mein Schatz. Ich werde jetzt nur einen kleinen Einschnitt machen …"

Kathleen hörte Derek kaum, sie spürte auch kaum, was er tat. Der Druck war unerträglich, er ließ sie alles andere vergessen. „Pressen Sie", sagte ihr Helfer, und seine Stimme klang plötzlich sehr bestimmt.

Sie presste. Nur schwach wunderte sie sich, dass sie so viel Kraft besaß. Sie schrie auf, doch hörte sie es kaum.

Und dann ließ der Druck plötzlich nach, sie sank zurück und rang um Luft. „Ich habe das Köpfchen des Babys in meiner Hand", hörte sie Dereks Stimme. „Du meine Güte, so viele Haare! Ruhen Sie sich einen Augenblick aus, mein Schatz."

Sie hörte ein eigenartiges Geräusch, erschrocken fuhr sie auf und stützte sich auf die Ellenbogen. „Was ist los?", fragte sie voller Angst. „Was tun Sie da?"

„Ich befreie nur den Mund und die Nase des Kindes vom Schleim", beruhigte er sie. „Legen Sie sich nur wieder zurück, es ist alles in Ordnung." Dann hörte Kathleen ein leises Wimmern, das langsam lauter und lauter wurde. Derek lachte. „Das ist richtig, sag uns Bescheid", ermutigte er das Baby. „Pressen Sie, mein Schatz, unser Baby scheint sich in dieser Lage nicht besonders wohlzufühlen."

Kathleen presste, dann fühlte sie plötzlich eine herrliche Erleichterung. Derek freute sich, er hielt ein winziges, heftig zappelndes Menschlein in den Händen. „Ich mache dir gar keinen Vorwurf", erklärte er dem Baby, dessen Weinen sich beinah wie das Miauen eines Kätzchens anhörte. „Ich würde auch nicht gern eine so schön warme und weiche Mama verlassen müssen. Aber gleich wirst du eingepackt und versorgt."

„Was ist es denn?", flüsterte Kathleen, die auf die Matratze zurückgesunken war.

„Ein wunderschönes kleines Mädchen. Sie hat mehr Haare als all die Babys, die ich bis jetzt gesehen habe."

„Ist alles in Ordnung mit ihr?"

„Sie ist perfekt. Sie ist winzig, aber hören Sie sich nur ihr Weinen an! Ihre Lungen arbeiten wunderbar."

„Darf ich sie in den Arm nehmen?"

„Gleich. Ich bin beinah fertig hier." Die Nabelschnur verband Mutter und Kind noch, schnell trennte Derek sie durch, dann legte er das schreiende Baby seiner Mutter in die Arme. Kathleen sah das kleine Mädchen benommen an, ihre Augen füllten sich vor Freude mit Tränen.

„Legen Sie sie an die Brust", riet ihr Derek leise, weil er wusste, dass sich das Kind dann beruhigen würde. Doch Kathleen schien ihn nicht zu hören. Er knöpfte ihr deshalb das Hemd auf und schob es zur Seite, dann drückte er den Mund des Babys sachte an eine der Brustspitzen. Noch immer schrie das kleine Wesen, sein win-

Dezembervogel

ziger Körper bebte. „Komm, mein Kleines", flüsterte er und strich über die Wange des Babys. Das Baby wandte den Kopf instinktiv, und er schob ihm die Brustspitze in den Mund. Noch einmal schrie es auf, dann aber schien es plötzlich zu wissen, was es tun musste. Der kleine Mund schloss sich über der Brustspitze der Mutter.

Kathleen zuckte zusammen. Tiefe Schatten lagen unter ihren Augen, ihr Gesicht war sehr blass, die Haare feucht vom Schweiß. Sie war zutiefst erschöpft, nicht nur von der Geburt, sondern auch von den Stunden voller Angst zuvor. Doch jetzt blickte sie auf ihr Kind, und ihre Augen leuchteten. Und als sie dann den Kopf hob und Derek ansah, stand dieses Leuchten noch immer in ihren Augen.

„Wir haben es geschafft", murmelte sie und lächelte zum ersten Mal.

Derek sah sie an, erkannte, wie viel Liebe ihre Augen ausdrückten. Die Anziehungskraft, die sie auf geheimnisvolle Weise auf ihn ausübte, wurde so mächtig, dass es fast schmerzte. Sie hatte etwas an sich, das in ihm den Wunsch weckte, sie in die Arme zu nehmen und vor all dem zu beschützen, was diesen vorsichtigen, misstrauischen Blick verursacht hatte. Er wünschte sich, sie würde ihn auch so voller Liebe ansehen.

Benommen hockte er sich neben sie. Jetzt war es also doch geschehen, in einer Situation, in der er es am wenigsten erwartet hatte. Dazu hatte er sich noch in eine Frau verliebt, die seine Anwesenheit nur duldete, weil es die Umstände erforderten. Er spürte ganz genau, dass Kathleen Fields im Grunde nichts mit Männern zu tun haben wollte, mit keinem Mann.

Kathleen Vertrauen in die Liebe zu lehren würde nicht einfach sein. Derek sah sie und das Baby in ihren Armen an und fasste den Entschluss, diese Aufgabe zu meistern.

Kathleen konnte sich nicht daran erinnern, schon einmal so müde gewesen zu sein. Sie war schwer vor Erschöpfung, während ihr Kopf gleichzeitig zu schweben schien. Nur das Baby in ihren Armen zählte, sie merkte kaum, wie Derek sie fachmännisch versorgte. Als sie schließlich sauber und mit einem frischen Nacht-

345

hemd bekleidet dalag, seufzte sie noch einmal tief auf und schlief so plötzlich ein, als habe man einen Schalter ausgeknipst.

Sie wusste nicht, wie lange sie geschlafen hatte, als Derek sie weckte, ihr vorsichtig aufhalf und sie stützte, während das Baby trank. Er hielt sie beide, sie und das Kind. Ihr Kopf lag an seiner Schulter, Kathleen hatte nicht die Kraft, den Kopf hochzuheben. „Es tut mir so leid", murmelte sie. „Ich bin zu erschöpft, mich hinzusetzen."

„Es ist schon in Ordnung, mein Schatz." Seine tiefe Stimme schien ihr Innerstes anzurühren, sie beruhigte sich und verdrängte all ihre Sorgen. „Sie haben hart gearbeitet, Sie verdienen es, jetzt ein wenig schwach zu sein."

„Geht es dem Baby gut?", brachte sie hervor.

„Es trinkt kräftig." Er lachte leise, um seine Besorgnis vor ihr zu verbergen, und sobald er sie auf die Matratze zurückgelegt hatte, schlief sie wieder ein. Sie merkte nicht einmal mehr, dass er ihr das Kind aus dem Arm nahm und ihr Nachthemd wieder schloss.

Lange saß Derek mit dem kleinen Mädchen in den Armen da und dachte nach. Es war besorgniserregend untergewichtig, dennoch schien es kräftig zu sein. Es atmete ohne Hilfe und trank allein, das waren seine beiden größten Sorgen gewesen. Allerdings war es viel zu klein, er nahm an, dass es nicht schwerer als vier Pfund war, und das genügte nicht, um die Körpertemperatur konstant zu halten. Es besaß noch nicht genügend Körperfett. Deshalb hatte er das Kind sehr warm eingepackt und das Feuer so sehr geschürt, dass es unangenehm heiß im Raum war.

Dereks goldbraune Augen strahlten, als er in das winzige Gesichtchen mit den großen blauen Augen sah, die alle Neugeborenen hatten. Zu früh geborene Kinder besaßen einen weisen, beinahe alterslosen Gesichtsausdruck, ihnen fehlte das niedliche Aussehen der pummeligen Babys. Doch schon jetzt konnte er sagen, dass dieses kleine Mädchen einmal eine Schönheit werden würde, es besaß die Gesichtszüge seiner Mutter und hatte auch schon das gleiche dichte schwarze Haar.

Alle seine winzigen Patienten rührten sein Herz, doch diese

Dezembervogel

kleine Kämpferin hatte sein Herz im Sturm erobert. Vielleicht, weil er das Kind ansah und die Mutter in ihm wiederentdeckte? Weil er wusste, dass auch Kathleen eine Kämpfernatur besaß? Das musste so sein, denn es war nicht einfach, eine Schwangerschaft allein durchzustehen. Als die Wehen dann zu früh einsetzten, hatte sie ihr eigenes Leben im Schneesturm riskiert, um zur Klinik zu gelangen, wo man ihr Baby versorgen würde.

Er musste an den abwesenden Mr. Fields denken, und einen Moment verspürte er Eifersucht, weil dieser unbekannte Mann wenigstens für eine Weile derjenige gewesen war, dem Kathleens Liebe gehört hatte. Er fragte sich, was zwischen den beiden geschehen war. Er wusste, Kathleen hatte unsichtbare Mauern um sich herum errichtet, am liebsten hätte er sie deshalb in die Arme genommen, sie gewiegt und getröstet, doch ihm war klar, sie würde sich gegen zu viel Nähe wehren.

Das Baby machte ein leises Geräusch, und als er auf das Kind hinunterblickte, sah er, dass es die Augen geöffnet hatte und ihn mit dem Gesichtsausdruck eines kurzsichtigen Menschen ansah. Er lachte leise und drückte es an sich. „Was ist denn los, Kleines?", fragte er. „Bist du schon wieder hungrig?" Weil der Magen des Frühgeborenen so klein war, musste es viel öfter genährt werden als ein zum richtigen Zeitpunkt geborenes Kind.

Derek blickte zu Kathleen, die noch immer schlief. Ein Gedanke formte sich in seinem Kopf. Eine seiner Leidenschaften, die seine Mutter manchmal zur Verzweiflung getrieben hatte, war die Fähigkeit, über einen langen Zeitraum hinweg zu planen und sich durch nichts von seinem einmal gewählten Ziel abbringen zu lassen. Wenn er etwas wollte, dann machte er sich daran, es auch zu bekommen. Und jetzt wollte er Kathleen. Sie hatte ihn sofort in ihren Bann gezogen, sein Interesse war durch diese unerklärliche Anziehungskraft hervorgerufen worden, die er in ihrer Nähe verspürte. Ihre Schwangerschaft machte sie hilflos, sein Beschützerinstinkt war geweckt.

Während der Geburt hatte sich seine Beziehung zu ihr gewandelt. Er fühlte sich jetzt nicht nur gefühlsmäßig, sondern auch kör-

347

perlich von ihr angezogen. Trotz aller Zurückhaltung waren sie ein echtes Team gewesen. Das Baby gehörte deshalb auch ihm, er fühlte sich für sein Leben verantwortlich und für sein Wohlergehen. Aus dem warmen Leib der Mutter war es in seine Hände hineingeboren worden, er hatte es zuerst gesehen, hatte es gehalten und über sein Schreien gelacht, hatte es der Mutter an die Brust gelegt. Es gehörte unzweifelhaft auch zu ihm. Und jetzt war sein Ziel, die Mutter des Kindes für sich zu gewinnen. Er wünschte sich, dass Kathleen ihn mit der gleichen Liebe ansah, mit der sie ihr Kind betrachtet hatte. Er wollte der Vater des nächsten Kindes sein, wollte sie zum Lachen bringen, wollte ihr Misstrauen vertreiben und ihr Gesicht vor Glück leuchten lassen.

Kein Zweifel, dafür würde er sie heiraten müssen!

Das Baby meldete sich noch einmal, energischer diesmal. „Also gut, wir werden deine Mama aufwecken", versprach er ihm. „Und du wirst mir bei meinem Plan helfen, nicht wahr? Wir beide werden so gut für sie sorgen, dass sie vergisst, je unglücklich gewesen zu sein."

Derek weckte Kathleen auf, ehe das Baby heftiger zu schreien begann. Vorsichtig setzte er sie auf, damit sie das Kind stillen konnte. Noch immer war sie erschöpft, doch sie schien wacher zu sein als zuvor. Sanft strich sie mit einem Finger über die Wange des Kindes.

„Wie spät ist es?", fragte sie.

Er warf einen Blick auf die Uhr. „Beinahe neun Uhr."

„Erst neun Uhr? Ich habe das Gefühl, Stunden geschlafen zu haben."

Er lachte. „Das haben Sie auch. Sie waren sehr erschöpft."

Mit ihren grünen Augen sah Kathleen ihn prüfend an. „Geht es dem Kind gut?"

Gerade in diesem Augenblick rutschte ihre Brustspitze aus dem Mund des Babys. Verzweifelt suchte das Kleine nach der Nahrungsquelle, und als es sie schließlich gefunden hatte, machte es ein zufriedenes, grunzendes Geräusch, und die beiden Erwachsenen mussten lachen.

„Für ihre Größe ist sie sehr kräftig." Derek griff nach dem win-

Dezembervogel

zigen Händchen, das auf Kathleens Brust lag. Die Handfläche war nicht größer als eine Münze, die kleinen Fingernägel waren perfekt geformt und rosig. Kleine Schweißtropfen liefen Derek über die Stirn, er sah, dass es auch Kathleen zu warm war, doch das Baby schien sich wohlzufühlen.

Kathleen versuchte allein zu sitzen, aufmerksam sah sie Derek an, während sie auf seine ehrliche Antwort wartete. Doch ihr Körper gehorchte ihr nicht, mit einem leisen Aufstöhnen sank sie gegen seine Brust. „Wie meinen Sie das, sie ist kräftig für ihre Größe? Geht es ihr gut oder nicht?"

„Sie muss in den Brutkasten." Er legte einen Arm um Kathleen, um sie zu stützen. „Deshalb ist es hier drinnen im Raum so warm. Sie ist zu klein, ihr Körper kann die Temperatur noch nicht halten."

Kathleens Gesicht wurde plötzlich bleich. Sie hatte geglaubt, dass alles in Ordnung sei, obwohl das Baby beinahe einen ganzen Monat zu früh geboren worden war. Die plötzliche Erkenntnis, dass das Leben ihres Kindes in Gefahr war, erschreckte sie.

„Machen Sie sich keine Sorgen", beruhigte Derek sie und zog sie noch ein wenig näher an sich. „Solange sie warm genug gehalten wird, sollte es keine Probleme geben. Ich werde sie heute Nacht ganz genau beobachten, und sobald das Wetter besser wird, bringen wir sie in einen gemütlich warmen Brutkasten." Er betrachtete das winzige Händchen noch einen Augenblick, dann legte er es auf Kathleens Brust zurück. „Wie soll sie denn heißen?"

„Sara Marisa", murmelte Kathleen. „Sara ist – war der Name meiner Mutter. Aber ich werde sie Marisa rufen, das bedeutet ‚Lachen'."

Derek wurde plötzlich ganz still, seine Augen waren dunkler als zuvor, als er das Baby ansah. „Und wie werden Sie den Namen schreiben? S-a-r-a oder S-a-r-a-h?"

„S-a-r-a."

Und dennoch war es genau der Name, der sich für ihn mit dem Begriff Liebe verband. Zum ersten Mal hatte er die Liebe im Blick von Sarah Matthews erkannt, als er fünfzehn Jahre alt gewesen war. Damals hatte er gewusst, dass er sich niemals mit weniger

349

zufriedengeben würde. Genau das war es, was er fühlen wollte, was er geben und was er bekommen wollte. Sarahs Liebe war stark und unerschütterlich, sie wirkte sich auf alle aus, die in ihre Nähe kamen. Sie war der Anlass dafür, dass er schließlich Arzt geworden war, denn sie hatte es ihm ermöglicht, die Universität zu besuchen. Ihr verdankte er es auch, dass er heute eine herzliche, liebevolle Familie besaß, wo es doch zuvor nur ihn und seine Mutter gegeben hatte. Jetzt lenkte ihn das Schicksal auch noch zu der Frau, auf die er so lange gewartet hatte. Also war es nur angebracht, dass ihr Kind den Namen Sara tragen würde. Es gab schon ziemlich merkwürdige Zufälle im Leben! Derek lächelte, als er daran dachte, dass Sarah dieses Kind, das ihren Namen trug, irgendwann in den Armen halten würde. Sie und ihr Mann Rome sollten die Pateneltern dieses Kindes werden, auch wenn sie sich diese Ehre wahrscheinlich mit Max und Claire Conroy teilen mussten. Das waren zwei andere, ganz besonders liebe Freunde von ihm. Er wusste, alle diese Menschen würden Kathleen und das Baby mögen. Doch er fragte sich, wie Kathleen sich inmitten all dieser liebevollen Fremden fühlen würde. Würde sie sich fürchten und sich bedroht fühlen?

Es brauchte sicher Zeit, Kathleen zu lehren, ihn und all die Menschen zu lieben, die ihm nahestanden. Doch er hatte schließlich alle Zeit der Welt!

Das Baby schlief jetzt, vorsichtig nahm er es Kathleen aus den Armen. „Marisa", murmelte er leise. Sie beide zusammen würden Kathleen mit ihrer Liebe beschenken.

Kathleen schlummerte immer wieder ein. Jedes Mal, wenn sie erwachte, sah sie Derek mit ihrer Tochter im Arm dasitzen. Der Anblick dieses großen starken Mannes, der das winzige Kind mit liebevoller Fürsorge in den Armen hielt, rührte etwas in ihr an, das sich nicht beschreiben ließ. Nicht eine Minute in dieser Nacht ließ seine Aufmerksamkeit nach. Er hielt das Zimmer überdurchschnittlich warm, er stützte Kathleen, damit sie das Kind stillen konnte, wenn es durch sein Schreien Hunger andeutete. Irgendwann in der Nacht hatte er das Hemd ausgezogen, und als Kath-

Dezembervogel

leen beim nächsten Mal aufwachte, betrachtete sie atemlos das Bild, das sich ihr bot. Sein muskulöser Oberkörper glänzte, mit untergeschlagenen Beinen saß er auf dem Boden vor dem Kamin und hielt dort das schlafende Kind in den Armen.

In diesem Augenblick erkannte sie zum ersten Mal, dass er so ganz anders war als alle anderen Männer. Aber sie war viel zu müde, um weiter darüber nachzudenken. Ihr ganzer Körper schmerzte, und sie war so erschöpft, dass ihr Denken und auch ihre körperliche Reaktionsfähigkeit auf ein Minimum beschränkt blieben. Morgen würde sie noch genug Zeit haben, sich mit Derek zu beschäftigen.

Linda Howard

3. KAPITEL

In der Morgendämmerung hörte es auf zu schneien, der heulende Wind ließ nach. In der Stille, die dem Sturm folgte, wachte Kathleen auf und setzte sich vorsichtig auf. Sie zuckte zusammen, als sie ein heftiger Schmerz durchfuhr. Derek legte das Baby auf die Matratze und kam ihr zu Hilfe.

„Ich muss aufstehen", begann sie verlegen, hielt dann aber erschrocken inne, weil sie nicht wusste, wie sie das einem Fremden erklären sollte.

„Es wurde auch Zeit." Mühelos hob er sie auf die Arme.

Kathleen wurde über und über rot, als er sie durch den Flur trug. „Ich brauche keine Hilfe!", protestierte sie.

Vor der Tür des Badezimmers stellte er sie auf die Füße und hielt sie fest, bis das Zittern ihrer Knie nachließ und sie allein stehen konnte. „Ich habe gestern Abend einige Kerzen in das Bad gelegt", erklärte er. „Ich werde sie anzünden, dann lasse ich Sie allein. Aber ich werde vor der Tür warten, falls Sie meine Hilfe brauchen."

Er hatte also nicht vor, sie in Verlegenheit zu bringen, doch würde er auf sie aufpassen. Sie las in seinem Gesicht, dass er nicht zögern würde, ihr zu Hilfe zu kommen, wenn sie zu schwach sein würde.

Zu ihrer Erleichterung fühlte sie, dass die Kraft langsam wiederkehrte, sie brauchte seine Hilfe nicht. Als sie aus dem Bad kam, ging sie den Weg durch den Flur allein, er hielt nur ihren Arm, damit sie nicht stolperte. Das Baby schlief zufrieden, und Kathleen sah bewundernd auf das winzige Wesen hinunter.

„Sie ist so wunderschön", flüsterte sie. „Geht es ihr gut?"

„Es geht ihr gut, trotzdem muss sie in den Brutkasten, bis sie noch etwa anderthalb Pfund an Gewicht zugenommen hat. So, wie sie trinkt, dauert das sicher nur zwei Wochen."

„Zwei Wochen!" Kathleen war entsetzt. „Sie muss so lange ins Krankenhaus?"

Er sah sie an. „Ja."

Dezembervogel

Kathleen wandte sich ab und ballte die Hände. Auf keinen Fall würde sie die Krankenhauskosten für zwei Wochen bezahlen können, aber sie hatte wohl keine andere Wahl. Marisas Leben hing noch immer an einem seidenen Faden, sie würde alles tun, um ihre Chancen zu verbessern.

„Gibt es in dem Krankenhaus, in das Sie gehen wollten, die Möglichkeit, das Kind zu versorgen?", wollte er wissen.

Kathleen schluckte. „Nein. Ich ... ich habe keine Krankenversicherung. Ich wollte sie in dem Krankenhaus nur zur Welt bringen und dann gleich wieder nach Hause fahren."

„Machen Sie sich keine Sorgen", beruhigte Derek sie. „Mir fällt schon noch eine Lösung ein. Jetzt legen Sie sich hin, und ich sehe Sie mir einmal genauer an. Ich möchte sicher sein, dass es wenigstens Ihnen gut geht."

Die ärztliche Untersuchung war schon gestern schlimm gewesen, während der Wehen, doch jetzt fand sie es noch viel schlimmer. Gestern hatte sie es als eine medizinische Notwendigkeit angesehen. Heute war es das nicht. Trotzdem wusste sie, dass sie nichts dagegen tun konnte, er würde sie untersuchen, ob sie nun protestierte oder nicht. Deshalb starrte sie in das Feuer, während sie ihm erlaubte, sie zu untersuchen.

„Sie haben einen durchtrainierten Körper", meinte er bewundernd. „Die Geburt wäre Ihnen gestern noch viel schwerer gefallen, wenn das nicht so wäre."

Wenn sie stark war, so verdankte sie das jahrelanger harter Arbeit auf dieser schäbigen kleinen Ranch und den vielen Arbeitsstunden als Bedienung in einem Restaurant. Gymnastik und der Besuch eines Fitness-Centers lagen nicht im Bereich ihrer Möglichkeiten.

„Und was tun wir jetzt?", fragte sie, als er mit der Untersuchung fertig war. „Warten?"

„Nein. Es geht Ihnen gut genug, wir können nicht warten, bis die Telefonleitung funktioniert. Ich werde jetzt den Jeep starten, damit er warm wird, und dann bringe ich Sie und das Baby ins Krankenhaus."

Linda Howard

Sofort stieg Panik in Kathleen auf. „Sie wollen das Baby hinaus in die Kälte bringen?"

„Es geht nicht anders. Wir werden es warm einpacken."

„Wir können es doch hier warm halten."

„Marisa muss ins Krankenhaus. Im Augenblick geht es ihr zwar gut, aber das kann sich schon im nächsten Augenblick ändern, ohne Vorwarnung. So weit möchte ich es nicht kommen lassen, ich habe nicht die Absicht, ihr Leben in Gefahr zu bringen."

Kathleen fürchtete sich davor, das Kind bei diesem Wetter nach draußen zu bringen. Sie wussten doch gar nicht, ob die Straßen überhaupt befahrbar waren, wie lange es dauern würde, bis sie das Krankenhaus erreichten. Und wenn sie nun von der Straße abkamen oder einen Unfall hatten?

Derek bemerkte, dass sie von Panik ergriffen wurde. Er zog sie an sich und nahm sie in die Arme. „Ich werde dafür sorgen, dass dem Kind nichts geschieht", versicherte er ihr, als hätte er ihre Gedanken gelesen. „Ziehen Sie sich etwas an, während ich den Wagen starte und uns etwas zum Frühstück mache. Sind Sie denn gar nicht hungrig? Sie haben nichts mehr gegessen, seit ich Sie gestern gefunden habe."

Erst jetzt merkte Kathleen, dass sie tatsächlich hungrig war. Eigenartig, aber bei allem, was geschehen war, hatte sie gar nicht an das Essen gedacht. In dem eiskalten Schlafzimmer zog sie sich etwas an, doch sie musste feststellen, dass all ihre alten Sachen ihr noch immer nicht passten. Sie probierte eine Hose nach der anderen umsonst an. Noch hatte sie ihre alte Figur nicht wiedererlangt. Schließlich entschied sie sich für eine Umstandshose. Ihr eigener Körper war ihr fremd, sie musste sich erst wieder daran gewöhnen, dass ihr Leib nicht mehr so dick war, dass sie nach unten blicken konnte und ihre Füße sah. Noch bewegte sie sich sehr vorsichtig, doch es gelang ihr, Strümpfe und Schuhe allein anzuziehen.

Nachdem sie sich angekleidet hatte, fuhr sie sich flüchtig mit der Bürste durch das Haar, es war bitterkalt im Schlafzimmer. Sie wollte sich nicht damit aufhalten, ihr Spiegelbild zu betrachten.

Als Kathleen in die Küche kam, stand Derek am Herd und

wärmte Suppe auf. Er lächelte sie an. „Fühlt es sich nicht gut an, keine Umstandskleidung mehr zu tragen?"

„Aber ich trage noch Umstandskleidung", widersprach sie. „Es ist nur eigenartig, dass ich plötzlich meine Füße wieder sehen kann." Dann wechselte sie schnell das Thema. „Ist es sehr kalt draußen?"

„Wir haben noch immer unter Null Grad, aber das Wetter wird langsam besser."

„In welches Krankenhaus werden Sie uns bringen?"

„Ich habe darüber nachgedacht. Ich möchte Marisa in meinem Krankenhaus haben, in Dallas."

„Dallas? Aber das ist …"

„Ich kann mich da am besten um sie kümmern", unterbrach Derek sie.

„Aber das ist viel zu weit weg." Kathleen reckte sich, ihre grünen Augen drückten bittere Verzweiflung aus. „Außerdem werde ich das nicht bezahlen können. Bringen Sie uns einfach ins nächste Krankenhaus."

„Wegen der Bezahlung brauchen Sie sich keine Sorgen zu machen. Ich habe doch gesagt, ich werde mich um sie kümmern."

„Aber das wäre ein Almosen. Mir ist es lieber, wenn ich das Geld einem Krankenhaus schulde und nicht Ihnen."

„Sie schulden mir gar nichts." Er wandte sich vom Herd ab und sah sie so bezwingend an, dass sie das Gefühl hatte, nicht anders zu können, als sich seinem Willen zu beugen. „Nicht, wenn Sie mich heiraten."

Die Worte dröhnten in Kathleens Kopf. Es war wie das Läuten einer Glocke. „Sie heiraten?"

„Genau."

„Aber … warum?"

„Sie sollen mich heiraten, damit Marisa die Fürsorge bekommt, die sie braucht. Ich werde Sie heiraten, damit ich Marisa haben kann. Sie lieben doch keinen anderen Mann, nicht wahr?" Benommen schüttelte Kathleen den Kopf. „Das habe ich mir gedacht", sprach Derek weiter. „Ich denke, ich habe mich in Ihre Tochter in dem Augenblick verliebt, als ich sie zum ersten Mal in den Händen hielt. Ich möchte ihr Vater sein."

„Aber ich möchte nicht heiraten. Nie wieder!"

„Auch nicht für Marisa? Wenn Sie mich heiraten, brauchen Sie sich nie wieder finanzielle Sorgen zu machen. Ich werde auch einen Ehevertrag aufsetzen lassen, wenn Sie es möchten. In dem verpflichte ich mich, für Marisa zu sorgen und ihr eine Ausbildung zu bezahlen."

„Sie können mich doch nicht heiraten, nur weil Sie das Baby haben wollen! Heiraten Sie eine andere Frau, mit der Sie eigene Kinder in die Welt setzen."

„Aber ich will Marisa", erklärte er mit beängstigender Ruhe. Kathleen wurde erschreckend klar, dass er ein Mensch war, der nie von dem Weg abwich, den er einmal eingeschlagen hatte.

„Denken Sie nach, Kathleen. Marisa braucht jetzt Hilfe. Kinder brauchen auch später noch sehr viel Unterstützung. Bin ich denn ein solches Monster, dass Sie den Gedanken nicht ertragen können, mich zu heiraten?"

„Aber Sie sind doch völlig fremd für mich! Ich kenne Sie nicht, und Sie kennen mich nicht. Wie können Sie unter diesen Umständen daran denken, mich zu heiraten?"

„Ich weiß, dass Sie Ihr Kind so sehr lieben, dass Sie dafür sogar Ihr eigenes Leben riskiert haben, nur um zum Krankenhaus zu kommen. Und ich weiß auch, dass schlimme Zeiten hinter Ihnen liegen. Aber Sie sind stark. Sie haben nicht aufgegeben. Wir brachten zusammen Ihr Baby auf die Welt, wir können also keine Fremden mehr füreinander sein."

„Ich weiß nichts über Sie und über Ihr Leben."

Er zuckte mit den Schultern. „Ich führe ein ziemlich unkompliziertes Leben. Ich bin Arzt, ich lebe in einer Wohnung, und ich bin kein Playboy. Ich kann sehr gut mit Kindern umgehen, und ich verspreche Ihnen, dass ich Sie nicht schlecht behandeln werde."

„Das habe ich auch nicht angenommen", warf sie ruhig ein. Sie war zwar misshandelt worden, wusste aber, dass Derek so ver-

Dezembervogel

schieden von ihrem früheren Mann war wie der Tag von der Nacht. Doch sie wollte ganz einfach keinen Mann mehr in ihrem Leben dulden, nie mehr. „Und wenn Sie sich nun in eine andere Frau verlieben? Würde das nicht Marisas Glück zerstören? Ich werde das Sorgerecht für sie niemals aufgeben!"

„Ich werde mich nicht in eine andere Frau verlieben." Es klang entschlossen, er war sich seiner selbst offenbar sehr sicher. Derek stand vor Kathleen und sah sie nur an, doch sein Blick war bezwingend. Unglaublich, aber Kathleen fühlte, wie sie innerlich schwach zu werden begann. Als seine Frau würde sie den bitteren täglichen Kampf ums Überlegen nicht länger allein austragen müssen. Marisa würde die Versorgung bekommen, die sie brauchte, und später würde sie all die Vorteile genießen, die Kathleen ihr allein nie würde bieten können.

„Ich könnte … ich könnte vielleicht niemals Sex mit Ihnen haben", brachte sie schließlich voller Verzweiflung heraus, weil das der einzige Einwand war, der ihr noch einfiel.

„Das würde ich auch nicht erwarten." Ehe sie noch entscheiden konnte, ob sie sich nun erleichtert fühlen sollte oder nicht, sprach er schon weiter. „Wenn wir zusammen schlafen, dann soll es aus Liebe sein, und nicht aus sexuellem Bedürfnis. Sex ist einfach und billig, einander zu lieben aber bedeutet, füreinander da zu sein und sich aneinander gebunden zu fühlen."

„Und Sie glauben, für uns beide würde das so sein?"

„Mit der Zeit." Er lächelte sie liebevoll an. Offenbar fühlte er, dass sie nachzugeben begann, dass er seinen Willen bekommen würde.

Kathleen spürte einen dicken Kloß im Hals, wenn sie nur daran dachte, mit diesem Mann Sex zu haben. Sie wusste nicht, wie es wäre, einander zu lieben, und sie war nicht sicher, ob sie das überhaupt herausfinden wollte. „Mir sind … Dinge zugestoßen", begann sie mit vor Bewegung rauer Stimme. „Ich kann vielleicht nie wieder …"

„Mit der Zeit, mein Schatz. Mit der Zeit werden Sie es bestimmt wieder können."

Dereks Sicherheit machte Kathleen Angst, es fiel ihr plötzlich gar nicht mehr schwer sich vorzustellen, dass sie wirklich irgendwann in ferner Zukunft einmal mit ihm schlafen wollte. Der Gedanke war allerdings so abwegig, dass sie das Gefühl hatte, ihr ganzes Leben wäre mit einem Mal auf den Kopf gestellt worden. Dabei hatte sie in Gedanken alles schon vorgeplant. Sie wollte Marisa großziehen, ihr ganzes Leben diesem Kind widmen und sich daran erfreuen, es aufwachsen zu sehen. In ihren Plänen gab es absolut keinen Platz für einen Mann. Larry Fields hatte ihr im Grunde einen großen Gefallen getan, als er sie verließ, auch wenn sie ohne einen Pfennig dagestanden hatte und zudem noch schwanger gewesen war. Aber jetzt gab es diesen Mann, der sie so eindringlich ansah und ihr Leben einfach in seine Hände nahm, es in ganz andere Bahnen lenken wollte.

Verzweifelt versuchte sie es noch einmal. „Wir sind doch viel zu verschieden! Sie sind Arzt, und ich habe nur mit Mühe die High School abgeschlossen. Ich habe mein ganzes Leben lang auf dieser schäbigen kleinen Ranch gelebt, ich bin nie von hier weggekommen und habe nie etwas anderes getan. Innerhalb eines Monats werden Sie sich mit mir zu Tode langweilen!"

Seine Augen blitzten vor Belustigung auf, langsam kam er auf sie zu. „Sie reden Unsinn", erklärte er sanft, dann schob er eine Hand unter ihr dichtes Haar und legte sie auf ihren Nacken. Noch ehe sie wusste, wie ihr geschah, lagen seine Lippen auf ihren, und er küsste sie zärtlich. Doch sofort ließ er sie wieder los und trat einen Schritt zurück, um sie nicht zu verängstigen. Mit weit aufgerissenen Augen sah sie ihn an, sie war zu verwirrt, um auch nur ein Wort herauszubringen.

„Sagen Sie Ja, dann können wir essen", befahl er, sein Blick ruhte dabei immer noch auf ihr.

„Ja." Sie konnte es kaum glauben, dass sie dieses Wort wirklich ausgesprochen hatte.

„So ist es richtig." Er umfasste ihren Ellenbogen und führte sie zum Tisch, wo er ihr einen Stuhl zurechtrückte. Sich hinzusetzen bereitete Kathleen einige Schwierigkeiten, doch waren die Schmer-

Dezembervogel

zen nicht so groß, dass sie ihr den Appetit nahmen. Hungrig aß sie Hühnersuppe und getoastete Käsesandwiches, dazu trank sie starken heißen Kaffee. Sie hatte so lange nichts mehr gegessen, dass es ihr deshalb vorzüglich schmeckte. Danach bestand Derek darauf, dass sie sich wieder hinlegte, bis er gespült und die Küche aufgeräumt hatte. Sie war so benommen von all dem, was geschehen war, dass sie nicht die Kraft hatte zu protestieren.

„Ich werde einige Ihrer Kleider zusammenpacken und ein paar Nachthemden, aber viel werden Sie nicht brauchen", meinte er. „Wo sind die Sachen für das Baby?"

„In der untersten Schublade in meiner Kommode, aber einige Dinge sind auch in meinem Wagen. Als Sie mich dort gestern fanden, habe ich nicht daran gedacht, sie wieder mit nach Hause zu nehmen."

„Das ist kein Problem. Wir werden sie holen, wenn wir nachher an dem Wagen vorbeifahren."

Kathleen hielt das schlafende Kind auf dem Arm, während Derek das Gepäck im Wagen verstaute. Als er fertig war, brachte er ein gehäkeltes Mützchen für das Baby und streifte es ihm über. Dann wickelte er es in mehrere Wolldecken, half Kathleen, den Mantel anzuziehen, legte ihr das Kind in den Arm und hob dann beide hoch.

„Ich kann allein gehen", protestierte sie, und ihr Herz begann zu rasen. Er hatte sie geküsst …

„Noch dürfen Sie keine Treppenstufen hinauf- oder hinuntergehen", erklärte er. „Und Sie dürfen auch noch nicht allein in den Jeep klettern. Ziehen Sie die Wolldecke über Marisas Gesicht."

Er war sehr kräftig, hatte keine Schwierigkeiten, sie zu dem Wagen zu tragen. Dafür musste er sich noch einmal den Weg durch den dichten Schnee bahnen. Kathleen blinzelte, als sie aus dem Haus kamen, die endlose weiße Landschaft blendete sie. Der Wind hatte den Schnee neben dem Haus und dem Schuppen zu hohen Verwehungen aufgetürmt. Es war noch immer sehr kalt, weiß stand der Atem vor ihren Gesichtern.

Derek hatte die Heizung in dem Jeep auf die höchste Stufe ge-

359

stellt, es war unangenehm warm in dem Wagen. „Ich werde den Mantel ausziehen müssen", murmelte sie.

„Warten Sie, bis wir die Sachen aus dem Wagen geholt haben, sonst wird es zu kalt sein, wenn ich die Tür öffne."

Kathleen sah ihm nach, als er noch einmal ins Haus ging, um das Feuer im Küchenherd und im Kamin zu löschen. Er schloss die Tür hinter sich ab, als er zurückkehrte. Kathleen hatte ihr ganzes Leben in dieser Umgebung verbracht, sie fragte sich plötzlich, ob sie sie je wiedersehen würde. Doch eigentlich war es ihr egal, ihr Leben hier war nicht glücklich gewesen.

Ihre Verwirrung und ihr Zögern legten sich, als sie weiter darüber nachdachte. Dieses Haus war im Grunde nicht das, was sie sich für Marisa wünschte. Ihre Tochter sollte all das besitzen, was sie selbst nie gehabt hatte. Marisa sollte keine geflickten Kleider tragen und später einmal aus Verzweiflung heiraten. Sie sollte nicht die schönen Dinge des Lebens vermissen müssen, weil sie ihre Zeit mit harter Arbeit verbrachte.

Derek bot ihr scheinbar einen Ausweg aus diesen Problemen, doch würde sie sich nicht auf ihn verlassen. Sie hatte schon einmal den Fehler gemacht, einem Mann zu vertrauen, das sollte nicht noch einmal geschehen. Kathleen entschied, dass sie sich, sobald es ihr wieder besser ging und Marisa ein wenig kräftiger war, sofort nach einem Job umsehen würde. Sie wollte Geld sparen und hart arbeiten, um etwas aus sich zu machen. Wenn Derek sie dann eines Tages verließ, wie Larry es getan hatte, würde sie nicht ohne jeden Pfennig dastehen, ohne die nötigen Mittel, sich selbst und ihr Kind zu versorgen. Marisa sollte nie erfahren, was es hieß, zu hungern und zu frieren.

Fünf Stunden später lag Kathleen in einem schneeweißen Bett im Krankenhaus und sah sich einen Film im Fernsehen an. Ihr Privatzimmer war geschmackvoll eingerichtet, es gab ein Bad, Sessel und ein Sofa. An den Wänden hingen Ölgemälde. Ein Strauß Blumen stand auf dem kleinen Tisch neben ihrem Bett. Der Schneesturm hatte Dallas nicht erreicht, von ihrem Fenster aus sah sie ei-

Dezembervogel

nen strahlend blauen Himmel mit einigen weißen Wölkchen.

Marisa war sofort in die Frühgeborenen-Abteilung gebracht worden, eine Menge Leute beeilten sich dort, Dereks Anweisungen auszuführen. Kathleen selbst war gründlich von einer Frauenärztin untersucht worden. Die konnte nur feststellen, dass sie die Geburt außerordentlich gut überstanden hatte.

„Aber anders hatte ich es auch gar nicht erwartet", hatte Monica Sudley, die Ärztin, gemeint. „Nicht, wenn Dr. Taliferro Sie versorgt hat."

Dr. Taliferro. In Gedanken hatte sie Derek als Arzt akzeptiert, doch eigentlich hatte sie es erst begriffen, als sie ihn hier im Krankenhaus erlebt hatte. Seine Stimme klang in dieser Umgebung autoritär, und alle bemühten sich, seine Wünsche zu erfüllen. Zuvor hatte sie ihn nur in Jeans, mit lässigem Hemd und in Stiefeln gesehen, doch nachdem sie im Krankenhaus angekommen waren, hatte er geduscht und sich umgezogen. Er hatte sich um Marisa gekümmert und dann Kathleen besucht, um ihr zu versichern, dass das Baby die Fahrt gut überstanden hatte.

Er war noch immer derselbe, dennoch schien er ihr verändert. Vielleicht lag es nur an seiner Kleidung, an dem weißen Kittel und dem Stethoskop, das er um den Hals trug. Es war die typische Berufskleidung des Arztes, doch Kathleen erinnerte sich stets daran, wie der Schein des Feuers auf seinem nackten Oberkörper gewirkt hatte, auf den muskulösen Schultern und auf seinem Gesicht, als er das Kind in seinen Armen betrachtete.

Es fiel ihr auch schwer zu begreifen, dass sie zugestimmt hatte, ihn zu heiraten.

Mehrmals am Tag zog sie den Morgenmantel über und ging zur Neugeborenen-Station, wo Marisa aus dem Brutkasten genommen wurde, damit sie sie stillen konnte. Der Anblick der anderen Babys, die noch viel kleiner und zarter waren als Marisa, erschütterte sie. Sie lagen in ihren Brutkästen, angeschlossen an Infusionsleitungen und elektrische Überwachungsgeräte. Zum Glück war Marisa kräftig genug, um gestillt zu werden!

Als Kathleen Marisa das erste Mal stillen wollte, führte man sie

361

in ein gemütliches kleines Zimmer mit einem Schaukelstuhl. Dorthin brachte man ihr das Baby.

„Sie sind also die Mutter dieses kleinen Lieblings", meinte die junge Krankenschwester, als sie ihr Marisa in den Arm legte. „Sie ist ja ein niedliches kleines Ding. Ich habe bei einem Neugeborenen noch nie so viele Haare gesehen. Dr. Taliferro hat uns alle herumgejagt, bis alles zu seiner Zufriedenheit war. Hat er ihr wirklich selbst auf die Welt geholfen?"

Kathleen wurde über und über rot. Eigentlich schien ihr das Ganze viel zu intim zu sein, um darüber zu sprechen, auch wenn eine Geburt in diesem Krankenhaus nichts Besonderes darstellte. Doch die junge Schwester sah sie so erwartungsvoll an, dass Kathleen ganz verlegen wurde und antwortete: „Ja. Mein Wagen ist in einem Schneesturm neben der Straße stecken geblieben. Derek kam vorbei und hat mich gefunden."

„Oh du liebe Güte, das ist aber romantisch!"

„Ein Baby zu bekommen?", fragte Kathleen verwundert.

„Meine Liebe, wenn Dr. Taliferro dabei hilft, ist es sogar romantisch, eine Grube auszuheben. Ist er nicht ein toller Mann? All die Babys wissen es, wenn er sie auf den Arm nimmt. Bei ihm weinen sie nie, und sie haben auch keine Angst vor ihm. Manchmal bleibt er die ganze Nacht hier, wenn eins von ihnen in einem kritischen Zustand ist. Er hält es in seinem Arm und spricht mit ihm, passt unablässig darauf auf. Und viele seiner Neugeborenen überleben, obwohl ihnen keiner sonst eine Chance gab."

Die Schwester schien Derek wie einen Helden zu verehren, vielleicht war es ja auch noch mehr als das. Er sah ja auch wirklich unglaublich gut aus, und ein Krankenhaus war wie geschaffen für Romanzen. Es machte Kathleen unsicher. Warum dachte sie überhaupt daran, einen Mann zu heiraten, hinter dem jede Frau her war und der ständig in Versuchung geführt wurde?

„Arbeiten Sie schon lange hier?", wollte sie von der Schwester wissen und versuchte so gleichzeitig das Thema zu wechseln.

„Etwas über ein Jahr. Ich liebe diese Arbeit. Die kleinen Wesen brauchen alle Hilfe, die sie bekommen können. Ich wäre au-

Dezembervogel

ßerdem barfuß über glühende Kohlen gegangen, nur um mit Dr. Taliferro zusammenarbeiten zu können. Krankenhäuser aus dem ganzen Land haben sich schon um ihn bemüht."

„Warum? Er ist doch noch viel zu jung, um schon einen so weit verbreiteten Ruf zu haben." Sie wusste zwar nicht, wie alt er sein mochte, aber sie nahm an, dass er nicht älter als Mitte dreißig sein konnte, vielleicht war er sogar noch jünger.

„Es stimmt, er ist jünger als die meisten Ärzte, aber er hat ja auch schon im Alter von neunzehn Jahren das College abgeschlossen. Sein Medizinstudium hat er als Bester seiner Klasse beendet, dann hat er Frühgeborenen-Medizin bei George Oliver studiert, der einer der Besten im ganzen Land ist. Ich glaube, Dr. Taliferro ist zweiunddreißig."

Es war eigenartig, von einer Fremden so viel über ihren zukünftigen Ehemann zu erfahren, noch eigenartiger war es allerdings, so herauszufinden, dass Derek offenbar ein medizinisches Genie war, einer der Ärzte, denen das Krankenhaus seinen guten Ruf verdankte. Um ihre Gefühle vor der Schwester zu verbergen, sah Kathleen auf Marisa hinunter und strich ihr dann zart über die Wange. „Er ist die ganze Nacht wach geblieben und hat Marisa im Arm gehalten", hörte sie sich selbst sagen.

Die Schwester lächelte. „Ja, so ist er. Und er ist jetzt immer noch auf den Beinen, wo er doch eigentlich zu Hause in seinem Bett liegen sollte. Aber so ist Dr. Taliferro nun einmal, bei ihm kommen die Babys zuerst."

4. KAPITEL

Als Kathleen wieder in ihrem Zimmer war, musste sie noch immer über die Dinge nachdenken, die ihr die Schwester erzählt hatte. Auch an Dereks Worte erinnerte sie sich. Er wollte Marisa haben, hatte er ihr erklärt. War das Grund genug für ihn, eine Frau zu heiraten, die er nicht liebte? Er konnte doch jede Frau haben, die er wollte, um mit ihr zusammen eigene Kinder zu bekommen. Wieso war er außerdem so sicher, dass er sich nicht in eine andere Frau verlieben und dann ihre Ehe aufgeben würde?

„Probleme?"

Als Kathleen erschrocken aufsah, stand Derek an der Tür. Er beobachtete sie. Sie war so in ihre Gedanken versunken gewesen, dass sie sein Kommen nicht gehört hatte.

„Nein, keine Probleme. Ich habe nur … nachgedacht."

„Du hast dir Sorgen gemacht, meinst du. Vergiss deine Zweifel", riet er ihr. „Vertrau mir und lass mich alles in die Hand nehmen. Ich habe schon Vorkehrungen getroffen, damit wir heiraten können, sobald du aus dem Krankenhaus entlassen wirst."

„Schon so bald?" Sie sah ihn erschrocken an.

„Gibt es denn einen Grund zu warten? Du brauchst einen Ort, an dem du leben kannst, also kannst du auch gleich bei mir einziehen. Wenn du entlassen wirst, werden wir das Aufgebot bestellen, dann zum Standesbeamten gehen, der ein Freund von mir ist. Meine Wohnung liegt hier ganz in der Nähe, es wird also nicht viel Mühe für dich sein, herzukommen, um Marisa zu stillen, bis auch sie entlassen wird. In der Zwischenzeit können wir ihr Kinderzimmer einrichten."

Kathleen fühlte sich völlig hilflos. Die Dinge entwickelten sich über ihren Kopf hinweg. Sie kam gar nicht mehr zum Nachdenken. Alles lief so, wie Derek es haben wollte. Sogar das Kleid suchte er aus, das sie bei der Hochzeit tragen sollte. Es war ein wunderschönes blau-grünes Seidenkleid, das die Farbe ihrer Augen betonte und sie wie Smaragde leuchten ließ. Dazu kaufte er ihr einen schwarzen Mantel aus künstlichem Pelz, Schuhe, Unterwäsche und sogar Make-up. Ein Friseur kam am Hochzeitsmorgen in das Krankenhaus und frisierte sie. Ja, Derek hatte alles unter Kontrolle. Es war beinahe beängstigend.

Kathleen fühlte seine Hand zart auf ihrem Rücken liegen, als sie zusammen in das Zimmer des Standesbeamten gingen. Dort erwartete sie eine weitere Überraschung, der Raum war voller Menschen. Eigenartigerweise schienen alle Anwesenden begeistert zu sein von der Tatsache, dass Derek eine Frau heiratete, die er nicht liebte und die sie alle nicht kannten.

Seine Mutter und auch sein Stiefvater waren da. Benommen fragte Kathleen sich, was die beiden wohl von all dem dachten. Doch Marcie, wie Dereks Mutter von Kathleen genannt werden wollte, strahlte, als sie Kathleen in die Arme nahm. Noch zwei andere Paare waren in dem Raum, zwei Teenager und drei jüngere Kinder. Derek stellte ihr eines der Paare vor. Es waren ein großer Mann mit schwarzem Haar und grauen Strähnen und eine schlanke Frau mit silberweißem Haar und strahlend grünen Augen. Derek stellte sie Kathleen als Rome und Sarah Matthew vor und erklärte ihr, es seien gute Freunde. Doch etwas in seiner Stimme ließ Kathleen ahnen, dass ihre Beziehung zueinander noch mehr war als nur das. Mit einem zärtlichen Lächeln nahm Sarah zuerst Derek und dann Kathleen in den Arm.

Das andere Paar waren Max und Claire Conroy, und wieder hatte Kathleen das Gefühl, dass Derek ihnen besonders viel bedeutete. Max sah unglaublich gut aus, Claire war eine sehr ruhige Frau mit sanften braunen Augen, denen aber nichts entging. Die drei Kinder gehörten den Conroys, die beiden Teenager waren Romes und Sarahs Kinder.

Alle waren begeistert, dass Derek heiratete, und Marcie konnte es kaum erwarten, auf die Station zu kommen, um ihr Enkelkind zu besuchen. Sie schalt Derek, dass er ihr nicht sofort Bescheid gesagt hatte, doch als er sich dann zu ihr vorbeugte und sie auf die Wange küsste, lächelte sie ihn an. „Ich weiß, du hattest gute

Gründe", meinte sie und seufzte.

„Ja, Mutter."

„Man sollte doch glauben, dass ich es langsam lerne."

Er grinste. „Ja, Mutter."

Die Frauen trugen Blumen, und Sarah reichte Kathleen einen Strauß aus wunderschönen Orchideen. Kathleen hielt den Strauß mit zitternden Händen fest, als sie neben Derek vor dem Standesbeamten stand und die traditionelle Eheschließungsformel anhörte. Sie fühlte die Wärme, die von Derek ausging. Sie erschien ihr jetzt wie eine Stütze, die sie benutzen könnte, wenn sie müde war. Sie gaben sich vor dem Standesbeamten ihr Eheversprechen, dann schob Derek Kathleen einen Ring an den Finger. Ein Smaragd zierte ihn, der von vielen kleinen Diamanten eingefasst war. Kathleen blinzelte überrascht, dann sah sie gerade in dem Augenblick Derek an, als der Standesbeamte sie zu Mann und Frau erklärte und Derek sich vorbeugte, um sie zu küssen.

Kathleen hatte einen sanften, liebevollen Kuss erwartet, wie der, den er ihr schon einmal gegeben hatte. Sie war nicht darauf vorbereitet, dass er jetzt die Lippen auf ihre presste und die Zunge tief in ihren Mund schob. Sie zitterte und griff nach seinen Schultern, um sich an ihm festzuhalten. Er drückte sie fest an sich, ließ sie dann aber gleich wieder los und hob den Kopf. Sein Blick zeigte Zufriedenheit, Kathleen wusste, er hatte ihre Reaktion auf seinen Kuss gespürt.

Und dann waren alle um sie herum, lachten und schüttelten ihre Hände, nahmen sie in die Arme und küssten sie.

Eine halbe Stunde später drängte Derek zum Aufbruch. „Wir werden später richtig feiern", versprach er. „Jetzt möchte ich Kathleen nach Hause bringen, damit sie sich ausruhen kann. In ein paar Stunden müssen wir wieder im Krankenhaus sein, damit sie Marisa stillen kann. Sie braucht unbedingt ein wenig Zeit, um die Füße hochzulegen und sich auszuruhen."

„Aber es geht mir gut." Kathleen fühlte sich verpflichtet, das zu sagen, auch wenn sie sich nichts sehnlicher wünschte, als sich ausruhen zu können.

Dezembervogel

Derek sah sie streng an, und Sarah lachte. „Du tust besser, was er sagt", riet sie ihr belustigt. „Dir wird sowieso nichts anderes übrig bleiben."

Fünf Minuten später saß Kathleen in Dereks Jeep. Sie waren auf dem Weg zu seiner Wohnung.

„Deine Freunde gefallen mir", meinte sie schließlich, als sie das Schweigen nicht länger ertragen konnte. Noch immer konnte sie nicht glauben, dass sie diesen Mann wirklich geheiratet hatte. „Was tun sie?"

„Rome ist Präsident der ‚Spencer-Nyle-Corporation'. Sarah hat einen kleinen Kunstgewerbe-Laden. Eigentlich sind es zwei, sie hat gerade eine Filiale eröffnet. Max war Vizepräsident bei ‚Spencer-Nyle', doch vor fünf Jahren hat er eine eigene Beraterfirma eröffnet. Und Claire besitzt einen Buchladen."

Seine Freunde waren offensichtlich alle sehr erfolgreich, und Kathleen fragte sich wieder einmal, warum Derek sie eigentlich geheiratet hatte, denn sie war absolut keine erfolgreiche Frau. Wie würde sie je zu seinem Freundeskreis passen? „Und deine Mutter?", fragte sie.

„Mutter hilft Whit auf der Ranch. Ich habe Weihnachten bei den beiden verbracht und war gerade auf meinem Weg zurück nach Dallas, als ich dich gefunden habe."

Mehr Fragen hatte Kathleen nicht an ihn, also schwiegen sie beide, bis sie vor dem Haus ankamen, in dem Derek wohnte. „In ein paar Wochen werden wir uns eine größere Wohnung suchen", meinte er, während er mit ihr zusammen zum Aufzug ging. „Ich habe ein wenig umgeräumt, um dir Platz in den Schränken zu schaffen, aber du kannst selbstverständlich alles so einrichten, wie du es gern möchtest. Ich habe nichts dagegen."

„Aber warum sollte ich etwas ändern wollen?"

„Ich weiß nicht. Ich bin nicht länger Junggeselle, ich bin jetzt Ehemann und Vater. Wir sind eine Familie, also ist dies jetzt auch dein Zuhause."

Er hatte diese Worte so selbstverständlich ausgesprochen, als wüsste er nichts von den quälenden Zweifeln, die sie plagten. Sie

367

Linda Howard

ging zur Seite, damit er die Tür aufschließen konnte, doch noch ehe sie die Wohnung betreten konnte, hatte er sie schon auf die Arme gehoben und über die Schwelle getragen. Die Geste erstaunte sie, wie alles, was er an diesem Tag und zuvor für sie getan hatte.

„Möchtest du ein wenig schlafen?", fragte er sie, noch während er mit ihr auf den Armen im Flur stand.

„Nein, es wird genügen, wenn ich mich einen Augenblick hinsetze." Ihr gelang ein kleines Lächeln. „Ich habe schließlich nur ein Baby bekommen, es war keine Operation. Und du hast selbst gesagt, dass ich stark bin. Warum also sollte ich mich benehmen, als sei ich eine dahinwelkende Rose?"

Er räusperte sich, dann stellte er sie langsam auf die Füße. „Ich sagte, dass du einen durchtrainierten Körper hast", meinte er.

Kathleens Herz schlug schneller. Immer wieder machte er solche kleinen Bemerkungen, die ihr sagten, dass er sie begehrenswert fand. Noch vor ein paar Tagen hätte sie diese vorsichtigen Annäherungsversuche abgelehnt, doch jetzt verspürte sie jedes Mal eine eigenartige Erregung, wenn er so etwas sagte oder sie unerwartet küsste. Sie blühte auf bei seiner Fürsorge.

„Woran denkst du?", fragte er und stieß mit dem Finger gegen ihre Nasenspitze. „Du starrst mich an, aber du siehst mich gar nicht."

„Ich dachte daran, wie sehr du mich verwöhnst", antwortete sie ehrlich. „Und wie ungewöhnlich es ist, dass ich mir das so einfach gefallen lasse."

„Aber warum sollte ich dich nicht verwöhnen?" Er half ihr aus dem Mantel und hängte ihn an die Garderobe.

„Mich hat noch nie jemand verwöhnt, ich musste immer für mich selbst sorgen, weil sich eigentlich noch nie jemand so richtig etwas aus mir gemacht hat, nicht einmal meine Eltern. Ich kann mir nicht erklären, warum du mir gegenüber so freundlich bist, was du dir davon versprichst. Du tust das alles, aber eigentlich sind wir doch Fremde. Was willst du von mir?"

Ein kleines Lächeln umspielte seinen Mund, und er streckte ihr seine Hand entgegen. „Komm mit mir."

368

Dezembervogel

„Wohin?"

„Ins Schlafzimmer. Ich möchte dir etwas zeigen."

Kathleen zog fragend die Augenbrauen hoch, doch dann legte sie ihre Hand in seine und erlaubte ihm, dass er sie ins Schlafzimmer führte.

Kathleen sah sich in Dereks Schlafraum um. Er war freundlich in Blau und Weiß eingerichtet, und es gab darin ein großes Doppelbett. Der Schrank hatte Spiegeltüren, und Derek schob sie dahin und stellte sich hinter sie.

Er legte beide Hände auf ihre Schultern. „Sieh in den Spiegel und sage mir, was du siehst."

„Uns beide."

„Ist das alles? Sieh dich an, dann sag mir, was ich heute bekommen habe."

Sie sah in den Spiegel, dann zuckte sie mit den Schultern. „Eine Frau." Dann blitzten ihre Augen schelmisch auf. „Mit einem durchtrainierten Körper."

Er lachte leise. „Ja. Aber das ist nur äußerlich. Dazu gehören auch deine fantastischen Beine und dein herrlicher Busen, was meinem aufmerksamen Blick nicht entgangen ist. Aber was mich wirklich an dir interessiert hat, ist das, was ich in deinem Gesicht lese."

Schon wieder war es ihm gelungen, sie mit einer einzigen Bemerkung verlegen zu machen. Ihr wurde ganz warm. „Mein Gesicht?", fragte sie verwirrt.

Er legte einen Arm um ihre Taille und zog sie an sich, mit der freien Hand streichelte er ihr Gesicht. „Deine wundervollen grünen Augen sind es", murmelte er. „Du wirkst gleichzeitig verängstigt und tapfer. Manchmal sehe ich Verletzlichkeit in deinen Augen. Es ist, als ob du an Dinge denkst, über die du nicht gern sprechen möchtest. Aber du lässt dich nicht unterkriegen. Du bittest mich nie um etwas, also muss ich raten, was du brauchst, und vielleicht übertreibe ich manchmal ein wenig. Ich sehe, dass du es gern hast, wenn ich dich in die Arme nehme und küsse. Ich sehe deine Liebe für Marisa und dein Mitleid mit den anderen Babys. Ich habe dein ganzes Leben auf den Kopf gestellt, aber du hast

Linda Howard

dich nicht entmutigen lassen, du hast einfach mitgemacht und den Kopf über Wasser zu halten versucht. Du bist ein Überlebenskünstler, Kathleen. Und all das habe ich bei unserer Abmachung bekommen. Ganz zu schweigen von deinem hübschen Körper natürlich und von der bezaubernden Marisa."

Kathleens Augen, die er soeben beschrieben hatte, waren ganz groß geworden, während sie ihm zuhörte. Er lächelte und legte einen Finger auf ihre Lippen. "Habe ich deinen Mund eigentlich schon erwähnt? Habe ich schon gesagt, wie süß und sanft er ist?"

Ihre Lippen brannten unter seiner Berührung, ihr Herz klopfte heftig, und ihr Atem ging schnell. "Verstehe", hauchte sie. "Du hast mich wegen meines Körpers geheiratet."

"Und was für ein Körper das ist." Er beugte sich vor und küsste sie auf das Ohr, während seine Hände sich um ihre Brüste schlossen. "Wenn wir nun schon einmal so ehrlich sind, warum hast du mich geheiratet? Abgesehen von der Tatsache, dass du Marisa das Leben einer Arzttochter ermöglichen wolltest."

"Das war der einzige Grund", hauchte sie. Sie konnte kaum sprechen, benommen blickte sie auf seine Hände, die ihre Brüste umschlossen. Benommen, verängstigt und erschreckt, weil ihr diese Berührung angenehm war. Nie zuvor hatte sie es gemocht, wenn ein Mann sie so intim berührte. Doch jetzt waren ihre Brüste empfindsam, und sein Streicheln gefiel ihr.

"Vergiss, was ich Marisa geben kann", murmelte er. "Hast du nicht an das gedacht, was ich dir geben kann, als du zugestimmt hast, mich zu heiraten?"

"Ich ... ich kann ganz gut ohne Luxus leben." Ihre Antwort war leise, wie gehaucht, und ihre Augenlider wurden so schwer, dass sie sie kaum aufhalten konnte. Mit ihren Gedanken war sie nicht bei dem, was sie sagte. Seine Berührung war so wunderbar, dass sie ihr den Atem nahm. Krampfhaft versuchte sie sich einzureden, dass der Grund dafür der war, dass sie Marisa stillte. Deshalb waren ihre Brüste so empfindlich. Er als Arzt wusste das und nutzte es jetzt aus. Er berührte nicht einmal ihre Brustspitzen, streichelte nur sanft deren Umgebung. Kathleen glaubte, sie müsse vor Glück sterben, wenn er auch noch ihre Brustspitzen berührte.

„Du siehst großartig aus in diesem Kleid, aber es ist besser, wenn du es jetzt ausziehst und dir etwas Bequemeres suchst", flüsterte er, dann ließ er sie los. Benommen erlaubte sie es, dass er den Reißverschluss des Kleides öffnete und es ihr über ihre Schultern hinunterschob. Kathleen erwartete, dass er ihr auch das Hemdchen ausziehen würde, doch stattdessen hob er sie auf die Arme und legte sie vorsichtig auf das Bett. Ihr Herz klopfte heftig, doch sie hatte nicht die Kraft, sich gegen ihn zu wehren.

Sie hatte doch gerade erst ein Baby bekommen, sicher wusste er, dass sie keinen Sex haben durfte …

Aber vielleicht wollte er ja etwas ganz anderes? Sie dachte an seine Hände auf ihrer nackten Haut, stellte sich seinen kräftigen nackten Körper an ihrem vor, und eine eigenartige Erregung erfasste sie. Auf einmal erkannte sie, dass sie ihm vertraute und sich nicht vor ihm fürchtete. Was auch geschah: Derek würde ihr nicht wehtun.

Er hatte die Augen halb geschlossen, als er ihr die Schuhe von den Füßen zog und sie achtlos auf den Boden warf. Kathleen sah ihm hilflos zu, als er ihr dann auch noch die Strumpfhose auszog.

„Heb die Hüften ein wenig an", befahl er, und sie gehorchte. Als er ihr die Strumpfhose bis zu den Knien heruntergezogen hatte, beugte er sich über sie und küsste ihre nackten Schenkel, dann streifte er ihr die Strumpfhose über die Füße.

Kathleens Körper brannte vor Verlangen, die Laken wirkten kühl an ihrer Haut. Nie zuvor hatte sie einen solchen Ansturm widerstreitender Gefühle verspürt. Es war, als wäre jeder einzelne Nerv ganz besonders empfindlich. Die Glieder waren ihr schwer, sie konnte sich nicht bewegen, auch dann nicht, als Derek ihre nackten Schenkel streichelte. „Derek", flüsterte sie und stellte fest, dass ihr die Stimme nicht gehorchen wollte.

„Hmm?" Er beugte sich über sie, hob sie ein wenig hoch und zog die Decke unter ihr hervor, dann deckte er sie damit zu. Hauchzart berührte er mit den Lippen ihre Brüste.

„Wir dürfen uns jetzt nicht lieben", flüsterte sie. „Noch nicht."

Linda Howard

„Ich weiß, mein Schatz", murmelte er leise. „Schlaf jetzt. Wir haben noch so viel Zeit."

Sie schloss die Augen, seufzte noch einmal tief auf und schlief dann ein.

Derek reckte sich und sah auf Kathleen hinunter. Sein Körper schmerzte vor Verlangen, gleichzeitig war er sehr zufrieden. „Sex" hatte sie es früher genannt, doch jetzt hatte sie vom Lieben gesprochen. Ganz langsam verlor sie offenbar ihr Misstrauen ihm gegenüber, dennoch verstand sie immer noch nicht, warum er sie geheiratet hatte. Glaubte sie wirklich, sie sei so ganz ohne Charme? Dachte sie tatsächlich, er habe sie nur wegen Marisa geheiratet?

Am liebsten hätte er sich neben sie gelegt und sie in den Armen gehalten, während sie schlief. Er wusste, dass sie müde war. Seit der Geburt hatte sie sehr viel geschlafen. Es war beinahe, als hätte sie sich zuvor bis an die Grenze ihres Durchhaltevermögens verausgabt. Ihr Körper verlangte jetzt Ruhe, und sie gab dem Bedürfnis nach, weil sie nicht länger die Notwendigkeit verspürte, alles verantworten zu müssen.

Das Telefon im Wohnzimmer läutete. Vorsichtshalber hatte er den Apparat im Schlafzimmer abgeschaltet, damit sie nicht geweckt wurde. Schnell schloss er die Schlafzimmertür hinter sich und ging in den Wohnraum.

„Derek, schläft sie noch?", fragte Sarah, die davon ausging, dass er es irgendwie geschafft hatte, Kathleen zu einem Mittagsschlaf zu überreden.

Derek amüsierte sich. Sarah kannte ihn noch besser als seine Mutter, besser als alle anderen Menschen, abgesehen vielleicht von Claire. Claire besaß nämlich die Fähigkeit, in die Menschen hineinzusehen.

Sie war dabei so still, dass man sie oft unterschätzte.

„Sie glaubte zwar, dass sie keinen Mittagsschlaf braucht, aber sobald sie sich hingelegt hatte, ist sie eingeschlafen."

„Das dachte ich mir. Ich habe übrigens eine Idee. Jetzt, nachdem ich meinen zweiten Laden eröffnet habe, brauche ich unbedingt eine Hilfe. Glaubst du, Kathleen wäre an dem Job interes-

Dezembervogel

siert? Erica wird den neuen Laden leiten, ich dachte, Kathleen würde vielleicht gern mit mir zusammenarbeiten. Dann könnte sie das Baby immer bei sich haben."

Das war typisch Sarah. Sie bemerkte immer sofort, was jemandem fehlte! Kathleen brauchte offensichtlich eine Freundin und ein gewisses Maß an Unabhängigkeit. Beides würde ihr dieser Job bieten, während sie sich gleichzeitig an die Rolle von Dereks Ehefrau gewöhnen könnte.

„Wahrscheinlich wird sie mit Freude zugreifen, aber es wird noch ein paar Wochen dauern, ehe sie beschwerdefrei Auto fahren kann. Wahrscheinlich wird es auch genauso lange dauern, bis Marisa kräftig genug dafür ist."

„Dann werde ich ihr den Job freihalten", versprach Sarah.

„Ich werde dich daran erinnern, wenn du mir beim nächsten Mal vorwirfst, ich würde über meine Mitmenschen bestimmen", sagte er und lächelte.

„Hattest du nicht schon selbst an diese Lösung gedacht?"

Sein Lächeln wurde breiter. „Natürlich."

5. KAPITEL

Endlich konnte Kathleen Marisa aus dem Krankenhaus holen.

Kaum mochte sie das Baby auch nur für einen Augenblick aus den Augen lassen. Marisa war jetzt dreizehn Tage alt und wog fünf Pfund, noch immer weniger als ein normales Baby. Doch Derek erlaubte, dass sie entlassen wurde, weil sie trotzdem kräftig genug war. Ihre Wangen hatten langsam die typischen Rundungen der Neugeborenen bekommen, und sie trank kräftig, die Abstände zwischen den Mahlzeiten betrugen jetzt etwa vier Stunden.

Derek fuhr Mutter und Kind nach Hause und ließ den Wagen da, damit Kathleen beweglich war, wenn sie etwas brauchte. Bis zum Krankenhaus war es nicht weit und das Wetter jetzt im Januar so mild, dass es ihm nichts ausmachte, zu Fuß zu gehen.

Kathleen verbrachte den Tag damit, sich mit Marisa zu beschäftigen, wenn sie wach war, und sie zu betrachten, wenn sie schlief. Erst am Nachmittag stellte Kathleen erschrocken fest, dass sie sich noch gar keine Gedanken darüber gemacht hatte, was sie als Abendessen kochen wollte. Derek benahm sich wie ein Heiliger, er hatte sie bisher über alle Maßen verwöhnt, damit sie möglichst viel Zeit mit Marisa im Krankenhaus verbringen konnte. So hatte er bisher alle Arbeiten in der Wohnung erledigt. Aber jetzt, nachdem Marisa zu Hause war, würde sich das ändern müssen. Seit der Geburt waren zwei Wochen vergangen, und Kathleen fühlte sich so kräftig wie schon seit Langem nicht mehr. Sie war ausgeruht, und es gab keinen Grund, sich von Derek noch länger wie eine Kranke behandeln zu lassen. Er hatte ihr alles gegeben, und sie ihm nichts – noch nicht einmal ihre Aufmerksamkeit.

Sie rollte Marisas Wiege, die sie und Derek erst am Tag zuvor gekauft hatten, in die Küche, damit sie das Kind beobachten konnte, während sie kochte. Das Baby schlief friedlich, es ließ sich durch das Klappern der Töpfe nicht stören. Kathleen musste sich alle Zutaten erst zusammensuchen, deshalb dauerte es beinahe doppelt so lange wie üblich, bis das Essen endlich fertig war. Zum Glück kam

Derek nicht pünktlich nach Hause, denn sie war zu dem Zeitpunkt noch nicht fertig. Als dann eine halbe Stunde vergangen war, begann sie sich Sorgen zu machen. Er rief sonst immer an, wenn er sich verspätete, oder ließ ihr durch eine der Schwestern eine Nachricht zukommen. Auch wenn sie erst so kurze Zeit verheiratet waren, hatte sie schon eine Menge über ihn erfahren. Derek war sehr rücksichtsvoll. Derek war … unglaublich liebevoll.

Sie wollte ihm so gern etwas zurückgeben – und wenn es nur die warme Mahlzeit war, die auf ihn wartete, wenn er nach Hause kam. Nachdenklich blickte sie auf das Essen, das eigentlich jetzt gegessen werden musste. Doch Derek kam nicht. Sie konnte alles warm halten, bis er eintraf, aber dann würde es nicht mehr so gut schmecken.

Doch dann hörte sie endlich den Schlüssel in der Tür, und sie atmete erleichtert auf. Schnell lief sie ihm entgegen, ihr Gesicht strahlte, als sie ihn sah.

„Ich habe mir Sorgen gemacht", erklärte sie. Er sollte nicht glauben, sie wolle sich beklagen. „Ob du es glaubst oder nicht, ich habe für uns gekocht. Aber ich konnte alles nur mit Mühe finden, deshalb hat es so lange gedauert, bis ich fertig war. Ich fürchtete schon, du würdest zu früh eintreffen. Ich wollte dich doch überraschen."

Er legte einen Arm um ihre Schultern und drückte sie an sich, um sie zu küssen. Er küsste sie sehr oft in der letzten Zeit, manchmal mit nur mühsam unterdrückter Leidenschaft. Doch Kathleen war nicht länger erschrocken, weil es ihr gefiel.

„Ich bin mehr als nur überrascht, ich bin sogar sehr dankbar", meinte er und küsste sie noch einmal. „Ich habe nämlich einen Bärenhunger. Wo ist Marisa?"

„Sie steht in der Küche, wo ich auf sie aufpassen konnte."

„Ich habe mich schon gefragt, ob du wohl den ganzen Tag an ihrer Wiege sitzt."

„Ehrlich gesagt, ja."

Er hatte den Arm um ihre Taille gelegt, als er mit ihr in die Küche ging. Marisa schlief noch immer, deshalb nahm er sie nicht aus der Wiege. Er deckte den Tisch, während Kathleen das Essen in Schüs-

Linda Howard

seln füllte und auf den Tisch stellte. Dann aßen sie in aller Ruhe. Kathleen wusste, dass sie eine gute Köchin war, dennoch freute es sie, dass Derek einen so offensichtlichen Appetit entwickelte.

Nach dem Essen half er ihr, den Tisch abzuräumen, dann holte er einen Autoschlüssel aus der Tasche und reichte ihn ihr. Sie nahm den Schlüssel, sah ihn dann aber verwundert an. „Ich habe den Wagenschlüssel doch schon."

„Der Schlüssel ist nicht für den Jeep", erklärte er, dann ging er ins Wohnzimmer und nahm sich die Zeitung. „Es ist der für deinen Wagen. Ich habe ihn eben auf dem Nachhauseweg abgeholt."

Für ihren Wagen? Sie besaß gar keinen Wagen, bis auf den alten zerbeulten Pick-up. Und dann dämmerte ihr die Wahrheit und nahm ihr den Atem. „Ich kann von dir keinen Wagen annehmen", erklärte sie verstört.

Er sah von seiner Zeitung auf, seine Augenbrauen hoben sich vor Erstaunen. „Gibt es da ein Problem? Wenn du kein Auto willst, werde ich damit fahren, und du kannst den Jeep haben. Ich kann nicht immer zu Fuß zum Krankenhaus gehen, also ist es doch nur logisch, noch ein Auto zu kaufen."

Kathleen hatte das Gefühl, schreien zu müssen. Mit seiner Logik nahm Derek ihr allen Wind aus den Segeln. Natürlich hatte er recht, aber dadurch fühlte sie sich nur noch hilfloser. Sie war so stolz darauf gewesen, mit dem Kochen zum ersten Mal auch etwas für ihn tun zu können – und er hatte ihr auf dem Weg nach Hause ein Auto gekauft! Es kam ihr vor, als würde sie alles, was er ihr geben konnte, wie ein Schwamm aufsaugen.

Sie leckte sich die trockenen Lippen. „Es tut mir leid", sagte sie. „Ich bin nur … überwältigt. Noch nie hat jemand für mich … Ich weiß nicht, was ich sagen soll."

Er schien über ihre Worte nachzudenken, doch seine Augen blitzten. „Ich nehme an, du könntest erst mal das tun, was alle anderen Frauen auch tun würden: auf und ab springen, jubeln, lachen, die Arme um meinen Hals legen und mich küssen, bis ich um Gnade bitte."

Ihr Herz klopfte. Derek war wunderbar. Er kam ihr wie einer

Dezembervogel

dieser heidnischen Götter vor – so kräftig gebaut und so männlich. Und was sie im Moment seinen Augen ablas, war kein lustiges Zwinkern, sondern glühendes Verlangen. Das galt ihr! Ihr Mund wurde plötzlich trocken, noch einmal leckte sie sich die Lippen.

„Möchtest du, dass ich das tue?", flüsterte sie.

Derek legte sorgfältig die Zeitung zur Seite. „Das Auf- und Abspringen und das Jubeln kannst du auslassen, wenn du möchtest. Ich habe nichts dagegen, wenn du gleich mit dem Küssen beginnst."

Kathleen hatte kaum mitbekommen, dass sie sich überhaupt bewegte, doch im nächsten Augenblick saß sie auf Dereks Schoß, legte die Arme um seinen Hals und küsste ihn. In der Woche, die sie nun verheiratet waren, hatte er sie schon so oft geküsst, dass sie beinahe schon daran gewöhnt war, es erwartete und genoss. Auf eine Art versicherten ihr seine Küsse, dass auch sie ihm etwas geben konnte – auch wenn es nur körperliche Befriedigung war. Im Augenblick war das zwar noch nicht möglich, aber die Aussicht darauf bestand immerhin. Wenn er wollte, dass sie ihn küsste, so war sie nur zu bereit dazu.

Er legte die Arme um sie und zog sie an sich, während sein Kuss leidenschaftlicher wurde und er mit der Zunge ihren Mund erforschte. Kathleen glaubte seinen Kuss vorbehaltlos zu erwidern. Sie wusste nicht, dass ihre Küsse scheu waren und von wenig Erfahrung zeugten. Sie ahnte auch nicht, dass ihre Unschuld ihn rührte und gleichzeitig erregte.

Schließlich löste sie sich von ihm und rang nach Luft. Derek lächelte, weil sie vergessen hatte zu atmen. „Wirst du jetzt um Gnade bitten?", fragte sie mit hochrotem Gesicht.

„Was ist das?", murmelte er und beugte sich dann wieder vor, um sie noch einmal zu küssen.

Er erstickte erst ihr Lachen mit einem leidenschaftlichen Kuss, dann bedeckte er ihr ganzes Gesicht mit kleinen zärtlichen Küssen. Schließlich schob er sie von seinem Schoß herunter, stellte sie auf die Füße und stand auch auf. „Weck den kleinen Tyrannen auf, damit ich dir dein Auto zeigen kann", schlug er vor.

Linda Howard

Kathleen warf einen ängstlichen Blick auf das schlafende Baby. „Sollen wir sie wirklich mit in die Kälte nehmen?"

„Möchtest du sie lieber allein lassen? Oder willst du morgen den Schlüssel an jedem einzelnen Wagen auf dem Parkplatz ausprobieren, weil du nicht weißt, welches dein Auto ist? Es wird nicht lange dauern. Pack sie warm ein und sorge dafür, dass ihr Kopf bedeckt ist. So kalt ist es draußen gar nicht."

„Bist du sicher, dass ihr nichts geschehen wird?"

Er sah sie schweigend an, und sie wandte sich ab, um eine Jacke für sich selbst und eine Decke für Marisa zu holen. Am liebsten hätte sie sich selbst getreten. Sollte er etwa glauben, dass sie ihm nicht vertraute, dass sie annahm, er würde etwas vorschlagen, das dem Baby schadete? Schließlich war er Arzt! Er hatte für sie und Marisa vom ersten Augenblick an gesorgt. Sie hatte wirklich wieder einmal alles verdorben! Zuerst hatte sie ihn geradezu schamlos geküsst, und dann hatte sie ihn mit ihrem Misstrauen beleidigt.

Als sie mit der Wolldecke zurückkam, hatte Derek Marisa schon hochgehoben und aufgeweckt. Marisa betrachtete ihn mit einem sehr ernsthaften Gesichtsausdruck, ihre kleinen Händchen bewegten sich heftig. Zu Kathleens Überraschung verzog das Baby die winzigen Lippen, als wolle es Dereks Mundbewegungen nachahmen. Der Mann, der sie auf dem Arm hielt, schien sie zu faszinieren.

„Hier ist die Decke."

Derek nahm sie und wickelte Marisa darin ein, er bedeckte auch den Kopf des Babys damit. Marisa wehrte sich heftig, und Derek lachte leise. „Wir beeilen uns besser, sie wird nicht lange damit einverstanden sein. Schließlich will sie sehen, was los ist."

Sie liefen hinunter zum Parkplatz, und Derek führte Kathleen zu einem weißen Wagen. Kathleen schluckte, als sie ihn sah. Er war neu, nicht gebraucht, wie sie angenommen hatte – ein elegantes, sportliches Modell mit taubengrauen Sitzen und mit all den Extras, die man sich nur wünschen konnte. Tränen brannten ihr in den Augen.

„Ich … ich weiß wirklich nicht, was ich sagen soll", flüsterte sie, während sie den Traum von Auto erschrocken anstarrte.

„Sag, dass es dir gefällt, und versprich mir, immer den Sicherheitsgurt anzulegen. Dann können wir das Baby wieder ins Haus bringen, ehe es zu schreien anfängt. Die Decke über dem Kopf gefällt der Kleinen nämlich gar nicht." Marisa protestierte schon lautstark.

„Ich liebe es", erklärte Kathleen benommen.

Lachend legte Derek den Arm um ihre Taille. Mit dem strampelnden Bündel im Arm lief er schnell ins Haus zurück, und als er dort die Decke zurückschlug, kam Marisas hochrotes Gesicht zum Vorschein. Sie schrie aus Leibeskräften.

„Hör auf", sagte er leise und streichelte ihre Wange. Sie schrie noch einmal, dann schluckte sie und beruhigte sich tatsächlich. Interessiert sah sie ihn an.

Er war fehlerlos. Alles, was er tat, verstärkte noch das Schuldgefühl, das Kathleen ihm gegenüber mittlerweile entwickelt hatte. Er sorgte nicht nur für sie und verwöhnte sie, er kümmerte sich auch noch selbstlos um Marisa. Die Eltern all seiner kleiner Patienten verehrten ihn, und die Krankenschwestern liebten ihn. Er hätte sich jede andere Frau aussuchen können, stattdessen hatte er sich mit ihr belastet, einer Frau, die nichts anderes konnte, als auf einer Ranch zu arbeiten – noch dazu mit einem Kind, das nicht einmal sein eigenes war. Kathleen fühlte sich wie ein Schmarotzer. Wenn sie sonst schon nichts konnte, dann würde sie es vielleicht wenigstens schaffen, ihn für dieses Auto zu entschädigen. Doch dafür musste sie einen Job haben.

Sie holte tief Luft, und sobald er Marisa in die Wiege zurückgelegt hatte, schnitt sie das wichtige Thema an. Sie hielt nichts davon, Unangenehmes vor sich herzuschieben, auf die harte Art hatte sie gelernt, dass sich dadurch nichts änderte. Es war viel besser, sich den Dingen zu stellen. „Ich werde mich um einen Job kümmern."

„Wenn du dich wohl genug fühlst", meinte er ein wenig abwesend, während er die Decke über das Baby legte. „Du kannst Sarah anrufen, sie erwähnte, dass sie in ihrem Laden eine Hilfe braucht."

Kathleen war auf Widerstand vorbereitet gewesen, seine gleichmütige Zustimmung verwunderte sie. Dann wurde ihr aber klar, dass sie erwartet hatte, er würde genauso reagieren wie Larry. Larry hatte nicht gewollt, dass sie etwas anderes tat, als auf der Ranch wie eine Sklavin zu arbeiten und ihn hinten und vorne zu bedienen. Derek war ganz anders, er wollte sie glücklich sehen.

Es war eine erstaunliche Entdeckung. Kathleen konnte sich nicht daran erinnern, dass sich schon einmal jemand die Mühe gemacht hätte, sie glücklich zu machen. Erst Derek hatte mit all seinen Handlungen nur darauf abgezielt.

Sein Vorschlag gefiel ihr. Sie hatte keine Ausbildung, sie konnte aber in einem Restaurant helfen, und wie man eine Registrierkasse bediente, das wusste sie. Die Arbeit in einem Kunstgewerbeladen war sicher sehr interessant. Sie entschied, gleich am nächsten Tag Sarah Matthews anzurufen.

Als sie an diesem Abend ins Bett gingen, musste Derek Kathleen beinahe mit Gewalt aus dem Kinderzimmer holen. „Vielleicht sollte ich besser bei Marisa schlafen", meinte sie besorgt. „Wenn sie nun weint und wir sie nicht hören?"

Mit ihr im gleichen Bett zu schlafen, ohne sie zu berühren, war eine schlimme Qual für Derek, doch er hatte nicht vor, aufzugeben. Außerdem hatte er entschieden, mit seinem Plan einen Schritt voranzukommen, und das würde nicht klappen, wenn Kathleen nicht im gleichen Bett schlief. Er machte sich also daran, sie zu beruhigen.

„Ich habe einen Baby-Alarm gekauft", erklärte er ihr und legte den kleinen Empfänger in Marisas Wiege. „Der Lautsprecher wird neben unserem Bett stehen, wir werden sie also hören, wenn sie weint."

„Aber sie muss doch warm gehalten werden …"

„Wir werden die Heizung in ihrem Zimmer anlassen." Während er redete, führte er sie ins Schlafzimmer. Die Heizung dort war ausgestellt, es war merklich kühler hier als in den anderen Räumen der Wohnung. Sein Herz klopfte heftig vor Erwartung. Seit über einer Woche tolerierte sie es, dass er im gleichen Bett wie sie schlief, und er wusste auch, warum. Sie glaubte, ihm das schul-

Dezembervogel

dig zu sein. Doch jetzt sollte sie sich daran gewöhnen, dass er sie auch berührte und nicht nur wie ein Stock neben ihr lag. Er hatte dabei mehr im Sinn als nur diese Küsse, die ihn verrückt machten. Er verlangte inzwischen so sehr nach ihr, dass es schmerzte, und in dieser Nacht wollte er seinem Ziel einen Schritt näherkommen.

Kathleen kroch ins Bett und zog die Decke über sich. Derek löschte das Licht, dann zog er die Schlafanzughose aus und kletterte nackt zu ihr. Normalerweise schlief er immer nackt, doch seit sie geheiratet hatten, trug er eigentlich einen Schlafanzug.

Das kalte Zimmer gehörte zum Plan. In der Nacht würde sie im Schlaf Wärme suchen, und wenn sie aufwachte, würde sie in seinen Armen liegen. Er lächelte, wenn er nur daran dachte.

Der Baby-Alarm funktionierte vorzüglich. Kurz nach ein Uhr wachte Kathleen auf, weil Marisa schrie. Es war so gemütlich im Bett, und sie stöhnte leise, als sie daran dachte, dass sie nun aufstehen musste. Sie fühlte sich so wohl, ihr Kopf lag an Dereks Schulter, er hatte die Arme um sie gelegt.

Sie riss die Augen auf und setzte sich dann mit einem Ruck auf. „Entschuldigung", murmelte sie.

Derek gähnte verschlafen. „Wofür?"

„Ich habe auf deiner Seite des Bettes gelegen!"

„Zum Teufel, mein Schatz, ich habe das genossen! Nun hör dir nur mal diesen kleinen Schreihals an", wechselte er schnell das Thema. Er gähnte noch einmal, dann reckte er sich und knipste die Lampe neben dem Bett an. Als er aufstand, stockte Kathleen der Atem. Er war nackt! Herrlich nackt! Ihr Mund wurde ganz trocken, und ihre Brüste schmerzten auf einmal.

Er hielt ihr die Hand hin, als sei alles wie immer. „Komm, mein Schatz, wir wollen nach unserer Tochter sehen."

Benommen legte sie ihre Hand in seine. Er lächelte sie daraufhin so zärtlich an, dass ihr der Atem stockte.

Noch am nächsten Morgen dachte Kathleen an Dereks Lächeln. Sie fuhr zum Laden von Sarah Matthew. Vor nicht einmal einer Stunde hatte sie mit Sarah telefoniert und von ihr den Weg erfahren, den sie jetzt einschlug. Neben ihr schlief Marisa in ihrem Kindersitz, die erste Nacht im neuen Zuhause hatte sie gut überstanden. Ihr großartiger nackter Daddy hatte sie gut versorgt.

Kathleen war nachts so benommen gewesen, dass sie einfach nur in dem Schaukelstuhl gesessen und Marisa gestillt hatte. Derek hatte alles andere für sie erledigt. Nachdem Marisa wieder eingeschlafen war, war Kathleen in ihr Bett geklettert und hatte es zugelassen, dass Derek sie in die Arme zog, sie an seinen warmen, muskulösen und nackten Körper drückte ... und es hatte ihr gefallen.

Gefallen? Das war eine milde Beschreibung für das, was sie empfunden und gedacht hatte. Einerseits wollte sie ihn berühren, wollte ihn schmecken und seinen wunderbaren Körper fühlen. Andererseits war sie in Panik geraten. Im Grunde hatte sie sich noch immer nicht von dem Zusammensein mit Larry erholt, von der brutalen, gefühllosen Art, mit der er sie erniedrigt hatte, bevor er sie verließ.

Sie wollte nichts mehr davon wissen, schnell schob sie diese Erinnerungen weit von sich, nur um danach wieder an Dereks zärtliches Lächeln zu denken.

Sie fand den Kunstgewerbeladen sofort, obwohl sie so sehr in der Vergangenheit gewesen war. Vorsichtig parkte sie den neuen Wagen ein Stück abseits von all den anderen Autos, dann nahm sie Marisa und die Tasche mit den Dingen, ohne die man mit einem Baby nicht unterwegs sein konnte, und ging in das Geschäft.

Einige Kunden waren dort und unterhielten sich mit Sarah, doch als Kathleen den Laden betrat, strahlte Sarah sie an und kam sofort zu ihr, um ihr das Kind aus dem Arm zu nehmen.

„Was für ein Schatz", flüsterte sie, als sie das schlafende Kind betrachtete. „Sie ist wunderhübsch. Missy und Jed werden sie verwöhnen, wie Derek sie verwöhnt hat, als sie noch klein waren. Ich habe Jeds Laufstall im Hinterzimmer aufgestellt. Dort blieben auch meine Kinder, wenn ich hier gearbeitet habe. Du kannst Marisas Sachen dorthin bringen."

Kathleen trug die Tasche mit den Windeln und den anderen Dingen in das Hinterzimmer, in dem es Puppen, verschiedene Spielsachen und eine gemütliche Sitzecke gab, wohin sich auch Sarahs Kunden zurückziehen konnten. Es war die gemütlichste Ecke in dem Laden. Neben einige Schaukelstühle hatte Sarah den Laufstall gestellt. Kathleen sah Sarah erstaunt an.

„Du bist nach Hause gefahren und hast den Laufstall geholt, nachdem ich dich heute Morgen angerufen habe? Wer hat denn in dieser Zeit auf den Laden aufgepasst?"

Sarah lachte, und ihre Augen blitzten. „Der Laufstall steht schon seit einigen Tagen dort. Ich habe Derek am Tage eurer Hochzeit angerufen, ihm gesagt, dass ich dringend Hilfe im Laden brauche, und ihn gefragt, ob du vielleicht an der Aufgabe interessiert wärst."

„Das hat er mir erst gestern Abend gesagt." Kathleen überlegte, ob sie deswegen böse auf ihn sein sollte. Doch diesen Gedanken verwarf sie schnell.

„Natürlich. Ich wusste, dass er damit warten wollte, bis Marisa erst einmal zu Hause ist und es dir ein wenig besser geht. Aber lass dich durch nichts beeinflussen. Wenn du nicht möchtest, musst du den Job nicht nehmen."

Kathleen holte tief Luft. „Ich möchte die Arbeit sehr gern machen. Ich habe keine spezielle Ausbildung. Das Einzige, was ich bis jetzt getan habe, war, auf der Ranch zu arbeiten und in einem Restaurant zu bedienen. Aber mit einer Registrierkasse kann ich umgehen."

Sarah strahlte sie an. „Dann ist es also abgemacht. Wann kannst du anfangen?"

Kathleen sah sich in dem gemütlichen kleinen Laden um. Dies war ein guter Ort, um zu arbeiten, auch wenn sie Marisa während des Tages nicht gern allein ließ. Sie müsste einen Krippenplatz für sie finden oder einen Babysitter, nahe genug, um sie zwischendurch noch stillen zu können. Wahrscheinlich würde Marisa sich schnell an Nahrung aus der Flasche gewöhnen müssen, auch wenn Kathleen dieser Gedanke gar nicht gefiel. „Ich muss erst jemanden finden, der sich um Marisa kümmert, bevor ich anfangen kann", meinte sie zögernd.

Sarah sah sie überrascht an. „Aber warum denn? Meine Kinder sind in diesem Laden auch großgeworden. Auf diese Art konnte ich immer bei ihnen sein. Bring Marisa einfach mit, du wirst mehr Hilfe haben, als du brauchen kannst. Wann immer du dich kräftig genug fühlst, um anzufangen ..."

„Ich fühle mich kräftig genug", unterbrach Kathleen sie. „Ich habe mein ganzes Leben lang auf einer Ranch gearbeitet und bin so stark wie ein Pferd."

„Und was sagt Derek dazu?", fragte Sarah, dann winkte sie aber lachend ab. „Lass nur. Er hätte dir nichts von dem Job erzählt, wenn er nicht glaubte, dass du kräftig genug dafür bist. Es ist keine harte Arbeit. Körperlich anstrengend ist es nur, die Verkaufsartikel auszustellen und hübsch zu dekorieren. Die Kisten trägt Jed für mich normalerweise."

Kathleen versuchte sich an Jed zu erinnern, sie wusste, er war bei ihrer Hochzeit gewesen. „Ist Jed der große schwarzhaarige Junge?", fragte sie.

„Ja. Mein Baby ist schon beinahe einen Meter achtzig groß. Es ist wirklich seltsam, wie schnell die Kinder groß werden. Genieße jeden Augenblick mit Marisa, denn die Babyzeit fliegt geradezu vorbei." Sarah lächelte das Bündel in ihrem Arm an, dann beugte sie sich vor und legte Marisa vorsichtig in den Laufstall. „Sie ist wirklich großartig. Derek ist sicher sehr stolz auf sie."

Die Bemerkung traf Kathleen wie ein Schlag. Sicher dachten alle, dass Marisa Dereks Tochter sei. So wunderte sich niemand darüber, dass er es so eilig gehabt hatte, sie zu heiraten. Wieso sollten sie auch etwas anderes denken! Marisa besaß das gleiche schwarze Haar wie Derek und sie selbst. Kathleen wusste nicht, was sie sagen sollte, aber sie wollte den Irrtum richtigstellen. Seine Freunde sollten nicht von ihm denken, dass er seine schwangere Freundin mit dem gemeinsamen Kind sich selbst überlassen hatte. Er war doch so gut zu ihr gewesen und hatte ihr alles gegeben! Schließlich platzte sie heraus: „Marisa ist nicht Dereks Kind. Ich meine, ich kannte Derek gar nicht bis zu dem Tag, an dem Marisa geboren wurde."

Dezembervogel

Doch Sarah lächelte sie nur an. „Ich weiß. Derek hat uns alles erzählt. Aber sie gehört jetzt zu ihm, genau wie du."

Der Gedanke, zu jemandem zu gehören, war für Kathleen fremd. Sie war noch nie zuvor jemandem so nahe gewesen. Wenigstens nicht bis zu dem Augenblick, als Marisa geboren wurde. Da hatte sie zum ersten Mal ein überwältigendes Gefühl der Zusammengehörigkeit gefühlt. Durch Derek war alles anders geworden. Er war ein wunderbarer Mann …

Der Anblick seines kräftigen nackten Körpers kam ihr wieder in den Sinn, und ihr wurde ganz warm ums Herz. Er hatte alles in die Hände genommen, sie gehörte seiner Ansicht nach jetzt für immer zu ihm.

Eigenartigerweise hatte sie ihn gerade verteidigt, weil sie nicht wollte, dass seine Freunde schlecht von ihm dachten. Sie hatte das Gefühl gehabt, ihn beschützen zu müssen. Dieses Gefühl verwirrte sie.

Kathleen schob diese Gedanken schnell von sich und konzentrierte sich nur noch darauf, alles über das Geschäft zu lernen. Sie tat das mit dem gleichen Eifer, mit dem sie damals gelernt hatte, im Restaurant zu bedienen.

Sarah hatte recht gehabt – die Arbeit war nicht schwer, und Kathleen war dankbar dafür, denn sie musste feststellen, dass sie sehr schnell ermüdete. Die meiste Zeit schlief Marisa zufrieden, sie weinte nur, wenn ihre Windeln gewechselt werden mussten oder wenn sie hungrig war. Dann sah sie sich mit großen unschuldigen Augen in der neuen Umgebung um. Es schien, als ob Sarahs Kunden Derek alle kannten, und alle bewunderten das Baby.

385

6. KAPITEL

Am Nachmittag kamen Sarahs Kinder aus der Schule in den Laden. Sarah hatte ein sehr gutes Verhältnis zu ihren Kindern. Jed überragte seine ältere Schwester Missy, die vom Vater die dunklen Augen und das schwarze Haar geerbt hatte, von der Mutter aber die zierliche Gestalt. Sie ist eine Schönheit, dachte Kathleen. Als Missy Kathleen sah, kam sie auf sie zugelaufen und fiel ihr um den Hals, als seien sie schon seit langer Zeit Freunde. Dann wollte sie wissen, wo das Baby war, und als Kathleen sie in das Hinterzimmer führte und auf den Laufstall deutete, in dem Marisa gerade aufgewacht war, nahm sie das Baby begeistert auf den Arm.

Jed sah seiner Schwester zu. „Sie ist ganz verrückt nach kleinen Kindern", meinte er. „Sie wird dich und Derek manchen Abend aus dem Haus treiben, nur damit sie den Babysitter spielen kann." Dann wandte er sich zu Sarah um. „Hallo, Mom", meinte er und nahm sie in den Arm.

Mit leicht gerunzelter Stirn sah Sarah ihren Sohn an. „Was ist los? Bist du auf etwas böse?" Er war seinem Vater viel zu ähnlich, als dass er seine Stimmung vor ihr hätte verbergen können.

„Irgend so ein pickliger Punker war hinter Missy her", meinte er grob.

„Das hat doch gar nichts zu bedeuten!" Missy kam mit Marisa auf dem Arm auf die beiden zu. „Er hat gar nichts getan, er fragt mich nur immer wieder, ob ich mit ihm ausgehen möchte."

„Möchtest du das denn?", fragte Sarah ruhig.

„Nein!" Missys Antwort kam zu schnell, um ehrlich gemeint zu sein. „Ich will nur nicht, dass Jed so ein großes Theater darum macht, er bringt mich nur in Verlegenheit."

„Ich werde mit Rome sprechen", meinte Sarah.

„Oh, Mom!"

„Ich werde schon mit ihm fertig", meinte Jed gelassen. Er streckte die Hand aus und kitzelte Marisa unter dem Kinn, dann nahm er sie seiner Schwester aus dem Arm.

Dezembervogel

„Gib sie mir wieder!", rief Missy wütend.

Beide gingen ins Hinterzimmer zurück, noch immer stritten sie darüber, wer das Baby halten durfte. Sarah schüttelte den Kopf. „Teenager. Warte nur ab." Sie lächelte Kathleen an. „Das wird bei euch auch noch kommen."

„Jed spielt wohl den Beschützer für seine Schwester, nicht wahr?"

„Er ist genau wie Rome, aber er ist noch nicht alt genug, um seine Gefühle unter Kontrolle halten zu können."

Zehn Minuten später kam Missy aus dem Hinterzimmer zurück, es war ihr gelungen, Marisa zurückzuerobern. Jed hatte es sich im Hinterzimmer gemütlich gemacht, er saß vor dem tragbaren Fernsehgerät und machte gleichzeitig seine Hausaufgaben. „Mom, bitte sag Dad nichts von dem Jungen", bat Missy. „Du weißt doch, wie er ist. Er hat es ja kaum erlaubt, dass ich mit einem Jungen weggehen durfte, als ich fünfzehn war!"

„Was für ein Junge?", fragte jemand mit tiefer Stimme hinter ihnen, und alle drehten sich um, um den Neuankömmling zu begrüßen.

„Derek!", rief Missy erleichtert aus und nahm ihn dann in den Arm.

Kathleen sagte gar nichts, sie starrte ihn nur an, ihr Mund war plötzlich ganz trocken. Der Wind hatte sein Haar zerzaust, und er sah so überwältigend gut aus, dass ihr Herz einen Freudensprung bei seinem Anblick machte. Seine breiten Schultern zeichneten sich unter der Jacke deutlich ab.

Erstaunt sah Sarah ihn an. „Warum hat die Glocke nicht geläutet, als du reingekommen bist?"

„Weil ich sie festgehalten habe", antwortete er und legte den Arm um Kathleens Taille, um sie an sich zu ziehen. Sein Blick richtete sich dann wieder auf Missy. „Was für ein Junge?"

„Irgend so ein Typ verfolgt mich und bittet mich immer wieder darum, mit ihm auszugehen", erklärte sie. „Jed spielt den Macho, und Mom droht damit, Dad alles zu erzählen. Und wenn sie das tut, wird er mir nie wieder erlauben, mit einem Jungen auszugehen.

Ganz abgesehen davon würden mich die anderen Mädchen sicher auslachen."

Derek zog die Augenbrauen hoch. „Ist der Kerl denn gefährlich?"

Ein Ausdruck von Unsicherheit lag auf Missys Gesicht. „Ich weiß nicht", gab sie schließlich zu. „Findest du, wir sollten es Dad sagen?"

„Natürlich. Warum sollte er dir für etwas Vorwürfe machen, woran du keine Schuld hast?"

Missy wurde plötzlich über und über rot, dann lachte sie. „Also gut. Ich denke, er wird mich trotzdem zum Schulfest gehen lassen ... wenn ich tatsächlich noch jemanden finde, der mich dazu einlädt."

„Hast du denn keinen Freund?" Kathleen hatte endlich die Sprache wiedergefunden. Sich mit Missy zu unterhalten gab ihr Sicherheit. Derek stand so nahe neben ihr, dass sie die Wärme seines Körpers fühlte. Sie hätte es im Augenblick nicht gewagt, ihn anzusprechen.

Missy zuckte mit den Schultern. „Im Augenblick gibt es niemanden, der mir besonders gut gefällt. Sie scheinen mir alle so schrecklich jung zu sein." Mit dieser Erklärung wandte sie sich ab und erlaubte Derek, ihr Marisa aus dem Arm zu nehmen. Dann ging sie zu Jed ins Hinterzimmer zurück.

„Du bist aber heute schon früh mit deiner Arbeit fertig", brachte Kathleen schließlich heraus.

„Ich stehe auf Abruf. Wir haben eine Mutter, die drei Monate zu früh Wehen bekommen hat. Wenn es uns nicht gelingt, sie zu unterdrücken, muss ich zum Krankenhaus fahren, wenn das Kind auf die Welt kommt. Ich habe mich entschieden, während des Wartens nach meinen eigenen Frauen zu sehen."

Kathleen verspürte ein eigenartiges Gefühl bei dem Gedanken, dass sie vielleicht heute Nacht nicht mit ihm zusammen schlafen würde. Sogar ein wenig Eifersucht stieg in ihr auf, weil es Marisa war, die er so liebevoll in seinem Arm hielt. Nun, er hatte es andererseits ja von Anfang an deutlich gemacht, dass es Marisa war, die er unbedingt haben wollte. Warum also sollte sie auf das Baby eifersüchtig sein? Wollte sie etwa Derek für sich, damit er von ihr das verlangte, was sie ihm nicht geben konnte?

„Um wie viel Uhr bist du hier fertig?", wollte er nach einem Blick auf die Uhr von ihr wissen.

Kathleen sah zu Sarah, und diese lächelte sie freundlich an. Sie hatten sich nicht einmal über die Bedingungen unterhalten, unter denen sie hier arbeiten sollte. Es war ihr alles eher wie ein Besuch vorgekommen.

„Geh nur", meinte Sarah. „Du bist sowieso schon lange genug auf den Füßen, und jetzt sind ja die Kinder da, die können mir helfen, wenn ich sie brauche. Wir sehen uns dann morgen früh um neun Uhr. Warte, ich hole noch einen Schlüssel für dich." Aus der Schublade der Registrierkasse holte sie einen Schlüssel, und Kathleen steckte ihn in ihre Tasche.

Derek holte die Tasche mit den Windeln und wickelte Marisa dann in ihre Decke. Zärtlich betrachtete er das kleine Wesen. Natürlich wehrte sie sich wieder, als er ihr einen Zipfel der Decke über das Gesicht legte.

„Wir müssen gehen", erklärte er Sarah und schob Kathleen zur Tür. „Sie wird verrückt, wenn man ihr Gesicht bedeckt."

Schnell trug er das Baby zum Wagen und legte es dann in den Kindersitz. Sobald er ihr die Decke vom Gesicht nahm, beruhigte Marisa sich wieder. Derek kam um den Wagen herum zu Kathleen und gab ihr einen Kuss. „Fahr vorsichtig", bat er, dann küsste er sie noch einmal. „Ich bringe das Abendessen mit. Wie möchtest du gern essen? Chinesisch? Mexikanisch?"

Kathleen hatte noch nie chinesisch gegessen, aber sie liebte Tacos. „Mexikanisch."

Derek ging zu seinem Wagen, ohne sich noch einmal nach ihr umzudrehen. Kathleen leckte sich die Lippen, dann startete sie den Motor des Wagens. Sie fühlte wieder diese eigenartige Anspannung, wie immer, wenn Derek sie küsste. Auch ihre Brüste begannen zu schmerzen. Deshalb sah sie zu Marisa. „Bist du denn gar nicht hungrig, mein Liebling?"

Linda Howard

Marisas winzige Faust bewegte sich heftig hin und her, während sie versuchte, sie in den Mund zu stecken. Die Gefühle ihrer Mutter interessierten sie im Augenblick nicht im Mindesten.

Es dauerte nicht lange, bis Derek nach Hause kam, doch sie hatten sich gerade erst zum Essen gesetzt, als sein Rufgerät zu piepsen begann. Ohne auch nur einen Moment zu zögern, ging er zum Telefon.

„Also gut, ich komme sofort", hörte Kathleen ihn sagen.

Im Vorbeigehen nahm er die Jacke vom Stuhl. „Du brauchst nicht auf mich zu warten", rief er noch über die Schulter zurück, dann schloss sich die Tür hinter ihm. Kathleen schien das Essen plötzlich nach gar nichts mehr zu schmecken.

Die Stunden vergingen quälend langsam, während Kathleen auf Derek wartete. Sie fütterte Marisa und brachte sie ins Bett, dann versuchte sie sich auf einen Film im Fernsehen zu konzentrieren. Als das nicht klappte, begann sie zu lesen. Doch schon nach einer Weile legte sie das Buch wieder zur Seite, dabei war sie wütend auf sich selbst. Sie war es doch gewöhnt, alleine zu sein, und nie zuvor hatte es sie gestört. War sie so abhängig von Derek geworden, dass sie in seiner Abwesenheit nichts mehr tun konnte?

Ärgerlich ging sie schließlich ins Bett, sie war erschöpft genug, auch die quälenden Gedanken konnten sie nicht wach halten. Als Marisas hungriges Schreien sie schließlich weckte, war es halb zwei Uhr in der Nacht, und die andere Seite des Bettes war immer noch leer.

Doch als sie dann ins Kinderzimmer kam, zuckte sie erschrocken zusammen. Derek saß im Schaukelstuhl und hielt das schreiende Kind in den Armen. Eine schreckliche Leere lag in seinem Blick, als er sie ansah, und er tat Kathleen sehr leid. Sie fühlte, dass es ihn tröstete, Marisa in den Armen halten zu können.

„Das kleine Wesen ist gestorben", sagte er tonlos und blickte dabei ins Leere. „Ich habe alles getan, was in meiner Macht stand, aber es nützte nichts. Das Baby hatte sowieso keine große Chance, weil es viel zu früh kam, zusätzlich war sein Herz noch missgebil-

Dezembervogel

det. Aber verdammt, ich musste es doch trotzdem versuchen!"
Kathleen legte ihm die Hand auf die Schulter. „Ich weiß", sagte
sie leise.

Er blickte auf Marisa, die inzwischen wütend schrie, dann nahm
er Kathleens Hand und zog sie auf seinen Schoß. Er hielt sie in den
Armen, dann reichte er ihr das Baby, damit sie es stillen konnte.
Gleich darauf verstummte das wütende Geschrei. Derek sah auf
das saugende Kind herunter, dann nahm er Mutter und Kind in
die Arme, legte den Kopf zurück und schloss die Augen. Ihm war
hundeelend zumute. Doch Kathleen und Marisa waren Balsam für
seine Seele.

Kathleen schloss auch die Augen und genoss das herrliche Gefühl von Wärme und der Nähe, das ihr Zusammensein mit sich
brachte. Zum ersten Mal brauchte Derek sie! Sie wusste, dass wahrscheinlich jede andere ihn in diesem Augenblick hätte trösten können, doch sie war es, die er in den Armen hielt, und sie würde alles
tun, solange sie ihm nur damit helfen konnte. Aber vielleicht war
es ja auch Marisa, die ihn tröstete, Marisa, die er unbedingt hatte
behalten wollen? Sie war ein gesundes, kräftiges Baby geworden,
jeden Tag nahm sie ein wenig zu.

Kathleen biss sich auf die Lippe. Warum war er nicht ins Bett
gegangen? Zu ihr gekommen? Warum suchte er nicht ihre Nähe?

Vier Wochen später schloss Kathleen mit einem Lächeln auf den
Lippen die Wohnungstür auf und trug Marisa in ihre Wiege. Das
Baby gurgelte und bewegte die kleinen Fäuste, dann lächelte es, als
Kathleen es unter dem Kinn kitzelte. Sogar Marisa war glücklich,
aber Kathleen wusste, dass ihre Tochter sowieso die ganze Welt anlachte, während sie an diesem Tag besondere Gründe hatte, glücklich zu sein.

Der Frauenarzt hatte ihr bestätigt, dass sie wieder völlig in
Ordnung sei, und nun konnte sie nicht mehr aufhören mit dem
Lächeln. Die letzten vier Wochen waren beinahe unerträglich gewesen, weil sie ungeduldig auf den Tag gewartet hatte, an dem sie
endlich richtig Dereks Frau werden konnte. Er war ein gesunder,

kräftiger Mann, das hatte sie jeden Tag aufs Neue gesehen, weil er ihr gegenüber nicht schüchtern war. Sie konnte allerdings nicht sagen, dass sie sich inzwischen daran gewöhnt hätte, ihn nackt zu sehen. Noch immer klopfte ihr Herz heftiger, und ihr wurde ganz warm ums Herz, wenn sie ihn so sah. Sie war ... fasziniert.

Die ehelichen Pflichten mit Larry waren kein Vergnügen gewesen. Sie hatte sich bei seinen schnellen, groben Annäherungen immer benutzt gefühlt. Für ihn war sie keine Partnerin gewesen, nur eine bequeme Dienerin. Nur mit Grauen dachte sie daran. Instinktiv ahnte sie, dass die Liebe mit Derek ganz anders sein würde. Und sie wollte sie erfahren, sie wollte gleichzeitig ihm die Freuden geben, die sie ihm mit ihrem Körper bieten konnte. Es sollte ein ganz persönliches Geschenk von ihr an den Mann sein, der ihr ganzes Leben verändert hatte. Derek war der stärkste, liebevollste und rücksichtsvollste Mensch, den sie kannte, aber weil er so stark war, schien es manchmal, als brauche er nichts von ihr. Für sie war der Wunsch beinahe zur Besessenheit geworden, ihm etwas zu geben. Wenigstens wollte sie ihm sexuelle Befriedigung verschaffen.

Derek wusste von ihrem Besuch beim Arzt, er hatte sie selbst an diesem Morgen noch daran erinnert. Wenn er nach Hause kam, würde er das Ergebnis wissen wollen. Sie freute sich schon auf sein Gesicht. Dann würden seine goldbraunen Augen sicher aufleuchten, und sie würden zusammen ins Bett gehen. Er würde sie in seine starken Arme nehmen, in denen sie sich so geborgen und so sicher fühlte, und sie wirklich zu seiner Frau machen, sie würde ihm gehören und nicht nur seinen Namen tragen ...

Marisa stieß mit den kleinen Händchen gegen Kathleens Arm und riss sie damit aus ihren Träumen.

„Wenn ich dich schon jetzt bade und dir zu essen gebe, wirst du dann ein liebes Mädchen sein und lange schlafen?", flüsterte sie ihrer Tochter zu und lächelte sie an. Wie schnell sie doch wuchs! Jetzt wog sie schon beinahe acht Pfund! Seit sie zu lächeln begonnen hatte, stritten Missy und Jed ununterbrochen darüber, wen von ihnen sie anlachte. Doch am meisten lachte sie mit Derek. Da gab es keinen Zweifel.

Dezembervogel

Kathleen warf einen Blick auf die Armbanduhr. Derek hatte in Sarahs Laden angerufen, während sie beim Arzt war. Er hatte ihr durch Sarah ausrichten lassen, dass er heute ein paar Stunden später nach Hause kommen würde, also würde genug Zeit bleiben, Marisa zu baden, zu füttern, ins Bett zu bringen und dann das Abendessen zuzubereiten. Ob Kerzen wohl zu auffällig waren? Oder würden sie ein diskreter Hinweis auf das sein, was der Arzt ihr gesagt hatte? Sie hatte nie zuvor für Derek ein romantisches Abendessen vorbereitet, jetzt fragte sie sich, ob er sie vielleicht deswegen auslachen würde. Immerhin war Derek selbst Arzt, für ihn gab es keine körperlichen Geheimnisse. Aber wie konnte es Romantik ohne Geheimnisse geben?

Kathleens Hände zitterten, als sie Marisas Bad vorbereitete. Konnte es zwischen ihnen überhaupt Romantik geben? Was immer sie gab – es war die Bezahlung einer Schuld, Teil des Abkommens, das sie miteinander getroffen hatten. Wahrscheinlich erwartete er es sowieso.

Marisa mochte gern baden, und wie alle Kinder hatte sie dabei den Wunsch zu spielen. Kathleen brachte es nicht übers Herz, ihr dieses Vergnügen zu nehmen. Es gefiel ihr selbst, sie im Wasser plantschen zu sehen. Wie anders doch alles gekommen wäre, wenn es Derek nicht gegeben hätte! Wahrscheinlich hätte sie diesen Badespaß dann nie genießen können.

Doch schließlich wurde Marisa müde. Nachdem Kathleen sie abgetrocknet und angezogen hatte, schlief sie an ihrer Brust ein. Lächelnd legte Kathleen das Kind in die Wiege und deckte es zu. Jetzt hatte sie Zeit für ein eigenes Bad. Sie wollte sauber sein und gut duften, wenn Derek nach Hause kam. Sie konnte es kaum erwarten.

Sie badete also und bereitete dann das Abendessen vor. Es stand im Ofen, um warm zu bleiben, als sie Derek die Tür aufschließen hörte. Während er den Mantel auszog und sich die Hände wusch, stellte sie alles auf den Tisch. Kathleen war in bester Stimmung.

Wie immer zog er sie an sich und küsste sie. Sie hatte gehofft, sein Kuss würde an diesem Abend etwas leidenschaftlicher sein, doch sein Kuss war nur kurz, und er sah sich erstaunt um. „Schläft Marisa schon?" Es klang, als sei er enttäuscht.

„Ja, sie ist gleich nach dem Baden eingeschlafen." Auch Kathleen war enttäuscht. Warum hatte er sie nicht intensiver geküsst, und warum fragte er nicht gleich, was der Arzt gesagt hatte? Oh, wahrscheinlich wusste er sowieso, dass alles seine Ordnung hatte. Aber sie hätte sich gefreut, wenn er ein wenig mehr Interesse gezeigt hätte.

Während des Essens erzählte Derek Kathleen, warum er heute länger im Krankenhaus hatte bleiben müssen. Und als sie schon glaubte, dass er ihren Arztbesuch vergessen habe, fragte er: „Hat der Arzt dich heute aus seiner Fürsorge entlassen?"

Kathleen fühlte, wie ihr Herz schneller zu schlagen begann. Sie räusperte sich, weil ihre Stimme zu versagen drohte. „Ja. Er sagte, dass ich wieder ganz in Ordnung und sehr gesund bin."

„Gut."

War das alles? Er ging nicht weiter auf das Thema ein, er tat so, als sei dies ein ganz gewöhnlicher Abend. Kathleen hatte sich alles umsonst vorgestellt. Er trug sie nicht in sein Bett. Enttäuscht schwieg sie, als er in aller Ruhe die Zeitung las und sich danach einen Film im Fernsehen ansah. Schließlich schaltete er auch noch auf ein Hockeyspiel um, von dem sie sowieso nichts verstand. Fußball oder Baseball interessierten sie mehr. Aber an diesem Abend hätten auch diese Spiele keinerlei Bedeutung für sie gehabt. Schließlich legte Kathleen die Zeitung beiseite, die sie noch einmal gelesen hatte.

„Ich glaube, ich werde ins Bett gehen", meinte sie.

Er warf einen Blick auf die Uhr. „Gut. Ich möchte mir das Spiel zu Ende ansehen, in einer halben Stunde komme ich nach."

Angespannt wartete Kathleen im Dunkeln auf ihn, es war ihr nicht möglich, sich zu entspannen. Wahrscheinlich brauchte er den Sex mit ihr doch nicht so sehr, wie sie geglaubt hatte. Sie presste die Hände auf die Augen. Hatte sie sich die ganze Zeit nur etwas eingebildet? Vielleicht hatte er inzwischen eine andere Frau gefunden, die seine körperlichen Bedürfnisse befriedigte. Doch gleich, als ihr dieser Gedanke kam, schob sie ihn auch schon wieder beiseite. Nein, nicht Derek. Er hatte ihr bei der Eheschließung Treue geschworen, und er war ein Mann, der sein Wort hielt. Kathleen wusste, dass Derek sie und Marisa aufrichtig liebte.

Endlich hörte sie das Rauschen der Dusche, einige Minuten später kam er ins Schlafzimmer. Sie fühlte seine Wärme, als er neben ihr ins Bett glitt, und sie wandte sich zu ihm um.

„Derek?"

„Hm?"

„Bist du müde?"

„Ich bin eher angespannt als müde." Sie sah, dass er an die Decke starrte. „Es ist schwer, sich nach einer so schwierigen Situation zu entspannen, wie wir sie am Nachmittag hatten."

Kathleen rückte ein Stück näher und legte die Hand auf seine Brust. Das dichte krause Haare dort war noch ein wenig feucht. Sie barg den Kopf an seiner Schulter und atmete den Duft nach Shampoo und Seife tief ein. Derek legte die Arme um sie, wie er das an jedem Abend in den vergangenen Wochen getan hatte. Es ist alles in Ordnung, sagte sie sich, während sie wartete.

Doch er hielt sie nur in seinen Armen, und schließlich überlegte Kathleen, dass er wahrscheinlich auf ein Zeichen von ihr wartete. Sie räusperte sich, dann flüsterte sie: „Ich ... der Arzt meint, dass es in Ordnung ist, wenn ich ... du weißt schon. Wenn du es möchtest", fügte sie hastig hinzu. Noch nie hatte sie so zu einem Mann gesprochen.

Langsam streckte Derek den Arm aus und knipste die Lampe auf seinem Nachttisch an, dann stützte er sich auf den Ellenbogen und sah sie an. „Und was ist mit dir?", fragte er in einem Ton, der ihr einen Schauer über den Rücken laufen ließ. „Möchtest du ‚du weißt schon'?"

„Ich möchte dir vor allem so gern einen Gefallen tun." Sie fühlte, wie ihr der Hals eng wurde unter seinem Blick. „Wir haben eine Abmachung getroffen ... und ich schulde dir so viel, dass es das Mindeste ist, was ich ..."

„Du schuldest mir überhaupt nichts", unterbrach er sie grob

und mit einer Stimme, die sie kaum wiedererkannte. Abrupt rückte er ein Stück von ihr ab, dann stand er auf und blickte sie wütend an.

Ich habe Derek nie zuvor wütend gesehen, dachte sie erschrocken. Und jetzt ist er nicht nur wütend, er ist geradezu rasend vor Zorn.

„Bevor wir heirateten, habe ich dir erklärt, dass es für mich Sex ohne Gefühl und Verpflichtung nicht geben wird. Nie habe ich ein Wort davon gesagt, dass ein Handel einzuhalten oder eine Schuld zu bezahlen ist. Danke, mein Schatz, aber deine Almosen brauche ich nicht." Er nahm sich eine Decke und ging aus dem Zimmer. Mit lautem Knall fiel die Tür hinter ihm ins Schloss. Kathleen lag im Dunkeln und starrte auf die Stelle, an der er kurz zuvor noch gestanden hatte. Tränen standen ihr in den Augen.

Sie schüttelte den Kopf und versuchte zu verstehen, was geschehen war. Was hatte sie denn nur falsch gemacht? Sie hatte doch nur versucht, ihm etwas von der Zärtlichkeit und Fürsorge zurückzugeben, die er ihr schenkte. Doch er wollte das nicht!

Sie begann am ganzen Körper zu zittern, langsam wurde es kalt in dem Bett, das er mit warm gehalten hatte. Aber es war nicht die niedrige Raumtemperatur, die sie frieren ließ, es war seine Abwesenheit. Sie hatte sich so sehr daran gewöhnt, sich auf ihn verlassen zu können, dass sie sich ohne ihn verloren fühlte. Kathleen kam zu dem Schluss, dass sie sich die ganze Zeit selbst etwas vorgemacht hatte und dass Derek sie doch nicht liebte. Nichts konnte sie ihm geben, nicht einmal Sex. Er brauchte sie gar nicht, ganz gleich, was er von Gefühl und Verpflichtung gesagt hatte. Sie machte sich wirklich etwas aus ihm, und sie fühlte sich verpflichtet, ihren Teil zur Partnerschaft beizutragen. Aber er wollte sie offenbar nicht. Aber warum sollte er das auch? Er war in jeder Hinsicht außergewöhnlich, während sie ein ganz gewöhnlicher Mensch war. Schon immer – und auch noch heute – war sie also unerwünscht.

Sie ballte die Hände und versuchte das heftige Zittern zu unterdrücken, das sie befallen hatte. Ihre Eltern hatten sie nicht gewollt, sie waren schon im mittleren Alter gewesen, als Kathleen gebo-

Dezembervogel

ren wurde, und ihre Geburt hatte ihnen eher Probleme gebracht. Sie hatten gar nicht gewusst, was sie mit ihr, dem neugierigen, lebhaften Kind, anfangen sollten. Mit der Zeit hatte Kathleen gelernt, keinen Lärm zu machen und auch keine Aufregung zu verursachen. Darüber war sie so liebesbedürftig geworden, dass sie den erstbesten Mann heiratete, der sie darum bat. Und alles war noch viel schlimmer geworden, als Larry sie dann auch nicht wollte. Larry hatte zuerst geglaubt, sich mit ihrer Hilfe und wegen der Ranch, die sie geerbt hatte, ein schönes Leben machen zu können. Er hatte die Ranch ausgebeutet, sie ruiniert und war dann gegangen, weil sie nichts mehr hatte, was sie ihm geben konnte.

Und jetzt sah es so aus, als wenn sie auch Derek nichts zu bieten hätte – bis auf Marisa.

7. KAPITEL

Derek lag auf dem Sofa und biss die Zähne zusammen. Verärgert starrte er in die Dunkelheit. Dabei verlangte er so sehr nach Kathleen! Doch es war für ihn wie ein Schlag vor den Kopf gewesen, als sie ihm sagte, er könne mit ihr schlafen und sie glaube, ihm das schuldig zu sein! All diese Wochen hatte er alles getan, um sie zu verwöhnen. Denn sie sollte ihn lieben. Doch manchmal hatte er das Gefühl, gegen eine Mauer zu rennen. Kathleen akzeptierte ihn, aber das war auch alles. Dabei wollte er mehr, als nur akzeptiert zu werden … so viel mehr.

Sie beobachtete ihn dauernd mit ihren großen grünen Augen. Scheinbar versuchte sie seine Launen zu erraten und herauszufinden, was er wohl brauchen mochte. Doch er hatte immer das Gefühl, dass es die Aufmerksamkeit eines Dieners und nicht die einer Ehefrau war. Er brauchte keinen Diener, er wollte, dass sie sich wie seine Frau benahm. Er sehnte sich nach ihren Berührungen, nach ihrem Verlangen und ihrer Liebe, und er wusste, dass sie all diese Gefühle tief in sich verschlossen hielt. Was war nur mit ihr geschehen, dass sie die liebevolle Seite ihres Wesens nur Marisa zeigte? Er hatte versucht, ihr zu sagen, wie viel sie ihm bedeutete, ohne sie unter großen Druck zu setzen, er hatte auch versucht, es ihr zu zeigen, doch noch immer blieb sie zurückhaltend.

Vielleicht sollte er sich das nehmen, was sie ihm angeboten hatte? Vielleicht würde sich durch die körperliche Intimität auch die gefühlsmäßige einstellen? Der Himmel allein wusste, wie sehr er sich nach einer Vereinigung mit ihr sehnte! Aber als er sie bat, ihn zu heiraten, hatte sie ihm erzählt, dass ihr Dinge zugestoßen waren, die es ihr vielleicht nie wieder ermöglichen würden, sich einem Mann hinzugeben. Wenn er es sachlich betrachtete, dann musste er zugeben, dass sie schon einen großen Schritt nach vorn gemacht hatte, als sie ihm Sex anbot.

Doch das genügte ihm nicht! Er wollte ihren düsteren Blick vertreiben, wollte sehen, dass ihr Lächeln ihm allein galt. Er wollte, dass sie sich leidenschaftlich unter ihm bewegte, wollte hören, dass

Dezembervogel

sie ihm verliebte Worte ins Ohr flüsterte, er wollte ihr Lachen, ihre Zärtlichkeit und ihr Vertrauen. Wie sehr wünschte er sich, dass sie ihm vertraute! Aber am meisten wünschte er sich ihre Liebe.

Bisher war ihm alles im Leben sehr leicht gefallen, vor allem, Frauen zu erobern. Er war noch ein Teenager, als sich die Mädchen und sogar ältere Frauen für ihn zu interessieren begannen. Immer wusste er, wie er sich verhalten musste, wenn er Menschen dazu bringen wollte, sich seinem Willen zu beugen. Aber bei Kathleen war er mit seinem Latein am Ende.

Bekümmert musste er zugeben, dass seine Gefühle ihm wohl eine klare Sicht der Dinge unmöglich machten, er konnte dieses Problem einfach nicht lösen. Dabei wollte er sie so sehr, dass alles andere um ihn herum unwichtig wurde.

In seiner Wut und Enttäuschung war er so abgelenkt, dass er gar nicht hörte, als Kathleen das Zimmer betrat. Erst als sie ihm die Hand auf die Schulter legte und sie dann schnell wieder zurückzog, als fürchte sie sich, ihn zu berühren, blickte er auf. Er war erstaunt, als er sah, dass sie neben dem Sofa kniete. Die Dunkelheit verbarg ihren Gesichtsausdruck, doch den gequälten Ausdruck ihrer Stimme hörte er.

„Es tut mir so leid", flüsterte sie. „Ich wollte dich nicht in Verlegenheit bringen. Ich weiß, ich bin nichts Besonderes, aber ich dachte, du wolltest vielleicht." Sie hielt inne, als könne sie ihre Gedanken nicht in Worte fassen. Schließlich sprach sie weiter. „Ich schwöre, ich werde dich nicht noch einmal bedrängen. Ich bin sowieso nicht sehr gut darin. Larry hat gesagt, ich sei eine lausige …" Wieder stockte sie, er sah, dass sie das Gesicht abwandte.

Es war das erste Mal, dass sie ihren Exmann erwähnte. Derek stützte sich interessiert auf seinen Ellenbogen. Er fühlte, dass er jetzt erfahren konnte, was ihr einmal geschehen war. „Was ist passiert?" Seine Frage klang so befehlend, dass Kathleen weitersprach.

„Er hat mich wegen der Ranch geheiratet. Er wollte leben, ohne arbeiten zu müssen." Sie hatte das ganz ruhig gesagt, doch er spürte das leise Zittern ihrer Stimme. „Er hat mich im Grunde nicht ge-

Linda Howard

wollt. Ich glaube, noch nie hat mich jemand haben wollen, nicht einmal meine Eltern. Larry hat mich benutzt, immer wenn er den Wunsch nach Sex verspürte und nicht in die Stadt konnte. Er sagte, ich könne wenigstens für etwas gut sein. Wenn ich auch im Bett lausig wäre, wäre es doch besser als gar nichts. Als er dann kein Geld mehr aus der Ranch herauspressen konnte, hat er die Scheidung eingereicht, um sich etwas Besseres zu suchen. Als ich ihn das letzte Mal sah, hat er … hat er mich noch einmal gezwungen. Ich habe versucht, mich zu wehren, aber er war betrunken und gemein, und er hat mich verletzt. Er meinte, das wäre sein Abschiedsgeschenk. Es würde sich sowieso nie wieder ein Mann für mich interessieren. Und er hatte recht, nicht wahr?"

Langsam erhob Derek sich und stand dann in der Dunkelheit neben dem Sofa. „Ich wollte so gern etwas für dich tun", flüsterte sie. „Du hast so viel für mich gegeben, und ich kann dir nichts anderes dafür schenken als nur das. Ich würde mein Leben für dich geben, wenn es nötig wäre. Auf jeden Fall werde ich dich nicht mehr mit meiner Art in Verlegenheit bringen, dich zu lieben. Ich denke, du möchtest sowieso von mir nur in Ruhe gelassen werden."

Und dann ging sie schweigend ins Schlafzimmer zurück. Derek lag mit klopfendem Herzen allein auf der Couch und dachte über das nach, was sie gesagt hatte.

Jetzt wusste er, was er zu tun hatte!

Kathleen hatte jahrelange Erfahrung darin, ihre Gefühle hinter einer ausdruckslosen Miene zu verbergen, und das tat sie am nächsten Tag bei der Arbeit. Sie sprach mit den Kunden wie an jedem anderen Tag, sie spielte mit Marisa, plauderte mit Sarah, mit der sie mittlerweile eine herzliche Freundschaft verband.

Es war nicht schwer, Sarahs Freundin zu sein. Dereks Bekannte war freundlich und ehrlich. Nur wenige Tage hatte es gedauert, bis Kathleen verstand, warum die Kinder ihre Mutter verehrten und ihr großer, grimmig aussehender Mann sie ansah, als sei sie der Mittelpunkt der Welt.

Sarah besaß ein sehr gutes Einfühlungsvermögen, und um die

Dezembervogel

Mittagszeit betrachtete sie Kathleen nachdenklich. Als Kathleen das merkte, zog sie sich nur noch mehr in sich selbst zurück, weil sie lieber nicht daran denken wollte, was für ein schlimmes Durcheinander sie angerichtet hatte.

Sie konnte nicht glauben, dass sie Derek am vergangenen Abend alle diese Dinge gesagt hatte! Es erschreckte sie, dass sie ihm wirklich ihre Liebe gestanden hatte. Dabei hatte er ihr klargemacht, dass er sich nicht für sie interessierte, nicht einmal mit ihr schlafen wollte! Sie hatte das alles ja auch gar nicht sagen wollen, der Schock saß ihr noch immer in den Gliedern. Das Schwerste, was sie je hatte tun müssen, war, an diesem Morgen das Schlafzimmer zu verlassen. Sie hatte sich gewappnet, um ihm gegenüberzutreten, doch dann hatte sie feststellen müssen, dass er schon fort war. Jetzt waren ihre Nerven zum Zerreißen gespannt, sie wusste, es würde nicht helfen, wenn sie immer wieder an die Szene vom gestrigen Abend dachte.

Sarah räumte einen Stapel neuer Ware in die Regale, dann trat sie Kathleen in den Weg. „Wenn du möchtest, kannst du mir gern sagen, dass es mich nichts angeht", begann sie ruhig. „Aber vielleicht hilft es dir, wenn du darüber redest. Ist etwas passiert? Du bist schon den ganzen Tag so ... traurig."

Nach einem Augenblick der Überraschung wurde Kathleen klar, dass es genau das war, was sie fühlte. Sie hatte alles ruiniert, und eine schwere Traurigkeit, die sie fast zu ersticken drohte, hatte sich auf sie gelegt. Sie liebte Derek so sehr, und sie konnte ihm nichts geben, sie besaß nichts, was er haben wollte! Sie hatte gerade anfangen wollen, alles abzustreiten, doch ein dicker Kloß saß ihr im Hals, und sie brachte kein Wort heraus. Von Sarah hatte sie bis jetzt nur Freundlichkeit und Freundschaft erfahren, sie konnte sie nicht anlügen. Tränen brannten ihr in den Augen, sie wandte schnell den Kopf ab, damit sie sie nicht sah.

„Kathleen", murmelte Sarah und streckte die Hand aus, um nach Kathleens zu fassen. „Freunde sind dafür da, dass man mit ihnen redet. Ich weiß nicht, was ich all die Jahre ohne meine Freunde getan hätte. Derek hat mir durch die schlimmste Zeit in meinem Leben geholfen, obwohl er damals erst ein Junge war. Für ihn würde ich alles tun ... und für dich auch, wenn du mir sagst, was nicht in Ordnung ist."

„Ich liebe ihn", brachte Kathleen heraus, dann begannen die Tränen zu fließen.

Sarah sah sie erstaunt an. „Aber natürlich tust du das. Warum sollte das denn ein Problem sein?"

„Er liebt mich nicht." Sie entzog Sarah die Hand und wischte sich über die Wangen. „Er duldet mich nur."

Sarahs Augen wurden ganz groß. „Er duldet dich? Er betet dich an!"

„Das verstehst du nicht", versuchte Kathleen zu erklären und schüttelte verzweifelt den Kopf. „Du glaubst, er hätte mich geheiratet, weil er mich liebt, aber das stimmt nicht. Er hat mich nur wegen Marisa geheiratet, weil es die einzige Art für ihn war, sie zu bekommen."

„Derek liebt Kinder", gab Sarah zu. „Er liebt alle Kinder, aber deshalb heiratet er nicht alle ihre Mütter. Vielleicht hat er dir das gesagt, aus Gründen, die nur er kennt. Und du hast es ihm vielleicht abgenommen, weil du es wolltest. Aber ich glaube das keine Sekunde lang. Du hast sicher schon bemerkt, wie er allgemein die Dinge in Ordnung bringt. Wenn es etwas gibt, das ihm nicht gefällt, bemüht er sich so lange, bis alles so ist, wie er es haben will. Er hat dich dazu gebracht, ihn zu heiraten, indem er dir den einzigen Grund nannte, den du zu diesem Zeitpunkt zu akzeptieren bereit warst. Aber glaub mir, Marisa war nicht der Grund dafür, der Grund dafür warst du."

„Das würdest du nicht sagen, wenn du ihn gestern Abend gesehen hättest", widersprach Kathleen bitter. Sie starrte Sarah an und fragte sich, ob sie die eigene Erniedrigung so weit treiben sollte, Sarah gegenüber alles zuzugeben. Doch sie stellte fest, dass es schwierig war aufzuhören, nachdem sie erst einmal mit dem Geständnis angefangen hatte. „Ich erzählte ihm, dass ich nach Ansicht des Arztes wieder ganz in Ordnung ..." Sie holte tief Luft. „Ich habe ihm angeboten, mit ihm zu schlafen, doch er ist wie ... wie ein Vulkan

Dezembervogel

explodiert. Er war so wütend, dass ich Angst bekommen habe."
Sarah schüttelte den Kopf. „Derek? Derek war wütend?"

Kathleen nickte. „Er will mich nicht, Sarah, er hat mich nie
gewollt! Er wollte nur Marisa. Derek ist perfekt, alle Schwestern
im Krankenhaus würden sich für ihn aufopfern. Er ist stark und
freundlich, und er hat alles nur Mögliche getan, um für uns beide zu
sorgen. Ich schulde ihm so viel, dass ich es ihm nie werde zurückzahlen können. Und wenn ich ihm schon nichts anderes schenken
kann, wollte ich ihm wenigstens Sex geben, aber noch nicht einmal
das will er von mir. Und warum auch? Er kann doch jede Frau haben, die er will."

Sarah verschränkte die Arme vor der Brust und sah Kathleen
lange an. „Genau", war alles, was sie sagte.

Kathleen blinzelte. „Wie bitte?"

„Ich stimme dir zu. Derek kann jede Frau haben, die er will.
Und er hat dich ausgewählt."

„Aber mich will er gar nicht!"

„Seit ich ihn kenne, habe ich ihn nie wütend gesehen, und ich
habe auch nie gehört, dass er wütend geworden wäre." Sarah sah
Kathleen eindringlich an. „Und wenn er bei dir wütend geworden ist, dann doch nur, weil du etwas in ihm berührst, das tiefer
sitzt. Es gibt nur wenige Menschen, die sich mit Derek anlegen,
aber wenn das wirklich einmal geschieht, wird er niemals wütend,
er hebt noch nicht einmal die Stimme. Das braucht er auch nicht,
denn ein Blick von ihm genügt, um dich einzuschüchtern. Seine
Selbstkontrolle ist einzigartig, aber bei dir wirkt sie offenbar nicht.
Du kannst ihn verletzen, du kannst ihn wütend machen. Glaub mir,
er liebt dich so sehr, es würde dir Angst machen, wenn du wüsstest,
was er für dich fühlt! Deshalb hat er dir vielleicht eingeredet, dass
er dich nur Marisas wegen heiratet. Marisa ist zauberhaft, aber Derek kann genug eigene Kinder haben, wenn es das ist, was er sich
wünscht."

„Aber warum wollte er gestern Abend nicht mit mir schlafen?"
rief Kathleen verzweifelt aus.

„Was hat er denn gesagt?"

403

Linda Howard

„Er sagte, er wolle von mir kein Almosen."

„Natürlich will er das nicht. Und er will bestimmt auch keine Dankbarkeit. Was hat er denn noch gesagt?"

Kathleen hielt inne, sie dachte nach, und dann hatte sie plötzlich das Gefühl, jemand habe ihr eine Tür geöffnet. „Er hat noch etwas über Gefühle gesagt und über Verpflichtung, aber er war nicht ... ich glaube nicht, dass er gemeint hat ..." Sie sprach nicht weiter, sie starrte Sarah nur an.

Sarah schnaufte verächtlich. „Kathleen, heute Abend kriechst du zu ihm ins Bett und sagst ihm, dass du ihn liebst. Auf keinen Fall redest du davon, wie dankbar du ihm bist oder wie viel du ihm schuldest. Glaub mir, Derek wird dann die Dinge in die Hand nehmen. Er ist sicher nicht bei klarem Verstand, denn sonst hätte er gestern Abend anders gehandelt. Aber er war ja auch noch nie zuvor verliebt, also stehen ihm wahrscheinlich seine eigenen Gefühle im Weg."

Sarahs Sicherheit riss Kathleen aus allem Trübsinn, zum ersten Mal keimte ein kleiner Hoffnungsschimmer in ihr auf. War es wirklich so? Ob sie liebte? Nie zuvor war sie geliebt worden, es machte ihr Angst zu glauben, dass dieser starke, perfekte, großartige Mann für sie das Gleiche empfinden könnte wie sie für ihn. Sie zitterte bei dem Gedanken, Sarahs Plan zu verwirklichen, denn sie würde es nicht ertragen können, wenn er sie noch einmal abwies.

Kathleens Herz klopfte heftig, als sie am Nachmittag nach Hause fuhr. Ihr war regelrecht schlecht, sie musste sich zwingen, tief durchzuatmen, um die flatternden Nerven zu beruhigen. Marisa begann zu quengeln, und sie warf ihr einen verzweifelten Blick zu. „Bitte, nicht an diesem Abend", bat sie leise. „Du warst so brav gestern, kannst du das nicht noch einmal sein?"

Doch Marisa gab keine Ruhe, schließlich schrie sie aus vollem Hals. Kathleen hatte noch ein ganzes Stück vor sich, ihre Nerven waren aber so angespannt, dass es ihr schwerfiel, einfach weiterzufahren und das Weinen des Kindes, selbst für eine so kurze Zeit, nicht zu beachten. Als sie schließlich auf dem Parkplatz des Hauses

Dezembervogel

den Motor des Wagens abstellte, atmete sie erleichtert auf. Schnell holte sie Marisa aus dem Kindersitz und nahm sie auf den Arm.

„Komm, komm", murmelte sie beruhigend und klopfte ihr den Rücken. „Mommy ist doch bei dir. Hast du dich verlassen gefühlt?" Marisa beruhigte sich ein wenig, während Kathleen alle ihre Sachen zusammensuchte und dann ins Haus ging. Sie hatte das unbestimmte Gefühl, dass es Marisas wegen eine friedliche Nacht geben würde.

Als sie vor der Wohnungstür angekommen war, wurde diese plötzlich von innen geöffnet, und Derek stand vor ihr. „Du bist heute aber schon früh zu Hause", meinte sie zaghaft.

Sie konnte seinem Gesicht nichts ablesen, als er ihr das Baby abnahm. „Ich habe sie schon gehört, als du über den Flur kamst", meinte er, als er ihr auch noch die Tasche mit den Windeln aus der Hand nahm. „Warum nimmst du nicht ein Bad und entspannst dich ein wenig, während ich mich um Marisa kümmere? Wir können dann in aller Ruhe essen und uns miteinander unterhalten."

Sie trat in die Wohnung und blinzelte erstaunt. Was war los? In einer Ecke des Wohnzimmers stand ein Weihnachtsbaum, er war wunderschön mit Lametta und bunten Kugeln geschmückt. Hübsch verpackte Geschenke lagen unter dem Baum, es duftete nach Wald, und dieser Duft vermischte sich mit dem Duft der Kerzen, die auf dem Tisch brannten. Aus dem Lautsprecher erklang Weihnachtsmusik.

Als sie an diesem Morgen die Wohnung verlassen hatte, war alles in Ordnung gewesen. Sie fasste sich vorsichtshalber an die Stirn. „Aber wir haben doch Februar", brachte sie voller Erstaunen hervor.

„Es ist Weihnachten", erklärte Derek bestimmt. „Der Monat hat doch nichts damit zu tun. Nun geh schon, nimm ein Bad."

Danach würden sie sich unterhalten. Der Gedanke erregte sie, machte ihr aber auch gleichzeitig Angst, denn sie wusste nicht, was sie erwartete. Er musste den größten Teil des Tages mit den Vorbereitungen für diesen seltsamen Empfang verbracht haben, und das bedeutete, dass ihn im Krankenhaus jemand vertrat. Wo hatte

Linda Howard

er nur mitten im Februar den Weihnachtsbaum herbekommen? Er musste ihn wohl selbst irgendwo geschlagen haben. Und was war in den Päckchen, die unter dem Baum lagen? Es war doch wohl kaum möglich, dass er das alles an einem Tag hatte erledigen können! Er hatte den Weihnachtsbaum besorgt, ihn geschmückt und dann auch noch Geschenke eingekauft? Das war doch nicht möglich. Aber tatsächlich musste es so gewesen sein.

Trotz seines guten Rates, sich zu entspannen, beeilte Kathleen sich. Sie duschte, weil sie nicht länger warten wollte. Als sie ins Kinderzimmer kam, hatte Derek Marisa schon gebadet, er zog sie gerade an. Marisa hatte sich beruhigt, sie fuchtelte mit den Fäustchen herum und gurgelte zufrieden. Kathleen wartete, bis Derek fertig war, dann stillte sie das Baby. Während sie in dem Schaukelstuhl saß, blickte sie unsicher zu Derek und fragte sich, ob er im Zimmer bleiben würde, um zuzusehen. Offensichtlich hatte er das vor, denn er lehnte an der Wand und sah sie aus seinen goldbraunen Augen aufmerksam an. Langsam schob Kathleen den Morgenmantel auf und entblößte ihre Brust. Marisas kleiner Mund schloss sich hungrig um ihre Brustspitze, und dann vergaß Kathleen für einen Augenblick alles andere um sich herum. Sie sah nur noch ihr Baby. Es war ganz still im Zimmer, bis auf die Geräusche, die Marisa beim Trinken machte.

Kathleen blickte auf das Kind hinunter, sie schaukelte es sanft, auch, nachdem es zu saugen aufgehört hatte. Derek stieß sich von der Wand ab und kam auf sie zu, er beugte sich zu Marisa hinunter und zog ihr mit sanftem Druck die Brustspitze aus dem Mund.

„Sie ist eingeschlafen", murmelte er, dann nahm er Kathleen das Baby aus dem Arm und legte es in die Wiege. Als er sich wieder zu ihr umwandte, lag heißes Verlangen in seinem Blick. Voller Leidenschaft betrachtete er ihre nackte Brust. Kathleen errötete, schnell zog sie den Morgenmantel zu.

„Das Essen", sagte er gepresst.

Später wusste Kathleen gar nicht mehr, wie es ihr gelungen war, überhaupt etwas zu essen. Derek hatte einen Teller vor sie gestellt und ihr gesagt, sie solle essen. Und irgendwie hatte sie es dann geschafft. Er wartete, bis sie fertig war, dann nahm er ihre Hand und führte sie ins Wohnzimmer, wo die Kerzen an dem Weihnachtsbaum leuchteten. Kathleen blickte auf den Baum, sie verspürte einen dicken Kloß im Hals, und Tränen brannten ihr in den Augen. Sie konnte sich nicht erinnern, je einmal wirklich Weihnachten gefeiert zu haben, in ihrer Familie hatte eine solche Weihnachtsfeier nicht zur Tradition gehört. Doch sie erinnerte sich gut an all die sehnsüchtig bestaunten Bilder von Weihnachtsbäumen und von Familien, die sich um einen solchen Baum versammelt hatten. Liebe hatten die Gesichter der Menschen ausgedrückt, während sie die Geschenke öffneten. Kathleen dachte wieder an das schmerzliche Sehnen nach dieser Art von Nähe, das sie dann immer verspürt hatte.

Sie räusperte sich. „Wo hast du den Weihnachtsbaum gefunden?"

Er sah sie erstaunt an, als könne er nur schwer ihre Überraschung verstehen. „Ich habe einen Freund, der eine Weihnachtsbaum-Plantage besitzt", erklärte er ruhig.

„Aber ... warum?" Hilflos hob sie beide Hände und deutete auf den Baum und die Geschenke.

„Weil ich dachte, dass es das ist, was du brauchst. Warum sollte eine solche Weihnachtsfeier nur in einem bestimmten Monat stattfinden? Wir brauchen es doch auch sonst. Dir geht es doch ums Geben, nicht wahr? Das allein zählt."

Sanft schob Derek Kathleen näher zum Baum, dann setzte er sich auf den Boden vor ihr und zog sie mit sich herunter. Er griff nach dem Päckchen, das ihm am nächsten lag, es war ein kleines Päckchen, das in leuchtend rotes Papier gepackt und mit einem goldenen Band verziert war. Das legte er ihr in den Schoß, und Kathleen starrte durch einen Tränenschleier darauf.

„Du hast mir doch schon so viel gegeben", flüsterte sie. „Bitte, Derek, ich möchte nichts mehr annehmen. Ich kann es dir niemals vergelten ..."

„Davon will ich kein einziges Wort mehr hören", unterbrach er sie, legte den Arm um ihre Schultern und zog sie an sich. „Liebe muss man nicht zurückzahlen, denn man kann sie sowieso durch

Linda Howard

nichts vergelten, außer durch Liebe, und das ist alles, was ich von dir will."

Kathleen stockte der Atem, mit Augen voller Tränen sah sie zu ihm auf. „Ich liebe dich so sehr, dass es wehtut", gestand sie ihm mit einem Aufschluchzen.

„Pst, mein Schatz", murmelte er und küsste ihre Stirn. „Du sollst nicht weinen. Ich liebe dich, und du liebst mich, warum solltest du deshalb weinen?"

„Weil ich nicht gut im Lieben bin. Wie kannst du mich lieben? Selbst meine Eltern haben mich nicht geliebt!"

„Was für ein Verlust für sie! Wie sollte ich dich nicht lieben? Als ich dich zum erste Mal sah, in deinem alten Pick-up, die Arme über den Bauch gelegt, als du mich mit deinen großen grünen Augen so verängstigt ansahst und dich trotzdem nicht einschüchtern ließest, da habe ich mich in dich verliebt. Es hat eine Weile gedauert, bis mir klar wurde, was geschehen war, aber als ich dir dann Marisa in die Arme legte und du sie mit einem Blick voller Liebe angesehen hast, da wusste ich es. Ich wollte, dass du mich auch so ansiehst. Deine Liebe ist so stark und so eindringlich, weil du sie all die Jahre in dir verschlossen hast. Nicht viele Menschen können so stark lieben, und ich wollte diese Liebe für mich."

„Aber du kanntest mich doch gar nicht!"

„Ich wusste genug", sagte er leise und blickte auf den Weihnachtsbaum. „Ich weiß, was ich will. Ich will dich, Kathleen. Ich will dich so, wie du wirklich bist. Ich möchte nicht, dass du auf Zehenspitzen um mich herumschleichst und dich davor fürchtest, etwas nicht so zu machen, wie ich es vielleicht getan hätte. Ich möchte, dass du mit mir lachst, dass du mich anschreist oder mit Dingen nach mir wirfst, wenn du wütend wirst. Ich möchte das Feuer spüren, das in dir brennt, und auch deine Liebe, und ich werde bestimmt den Verstand verlieren, wenn du mich nicht genug liebst, um mir all das zu schenken. Aber das Letzte, was ich je von dir bekommen möchte, ist Dankbarkeit."

Sie drehte und wendete das kleine Päckchen in der Hand. „Aber wenn Liebe Geben bedeutet, warum hast du mir dann nicht er-

Dezembervogel

laubt, dir etwas zu geben? Ich komme mir so nutzlos vor."

„Du bist nicht nutzlos", erklärte er heftig. „Ohne dich läuft bei mir gar nichts mehr. Hört sich das nutzlos an?"

„Nein", hauchte sie.

Er legte einen Finger unter ihr Kinn und hob ihren Kopf ein wenig hoch, dann lächelte er sie an. „Ich liebe dich", sagte er. „Und jetzt wiederhole meine Worte."

„Ich liebe dich." Ihr Herz klopfte heftig, doch nicht, weil es ihr schwerfiel, diese Worte auszusprechen. Es war wegen seiner Liebeserklärung, die sogar alle Weihnachtsglocken zum Läuten brachten. Aber dann bemerkte sie, dass die Glockentöne vom Plattenspieler kamen. Ein Lächeln umspielte ihre Lippen, und sie blickte zu den Kerzen am Weihnachtsbaum. „Hast du das alles wirklich nur für mich getan?", fragte sie.

„Hm, ja." Er beugte sich vor und küsste ihr Ohr. „Du hast mir das schönste Weihnachtsgeschenk meines Lebens gegeben. Ich habe dich bekommen und ein wunderhübsches Weihnachtsbaby. Ich dachte, ich sollte dir dafür ein Weihnachtsfest schenken, um dir zu zeigen, wie viel du mir bedeutest. Öffne nun endlich dein Geschenk."

Mit zitternden Fingern riss Kathleen das Papier von dem Päckchen und öffnete es dann. Ein wunderschönes Medaillon in Form eines Herzens leuchtete golden in der kleinen Schachtel. Kathleen nahm es erfreut in die Hand. So etwas Wunderschönes hatte ihr noch niemand geschenkt.

„Öffne es", flüsterte Derek, und als Kathleen das getan hatte, stellte sie fest, dass nicht nur zwei, sondern gleich vier Bilder hineinpassten, denn das Medaillon war im Inneren noch einmal unterteilt. „Unser Bild kommt in den ersten Teil", erklärte Derek. „Marisas Bild hat den Platz unserem gegenüber, und die nächsten Kinderbilder bringen wir dann in dem hinteren Teil unter."

Kathleen drehte das Medaillon um. *Mein Herz gehört dir schon lange, Dein Dich liebender Mann Derek*, hatte er auf die Rückseite eingravieren lassen.

Tränen standen ihr wieder in den Augen, als sie das Medaillon an die Lippen hob.

Linda Howard

Derek legte ihr ein anderes, ein wenig größeres Päckchen auf den Schoß. „Mach es auf", forderte er sie auf.

Sie fand eine kleine weiße Karte oben in der Schachtel, als sie sie geöffnet hatte, und musste sich erst die Augen wischen, damit sie überhaupt lesen konnte, was darauf stand: *Selbst in der Nacht scheint irgendwo die Sonne. Selbst im kältesten Winter singt irgendwo ein Vogel. Dies ist mein Geschenk an Dich, mein Schatz, damit Du immer eine Freude hast, ganz gleich, wie kalt der Winter auch wird.*

In der Schachtel steckte eine weiße Spieluhr aus Emaille, mit einem kleinen Vogel aus Porzellan. Den kleinen Kopf hatte er hochgehoben, als wolle er im nächsten Augenblick zu singen anfangen, die kleinen schwarzen Augen blitzten. Als Kathleen den Deckel der Spieluhr hob, fing sie an zu spielen. Es ertönte eine fröhliche zarte Weise, die sich wie der Gesang eines Vogels anhörte.

„Öffne das hier." Derek gab ihr ein anderes Päckchen und wischte ihr dann die Tränen weg.

Päckchen um Päckchen legte Derek Kathleen auf den Schoß, er ließ ihr kaum Zeit, die einzelnen Geschenke eingehend zu betrachten. Er schenkte ihr ein Armband, in das ihrer beider Namen eingraviert waren, einen dicken, flauschigen Pullover, seidene Unterwäsche, bei deren Anblick sie errötete, Hausschuhe mit einem Häschenkopf darauf, über die sie lachen musste, Parfüm, Ohrringe, Schallplatten und Bücher und schließlich ein cremefarbenes Seidennachthemd, das so verführerisch war, dass ihr der Atem stockte.

„Das ist vor allem zu meinem Vergnügen", erklärte er leise und sah sie so eindringlich an, dass sie rot wurde.

Keck hob sie trotzdem den Kopf, bis ihre Lippen nur noch einen Hauch von seinen entfernt waren. „Und zu meinem", flüsterte sie, und dann konnte sie nicht länger warten, sie wollte seine Küsse schmecken und seinen Körper fühlen. Sie hatte nie geahnt, dass es so sein konnte. Wie ein mächtiger Strom durchfloss Liebe sie und eine unglaubliche Sehnsucht.

„Und zu deinem", stimmte er zu, dann legten sich seine Lippen auf ihre. Willig öffnete sie sie ihm, und seine Zunge schob sich tief in ihren Mund. Sie stöhnte leise auf, und das Blut rauschte in ihren Ohren, als sie ihm die Arme um den Hals legte. Ihr war warm, so warm, dass sie es kaum ertragen konnte, und die Welt schien sich um sie herum zu drehen. Und dann fühlte sie den Teppich unter und Derek über sich. Er drängte sie auf den Fußboden, aber er tat ihr nicht weh. Seine Lippen lösten sich keinen Augenblick lang von ihren, als er ihren Morgenmantel öffnete, ihn auseinanderschob und dann ihren nackten Körper streichelte.

Nicht einmal in ihren wildesten Träumen hatte sie sich vorstellen können, dass die Liebe so ekstatisch sein konnte, wie sie sie jetzt mit Derek erlebte. Er ließ sich Zeit, genoss es, ihre seidige nackte Haut unter den Händen zu spüren, ihre Küsse zu schmecken. Sie umfasste seine Hüften mit den Beinen und bat ihn schamlos um Erfüllung. Ihre Hilflosigkeit erregte ihn dabei genauso wie der Anblick ihrer vollen sanften Lippen und ihr verschleierter Blick. Er ließ sich Zeit, auch wenn das Verlangen unerträglich zu werden drohte. Ihre vollen weichen Brüste, die sanft gerundeten Hüften und ihre wundervollen Schenkel gehörten schließlich nur ihm.

Kathleen schrie auf und bog sich ihm entgegen, als er schließlich langsam in sie eindrang und sie zu seiner Frau machte. Sie liebten einander auf dem Teppich, inmitten all der Geschenke, die er ihr gemacht hatte, zwischen dem bunten Papier. Die Kerzen brannten, spiegelten sich in den bunten Kugeln des Weihnachtsbaumes und warfen einen warmen Schein über sie, die sie nun eng umschlungen und auf dem Boden lagen.

Schließlich stand Derek auf, zog Kathleen mit sich hoch und nahm sie in die Arme. „Ich liebe dich", flüsterte er und bedeckte ihren Hals mit Küssen.

Ihr nackter Körper glänzte wie Elfenbein im Kerzenlicht. Derek sah sie mit einem Blick an, der ihr Angst machte, der sie aber gleichzeitig mit einem heißen Glücksgefühl erfüllte. Es war der Blick eines Mannes, der so sehr liebt, dass er seinen Gefühlen hilflos gegenübersteht.

„Mein Gott, ich liebe dich so sehr", gestand er ihr schließlich, und seine Stimme drohte zu versagen. Dann sah er sich im Wohn-zimmer um. „Eigentlich wollte ich, dass du vorher das Nachthemd anziehst, das ich für dich gekauft habe. Dann hätten wir es uns im Bett gemütlich gemacht."

„Für mich ist es überall dort gemütlich, wo du bist", versicherte Kathleen ihm und sah ihn aus strahlenden Augen an. Er zog sie an sich und lächelte sie zärtlich an, dann hob er sie auf die Arme und trug sie ins Schlafzimmer. Die meisten Geschenke blieben im Wohnzimmer auf dem Boden liegen, doch zwei Teile hielt Kathleen fest in den Händen: das Medaillon und die Spieluhr mit dem Vogel.

Draußen war es kalt, doch ihr Herz war mit Wärme erfüllt. Immer würde die Erinnerung an dieses erste wirkliche Weihnachtsfest lebendig bleiben und sie stets wärmen.

– ENDE –

4 Romane in einem Band
Dieser Roman erscheint im November 2009

Nora Roberts
Weihnachten mit Nora Roberts

„Die beste Romance-Autorin überhaupt ... Nora Roberts verblüfft mich immer wieder." *Stephen King*

Band-Nr. 20007
9,95 € (D)
ISBN: 978-3-89941-663-3

Jessica Bird
Das Moorehouse-Erbe

Es geht um ihr Erbe, ihr Zuhause, ihr Paradies. Die Geschwister Frankie, Joy und Alex Moorehouse setzen alles daran, um ihre Familienpension am romantischen Lake Saranac zu retten!

Band-Nr. 20002
8,95 € (D)
ISBN: 978-3-89941-667-1

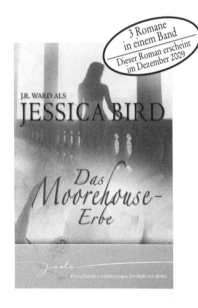

3 Romane in einem Band
Dieser Roman erscheint im Dezember 2009

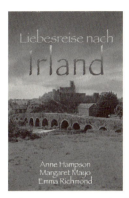

Hampson / Mayo / Richmond
Liebesreise nach Irland
Band-Nr. 15038
3 Romane nur 8,95 € (D)
ISBN: 978-3-89941-658-9
416 Seiten

Hart / Hampson / Brooks
Liebesreise in die Ägäis
Band-Nr. 15034
3 Romane nur 8,95 € (D)
ISBN: 978-3-89941-597-1
400 Seiten

Lindsay / Hadley / Ashton
Liebesreise nach Frankreich
Band-Nr. 15033
3 Romane nur 8,95 € (D)
ISBN: 978-3-89941-596-4
432 Seiten

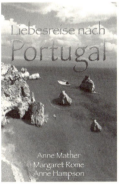

Mather / Rome / Hampson
Liebesreise nach Portugal
Band-Nr. 15032
3 Romane nur 8,95 € (D))
ISBN: 978-3-89941-595-7
384 Seiten

Deutsche Erstveröffentlichung

Linda Howard
Raintree 1
Aus dem Feuer geboren

Band-Nr. 25336
6,95 € (D)
ISBN: 978-3-89941-551-3
336 Seiten

Deutsche Erstveröffentlichung

Linda Howard
Lauf des Lebens

Band-Nr. 25357
7,95 € (D)
ISBN: 978-3-89941-576-6
304 Seiten

Deutsche Erstveröffentlichung

Linda Howard
Die Farbe der Lüge

Band-Nr. 25374
8,95 € (D)
ISBN: 978-3-89941-607-7
304 Seiten